O LIVRO NEGRO

ORHAN PAMUK

O livro negro

Tradução
Sergio Flaksman

COMPANHIA DAS LETRAS

A Companhia das Letras agradece ao Ministério Turco de Turismo e Cultura pelo apoio na publicação deste livro.

Título original
Kara kitap

A presente tradução foi feita com base na tradução inglesa
The black book, de Maureen Freely,
e na tradução francesa
Le livre noir, de Munevver Andac

Capa
warrakloureiro

Imagens da capa
Ellen Rooney/ Getty Images
B. Schmid/ Getty Images

Preparação
Silvia Massimini Felix

Revisão
Ana Maria Barbosa
Marise S. Leal

Dados Internacionais de Catalogação na Publicação (CIP)
Câmara Brasileira do Livro, SP, Brasil

Pamuk, Orhan
O livro negro / Orhan Pamuk ; tradução Sergio Flaksman. — São Paulo : Companhia das Letras, 2008.

Título original : Kara kitap
ISBN 978-85-359-1342-2

1. Ficção turca I. Título.

08-09660 CDD-894.35

Índice para catálogo sistemático:
1. Ficção : Literatura turca 894.35

[2008]

EDITORA SCHWARCZ LTDA.
Rua Bandeira Paulista 702 cj. 32
04532-002 — São Paulo — SP
Telefone (11) 3707-3500
Fax (11) 3707-3501
www.companhiadasletras.com.br

A *Aylin*

Ibn' Arabi escreve sobre um amigo, um santo dervixe que, depois que sua alma se eleva aos céus, chega ao monte Kaf, a montanha mágica que rodeia o universo; olhando em volta, constata que o próprio é rodeado por uma serpente. Hoje, sabe-se que não existe montanha alguma rodeando o universo, e nem serpente à sua volta.

Enciclopédia do Islã

PRIMEIRA PARTE

1. A primeira vez que Galip viu Rüya

Nunca use epígrafes — elas matam o mistério da obra!
Adli

No entanto, se o mistério da obra precisar mesmo morrer, que seja você quem o mate; e depois ataque os falsos profetas que vivem de cultivar o mistério.
Bahti

Rüya estava deitada de bruços na cama, perdida na suave e quente penumbra, coberta pelas muitas dobras e ondulações da colcha quadriculada de um azul delicado. Do lado de fora, elevavam-se os primeiros sons da manhã de inverno: o ronco de um carro de passagem, o clangor de um velho ônibus, o estrépito das panelas de cobre que o fabricante de *salep* compartilhava com o doceiro na calçada, o apito do guarda encarregado do bom funcionamento do ponto dos *dolmuş*, os táxis coletivos. Uma luz fria e plúmbea infiltrava-se pelas cortinas de um azul escuro. Ainda zonzo de sono, Galip contemplava a cabeça de sua mulher, que emergia da colcha quadriculada: o queixo de Rüya se enterrava no travesseiro de plumas. A maneira como ela reclinava a fronte tinha algo de irreal, despertando em Galip uma grande curiosidade pelas visões maravilhosas que se desenrolariam na sua mente, ao mesmo tempo em que lhe inspirava medo. A *memória*, escrevera Celâl numa de suas crônicas, *é um jardim*. "Os jardins de Rüya, os jardins de Rüya...", pensara então Galip. "Não pense, não pense neles, vai ficar roído de desejo!" Contemplando a testa da mulher, porém, ele seguia pensando.

Como gostaria de caminhar ao sol por entre os salgueiros, as acácias e as roseiras do jardim secreto protegido por muros altos em que Rüya, fechando cuidadosamente as portas atrás de si, mergulhava toda vez que adormecia serena. Mas sentia um medo constrangido dos rostos que lá poderia encontrar: Ora, quem vejo, como vai? Olá, você por aqui? O medo de deparar-se, desconcertado por sua curiosidade, com silhuetas masculinas inesperadas: Desculpe, caro amigo, mas quando mesmo você foi apresentado à minha mulher, ou vocês dois já se conheciam? "Três anos atrás, na sua casa, dentro de uma revista estrangeira de modas comprada na loja de Alâaddin", "nos corredores da escola secundária", "na porta do cinema onde vocês dois assistiam um filme de mãos dadas"... Não, talvez a memória de Rüya não se mostrasse tão freqüentada e impiedosa; naquele exato momento, ela talvez estivesse bem quieta, no único recanto ensolarado do jardim sombrio das suas memórias, embarcando com Galip num bote a remo... Seis meses depois que a família de Rüya se instalara em Istambul, Galip e Rüya pegaram caxumba ao mesmo tempo. Para apressar a cura das crianças, a mãe de Galip ou a mãe de Rüya, a linda Tia Suzan, e às vezes as duas juntas, costumavam levar as crianças em passeios ao Bósforo; qualquer que fosse o ônibus que tomassem, ele sempre sacolejava pelas ruas de paralelepípedos, e onde quer que ele fosse parar — em Bebek ou em Tarabya — o ponto alto da excursão era sempre um passeio pelas águas da enseada a bordo de um bote a remo. Naquele tempo, o que as pessoas temiam e respeitavam eram os micróbios, e não os remédios: todos concordavam que o ar puro do Bósforo era a melhor das curas para a caxumba das crianças. O mar estava sempre calmo pela manhã, o bote era sempre branco, e à sua espera encontravam sempre o mesmo barqueiro gentil. As duas mães se acomodavam no banco de trás do bote, Rüya e Galip se instalavam à proa, lado a lado, meio encobertos do olhar das mães pelas costas do barqueiro, que subiam e desciam num movimento constante. Logo abaixo dos seus pés e tornozelos delicados, tão parecidos, que se estendiam na direção do mar, as águas iam se abrindo lentamente, exibindo suas algas, suas manchas de óleo com as sete cores do arco-íris, as pedrinhas minúsculas e quase translúcidas, os pedaços de jornal que eles se esforçavam para ler do alto do barco, na esperança de talvez encontrarem um dos artigos de Celâl.

A primeira vez que viu Rüya, seis meses antes da caxumba, Galip estava sentado num banquinho instalado em cima da mesa da sala de jantar, enquanto o barbeiro aparava seu cabelo. Naqueles dias, o barbeiro, um sujeito alto que usava um bigode igual ao de Douglas Fairbanks, vinha à sua casa cinco vezes por semana fazer a barba do Avô. Eram os tempos em que as filas para comprar café, do lado de fora da loja de Alâaddin e da torrefação do Árabe, ficavam cada dia mais compridas, em que meias de náilon só se compravam no mercado negro, em que o número de Chevrolets '56 não parava de crescer nas ruas de Istambul, em que Galip entrou na escola primária; já lia com extrema atenção as crônicas que Celâl publicava cinco dias por semana na página 2 do jornal *Milliyet*, com o pseudônimo de Selim Kaçmaz, e fora a Avó que lhe ensinara a ler e a escrever dois anos antes. Sentavam-se numa das pontas da mesa de jantar, e a Avó lhe desvendava com voz rouca o maior de todos os mistérios — como as letras se ligavam entre si para formar as palavras — antes de soltar densas baforadas do cigarro Bafra que nunca tirava do canto da boca; a fumaça do cigarro fazia lacrimejar os olhos do seu neto e, nas páginas da cartilha, o cavalo imenso tingia-se de azul e adquiria vida. A letra A era de *at*, "cavalo" em turco; e o cavalo da cartilha lhe parecia muito mais vigoroso que os pangarés de espinha arriada que via atrelados às carroças do aguadeiro manco e do vendedor e comprador de artigos usados, sempre chamado de ladrão. Naquele tempo, Galip sonhava com a possibilidade de animar aquele garboso corcel do alfabeto com uma poção mágica que lhe desse vida, fazendo-o saltar para fora da página. Mais tarde, quando foi obrigado a cursar o primeiro ano da escola primária e aprender novamente a ler e escrever com o mesmíssimo cavalo diante dos olhos, a idéia da poção mágica já lhe parecia totalmente absurda.

Mas naquela ocasião, se o Avô tivesse cumprido a sua promessa e trazido para casa a tal poção que, segundo ele, era vendida em frascos da cor de romãs, Galip também teria usado a fórmula encantada nas páginas empoeiradas dos velhos números de *L'Illustration*, coalhados de zepelins, canhões e cadáveres enlameados da Primeira Guerra Mundial, para não falar dos cartões-postais que o Tio Melih lhes mandava de Paris ou do Marrocos; ou derramaria a poção sobre a foto da mãe orangotango amamentando o filhote que Vasıf recortara da revista *Dünya*, ou sobre os estranhos rostos humanos que Celâl recortava dos jornais. Àquela altura, porém, o Avô não saía mais na rua, nem mesmo para ir ao barbeiro; passava os dias dentro de casa. Mesmo assim, ainda se vestia todo dia de manhã como nos tempos em que ia para a loja: calças vincadas que lhe caíam em cima dos sapatos, abotoaduras, um antigo paletó inglês de lapelas largas, do mesmo tom de cinza dos pêlos curtos de barba que despontavam no seu rosto aos domingos, além da gravata de algodão perolado que o Pai chamava de "gravata de funcionário". A Mãe se recusava a dizer *guiravat*, como todo mundo, e só dizia *cravate*, à francesa, porque vinha de uma família que já fora mais rica que a do meu pai. Mais tarde, ela e o Pai se acostumaram a conversar sobre o Avô como se ele nem estivesse ali ou fosse mais uma daquelas decrépitas casas de madeira sem pintura que viviam desabando à nossa volta; enquanto conversavam, acabavam esquecendo do Avô e suas vozes iam subindo de tom até finalmente se virarem para Galip: "Vá brincar lá em cima". "Posso tomar o elevador?" "Ele não pode andar de elevador sozinho!" "Não pegue o elevador sozinho!" "Então posso ir brincar com Vasıf?" "Não, ele vai perder a paciência de novo!"

Na verdade, porém, Vasıf nunca se irritava. Era surdo-mudo. Não se aborrecia nunca, quando me via arrastar-me pelo chão para brincar de Passagem Secreta, enfiando-me debaixo das camas e explorando a caverna até o fundo do poço de ventilação do edifício — ágil como um gato, cauteloso como um soldado que avança pelo túnel que cavou até as trincheiras inimigas. Vasıf sabia perfeitamente que eu jamais zombava dele; mas além de Rüya, que ainda não morava lá, ninguém mais na casa tinha essa certeza. Às vezes Vasıf e eu passávamos séculos à janela, contemplando os trilhos do bonde. Uma das sacadas que se destacavam da fachada de concreto do nosso prédio dava de um lado para a mesquita, uma das extremidades do mundo e, do outro, para o liceu das moças, onde o mundo acabava na direção oposta; entre essas duas pontas havia uma delegacia de polícia, uma enorme castanheira, uma esquina e a loja de Alâaddin, sempre agitada como uma colméia. Às vezes, enquanto observávamos os fregueses que entravam e saíam da loja, chamando a atenção um do outro para os carros que passavam, eu sentia um medo incontrolável quando Vasıf, tomado de repente por um surto de animação, emitia sons aterrorizantes, os berros de um homem adormecido que enfrentasse um demônio em seus pesadelos.

"Vasıf tornou a assustar Galip", dizia atrás de mim o Avô, que escutava o rádio na sua poltrona baixa diante da Avó e tentava em vão atrair sua atenção, toda concentrada, como a dele próprio, em tragar a fumaça dos seus cigarros. E em seguida, mais por hábito que por curiosidade, virava-se para nós e perguntava, "Então vamos ver, quantos carros vocês contaram até agora?". Mas nenhum dos dois demonstrava o menor interesse pelas minuciosas informações que eu cuidava de lhes transmitir em resposta sobre o número de Dodges, Packards, DeSotos, além dos Chevrolets novos que eu tinha contado.

Embora o rádio ficasse ligado desde a hora em que o primeiro deles acordava pela manhã até o momento em que o último se recolhia para dormir à noite, o peludo e sereno cachorro de louça de aparência nada turca que dormia enrodilhado em cima do aparelho jamais despertava do seu sono. Enquanto a música *alla turca* sucedia a música *alla franga* — ocidental — e as novelas e notícias se alternavam com comerciais de bancos, águas-de-colônia e da loteria nacional, a Avó e o Avô falavam o tempo todo, obedecendo sempre à mesma pauta. Queixavam-se dos cigarros que tinham nas mãos, mas no tom de quem reclama de uma dor de dente com que precisa se acostumar, posto que ela não tem cura e nunca lhe dá quartel; acusavam-se mutuamente por não terem conseguido parar de fumar e, toda vez que um dos dois quase sufocava de tosse, o outro proclamava triunfalmente suas rabugices, primeiro em tom zombeteiro mas depois com nervosismo e raiva. Não levava muito tempo para que um dos dois se aborrecesse de verdade. "Me deixe em paz, pelo amor de Deus! É o único prazer que ainda me resta!" E acrescentava: "Outro dia mesmo, li no jornal que o cigarro acalma os nervos". Em seguida os dois podiam mergulhar algum tempo num silêncio em que dava para ouvir o tiquetaque do relógio na parede do corredor, mas que nunca durava muito. Pegavam cada um o seu jornal, que folheavam sempre com muito barulho, e imediatamente recomeçavam a falar; assim como falavam sem parar ao longo dos jogos de besigue de toda a tarde ou assim que os demais membros da família chegavam para a refeição da noite ou então se reuniam para ouvir o rádio; e, depois de terem lido a crônica de Celâl no jornal daquele dia: "Deviam deixar que ele assinasse com o nome verdadeiro", dizia o Avô, "aí talvez ele tomasse algum juízo!". "E na idade dele, ainda por cima!", suspirava a Avó — e então, com uma expressão genuinamente intrigada, como se a pergunta lhe ocorresse pela primeira vez quando na verdade a repetia diariamente: "Será que ele escreve mal assim porque não deixam que assine os seus artigos, ou que não deixam que assine os artigos porque escreve assim tão mal?". E o Avô, recorrendo ao argumento que os dois empregavam alternadamente e sempre lhes trazia algum consolo: "Pelo menos", dizia ele, "como não assina os artigos, muito pouca gente tem como saber que é de nós que ele debocha!". "Não, ninguém vai saber", replicava a Avó, mas num tom que Galip percebia ser irônico. "Ninguém tem como dizer que é sobre nós que ele escreve no jornal." Em seguida, o Avô, com a afetação vaga e cansada de um ator secundário que repete a mesma fala pela centésima vez, aludia a uma das crônicas que Celâl tornaria a publicar mais tarde — na época em que começou a receber semanalmente centenas de cartas dos seus leitores — quase sem modificá-las e assinando-as com seu nome verdadeiro, que se tornara famoso; alguns diziam que o fazia porque sua imaginação tinha se esgotado, outros afirmavam que a política e as mulheres não lhe deixavam mais tempo para trabalhar, enquanto outros ainda asseveravam tratar-se de pura preguiça. E o Avô repetia: "Será que pode haver alguém nesta cidade que não saiba que o edifício de que ele fala nesse artigo é o edifício onde nós moramos, caramba?". Depois disso, a Avó se calava.

Nessa época, o Avô já começara a falar do sonho que o visitaria a partir de então com uma freqüência cada vez maior. Como em todas as histórias que repetiam um para o outro ao longo do dia inteiro, a Avó e ele, havia muito azul no sonho que o Avô descrevia de tempos em tempos, com os olhos cintilando de emoção. No seu sonho, contava ele, seus cabelos e sua barba cresciam a toda a velocidade, enquanto uma chuva de um azul muito escuro jamais parava de cair. Depois de escutar os detalhes do sonho com toda a paciência, a Avó dizia, "O barbeiro deve estar chegando logo", mas o Avô fechava a cara toda vez que lembravam o barbeiro. "Ele fala demais, passa o tempo todo fazendo perguntas!" Depois de falar do sonho azul e do barbeiro, houve uma ou duas ocasiões em que Galip ouviu o Avô murmurar, com uma voz que perdia o vigor: "Devíamos ter construído outro edifício, num lugar bem distante. Este edifício aqui só nos trouxe má sorte".

Anos mais tarde, depois que a família vendeu todos os apartamentos e deixou o edifício Cidade dos Corações, depois que o prédio, como tantos outros da área, foi sendo colonizado por pequenas confecções de roupas, corretoras de seguros e obstetras praticantes de abortos clandestinos, Galip sempre parava, toda vez que passava diante da loja de Alâaddin, para contemplar a fachada feia e escura do edifício em que tinha morado e perguntar-se o que poderia levar o Avô a referir-se àquela má sorte num tom tão sombrio. E, já na época em que ouviu primeiro essas palavras, adivinhava que devia ser por causa do assunto em que o Avô — a quem, mais por hábito que por curiosidade, o barbeiro perguntava toda vez, "E então, quando é que o seu filho mais velho volta da África?" — detestava tocar: a volta do seu Tio Melih, que partira para a Europa mas acabara indo viver na África e que, depois, ainda levara muitos anos até voltar para a Turquia, instalando-se primeiro em Esmirna antes de voltar para Istambul. Aquele tinha sido o começo da "má sorte" para o velho: o dia em que o seu filho mais velho e mais difícil partira para o estrangeiro, abandonando a mulher e o filho, para voltar anos mais tarde com uma nova mulher e uma nova filha (Rüya, cujo nome em turco significa *sonho*).

O Tio Melih ainda vivia em Istambul — e tinha menos de trinta anos — quando haviam decidido mandar construir aquele edifício. Foi Celâl quem contou a Galip, muitos anos mais tarde, que toda tarde o tio deixava o escritório de advocacia (onde fazia pouco mais que discutir com os clientes ou desenhar navios e ilhas desertas nas contracapas das pastas de antigos casos) para ir ao encontro do pai e dos irmãos na obra, em Nişantaşı. Os operários, que já começavam a afrouxar o ritmo ao aproximar-se o fim do dia de trabalho, reagiam sempre muito contrariados ao momento em que o Tio Melih chegava, tirava o paletó, arregaçava as mangas e se punha a trabalhar na obra para tentar transmitir-lhes novo ânimo. A família, na época, tinha dois negócios: a Farmácia Branca em Karaköy e uma loja de doces em Sirkeci que, mais tarde, transformaram em confeitaria e depois em restaurante. Sabendo que não tinham como competir com as muitas filiais da casa Hacı Bekir, cujos *lokums* eram tidos como os melhores da cidade, eram movidos pela esperança de conseguirem melhorar as vendas dos potes de geléia de marmelo, figo e cereja que a Avó preparava e alinhava com capricho nas prateleiras. Foi por essa época que o Tio Melih começou a falar que um dos membros da família deveria ir para a França ou a Alemanha aprender o estilo europeu de fabricar geléias; era importante descobrir onde se podia comprar o melhor papel laminado para embalar marrons-glacês, estudar uma associação com os franceses para montar uma fábrica de sais de banho de várias cores — podia ser uma boa idéia visitar as indústrias que vinham falindo uma atrás da outra, tanto na Europa quanto nos Estados Unidos, como que atingidas por uma estranha epidemia, para comprar algumas de suas máquinas — e talvez ainda para comprar a bom preço um piano de cauda para a Tia Hâle e, além de tudo, levar o pobre Vasıf para ser examinado por um bom especialista em cérebro e em ouvido, um neurologista competente da França ou da Alemanha.

Quando, dois anos mais tarde, o Tio Melih e Vasıf partiram para Marselha a bordo de um navio romeno (o *Tristana*), cuja foto cheirando a água-de-rosas Galip encontrou numa das muitas caixas vazias de perfume da Avó e que Celâl viria a descobrir, oito anos mais tarde e num dos recortes de jornal de Vasıf, ter naufragado ao se chocar com uma mina flutuante no mar Negro, o edifício já estava pronto, mas a família ainda não se instalara. Ao cabo de um ano, quando desembarcou sozinho do trem na estação de Sirkeci, Vasıf ainda era surdo e mudo ("evidentemente", como diria a Tia Hâle toda vez que o assunto voltava à baila, mas num tom cujo motivo e cujo mistério Galip só iria elucidar muitos anos mais tarde); segurava contra o peito um aquário onde já nadavam em boa quantidade os peixes japoneses cujos tátara-tátara-netos ainda lhe trariam muitas alegrias cinqüenta anos mais tarde. Nos primeiros dias, ele se recusava a separar-se dos peixes um momento sequer; passava horas infindáveis contemplando o aquário, o fôlego curto de emoção, às vezes tomado pela melancolia e com os olhos cheios de lágrimas.

Na época da volta de Vasıf, Celâl e sua mãe moravam no apartamento do terceiro andar, que mais tarde seria vendido a um armênio, mas como era preciso mandar dinheiro para o Tio Melih poder continuar suas pesquisas comerciais pelas ruas de Paris, alugaram o apartamento e se mudaram para o pequeno sótão de teto inclinado na cobertura do edifício, que antes servia como depósito; metade da área foi transformada num pequeno apartamento. O Tio Melih continuava a mandar cartas de Paris, contendo receitas de bolos e geléias, fórmulas para sopas e águas-de-colônia, além de fotos dos atores e das bailarinas que consumiam e usavam esses produtos. Recebiam também caixas repletas de amostras de pasta de dente sabor hortelã, marrons-glacês, bombons recheados de licor, capacetes de bombeiro e gorros de marinheiro para crianças. À medida que as cartas e os pacotes ficaram mais escassos, a mãe de Celâl começou a se perguntar se não deveria voltar para a casa dos seus pais. No entanto, para que finalmente se decidisse a deixar o prédio, levando consigo seu filho e indo instalar-se na casa de madeira em Aksaray onde viviam sua mãe e seu pai — pequeno funcionário de uma fundação de caridade —, foi preciso que a Segunda Guerra começasse e, logo em seguida, recebessem um cartão-postal muito estranho, todo em marrom e branco, mostrando uma mesquita diferente e um avião em pleno vôo, que o Tio Melih lhes enviara de Binghazi para anunciar que todos os caminhos de volta à Turquia estavam minados. E foi só com a chegada de um novo cartão-postal, dessa vez colorido à mão e exibindo a imagem de um hotel em estilo colonial — o mesmo que serviria mais tarde de cenário a um filme americano em que espiões e traficantes de armas se apaixonavam num bar pela mesma mulher —, que a Avó e o Avô ficaram sabendo que o Tio Melih se casara pela segunda vez com uma jovem turca que conhecera em Marrakesh e que sua nova nora pertencia a uma linhagem que remontava ao Profeta Maomé, sendo portanto uma *seyyide*, uma princesa — além de lindíssima. (Anos mais tarde, muito depois de ter passado longas horas distraído decifrando as nacionalidades de cada uma das bandeiras hasteadas no segundo piso do hotel, Galip um dia contemplava por acaso esse mesmo cartão quando, recorrendo ao estilo usado por Celâl nas suas histórias sobre os "gângsteres de Beyoğlu", concluiu que devia ter sido num dos quartos daquele edifício que lembrava um bolo de creme que "Rüya tinha sido concebida".)

Seis meses depois, um novo postal lhes chegou de Esmirna, mas ninguém acreditou que tivesse sido de fato enviado pelo Tio Melih, pois a essa altura todos já estavam convencidos de que ele nunca mais iria voltar para a Turquia; circulavam até rumores de que ele e a nova mulher tinham se convertido ao cristianismo, juntando-se a um grupo de missionários que partira rumo ao Quênia disposto a construir, num vale onde os leões caçavam antílopes de três chifres, uma igreja para abrigar a seita em que tanto o Crescente quanto a Cruz eram adorados. Em seguida, de acordo com as informações de uma pessoa que afirmava conhecer os parentes da nova nora em Esmirna, o Tio Melih esteve a ponto de ficar milionário, graças a negócios um tanto nebulosos (como o contrabando de armas, o suborno de um rei etc.) que mantivera no Norte da África no decorrer da guerra; no entanto, incapaz de contrariar os caprichos da nova esposa — já célebre pela grande beleza —, aceitara acompanhá-la até Hollywood, onde ela estava certamente destinada a tornar-se uma estrela de fama internacional: sua fotografia já vinha aparecendo em revistas árabes e francesas. No entanto, no cartão-postal que a família fez circular ao longo de muitas semanas pelos vários andares que ocupava — e cuja superfície chegaram a arranhar com desconfiança em alguns pontos, como se suspeitassem de sua autenticidade —, o Tio Melih limitava-se a dizer que adoecera de tantas saudades da terra natal, e que por isso ele e a mulher tinham resolvido voltar. "Agora estamos bem", dizia ele; assumira a direção, "com uma concepção nova, bem mais moderna", dos negócios do sogro, que comerciava com figos e tabaco em Esmirna. O cartão-postal que lhes enviou pouco depois, todavia, vinha redigido num estilo tortuoso, "mais enrolado que os cabelos de um africano", diziam. Suscitou comentários que variavam muito de andar para andar do prédio, tendo em vista os problemas de partilha de bens que, mais adiante, poderiam provocar uma guerra surda na família. Quando Galip leu o postal, muitos anos mais tarde, não achou sua linguagem tão obscura assim. Tudo que o Tio Melih lhes comunicava era seu desejo de regressar logo e se instalar em Istambul, aproveitando para anunciar-lhes o nascimento da filha, cujo nome, acrescentava, ainda não tinha escolhido.

O nome de Rüya, aliás, Galip descobriu pela primeira vez num desses cartões-postais que a Avó prendia na moldura do grande espelho que ficava em cima do bufê onde guardava o serviço de licor. Entre essas imagens de igrejas, pontes, paisagens marinhas, torres, navios, mesquitas, desertos, pirâmides, hotéis, parques e animais, tantas que pareciam formar uma segunda moldura em torno do espelho e que, de tempos em tempos, despertavam acessos de cólera no Avô, havia flagrantes de Rüya ainda bebê e na primeira infância. Naquele tempo, contudo, Galip se interessou bem menos pela filha do seu tio (ou sua *cousine*, como as pessoas começavam a dizer nessa época, empregando a palavra francesa), que sabia ter a mesma idade que ele, do que pela caverna sombria, e propícia aos sonhos, do mosquiteiro sob o qual dormia Rüya, à entrada da qual Tia Suzan, a descendente do Profeta, contemplava a câmera com ar tão triste enquanto entreabria o mosquiteiro para apontar a filha, aninhada bem ao fundo dessa gruta em preto-e-branco. Todos — tanto as mulheres quanto os homens — só foram compreender muito mais tarde que, quando as fotos de Rüya bebê começaram a circular de mão em mão pelos apartamentos, era a beleza daquela mulher que os mergulhava num silêncio sonhador. Naquela época, a pergunta que não saía de todas as bocas era quando o Tio Melih e sua nova família iriam chegar em Istambul, e em qual andar do edifício se instalariam. A essa altura, a mãe de Celâl, que se casara com um advogado, morrera ainda jovem de uma doença para a qual cada médico tinha um nome diferente. E Celâl, que não suportava mais a casa infestada de teias de aranha em Aksaray, aceitara finalmente o insistente convite da Avó e voltara para o edifício, instalando-se no pequeno apartamento do sótão. Começou sua carreira de jornalista: num primeiro momento, cobria os jogos de futebol — mas logo percebeu que os resultados de alguns deles eram arranjados; em seguida, o jornal publicou os primeiros artigos, assinados com pseudônimo, nos quais ele relatava com grandes exageros de estilo crimes misteriosos e indecifráveis cometidos por maus elementos que freqüentavam os bares, os cabarés e os bordéis das ruelas de Beyoğlu; inventava problemas de palavras cruzadas em que o número de quadrados negros era sempre superior ao dos brancos, substituiu o autor de um folhetim envolvendo praticantes de luta livre (que não conseguira ir ao jornal naquele dia devido à embriaguez causada pelo ópio que misturara a seu vinho); escrevia de tempos em tempos pequenas crônicas com títulos como SEU CARÁTER REVELADO PELA CALIGRAFIA, A CHAVE DOS SONHOS, SEU ROSTO E SUA PERSONALIDADE ou SEU HORÓSCOPO DE HOJE. Segundo dizem, foi nessas pequenas crônicas que começou a enviar mensagens secretas para os membros da família, os amigos e as amantes. Era encarregado ainda de uma coluna de ACREDITE SE QUISER, e dedicava o tempo que ainda lhe restava a assistir de graça os novos filmes americanos, sobre os quais escrevia críticas em seguida. Impressionados com sua produtividade, muitos começaram mesmo a dizer que a renda de todas essas atividades logo lhe permitiria casar-se e constituir família.

Muito depois, quando constatou um belo dia que os antigos paralelepípedos ao longo dos trilhos dos bondes tinham sido recobertos de uma camada de asfalto para a qual não via uma razão de ser, Galip perguntou-se se a má sorte de que o Avô falava em relação ao edifício não estaria ligada à estranha promiscuidade e falta de espaço que reinavam no prédio que construíra para a família, a algum segredo vago e terrível. Na noite de primavera em que o Tio Melih desembarcou em Istambul com sua linda mulher, sua filha encantadora e uma frota de malas e baús, instalou-se de imediato, com toda a naturalidade, no apartamento do sótão até então ocupado por Celâl. Talvez só tenha agido assim para manifestar sua desfeita à família, que fizera pouco do que escrevia em seus postais.

Na manhã seguinte, Galip dormiu além da hora. No seu sonho, estava sentado ao lado de uma misteriosa garota de cabelos azuis num ônibus da cidade que parecia levá-los para longe da escola onde ele deveria ler finalmente a última página da cartilha. Acordou e descobriu que na verdade estava atrasado para o colégio e que seu pai também estava atrasado para o trabalho. Sentados à mesa do café-da-manhã, que os raios do sol só atingiam uma hora por dia, a Mãe e o Pai conversavam com indiferença sobre os novos ocupantes do apartamento do sótão, no mesmo tom que empregariam para falar dos ratos que infestavam o poço de ventilação do edifício ou que sua empregada, Esma Hanım, reservava para referir-se a espectros e gênios maus; o que Galip guardou melhor na memória foi a toalha da mesa, quadriculada de azul e branco, que lhe lembrava um tabuleiro de xadrez. Não queria pensar no motivo de ter acordado tão tarde, e nem no motivo pelo qual a idéia de chegar à escola atrasado o enchia de pavor: praticamente pela mesma razão, não queria especular sobre as pessoas que tinham se mudado para o apartamento do sótão. Assim, preferiu subir para o andar dos avós, onde nada mudava nunca e tudo se repetia, mas encontrou o barbeiro fazendo a pergunta de sempre ao Avô, que não exibia uma expressão muito satisfeita. Os cartões-postais do espelho do bufê tinham sido espalhados, e por toda parte viam-se novos objetos desconhecidos; e reinava também no aposento um cheiro novo e misterioso no qual Galip mais tarde ficaria viciado. Subitamente tomado de um vago enjôo, sentiu medo e curiosidade: como seriam, como seriam na verdade, aqueles países de poucas cores que ele só vira naqueles postais? E a tia, tão linda naquelas fotos? Teve uma vontade repentina de crescer, de tornar-se logo um homem! Quando anunciou que queria cortar o cabelo, a Avó ficou muito satisfeita. Como tantas outras pessoas que falam demais, porém, o barbeiro não ia perder seu tempo levando em conta os sentimentos do menino. Em vez de deixá-lo instalar-se na poltrona do Avô, fê-lo sentar-se num banquinho que pôs em cima da mesa da sala de jantar. Além disso, a toalha azul e branca que ele usara para envolver o pescoço do Avô era bem grande, mas nem por isso o barbeiro deixou de amarrá-la com tanta força no pescoço de Galip que quase estrangulou o garoto e, como se ainda não bastasse, arrumou a toalha de modo a descer-lhe até abaixo dos joelhos, como se fosse uma saia de menina.

Muitos anos mais tarde, e muito depois que se casaram (o que, pelos cálculos de Galip, ocorreu exatamente dezenove anos, dezenove meses e dezenove dias a contar desse primeiro encontro), havia manhãs em que Galip despertava e via a mulher dormindo ao seu lado, a cabeça enterrada no travesseiro, e se perguntava se o azul da coberta não o incomodava por lembrar-lhe o azul da toalha que o barbeiro tirara do pescoço do Avô e prendera ao redor do seu; mas nunca falou daquilo com sua mulher, talvez por saber que ela jamais concordaria em trocar a capa da coberta só em respeito a um capricho tão vago.

Galip tinha certeza de que, a essa altura, já teriam enfiado o jornal por baixo da porta; levantou-se da cama com seu cuidado habitual, sem fazer mais barulho que uma pluma. Mas seus pés não o levaram direto até a porta; primeiro passou pelo banheiro, e depois seguiu para a cozinha. A chaleira não estava no fogão, mas ele encontrou o bule de chá na sala de visitas. A julgar pela quantidade de pontas de cigarro que transbordava do cinzeiro de cobre, Rüya devia ter ficado ali até as primeiras horas da manhã, talvez lendo um novo livro policial — ou talvez não. A chaleira estava no banheiro. Aquele aparelho assustador, o *chauffe-bain*, não funcionava mais — a pressão da água era insuficiente —, mas em vez de comprarem um novo aquecedor adquiriram o costume de esquentar a água do banho na chaleira. Às vezes punham a água para ferver logo antes de fazer amor, discretos e impacientes, como antigamente tinham feito o Avô com a Avó, e o Pai com a Mãe.

No decorrer de uma das suas eternas discussões, que sempre começavam com as mesmas palavras, "Você devia parar de fumar!", a Avó acusara o Avô de ingratidão por nunca, em momento algum, ter se levantado da cama antes dela. Vasıf observava os dois; Galip acompanhava a disputa, perguntando-se o que ela teria querido dizer. Mais tarde, Celâl tocou nesse assunto numa de suas crônicas, mas não no mesmo sentido que a Avó. *Levantar-se antes que o sol surja no céu*, escreveu ele, *como aconselha o ditado, sair da cama ainda na escuridão completa — faz parte de uma antiga tradição camponesa; assim como o princípio segundo o qual as mulheres devem sempre se levantar antes dos maridos*. Era a última frase de uma crônica em que Celâl também descrevia para seus leitores o ritual do começo do dia dos seus avós (contando como deixavam cair cinza de cigarro nas cobertas e guardavam suas dentaduras no mesmo copo das escovas de dente; a maneira como os olhos de ambos sempre corriam primeiro para os obituários do jornal); e tudo sem qualquer disfarce. Depois de ter lido o final dessa crônica, a Avó dissera, "Eu não sabia que parecíamos camponeses!". Ao que o Avô acrescentou, "Só me arrependo de não ter obrigado Celâl a tomar sopa de lentilha todo café-da-manhã, para ele ver como é a verdadeira vida no campo!".

Enquanto Galip cumpria sua rotina habitual — lavar as xícaras de chá, procurar pratos e talheres limpos, tirar da geladeira, que recendia a *pastırma*, as azeitonas e o queijo branco que parecia um pedaço de plástico, ao mesmo tempo em que esquentava água na chaleira para fazer a barba — sentiu o impulso de fazer algum barulho que pudesse acordar Rüya, mas não lhe ocorreu nada. Quando se sentou à mesa para tomar o chá que não teve tempo de deixar infundir direito e comer umas azeitonas sem caroço com o pão de ontem, voltou sua atenção para o jornal ainda cheirando a tinta fresca que recolhera no capacho e abrira ao lado do prato, e enquanto seus olhos sonolentos percorriam algumas palavras, seu espírito enveredava por outros caminhos. Pensava que aquela noite eles dois podiam fazer uma visita a Celâl, ou então ir ao cinema, se houvesse algum filme bom passando no Palácio. Viu a crônica de Celâl e resolveu deixá-la para mais tarde, quando voltassem do cinema, mas seus olhos recusaram-se a obedecer e focalizaram a primeira frase do texto; levantou-se, deixando o jornal aberto na mesa, vestiu seu sobretudo e já se preparava para sair quando voltou para dentro de casa. Enfiando as mãos nos bolsos, em meio ao farelo de tabaco solto, ao troco miúdo e aos bilhetes usados que os forravam, dedicou alguns momentos a um tributo silencioso à beleza da sua mulher. Em seguida, virou-se, fechou a porta atrás de si sem fazer barulho, e saiu de casa.

As escadas, cuja passadeira acabara de ser trocada, cheiravam a sujeira e poeira úmida. O ar do lado de fora estava frio, e a fuligem negra que a queima de carvão e óleo fazia elevar-se das chaminés de Nişantaşı escurecia mais ainda a atmosfera. Lançando adiante de si o jato do seu hálito congelado, abrindo caminho em meio às pilhas de lixo espalhadas na calçada, ele entrou na fila já longa do ponto dos *dolmuş*, do qual os táxis coletivos partiam para os mais variados destinos da cidade.

Na calçada oposta, um velho tinha levantado o colarinho do paletó para tentar fazê-lo valer como um sobretudo; passava em revista as mercadorias do vendedor de salgados, que separava os recheados de queijo daqueles que continham carne. Num rompante, Galip deixou a fila e correu de volta até a esquina onde o jornaleiro armava sua banquinha num umbral bem protegido de porta; depois de pagar por mais um exemplar do *Milliyet*, ele o dobrou e enfiou debaixo do braço. Lembrou-se de Celâl imitando alguma das suas leitoras mais idosas: "Oh, Celâl Bey, Muharrem e eu gostamos tanto dos seus artigos que às vezes não conseguimos esperar e compramos dois exemplares do *Milliyet* no mesmo dia!". O que sempre fazia os três — Galip, Rüya e Celâl — caírem na gargalhada. Mais tarde, depois que uma simples garoa se transformou num autêntico aguaceiro e ele finalmente se instalou num *dolmuş* dominado pelo mau cheiro de cigarros e roupas molhadas, depois de ficar claro que nenhum dos passageiros estava disposto a travar conversa e ele passou algum tempo se distraindo da maneira como só são capazes os viciados em jornal, dobrando seu exemplar em segmentos cada vez menores, até só exibir um canto da página 2, e depois ainda de lançar um último olhar distraído pela janela, Galip começou a ler a nova crônica de Celâl.

2. O dia em que o Bósforo secou

Nada pode ser mais espantoso do que a vida. Exceto a literatura.
Ibn Zerhani

Não sei se meus leitores perceberam que as águas do Bósforo estão secando. Acho que não. Enquanto nos entretemos todos com a matança desenfreada que vem tomando conta das nossas ruas, febris e entusiasmados como crianças que assistem a uma queima de fogos, quem teria tempo para ler ou descobrir o que acontece pelo mundo? Já é difícil acompanhar nossos cronistas — lemos seus textos enquanto nos acotovelamos em nossas estações das barcas, enquanto nos aglomeramos nos pontos de ônibus repletos, enquanto bocejamos sentados nos bancos dos táxis coletivos com as letras trêmulas diante dos nossos olhos. Encontrei a notícia de que lhes falo numa revista francesa de geologia.

O mar Negro, dizem, vem se aquecendo, enquanto o Mediterrâneo se resfria. Eis por que as águas começaram a se despejar em fossas gigantescas ao pé das plataformas continentais, que assim se afastam; em conseqüência desses movimentos tectônicos, o fundo dos estreitos de Gibraltar, de Dardanelos e do Bósforo começou lentamente a emergir. Depois que um dos últimos pescadores que ainda restam nas margens do Bósforo me contou que seu barco tinha encalhado num lugar onde antes, para tocar o fundo com a âncora, era necessária uma corrente da altura de um minarete, ele me perguntou: Será que o primeiro-ministro não se interessa nem um pouco pelo problema?

Eu não soube o que responder. Só não tenho como ignorar os desdobramentos desses fatos. O que está além de qualquer dúvida é que esse lugar verdadeiramente celestial que conhecemos como o Bósforo irá transformar-se em pouco tempo num lodaçal negro, onde as carcaças cobertas de limo dos galeões naufragados irão tremeluzir, fosforescentes como os dentes de fantasmas. Ao final de um verão quente, não é difícil imaginar que esta lama secará em alguns pontos enquanto em outros seguirá lodosa, como o leito de um ribeirão modesto e intermitente que banhe uma cidadezinha perdida; e que, nos taludes irrigados pelo despejo de milhares de canos de esgoto, nascerão muitos tufos de relva, e até umas poucas margaridas. A torre de Leandro irá finalmente merecer o nome, impressionando-nos com sua altura vertiginosa; no vale selvagem e profundo que se estende a seus pés, uma vida renovada há de brotar.

Estou falando dos novos bairros que começarão a ser construídos sobre a lama deste fosso que antes era o Bósforo, enquanto os fiscais da municipalidade correrão em vão de um lado para o outro, acenando com inúteis termos de embargo: falo de favelas e barracos, de bares, cabarés e casas de diversão construídas com materiais diversos, de enferrujados parques de diversões com seus carrosséis de cavalos de madeira, de bordéis, mesquitas e mosteiros de dervixes, de esconderijos onde jovens cultivam minúsculas frações marxistas e fábricas clandestinas de artefatos plásticos ou meias de náilon. Em meio a esse caos apocalíptico, assomarão os cascos revirados das velhas barcaças das linhas regulares da cidade, e se estenderão vastos campos de algas pontilhados de chapinhas de garrafa de refrigerante. Em meio aos transatlânticos americanos de cruzeiro encalhados no momento do sumiço brusco do resto das águas, ocorrido da noite para o dia, e espalhados em meio as colunas jônicas esverdeadas pelo musgo, encontraremos esqueletos de celtas e lígures, as bocas abertas em súplica a deuses desconhecidos da pré-história. À medida que essa nova civilização for se constituindo entre os tesouros bizantinos incrustados de mexilhões, as facas e garfos de estanho ou de prata, os tonéis milenares de vinho, as garrafas de refrigerante e as carcaças bojudas de imensos galeões naufragados, também posso imaginá-la retirando o combustível de que precisará para aquecer-se, além de abastecer seus antiquados lampiões, de um dilapidado petroleiro romeno cuja hélice terá ficado presa na lama do fundo. Mas o que podemos prever, antes de mais nada, é que novas epidemias irão se originar dos gases tóxicos que irromperão em borbulhas do solo sob o qual se acumulam desde tempos imemoriais, bem como dos muitos charcos semi-ressecados onde apodrecerão restos de golfinhos, rodovalhos e peixes-espada, espalhando-se depois pela ação de hordas de ratazanas que terão descoberto um novo paraíso nesse pântano maldito regado pelo despejo verde-escuro de todos os esgotos de Istambul. Isso eu sei, e eis o alerta que quero transmitir-lhes. As autoridades hão de fazer o possível para conter a epidemia, cercando de arame farpado esta zona insalubre, mas ninguém será poupado da calamidade.

A partir de então, das varandas de onde outrora víamos o luar tingir de prata as águas sedosas do Bósforo, veremos a fumaça azulada a elevar-se das pilhas de cadáveres que precisaremos incinerar às pressas — funerais tranqüilos tornar-se-ão impossíveis. Sentados no que eram antes as amenas margens do Bósforo, nas mesas onde tomávamos *rakı* saboreando o perfume denso mas refrescante das magnólias e dos jasmins, precisaremos acostumar-nos à fedentina acre da carne em decomposição, combinada ao odor pungente de mofo. Nesses cais onde hoje se enfileiram os pescadores com suas varas de pesca, não ouviremos mais o murmúrio das águas rápidas do estreito ou o canto dos pássaros na primavera, servindo de bálsamo para as nossas almas; o ar haverá de vibrar com os gritos de angústia dos homens que, em defesa da própria vida, se verão obrigados a combater entre si armados com as adagas, os sabres, as cimitarras enferrujadas, as pistolas e fuzis de todo tipo que seus antepassados, temendo o confisco ou as revistas das autoridades, vinham atirando naquelas águas havia mais de mil anos. Quanto aos *İstanbullus* que moram à beira-mar, quando voltarem cansados para as suas casas no final do dia não abrirão mais as janelas dos ônibus para sorver a brisa marinha; em vez disso, enfiarão jornais e panos em todas as fendas para vedar a passagem do fedor de lama e carne podre; e olharão através do vidro cerrado para as chamas que ardem em toda parte, no assustador abismo negro mais abaixo. Os cafés à beira-mar, onde vendedores de balões e de *helva* em folhas antes caminhavam em meio à tranqüila freguesia? Não os freqüentaremos mais ao cair da noite para regalar nossos olhos com os belos espetáculos de fogos de artifício; em vez deles, o que veremos serão as bolas de fogo vermelho-sangue das minas, destruindo consigo as crianças curiosas que provocaram sua explosão. Os homens que antes ganhavam a vida varrendo as areias, à procura de moedas bizantinas e latas vazias atiradas nas margens pelo mar agitado? Começariam a colecionar os moinhos de café, os relógios de cuco cobertos de musgo, os pianos negros incrustados de cracas, que no passado distante uma enchente arrebatou do interior das casas de madeira que se enfileiravam à beira do estreito. E eu, numa bela noite, hei de me esgueirar entre os fios de arame farpado para mergulhar nesse novo inferno à procura de um certo Cadillac preto.

Esse Cadillac era o bem mais precioso de um certo bandido de Beyoğlu (não consigo me convencer a dignificá-lo com a palavra "gângster"), cujas façanhas eu acompanhava uns trinta anos atrás, quando ainda me iniciava na reportagem; na entrada do estabelecimento onde funcionava o quartel-general de suas operações, havia dois panoramas de Istambul que eu muito admirava. Os dois outros Cadillacs que circulavam na cidade àquela época pertenciam a Dağdelen, que fizera fortuna com as ferrovias, e a Maruf, o rei do tabaco. Pode-se dizer que fomos nós, os jornalistas, que transformamos nosso malfeitor em personagem lendário, pois relatamos as últimas horas de sua vida num folhetim que se estendeu por uma semana inteira. O clímax era uma frenética perseguição policial no meio da noite, durante a qual o Cadillac saía da pista em plena Ponta Akıntı, a Ponta das Correntes, e alçava vôo até mergulhar nas águas negras do Bósforo. Segundo alguns, o bandido estava bêbado ou sob o efeito do haxixe; segundo outros, foi esse o fim que escolheu para si e para a amante a seu lado, decidindo morrer como o salteador de estradas que obriga seu cavalo a se atirar num precipício. Creio saber exatamente onde encontrarei esse Cadillac preto, que os escafandristas passaram vários dias procurando em vão em meio às correntes submarinas do fundo do Bósforo e que jornalistas e leitores não precisaram de muito tempo para esquecer.

Estará ali, bem no leito do novo vale que antes conhecíamos como o Bósforo, no fundo de uma fossa lodosa coalhada de ossadas de camelo, de garrafas contendo mensagens de amor para mulheres sem nome, de botinas ou sapatos que perderam seus pares setecentos anos atrás e onde hoje os caranguejos põem seus ovos, para além dos barrancos revestidos de verdadeiras florestas de esponjas e mexilhões em meio aos quais ainda cintilam diamantes, brincos, chapinhas de garrafa e pulseiras de ouro; em algum ponto de um banco de areia coalhado de ostras e caramujos alimentados com o sangue dos velhos pangarés e jumentos abatidos nos matadouros clandestinos, bem ao lado de um laboratório de heroína instalado às pressas no casco apodrecido de um antigo veleiro.

À medida que procuro o Cadillac no silêncio dessas trevas, abrindo caminho em meio à fedentina dos corpos apodrecidos, ouvirei ao longe as buzinas dos carros que circularão pelo asfalto do caminho que antes conhecíamos como a Via Litorânea — mas que hoje parece antes uma alameda que serpenteia junto ao topo de uma montanha. Hei de tropeçar nos esqueletos há muito desaparecidos de sacerdotes ortodoxos, ainda agarrados aos seus báculos e crucifixos, os tornozelos acorrentados às bolas de ferro que os levaram ao fundo, ou dos protagonistas das intrigas palacianas de outrora, ainda dobrados ao meio nos sacos dentro dos quais foram afogados. Verei uma pluma de fumaça azulada erguendo-se do que a princípio me parecerá a chaminé de um fogareiro doméstico a carvão, mas que depois constatarei ser o periscópio do submarino inglês que tentou torpedear o navio *Gülcemal*, que transportava soldados turcos embarcados para os Dardanelos, afundando para sempre diante do Arsenal depois que sua hélice se embaraçou nas redes de pesca e o submersível se chocou de proa com rochedos cobertos de algas; logo descobrirei que são conterrâneos nossos que estarão tomando o chá da tarde no seu novo lar (construído tantos anos antes nos estaleiros de Liverpool), usando as xícaras de porcelana chinesa e instalados nas poltronas de veludo reservadas aos oficiais, depois de terem retirado do casco o último dos esqueletos britânicos, com as bocas muito abertas à procura de ar. Na escuridão, um pouco mais adiante, encontrarei a âncora enferrujada de um dos antigos couraçados do *Kaiser* Wilhelm, e uma tela de televisão, de um branco de madrepérola, piscará para mim. Verei os restos de um tesouro genovês que escapou da pilhagem; um canhão de boca larga entupida de lama; os ídolos e imagens, cobertos de conchas, venerados outrora por povos ou nações há muito desaparecidos; e ainda as lâmpadas partidas de um lustre tombado de metal amarelo. À medida que desço a profundezas maiores, avançando com cuidado pelos meandros de uma trilha de lama que se esgueira entre os rochedos, verei os esqueletos de escravos das galés, ainda sentados em seus bancos e acorrentados aos seus remos, contemplando as estrelas com uma paciência que parece infinita. Mais um colar que pende de um arbusto de algas. Posso não dar muita atenção aos óculos ou aos guarda-chuvas, mas hei de fazer uma pausa cheia de ansiedade e atenção diante dos cruzados de armadura, cavalgando suas montarias cujos esqueletos magníficos ainda se mantêm teimosamente em pé. E só então, quando me postar diante desses assombrosos monumentos para estudar as suas armas oxidadas e os estandartes que erguem em suas mãos poderosas, notarei com horror que, assim formados, montam guarda ao Cadillac Negro. A passos lentos, com temor e também com respeito, quase como se esperasse a permissão dos cruzados, avançarei para o Cadillac Negro, fracamente iluminado de tempos em tempos por uma fosforescência de origem indeterminada. Tentarei abrir as maçanetas das portas, mas o carro, totalmente recoberto de mexilhões e ouriços-do-mar, permanecerá trancado; nem conseguirei forçar os vidros esverdeados das janelas. E é então que tirarei do bolso a minha esferográfica e usarei sua ponta para raspar o aglomerado de algas cor de pistache de uma das janelas, aos poucos, sem pressa alguma. E tarde da noite, à chama bruxuleante de um fósforo, naquela penumbra aterrorizante e misteriosa, distinguirei o volante esplêndido, ainda reluzente como as couraças dos cruzados, e o brilho dos instrumentos niquelados do painel, das agulhas e dos mostradores, revelando no banco da frente os esqueletos do bandido e da sua amada com os pulsos finos ainda rodeados de braceletes, os dedos cheios de anéis eternamente enlaçados aos dele — e estarão unidos não só pelas mandíbulas encostadas, mas também pelos crânios, soldados num beijo sem fim.

E então, sem riscar um segundo fósforo, caminharei de volta na direção das luzes da cidade, refletindo sobre o que acabei de ver: eis ali a maneira mais bela de fazer frente à morte, no momento da pior calamidade. E me dirijo então tristemente à minha amada distante: minha alma, minha linda, minha amada melancólica, eis chegado o tempo dos grandes males, volta logo para mim de onde quer que possas estar — seja um escritório repleto de fumaça de cigarro, um quarto azul desarrumado ou uma cozinha cheirando a cebola numa casa que recende a roupa lavada. Quero que saibas que chegou a hora, e que voltes para mim; vamos fechar as cortinas, deixar de fora a calamidade que cai sobre todos nós e, na penumbra do quarto, esperar em silêncio a chegada da morte, enlaçados com toda a força num abraço derradeiro.

3. Mande lembranças a Rüya

Meu avô os apelidara de "a família".
Rainer Maria Rilke

Enquanto subia as escadas do seu escritório em Babıali na manhã do dia em que foi abandonado pela mulher, com o jornal que acabara de ler ainda enfiado debaixo do braço, Galip pensava na esferográfica verde que ele e Rüya tinham atirado no fundo das águas do Bósforo durante um dos passeios de bote que faziam com as mães enquanto convalesciam da caxumba. Quando fitasse com atenção a carta de despedida de Rüya na noite daquele mesmo dia, perceberia que ela também usara uma caneta verde, a que ficava pousada na mesa, idêntica à que haviam jogado no mar vinte e quatro anos antes. Esta última tinha pertencido a Celâl: ao ver o olhar de admiração que Galip lhe dirigia, Celâl a emprestara a ele, mas só por uma semana. E quando os dois lhe contaram que tinham perdido a caneta, depois que ele ouviu a história sobre o barco a remo e a caneta perdida no mar, concluiu, "Bem, se sabemos em que parte do Bósforo ela caiu, não está totalmente perdida!". E foram essas palavras que tornaram a ocorrer a Galip naquela manhã, no escritório, porque ficara surpreso ao ler a crônica sobre aquele apocalipse e ver que podia não ser aquela mesma caneta esferográfica que Celâl planejava tirar do bolso para raspar dos vidros as algas cor de pistache. Pois uma das marcas registradas das crônicas de Celâl era misturar objetos de muitos séculos antes com os do seu próprio passado — a lama das encostas que ele antevia no Bósforo futuro estariam coalhadas de moedas bizantinas, por exemplo, que traziam a imagem do monte Olimpo, além das chapinhas contemporâneas de garrafa que traziam estampada a marca de refrigerantes Olympos. A não ser que — como ele próprio sugerira poucas noites antes — sua memória estivesse começando a falhar. "Quando o jardim da memória começa a secar", dissera Celâl, "a pessoa não tem como deixar de se apegar aos botões de rosa que ainda lhe restam, às últimas árvores que nele permaneceram. Para impedir que murchem e desapareçam, eu as rego da manhã à noite, e também as acaricio: só faço rememorar, rememorar da manhã à noite, por medo do esquecimento!"

Depois que o Tio Melih partiu para Paris — um ano depois que Vasıf voltara para Istambul com o aquário nos braços —, o Pai e o Avô foram até o escritório de advocacia do Tio Melih em Babıali, puseram todos os seus arquivos e móveis na caçamba de uma carroça puxada por um cavalo e guardaram tudo no sótão do edifício de Nişantaşı. Galip ficou sabendo disso através de Celâl. Mais tarde ainda — depois que o Tio Melih tinha retornado do Magreb com sua linda mulher e sua filha Rüya, depois que provocara a falência do comércio de figos secos do sogro, depois que a família decidira mantê-lo afastado das suas confeitarias e farmácias, por medo de que as levasse também à bancarrota —, o Tio Melih decidira retornar à prática do direito, e tinha levado os móveis antigos para o novo escritório, na esperança de impressionar os clientes. Anos mais tarde, numa das noites que passavam evocando o passado com ódio e ironia, Celâl contou a Galip e a Rüya que um dos carregadores usados naquele dia, especializado no transporte de geladeiras e pianos, tinha feito parte da equipe que transportara os mesmos móveis para o sótão vinte e dois anos antes; a única diferença é que agora ficara careca...

Vinte e um anos depois do dia em que Vasıf deu um copo d'água a esse mesmo carregador e o observou com uma atenção extrema, o Tio Melih decidiu legar a Galip a clientela do seu escritório de advocacia. Isso ocorreu porque, nas palavras do pai de Galip, em vez de enfrentar os adversários dos seus clientes o Tio Melih preferia brigar com os próprios clientes; segundo a mãe de Galip, porém, a essa altura o Tio Melih já estava tão velho e confuso que não conseguia mais distinguir as atas do tribunal e as minutas de documentos legais dos cardápios dos restaurantes e das tabelas de horários das barcas de passageiros; já Rüya achava que — embora àquela altura Galip fosse apenas seu sobrinho — seu amado pai já tinha previsto o que haveria no futuro entre ele e sua filha. E foi assim que Galip se viu herdeiro daquele escritório com todos os seus móveis; seus retratos de juristas ocidentais de crânio totalmente calvo — de nomes tão esquecidos quanto o motivo da sua fama — e professores da escola de Direito que o seu tio cursara meio século antes, todos envergando um *fez* nas respectivas fotos. Também herdou as volumosas pastas de processos em que os queixosos, os acusados e os juízes já tinham morrido décadas mais cedo, juntamente com uma mesa de trabalho usada por Celâl à noite para escrever seus artigos e, de manhã, por sua mãe para copiar e cortar moldes de vestidos, e que hoje exibia num canto um imenso e desgracioso telefone preto que mais parecia um antigo artefato de guerra que um instrumento de comunicação.

De tempos em tempos, a campainha desse telefone tocava por conta própria: tinha um som agudo, que chegava a doer nos ouvidos; o fone negro era pesado como um haltere; quando a pessoa discava um número, o disco do aparelho rangia, emitindo uma melodia de estalidos parecida com as das velhas catracas das estações de passageiros das balsas da linha Karaköy—Kadıköy; na maioria das vezes, em vez de ligar para o número que você queria, o aparelho o conectava com algum outro número de sua própria preferência.

Quando ele discou o número de casa e Rüya atendeu na mesma hora, Galip ficou surpreso. "Você já está acordada?" Ficou satisfeito de saber que Rüya não vagava mais pelo jardim indevassável das suas memórias e voltara para o mundo real, o universo conhecido de todos. Visualizou a mesinha do telefone, o quarto em desordem, até mesmo a postura de Rüya. "Você viu o jornal que deixei na mesa? Celâl escreveu um texto muito interessante." "Não, ainda não li", respondeu Rüya. "Que horas são?" "Você foi dormir bem tarde, não foi?", perguntou Galip. "Você deve ter preparado o seu café-da-manhã", disse Rüya. "Não tive coragem de acordar você", disse Galip. "O que você estava vendo no seu sonho?" "Tarde da noite, ontem, vi uma barata no corredor", disse Rüya. Imitando o tom indiferente das notícias radiofônicas sobre as minas flutuantes localizadas no mar Negro, mas ainda revelando algum pânico, ela acrescentou, "Entre a porta da cozinha e a calefação do corredor... às duas da manhã... e era imensa". Houve um silêncio. "Quer que eu pegue um táxi e volte logo para casa?", perguntou Galip. "Quando as cortinas estão fechadas, esta casa me dá medo", disse Rüya. "Vamos ao cinema hoje à noite?", perguntou Galip. "Está passando um filme bom no Palácio. E podíamos passar na casa de Celâl, no caminho de volta para casa." Ele ouviu Rüya bocejar. "Estou com sono." "Então vá dormir mais", disse Galip, e os dois se calaram. Antes de pousar o fone no gancho, Galip julgou ter ouvido Rüya bocejar mais uma vez.

Nos dias que se seguiram, enquanto rememorava e tornava a rememorar essa conversa, Galip começou a se perguntar se realmente teria ouvido aquele bocejo, se realmente teriam sido aquelas as palavras que trocaram. Lia novos significados em cada palavra de Rüya, lembrava-se de suas frases cada vez com uma forma diferente, e duvidava de tudo. *Parece que eu não estava falando com Rüya, mas com outra pessoa...*, dizia-se ele, e pensava que essa outra pessoa tinha decidido pregar-lhe uma peça. Mais tarde, concluiria que Rüya tinha de fato pronunciado as palavras que originalmente julgou ouvir, e que depois do telefonema tinha sido ele, e não Rüya, quem aos poucos virara outra pessoa. E era com aquela nova personalidade que tentava reinterpretar tudo que talvez tivesse entendido mal, tudo de que se lembrava de maneira imprecisa. A essa altura, sua própria voz lhe parecia pertencer a alguma outra pessoa, pois tinha plena consciência de que, quando duas pessoas conversam das duas pontas de uma ligação telefônica, é fácil que qualquer uma das duas se transforme numa outra ao longo da conversação. Nos primeiros dias, porém, ele adotou um raciocínio lógico mais simples, e pôs toda a culpa no telefone. Porque aquele velho monstro deselegante tinha tocado o dia inteiro, obrigando-o a passar o tempo todo levantando e baixando seu fone.

Depois que falou com Rüya, a primeira ligação que recebeu foi de um homem que tinha aberto um processo contra seu senhorio. Em seguida, era engano. E ainda houve mais dois "enganos" antes da ligação de İskender. Depois, foi alguém que sabia que ele era parente de Celâl e queria o telefone do cronista. Em seguida, um comerciante de ferragens cujo filho se metera na política; ele estava disposto a tudo para tirá-lo da prisão, mas ainda queria saber por que precisava pagar o suborno ao juiz antes da decisão, e não depois. İskender ligou em seguida, e também queria falar com Celâl.

İskender e Galip eram amigos nos tempos de liceu, mas desde então raramente tinham conversado, de maneira que İskender começou dando-lhe um resumo rápido do que tinha feito nos últimos quinze anos. Cumprimentou Galip pelo seu casamento; como tantos outros, afirmou que "sempre tinha pressentido que ainda ia acabar assim". Trabalhava atualmente como produtor numa agência de publicidade. Estava à procura de Celâl porque uma equipe da BBC que realizava um programa sobre a Turquia queria entrevistá-lo. "Querem um jornalista como Celâl, que acompanhe as coisas de perto há trinta anos — querem entrevistá-lo para as câmeras!" Já tinham conversado com políticos, homens de negócios e sindicalistas, explicou, dando a Galip muito mais detalhes do que ele precisava. Mas a pessoa que mais queriam conhecer era Celâl; tinham concluído que o cronista seria uma presença obrigatória no programa que vinham fazendo.

"Não se preocupe!", disse Galip. "Eu o localizo para você." Achava bom ter uma desculpa como aquela para ligar para Celâl. "No jornal, faz dois dias que as pessoas só me dão respostas evasivas!", disse İskender. "Foi por isso que acabei ligando para você. Faz dois dias que Celâl não aparece no jornal. Alguma coisa deve estar acontecendo." Embora já estivesse acostumado com os desaparecimentos de Celâl, que às vezes passava sumido vários dias de uma vez, escondendo-se noutras partes da cidade, em endereços desconhecidos com telefones que não constavam da lista, Galip tinha certeza de que conseguiria localizá-lo. "Não se preocupe", tornou a dizer. "Eu o encontro para você em pouco tempo."

Ao cair da noite, porém, ainda não tinha achado Celâl, embora tivesse ligado para os números da casa e da sua sala no jornal o dia inteiro. A cada vez usava uma voz diferente, fingindo ser outra pessoa, projetando a voz da maneira como fazia quando, nas noites que passava com Rüya e Celâl, os três se dedicavam a imitar os atores de suas radionovelas prediletas. Se o próprio Celâl atendesse, ele fingiria ser um dos seus leitores mais pretensiosos e lhe diria, "Li sua crônica de hoje, meu amigo, e decifrei seu significado oculto!". No entanto, cada vez que ligava para o *Milliyet*, era a mesma secretária que tornava a lhe dizer com a mesma voz que o senhor Celâl ainda não tinha chegado. E só uma vez, ao longo do seu embate contínuo com o telefone por todo o dia, Galip teve o prazer de achar que uma das suas vozes falsas tinha de fato conseguido enganar alguém.

Já ao final da tarde, pouco antes de anoitecer, ligou para a Tia Hâle, achando que ela poderia saber onde Celâl estava, e ela o convidou para jantar. Quando ela acrescentou "Galip e Rüya também virão!", ele percebeu que ela tinha confundido suas vozes mais uma vez, achando que ele era Celâl. "Que diferença faz?", disse a Tia Hâle, depois que ele lhe disse que tinha se enganado. "Vocês são todos meus filhos, e todos iguais — todos me abandonaram! De qualquer maneira, eu ia mesmo ligar para você depois de falar com Celâl." E depois de reclamar com Galip — com o mesmo tom de voz que usava com seu gato, Carvão, quando ele afiava as garras nos móveis — dizendo que ele a ignorava, ela lhe perguntou se ele poderia passar no caminho pela loja de Alâaddin para pegar a comida dos peixinhos japoneses de Vasıf: aparentemente, eles só podiam comer a mesma ração que seus primos europeus, e Alâaddin só entregava aquela comida especial a gente que conhecia.

"Você leu a crônica que ele publicou hoje?"

"Ele quem?", perguntou a tia, com sua obstinação habitual. "Alâaddin? Não, claro que não. Nós só compramos o *Milliyet* para o seu tio fazer as palavras cruzadas e Vasıf se divertir recortando as fotografias. Certamente não é para ler a coluna de Celâl e ficar arrasada ao ver a que ponto ele chegou."

"Então eu prefiro que você mesma ligue para Rüya para falar com ela de hoje à noite", disse Galip. "Acho que não vou ter tempo."

"Mas não esqueça!", disse a Tia Hâle, lembrando-lhe a encomenda que fizera e a hora em que esperava que ele chegasse. Em seguida anunciou a lista dos convidados, que, como o cardápio para essas reuniões de família, era absolutamente invariável; recitou os nomes com o mesmo tom contido mas emocionado que os locutores de rádio empregam para anunciar finalmente a escalação de um time famoso de futebol que os ouvintes vêm esperando com a respiração presa por dias a fio. "A sua mãe, a sua tia Suzan, seu tio Melih, Celâl se conseguirmos encontrá-lo, e — claro — o seu pai, e mais Vasıf, Carvão e a sua tia Hâle." A única coisa que ela não fez foi arrematar a lista com a risada que sempre desandava num acesso de tosse, com a qual costumava arrematar a escalação das equipes; em vez disso, desligou após acrescentar: "Vou fazer folheados, só para você!".

Assim que ele pôs o fone no gancho, a campainha do telefone tornou a tocar, e, enquanto ele fitava o aparelho sem nenhuma expressão no rosto, Galip pensava nos projetos matrimoniais da Tia Hâle, que chegara muito perto de casar-se um ano antes da volta de Rüya com a sua família. Ele se lembrava da aparência do pretendente, e sabia que tinha um nome bizarro; estava na ponta da língua, mas não conseguia se lembrar. Para exercitar o espírito, ele decidiu que não atenderia o telefone até que aquele nome lhe retornasse. Depois de sete toques, o telefone se calou. Quando recomeçou a tocar dali a poucos instantes, Galip evocava a visita que o pretendente do nome estranho tinha feito na companhia de um tio e um irmão mais velho, para pedir a mão da Tia Hâle. O telefone voltou a calar-se. Quando recomeçou a tocar, já estava escuro do lado de fora e ele mal conseguia distinguir os móveis do escritório. Galip ainda não conseguira se lembrar do nome do homem, mas se lembrava do quanto os seus sapatos estranhos tinham-no incomodado. Além do mais, ele tinha no rosto a cicatriz de um botão do Oriente. "Eles são árabes?", perguntara o Avô. "Hâle, tem certeza de que quer se casar com esse homem? Como foi que vocês se conheceram, aliás?" Tinha sido por acaso...

A essa altura, em torno das sete, o prédio de escritórios se esvaziava, mas antes de sair para o seu jantar de família Galip abriu o arquivo de um cliente que queria mudar de nome; sentou-se para ler o caso apenas à luz do lampião da rua e finalmente deparou-se com ele, o nome que vinha procurando. Assim que entrou na fila para o *dolmuş* que seguiria para Nişantaşı, ocorreu-lhe que o mundo era um lugar vasto demais para a memória humana; uma hora mais tarde, quando já estava de volta às ruas de Nişantaşı, a caminho do edifício da família, concluiu que, se o homem encontrava algum sentido na vida, só podia ser por mero acaso.

O prédio onde a Tia Hâle dividia um apartamento com Vasıf e a empregada Esma Hanım, e onde o Tio Melih ocupava outro apartamento com a Tia Suzan (e, antigamente, Rüya), ficava numa rua transversal de Nişantaşı, a apenas três quadras de distância da avenida, da delegacia de polícia e da loja de Alâaddin — meros cinco minutos a pé —, de maneira que não se tratava exatamente de uma rua secundária, embora assim fosse chamada pelos ocupantes daqueles dois apartamentos superpostos, que acompanhavam sem interesse o seu traçado desde um lamacento terreno baldio, e depois uma grande horta onde ainda se via um poço, até o trecho pavimentado, primeiro com pedras irregulares e depois com paralelepípedos. À medida que o bairro tinha crescido, a família menosprezava aquela rua em que hoje moravam, assim como as ruas vizinhas, em que não viam qualquer encanto. Na época em que se viram obrigados a vender um a um os apartamentos do edifício Cidade dos Corações — o prédio que, nas palavras da Tia Hâle, "dominava toda a Nişantaşı" e constituía o centro de gravidade do seu universo, tanto geográfico quanto sentimental —, tornando-se locatários de apartamentos mais "modestos", e desde o dia em que se instalaram naquele prédio vetusto, situado num canto perdido e desolado da geografia simétrica que traziam dentro de si; e talvez também porque ninguém quisesse deixar passar uma oportunidade de exagerar a gravidade da sorte que se abatera sobre eles e culpar por ela algum outro membro da família, tinham adquirido o hábito de chamar o tempo todo de "rua secundária" a rua em que moravam.

No dia em que deixara o edifício Cidade dos Corações e se mudara para a sua nova residência num dos prédios de uma "rua secundária", três anos antes da sua morte, Mehmet Sabit Bey (o Avô), após ter se instalado na sua velha poltrona de pernas bambas, que ainda formava o mesmo ângulo com a mesma mesa pesada em cima da qual ficava o rádio (como no apartamento antigo), mas um ângulo diferente com a janela que dava para a rua, inspirado talvez pelo pangaré emaciado e pela carroça precária que tinham transportado sua mobília naquele dia, tinha declarado: "Estamos todos de parabéns. Podemos ficar orgulhosos! Apeamos do cavalo para montar num asno, só vamos esperar que isso não acabe ainda pior!". Então estendeu a mão para o rádio — sobre o qual já tinham instalado o cachorro de louça, deitado em seu leito bordado — e girou o botão.

Tudo isso ocorrera dezoito anos antes. Eram oito da noite, e — exceto pela loja de Alâaddin, da floricultura e da lojinha de nozes e frutas secas — todas as lojas tinham baixado suas persianas de metal; uma neve molhada chovia, atravessando as nuvens de fuligem, enxofre, carvão e descarga de automóveis que se acumulavam no ar. Quando Galip viu as velhas luzes acesas no velho prédio, sentiu o que sempre sentia — que suas memórias daquele lugar estendiam-se muito além dos dezoito anos que se tinham passado desde que sua família se mudara para lá. Não importava o quanto a rua era estreita ou como o edifício se chamava (o nome era muito difícil de pronunciar, com todos os seus Os e Us, e por isso nunca se referiam a ele pelo nome), e tampouco importava a sua localização — no espírito de Galip, sua família vinha morando naqueles acanhados apartamentos superpostos desde a origem dos tempos. Enquanto subia os degraus da escada (onde sempre reinava o mesmo cheiro; numa das suas crônicas que mais enfurecera a família, Celâl afirmava que aquele cheiro se compunha de cimento fresco, mofo, óleo de cozinha, cebola e o fedor do poço de ventilação da fossa séptica), Galip se preparou para as cenas e imagens que logo teria diante de si, e as viu desfilar aceleradas à sua frente com a impaciência cheia de prática de um leitor que folheia um livro que já leu e releu muitas vezes.

Como já são oito horas, Tio Melih estará na velha poltrona do Avô, lendo o jornal que trouxe do seu apartamento, e, se não estiver fingindo que é a primeira vez que põe os olhos nele, há de murmurar alguma coisa quanto à sua esperança de conseguir ver as notícias de outro ângulo assim instalado numa poltrona diferente, ou que está querendo passar-lhe os olhos pela última vez antes que Vasıf o ataque com a tesoura. Mas seus pés não ficam parados. Dentro de seus desafortunados chinelos, seus dedos estarão se contorcendo com tamanha impaciência que tenho a impressão de poder ouvir o lamento que dominava minha própria infância: estou entediado; não tenho o que fazer, não tenho o que fazer, não tenho o que fazer... Esma Hanım já terá sido expulsa da cozinha para que a Tia Hâle possa fritar seus folheados exatamente como gosta, sem nenhuma interferência; Esma Hanım, enquanto isso, estará pondo a mesa e haverá um Bafra sem filtro pendendo dos seus lábios, muito embora ela ainda ache que os cigarros Yeni Harman são muito superiores. A uma certa altura ela se vira e pergunta, "São quantos hoje à noite?", como se não soubesse a resposta, como se não soubesse que todos os outros presentes sabem a resposta tão bem quanto ela. Seus olhos procuram a Tia Suzan e o Tio Melih, que terão tomado as posições que antes eram do Avô e da Avó, dos dois lados do velho rádio e de frente para a minha Mãe e o meu Pai. Depois de um longo silêncio, a Tia Suzan sorri com esperança para Esma Hanım e pergunta, "Estamos esperando que Celâl venha jantar conosco hoje?". E o Tio Melih responde, como sempre, "Este rapaz nunca vai tomar jeito, nunca!". E então, postando-se em defesa do sobrinho mas também satisfeito e orgulhoso por demonstrar mais equilíbrio que o irmão mais velho, o Pai menciona alguma coisa engraçada que leu numa das crônicas recentes de Celâl. Somado ao prazer que sente de sair em defesa do sobrinho estará o prazer de se exibir para o filho; depois de nos dar um resumo do tema nacional ou da questão de vida ou morte que Celâl discutiu na tal coluna, ele elogia o sobrinho com palavras que o próprio Celâl seria o primeiro a ridicularizar, se as ouvisse. Em seguida, o Pai apresenta alguma crítica "positiva" que faz até a Mãe começar a assentir com a cabeça — Mamãe, por favor, fique fora disso! — mas ela não consegue se conter; considera seu dever lembrar ao Tio Melih que Celâl é muito melhor do que ele pensa. Quando vejo a Mãe entrar na conversa com o mesmo preâmbulo de sempre, "No fundo, ele é um rapaz tão gentil...", não consigo me refrear; muito embora eu saiba perfeitamente que nunca serão capazes de enxergar os significados ocultos que eu vejo nas suas crônicas e nem saboreá-las como eu, acabo perguntando, para ninguém em especial, "Vocês leram a crônica de hoje?". E é agora, talvez, que o Tio Melih, embora tenha sobre os joelhos o jornal aberto na página do artigo do filho, pergunta, "Que dia é hoje?" ou "Agora ele está escrevendo todo dia? Não que faça nenhuma diferença; mesmo assim eu não li!". Ouvirei meu pai dizer, "Acho que ele não faz bem de usar uma linguagem tão grosseira para falar do primeiro-ministro!", e minha mãe dirá, "Mas mesmo sem concordar com a opinião dele, ainda assim é preciso respeitar a personalidade do autor!", numa frase tão cheia de ambigüidade que será difícil dizer se está dando razão a Celâl, ao meu pai ou ao primeiro-ministro; e a essa altura, talvez encorajada pela imprecisão dos comentários da minha mãe, a Tia Suzan dirá, "Quando ele escreve sobre a imortalidade, o ateísmo e o fumo, parece um francês falando", e por um momento terei a impressão de que vamos entrar em mais uma discussão sobre cigarros. E ainda por cima Esma Hanım, que ainda não sabe ao certo quantas pessoas virão para o jantar, abre de um golpe a toalha da mesa no ar, como se fosse um lençol pairando sobre a cama, e contempla sua linda queda lenta em cima da mesa, sempre com o cigarro nos lábios e os olhos apertados pela fumaça. Quando o Tio Melih reclama, "Olhe toda essa fumaça, Esma Hanım, assim você vai piorar a minha asma!", e ela responde, "Se alguma coisa está piorando a sua asma, Melih Bey, é o cigarro que o senhor mesmo fuma!", já sei o que virá em seguida, e em vez de assistir a essa discussão interminável pela enésima vez eu saio da sala. Na cozinha, tomada por uma fumaça cheirando a massa fresca, a óleo quente e queijo derretido, estará a minha Tia Hâle, sozinha, fritando os seus folheados; com o xale que terá enrolado na cabeça para proteger seus cabelos dos respingos da gordura, parece alguém que prepara algum elixir secreto no seu caldeirão. Talvez para atrair em troca o meu interesse, ou quem sabe esperando um beijo, ela se apressará em pôr um pequeno folheado quentíssimo na minha boca. "Não conte a ninguém", diz ela, acrescentando, "Está muito quente?", mas a essa altura os meus olhos lacrimejam tanto que não consigo responder. De lá vou até o quarto onde o Avô e a Avó passavam suas noites insones envoltos cada um na sua colcha azul, e onde, sentados numa delas, Rüya e eu tivemos as nossas primeiras aulas de desenho, aritmética e leitura; depois da morte dos dois, Vasıf mudou-se para lá com seus amados peixes japoneses, e é lá que os encontrarei, ele e Rüya. Estarão olhando os peixes juntos, ou percorrendo a coleção de recortes de Vasıf. Talvez eu me reúna a eles, e — como nenhum de nós quer chamar atenção para o fato de que Vasıf é surdo-mudo — passaremos um longo tempo em silêncio, e depois, usando a linguagem de sinais que inventamos e desenvolvemos entre nós três, contaremos a ele, Rüya e eu, um dos filmes antigos que acabamos de rever na televisão ou, se não tivermos visto nenhum filme antigo esta semana, apresentamos em mímica a cena do *Fantasma da ópera* que sempre o deixa tão emocionado, reproduzindo-a com tamanha riqueza de detalhes que parece termos acabado de rever o filme. Pouco depois, Vasıf (sempre mais sensível que qualquer outra pessoa) irá se virar e dedicar toda a atenção aos seus adorados peixes, enquanto Rüya e eu nos entreolhamos, e sim, pela primeira vez desde hoje de manhã eu a verei; pela primeira vez desde a noite da véspera teremos a oportunidade de conversar frente a frente. Eu perguntarei, "Como você está?" e você responderá como sempre, "Tudo bem! Ótima!", e eu, como sempre, meditarei com todo o cuidado sobre todos os subentendidos, intencionais ou não, que essas palavras podem encobrir, e então, incapaz de mascarar a inutilidade desses meus pensamentos, eu lhe farei uma outra pergunta, embora possa imaginar que você passou o dia lendo um dos livros policiais de que gosta tanto e eu jamais consegui ler até o fim — você sempre me fala do quanto adoraria traduzi-los um dia para o turco, mas hoje você não terá chegado a esse ponto, hoje você só terá passado o tempo sem fazer nada —, mas ainda assim eu lhe perguntarei, "O que você fez hoje? Rüya, o que você fez?".

* * *

Em outra de suas crônicas, falando de novo sobre as escadarias dos prédios de apartamentos das ruas secundárias, Celâl propôs uma fórmula diferente para o cheiro que as dominava, sugerindo um novo ingrediente, mais romântico: cheiravam a alho, mofo, cal, carvão, óleo de cozinha e sono... Antes de tocar a campainha, Galip pensou, Vou perguntar a Rüya se foi ela que me ligou três vezes hoje à tarde para o escritório!

A Tia Hâle abriu a porta e disse, "Ah, é você. Onde está Rüya?".

"Ainda não chegou?", perguntou Galip. "Você não ligou para ela?"

"Tentei, mas ninguém atendeu", disse a Tia Hâle. "Imaginei que você tinha avisado."

"Talvez ela esteja aqui em cima, no apartamento do pai", disse Galip.

"A sua tia e o seu tio já desceram séculos atrás", disse a Tia Hâle.

Por algum tempo, nenhum dos dois disse nada.

"Ela deve estar em casa", disse finalmente Galip. "Vou correr até lá e já volto com ela."

"Ninguém está atendendo o telefone", disse a Tia Hâle. "E Esma Hanım já está fritando os seus folheados."

Galip saiu correndo pela rua, enquanto o vento que empurrava a neve levantava as abas do sobretudo que comprara nove anos antes (mais um assunto das crônicas de Celâl). Um dia ele tinha calculado que, se em vez de tomar o caminho da avenida ele cortasse caminho pelas transversais — passando diante da mercearia agora fechada e dos sombrios subsolos onde moravam os porteiros, da luz fraca dos anúncios de Coca-Cola ou de meias de náilon, da oficina do alfaiate de óculos que ainda trabalhava duro —, podia ir do edifício onde moravam os tios ao seu em doze minutos. E não se enganou por muito. Na volta, percorreu as mesmas ruas e as mesmas calçadas (o alfaiate enfiava uma linha na agulha com o mesmo pedaço de pano aberto nos joelhos), e toda a viagem lhe tomou vinte e seis minutos. Foi a Tia Suzan quem lhe abriu a porta, e Galip lhe disse a mesma coisa que depois contou para o resto da família que se instalava em torno da mesa: Rüya se resfriara e tinha ido para a cama, onde caíra numa espécie de estupor, possivelmente provocado por uma dose excessiva de antibióticos (tinha tomado tudo que encontrara na prateleira!); ouvira o telefone tocar algumas vezes, mas não conseguira se levantar para atender; ainda se sentia muito zonza e estava sem nenhum apetite, de modo que decidira ficar na cama mas pedira a Galip que transmitisse seus beijos a todos.

Embora soubesse que suas palavras despertariam a mesma imagem em todos (a pobre Rüya, indisposta no seu leito de doente!), ele também previu o debate filológico e farmacológico que haveria de se seguir: todos os nomes de antibióticos, penicilinas, xaropes e pastilhas contra a tosse, cápsulas ou comprimidos antigripais, vasodilatadores e analgésicos vendidos nas nossas farmácias, além das vitaminas que era obrigatório tomar junto com eles — como o creme que se acrescenta ao bolo —, foram enumerados com uma pronúncia que turquificava o nome de cada produto, acrescentando vogais que multiplicavam seu número de sílabas, além de indicar em pormenores a posologia de cada um. Em qualquer outro momento, Galip teria saboreado como um bom poema aquele festim de pronúncias criativas e medicina amadorística, mas agora tinha o espírito tomado pela imagem de Rüya doente de cama; uma imagem que, mesmo mais tarde, ele não conseguiria decidir o quanto era real ou inventada. Alguns detalhes — o pé de Rüya doente emergindo da colcha, seus grampos de cabelo espalhados pelos lençóis — pareciam totalmente autênticos, mas outros pormenores — seus cabelos espalhados por cima do travesseiro, por exemplo, ou a mesa-de-cabeceira tomada pela desordem em que se amontoavam as caixas de remédio, o copo, a garrafa d'água, os livros — só podiam ter sido tomados de empréstimo; de algum dos filmes prediletos de Rüya, cujas cenas ela costumava reproduzir, ou de um dos romances policiais mal traduzidos que ela devorava com a mesma fúria com que consumia o tempo todo os pistaches que comprava na loja de Alâaddin. Mais tarde, quando Galip respondia laconicamente às perguntas bem-intencionadas que lhe faziam, ditadas pelo afeto familiar, fez um grande esforço para manter separadas na sua mente as memórias autênticas de Rüya e aquelas que tinha inventado — lançando mão de uma disciplina minuciosa com que talvez homenageasse os detetives dos romances que ela adorava e ele mais tarde tanto se esforçaria por imitar.

Sim, naquele exato instante, enquanto todos se sentavam para comer, Rüya sem dúvida tinha voltado a dormir; ela estava sem fome, a Tia Suzan não precisava se dar ao trabalho de levar-lhe um pouco de sopa; não, ela não tinha deixado que ele chamasse aquele médico horrível — seu hálito cheirava a alho, e sua maleta empesteava a casa com um fedor de curtume; sim, Rüya tinha deixado de ir ao dentista naquele mês, e sim, era verdade, não vinha saindo muito ultimamente, passava quase o tempo todo em casa, entre quatro paredes. Hoje? Não, não tinha saído de todo; ah, é mesmo, você a viu passar na rua? Então ela deve ter saído um pouquinho só, mas não contara nada a Galip; ah sim, ah sim, ela disse alguma coisa; onde foi mesmo que você a viu? Ela deve ter ido comprar botões, no armarinho, botões roxos, e deve ter passado pela frente da mesquita, ah sim, agora eu me lembro, ela me disse; e fazia tanto frio hoje, não é mesmo, deve ter sido assim que ela se resfriou, e estava tossindo, sim, e fumando, claro, um maço por dia, sim, ela estava mais pálida que de costume, mas não, Galip não tinha percebido o quanto ele próprio estava pálido, e nem sabia dizer quando ele e Rüya iriam mudar de vida e abandonar aqueles hábitos tão insalubres.

Sobretudo. Botões. Chaleira. Mais tarde, depois que o interrogatório familiar acabou, não restava a Galip energia suficiente para se perguntar por que essas três palavras lhe vieram à mente. Numa das suas crônicas, redigidas num paroxismo barroco de cólera, Celâl dizia que o inconsciente, a "área de sombra" que reside nas profundezas de nossas mentes, não existia entre os turcos — era uma invenção ocidental que tínhamos absorvido através dos seus romances grandiloqüentes, dos heróis dos seus filmes pretensiosos que jamais conseguimos imitar direito. (É provável que Celâl tivesse acabado de assistir a *De repente no último verão*, em que Elizabeth Taylor tenta mas não consegue alcançar a "área de sombra" no fundo da estranha mente de Montgomery Clift.) Galip não tinha como saber àquela altura, mas perceberia ao descobrir o verdadeiro museu anexado a uma biblioteca que Celâl tinha formado, que seu primo (influenciado, sem dúvida, por certos livros de psicologia que tinha lido em versão condensada, a que acrescentara alguns detalhes levemente pornográficos) já era o autor de um extenso panfleto em que atribuía todos os males da nossa infeliz existência a essas zonas obscuras e inexplicáveis que se escondem nas profundezas da nossa mente.

Galip estava a ponto de dizer "Hoje, na coluna de Celâl...", com a idéia de mudar o assunto da conversa, assustado com a força do hábito, quando acabou deixando escapar outra coisa. "Tia Hâle, esqueci de passar na loja de Alâaddin!" Esma Hanım acabara de trazer para a mesa o doce de abóbora, com tamanho cuidado que era possível confundir a carga alaranjada que trazia nos braços com um bebê retirado do berço, e agora os outros salpicavam sobre o doce as nozes esfareladas no pilão herdado da confeitaria da família. Um quarto de século antes, Galip e Rüya tinham descoberto que o pilão soava como um sino quando golpeado na borda com o cabo de uma colher: *dong! dong!* ("Podem parar com isso antes que a minha cabeça exploda? O que vocês acham que é isso aqui, uma igreja?") Meu Deus, como aquilo era difícil de engolir! Ao que tudo indicava, as nozes esfareladas não eram suficientes para todos, de maneira que a Tia Hâle deu um jeito de ser a última a se servir da tigela roxa; "Na verdade, não estou com vontade", disse ela, mas quando achou que ninguém estava reparando lançou um olhar cheio de desejo para a tigela vazia. Em seguida, de uma hora para outra, começou a falar mal de um antigo rival nos negócios que, a seu ver, tinha sido o único responsável pelo declínio da fortuna da família, a tal ponto que ela hoje nem podia comprar a quantidade certa de nozes para dar conta do doce de abóbora. Estava decidida a passar pela delegacia de polícia e dar queixa contra ele. No entanto, todos eles temiam o posto de polícia e os policiais, como se fossem um bando de mortos-vivos vestidos de azul. Uma vez, depois que Celâl afirmou numa crônica que a área de sombra do nosso subconsciente era constituída pelo posto de polícia, um guarda tinha vindo entregar-lhe uma intimação que o convocava a comparecer ao fórum, para prestar declarações. O telefone tocou, e o pai de Galip atendeu com a sua voz mais séria. É da delegacia de polícia, pensou Galip. Enquanto seu pai falava ao telefone, percorrendo com os olhos vazios de expressão o aposento que o cercava (o papel que forrava a parede, com as flores verdes que brotavam em meio a tufos de hera, era exatamente o mesmo do antigo apartamento, o que sempre servia de algum consolo), a família continuava em torno da mesa e o Tio Melih teve um ataque de tosse, enquanto Vasıf dava a impressão de acompanhar a conversa ao telefone, e foi então que Galip percebeu que os cabelos da sua mãe, que vinham ficando cada vez mais claros, tinham agora quase a mesma cor dos da linda Tia Suzan. Como os demais, Galip só acompanhava metade da conversa, e fazia o possível para adivinhar quem responderia pela outra metade. Num primeiro momento, achou que fosse alguém procurando Rüya.

"Não, senhora, infelizmente, não... Sim, senhora, claro, estávamos esperando... Como é mesmo a sua graça?", acrescentou o pai de Galip. "Obrigado... eu sou o tio... Sim, também sentimos muito..."

"Alguém procurando Celâl", disse o Pai, desligando o telefone. Parecia satisfeito. "Uma senhora já de uma certa idade, admiradora dele, uma senhora muito fina, ligando para dizer o quanto gostou da crônica. Queria falar com Celâl; pediu seu endereço, seu telefone."

"Qual crônica?", perguntou Galip.

"Você sabe qual crônica. Hâle", acrescentou o Pai, "é estranho, mas a senhora com quem acabei de falar tinha uma voz parecida com a sua — igualzinha à sua!"

"E por que você acha estranho que uma senhora de uma certa idade tenha uma voz parecida com a minha?", perguntou a Tia Hâle. Seu pescoço, violáceo como um pulmão, esticou-se de repente, como o de um ganso. "Mas a voz dessa mulher não tem nada a ver com a minha!"

"E como você sabe?"

"Pois essa senhora distinta, como você diz, ligou também hoje de manhã", disse a Tia Hâle. "E não me pareceu nem um pouco ter uma voz de grande dama, parecia a mulher de um peixeiro tentando se passar por uma senhora mais velha."

O pai de Galip perguntou, Como será que a velha senhora tinha localizado o número de telefone deles? Hâle por acaso perguntara?

"Não", respondeu a Tia Hâle, "não vi motivo. Desde que Celâl começou a escrever aquele folhetim sobre o lutador e passou a pendurar a nossa roupa suja no jornal para todo mundo ver, nada do que ele faz me espanta, e quase pensei, quase me perguntei se — bem, passou pela minha cabeça que ele era bem capaz, num dos artigos em que faz gato e sapato de nós, de ter dado aos seus leitores curiosos o nosso número de telefone, para o caso de quererem se divertir mais um pouco às nossas custas. Quando me lembro do quanto os meus falecidos pais sofriam por causa dele, penso que só existe uma coisa nele que ainda poderia me deixar surpresa, e não seria ele divulgar o nosso número de telefone, não, seria ele finalmente contar por que ainda nos detesta tanto, depois de tantos anos."

"Ele nos detesta porque é comunista", disse o Tio Melih, que sobrevivera a mais um acesso de tosse e acendia um cigarro comemorativo. "Quando finalmente descobriram que nunca iriam chegar a lugar nenhum com os operários ou com o povo turco, os comunistas tentaram convencer os militares a dar um golpe bolchevique com a aparência de uma revolta dos janízaros. E com essas crônicas que fedem a sangue e ressentimento, Celâl se transformou num instrumento deles."

"Não", disse a Tia Hâle, "ele nunca chegou a esse ponto."

"Eu sei de tudo, Rüya me contou", prosseguiu o Tio Melih. Deixou escapar uma risada e conseguiu não tossir. "Parece que prometeram a ele que, depois do golpe, seria nomeado ministro do Exterior ou embaixador em Paris pela nova ordem bolchevique-janízara *a la* turca, e ele acreditou! Começou até a estudar francês em casa. Num primeiro momento, confesso que fiquei satisfeito ao ver que essas ilusões revolucionárias pelo menos despertaram no meu filho um interesse pelo francês. Ele nunca estudou língua estrangeira nenhuma quando jovem, porque desperdiçava o tempo de um lado para o outro com os desclassificados que freqüentava. Mas ele levou as coisas a um tal ponto que cheguei a proibir Rüya de se encontrar com ele."

"Mas nunca aconteceu nada disso, Melih!", protestou a Tia Suzan. "Rüya e Celâl nunca deixaram de se encontrar, e sempre foram muito próximos. Nem parece que são só meio-irmãos. Ela gosta dele como irmão de verdade, e ele dela como irmã!"

"Aconteceu sim, exatamente como eu contei, mas já era tarde demais", disse o Tio Melih. "Ele pode não ter conseguido enganar o Exército nem o povo, mas a irmã ele levou na conversa. E foi assim que Rüya virou anarquista. Se o nosso Galip não tivesse arrancado Rüya das mãos daqueles bandidos, daquele ninho de ratos, só Deus sabe o que teria acontecido com ela. O que é certo é que agora não estaria dormindo na sua cama."

Galip entregou-se ao exame das próprias unhas, dizendo-se que todos à sua volta imaginavam Rüya doente na cama, e se perguntou se o Tio Melih não iria acabar podendo acrescentar alguma nova recriminação à sua lista, que costumava revisar a cada dois ou três meses.

"A essa altura, ela poderia até estar na prisão; nunca foi tão cuidadosa quanto Celâl", prosseguiu o Tio Melih, enveredando pela sua lista com tamanha animação que mal conseguiu ouvir o comentário de *Deus me livre!*, entoado em coro pelos demais. "A essa altura, Rüya estaria metida com Celâl e esses bandidos amigos dele. A pobre Rüya podia acabar freqüentando os gângsteres de Beyoğlu, os traficantes de heroína, os leões-de-chácara de cabaré, os russos brancos viciados em cocaína e todas essas outras criaturas decadentes com que o irmão dela anda metido a pretexto dessas tais 'reportagens'. Pense nas pessoas com quem teríamos de lidar para termos alguma possibilidade de encontrá-la: os ingleses que procuram a nossa cidade em busca dos prazeres mais rasteiros; os homossexuais que adoram acompanhar os folhetins sobre lutadores, mas se interessam ainda mais pelos próprios lutadores; as americanas vulgares que procuram os *hammams* em busca de bacanais; os escroques e vigaristas; as nossas candidatas a atriz de cinema que, em qualquer país europeu, não seriam aceitas nem como prostitutas, quanto mais como artistas; os oficiais expulsos do Exército por corrupção ou insubordinação; os travestis que cantavam como mulheres mas tiveram as vozes prejudicadas pela sífilis; as beldades dos cortiços, que tentam se fazer passar por mulheres de sociedade... Diga a ela para tomar İsteropiramisin."

"Como?", respondeu Galip.

"É o melhor antibiótico contra a gripe, se você tomar junto com Bekozin Fort. A cada seis horas. Aliás, que horas são? Será que ela não acordou?"

A Tia Suzan disse que Rüya ainda devia estar dormindo. E como todos os presentes, Galip também imaginou Rüya adormecida em sua cama.

"Ah, não!", disse Esma Hanım, que recolhia com todo cuidado a toalha de mesa sempre condenada à sujeira, pois todos usavam suas bordas para limpar a boca ao final da refeição, um péssimo hábito que tinham herdado do Avô e do qual nunca se desfaziam, para grande desgosto da Avó. "Não! Não vou permitir que ninguém nesta casa fale assim de Celâl. O meu Celâl virou um homem muito importante!"

Segundo o Tio Melih, era por se ter na mesma conta que seu filho, de cinqüenta e cinco anos, não dava mais nenhuma atenção ao pai de setenta e cinco, e nunca revelava a ninguém em qual apartamento de Istambul estava morando, de maneira que não só o pai mas nenhum outro membro da família — nem mesmo a Tia Hâle, sempre a primeira a perdoar-lhe tudo — pudesse entrar em contato com ele. Escondia de todos os seus números de telefone, e chegava ao ponto de desligar os aparelhos da parede. Galip ficou aflito com a possibilidade de que o Tio Melih viesse a derramar algumas lágrimas, despertadas não pela tristeza mas pelo costume. O tio não chorou, mas fez uma coisa que Galip achava ainda mais aflitiva: novamente por hábito, esquecendo de levar em conta a diferença de vinte anos que separava os dois primos, o Tio Melih repetiu que sempre desejara ter um filho como Galip, e não Celâl — alguém com a cabeça no lugar, maduro e de comportamento impecável...

Vinte e dois anos antes (noutras palavras, quando Celâl tinha mais ou menos a idade atual de Galip), quando Galip ainda crescia a uma velocidade que o deixava atrapalhado e suas pernas finas sempre davam um jeito de se embaraçar quando caminhava, ele ouviu o Tio Melih manifestar aquele sentimento pela primeira vez, e suas palavras conjuraram sonhos de uma vida em que Galip poderia juntar-se toda noite ao Tio Melih, à Tia Suzan e a Rüya, evitando assim as refeições insossas e desanimadas com seus pais, em que todos mantinham os olhos fixos num ponto invisível além das quatro paredes que cercavam a mesa de jantar com seus ângulos retos. (*Mãe:* Sobraram umas vagens refogadas do almoço, você quer? *Galip:* Mmm, acho que não. *Mãe:* E você? *Pai:* E eu *o quê?*) Seguiam-se outras visões que lhe davam vertigens: a Tia Suzan, que ele tinha visto de camisola azul uma ou duas vezes, ao subir na manhã de domingo para brincar com Rüya de Passagem Secreta ou de Você Desapareceu, passaria a ser mãe dele (o que já representaria um grande progresso); o Tio Melih, cujas histórias sobre a África e casos ligados à advocacia ele achava tão fascinantes, passaria a ser o seu pai (melhor ainda); e, como Rüya e ele tinham a mesma idade, virariam irmãos gêmeos (mas nesse ponto ele abandonava a fantasia, antes de examinar em detalhe as conseqüências terríveis que poderiam resultar).

Depois que a mesa do jantar acabou de ser tirada, Galip contou a todos que uma equipe da BBC vinha tentando localizar Celâl, mas não tinha conseguido encontrá-lo; ao contrário do que ele esperava, porém, suas palavras não desencadearam as queixas costumeiras quanto ao fato de Celâl esconder de todo mundo seus vários endereços e telefones, sem falar em boatos de todo tipo sobre onde ficavam os apartamentos que possuía nos quatro cantos da cidade e a maneira de encontrá-los. Está nevando, disse alguém. E, na mesma hora, todos se levantaram da mesa, afastaram as cortinas com as costas da mão e ficaram olhando para a noite fria, acompanhando a neve que cobria a rua lá embaixo com uma fina camada branca antes de se instalar cada um na sua poltrona favorita. Era uma neve muito limpa, uma neve silenciosa (que remetia a uma das vinhetas usadas por Celâl numa das suas crônicas, mais para ironizar a nostalgia dos seus leitores pelas "Noites de Ramadã de outrora" do que para compartilhá-la). Galip acompanhou Vasıf, que se retirou para o seu quarto.

Vasıf sentou-se à beira da cama e Galip se instalou à sua frente. Vasıf passou as mãos pelos cabelos brancos e em seguida a pousou no ombro de

Galip: Rüya? Galip deu um soco no peito e simulou um acesso de tosse; ela estava com muita tosse! Em seguida, juntou as mãos e deitou a cabeça no travesseiro; ela está deitada. Vasıf tirou uma caixa grande de debaixo da cama: uma coleção de parte dos recortes de jornais e revistas, o melhor deles, talvez, que vinha colecionando pelos últimos cinqüenta anos. Galip sentou-se a seu lado. Vasıf escolheu algumas ilustrações para Galip admirar, e era quase como se Rüya estivesse sentada ali junto a eles, como se sorrissem os três ao mesmo tempo com as coisas que Vasıf lhes mostrava. Um anúncio de creme de barbear de uns vinte anos antes em que aparecia, sorrindo para eles através da espuma, um grande craque de futebol da época que mais tarde morreria de um derrame depois de rechaçar de cabeça uma cobrança de escanteio; Kasım, o antigo dirigente iraquiano, morto no uniforme ensangüentado depois do golpe militar que o derrubou; uma ilustração reconstituindo o famoso Crime da Praça Şişli ("Depois de descobrir que sua mulher o vinha traindo havia vinte anos", ele ouviu a voz de Rüya em sua melhor imitação de locutora de rádio, "o ciumento coronel da reserva abandonou a inatividade para seguir por vários meses sua esposa e o jornalista playboy, tendo finalmente crivado os dois de balas dentro do carro do rival"); o primeiro-ministro Menderes, poupando a vida do camelo que seus fiéis partidários se preparavam para sacrificar em sua homenagem, enquanto, ao fundo, o jovem repórter Celâl olha para uma outra direção, assim como o camelo. Galip já estava a ponto de se levantar para ir para casa quando Vasıf, ainda entregue à caixa de recortes, puxou dela antigas crônicas de Celâl, "A loja de Alâaddin" e "A história do carrasco e da cabeça que chorava". Boa leitura para a noite de insônia que se anunciava! E não precisou de muitos gestos para convencer Vasıf a deixá-lo levar os dois recortes. Ninguém se incomodou quando o viu recusar a xícara de café que Esma Hanım lhe trouxera. O que significava que sua expressão, dizendo "minha mulher está de cama e sozinha em casa", devia estar bem estampada no rosto. Demorou um pouco junto à porta. O Tio Melih chegou a dizer, "Sim, sim, já está tarde, deixem ele ir logo para casa!". A Tia Hâle se inclinara para acariciar a gata Carvão, que voltava da rua coberta de neve, enquanto os demais tornavam a exclamar da sala, "Diga a ela que fique boa logo, mande lembranças a Rüya, um beijo para Rüya!".

A caminho de casa, Galip deu com o alfaiate de óculos que estava junto à porta de sua loja, baixando as persianas de metal. Cumprimentaram-se à luz do lampião da rua, ao qual se prendiam pequenos pingentes de gelo, e saíram andando juntos. "Estou atrasado, minha mulher está me esperando em casa", disse o alfaiate, talvez para quebrar o silêncio exagerado pela neve. "Está fazendo frio", respondeu Galip. Continuaram a caminhar, mas em silêncio, atentando para o rangido da neve debaixo dos seus pés; quando chegaram à esquina onde ficava o edifício de Galip, ele olhou para cima e viu a luz fraca da lâmpada acesa no seu quarto. A neve continuava a cair e, com ela, a escuridão.

As luzes continuavam apagadas na sala mas acesas no corredor, exatamente como Galip as deixara. Ele foi direto até a cozinha e pôs a chaleira no fogo para fazer um chá; tirou o sobretudo e o paletó, que pendurou no cabide, e passou pelo quarto onde, à luz fraca do abajur de cabeceira, tirou as meias encharcadas. Em seguida, sentou-se à mesa da sala de jantar e releu a carta de despedida que Rüya lhe escrevera com a esferográfica verde e deixara largada na mesa. Era mais curta ainda do que ele lembrava: dezenove palavras apenas.

4. A loja de Alâaddin

Se tenho algum defeito, é o de às vezes me afastar do assunto.
Byron Paxá

Sou um escritor "*pitoresco*". Olhei a palavra no dicionário e devo confessar que ainda não decidi muito bem o que realmente significa, mas gosto de suas ressonâncias. Tenho uma paixão pelo épico: sempre sonhei em escrever sobre cavaleiros e suas montarias; dois exércitos frente a frente numa planície ainda escura, em meio à névoa do amanhecer, trezentos anos atrás, preparando-se para a batalha; infelizes que tomam *rakı* e trocam histórias de amores infelizes em *meyhanes* numa noite de inverno; amantes que desaparecem nas sombras profundas e emboloradas da cidade, à procura de algum segredo terrível — são essas as narrativas imortais que sempre desejei contar, mas tudo que Deus me deu foram estas colunas no jornal, e vocês, meus queridos leitores, que me pedem um outro gênero de histórias. E vamos tentando nos acomodar, vocês e eu.

Se o jardim da minha memória não tivesse começado a fenecer eu talvez não me queixasse da situação, mas cada vez que tomo da caneta vejo vocês, queridos leitores, que esperam alguma coisa de mim, e quando passo em revista o meu jardim e me empenho em recuperar as memórias que me escapam uma a uma, só vejo os rastros que deixaram na terra seca. Ter só o rastro de uma memória é contemplar, os olhos banhados em pranto, a marca que a amada perdida deixou moldada numa poltrona.

E foi por isso que decidi ir conversar com Alâaddin. Quando lhe contei que planejava escrever sobre ele no jornal, mas que antes precisava saber algumas coisas, ele arregalou os olhos negros e perguntou, "Mas Celâl Bey, isso não vai me criar problemas?".

Garanti que não. Falei de como era importante o seu papel na vida de todos nós. Expliquei como a lembrança dos milhares de produtos vendidos por ele em sua lojinha permanecia intacta na memória de todos nós — com as cores firmes e toda a sua fragrância. Descrevi a impaciência com que, por toda Nişantaşı, as crianças doentes esperavam que suas mães chegassem em casa trazendo um presente da loja de Alâaddin: um brinquedo (um soldadinho de chumbo), um livro (*Foguinho*, de Jules Renard) ou uma revista em quadrinhos de aventuras (o número 17, em que Kinova ressuscita para acertar as contas com os peles-vermelhas que o escalpelaram). Falei-lhe das escolas próximas em que milhares de crianças definhavam de ansiedade, esperando a última sineta tocar — depois de ter tocado muito antes em sua imaginação —, e que já se imaginavam na loja de Alâaddin, abrindo a embalagem de uma barra de chocolate e encontrando a foto de algum famoso jogador de futebol (Metin, do Galatasaray), lutador (Hamit Kaplan) ou astro do cinema (Jerry Lewis). Falei de como as moças que passavam em sua loja a caminho do curso noturno da Escola de Artes e Ofícios para comprar um frasco de acetona, a fim de remover o esmalte claro das unhas, haveriam de recordar com olhos brilhantes de nostalgia a loja de Alâaddin, como um conto de fadas distante, quando se lembrassem dos primeiros amores que lhes causaram tanta dor, muitos anos mais tarde, em meio aos filhos e netos, nas cozinhas desoladas de casamentos sem alegria.

Já fazia algum tempo que estávamos na minha casa, sentados frente a frente. Contei para Alâaddin as histórias de uma esferográfica verde e de um livro policial mal traduzido que eu comprara em sua loja anos antes. Na segunda história, a heroína, que eu amava muito e para quem comprara o livro, via-se finalmente condenada a não fazer outra coisa na vida além de ler livros policiais. Falei-lhe também dos dois homens (o primeiro um coronel patriota envolvido nos planos de um golpe militar, o segundo um jornalista) que tiveram o primeiro encontro em sua loja, onde lançaram as bases de uma conspiração capaz de mudar o curso não só da nossa história como da história de todo o Oriente Próximo. Era noite quando ocorreu esse encontro momentoso; detrás do seu balcão, em que se empilhavam até o teto caixas e livros, Alâaddin o testemunhara — sem suspeitar de nada, enquanto molhava de saliva a ponta do dedo para contar os jornais e revistas que iria devolver no dia seguinte. Falei das mulheres nuas, locais e estrangeiras, que se exibiam nas capas de revistas que ele expunha nas vitrines ou prendia em torno do tronco da grande castanheira diante de sua porta e que, insaciáveis como escravas ou as mulheres do sultão das *Mil e uma noites*, assolariam naquela mesma noite os sonhos dos solitários que diminuíam o passo ao passar por elas na calçada. E já que falávamos das *Mil e uma noites*, revelei a Alâaddin que a história que traz o seu nome na verdade não fora contada ao longo das tais noites; o escritor Antoine Galland é que a incluiu por sua conta quando publicou o livro na França, cento e cinqüenta anos atrás; e disse ainda que quem contara a história a Galland não fora Sherazade, mas um cristão, na verdade um estudioso sírio de Alepo cujo nome completo era Yuhanna Diyab, e que a descrição do café que aparecia no conto demonstrava que a história era turca e muito provavelmente passada em Istambul. No entanto, admiti pouco depois que é muito difícil dizer com certeza de onde vem uma história, seja de outro conto ou da própria vida. Pois no fim das contas estou me esquecendo de tudo, tudo, tudo. A bem da verdade, estou velho, infeliz, rabugento e solitário, e ando com vontade de morrer. Porque o barulho do tráfego noturno da praça Nişantaşı somou-se aos ganidos humanos despejados pelo rádio, formando um coro medonho que me traz lágrimas aos olhos. Porque, afinal, meu problema é o seguinte: depois de ter passado a vida inteira contando histórias, eu queria, antes de morrer, recostar-me na cadeira e ouvir Alâaddin me contar a história de tudo que esqueci, dos frascos de água-de-colônia, dos selos de tributos, das decalcomanias, das caixas de fósforos, das meias de náilon, dos cartões-postais, das fotos de atores e atrizes, dos dicionários de sexologia, dos grampos de cabelo e dos livros de preces que eu tinha visto na sua loja em algum momento.

Como acontece com todas as pessoas reais que se descobrem aprisionadas em histórias imaginadas pelos outros, existe em Alâaddin um lado irreal, alguma coisa que raia os limites do universo conhecido e desafia a lógica de suas leis. Declarou-me que ficava envaidecido de ver a imprensa interessar-se assim por sua loja. Já fazia trinta anos que ele trabalhava catorze horas por dia naquela lojinha de esquina sempre cheia, e aos domingos, entre as duas e meia e quatro e meia da tarde, quando todo o resto do mundo escutava o futebol no rádio, ele ia dormir em casa. Explicou que não se chamava realmente Alâaddin, mas que os fregueses desconheciam seu nome verdadeiro. Revelou que lia um único jornal, o *Hürriyet*. Garantiu-me que nenhum encontro político podia ter acontecido em sua loja, porque ela fica bem em frente à delegacia de polícia de Teşvikiye, e que nunca se interessou pela política. Tampouco se podia dizer que ele lambia os dedos quando contava as revistas, ou que a sua loja fosse um cenário de lendas ou contos de fadas. E esse tipo de erro o deixava irritado. Como no caso dos velhos necessitados que viam seus relógios de brinquedo na vitrine e os confundiam com relógios de verdade, espantando-se a tal ponto com seus preços ínfimos que entravam na loja esperando encontrar outras pechinchas absurdas. Ou ainda os fregueses que puxavam briga com Alâaddin toda vez que perdiam as apostas nos cavalinhos feitas em sua loja ou quando, mais uma vez, o bilhete que tinham escolhido com tanto cuidado não ganhava nada no sorteio da loteria nacional — julgando que fosse ele quem organizasse e manipulasse esses jogos. A mulher que entrava para queixar-se do fio corrido da sua meia, a mãe que entrava para reclamar que seu filho ficara com urticária no corpo todo depois de comer um chocolate nacional, o leitor contrariado pelas opiniões políticas do jornal que acabara de comprar — todos punham a culpa em Alâaddin, embora não fosse ele quem produzisse nenhuma daquelas coisas: limitava-se a vendê-las. Se um freguês comprava graxa de sapato marrom e, ao abrir a lata, descobria que era preta, não era Alâaddin o responsável. Alâaddin não era responsável se uma pilha *made in Turkey* perdia toda a carga antes que a cantora Emel Sayin tivesse tempo de terminar a primeira canção com sua voz de mel, provocando danos irreparáveis ao rádio transistor com o líquido negro e viscoso que vazava. Alâaddin não era responsável se a bússola comprada na sua loja, em vez de apontar o norte, sempre indicasse, de qualquer lugar, a delegacia de polícia de Teşvikiye. E nem era responsável pela fábrica de cigarros onde uma operária romântica enfiara num maço de Bafras uma carta falando de amor e casamento, muito embora o aprendiz de pintor que havia comprado os cigarros tenha corrido de volta para a loja louco de alegria, beijando respeitosamente a mão de Alâaddin e pedindo-lhe que aceitasse ser seu padrinho, para perguntar o nome e o endereço da moça.

A loja ficava num bairro que já fora considerado o "mais elegante" da cidade, mas seus fregueses nunca deixavam de surpreendê-lo. Espantava-se com os cavalheiros de gravata que ainda não sabiam da existência de um costume conhecido como fila, e às vezes precisava gritar com os que se recusavam a esperar a sua vez. Desistira de vender carnês de passagens de ônibus depois de perder a paciência com as quatro ou cinco pessoas que sempre irrompiam na loja no momento exato em que um ônibus despontava na esquina, tomando-a de assalto como uma horda de mongóis, aos berros de "Uma passagem, por favor; uma passagem, depressa, pelo amor de Deus!". Tinha visto de tudo no seu tempo — casais com mais de quarenta anos de matrimônio discutindo ferozmente por causa de um bilhete de loteria; mulheres muito maquiadas que, para comprar um único sabonete, precisavam farejar trinta marcas diferentes; coronéis da reserva que se viam na obrigação de experimentar todos os apitos da caixa antes de fazerem finalmente a sua escolha — mas a essa altura ele já estava acostumado; nada daquilo o incomodava mais. A mãe de família que reclamava por não encontrar um número atrasado da revista de fotonovela que deixara de ser publicada onze anos antes, o senhor gordo e distinto que lambia seus selos antes de comprá-los para descobrir o gosto da cola, a mulher do açougueiro que voltava para lhe devolver os cravos de papel crepom comprados na véspera, reclamando que não tinham perfume — tudo isso ele hoje aceitava com indiferença.

Aquela loja, ele fizera das tripas coração para transformá-la no que era. Por anos a fio, encadernava com as próprias mãos os velhos exemplares das revistas em quadrinhos *Texas* e *Tom Mix*; todo dia de manhã bem cedo, enquanto a cidade ainda dormia, abria e varria sua loja, afixava com pregadores de roupa seus jornais e revistas na porta ou no tronco da castanheira em frente, arrumando suas últimas novidades na vitrine. Percorria a cidade inteira, rua a rua, loja a loja, à procura de bailarinas de brinquedo que giravam quando se aproximava delas um espelho magnético, cordões de sapato de três cores, pequenos bustos de gesso de Atatürk com lampadazinhas azuis que se acendiam nas órbitas, apontadores de lápis na forma de moinhos de vento holandeses; placas prontas dizendo ALUGA-SE e EM NOME DE DEUS, O

MISERICORDIOSO; goma de mascar com sabor de pinho que vinha com figurinhas de aves numeradas de um a cem, dados cor-de-rosa para gamão que não se achavam em nenhum outro lugar fora do Grande Bazar; decalcomanias representando Tarzan e Barbarossa, e gorros com as cores dos times de futebol — como o gorro azul que ele próprio usava havia dez anos — e uma variedade imensa de artigos de metal, como o instrumento com um abridor de garrafas numa das pontas e uma calçadeira na outra. Por mais que o pedido do freguês fosse incomum — O senhor vende tinta azul com aroma de água-de-rosas? O senhor tem na loja algum anel que toque música? —, ele nunca respondia que aquelas coisas não existiam; se os fregueses lhe pediam alguma coisa, ele imaginava que o artigo devia existir em algum lugar, e respondia, "Amanhã vou providenciar". Depois anotava o pedido em seu caderno de encomendas e no dia seguinte saía à caça, percorrendo todos os bairros, loja a loja, como o viajante que vasculha as ruas de uma cidade à procura de um segredo, e sempre encontrava algum rastro dos misteriosos objetos. Houve tempos, é verdade, em que ganhava dinheiro sem fazer força alguma, vendendo quantidades inimagináveis de fotonovelas, revistas em quadrinhos com histórias de caubói ou ainda fotos de inexpressivos astros e estrelas do cinema turco, mas houve também os dias frios e aborrecidos em que só se encontravam cigarros e café no mercado negro, e não era possível comprar nada sem entrar numa fila. Olhando de dentro da sua loja a maré de pessoas que passava pela calçada, ele achava impossível adivinhar se seriam desse ou daquele tipo, mas depois que as conhecia como freguesas percebia que eram todas parte de uma multidão, uma multidão impelida por desejos que ele sequer conseguia imaginar.

Essa multidão, que parecia à primeira vista composta de pessoas muito diferentes entre si, de repente desenvolvia ao mesmo tempo uma súbita paixão pelas cigarreiras com caixinha de música, ou então começava a disputar quase a tapas as canetas-tinteiro menores que um dedo mínimo fabricadas no Japão; um mês mais tarde, completamente esquecidas de caixinhas de música e canetas-tinteiro, essas mesmas pessoas punham-se a comprar quantidades inacreditáveis dos isqueiros na forma de revólver que Alâaddin mal conseguia obter para vender-lhes. Em seguida começava a moda das piteiras de plástico transparente — e todos passavam seis meses contemplando o asqueroso depósito de alcatrão que nelas se acumulava, com um fascínio de cientistas loucos. Bruscamente, porém, tudo isso também era esquecido; todos — fossem de direita ou de esquerda, fossem crentes ou ateus — acorriam em peso à loja de Alâaddin para comprar os rosários de oração de todos os tamanhos e todas as cores, que passaram a ser vistos nas mãos de todos o dia inteiro em toda parte; e assim que esse furor se acalmou, deixando Alâaddin às voltas com um estoque imenso de rosários de oração encalhados que não teve tempo de devolver aos fornecedores, surgiu a moda dos sonhos, e filas imensas se formavam para comprar os pequenos compêndios que tentam revelar seus significados. Bastava um filme americano passar na cidade para todo rapaz sair em busca de um certo tipo de óculos escuros; bastava uma notícia no jornal para todas as mulheres quererem comprar brilho para os lábios, ou todos os homens procurarem solidéus que antes só eram usados pelos imãs; mas nem sempre era possível explicar de onde vinham essas modas que se espalhavam por toda a cidade como uma epidemia. Como explicar por que milhares, dezenas de milhares de pessoas decidiam ao mesmo tempo adornar seus rádios, seus radiadores, os pára-brisas traseiros dos seus carros, suas salas, suas mesas de trabalho e seus balcões com os mesmos veleiros em miniatura? Como é que se pode entender que toda mãe e filho, todo homem e mulher, todo velho ou jovem, de repente deseje possuir a mesma pintura mostrando uma criança inocente com uma única lágrima a lhe correr pelo rosto muito europeu, ou por que aquele rosto começa a nos contemplar, de uma hora para outra, de todas as paredes e portas da cidade? Sim, este país é... estas pessoas são... E fui eu quem completou sua frase — e a palavra que ele procurava era *estranho*, ou *incompreensível*, ou até *assustador* —, porque sou eu, e não Alâaddin, o artífice das palavras. E a essa altura da conversa, nós dois nos calamos.

Foi mais tarde, quando falava dos patinhos de celulóide de cabeça móvel que nunca deixara de vender, dos antigos chocolates em forma de frasco que continham licor de cereja e também uma cereja no meio, e do lugar aonde era necessário ir para achar as varetas de madeira certas para fazer uma pipa de papel, que comecei a perceber a linguagem sem palavras que unia Alâaddin aos seus fregueses. A garotinha que entrava com a avó à procura de um arco com uma sineta, o rapaz cheio de espinhas que se apoderava de uma revista francesa e refugiava-se num canto para fazer amor furtivamente com as fotos das mulheres nuas, mas depressa, antes que alguém reparasse — Alâaddin os amava profundamente. Amava também o bancário de óculos que comprou um romance sobre a vida extravagante das estrelas de Hollywood e o devorou numa só noite, só para voltar no dia seguinte garantindo, "Esse eu já tinha lido". Para não falar do velho que, depois de comprar um pôster que mostrava uma jovem lendo o Corão, pediu-lhe que o embrulhasse numa folha de jornal sem nenhuma ilustração. Mas o afeto que ele sentia pelos seus fregueses ainda assim era cercado de prudência. Ele achava ser capaz de compreender a mãe e a filha que pegaram uma revista de moda, procuraram a página de moldes, abriram-na no chão como um mapa e começaram a cortar ali mesmo o tecido que traziam; ou as crianças que, antes até de sair da loja, já organizaram um combate entre os tanques de brinquedo que tinham acabado de comprar e os quebraram em seguida. Mas quando entrava alguém à procura de uma lanterna fina de bolso ou de um chaveiro em forma de caveira, não conseguia deixar de ver aquilo como sinais que lhe chegavam de algum universo inexplorado e incompreensível. O homem desconhecido que chegara à loja num dia de neve mas recusava categoricamente a "Paisagem de Inverno" de que todos os meninos precisavam para os deveres de casa, exigindo uma "Paisagem de Verão" — que força misteriosa estaria por trás dele? Os dois homens de expressão patibular que uma noite tinham entrado, na hora em que ele estava fechando a loja, escolheram duas daquelas imensas bonecas em forma de bebê — as que vinham com vários vestidinhos para trocar e cujos braços eram articulados — e as puseram no colo com o mesmo cuidado, com o mesmo carinho que teriam com bebês de verdade, observando com enlevo a maneira como as pálpebras rosadas se abriam e fechavam. Finalmente, pediram uma daquelas bonecas, embrulhada junto com uma garrafa de *rakı*, e desapareceram na noite escura que dava calafrios a Alâaddin. Depois de vários incidentes do mesmo gênero, aquelas bonecas começaram a aparecer nos sonhos de Alâaddin; ele as via de pé em suas caixas ou cilindros de plástico, no meio da noite, abrindo as pálpebras muito devagar, enquanto seus cabelos não paravam de crescer visivelmente. E talvez estivesse pensando em me perguntar o que aqueles sonhos poderiam querer dizer, mas antes de chegar a esse ponto caiu naquele mutismo melancólico e desesperado que sempre toma conta dos nossos concidadãos quando sentem que falaram demais ou incomodaram alguém com seus problemas. Calamo-nos novamente, e dessa vez sabíamos os dois que aquele silêncio não iria ser quebrado por muito e muito tempo.

Muito mais tarde, quando Alâaddin foi embora da minha casa com um ar contrito, como se pedisse desculpas, disse que deixava por minha conta decidir de que maneira iria escrever sobre tudo aquilo, visto que eu era mais qualificado para decidir. E talvez ainda chegue o dia, caro leitor, em que eu seja capaz de fazer justiça a essas bonecas, numa crônica tão sublime que irá abrir a porta dos nossos sonhos.

5. Uma infantilidade

Todos partem por algum motivo. Que declaram. E dão ao outro o direito de resposta. Ninguém parte assim. Não, é uma infantilidade.

Marcel Proust

Rüya tinha escrito as dezenove palavras da sua carta de despedida com a esferográfica verde que Galip sempre tentava deixar ao lado do telefone. Quando viu que a caneta não estava lá, e nem conseguiu encontrá-la depois de revirar todo o apartamento, concluiu que Rüya devia ter decidido escrever sua carta no último instante, a caminho da porta; em seguida, teria jogado a esferográfica na bolsa, pensando talvez que poderia precisar dela mais tarde; pois sua caneta preferida, a caneta-tinteiro grossa que usava nas raríssimas ocasiões em que se sentava para escrever uma carta cuidadosa (carta que nunca terminava, jamais enfiava num envelope e finalmente nunca poria no correio), sua caneta preferida estava no lugar de costume, na gaveta da cômoda do quarto. E Galip ainda gastou um tempo enorme tentando localizar o caderno do qual ela teria arrancado aquela folha de papel. Passou boa parte da noite vasculhando o antigo gaveteiro que ele (por sugestão de Celâl) tinha transformado num verdadeiro museu do seu próprio passado, comparando o papel da carta de Rüya com todos os cadernos que encontrou: seus cadernos de exercícios de aritmética da escola primária, em que tinha calculado quanto custava uma dúzia de ovos ao preço de seis *kuruş* cada um; o livro de preces que era obrigado a ter, cujas páginas finais cobrira de cruzes gamadas e caricaturas do professor tão vesgo; um caderno de literatura turca cujas margens estavam cobertas de esboços de saias e vestidos, os nomes de várias estrelas do cinema mundial, ao lado dos atletas e das cantoras mais bonitos da própria Turquia. ("Podem perguntar sobre *Amor e beleza* no exame.") Foi debalde que percorreu aquelas gavetas, mas persistiu ainda assim, escavando infrutiferamente até o fundo de cada caixa que encontrou, verificando debaixo das camas e depois, uma última vez, vasculhando todos os bolsos de cada peça de roupa que Rüya deixara para trás — que ainda conservavam seu cheiro, que ainda representavam a promessa vã de que nada tinha mudado, ou jamais haveria de mudar. Foi só depois de ouvir a convocação para as preces matinais que Galip, procurando no velho gaveteiro, descobriu finalmente de onde saíra o papel da carta. Ela tinha arrancado — com violência, sem dó nem piedade — a folha do meio de um caderno escolar que ele já tinha passado em revista, embora sem ter dado a devida atenção às palavras ou aos desenhos que continha. (*O Exército turco deu o golpe militar de 27 de maio de 1960 porque estava preocupado com a destruição das florestas do país pelo antigo governo... O corte longitudinal da hidra lembra muito o vaso azul em cima do bufê da Avó.*) Enquanto examinava esse caderno com mais cuidado, todas as outras pequenas memórias — todos os outros indícios mínimos que conseguira reunir ao longo da sua longa noite de procura — lhe voltaram num turbilhão.

Uma lembrança: muitos anos antes, na escola secundária, quando ele e Rüya sentavam-se na mesma sala, mas em bancos diferentes, assistindo a péssima aula de história com toda a paciência e boa vontade que conseguiam mobilizar, havia ocasiões em que a professora fazia de repente uma careta e berrava, "Peguem imediatamente canetas e papel!". Enquanto reinava o silêncio provocado pelo terror da prova para a qual a turma não se preparara, alguém arrancava uma folha de um caderno, produzindo um som que todos sabiam que a megera detestava. "Não arranquem páginas dos seus cadernos! Quero que usem folhas de papel almaço! Papel almaço!", gritava ela com a voz esganiçada. "As pessoas que rasgam os cadernos da nossa nação, as pessoas que desperdiçam assim os bens da nossa nação — não são turcos, são degenerados! Vou lhes dar zero!" E cumpria a ameaça.

Um pequeno indício: no meio da noite, durante um desses estranhos interlúdios em que o motor da geladeira começa a ronronar de repente, a intervalos imprevisíveis, enquanto procurava pela enésima vez atrás do guarda-roupa, encontrou, enfiado atrás de um par de sapatos verde-escuros de salto alto que ela deixara para trás, um livro policial em tradução. Havia centenas de livros como aquele espalhados pela casa, e normalmente ele não lhes teria dado nenhuma atenção, mas naquela noite ficou curioso com a coruja da capa, que o fitava com seus olhos arregalados e cruéis, e, enquanto folheava aquele livro de capa preta, era como se suas mãos, bem adestradas ao cabo de uma noite inteira vasculhando o fundo de gavetas e armários, sem deixar nada por revirar, soubessem exatamente onde deviam procurar: e lá, escondida entre duas páginas, estava a foto de um belo homem nu. Enquanto Galip comparava instintivamente aquele pênis flácido ao seu, concluiu que Rüya só podia ter recortado a foto de alguma lustrosa revista estrangeira comprada na loja de Alâaddin.

Outra lembrança: Rüya sabia que Galip jamais pegava os seus livros policiais, que achava insuportáveis, e por isso tinha certeza de que ele jamais procuraria dentro de um deles. Ele detestava aquele mundo onde os ingleses eram paródias da condição inglesa, só havia gordos de uma obesidade colossal e os assassinos eram tão artificiais quanto as vítimas, servindo apenas como pistas num enigma. ("Só me ajuda a passar o tempo, está bem?", dizia Rüya, e em seguida enfiava a mão no saco de pistaches e avelãs que trouxera da loja de Alâaddin antes de voltar ao seu livro.) Galip dissera certa vez a Rüya que só teria vontade de ler um livro policial em que nem mesmo o autor soubesse quem era o assassino. Assim, os personagens e as coisas não seriam mais obrigados a mentir, em meio a pistas falsas e falsos indícios, pela vontade do autor que, por sua vez, saberia de tudo; poderiam ocupar seu lugar no livro imitando o que eram na vida real, deixando de ser fantasmas imaginados pelo escritor. Mas Rüya, que entendia muito mais que Galip de livros policiais, perguntou-lhe que limite teria toda aquela abundância de detalhes. Porque cada pormenor de um livro policial está sempre a serviço de alguma coisa.

Detalhes: antes de sair de casa, Rüya tinha espalhado por todo o banheiro, o corredor e a cozinha um desses inseticidas terríveis que vêm com uma barata enorme ou três insetos menores desenhados no rótulo para aterrorizar o consumidor. (O mau cheiro ainda pairava no ar.) Tinha ligado o *chauffe-bain* elétrico (provavelmente sem pensar, e sem necessidade, porque as quintas-feiras eram dias de água quente no edifício em que moravam); depois passara algum tempo lendo o *Milliyet* (cujas páginas estavam amarrotadas); e começara até a resolver as palavras cruzadas com a esferográfica verde que deve ter levado consigo: mausoléu, interstício, lua, desconforto, divisão, devoto, mistério, escutar. Tomara o café-da-manhã (chá, pão, queijo branco) e não lavara a louça. Fumara dois cigarros no quarto e mais quatro na sala. Só levara consigo umas poucas roupas de inverno e parte dos produtos de maquiagem que, segundo ela, lhe faziam mal à pele, além dos chinelos, dos livros que estava lendo, do chaveiro vazio que tinha pendurado na cômoda porque dizia que lhe dava sorte, do colar de pérolas que era a sua única jóia e da escova de cabelos com um espelho nas costas; saíra usando o sobretudo que era da mesma cor que seus cabelos. Deve ter guardado tudo numa velha mala de tamanho médio que seu pai trouxera do Magreb e que depois ela pedira emprestada para uma viagem que no final nunca chegaram a fazer. Fechara a maior parte dos seus guarda-roupas (com os pés); empurrara as gavetas, reunira seus pertences miúdos, devolvera tudo aos seus lugares e em seguida escrevera sua carta de despedida de uma vez só, sem a menor hesitação: não havia rascunhos descartados nos cinzeiros ou nas cestas de papel.

Talvez fosse errado dar-lhe o nome de carta de despedida. Embora Rüya não dissesse que iria voltar, tampouco dizia que jamais voltava. Era quase como se deixasse apenas o apartamento, e não Galip. Numa simples frase de seis palavras, conseguia transformar Galip num companheiro de conspiração: *Não conte nada aos nossos pais!* E Galip se dispunha a aceitar aquela cumplicidade, que não lhe era nem desagradável, grato por ela ter decidido não acusá-lo diretamente por sua partida, e no fim das contas sempre era alguma cumplicidade entre eles dois. E encontrou ainda algum consolo na promessa que Rüya lhe fazia em seguida, agora em três palavras: *Entrarei em contato*. E ele passara a noite inteira acordado, esperando em vão.

Por toda a noite, os radiadores e a tubulação de água gemeram, roncaram e suspiraram. Nevou e parou de nevar. O vendedor de *boza* passou pela rua em algum momento, anunciando sua bebida à base de milhete, mas depois não voltou. Por horas a fio, Galip e a assinatura de Rüya ficaram trocando olhares. Cada objeto da casa, cada sombra, adquiriu uma nova personalidade; era como se ele tivesse despertado numa outra casa. Aquele lustre que já pendia do teto havia três anos, surpreendeu-se Galip a pensar, parecia uma aranha! Por que só agora ele estava vendo? Tentou adormecer, desejando talvez achar refúgio em algum belo sonho, mas não conseguia dormir. Em vez disso, ao longo de toda noite, repassou várias vezes aquela busca em seu espírito (tinha olhado na caixa do fundo da gaveta?... Sim, claro que tinha olhado, devia ter olhado, mas talvez não tivesse olhado, não, claro que não, claro que tinha esquecido de olhar, precisava procurar tudo de novo). E então recomeçava. Em algum ponto dessas novas procuras baldadas, quando se via tendo nas mãos a caixa vazia de um par de óculos escuros havia muito perdido ou às voltas com as memórias despertadas pela fivela de um dos velhos cintos de Rüya, ele entendia como tudo aquilo era em vão e sem sentido (e como eram implausíveis os detetives de todos aqueles livros, para não falar dos autores compassivos que sussurravam pistas oportunas nos ouvidos dos seus heróis!), e então devolvia o objeto que tinha nas mãos ao seu lugar de origem — com uma precisão meticulosa, com o cuidado do pesquisador que elabora o inventário de um museu — e voltava para a cozinha a passos de sonâmbulo. Abria a geladeira, passava em revista seu conteúdo sem tirar nada, e depois voltava para a sua poltrona predileta da sala para passar alguns minutos sentado ali, antes de tornar a encetar todo o mesmo ritual.

Ao longo dos três anos do seu casamento, aquela poltrona tinha sido de Rüya; ele sempre se sentava de frente para ela, vendo-a devorar seus livros policiais, vendo-a suspirar de ansiedade, remexer nos cabelos e balançar as pernas com uma impaciência cada vez maior, enquanto avançava furiosa de página em página. Na noite do dia em que ela o deixou, sempre que Galip se instalava ali no lugar dela, revia a mesma imagem diante dos olhos. Não era a dos anos de liceu, das vezes em que vira Rüya acompanhada de um bando de rapazes espinhentos que pareciam mais velhos do que ele (só porque começaram a fumar mais cedo e já tinham conseguido criar alguns pêlos acima do lábio superior) numa confeitaria ou leiteria onde baratas intrépidas e indiferentes vagavam pelas mesas, e nem daquela tarde de sábado, três anos mais tarde, em que fora casualmente ao apartamento de Rüya (vim perguntar se você tem por acaso alguma etiqueta azul!!) e a encontrara de olho no relógio, balançando as pernas com impaciência enquanto, sentada à penteadeira instável de sua mãe, fazia a maquiagem; e nem as impressões despertadas pelo sentimento de derrota, de solidão e nulidade (meu rosto é assimétrico, meu braço é torto, minhas faces são descoradas, minha voz é áspera demais!) que o invadira quando, três anos depois disso, ele soubera do casamento — que ela lhe garantiu não ser simplesmente político — de Rüya, pálida e mais cansada do que jamais a tinha visto — e que na época ele não via de todo — com um jovem e arrebatado militante muito admirado entre os seus pares pelo desassombro e a disposição ao sacrifício, e que na época já publicava suas análises políticas — assinando-as com seu nome verdadeiro — na revista *Aurora do Trabalho*. Na noite em que Rüya o deixou, a única imagem que não saiu da mente de Galip o tempo todo foi muito mais simples, uma imagem que lhe lembrava um pouco de distração, uma oportunidade ou uma parte da vida que escapara do seu alcance: a luz da loja de Alâaddin espalhando-se pela calçada branca à sua frente numa noite de neve.

Um ano e meio depois que Rüya e sua família se mudaram para o apartamento do sótão, quando ele e ela ainda estavam na terceira série primária, numa sexta-feira de inverno, depois que já tinha escurecido e enquanto se ouvia o rumor denso que se elevava do tráfego da praça Nişantaşı, eles criaram um novo jogo a partir de duas brincadeiras que tinham inventado juntos — Passagem Secreta e Eu Não Vi — e deram-lhe o nome de Eu Desapareci! Cada um, por sua vez, ia se esconder num canto de algum outro apartamento — o da sua avó, ou de algum dos tios — e "desaparecia", depois do que o outro saía à sua procura. Uma brincadeira bem simples, mas que desafiava a paciência e a coragem, e inflamava a imaginação, porque não havia limite de tempo ou lugar e as regras não permitiam acender a luz em qualquer aposento, por mais escuro que estivesse. Quando chegou a sua vez de "desaparecer", Galip foi direto para um esconderijo que tinha imaginado dois dias antes num rasgo de inspiração (no alto do guarda-roupa do quarto da Avó, aonde chegou subindo primeiro num dos braços da cadeira ao lado do armário e depois, com o máximo de cuidado, no alto do seu espaldar). Convencido de que Rüya jamais haveria de encontrá-lo, imaginava as reações da prima na escuridão; punha-se no lugar dela, e tentava sentir a aflição de Rüya diante do seu desaparecimento! Rüya devia estar aos prantos, Rüya devia estar cansada da solidão, Rüya devia estar em algum quarto escuro de outro apartamento, implorando que ele saísse do esconderijo! Muito mais tarde, ao final de uma longa espera que lhe pareceu mais interminável que a própria infância, Galip foi vencido pela impaciência e — sem saber que a impaciência já encerrara havia muito a brincadeira — desceu do alto do armário; depois de acostumar os olhos à luz fraca do apartamento, saiu à procura de Rüya. Depois de percorrer todo o edifício, tomado por uma estranha sensação de irrealidade e derrota, acabara indo perguntar à Avó. Sua voz soava estranha e fantasmagórica. "Meu Deus", respondeu ela. "De onde veio toda essa poeira na sua cabeça? Onde você estava enfiado? Eles procuraram por toda parte! Celâl veio ajudar", acrescentou ela. "E depois ele e Rüya foram para a loja de Alâaddin!" Na mesma hora Galip saíra correndo para a janela, de vidros frios, escuros, de um azul de tinta: era noite do lado de fora, e nevava, uma neve pesada e melancólica que parecia convocá-lo, que o tocava direto no coração. Da loja de Alâaddin, que se via ao longe, em meio aos brinquedos, às revistas, às bolas, aos ioiôs, aos tanques de brinquedo e aos frascos de todas as cores, emanava uma luz que exibia exatamente a mesma palidez do rosto de Rüya, e mal se conseguia ver refletida na neve espessa que cobria a calçada.

Tinha vinte e quatro anos, aquela lembrança, mas irrompeu a noite inteira em sua mente vinda de lugar nenhum, acre como o leite fervente que transborda da panela: a impaciência de que fora tomado naquele momento. Onde estaria, esse pedaço da vida que lhe tinha escapado? Da sala ao lado chegava o tiquetaque incessante e zombeteiro do relógio de pêndulo; era o mesmo que passara tantos anos na entrada do apartamento dos avós, acompanhando a chegada do encontro deles com a eternidade. Quando, pouco depois que ele e Rüya se casaram, Galip insistira para que se mudassem do apartamento da Tia Hâle para um "ninho de amor" próprio, ele achara, no seu entusiasmo, que o relógio manteria sempre vivas suas lembranças, lembrando-lhes as aventuras que tinham compartilhado na infância. Ao longo dos três anos que passaram juntos, porém, era Rüya, e não Galip, quem parecia preocupada em não deixar escapar as alegrias e os prazeres de uma outra vida, insuspeitada, que transcorreria num outro lugar.

Toda manhã Galip saía para o trabalho; toda noite voltava para casa, forcejando para entrar e sair dos ônibus, pulando de um táxi coletivo para outro, abrindo caminho em meio a uma torrente interminável de rostos, pernas e cotovelos anônimos que pareciam não ser de ninguém. Passava o dia inteiro à cata de motivos que lhe permitissem ligar para Rüya; uma ou duas vezes, ligava. Embora os pretextos sempre fossem precários e jamais deixassem de aborrecê-la, ele ainda conseguia formar uma idéia razoavelmente segura da maneira como ela passava os dias só contando as pontas de cigarro nos cinzeiros, observando seus rastros e procedendo a uma rápida checagem do apartamento. Será que alguma coisa trocara de lugar? Havia alguma coisa nova? De vez em quando — num momento de ciúme, ou num raro rasgo de felicidade — ele imitava os maridos dos filmes ocidentais, o que lhe demandava tomar a decisão desde a véspera, e perguntava abertamente a Rüya o que ela fizera o dia inteiro em casa. Os dois ficavam de tal modo constrangidos ante a grosseria da pergunta que recaíam no terreno escorregadio e vago que filme algum — oriental ou ocidental — jamais conseguiu descrever com clareza. Foi só depois do seu casamento que Galip detectou uma área secreta, misteriosa, cheia de escapatórias, na vida do ser anônimo que os burocratas e estatísticos chamam de "dona de casa" (essa criatura cercada de crianças e caixas de detergente, que Galip nunca antes identificara com Rüya).

Mas Galip jamais chegaria a conhecer as ervas misteriosas e as flores assustadoras que crescem nesse mundo; como o jardim das lembranças de Rüya, ele ficava fora do seu alcance. Essa zona proibida constituía o tema e o alvo da maioria dos programas de rádio e suplementos coloridos dos jornais, de todos os anúncios de sabão e detergente, de todas as fotonovelas, de todas as notícias traduzidas das revistas estrangeiras, embora nem assim se dissipasse qualquer parcela do mistério que a cercava, sempre secreta e inatingível. Quando, por exemplo, movido por um instinto vago, Galip se perguntava como e por que a tesoura de papel teria ido parar ao lado da travessa de cobre em cima do radiador, ou quando, tendo saído junto com a mulher para um passeio dominical e encontrado uma amiga que Rüya ainda via com freqüência, embora ele nunca mais houvesse visto, Galip tinha a impressão de perceber um sinal, um indício que levava àquela região secreta; como o membro de uma seita muito difundida mas forçada à clandestinidade que se deparasse bruscamente com os segredos que o grupo não consegue mais guardar. Dava-lhe medo ver o quanto o mistério que cerca a profissão feminina abstrata denominada "do lar" (o segredo dessa seita clandestina) podia ser observado em todas as mulheres do mundo; mas elas insistiam em se comportar como se não tivessem nada a esconder, nenhum ritual, nenhum segredo, nenhum pecado, nenhuma história ou alegria em comum, e em dizer — o que só o deixava mais alarmado — que agiam espontaneamente e sem qualquer dissimulação. Diante desse domínio reservado, sentia-se ao mesmo tempo fascinado e repelido: lembrava-lhe os segredos guardados a sete chaves pelos eunucos do harém imperial. Como todos sabiam da existência desse mundo, ele não era tão aterrorizante quanto um pesadelo banal; como jamais tinha sido descrito ou qualificado, embora viesse passando de geração em geração ao longo dos séculos, esse mundo era deplorável, pois jamais pudera ter sido motivo de orgulho. Nunca proporcionara segurança aos seus habitantes; vitória alguma jamais se conquistara em seu nome. Houve um momento em que Galip o considerava uma espécie de maldição, como as que perseguiam uma família atingindo pais e filhos ao longo de séculos de má sorte, mas como tinha visto muitas mulheres retornando a essa terra maldita por vontade própria — abandonando o trabalho porque se tinham casado ou tido um filho, ou outros motivos obscuros — sabia também que os mistérios da seita também tinham muitos atrativos; a tal ponto que muitas mulheres, depois de fazerem grandes esforços para se libertar dessa maldição, seguindo uma carreira e deixando a sua marca no mundo, deixavam entrever uma nesga de saudade das cerimônias secretas, das profundezas sedosas e mal iluminadas do mundo oculto que ele jamais teria como compreender. Às vezes, quando Rüya o deixava espantado ao rir alto demais de algum dos seus gracejos idiotas ou trocadilhos duvidosos, ou quando recebia com o mesmo bom humor a carícia desajeitada que ele fazia em seus cabelos escuros e sedosos, nesses instantes de proximidade que lembravam um sonho e ocorriam de vez em quando na vida em comum, quando todo o resto desaparecia, tanto o passado quanto o presente quanto as revistas ilustradas e os ritos que ensinam, Galip tinha então um súbito impulso de interrogar a mulher sobre essa zona misteriosa — situada além de toda a roupa suja, de toda a louça por lavar, dos livros policiais e das idas ao comércio (o médico lhes dissera que ela não podia ter filhos, e Rüya nunca demonstrara muito interesse em encontrar um emprego). Morria de vontade de perguntar o que ela fizera o dia todo, o que ela fizera neste ou naquele momento, mas temia o golfo que essa pergunta podia abrir entre eles; era tão vasto, e a resposta que ele buscava era tão estranha ao vocabulário comum dos dois, que ele nunca perguntava nada, contentando-se em lançar a Rüya, aninhada entre seus braços, um olhar vazio de expressão: "Você está me olhando de novo com aqueles olhos vazios", dizia Rüya. "Você está branco como um lençol", dizia ela em tom animado, repetindo as palavras que a mãe de Galip sempre lhe repetia ao longo de sua infância.

Depois da convocação para a prece matinal, Galip cochilou na poltrona da sala. No sonho, conversava com Vasıf e Rüya ao lado do aquário; enquanto os peixes japoneses evoluíam lentamente num líquido do mesmo verde da tinta da esferográfica, esclarecia-se uma confusão que se instalara entre Rüya, Galip e Vasıf; eles percebiam finalmente que o surdo-mudo não era Vasıf, mas Galip, sem que isso entretanto os deixasse muito aflitos; de qualquer maneira, em pouco tempo tudo iria se resolver.

Galip acordou, sentou-se à mesa e procurou uma folha de papel em branco, como imaginava que Rüya teria feito dezenove ou vinte horas antes. Sem ter encontrado, ainda como Rüya, usou o verso da carta de despedida para anotar os nomes de todas as pessoas e lugares que lhe tinham ocorrido ao longo da noite. O que resultou numa lista cada vez mais longa, que o deixava mais e mais irritado porque tinha a impressão de estar imitando um herói de livro policial. Os antigos namorados de Rüya, suas colegas mais atrevidas dos anos de liceu, os conhecidos cujos nomes ela mencionava de tempos em tempos, seus antigos companheiros de militância e os amigos comuns a quem Galip resolveu não contar nada até ter descoberto o paradeiro de Rüya: enquanto escrevia os nomes, cada vogal e cada consoante pareciam piscar maliciosamente o olho para o detetive amador ou saudá-lo com gestos risonhos; comunicavam-lhe pistas falsas com as curvas e traços das vogais e consoantes que os compunham, seus movimentos ascendentes ou descendentes, suas formas e os rostos que adquiriam cada vez mais significados ou, melhor dizendo, duplos sentidos. Depois da passagem dos lixeiros, que batiam nas laterais do caminhão toda vez que esvaziavam os latões enormes, Galip resolveu pôr fim à lista e guardou-a, juntamente com sua esferográfica verde, no bolso interno do paletó que planejava usar naquele dia.

Quando o dia começou a clarear, à luz azulada pela neve que invadia todas as sombras, apagou as luzes do apartamento. Vasculhou pela última vez a lata de lixo e a pôs do lado de fora da porta, a fim de evitar as suspeitas do porteiro enxerido. Preparou um pouco de chá, pôs uma lâmina nova no barbeador e fez a barba, trocou de cueca, vestiu uma camisa que estava limpa mas não fora passada e arrumou a bagunça que fizera revirando o apartamento. Tomando seu chá, folheou o *Milliyet* que o porteiro enfiara debaixo da porta enquanto ele se vestia; a crônica de Celâl era aquela que falava do "Olho" que ele conhecera no meio da noite, num beco escuro de bairro pobre. Galip conhecia aquela crônica, que já fora publicada muitos anos antes, mas ainda assim tornou a sentir o mesmo pavor que aquele Olho lhe tinha inspirado. Ao mesmo tempo, o telefone tocou.

Rüya!, pensou Galip; quando tirou o fone do gancho, já decidira a qual cinema iriam juntos naquela noite — o Palácio. A esperança morreu ao som da voz da Tia Suzan, mas ele não hesitou. Sim, respondeu, a febre de Rüya baixara e ela tinha dormido bem a noite, e quando acordara até contara seu sonho a Galip. Claro que queria falar com a mãe, pode esperar um pouco? "Rüya!", gritou Galip para o corredor, "é a sua mãe no telefone!" Imaginou Rüya bocejando enquanto se levantava da cama, vestindo preguiçosamente o roupão e procurando os chinelos, e depois o cinema em sua mente mudou de rolo: Galip, o marido solícito, envereda pelo corredor para descobrir por que a mulher ainda não veio atender; ao entrar no quarto, descobre-a de volta à cama, profundamente adormecida. Para trazer à vida essa segunda cena, para criar uma atmosfera com força suficiente para fazer a Tia Suzan também acreditar nela, caminhou para cima e para baixo pelo corredor, produzindo os efeitos sonoros necessários antes de retornar ao telefone. "Ela voltou a dormir, Tia Suzan. Quando acordou, estava com os olhos tão colados pela febre que se levantou para lavar o rosto, mas agora voltou a dormir." "Mande ela tomar muito suco de laranja!", disse a Tia Suzan, e em seguida lhe disse onde ele podia encontrar as melhores e mais baratas laranjas sangüíneas de Nişantaşı. "Estamos pensando em ir ao Palácio hoje à noite", contou-lhe Galip em voz confidencial. "Cuidado para ela não tomar friagem de novo!", disse a Tia Suzan, e então, julgando talvez que já se metera demais na vida deles, mudou para um assunto totalmente diverso. "Sabia que a sua voz ao telefone está igualzinha à de Celâl? Ou você também está resfriado? Cuidado com os micróbios! Não vá pegar o que Rüya tem!" E nesse ponto terminou a conversa; os dois desligaram, quase sem ruído; tanto para não despertarem Rüya quanto, talvez, em deferência tácita à fragilidade dos aparelhos.

Quando Galip retornou à crônica de Celâl logo depois de desligar, na névoa dos seus pensamentos e sob o escrutínio do Olho do artigo, ainda também sob os efeitos do papel de marido que acabara de fazer, a idéia lhe ocorreu num rompante: "É claro! Rüya voltou para o ex-marido!". Não podia ser mais evidente; só ficou espantado ao ver que aquilo só lhe ocorria depois de toda uma noite às voltas com outras ilusões. Sempre com a mesma disposição, foi até o telefone na esperança de conseguir falar com Celâl. Sua idéia era contar-lhe seus problemas, e falar da convicção a que chegara: "Vou sair atrás dela. Mas quando eu encontrar Rüya com esse ex-marido — o que não deve tomar muito tempo — não sei se vou ser capaz de convencê-la a voltar para casa comigo. Você é o único que poderia fazer Rüya ouvir a razão. O que recomenda que eu diga a ela para fazê-la voltar para casa?". (Ele queria dizer *voltar para mim*, mas jamais teria coragem de dizer essas palavras.) "Antes de mais nada, você precisa se acalmar!", Celâl lhe responderia com uma voz carinhosa. "Faz quanto tempo que Rüya saiu de casa? Fique calmo! Vamos pensar juntos. Venha me encontrar no jornal, vamos conversar." Mas Celâl ainda não estava em casa, e nem chegara ao jornal.

Quando saiu de casa, Galip chegou a cogitar em deixar o fone fora do gancho. Se a Tia Suzan dissesse, "Liguei e tornei a ligar, mas estava sempre ocupado", eu poderia responder que Rüya devia ter deixado o fone fora do gancho. "Você sabe como ela é distraída, e sempre se esquece das coisas."

6. Os filhos de Bedii Usta

... só suspiros que se elevam, e fazem estremecer o ar eterno.
Dante, *Inferno*, Canto IV

Depois que tivemos a audácia de abrir nossa coluna para a discussão das coisas que realmente importam para os seres humanos de todas as categorias, de todas as classes e de todas as origens, recebemos uma verdadeira enchente de cartas. Vendo que as suas realidades podiam afinal se manifestar abertamente, alguns deles sequer tiveram a paciência de comunicá-las por escrito, e acorreram à nossa redação para nos fazer diretamente o relato pormenorizado de suas experiências. Outros, ao nos verem duvidar dos acontecimentos incríveis que nos contam, ao sentir que recebemos com alguma relutância certos detalhes mais bizarros que nos revelam, obrigam-nos mesmo a nos afastar da nossa mesa de trabalho e acompanhá-los até a sombra e o lodo do submundo da nossa sociedade, que ninguém ainda se atreveu a descrever em letra impressa e pelo qual ninguém manifesta muito interesse, para nos dar provas de suas histórias. E foi assim que entramos em contato com a história, mantida propositalmente em segredo, dos manequins turcos.

Por séculos a fio, nossa sociedade ignorou sistematicamente a arte da fabricação de manequins, com exceção dos bonecos que poderíamos qualificar de "folclóricos", verdadeiros espantalhos cheirando a fumeiro e a vida provinciana. Nosso primeiro mestre reconhecido na matéria, o santo padroeiro, por dizer assim, dos manequins da Turquia, foi Bedii Usta, a quem o sultão Abdülhamit deu a ordem de fabricar manequins para o nosso primeiro Museu da Marinha, sob a alta proteção do príncipe Osman Celâlettin Efendi. É a esse mesmo Bedii Usta que devemos a história secreta dos manequins. Contam as testemunhas que os primeiros visitantes do museu ficaram estupefatos ao verem diante de si os valorosos jovens que tanto acossaram naus espanholas e italianas no Mediterrâneo três séculos antes, ostentando toda a sua glória dos seus imensos bigodes de pontas viradas em meio às fragatas reais e aos galeões do Império. Para confeccionar essas primeiras obras-primas, Bedii Usta usou madeira, gesso, cera, couros de gazela, camelo e carneiro, além de pêlos arrancados de cabeleiras e barbas humanas. Ao pousar os olhos nessas criações miraculosas, realizadas com tamanho talento, o pouco imaginativo xeque al-Islam da época enfureceu-se. Replicar com tamanha perfeição as criaturas de Deus foi visto como uma tentativa de competir com o Todo-Poderoso, de maneira que os manequins foram rapidamente removidos da exposição e simples espantalhos foram distribuídos entre os galeões.

Este é apenas um dos milhares de exemplos da febre de proibições que assolou a longa jornada da nossa nação rumo à sua ocidentalização ainda inacabada, mas nem ela conseguiu abafar a "chama criativa" que continuava a arder no coração de Bedii Usta. Fabricava mais e mais manequins no recesso de sua oficina, esforçava-se por convencer as autoridades que lhe permitissem devolver suas obras — que chamava de seus "filhos" — ao museu, ou pelo menos exibi-los em algum outro local. Fracassou em suas tentativas e adquiriu um forte ressentimento contra o Estado e as autoridades que falavam em seu nome, mas não desistiu jamais da sua arte. Pelo contrário, montou uma nova oficina no porão da sua casa, e continuou a fabricar seus manequins. Mais tarde, temendo talvez que seus vizinhos muçulmanos o denunciassem por "feitiçaria, ateísmo e heresia", e também porque a essa altura seus manequins cada vez mais numerosos não cabiam mais num modesto lar muçulmano, deixou a velha Istambul e foi instalar-se em Galata, na margem européia da cidade.

O primeiro a me descrever essa estranha casa em Kuledibi, próxima à torre Galata, foi um leitor que, em seguida, me levou para vê-la com meus próprios olhos. Foi ali que Bedii Usta continuou a praticar seu exigente ofício com denodo e convicção, transmitindo ao filho os segredos do ofício que aprendera por conta própria. Vinte árduos anos mais tarde, por ocasião da grande onda ocidentalizante dos primeiros tempos da República, quando os cavalheiros elegantes trocaram o *fez* pelo chapéu-panamá e as senhoras abandonaram os seus calçados tradicionais em favor de sapatos de salto alto, as melhores lojas de roupas das avenidas de Beyoğlu começaram a exibir manequins em suas vitrines. Quando Bedii Usta viu esses primeiros manequins importados da Europa, teve certeza de que tinha afinal chegado o dia por que tanto esperara; em êxtase, saiu da sua oficina para o bairro das grandes lojas. Mas nas avenidas de Beyoğlu, com seus cafés iluminados, seus clubes noturnos e suas massas de consumidores com gosto pela ostentação, uma nova decepção o devolveria de imediato — até o dia de sua morte — à penumbra da sua vida subterrânea.

Todos os proprietários das grandes lojas que vendiam ternos, vestidos, saias e sobretudos e de todas as chapelarias, todos os decoradores de vitrines que iam à sua oficina para ver seus manequins ou a quem ele os oferecia, recusavam seus serviços. Seus manequins pareciam-se conosco, e não com os habitantes dos países ocidentais que lhes forneciam seus modelos. "O que o cliente deseja", dissera-lhe um lojista, "não é um sobretudo que apareça usado por um sujeito bigodudo, moreno e de pernas tortas como os compatriotas que ele vê milhares de vezes por dia nas ruas da cidade; não, o que ele quer é o paletó usado por uma criatura nova e bonita de alguma terra distante e desconhecida, para que ele também possa imaginar que irá virar um outro homem com aquela roupa." Um comerciante com experiência nesse jogo teve a bondade de confessar, depois de admirar a maestria de Bedii Usta, que achava uma pena não poder utilizar "aqueles turcos genuínos, aqueles verdadeiros concidadãos" nas vitrines da sua loja; o motivo, disse ele, era que os turcos não queriam mais ser turcos, queriam ser outra coisa: foi por isso que tinham imaginado a "reforma dos trajes", raspado as barbas, modificado a língua e trocado de alfabeto. Outro grande lojista, homem mais conciso, explicou ao velho artesão que seus fregueses não compravam roupas, mas uma ilusão. O que os fazia comprar o que vendia na sua loja era o sonho de se transformar em quem usava aquelas roupas.

Bedii Usta tentou fabricar manequins que se prestassem a essa ilusão. No entanto, tinha plena consciência de que jamais poderia competir com os manequins importados da Europa, com suas articulações móveis e seus sorrisos de dentifrício. Assim, em pouco tempo, voltou a se dedicar aos seus fantasmas, ao seu sonho de autenticidade, na penumbra da sua oficina. Passou os últimos quinze anos da sua vida produzindo mais de cento e cinqüenta novos manequins, cada um deles uma obra-prima em que conferia carne e osso a seus sonhos locais. O filho de Bedii Usta, que me procurou no jornal e depois me levou à oficina do seu pai, mostrou-me cada um desses manequins e me explicou que "a nossa essência", o que "faz de nós quem somos", estava impregnada naquelas obras bizarras e cobertas de poeira.

Estávamos no porão frio e mal iluminado de uma casa a que chegamos por uma ladeira estreita e enlameada de Kuledibi, de calçada torta e suja, descendo depois um lance muito íngreme de escadas. A toda nossa volta manequins nos cercavam com gestos que pareciam fazer força para adquirir movimento e vida. Na penumbra daquela caverna, centenas de rostos e centenas de pares de olhos nos observavam e se entreolhavam. Sentados ou de pé, alguns falavam ou comiam, outros riam, uns poucos faziam suas preces. Outros ainda pareciam lançar um desafio ao mundo exterior com sua simples existência — uma existência que naquele momento parecia insuportável. Uma coisa ficou claríssima: aqueles manequins exibiam uma vitalidade que não se via nas multidões que cruzavam a ponte Galata, quanto mais nas vitrines das lojas de Beyoğlu ou Mahmudpaşa. A vida transbordava, como um jorro de luz, daquela multidão de manequins percorridos de um frêmito, como que animados por um sopro. Fiquei fascinado. Lembro de ter me aproximado de um desses manequins (um concidadão, um velho enterrado em seus problemas) com receio mas tomado por um impulso irresistível, na esperança de contagiar-me com a vida que sentia pulsar em seu interior, de me transportar para aquele outro mundo e descobrir o segredo do seu realismo, o mistério daquele universo. Mas quando encostei no seu braço, a pele era áspera, fria e aterrorizante, como todo aquele porão.

"Meu pai sempre dizia que, acima de tudo, precisamos prestar muita atenção aos gestos que fazem de nós quem somos", explicou o filho, apontando orgulhoso para os manequins do mestre. Ao final dos seus longos e cansativos dias de trabalho, ele e o pai emergiam das trevas do porão de Kuledibi e, juntos, iam até Taksim, onde se instalavam à mesa de um daqueles cafés de má fama; ali pediam um chá e ficavam observando as pessoas que passavam aos magotes, prestando especial atenção aos seus gestos. Naquele tempo, seu pai sempre repetia que se podia mudar tudo num país: o modo de vida, a história, a tecnologia, a arte, a cultura e a literatura, mas que os gestos nunca podiam ser mudados. Enquanto me contava as idéias de seu pai, o filho indicou por mímica a maneira como os motoristas de táxi acendem seus cigarros; explicou como e por que os malfeitores de Beyoğlu mantinham os braços afastados do corpo enquanto andavam de lado como caranguejos, e em seguida apontou para o queixo do ajudante de um vendedor de grão-de-bico torrado — o rapaz ria com a boca muito aberta, como todos nós fazemos. Explicou também o terror que se pode ler nos olhos baixos da mulher da nossa terra, fixos num ponto à sua frente quando caminha só pelas ruas com a bolsa de compras nas mãos, e também por que os nossos compatriotas sempre caminham de cabeça baixa pelas ruas da cidade mas olhando para o céu quando andam no campo... E o tempo todo, muitas e muitas vezes, chamava minha atenção para os gestos, as posturas, o elemento "bem nosso" na atitude daqueles manequins que esperavam pacientes pelo advento da eternidade para adquirir a capacidade de mover-se. Além de tudo, ficava perfeitamente claro que aquelas criações magníficas tinham todas as qualidades necessárias para envergar os mais finos trajes.

Ainda assim, aqueles manequins, aquelas desafortunadas criaturas, tinham alguma coisa de partir o coração, que nos levava a querer fugir logo de volta para a luz diurna do mundo exterior. Tinham algo de errado — como posso descrever? —, algo de obscuro, doloroso, incômodo, até mesmo aterrorizante. "Nos últimos anos", explicou o filho, "meu pai parou de estudar os gestos mais comuns de todos os dias", e foi então que descobri o que era essa coisa terrível. Porque essas atitudes cotidianas que chamo aqui de "gestos" — a maneira como nós, os turcos, rimos, assoamos o nariz, caminhamos, olhamos de soslaio, lavamos as mãos, abrimos garrafas — com o tempo começaram a mudar, a perder sua sinceridade, diante dos olhos do pai e do filho. Sentados no posto de observação do seu café, eles demoraram algum tempo para descobrir qual era o modelo imitado pelo homem da rua, que só conhecia outros homens da rua. Os pequenos gestos que Bedii Usta e seu filho consideravam "o grande tesouro da vida turca", os movimentos dos nossos corpos na vida cotidiana, vinham mudando aos poucos, mas inexoravelmente, como que atendendo às ordens de um chefe secreto e invisível; estavam desaparecendo, sendo substituídos por todo um conjunto de novos gestos inspirados em algum outro modelo. Um dia, quando trabalhavam numa linha de manequins infantis, o pai e o filho finalmente atinaram com a explicação daquele mistério. "É por causa desses malditos filmes!", exclamou o filho.

Sim, era por causa dos malditos filmes — trazidos do Ocidente lata atrás de lata para serem exibidos em nossos cinemas por horas a fio — que os gestos do homem da rua começavam a perder sua inocência. E nosso povo, mais depressa do que o olho conseguia acompanhar, vinha abandonando seus gestos próprios; adotavam, imitavam os gestos de outros povos. Não quero abusar da paciência dos meus leitores enumerando aqui todos os exemplos que o filho de Bedii Usta me deu para justificar a raiva que seu pai sentia por toda essa gesticulação sem sentido, por essas novas atitudes tão pouco naturais. Basta dizer que me descreveu todos os gestos deslocados, mas estudados, que o nosso povo aprendia com os filmes, tanto as gargalhadas quanto a maneira de abrir uma janela, de bater a porta, de segurar um copo de chá ou ainda de vestir seus sobretudos; todos esses discretos e anônimos gestos recém-adquiridos, os acenos de cabeça, as piscadelas, os pigarros distintos, os rompantes de raiva e as brigas a socos, a maneira como atualmente erguíamos as sobrancelhas e girávamos os olhos, essas novas afetações, fossem de compostura ou de violência, que sufocaram nossa ingênua grosseria original. Depois de algum tempo, o pai não suportou mais o espetáculo desses gestos mestiços. E por temer que os seus "filhos" também acabassem contagiados pela influência dessas novas posturas inautênticas, resolveu dar as costas para o mundo e refugiar-se em sua oficina. Encerrado no porão, declarou que já conhecia de sobra "o mistério e seu sentido, a sua essência".

E foi contemplando as obras produzidas por Bedii Usta nos últimos quinze anos da vida que entendi de repente, com o sentimento de medo selvagem do menino criado por lobos que só descobre muito depois sua verdadeira identidade, o que constituía aquela essência misteriosa. Os olhos desses manequins dos meus tios e tias, dos meus amigos e conhecidos, daqueles merceeiros e trabalhadores, penetravam até o fundo da minha alma, porque eles tinham sido feitos à minha imagem. Eram parecidos comigo, eram meus representantes; eu mesmo também estava lá, em pessoa, esquecido naquela penumbra dominada pela derrota e a desesperança. Os manequins dos meus compatriotas estavam cobertos de uma poeira pesada (havia entre eles tanto malfeitores de Beyoğlu quanto costureiras; tanto o famoso milionário Cevdet Bey quanto Selahattin Bey, o enciclopedista; havia ainda bombeiros, anões de alucinação, velhos mendigos e até mulheres grávidas); as sombras daquelas trágicas criações, mais assustadoras ainda à luz fraca da lâmpada do teto, lembravam-me divindades que chorassem a autenticidade perdida, ascéticos torturados pela idéia de nunca poderem ser um outro, amantes infelizes que resolvem fazer um pacto de morte por não poderem compartilhar a mesma cama. Eles, como eu, como todos nós, num passado tão distante quanto o paraíso perdido, julgaram ter um dia vislumbrado uma essência interior, o sentido de uma existência em que se encontravam por mero acaso; mas depois esqueceram. Era essa memória perdida que doía em nós, que nos diminuía, mas ainda nos obstinávamos em ser nós mesmos. O sentimento de derrota e de tristeza que impregnava nossos gestos, tudo que fazia de nós quem éramos, a maneira como assoávamos o nariz, coçávamos a cabeça e batíamos os pés no chão, além da melancolia que revelávamos no olhar, eram talvez a pena que precisávamos pagar por essa obstinação. "Meu pai nunca perdeu a esperança de ver seus manequins nas vitrines!" E disse ainda o filho, em conclusão: "Meu pai nunca perdeu a esperança de um dia ver nosso povo tão contente que não precisaria imitar os outros!". Mas eu tinha a impressão de que aquele amontoado de manequins desejava o mesmo que eu: abandonar o mais depressa possível aquele porão abafado e tomado pelo bolor, tornar a caminhar pelas ruas à luz do sol, vendo e imitando as outras pessoas, fazendo o possível para se tornar outra pessoa, encontrar enfim a felicidade.

E esse desejo, como eu descobriria mais tarde, realizou-se em parte. Certo dia, um lojista que procurava atrair seus clientes com a extravagância de suas vitrines fora visitar a oficina, comprando algumas amostras da "mercadoria", talvez porque fosse mais barata. Mas os manequins que expôs lembravam tanto, nas posturas e nos gestos, os fregueses do outro lado das vitrines, os passantes que andavam pelas calçadas; eram tão comuns, tão genuínos, tão "iguais a nós", que não despertaram a atenção de ninguém. Diante disso, o lojista avarento mandou serrar os manequins em pedaços, pondo fim ao conjunto que dava sentido aos seus gestos: as mãos e os pés, os braços e as pernas cortados continuaram a ser usados por muitos anos na vitrine estreita de uma loja modesta, apresentando luvas, botas, sapatos e guarda-chuvas aos freqüentadores de Beyoğlu.

7. As cartas do monte Kaf

"E um nome precisa querer dizer alguma coisa?"
Lewis Carroll, *Através do espelho*

Quando, depois de uma noite insone, Galip saiu pelas ruas ao encontro da habitual monotonia cinzenta de Nişantaşı, encontrou-a iluminada por uma estranha claridade branca e viu que nevara bem mais do que imaginava. Os transeuntes que se apinhavam nas calçadas pareciam ignorar os translúcidos pingentes de gelo presos por um triz às calhas dos edifícios. Depois de uma curta visita à agência local do Banco da Produção (que Rüya chamava de Banco da Poluição, em homenagem à nuvem densa de poeira, fumaça, gases da descarga de automóveis e fuligem de carvão que pairava sobre a praça Nişantaşı), Galip pôde concluir que Rüya não tinha feito nenhum saque importante da sua conta conjunta nos dez dias anteriores, que o sistema de calefação do banco tinha quebrado mas que todos estavam de bom humor, porque uma das caixeiras excessivamente maquiadas do banco ganhara um dos prêmios no último sorteio da loteria nacional. Ele continuou a descer a rua, passando pelas vitrines embaçadas do florista, pela passagem coberta onde aprendizes corriam de um lado para o outro com suas bandejas carregadas de copos de chá, pela Escola Secundária Şişli onde ele e Rüya tinham estudado e, caminhando debaixo dos pingentes de gelo presos aos galhos irreais das castanheiras, chegou finalmente à loja de Alâaddin. Usando o mesmo gorro azul que Celâl descrevera numa de suas crônicas nove anos antes, Alâaddin estava assoando o nariz.

"Alâaddin, como vai? — espero que não esteja doente."

"Peguei um resfriado."

Galip lhe pediu, pronunciando cada título com o máximo cuidado, todas as revistas políticas de esquerda em que o ex-marido de Rüya costumava publicar seus artigos, tanto aquelas com que concordava quanto aquelas às quais se opunha com toda a veemência. Uma estranha expressão tomou conta do rosto de Alâaddin — composta de medo e suspeita, marcada por uma certa infantilidade mas de maneira alguma hostil — enquanto ele explicava a Galip que só os estudantes universitários liam ultimamente aquelas revistas. "O que você está procurando nelas?"

"Pensei em resolver suas palavras cruzadas!", respondeu Galip.

Depois de rir bem alto para deixar claro que entendera a piada, Alâaddin observou: "Mas meu filho, você sabe que essas coisas nunca trazem nenhum passatempo!", disse ele com o desalento de um verdadeiro aficionado por enigmas e quebra-cabeças. "Quer estas duas aqui também? Acabaram de ser lançadas."

"Quero", respondeu Galip, e em seguida, sussurrando como um velho que acabasse de comprar uma revista pornográfica, pediu: "Você se incomoda de embrulhar tudo em jornal?".

Sentado no ônibus de Eminönü, teve a impressão de que o peso do pacote que levava no colo ficava cada vez maior; mais estranhamente ainda, teve também a sensação de que era observado. Não pelo olhar de um outro passageiro do ônibus, pois todos olhavam distraídos para os transeuntes nas ruas cobertas de neve enquanto balançavam para a frente e para trás, para a frente e para trás, como se estivessem a bordo de um pequeno navio no mar encapelado. Alâaddin tinha embrulhado suas revistas políticas num velho exemplar do *Milliyet*, e agora, ao olhar para o pacote, Galip viu que a crônica de Celâl tinha acabado virada para fora; e lá estava Celâl, olhando para ele do seu retrato. Era a mesma foto que Galip via toda manhã havia muitos e muitos anos, mas o perturbador era que, hoje, ela o fitava de um modo diferente. *Conheço você muito bem*, dizia-lhe a foto. *Estou de olho em cada mo-*

vimento seu! Galip cobriu a foto com o polegar, tentando evitar aquele Olho que parecia capaz de ler a sua alma, mas ao longo de todo o trajeto teve a impressão de sentir sua presença debaixo do dedo.

Assim que chegou ao seu escritório tentou ligar para Celâl no trabalho, mas ele ainda não chegara. Desembrulhou seu pacote, tirou dele as revistas de esquerda e começou a lê-las com o máximo de cuidado. Só de folheá-las, já se sentia de volta aos dias tensos mas inebriantes em que a liberdade, a vitória — o Dia do Juízo! — pareciam possibilidades muito próximas. Quando foi exatamente que ele perdera a fé? Já não se lembrava. Mais tarde, depois de ter passado horas ao telefone falando com alguns dos velhos amigos de Rüya, cujos nomes anotara no verso da carta de despedida, essas lembranças perdidas voltaram e lhe pareceram tão lindas e implausíveis quanto os filmes que ele assistia na infância, no cinema ao ar livre que, no verão, era instalado entre o muro da mesquita e o jardim do café. Aqueles antigos filmes em preto-e-branco dos estúdios Yeşilçam nunca eram muito lógicos em matéria de enredo. Às vezes Galip ficava na dúvida se tinha mesmo compreendido a história, de tão pouco sentido que fazia, mas então, embora desconfiado, sentia-se convidado a ingressar num universo povoado por pais ricos e cruéis, rapazes pobres de bom coração, cozinheiros, criados, mendigos e carros de rabo-de-peixe, um universo criado a partir do nada, transformado — involuntariamente — numa terra de contos de fadas (Rüya garantia que o DeSoto de um filme, com a mesma placa e tudo, era o mesmo que tinha visto em outra fita na semana anterior). Mas embora acompanhasse com algum desdém as tramas implausíveis e teatrais daquele universo paralelo, perplexo de ouvir os soluços e ver as lágrimas do espectador ao seu lado, vinha sempre o momento em que — sim, vocês adivinharam — também ele sucumbia bruscamente à magia escondida atrás da tela e se surpreendia com lágrimas nos olhos, chorando com as angústias das heroínas pálidas e puríssimas, compartilhando as desventuras dos heróis tristes, mas resolutos e sempre dispostos ao sacrifício.

Desejando apreender o máximo possível do universo político — com seu lado de mundo de fantasia em preto-e-branco — das pequenas frações esquerdistas em que antes viviam Rüya e seu primeiro marido, telefonou para um velho amigo que mantinha um verdadeiro arquivo de revistas de esquerda.

"Você ainda coleciona todas essas revistas, não é?", perguntou Galip em tom confidencial. "Um dos meus clientes está com problemas, e eu precisava dar uma olhada no seu arquivo para montar a defesa dele."

"Com todo o prazer!", respondeu Saim, movido pela boa vontade de sempre e satisfeito de ser procurado por causa dos arquivos. Sugeriu que Galip passasse pela sua casa naquela noite mesmo, às oito e meia.

Galip continuou trabalhando no escritório até o cair da noite. Tentou falar com Celâl mais algumas vezes, mas sempre em vão. E toda vez que Galip desligava, depois de ouvir a secretária dizer que Celâl Bey "ainda não chegou" ou "acabou de sair", tinha a impressão de que o olho do primo continuava a fitá-lo da folha de jornal que Alâaddin usara para embrulhar suas revistas e ele pusera numa das prateleiras das estantes que herdara do Tio Melih. Enquanto ouvia a história de um litígio que se criara entre os herdeiros de uma lojinha no Grande Bazar da cidade — um relato difícil de acompanhar, porque a dupla de mãe e filho que tinha vindo procurá-lo, os dois extraordinariamente obesos, interrompia um ao outro o tempo todo (e não conseguiu deixar de perceber que a bolsa da mãe estava atulhada de remédios), e mesmo mais tarde, enquanto conversava com um policial que escondia os olhos atrás de óculos escuros e tinha decidido processar o governo por erro de cálculo da data de sua aposentadoria, quando tentou explicar a esse policial que, de acordo com a lei em vigor, os dois anos que ele passara internado num hospício não podiam ser considerados como tempo de serviço, sentia quase o tempo todo a presença de Celâl, na sala junto com ele.

Um por um, ligou para todos os amigos e amigas de Rüya. A cada ligação, inventava um novo pretexto. A Macide, velha amiga sua do liceu, pediu o telefone de Gül — tinha a ver com um caso em que estava trabalhando, explicou. Mas quando conseguiu telefonar para a linda casa de Gül, cujo nome significa "Rosa" e de quem Macide não gostava nem um pouco, uma criada muito bem-falante informou-lhe que ela acabara de dar à luz seu terceiro e quarto filhos na Clínica de Gülbahçe ainda na véspera, e que ele poderia ir ver os gêmeos (chamados Hüsn e Aşk, "Beleza" e "Amor", como os protagonistas do poema de amor do xeque Galip) se fosse imediatamente à clínica para olhá-los pela vitrine do berçário entre as três e as cinco da tarde. Figen lhe pediu que transmitisse seus votos de prontas melhoras a Rüya, e prometeu que lhe devolveria logo O *que fazer?* (de Tchernitchevski) e os livros de Raymond Chandler. Quanto a Behiye, ela lhe respondeu que não, não tinha nenhum tio policial que trabalhasse para a Delegacia de Narcóticos, e Galip entendeu pelo tom da sua voz que não, ela não tinha a menor idéia de onde Rüya se encontrava. O que Semih não conseguiu entender foi como ele tinha conseguido localizá-la naquela confecção instalada num subsolo e, sim, era verdade, ela vinha trabalhando febrilmente com um grupo de técnicos e engenheiros, tentando fabricar o primeiro fecho ecler da Turquia, mas não, não sabia das histórias recentes sobre carretéis vendidos no mercado negro que tinham saído nos jornais, de maneira que ela não tinha como ajudá-lo naquele caso, embora desejasse que ele pudesse transmitir as suas mais carinhosas (e sinceras, Galip tinha certeza) lembranças a Rüya.

Por mais que ele disfarçasse a voz, porém, e por maior que fosse o número de pessoas que dizia ser, ainda assim não conseguiu localizar Rüya. Süleyman, que vendia de porta em porta enciclopédias inglesas publicadas quarenta anos antes, disse a Galip (que dissera ser um diretor de escola média) que devia ter havido algum erro — não só não tinha uma filha chamada Rüya na escola secundária como afinal não tinha filho nenhum! E soava totalmente convincente. O mesmo aconteceu no caso de İlyas, que transportava carvão pelo mar Negro na barcaça do pai — ele disse estar seguro de não ter deixado seu livro dos sonhos no cinema Rüya, pois fazia meses que não ia ao cinema e, além disso, não possuía um caderno desses; e também com Asım, que importava elevadores mas disse que não podia ser o responsável pelo ascensor com defeito do edifício Rüya, porque era a primeira vez que ouvia falar daquele prédio ou da rua do mesmo nome: cada vez que eles pronunciavam o nome *Rüya* ou falavam de algum "sonho", também *rüya*, de uma forma geral, Galip não detectava qualquer sinal de pânico, ou culpa, em suas vozes; e só pôde concluir que estavam sendo sinceros, e completamente inocentes. Quanto a Tarık, que passava os dias produzindo veneno para ratos no laboratório do padrasto e as noites escrevendo poemas sobre a alquimia da morte, gostou muito de saber que os estudantes da Faculdade de Direito desejavam que ele lhes fizesse uma palestra sobre a maneira como abordava o tema dos sonhos e os mistérios dos sonhos na sua poesia, prometendo reunir-se com eles naquela noite em Taksim, bem em frente dos antigos cafés de prostituição. Kemal e Bülent estavam viajando pela Anatólia: um estava produzindo um almanaque para as máquinas de costura Singer e fora recolher as reminiscências de uma velha costureira de Esmirna que, cinqüenta anos antes, dançara uma valsa com Atatürk cercada de jornalistas e aplausos calorosos, sentando-se em seguida à máquina de pedal, onde produziu um par de calças em estilo ocidental em poucos minutos, sob os olhares de todos. O outro estava viajando de aldeia em aldeia, de café em café, em lombo de mula, procurando dados mágicos de gamão fabricados com os fêmures milenares do velho que os europeus chamavam de Papai Noel.

Não falou com todas as pessoas da lista — vários telefones estavam errados e em outros casos a ligação estava ruim, o que sempre tendia a acontecer nos dias de neve ou muita chuva —, mas continuou a ler as revistas políticas até a noite, e logo estava a par do estado atual das facções. Sabia quais informantes tinham sido torturados, mortos ou presos; quem tinha morrido em qual escaramuça e quem tinha providenciado o enterro; que cartas os editores tinham respondido, quais tinham devolvido e quais tinham publicado. Sabia todos os nomes e pseudônimos dos cartunistas, dos poetas e dos editores, mas não encontrou em parte alguma o nome do ex-marido de Rüya, ou nenhum dos seus cognomes.

Enquanto o céu escurecia, permaneceu imóvel e triste em sua cadeira. Um corvo empoleirado no peitoril da janela lançou-lhe um olhar curioso e enviesado; os sons da noite de sexta-feira erguiam-se da rua movimentada. Galip entregou-se a um sonho feliz e convidativo. Quando acordou, muito mais tarde, a noite já tinha caído, mas ainda sentia o olhar penetrante do corvo, além do olho de Celâl. Deslocou-se devagar pela sala escura fechando as gavetas, procurou seu sobretudo pelo tato e deixou o escritório, caminhando às cegas pelo corredor escuro. Todas as luzes do edifício estavam apagadas. O menino que entregava o chá estava limpando as privadas.

Enquanto atravessava a ponte Galata coberta de neve, sentiu frio; um vento forte soprava do Bósforo. Parou numa lanchonete de Karaköy, sentando-se a uma mesinha de mármore entre um par de espelhos que se refletiam; dando-lhes as costas, pediu ovos fritos e uma tigela de caldo de galinha com cabelos-de-anjo. Na única parede desprovida de espelho, via-se uma paisagem montanhesa que parecia inspirada em cartões-postais e nos calendários da Pan American; vendo o cume nevado que surgia em meio aos pinheiros, acima de um lago liso e cristalino, Galip lembrou-se não dos Alpes de cartão-postal que tinham inspirado a pintura, mas do monte Kaf, a mítica montanha mágica que ele e Rüya escalaram tantas vezes na infância.

Quando tomou o funicular para Tünel, viu-se envolvido numa animada conversa com um velho que não conhecia sobre o famoso acidente de vinte anos antes: teria sido mesmo por causa de um cabo partido que os bondinhos se desprenderam e acabaram destroçados em plena praça Karaköy, onde quebraram vitrines e paredes com o entusiasmo de um bando de garanhões selvagens? Ou por causa da bebida que o maquinista costumava consumir? Por acaso, o velho anônimo também era de Trapizonda, assim como o maquinista bêbado encarregado do funicular naquele dia. As ruas do bairro de Cihangir estavam vazias. Quando Saim abriu a porta de casa para boas-vindas calorosas mas apressadas, Galip deduziu que ele e a mulher deviam estar assistindo o mesmo documentário que os porteiros e os motoristas de táxi instalados no café do térreo do edifício.

As coisas que deixamos para trás era uma compilação lacrimosa das obras dos otomanos nos Bálcãs, enumerando os antigos caravançarás, mesquitas e fontes construídos pelo antigo Império mas hoje nas mãos de gregos, albaneses e iugoslavos. Quando Galip sentou-se numa velha poltrona pseudo-rococó cujas molas tinham esquecido seu papel muito antes e onde o instalaram como se instala o filho do vizinho que se convida para assistir um jogo de futebol, pondo-se a acompanhar o tristíssimo desfile das mesquitas perdidas, Saim e a mulher deram a impressão de se esquecerem da sua presença. Saim tinha uma semelhança notável com um lutador já falecido que chegara a ganhar uma medalha olímpica e cujo retrato ainda se via enfeitando todas as mercearias; sua mulher parecia um rato gordo e amável. Havia na sala uma velha mesa cor de poeira, com um abajur da mesma cor; cercado por uma moldura dourada, pendia da parede o retrato de um avô que parecia mais com a mulher (e como ela se chamava mesmo, perguntou-se preguiçosamente Galip: Remziye?) do que com seu amigo Saim; em cima do bufê sucediam-se um calendário patrocinado por uma companhia de seguros, um cinzeiro trazendo o nome de um banco, um serviço de licor, um jarro, um açucareiro de prata e xícaras de café; e finalmente, nas prateleiras que cobriam duas das paredes, as pilhas e pilhas de periódicos e papéis avulsos empoeirados: o "arquivo" que Galip viera consultar.

Dez anos antes, quando ainda estavam na universidade, o "arquivo" já era motivo de piada, apelidado pelos colegas de faculdade de "Arquivos Definitivos da nossa Grande Revolução". Num momento de rara franqueza, o próprio Saim admitira tê-lo criado por causa da sua "indecisão"; fora impelido a assumir esse papel por sua própria "indecisão". Não a indecisão de um jovem incapaz de escolher "entre duas classes" (como se dizia naqueles dias); na verdade, não conseguia se definir entre as muitas facções discordantes da esquerda. Fazia questão de participar de todas as reuniões políticas e de todos os congressos estudantis. Passava os dias correndo de faculdade em faculdade, de refeitório em refeitório, escutando com a maior atenção todos os oradores, acompanhando muito de perto "todas as posições, todas as tendências" e, como sua timidez não lhe deixava fazer perguntas, tornou-se um leitor ávido de toda a propaganda impressa de esquerda, dedicando-se ainda à procura incessante de cada folheto, documento mimeografado ou panfleto distribuído pelas ruas. (Perdão por perguntar, mas por acaso você tem uma cópia da declaração que estavam entregando outro dia na Escola Politécnica — propondo que a língua turca fosse expurgada de palavras estrangeiras?) E lia tudo, lia sem parar. E foi talvez por não ter tempo de ler tudo e assim decidir qual seria a sua linha política que um dia começou a guardar tudo que lhe caía nas mãos, finalmente começando a ver aquela pilha de material acumulado como o início de uma coleção. Ao longo dos anos, a necessidade de ler atenuou-se, tendo se reduzido a importância da decisão que nunca tomou; a essa altura, porém, aquele "rio de documentos" tinha assumido tal volume, alimentado por tantos tributários, que seria uma pena deixá-lo esvair-se; aquilo pedia uma represa, concluiu Saim (que escolhera aquela imagem talvez por ter se formado em engenharia). Generosamente, resolveu dedicar o resto da vida a esse nobre projeto.

Quando o documentário acabou, desligaram a TV; depois de terem trocado as perguntas e respostas de costume sobre a saúde de todos os presentes, Saim e a mulher ficaram em silêncio e lançaram um ar interrogativo a Galip, de maneira que este começou a contar a sua história: atuava na defesa de um estudante universitário, injustamente acusado de um assassinato político. Não, não que não tivesse ocorrido uma morte: ao final de uma ação mal planejada e mal executada de assalto a banco, um dos três desajeitados jovens envolvidos, enquanto atravessava com dificuldade a multidão de transeuntes, saindo do banco na direção do táxi roubado que usavam como carro de fuga, tinha derrubado acidentalmente uma velhinha que passava. Com a violência do choque, a pobre anciã caiu no chão, tendo morte instantânea no momento em que bateu com a cabeça na calçada ("É assim que acontecem essas desgraças!", comentou a mulher de Saim.) Só um dos jovens assaltantes do banco tinha sido preso em flagrante, na posse de uma arma de fogo, um rapaz calmo e discreto de "muito boa família". Evidentemente leal aos seus companheiros, por quem nutria um respeito e uma admiração sem limites, o jovem cliente de Galip recusara-se a revelar seus nomes à polícia; e o mais espantoso foi que conseguira persistir nessa recusa, mesmo submetido à tortura; o pior, porém, é que, com o seu silêncio, assumira plenamente a responsabilidade pela morte da velha senhora — da qual não tinha a menor culpa, como Galip descobriria no curso de suas investigações. Enquanto isso, o rapaz que de fato derrubara a anciã provocando a sua morte — um estudante de arqueologia chamado Mehmet Yılmaz — fora por sua vez metralhado por atacantes não identificados enquanto pichava palavras de ordem em código no muro de uma casa, numa favela nova que acabara de surgir perto de Umraniye. Diante dessas circunstâncias, como era de se esperar, o rapaz de boa família viu-se livre para apontá-lo como o verdadeiro culpado. No entanto, a polícia não só se recusou a acreditar que o Mehmet Yılmaz que acabara de ser morto era aquele mesmo Mehmet Yımaz como, numa reviravolta inesperada, vários dirigentes da organização que promovera o assalto ao banco declararam repetidas vezes que o verdadeiro Mehmet Yılmaz continuava vivo, com a determinação de sempre, assinando seus artigos na revista que publicavam. Galip, que se encarregara do caso não a pedido do próprio rapaz de boa família, "hoje mofando na prisão", mas do seu pai, um homem rico e bem-intencionado, desejava: (1) ler os artigos em questão, a fim de provar que o novo Mehmet Yılmaz não era a mesma pessoa que o antigo Mehmet Yılmaz; (2) descobrir, através da análise dos pseudônimos utilizados, quem seria o autor ou os autores daqueles artigos assinados em nome do falecido Mehmet Yılmaz; (3) examinar todos os documentos divulgados ao longo dos últimos seis meses pela facção política responsável por aquele estranho incidente, pois, como Saim e sua mulher já deviam ter imaginado, era a organização antes liderada pelo ex-marido de Rüya; e (4) esclarecer finalmente o mistério em torno dos autores fantasmas que assinavam tantos artigos com nomes dos mortos e desaparecidos, compilando uma lista completa dos seus pseudônimos.

Saim estava mais que disposto a ajudar, e começaram a pesquisa imediatamente. Durante as primeiras duas horas, limitaram-se a examinar os nomes e pseudônimos dos vários autores de artigos, enquanto tomavam chá e mordiscavam o bolo que a mulher de Saim (cujo nome agora lembrava: Rukiye) teve a gentileza de lhes servir. Mais adiante, ampliaram a busca e começaram a compilar os pseudônimos usados por todos os colaboradores das revistas, de todos os provocadores e de todos os mortos; e o fascínio daquele universo semi-secreto envolto em sombras, composto de avisos de morte, de ameaças, de confissões, de atentados a bomba, de erros tipográficos, de discordâncias doutrinárias, poemas e palavras de ordem — um mundo que tinham começado a esquecer, embora continuasse a existir —, tornou a lhes provocar uma certa vertigem.

Encontraram pseudônimos que não disfarçavam sua condição de pseudônimos, outros pseudônimos derivados dos primeiros e mais outros, constituídos por sílabas ou partes desses últimos pseudônimos. Solucionaram enigmas, acrósticos, anagramas não muito rigorosos, decifraram códigos de imensa simplicidade, embora não conseguissem determinar se essa transparência era deliberada ou produto do acaso. Rukiye sentou-se à cabeceira da mesa onde os homens trabalhavam. Procurando pistas que pudessem ajudá-lo a encontrar Rüya, enquanto simulava a busca de indícios favoráveis à inocência de um jovem injustamente acusado de homicídio, Galip sentiu que a sala era tomada por uma espécie de melancolia que conhecia bem — a mistura de tédio e impaciência que associava às intermináveis reuniões de família no Ano-novo, em que jogavam víspora ou disputavam corridas de cavalos no tabuleiro no chão da sala de visitas, enquanto o rádio se esgoelava ao fundo. Pela fenda entre as cortinas entreabertas, via-se a neve caindo em grandes flocos.

Ainda assim continuaram procurando, Saim com o entusiasmo do professor paciente, e Galip, seu novo pupilo brilhante, acompanhando ambos com orgulho as aventuras dos seus pseudônimos, suas idas e vindas entre várias facções e revistas, seus triunfos e fracassos; quando, de tempos em tempos, descobriam que algum daqueles redatores fora preso, torturado, condenado ou desaparecido, ou quando se deparavam com a fotografia de algum deles, abatido a tiros por atacantes desconhecidos, interrompiam sua pesquisa e guardavam alguns momentos de silêncio, com uma tristeza que lhes fazia perder o entusiasmo mas que logo redescobriam, ao deparar-se com um novo jogo de palavras, uma nova pista, algum fato estranho, e já se viam de volta à caça, mergulhando na vida que transbordava daqueles artigos.

Segundo Saim, a maioria dos nomes que apareciam naquelas revistas era inventada, assim como boa parte dos heróis cujos feitos elas contavam e muitos dos encontros, manifestações, concílios secretos, congressos clandestinos e assaltos a banco que teriam organizado. Para dar um exemplo extremo, leu em voz alta a história de uma revolta popular que teria ocorrido vinte anos antes na cidade de Küçük Çeruh, na Anatólia oriental, entre Erzincan e Kemah. Em seguida ao levante, que uma dessas revistas relatava com todos os detalhes, inclusive datas, os rebeldes criaram um governo provisório que emitiu um selo cor-de-rosa com a efígie de uma pomba; depois que um jarro atingiu o vice-governador na cabeça e o matou, foi publicado um jornal diário que só trazia poemas, enquanto os donos de óticas e os farmacêuticos juntaram-se para distribuir óculos gratuitos a todos os estrábicos e outros cidadãos traziam lenha para o fogão da escola primária; mas antes que conseguissem acabar de construir a ponte que deveria ligar a comunidade à civilização, as forças da ordem, fiéis aos princípios de Atatürk, chegaram e retomaram o comando da situação, a tempo de impedir que as vacas acabassem de devorar os tapetes impregnados do cheiro dos pés dos fiéis que cobriam o piso de terra batida da mesquita da cidade. Os rebeldes foram enforcados nos galhos dos plátanos da praça. E no entanto, como explicou calmamente Saim, sublinhando o mistério de certas letras e sinais dos mapas, não existia cidade alguma chamada Küçük Çeruh, e eram igualmente falsos os nomes dos autores que afirmavam que aquela insurreição — como uma fênix — era herdeira de uma tradição que sempre renascia das próprias cinzas naquela comunidade. Mergulhados na teia complexa da poesia que governava a produção daqueles nomes falsos, composta de rimas e repetições, encontraram uma pista que talvez pudesse levá-los a Mehmet Yılmaz (e tinha a ver com um assassinato político cometido em Umraniye mais ou menos na mesma época em que Galip situara sua história). No entanto, não conseguiram encontrar qualquer desdobramento desse episódio nos números seguintes da revista, como acontecia com a maioria das informações que tentavam acompanhar, a tal ponto que tiveram a impressão de estar assistindo a um daqueles antigos filmes turcos em preto-e-branco que toda hora se partiam no projetor.

Foi nesse ponto que Galip levantou-se da mesa e telefonou para casa, dizendo a Rüya com voz carinhosa que precisava ficar trabalhando na casa de Saim até mais tarde, de modo que ela não devia esperá-lo e ir logo para a cama. Do outro lado da sala, Saim e a mulher lhe pediram que transmitissem um abraço a Rüya que, claro, Rüya prontamente devolveu.

Enquanto os dois homens continuavam a brincar de caça ao pseudônimo, de decifrar velhos códigos e criar novos com as letras que os compunham, a mulher de Saim foi dormir e os deixou a sós na sala onde cada centímetro quadrado estava coalhado de jornais, revistas, panfletos e folhas soltas de papel. Já passava muito da meia-noite, e a neve embrulhara Istambul num silêncio encantado. Interminavelmente fascinado por aquelas resmas de letras desbotadas, todas impressas pelos mesmos mimeógrafos sedentos de tinta, todas distribuídas nos refeitórios universitários cheirando a velhas pontas de cigarro ou nas barracas onde os grevistas se protegiam da chuva em estações ferroviárias distantes ("Mas falta tanta coisa!", protestava Saim, o arquivista sempre dominado pela modéstia), Galip continuava a procurar, saboreando os encantos de cada erro de composição ou de ortografia, até Saim emergir do quarto dos fundos com um livro que, com a voz orgulhosa do verdadeiro colecionador, anunciou ser muito raro: *O caso contra Ibn Zerhani, ou O caminho de um místico sufi que nunca tirou os pés do chão*.

Era um original datilografado mas reunido numa encadernação, e Galip folheou suas páginas com a máxima atenção. "É a obra de um amigo nosso que vem de uma pequena cidade perto de Kayseri, cujo nome só pode ser encontrado nos mapas da Turquia de tamanho muito grande", explicou-lhe Saim. "Seu pai era dervixe de uma pequena confraria mística, e ele foi educado na religião e no sufismo. Anos mais tarde, ao ler *O significado do mistério perdido*, livro de Ibn Zerhani, um sufi árabe do século XIII, anotou em suas margens inúmeros comentários de cunho 'materialista', a exemplo de Lênin em sua leitura de Hegel. A seguir, compilou todas essas notas, acrescentando-lhes prolixos e inúteis comentários entre parênteses que resultaram numa espécie de tratado — como se refletisse sobre um documento obscuro e enigmático escrito por outra pessoa. A isso tudo, ainda somou uma introdução bastante longa em que tornava a discutir aquelas reflexões que seriam anônimas, misteriosas e incompreensíveis. Finalmente, datilografou a obra toda, como se fosse uma obra alheia. Acrescentou-lhe ainda um prefácio de trinta páginas em que apresenta uma narrativa fabulosa sobre a sua própria vida lendária de santo e revolucionário.

"A parte interessante de toda essa fábula é o relato da maneira como o autor descobre as ligações entre a filosofia mística que os ocidentais chamam de panteísmo e aquilo a que ele dava o nome de 'materialismo filosófico', teoria que tinha desenvolvido em reação à influência do pai religioso; a conexão lhe ocorreu num fim de tarde, enquanto passeava pelo cemitério do lugarejo. Caminhando entre os carneiros que pastavam no cemitério e os fantasmas meio adormecidos, viu um corvo que, vinte anos antes, avistara entre os mesmos ciprestes, na época muito mais baixos — e você sabe que, na Turquia, os corvos chegam a viver mais de duzentos anos. Na mesma hora, percebeu que todas as características daquela atrevida criatura — suas pernas, sua cabeça, seu corpo, suas asas — continuavam exatamente, mas exatamente iguais e, como você sabe, os corvos representam o pensamento mais elevado. E esse corvo, que está representado na capa do livro, foi desenhado por ele mesmo. O livro prova que todo turco que aspire à imortalidade deve funcionar como o Boswell do seu próprio Johnson, Goethe e Eckermann ao mesmo tempo! Datilografou seis exemplares do livro. E eu ficaria muito admirado se você conseguisse encontrar algum deles nos arquivos secretos da polícia..."

Tinha-se a impressão de que havia uma terceira presença naquela sala, ligando aqueles dois homens ao autor do livro, ao seu corvo, com sua vida provinciana e de um vazio desolador, transcorrida em idas e vindas entre a sua casa e a loja de ferragens que herdara do pai, mas ainda assim dando mostras de uma imaginação exuberante que emanava daquela vida triste e silenciosa. Só existe uma única história, Galip teve vontade de exclamar. Todas essas palavras e letras, todos esses sonhos de libertação, todas essas memórias de escândalos ou de tortura contam sempre a mesma história, narrada na alegria ou na dor desses sonhos e lembranças! A impressão era de que Saim tinha passado todos esses anos colecionando aqueles jornais, panfletos e revistas, lançando sua rede num mar de papel impresso, e que em algum ponto finalmente encontrara a história das histórias. Que tinha alguma consciência da sua importância, mas não pudera atinar com toda a sua grandeza, ali soterrada pelas pilhas e pilhas de material que acumulara e organizara, e também por ter perdido a palavra-chave daquela história, a única capaz de abrir as portas do que ela continha.

Quando encontraram o nome de Mehmet Yılmaz numa revista de apenas quatro anos antes, Galip, que já estava com vontade de ir para casa, declarou que devia ser uma coincidência, mas Saim não o deixou ir embora, dizendo que nada naquelas revistas — que ele começara a chamar de "*minhas* revistas" — figurava ali por coincidência. Pelas duas horas seguintes, num esforço sobre-humano, embarcaram na busca de todas as buscas, pulando de revista em revista, percorrendo cada página com olhos que lembravam holofotes; logo Saim descobriu que Mehmet Yılmaz se transformara em Ahmet Yılmaz e depois, numa revista sobre atividades rurais exibindo um poço na capa e artigos ilustrados sobre camponeses e galinhas, tornara-se Mete Çakmaz. Não foi difícil para Saim concluir que Metin Çakmaz e Ferit Çakmaz também eram o mesmo homem, mas a essa altura o nosso autor desistira da sua obra teórica e vinha escrevendo letras para o tipo de música turca acompanhada de *saz* que se ouve nos enfumaçados salões das festas de casamento. Mas não ficou nisso. Por algum tempo, voltou a escrever sobre política (publicando artigos que provavam que todo mundo — menos ele próprio — colaborava com a polícia); mais adiante, transformou-se num irascível e ambicioso economista de profundos conhecimentos matemáticos, determinado a denunciar as opiniões e os modos pervertidos dos acadêmicos ingleses. Mas não era um homem que coubesse por muito tempo nos moldes insossos e desagradáveis aos quais tentava se ajustar. Saim entrou no seu quarto na ponta dos pés e voltou de lá com mais uma fornada de revistas, e *presto!*, lá estava novamente o personagem, num número publicado três anos e dois meses antes — era quase como se Saim o tivesse plantado ali. Agora ele se chamava Ali Harikaülke ("Ali no País das Maravilhas") e descrevia com riqueza de detalhes o futuro radioso em que, abolidas as diferenças de classe, reis e rainhas deixariam de existir e as regras do xadrez mudariam de acordo com os novos valores; as ruas calçadas de pedra exibiriam para sempre seus paralelepípedos, sem jamais serem revestidas de asfalto; os livros policiais que não passavam de perda de tempo, e as crônicas jornalísticas que só faziam perturbar os espíritos seriam proibidos; e o costume de cortar os cabelos em casa seria abandonado para sempre. E quando Galip descobriu que a educação das crianças seria confiada aos avôs e avós que moravam no andar de cima, para escapar à lavagem cerebral promovida pelos preconceitos imbecis dos pais e das mães, não teve mais dúvida quanto à identidade do autor e compreendeu com pesar que Rüya compartilhara suas memórias de infância com o ex-marido, segundo o qual meninos felizes e bem nutridos chamados Ali poderiam, sentados de pernas cruzadas à moda turca com as costas apoiadas à parede, resolver para sempre o enigma de Humpty Dumpty. Na página seguinte, o texto afirmava que Ali Harikaülke não era o autor, mas o tradutor do texto. O verdadeiro autor seria um professor de matemática da Academia de Ciências da Albânia. Mas o que mais deixou Galip espantado foi encontrar, ao pé da biografia desse professor, sem o disfarce de qualquer pseudônimo, como um inseto afobado capturado pela luz da lâmpada que se acende de repente na cozinha, exibindo-se com todas as letras, mudo, imóvel, o nome verdadeiro do ex-marido de Rüya.

"Nada é tão espantoso quanto a vida!", exclamou Saim em tom orgulhoso, enquanto os dois contemplavam aquele nome tomados de um estupor silencioso. "Exceto a literatura!"

Voltou a entrar em seu quarto na ponta dos pés, regressando com dois caixotes de margarina Sana cheios até a boca de periódicos. "Esses jornais e revistas vêm de uma facção pró-albanesa. Existe algum mistério aqui, um enigma que eu venho tentando decifrar há muitos anos. E estou vendo que tem algo a ver com a sua procura..."

Pôs mais água no fogo para um chá e espalhou por cima da mesa as revistas e os livros que julgava necessários, que foi retirando de caixas e prateleiras, enquanto começava a contar sua história:

"Tudo começou uns seis anos atrás, numa tarde de sábado, quando eu estava folheando o número mais recente de *Povo e Trabalho*, só para ver se trazia alguma coisa interessante... Era uma das revistas publicadas pelos seguidores de Enver Hoxha e do Partido do Trabalho Albanês (eram três na época, e cada uma delas se opunha implacavelmente às outras duas). De qualquer maneira, eu estava lendo o último número da revista *Povo e Trabalho*, à procura de alguma coisa que pudesse me interessar, quando me deparei com uma fotografia e um artigo que chamaram minha atenção. Falavam de uma solenidade em homenagem aos membros mais recentes daquela organização. E não fiquei curioso porque o artigo descrevesse uma reunião de um grupo marxista num país onde toda atividade comunista é proibida por lei, ou porque contasse que, nela, as pessoas recitavam poesia e tocavam *saz*; todas as pequenas organizações de esquerda sempre traziam nas suas revistas artigos de teor semelhante em que, em sua luta constante contra a extinção, desafiando todos os perigos, exageravam sistematicamente o número de seus membros e a adesão crescente de novos militantes. Não, o que me espantou antes de mais nada foi a legenda debaixo de uma fotografia em preto-e-branco mostrando um salão adornado com imensos cartazes de Enver Hoxha e do presidente Mao. Alguns dos presentes recitavam poemas e, à sua volta, podiam-se ver muitos espectadores que tragavam a fumaça dos seus cigarros com uma intensidade apaixonada, quase como se participassem de um ritual sagrado. A legenda fazia uma referência direta aos 'doze pilares' do salão. E, mais estranhamente ainda, todos os novos recrutas tinham escolhido nomes como Hasan, Hüseyin e Ali — que, como você sabe, são todos nomes típicos da comunidade alevi — e logo descobri que não eram apenas nomes alevis, mas também nomes de místicos famosos do sufismo bektaşi. Se eu não soubesse o quanto as seitas sufis da ordem Bektaşi tinham sido fortes na Albânia, talvez nunca atinasse com esse mistério, mas sabia, e percebi na mesma hora que estava à beira de descobrir alguma coisa, uma coisa importante, de maneira que me dediquei ao assunto com toda a energia e passei os quatro anos seguintes lendo tudo que pude encontrar sobre os bektaşis, os janízaros e os hurufis — você sabe dessa seita, claro, os místicos que procuram decifrar significados secretos a partir das palavras do Corão. Também li bastante sobre os comunistas albaneses, e quando juntei tudo me vi frente a frente com o segredo de uma conspiração que vem sendo tramada há cento e cinqüenta anos..."

E prosseguiu Saim: "Você sabe do que estou falando, não sabe?", contando a Galip a história do movimento bektaşi, iniciado por Hacı Bekta Veli setecentos anos atrás. A ordem tinha suas raízes nas tradições sufis, alevis e xamânicas, explicou-lhe Saim; tinha desempenhado um papel importante na origem e na expansão do Império Otomano, encontrando-se também na raiz da longa tradição de rebeldia e revolução que tanta fama trouxera ao exército dos janízaros — na verdade um reduto dos bektaşis. Se levarmos em conta que todo janízaro pertencia à ordem Bektaşi, é fácil compreender como os segredos — jamais revelados — dessa ordem deixaram sua marca em toda Istambul. E foi por causa dos janízaros que os bektaşis foram expulsos da cidade pela primeira vez: em 1826, furioso ao constatar a resistência do Exército às suas reformas ocidentalizantes, o sultão Mahmut II mandou destruir os alojamentos dos janízaros a canhonaços. Em seguida, decretou o fechamento de todos os mosteiros que lhes ofereciam apoio espiritual, banindo de Istambul todos os xeques bektaşis.

Depois de vinte anos nessa primeira clandestinidade, os bektaşis voltaram à cidade, mas ocultos sob o disfarce da confraria dos nakşibendis. Pelos oitenta anos seguintes — até a fundação da República, quando Atatürk extinguiu todas as ordens e confrarias — eles continuavam a se apresentar ao mundo exterior como nakşis, mas na realidade viviam e atuavam como bektaşis, guardando os segredos que os obrigavam a uma clandestinidade ainda mais profunda.

No diário de um antigo viajante inglês, aberto em cima da mesa, via-se uma gravura que supostamente representava um ritual bektaşi, mas que devia ter muito menos a ver com a realidade do que com as fantasias do artista estrangeiro. De todo modo, Galip contou os pilares, um a um; eram doze no total.

"A terceira onda bektaşi", disse Saim em seguida, "começou alguns anos depois da fundação da República, mas sob um novo disfarce. Não eram mais nakşibendis; agora se diziam marxistas-leninistas."

Depois de alguns minutos de silêncio, Saim começou a exibir as provas do que dizia, ilustrando sua exposição com revistas, folhetos, livros, recortes de jornal, fotografias e gravuras: tudo que esses marxistas-leninistas faziam obedecia essencialmente aos preceitos dos bektaşis, assim como tudo que escreviam; conduziam suas vidas seguindo exatamente o mesmo código. Os rituais de iniciação eram idênticos, até nos menores detalhes. Assim como os noviços bektaşis eram obrigados a demonstrar sua resistência e sua capacidade de renúncia através de provas e penitências, o mesmo acontecia com os neófitos marxistas-leninistas. Tanto uns quanto outros veneravam seus mártires, seus santos e seus antecessores, e manifestavam essa veneração da mesma forma; para os dois grupos, a palavra *caminho* era carregada de significado espiritual; os dois usavam as litanias marcadas pela repetição de certas palavras e expressões, conhecida como o *zikr*, para criar uma atmosfera de unidade e união. Como os bektaşis que os antecederam, os marxistas-leninistas eram capazes de identificar os outros iniciados pelo bigode, pela barba, ou até por certo modo de olhar; tocavam a mesma música de *saz* durante suas cerimônias, acompanhando poemas compostos exatamente com a mesma métrica e o mesmo esquema de rimas. "E o mais importante disso tudo", disse Saim, "a menos que seja mesmo apenas uma coincidência, ou que o Todo-Poderoso tenha me enviado esses textos para me pregar uma peça cruel, é que eu precisava ser cego para não perceber que esses jogos de palavras, essas combinações de letras que você hoje encontra nas revistas de esquerda, não passam de novas versões de uma tradição que os bektaşis herdaram dos hurufis."

No silêncio da noite, quebrado apenas pelos tênues silvos do apito do guarda-noturno numa rua distante, Saim repassou lentamente, como se recitasse uma oração, certos anagramas que tinha assinalado, comparando seus diversos significados.

Alta madrugada, quando Galip já hesitava entre o sono e a vigília, sonhando com Rüya, rememorando os dias felizes que passaram juntos, Saim chegou ao que classificava de "aspecto mais singular e impressionante de toda a questão": não, os jovens que aderiam àqueles grupos políticos não tinham idéia de que se tinham tornado bektaşis: eram peões anônimos num plano que dirigentes dos escalões intermediários da organização tinham pactuado secretamente com alguns xeques bektaşis da Albânia; muito poucas pessoas abaixo desse nível tinham alguma idéia do que estava acontecendo; aqueles jovens bem-intencionados e desprendidos que vinham aderindo a essas organizações aos milhares, prestando-se a todos os sacrifícios, mudando seus hábitos cotidianos, virando suas vidas do avesso, não imaginavam nem de longe, assim, que as fotografias tiradas durante seus desfiles, suas cerimônias, suas comemorações e suas refeições comunitárias fossem cuidadosamente examinadas pelos olhos comovidos de alguns superiores da ordem Bektaşi que viviam na Albânia e que, desse modo, controlavam suas atividades. E nem que eles próprios, os jovens militantes, fossem vistos por aqueles líderes religiosos como uma extensão de sua seita. "Num primeiro momento, por inocência, julguei que tivesse me deparado por acaso com uma conspiração espantosa, um segredo inacreditável — julgando que esses jovens tivessem sido vergonhosamente logrados", disse Saim. "Fiquei tão abalado que, pela primeira vez em quinze anos, cheguei a pensar em pegar da minha própria pena e publicar um artigo expondo minha descoberta com todos os detalhes, com todas as implicações que despertava, mas logo desisti do projeto." Enquanto um petroleiro escuro gemia alto, atravessando o Bósforo varrido pela neve, fazendo estremecer ligeiramente o vidro das janelas, Saim acrescentou, "Pois eu compreendi que, mesmo que conseguisse provar que a vida que vivemos é o sonho de outra pessoa, isso não mudaria nada".

Em seguida Saim lembrou a história da tribo zeriban, que se instalara nas encostas de uma montanha deserta na Anatólia oriental — "nunca visitada por uma caravana nem sobrevoada por ave alguma" — e passara duzentos anos preparando-se para uma viagem que deveria conduzi-los ao monte Kaf. O projeto — que jamais seria levado a cabo — fora inspirado por um livro de sonhos de uns trezentos anos antes, e a história não muda em nada quando descobrimos que os constantes adiamentos do início da jornada, que transformaram a viagem também num mero sonho, resultavam de um acordo que os governantes otomanos tinham feito muito antes com os xeques da tribo que mantinham aquele sonho vivo, transmitindo-o secretamente de geração em geração: segundo esse pacto, aquela viagem jamais devia ter início. E de que adiantaria, por exemplo, chegar para os soldados que lotam os cinemas de toda a Anatólia nas tardes de domingo, apontar para o padre cruel e malévolo que tenta fazer o bravo guerreiro turco beber vinho envenenado no melodrama histórico que assistem na tela, e dizer-lhes que na vida real ele não passa de um ator modesto, de um bom muçulmano? De que isso adiantaria, além de estragar a ira justa que é o seu único prazer?

Perto do amanhecer, quando Galip já cochilava no sofá, Saim acrescentou um elemento inesperado: quando aquele punhado de dirigentes partidários se reunia com os velhos xeques bektaşis num hotel colonial do início do século, em algum ponto da Albânia, ocupando um salão de baile que lhes evocava seus sonhos, levando-os quase às lágrimas com aquelas fotografias, era quase certo que os religiosos julgassem que aqueles esplêndidos jovens turcos tinham decidido compartilhar os segredos de sua ordem, e não exuberantes análises marxistas-leninistas. Afinal, ignorar que sua busca secular do ouro fosse baldada não era, no fim das contas, uma sorte infeliz para o alquimista, e sim sua própria razão de ser. Por mais que um ilusionista moderno insista em afirmar que executa um truque, sempre haverá um momento em que seu público fascinado irá acreditar ter visto um passe de autêntica magia. Há casais de jovens que, em certos momentos de suas vidas, apaixonam-se por causa de uma simples palavra, de uma história, de um livro que os dois tenham lido; casam-se no mesmo espírito arrebatado e vivem felizes para sempre, sem jamais perceber que suas almas deixaram-se levar pela ilusão.

Enquanto arrumava suas revistas, punha a mesa para o café-da-manhã da mulher e corria os olhos pelo jornal que o porteiro enfiara debaixo da sua porta, Saim observou que, no fim das contas, não há muita vantagem em revelar às pessoas que tudo que já foi escrito, mesmo os textos mais importantes e comprovados de todo o mundo, fala sempre do sonho, e não da vida real — de um sonho conjurado pelas palavras.

8. Os três mosqueteiros

Perguntei-lhe quem eram seus inimigos. Ele começou a relacioná-los. A lista era interminável...

Entrevistas com Yahya Kemal

Seu enterro ocorreu exatamente como passara os últimos vinte anos temendo, e como descrevera numa crônica trinta e dois anos antes de morrer. Contando comigo e com o corpo do escritor, éramos nove presentes no total: um empregado de uma clínica modesta de desintoxicação em Üsküdar, um cliente do mesmo estabelecimento, um jornalista aposentado que fora *protégé* do falecido na época mais brilhante da sua carreira, dois parentes distantes e muito estrábicos, que não sabiam nada da vida ou da carreira do escritor morto, uma senhora estranha de roupas extravagantes, usando um chapéu com véu ornado de uma pluma que lembrava os turbantes do sultão, e nosso honorável imã. Como a hora do enterro coincidiu com os piores momentos da tempestade de neve de ontem, o imã fez as preces correndo, e todos atiramos punhados de terra em cima do caixão com uma pressa descabida. E em seguida, não sei explicar como, mas nosso pequeno grupo se dissolveu no nevoeiro. Na parada de Kısıklı, eu era o único passageiro à espera do próximo bonde. Peguei a barca para atravessar o Bósforo; chegando à margem européia, segui diretamente para Beyoğlu, onde o Alhambra exibia o filme *Almas perversas* (*Scarlet Streets*), com Edward G. Robinson; entrei no cinema e me regalei com a fita. Sempre adorei Edward G. Robinson, que fazia o papel de um funcionário modesto de talento igualmente escasso como pintor eventual que, na esperança de conquistar a mulher amada, decide passar-se por milionário. Mal sabe ele, porém, que a mulher que ama — Joan Bennett — também mente o tempo todo, fingindo ser quem não é. Todos assistimos em desespero enquanto ele descobre as mentiras dela, tenta consolar seu coração partido e finalmente sucumbe de dor.

Quando conheci o falecido (deixem-me começar este segundo parágrafo como comecei o primeiro, tomando de empréstimo esta palavra que ele repetia com tanta freqüência e tanto carinho em sua coluna) — quando, dizia eu, conheci o falecido, ele já era septuagenário e tinha uma coluna diária, enquanto eu mal chegara aos trinta anos. Eu seguia em visita a um amigo em Bakırköy, e embarcava no trem suburbano na estação de Sirkeci quando o vi, sentado a uma das mesas do restaurante da estação, à beira da plataforma, tomando *rakı* com dois outros jornalistas igualmente lendários que eu lia e admirava desde a infância. O que me pareceu mais surpreendente não foi encontrar esses três homens idosos — todos com mais de setenta anos, figuras míticas que havia muito habitavam o meu monte Kaf literário — em meio à multidão ruidosa e fatídica da estação de Sirkeci, mas ver esses três polemistas, que se odiavam e se insultavam por escrito desde o início de suas carreiras literárias, brindando sentados à mesma mesa, como os três mosqueteiros reunidos vinte anos depois na taverna de Dumas *père*. No meio século desde que empunharam a pena, tinham testemunhado a ascensão e a queda de três sultões, um califa e três presidentes da República, sempre aproveitando a menor oportunidade para qualificar uns aos outros — além de outras acusações em parte justificadas — de ateus, Jovens Turcos, europeizantes, nacionalistas, maçons, kemalistas, republicanos, traidores da pátria, monarquistas, ocidentalizantes, monges de confrarias banidas, plagiários, nazistas, judeus, árabes, armênios, homossexuais, vira-casacas, muçulmanos fanáticos, comunistas, fantoches do imperialismo americano e até — o epíteto em voga naquele momento — de existencialistas. (Um deles chegara mesmo a afirmar, num artigo da época, que o maior existencialista de todos os tempos tinha sido Ibn' Arabi, e que os filósofos ocidentais que surgiram em cena setecentos anos mais tarde limitavam-se a imitar e saquear suas idéias.) Depois de observar longamente os três polemistas, deixei-me levar por um impulso e aproximei-me da sua mesa; apresentei-me e falei-lhes da minha admiração, tomando o devido cuidado para distribuir meus louvores de maneira eqüitativa.

Fique bem claro, queridos leitores: eu era um jovem entusiasta, tímido, inventivo, brilhante e bem-sucedido, mas também um tanto volátil, oscilando entre a vaidade e a insegurança, entre a boa-fé e uma certa dissimulação. Tinha acabado de subir à cena pouco antes — ainda cheirava a leite, como se diz — e, se não soubesse bem que já tinha um contingente de leitores maior que o deles, que recebia mais cartas e, acima de tudo, que escrevia bem melhor, e se não soubesse ainda com certeza que todos eles tinham uma dolorosa consciência pelo menos das duas primeiras diferenças acima, não teria encontrado a coragem necessária para abordar esses três grandes mestres do meu ofício.

E foi por isso que, quando me dispensaram um tratamento altaneiro, preferi interpretá-lo como um sinal de vitória. Se eu não fosse um cronista jovem e já conhecido, e sim um simples leitor anônimo querendo manifestar-lhes sua admiração, eles teriam me acolhido com mais simpatia. Deixaram passar algum tempo antes de me convidarem a sentar-me à sua mesa; e logo que me instalei enviaram-me até a cozinha, como se eu fosse um garçom, e fui. Em seguida, manifestaram o desejo de consultar uma revista semanal e corri para comprá-la na banca de jornais. Descasquei a laranja para um deles, apressei-me em me abaixar para pegar o guardanapo de outro quando caiu no chão, e respondi a todas as suas perguntas com o tom que esperavam de mim, marcado pela modéstia: Não, infelizmente eu não sabia ler francês, mas passava as noites com um dicionário nas mãos para decifrar *Les fleurs du mal*. Meus protestos de ignorância tornavam meu sucesso ainda mais intolerável para os três, embora minha modéstia e minha extrema confusão atenuassem a seus olhos a gravidade do meu crime.

Agiam como se eu não tivesse qualquer interesse para eles, mas enquanto me ignoravam por completo para só conversar entre si (como eu próprio viria a fazer anos mais tarde, na presença de jornalistas mais jovens), compreendi com clareza que a única intenção daqueles três mestres era me impressionar. E eu os escutava, mudo e cheio de admiração. Por que motivo o cientista nuclear alemão, que ocupava aqueles dias as manchetes dos jornais, decidira converter-se ao Islã? Seria verdade que Ahmet Mihtat Efendi, o maior dos cronistas turcos, depois que "Lastik" Sait Bey o suplantara numa batalha de palavras, tinha mesmo atraído o rival para um beco escuro, onde lhe aplicara um corretivo e o obrigara a jurar que abandonaria para sempre aquela polêmica? Seria Bergson um místico ou um materialista? Como se poderia provar a existência de um segundo universo misteriosamente oculto no núcleo do nosso? Quais eram os poetas acusados, na vigésima sexta sura do Corão, de simular concordância com preceitos em que não acreditavam? E, por associação de idéias: seria André Gide de fato homossexual ou teria decidido, como o poeta árabe Ebu Nowas, que na realidade adorava as mulheres, simular a preferência por rapazes porque isso atrairia o interesse dos leitores? Quando, no primeiro parágrafo do seu romance *Kéraban-le-têtu*, Júlio Verne nos faz uma descrição incorreta da fonte de Mahmut I e da praça Tophane, ter-se-ia baseado numa gravura de Melling ou simplesmente plagiado a descrição de Lamartine, em sua *Voyage en Orient*? Será que o grande poeta místico Rumi incluíra no quinto volume de seus *Mathnawi* a história da mulher que morrera entregando-se a um jumento só pela própria história ou pela lição moral que dela se podia extrair?

Já que, enquanto dissecavam essa última questão em tom muito sério e sem a menor vulgaridade, seus olhos me fitaram e, também, suas sobrancelhas brancas pareciam enviar-me sinais, atrevi-me a expor-lhes o que pensava: a história, como todas as outras apresentadas no *Mathnawi*, só valia por si mesma, o que Rumi julgava adequado dissimular sob o véu da moral que se podia deduzir. Um deles (o mesmo a cujo funeral compareci ontem) virou-se para mim e perguntou então: "Meu filho, você escreve os seus artigos na intenção de instruir ou divertir os seus leitores?". Para provar-lhes que eu tinha idéias bem definidas sobre todas as questões, dei-lhe a primeira resposta que me passou pela cabeça: "Ah, sem dúvida, para diverti-los". Mas minha resposta não os deixou muito contentes. "Você é jovem. Acaba de começar sua carreira", disseram eles. "Temos a obrigação de lhe dar alguns conselhos!" "Os senhores se incomodariam", perguntei, "se eu anotasse os seus conselhos num papel?" Na mesma hora, levantei-me entusiasmado e corri até a caixa, onde pedi ao proprietário algumas folhas do papel timbrado do restaurante. Arrumei-as na mesa, tirei do bolso minha caneta-tinteiro esmaltada e anotei em tinta verde, queridos leitores, as sábias palavras que agora compartilho com vocês.

Sei que, entre os meus leitores, alguns ficarão indóceis para saber o nome desses grandes jornalistas, todos já esquecidos de longa data; estarão esperando que, tendo conseguido esconder até agora as identidades dos meus três mosqueteiros da pena, eu possa, pelo menos, sussurrar os nomes em seus ouvidos. Mas não vou fazê-lo. Não para que possam continuar descansando em paz nos cemitérios onde hoje residem, mas para não misturar os leitores que mereceriam aos que não mereceriam saber. E é por isso que atribuirei a cada um desses cronistas mortos o pseudônimo usado por um sultão otomano para assinar seus poemas. Os leitores que forem capazes de identificar os sultões poetas por seus cognomes também conseguirão encontrar um paralelo entre seus nomes e os dos meus célebres mestres, e disporão assim de todos os elementos necessários para decifrar este enigma, que no entanto asseguro não ter a menor importância. Pois o real enigma reside nesse verdadeiro jogo de xadrez que meus mestres disputaram comigo, aprofundando seus segredos a cada novo lance e a cada novo suposto conselho. Como ainda não consegui decifrar este mistério — a exemplo dos amadores desprovidos de talento que percorrem as colunas de xadrez dos jornais e revistas na esperança vã de aprender alguma coisa com os mestres do jogo —, entremeei as palavras dos meus três conselheiros com comentários entre parênteses em que apresento minhas modestas observações e meus ainda mais humildes pensamentos.

A: *Adli*. Naquele dia de inverno, usava um terno de cor creme cortado em tecido inglês (e digo isso porque neste país chamamos de "inglês" qualquer tecido mais caro) e uma gravata escura. Era alto e estava bem cuidado, com um bigode branco muito bem aparado. Usava sempre uma bengala. Tinha a aparência de um gentleman inglês sem tostão, embora não me caiba explicar como alguém pode ser um gentleman sem dinheiro.

B: *Bahti*. Tem a gravata frouxa e de través, como seu rosto. Usa um paletó amassado e coberto de manchas. No bolso do colete, preso a uma corrente que se pode ver atravessar uma das casas, traz um relógio. É gordo e desleixado. Na sua mão, tem sempre o cigarro que chama afetuosamente de "meu único amigo" — e que, traindo essa amizade unilateral, irá causar-lhe a crise cardíaca que acabará por matá-lo.

C: *Cemali*. É baixo e irritável. Por mais que tente manter a aparência limpa e ordeira, jamais consegue disfarçar sua aparência de um professor aposentado. Seu paletó e suas calças são tão desbotados quanto os de um carteiro, e usa sapatos de sola grossa de borracha produzidos pela fábrica estatal de Sümerbank. Óculos de lentes grossas. Extremamente míope. De uma feiúra que se pode definir como virulenta.

E eis aqui os misteriosos conselhos que esses mestres me deram naquele dia, juntamente com meus risíveis comentários e esforços para decifrar seu código.

1. *C*: Escrever uma crônica só para divertir o leitor equivale a se encontrar à deriva, sem bússola, em pleno mar alto.

2. *B*: Isto dito, nenhum colunista pode ser Esopo ou Rumi. A moral deve sempre emergir da fábula, e nunca o contrário.

3. *C*: Nunca escreva levando em conta a inteligência do leitor, mas a sua própria.

4. A: Quem nos serve de bússola é a narrativa. (*Uma alusão carinhosa ao conselho 1.*)

5. *C*: É impossível falar do nosso país ou do Oriente sem ter decifrado o segredo oculto na história nacional e em nossos cemitérios.

6. *B*: A chave para a questão das relações entre o Oriente e o Ocidente encontra-se nas seguintes palavras, atribuídas a Arif, o Barbado: "Ah, pobres criaturas que contemplam o Oeste — a bordo de um barco que ruma para o Leste!". (*Arif, o Barbado era um personagem que B criara para a sua coluna, inspirando-se supostamente numa pessoa real.*)

7. A, *B*, *C*: Colecione provérbios, ditos, anedotas, piadas, aforismos, versos e máximas.

8. *C*: Não espere chegar ao final do seu artigo para sair à caça da máxima que sirva melhor para coroá-lo; escolha primeiro a máxima, e depois procure o tema que melhor combine com ela.

9. A: Jamais se instale à mesa para escrever antes de ter encontrado a primeira frase do seu artigo.

10. *C*: Suas convicções precisam ser sinceras.

11. A: Mesmo que você não tenha nenhuma convicção, seus leitores precisam acreditar que são sinceras.

12. *B*: O que chamamos de leitor é uma criança louca de vontade de ir a um parque de diversões.

13. C: O leitor nunca perdoa o escritor que blasfema, usando o nome do Profeta em vão, e Deus castiga os blasfemos com a paralisia! (*Considerando que, no conselho 11, A se referia discretamente a ele, C retaliou aludindo aqui à seqüela — quase imperceptível — de uma paralisia num dos cantos da boca de A, autor de uma crônica em que comentava as relações conjugais e comerciais de Maomé.*)

14. A: Fale sempre com carinho dos anões, pois os leitores também os amam. (*Aqui A revida contra C pelo conselho 13, aludindo veladamente à baixa estatura de C.*)

15. B: Justamente. A estranha habitação construída no passado exclusivamente para os anões em Üsküdar; eis um ótimo tema para uma crônica.

16. C: A luta ainda é um bom assunto, mas só quando for praticada, ou referida, por esporte. (*C respondendo a B por 15, que suspeitava ser uma alusão a ele: o forte interesse de B pela luta, e o folhetim que ele escrevia sobre o tema, levaram muitos a se perguntar se não seria pederasta.*)

17. A: O leitor médio é um homem casado que precisa de muito esforço para pagar as contas no fim de cada mês, pai de quatro filhos e com a mentalidade de uma criança de doze anos.

18. C: O leitor é tão ingrato como os gatos.

19. B: Os gatos são animais inteligentes e nada ingratos; só sabem que não podem confiar nos escritores que gostem de cachorros.

20. A: Não vá falar nem de cães nem de gatos, e se atenha aos acontecimentos nacionais.

21. B: É fundamental saber os endereços de todos os consulados. (*Isto se refere a rumores sobre as ligações que C manteve com o consulado alemão, e A com o consulado inglês, ao longo da Segunda Guerra Mundial.*)

22. B: Você pode sempre se envolver em polêmicas, contanto que saiba como atingir os outros.

23. A: Só se envolva em polêmicas se tiver certeza do apoio do seu editor.

24. C: Procure envolver-se em polêmicas, mas nunca se esqueça de sair de sobretudo. (*Isto em alusão à famosa resposta de B quando lhe pediram para explicar por que não tinha preferido continuar na Istambul ocupada, em vez de ir participar da Guerra da Independência: "Os invernos de Ankara são rigorosos demais para mim!".*)

25. *B*: Responda sempre às cartas dos leitores: se ninguém escrever para você, escreva cartas para si mesmo e responda a elas!

26. C: Nossa santa padroeira e nossa grande mestra é Sherazade. Como ela, nós nos limitamos a intercalar histórias de dez a quinze páginas entre os fatos que constituem a chamada "vida real".

27. *B*: Leia pouco, mas leia o que ama. Você dará a impressão de saber bem mais do que as pessoas que lêem muito mas não gostam de nada.

28. *B*: Tome iniciativas; procure cultivar a amizade das pessoas famosas para poder reunir suas reminiscências e escrever artigos sobre elas quando morrerem.

29. A: Sobretudo, tome cuidado para não insultar o defunto que, no começo do obituário, você cobriu de elogios.

30. A,*B*,C: Faça o possível para evitar o uso das seguintes frases: (a) Ainda ontem, o finado encontrava-se vivo. (b) Nosso ofício é ingrato; o que escrevemos hoje estará esquecido amanhã. (c) Ontem à noite, ouviram o programa de Fulano no rádio? (d) Como os anos passam depressa! (e) Se vivo estivesse, que diria o saudoso Fulano desse estado de coisas? (f) Essas coisas não acontecem na Europa! (g) O preço do pão (ou do que for) era de apenas... naquele tempo. (h) Em seguida, esse incidente despertou em mim esta ou aquela lembrança.

31. C: "Então", "em seguida" e "depois" são expressões que só servem para os cronistas aprendizes que ainda não dominam seu ofício.

32. *B*: Se houver algo de artístico numa crônica, não devia estar presente; seja o que for uma crônica, é tudo menos arte.

33. C: Nunca elogie aqueles que submetem a poesia a verdadeiros ultrajes só para satisfazer seu desejo de arte. (*Um comentário maldoso dirigido aos poemas de B.*)

34. *B*: Escreva com simplicidade, se quiser ser fácil de ler.

35. C: Escreva em agonia, se quiser ser mais fácil de ler.

36. *B*: Escreva em agonia e terá uma úlcera.

37. A: Se você tiver uma úlcera, isso significará que é um artista! (*Tendo sido a primeira vez que algum deles disse algo de simpático a um dos outros, todos prorromperam em risadas.*)

38. *B*: Procure envelhecer o mais depressa possível!

39. C: Envelheça, assim poderá escrever belas crônicas sobre o outono! (*O que provocou nova rodada de sorrisos afetuosos.*)

40. A: Os três grandes temas, é claro, são o amor, a morte e a música.

41. C: Mas o que é o amor? Antes de mais nada, você precisa de uma opinião formada a respeito.

42. *B*: Esteja sempre à procura do amor. (*Quero lembrar aos meus leitores que entre essas pérolas de sabedoria havia longas pausas, hesitações e silêncios às vezes duradouros.*)

43. C: Esconda seus amores — afinal, você é um escritor!

44. *B*: O amor é uma procura.

45. C: Esconda seus amores dos outros, a fim de parecer que tem um segredo.

46. A: Se você der a impressão de que tem um segredo, as mulheres hão de ficar loucas por você.

47. A: Toda mulher é um espelho! (*Como abriram mais uma garrafa de* rakı *nesse momento, ofereceram-me um copo.*)

48. *B*: Nunca se esqueça de nós. (*"Vou me lembrar, vou me lembrar de todos, é claro!", foi o que respondi e, como meus leitores já sabem, de fato escrevi muitas crônicas a respeito deles, e relatei várias de suas histórias.*)

49. A: Saia na rua e observe o rosto das pessoas — eis um bom assunto para você.

50. C: Dê ao leitor a impressão de que conhece muitos segredos históricos, mas — infelizmente! — não pode escrever a respeito deles. (*A essa altura, C nos conta um caso; o episódio, que lhes relatarei numa outra crônica, envolvia um homem que disse à amada as palavras "sou seu"; e foi nesse momento que senti, pela primeira vez, que havia uma ligação secreta unindo aqueles três escritores, permitindo que se sentassem amigavelmente em torno da mesma mesa embora tivessem passado meio século trocando insultos por escrito.*)

51. A: Nunca esqueça, tampouco, que o mundo inteiro está contra o nosso país.

52. *B*: O povo deste país ama seus generais, suas mães e suas infâncias; você precisa ter os mesmos amores.

53. A: Nunca use epígrafes — elas matam o mistério da obra!

54. *B*: No entanto, se o mistério da obra precisar mesmo morrer, que seja você quem o mate; e depois ataque os falsos profetas que vivem de cultivar o mistério.

55. C: Se você precisar usar uma epígrafe, nunca cite escritores ou heróis de romances ocidentais, que não se parecem nada conosco, e nunca, jamais, cite livros que não leu; porque quando se aproximar do Dia do Juízo e Deccal, essa criatura maligna, se manifestar, usará essas mentiras para nos acusar.

56. A: Nunca se esqueça, especialmente, de que você é ao mesmo tempo anjo e demônio, de que é Deccal disfarçado nas sombras e Aquele que governa os céus. Porque os leitores logo se cansam daqueles que são ou totalmente bons ou totalmente maus.

57. B: Mas quando o leitor percebe que foi enganado, que não é o Todo-Poderoso que tem pela frente e sim Deccal disfarçado com Sua aparência, quando percebe que tomou o Falso Messias por seu Salvador, será capaz de levá-lo para um beco escuro e deixá-lo ali prostrado por uma tremenda surra!

58. A: Exatamente, e é por isso que você precisa guardar seu segredo; se trair o segredo do nosso ofício, estaremos todos em perigo!

59. C: Acima de tudo, nunca esqueça que o segredo é o amor. O amor é a palavra-chave.

60. B: Não, trazemos a palavra-chave escrita no rosto. Basta saber olhar e escutar.

61. A: É o amor, é o amor, é o amor. O amor!

62. B: Não se preocupe com o plágio, porque todos os segredos contidos nos livros sem valor que lemos e escrevemos — e, na verdade, todos os segredos do mundo — ocultam-se no nosso espelho místico. Você conhece o conto de Rumi que fala do concurso entre dois pintores? Ele também copiou a história de algum outro, que ele também — (*Conheço a história, sim, digo-lhe eu.*)

63. C: Um dia, quando você for mais velho, quando se perguntar se um homem pode um dia chegar a ser ele mesmo, irá igualmente se perguntar se você também entendeu este mistério. Não se esqueça nunca disso! (*Não me esqueci.*)

64. B: E nunca se esqueça dos ônibus velhos, dos livros escritos às pressas; e não se esqueça daqueles que sabem esperar, e dê a mesma atenção tanto aos que não compreendem quanto aos que compreendem!

Uma canção que falava de amor e sofrimento, e do vazio da existência, elevou-se da estação, ou talvez até de dentro do próprio restaurante. No mesmo momento, os três se esqueceram de mim e, lembrando-se que eram Sherazades envelhecidas e de bigode, repentinamente melancólicos, amigáveis e fraternais, puseram-se a trocar histórias, algumas das quais conto aqui:

A história tragicômica sobre o infeliz jornalista cujo maior sonho na vida era descrever a viagem de Maomé pelos Sete Céus, e de como foi tomado pelo desespero ao descobrir que Dante já escrevera coisa parecida; a história sobre o sultão louco e pervertido que passara toda a infância cometendo barbaridades com a irmã e espantando os corvos das hortas; a história sobre o escritor que perdera todos os sonhos quando sua mulher foge com outro; a história do leitor que se imaginava tanto Proust quanto Albertine; a história do cronista que se disfarçava de Mehmet, o Conquistador, et cetera, et cetera.

9. Alguém está me seguindo

Às vezes caía a neve, outras vezes, a escuridão.
Xeque Galip

Já era manhã quando Galip saiu da casa de seu amigo Saim, o arquivista. Enquanto caminhava pelas velhas ruas de Cihangir rumo aos estreitos e íngremes degraus formados pelas velhas calçadas que precisaria descer para voltar a Karaköy, vislumbrou uma velha poltrona; a imagem lhe retornou várias vezes ao longo do dia, como o único detalhe que se retém de um pesadelo. A poltrona fora abandonada diante das persianas metálicas cerradas de uma das oficinas de marceneiros, tapeceiros, colocadores de linóleo e adornos de gesso, numa das ruelas de Tophane que Celâl percorrera tanto nos dias das suas reportagens sobre o tráfico de heroína e haxixe em Istambul. Parte do verniz se desprendera das pernas e dos braços da poltrona, e as molas enferrujadas que despontavam de um grande corte no seu assento de couro lembravam os intestinos verdes da montaria de um cavalariano ferida de morte no campo de batalha.

Chegando a Karaköy e encontrando a área tão deserta quanto o beco isolado em que tinha visto a poltrona (embora já passasse das oito horas), Galip começou a se perguntar se algum acontecimento funesto teria ocorrido, alguma calamidade cujos presságios tivessem sido adivinhados por todos os demais habitantes da cidade. As barcas que deveriam estar cruzando o Bósforo àquela altura ainda permaneciam amarradas umas às outras nos embarcadouros; as estações de passageiros encontravam-se desertas; os vendedores de rua, os fotógrafos ambulantes e os mendigos de rosto desfigurado — que normalmente já estariam trabalhando na ponte Galata — pareciam ter decidido passar seus últimos dias na terra descansando em casa. Debruçando-se na balaustrada da ponte e contemplando as águas turvas do Bósforo, Galip lembrou-se primeiro dos bandos de crianças que, antigamente, faziam ponto naquele canto do porto e mergulhavam da ponte para recuperar as moedas que os turistas atiravam nas águas do Chifre de Ouro, e perguntou-se por que Celâl não mencionara, na sua crônica sobre o dia em que o Bósforo secou, aqueles óbolos que, nos anos futuros, também acabariam adquirindo novos e ocultos significados.

Chegando de volta ao escritório, sentou-se à mesa para ler a crônica do dia de Celâl. Na verdade o artigo não era uma crônica nova, mas a reimpressão de um texto publicado pela primeira vez muitos anos antes. Embora este fosse um sinal claro de que já fazia algum tempo que Celâl parara de entregar textos novos ao jornal, também podia constituir uma mensagem secreta. A pergunta que se encontrava no cerne do artigo, "Você tem dificuldade em ser você mesmo?" — enunciada pelo personagem central da crônica, um barbeiro —, talvez não tivesse o sentido aparente que a crônica parecia atribuir-lhe, fornecendo na verdade indícios secretos de outros significados ocultos distribuídos no mundo exterior.

Galip ainda se lembrava do que Celâl lhe dissera no passado sobre o mesmo assunto. "A maioria das pessoas", dissera ele, "não consegue enxergar a essência mais profunda das coisas que as cercam simplesmente porque andam com o nariz para cima, mas ao mesmo tempo percebem e reconhecem as particularidades secundárias dessas mesmas coisas, que só têm uma importância marginal e justamente por isso atraem sua atenção. E é esse o motivo pelo qual, nas minhas crônicas, nunca revelo claramente o que quero dizer aos leitores, e só me refiro brevemente a essa mensagem — num canto do artigo, por assim dizer. Mas nunca num canto especialmente escuro, e nem por um esforço deliberado de dissimulação; e sim como se brincasse de esconde-esconde com crianças; porque meus leitores, como crianças, tendem a acreditar automaticamente em tudo que encontram nessas áreas de sombra — o que era, afinal, a minha intenção desde o início. E o pior é que eles acabam de ler a crônica sem nada entender, nem mesmo o sentido declarado na maior parte do texto e que exponho bem diante do seu nariz — quanto mais os enigmas secretos, produzidos pelo acaso, cuja compreensão lhes exigiria um pouco mais de paciência e mais que uma pitada de intelecto. Quanto ao jornal propriamente dito, acaba abandonado, juntando poeira no seu canto."

Galip jogou seu jornal em cima da mesa e, cedendo a um impulso repentino, saiu do escritório para dirigir-se à redação do *Milliyet* à procura do seu primo. Sabia que Celâl preferia freqüentar o jornal nos fins de semana, na ausência dos outros jornalistas; com um pouco de sorte, esperava encontrá-lo sozinho em seu escritório. No caminho, decidiu que diria simplesmente a Celâl que Rüya estava um pouquinho doente, e nada mais. E depois inventaria uma história, sobre um cliente desesperado que acabara de ser abandonado pela mulher. Como, queria ele saber, Celâl reagiria a uma história assim? Contrariando as tradições que nos remetem à história do nosso país, aquele cidadão honesto, trabalhador, equilibrado e de bom coração, cujos negócios vinham prosperando, era súbita e inexplicavelmente abandonado pela esposa que amava muito. Qual podia ser o sentido profundo de um acontecimento como esse? Que significados ocultos teria? Que anúncio conteria do final dos tempos? Celâl ouviria com toda a atenção cada detalhe da história de Galip, e depois a contaria por sua vez. E quando Celâl contava alguma coisa, o universo adquiria sentido; todas as realidades evidentes mas prenhes de segredos que se encontravam debaixo do nosso nariz se transformavam, convertendo-se nos elementos fascinantes de uma linda história que já conhecíamos, embora não soubéssemos disso; depois de reconfortados por ela, a vida nos pareceria mais fácil de suportar. Com os olhos fixos nos galhos encharcados das árvores que reluziam no jardim do consulado iraniano, Galip pensou que gostaria muito de deixar de uma vez aquele mundo para trás e ir viver no mundo descrito por Celâl.

Mas não encontrou o primo em sua sala do jornal. A mesa de trabalho estava arrumada, o cinzeiro limpo e vazio, e não se viam xícaras de chá. Galip se instalou na cadeira de braços roxa onde sempre costumava sentar-se em suas visitas ao jornal, e preparou-se para esperar. Tinha certeza de que, em pouco tempo, estaria ouvindo as gargalhadas de Celâl no corredor ou na sala ao lado.

À medida que sua certeza foi perdendo a força, sentiu-se invadido por uma torrente de memórias: sua primeira ida ao jornal, com um colega de turma que mais tarde se apaixonaria por Rüya, a pretexto de conseguir convites para um programa de rádio de perguntas e respostas; não contara aquela visita à família. ("Se ele tivesse um pouco mais de tempo, nos levaria para ver a gráfica", comentou Galip, um pouco encabulado, quando saíram do jornal. E o amigo tinha respondido, "Você viu quantas fotos de mulheres em cima da mesa dele?".) E a primeira ida ao jornal na companhia de Rüya; dessa vez, Celâl os levara para conhecer a gráfica. ("E você também quer ser jornalista quando crescer, mocinha?", perguntara o velho tipógrafo a Rüya, que em seguida fez a mesma pergunta a Galip no caminho de volta para casa.) E aquela sala, que era antigamente para ele um cenário das *Mil e uma noites*, atulhada de papéis e de sonhos, onde se tramavam existências e histórias extraordinárias que ele próprio era incapaz de imaginar.

Galip vasculhou às pressas as gavetas da mesa de trabalho de Celâl, à procura de documentos ou de novas histórias — ou talvez para esquecer, esquecer... —, e eis o que encontrou nelas: cartas fechadas dos leitores, lápis, canetas, recortes de jornal (inclusive uma notícia antiga, sublinhada com tinta verde, de um marido ciumento que matara a mulher após anos de suspeitas); fotos — só de rostos — recortadas de revistas estrangeiras, retratos, várias anotações com a caligrafia de Celâl em pedaços de papel de tamanho variado ("não esquecer: a história do príncipe herdeiro"), vidros de tinta vazios, caixas de fósforos, uma gravata horrenda; livros populares mal escritos tratando do xamanismo, do hurufismo e de métodos para aperfeiçoar a memória; um frasco de soníferos, remédios contra a hipertensão, alguns botões, um relógio de pulso parado, um par de tesouras e, dentro de um envelope, dessa vez aberto, fotografias anexadas à carta de um leitor (uma delas mostrando Celâl ao lado de um oficial do Exército totalmente calvo, outra mostrando, na porta de um café rústico, uma dupla de lutadores untados de óleo e um simpático cão pastor olhando para a câmera com um ar sorridente); lápis de cor, pentes, piteiras e canetas esferográficas de todas as cores.

Enfiadas debaixo do mata-borrão, em cima da mesa, Galip encontrou duas pastas de papelão, uma intitulada USADAS e outra RESERVA. Na pasta

USADAS, Galip encontrou os originais datilografados das últimas seis crônicas de Celâl, além de uma crônica dominical destinada ao jornal do dia seguinte. O texto devia estar guardado naquela pasta por já ter sido composto e ilustrado.

Só havia três textos na pasta RESERVA, todos publicados vários anos antes. Uma quarta crônica haveria de estar no subsolo, sendo provavelmente composta para o jornal de segunda. Na pasta RESERVA, havia uma quantidade de textos suficiente para serem usados pelo jornal até a quinta-feira seguinte. Seria o caso de concluir que Celâl partira em viagem, ou tirara férias curtas sem avisar a ninguém? Mas Celâl nunca saía de Istambul.

Galip se dirigiu até a sala principal da redação para perguntar por Celâl, e suas pernas o conduziram automaticamente até a mesa onde conversavam dois homens de uma certa idade. Um deles, um velho irascível que todos conheciam pelo pseudônimo de Neşati, tinha travado uma violenta polêmica com Celâl vários anos antes. Agora os dois trabalhavam no mesmo jornal, no qual Neşati publicava uma série de crônicas contendo suas memórias de um moralismo colérico, numa página secundária, num ponto do jornal bem menos importante que o ocupado por Celâl.

"Faz dias que Celâl Bey não aparece!", disse ele, com seu rosto de buldogue tão ameaçador quanto o retrato que acompanhava suas crônicas. "Qual o seu parentesco com ele?"

Quando o outro jornalista lhe perguntou por que ele viera procurar Celâl, Galip mergulhou nos meandros da memória, tentando encontrar o nome daquele homem. Sim, agora se lembrava: também tinha visto seu retrato — de óculos escuros, com o ar de um verdadeiro Sherlock Holmes que não pode ser enganado: era o encarregado da coluna de variedades do jornal. Estava a par de tudo; sabia dizer em que época e em qual rua discreta de Beyoğlu certas estrelas do cinema turco que hoje se exibiam com a ostentação de grandes damas otomanas tinham trabalhado nas casas de *rendez-vous* de luxo mantidas por certa *madame*, e por quanto tempo; quanto à *vedette chanteuse* que vinha se apresentando em Istambul como aristocrata argentina, na verdade era uma argelina muçulmana que tinha trabalhado muitos anos como acrobata num circo que percorria o interior da França.

"Noutras palavras, o senhor é da família", disse o colunista de variedades. "Sempre achei que o único parente de Celâl Bey fosse a sua falecida mãe."

"Ora!", exclamou o velho polemista. "E como Celâl poderia ter chegado ao ponto onde se encontra hoje se não tivesse família? Houve um cunhado, por exemplo, que o ajudou imensamente: um homem muito religioso, marido da sua irmã mais velha, que ensinou Celâl a escrever e que mais tarde ele trairia. Pertencia a uma confraria nakşi que ainda praticava os rituais secretos da seita numa antiga fábrica de sabão em Kumkapı. Depois dessas cerimônias semanais — que envolviam correntes, prensas de azeite, velas e moldes de sabão — esse homem escrevia relatórios regulares sobre as atividades da seita para os órgãos nacionais de informações, na esperança de convencer os militares de que as atividades daquela confraria em nada ameaçavam os interesses do Estado. E costumava mostrar esses relatórios ao jovem cunhado, Celâl, um apreciador das letras, na esperança de que adquirisse o gosto pelo estilo e a prosa de qualidade. Mais tarde, quando novos ventos começaram a soprar na política e Celâl adotou as idéias da esquerda, praticava a diversão cruel de imitar o estilo daqueles relatórios, ao qual combinava metáforas e símiles que tirava diretamente das traduções das obras de Attar, Ebu Horasani, Ibn' Arabi ou Bottfolio. Claro, há quem julgue ver em algumas dessas imagens de Celâl — todas igualmente baseadas em lugares-comuns — uma ponte entre a modernidade e nossas tradições culturais, mas como poderiam adivinhar que, na realidade, esses pastiches foram criados por outra pessoa? Esse cunhado, cuja existência Celâl fez o possível para esquecer, era um homem de muitos talentos: inventou um par de tesouras espelhadas para facilitar a vida dos barbeiros, desenvolveu um novo instrumento próprio para a circuncisão, capaz de evitar os desagradáveis acidentes que prejudicaram o futuro de tantos dos nossos filhos, e inventou ainda um cadafalso em que as correntes tradicionais eram substituídas por corda oleada e o banquinho habitual por uma plataforma corrediça, o que evitaria muitos tormentos aos enforcados. Durante os anos em que ainda precisava do afeto da sua irmã querida e do marido desta, Celâl costumava falar com entusiasmo dessas invenções na coluna ACREDITE SE QUISER que mantinha nas páginas do nosso jornal."

"Desculpe, mas a verdade é muito diferente!", protestou o responsável pela coluna de variedades. "Nos anos em que escrevia o ACREDITE SE QUISER, Celâl Bey vivia numa solidão absoluta. E, a propósito, vou lhes contar uma história que testemunhei com meus próprios olhos, e que portanto não lhes transmito em segunda mão."

A cena parecia tirada diretamente de um dos antigos melodramas históricos produzidos pelos estúdios Yeşilçam: dois jovens corretos, impacientes e invariavelmente predestinados ao sucesso que só a muito custo conseguiam libertar-se da pobreza. O momento: poucos dias antes do Ano-novo. O local: uma casa modesta num bairro pobre da cidade. Celâl, o jovem jornalista cheio de esperança, conta à sua mãe ter sido convidado para participar das festividades de Ano-novo na casa dos seus parentes ricos de Nişantaşı. Ali ele iria passar uma noite agradabilíssima com seus tios e tias, suas filhas espirituosas e seus filhos ruidosos e mimados, e depois dela — quem sabe? —poderia seguir para o desfrute de outros prazeres da cidade. A essa altura, sua mãe, que ganha a vida como costureira e só pensa na felicidade do filho, conta-lhe que tem uma surpresa: sabendo que o jovem não tinha a roupa certa para usar naquela grande ocasião, consertara para ele, no maior segredo, um paletó velho do seu pai. Enquanto Celâl experimenta o paletó, que lhe cai aliás como uma luva, a mãe (a quem a cena traz lágrimas aos olhos: "Você, meu filho, é o retrato do seu pai!") sorri satisfeita ao saber que o amigo jornalista do filho também fora convidado para a festa de Ano-novo. Mas naquela noite, quando o jornalista, testemunha pessoal da história, desce com Celâl os degraus escuros e gelados da escada de madeira da velha casa e sai para a rua, descobre a verdade: nenhum parente rico, ou qualquer outra pessoa, convidara o pobre Celâl para festa alguma de Ano-novo. Além do mais, Celâl precisava dirigir-se imediatamente para o jornal, onde iria cumprir um turno suplementar à noite a fim de poder pagar a operação da sua mãe, que vinha perdendo a visão de tanto costurar de noite à luz de velas.

Depois do silêncio que se seguiu a essas histórias, os dois velhos jornalistas não deram muita atenção aos protestos de Galip, que tentava explicar o quanto certos detalhes delas eram improváveis, em cotejo com os fatos bem conhecidos sobre a vida de Celâl. Sim, claro, podiam ter se enganado sobre certos laços de parentesco, e algumas datas também podiam estar erradas; se era mesmo verdade que o pai de Celâl Bey ainda estava vivo ("Tem certeza disso, meu rapaz?"), é bem possível que o tivessem confundido com o avô, e a irmã mais velha talvez com uma tia. Mas deixaram bem claro que consideravam aquelas discrepâncias totalmente desimportantes. Depois de terem convidado Galip a sentar-se com eles e de lhe oferecerem um cigarro, repetindo a pergunta que lhe tinham feito mais cedo ("Qual é exatamente o seu parentesco com ele?"), cuja resposta não perderam tempo em esperar, começaram a desfiar reminiscências que tiravam uma a uma de seu saco de lembranças, como peões que dispunham a seu critério num tabuleiro de xadrez imaginário.

O afeto de Celâl pela família não tinha limites, disse o primeiro. A tal ponto que, mesmo nos dias sombrios em que era proibido escrever sobre qualquer outra coisa além de meras questões municipais, a evocação de uma simples memória de infância, que passara numa grande mansão onde cada janela dava para uma tília diferente, já lhe bastava para redigir uma crônica esplêndida, que nem os leitores de sempre nem os censores do momento compreendiam com clareza.

Muito pelo contrário, replicou o outro. Celâl tinha tão pouco contato com as pessoas, fora da sua vida profissional, que procurava sempre fazer-se acompanhar de um amigo de confiança toda vez que precisava comparecer a uma recepção ou reunião mais concorrida, para poder imitar suas palavras, seus gestos, sua maneira de vestir e até mesmo seus modos à mesa.

Mas não, que idéia absurda! De outro modo, como se poderia explicar a carreira de um jornalista muito jovem que, dos problemas de palavras cruzadas, das charadas e da coluna de consultório sentimental, tenha conseguido, em três anos apenas, chegar à posição de autor de uma crônica diária que era a mais lida não só da Turquia como ainda dos Bálcãs e de todo o Oriente Próximo? Era mais que evidente que isso só podia ter ocorrido — valendo a Celâl o direito de espalhar impunemente calúnias contra todas as pessoas importantes do país, tanto à esquerda quanto à direita — porque ele dispunha do apoio irrestrito de parentes poderosos, que continuavam a protegê-lo com um afeto que na verdade ele nem merecia.

De maneira alguma! Celâl, numa de suas crônicas, ridicularizara com uma verve implacável a festa de aniversário que um dos nossos governantes mais progressistas tinha organizado no dia em que seu filho completava oito anos, na intenção de implantar em nosso país aquela encantadora tradição humanista — que era, como todos sabiam, um dos fundamentos da civilização ocidental. Entre os inúmeros jornalistas convidados para a festa, em que o menino, cercado de amiguinhos, soprara as oito velinhas enfiadas num bolo de morangos com creme enquanto uma senhora levantina cantava acompanhando-se ao piano, Celâl não zombara impiedosamente da festa, como muitos tinham julgado, por razões ideológicas, políticas ou estéticas, mas porque ela lhe provocara a constatação amarga de que jamais conhecera um pai amoroso, de que nunca fora objeto de uma ternura semelhante.

E hoje, se ninguém jamais conseguia encontrá-lo, se todos os endereços ou números de telefone que ele dava eram errados ou falsos, isso se devia ao ódio estranho e inexplicável que ele nutria por todos os seus parentes, fossem próximos ou distantes, cujo amor ele era incapaz de retribuir — embora também refletisse o desprezo que ele no fundo sentia por toda a humanidade. (Galip lhes perguntara de fato onde poderia encontrar Celâl.)

Não! Não era por isso que Celâl se escondera em algum canto perdido da cidade e, num exílio voluntário, se afastara de todo o gênero humano; o motivo era obviamente muito outro: finalmente percebera que não poderia jamais escapar ao sentimento cruel de isolamento e incomunicabilidade patológica, àquela maldição que lhe pairava em torno da cabeça desde o dia em que nascera como uma auréola nefasta. E por isso decidira encerrar-se em algum retiro isolado e distante, entregando-se com resignação aos braços de uma solidão da qual jamais poderia escapar, como um doente que finalmente se abandona a um mal incurável.

Galip tentou em vão descobrir onde ficava aquele retiro distante, explicando que havia uma equipe de televisão européia querendo entrevistar Celâl. Mas o polemista Neşati cortou-lhe a palavra: "Seja como for", disse ele, "Celâl Bey está a ponto de ser demitido! Já faz dez dias que não manda uma crônica nova, e todo mundo sabe que a reserva que deixou é composta de artigos antigos, publicados vinte anos atrás, que ele se limitou a datilografar de novo!".

O colunista de variedades protestou, como Galip esperava: as crônicas de Celâl suscitavam mais interesse do que nunca, seu telefone tocava o tempo todo, e chegavam-lhe pelo menos vinte cartas por dia.

"É verdade", admitiu o polemista, "mas são todas enviadas por prostitutas, proxenetas, terroristas, hedonistas, traficantes de narcóticos ou velhos bandidos cujos louvores ele cantou em crônicas antigas."

"Quer dizer que você anda lendo as cartas dele?", perguntou o colunista de variedades.

"Exatamente como você!", replicou o polemista.

Os dois se endireitaram em suas cadeiras, como enxadristas satisfeitos com seus lances de abertura. O velho polemista enfiou a mão no bolso, do qual tirou uma caixinha, que exibiu para Galip com um olhar intenso e os gestos precisos de um prestidigitador a ponto de provocar o desaparecimento de um objeto. "A única coisa que ainda tenho em comum com Celâl Bey — o homem que o senhor afirma ser seu parente — são esses comprimidos, que combatem o excesso de acidez estomacal. Quer um?"

Galip escolheu um comprimido branco e o engoliu, na esperança de se ver admitido naquele jogo, que não sabia quando tinha começado e nem para onde podia levar, mas no qual desejava tomar parte.

"Está gostando da nossa brincadeira?", perguntou-lhe o velho cronista com um sorriso.

"Ainda não descobri quais são as regras", respondeu Galip em tom desconfiado.

"O senhor lê os meus artigos?"

"Regularmente."

"Quando o senhor abre o jornal, qual a crônica que lê primeiro, a de Celâl ou a minha?"

"Celâl Bey é da minha família."

"E é só por isso que o senhor lê primeiro o que ele escreve?", perguntou o velho jornalista. "O que o senhor considera mais importante, o laço de sangue ou a beleza da prosa?"

"Celâl pode ser meu parente, mas sua prosa também é belíssima."

"Qualquer um seria capaz de escrever aqueles artigos, o senhor não vê?", exclamou o velho cronista. "Além disso, muitos deles são longos demais para serem chamados de crônicas. Na verdade, são contos frustrados. Seqüências de frases adornadas pretensamente artísticas. Verbosidade oca. Uns poucos truques que ele domina, e nada mais. Um desfile excessivo de reminiscências melosas. E aí ele acrescenta algum paradoxo. Ou uma ironia — do tipo que os poetas do Divan chamam de *pretensa ignorância*. Relatar acontecimentos reais como se nunca tivessem acontecido, ou coisas que nunca aconteceram como se fossem fatos. E quando não pode lançar mão de nenhum desses truques, esconde a concha vazia do seu artigo ofuscando os leitores com um estilo enfático, frases exageradas que seus admiradores confundem com uma prosa elegante. Qualquer um é capaz de fazer a mesma coisa com seu passado, ou suas memórias. Inclusive o senhor. Conte-me uma história!"

"Que tipo de história?"

"O que vier à sua cabeça. Qualquer história serve."

"Era uma vez um homem que um dia chegou em casa e descobriu que sua linda mulher o abandonara", disse Galip. "E então ele saiu à sua procura. Em todos os cantos da cidade encontrava seus rastros, mas ainda assim não conseguia encontrá-la..."

"E depois?"

"É só isso."

"Não, não, a história precisa continuar!", exclamou o velho jornalista. "O que esse homem lê nas pistas que encontra pela cidade? E a mulher, era mesmo linda? E por quem ela o trocou?"

"Em todas as pistas que encontra pela cidade, o homem só vê o seu próprio passado, o passado que teve em comum com sua linda mulher. Não sabe com quem ela fugiu, ou então não quer saber, pois onde quer que vá, onde quer que esbarre com mais um vestígio desse passado comum, não consegue deixar de pensar que o homem com quem ela fugiu, e o lugar onde está escondida, só podem fazer parte do passado dele."

"Excelente idéia", disse o velho. "Uma linda mulher que morre ou desaparece, como aconselhava Poe! Mas um bom narrador precisa ser mais decidido. O leitor não confia num escritor hesitante. Tentemos então dar um fim à sua história usando os artifícios de Celâl. Primeiro, a memória: a cidade precisa estar repleta das lembranças agridoces do marido mundano. Em seguida, o estilo: os indícios que suas memórias evocam, nas frases pedantes de uma linguagem pretensiosa, só resultam em pistas que dão para o vazio. *Pretensa ignorância*: o personagem precisa fazer de conta que não consegue imaginar por quem sua mulher o terá trocado. E o paradoxo: esse homem só pode ser o próprio personagem! O que o senhor acha da minha idéia? Está vendo o que eu quero dizer? O senhor também pode escrever esse tipo de crônica. Qualquer um é capaz de escrever assim."

"Mas Celâl é o único que escreve", disse Galip.

"Bem lembrado! A partir de agora, porém, o senhor também pode escrever!", exclamou o velho cronista, com um tom enfático que indicava ser aquela sua palavra final sobre a questão.

"Se o senhor quer mesmo encontrá-lo, basta estudar as suas crônicas", disse o colunista de variedades. "Os artigos dele estão sempre repletos de pequenas mensagens cifradas que envia a torto e a direito, a pessoas de todo tipo — breves mensagens particulares. O senhor entende onde quero chegar, não é?"

À guisa de resposta, Galip lhes contou então que, quando era criança, Celâl lhe mostrara de que maneira a primeira e a última palavra de cada parágrafo de algumas das suas crônicas se combinavam para formar outras frases. E ainda lhe revelara os jogos de letras que inventava para driblar a censura e o procurador encarregado dos crimes de imprensa, os encadeamentos das primeiras e últimas sílabas de cada frase, as frases formadas pelas maiúsculas dos textos, e ainda os trocadilhos que inventava "só para irritar a nossa tia".

"A sua tia é uma velha solteirona?", perguntou o colunista de variedades.

"Realmente, ela nunca se casou", respondeu Galip.

E era verdade que Celâl Bey tinha parado de falar com o pai depois de uma discussão por causa de um apartamento?

Aquilo, respondeu-lhes Galip, eram águas passadas.

E era verdade que um dos seus tios, que era advogado, confundia de fato as atas dos tribunais, os livros de leis e de jurisprudência com cardápios de restaurantes e as tabelas dos horários das barcas?

Aquilo, segundo Galip, era só uma história totalmente inventada, como todo o resto.

"Mas não está vendo, meu jovem?", perguntou-lhe o velho escritor num tom irritado. "Não foi Celâl Bey quem contou diretamente essas histórias ao nosso amigo aqui, detetive amador e praticante das técnicas do hurufismo; foi ele próprio que as descobriu, percorrendo cuidadosamente as crônicas de Celâl à procura de histórias ocultas entre as palavras e assinalando uma a uma, com a paciência de um homem que cava um poço com uma agulha."

O colunista de variedades declarou então que todos aqueles jogos de palavras podiam ter um significado profundo, que nos ajudavam a desvendar certos grandes mistérios, e que talvez fosse essa ligação profunda com tudo que era secreto que permitira a Celâl adquirir uma importância que outros escritores jamais conseguiam alcançar. Ainda assim, Celâl não devia esquecer de um axioma básico: "Os jornalistas que se levam demasiado a sério acabam tendo um enterro de indigente, ou então seus confrades precisam organizar uma coleta para pagar seu funeral".

"E uma outra possibilidade: ele pode estar — Deus nos livre — morto", disse o velho jornalista. "Está gostando do nosso jogo?"

"E a história sobre a ocasião em que ele perdeu a memória, é verdadeira ou só mais uma lorota?", perguntou o colunista de variedades.

"É mentira, mas também aconteceu!", respondeu Galip.

"E os endereços espalhados pela cidade, que ele esconde de todo mundo?"

"A mesma coisa: verdade e mentira."

"Talvez ele esteja agonizando agora mesmo, sozinho numa dessas casas", disse o velho cronista. "O senhor sabe, este é o tipo de jogo de adivinhação que ele sempre adorou."

"Se fosse esse o caso, ele teria apelado a alguém que lhe fosse muito próximo", disse o colunista de variedades.

"Mas não existe uma pessoa assim", disse o velho cronista. "Ele nunca foi muito próximo de ninguém."

"Nosso jovem amigo aqui não parece estar de acordo", disse o colunista de variedades. "O senhor não nos disse o seu nome."

Galip apresentou-se.

"Então nos diga, Galip Bey", disse o colunista de variedades. "Se Celâl procurou algum dos seus refúgios para ali superar algum mau momento, ou esperar que a crise passe, deve ter algum parente ou amigo próximo a quem possa apelar, não é mesmo? Caso o seu estado piore. Alguém de quem ele goste, a quem possa transmitir seus segredos literários ou que possa nomear seu herdeiro universal. No fim das contas, ele não é uma criatura tão solitária quanto pode parecer."

Galip refletiu um pouco. "Não", concordou ele em tom apreensivo. "Não é uma criatura tão solitária quanto se pode pensar."

"A quem então ele poderia apelar para fazer-lhe companhia?", perguntou o colunista de variedades. "Ao senhor, talvez?"

"À irmã dele", respondeu Galip, sem pensar nem um segundo. "Ele tem uma meia-irmã, vinte anos mais nova. É a ela que ele apelaria." Fez uma pausa para pensar. Lembrou-se da poltrona abandonada, com o assento rasgado de onde se projetavam as molas enferrujadas. E refletiu mais um pouco.

"Parece que o senhor está começando a perceber a lógica do nosso jogo", disse o velho cronista. "Está aprendendo a obter resultados, e até pegando gosto pela prática. E é por isso que serei franco com o senhor: todos os hurufis acabam mal. Fazlallah de Astarabad, o fundador do hurufismo, foi morto como um cão; depois, amarraram-lhe os pés com uma corda e arrastaram seu cadáver pelas ruas e pelo mercado. E o senhor sabia que ele também, exatamente como Celâl Bey, ficou famoso interpretando sonhos, seiscentos anos atrás? Só que não praticava a sua arte num jornal, mas fora da cidade, numa caverna."

"Quando tentamos compreender alguém, comparações como essa terão alguma utilidade? Poderão ajudar-nos a desvendar os segredos de toda uma vida?", perguntou o colunista de variedades. "Faz mais de trinta anos que me dedico a decifrar os pretensos segredos dos tristes artistas locais que insistimos em chamar de *astros* e *estrelas* — como se copiar os americanos pudesse nos valer de alguma coisa. E eis o que aprendi no fim das contas: aqueles que afirmam que todas as pessoas são criadas de duas em duas estão enganados. Não existem duas pessoas que se pareçam. Cada uma das pobres moças deste país é infeliz a seu modo. Cada um dos nossos astros e estrelas é um pobre asteróide minúsculo a brilhar sozinho num canto obscuro do céu."

"Se não levarmos em conta o modelo original de Hollywood em que se inspiraram", disse o velho cronista. "Já não falei dos originais onde Celâl Bey busca suas idéias? Além dos que já citei, quero acrescentar mais um nome à lista. Além de ter roubado tudo de Dante, Dostoievski e Rumi, também plagiou o xeque Galip."

"Cada vida é única!", exclamou o colunista de variedades. "Uma história só é uma história quando não existe outra igual. Todo escritor é pobre e solitário."

"Não concordo de maneira alguma!", exclamou o velho cronista. "Pensem, por exemplo, naquela crônica que tantos consideram um clássico: 'O dia em que o Bósforo secou'. Não se trata, afinal, de um simples plágio de livros milenares em que se descrevem os sinais do Apocalipse, o tempo de calamidades e destruição que há de anteceder a chegada do Messias — os versos do Corão sobre o Juízo Final, os escritos de Ibn Khaldun e Ebu Horasan? Celâl Bey, no fim das contas, limitou-se a acrescentar-lhes uma história vulgar sobre um bandido. Essa crônica não tem qualquer valor artístico. Se um pequeno bando de leitores fanáticos achou o texto impressionante, se mulheres histéricas deram centenas de telefonemas à redação naquele dia, não foi por causa das bobagens contidas nesse artigo. As letras do alfabeto contêm mensagens secretas, incompreensíveis para pessoas como o senhor ou eu, mas transparentes para os iniciados que detêm a chave do código. Os adeptos dessa confraria se espalham por todo o país; são todos prostitutas ou pederastas, e encaram essas mensagens como ordens sagradas, considerando-se obrigados a ligar noite e dia para o jornal a fim de garantir que seu amado líder espiritual, o xeque Celâl, não será demitido por escrever todas aquelas baboseiras. Aliás, há sempre uma ou duas pessoas à espera dele à saída, na porta do prédio do jornal. Tem certeza de que não é um desses iniciados, Galip Bey?"

"Porque gostamos muito desse Galip Bey!", disse o colunista de variedades. "Vemos nele alguma coisa dos jovens que fomos no passado. Simpatizamos com ele — o suficiente para lhe revelar todos esses segredos. E é assim que podemos saber quem é o quê. Como disse a antiga estrela de cinema Samiye Samim, na casa de repouso onde vivia seus últimos dias depois de ter perdido a fama — Qual é o problema, meu jovem, está indo embora?"

"Galip Bey, se você precisa ir embora, meu filho, primeiro responda a esta pergunta!", disse o velho cronista. "Por que essas pessoas da televisão inglesa querem entrevistar Celâl, e não a mim?"

"Porque ele escreve melhor", respondeu Galip. Levantou-se da mesa e rumou para o corredor silencioso que levava às escadas. Mas a voz estentórea e ainda bem-humorada do velho jornalista chegou nítida aos seus ouvidos:

"Você acha mesmo que aquele comprimido era um antiácido?"

Assim que chegou à rua, Galip olhou cuidadosamente a toda a volta. Na calçada do outro lado da rua — a mesma esquina onde um grupo de jovens de uma escola religiosa queimara um dia o jornal que continha a crônica em que Celâl, na opinião deles, blasfemara e caluniara a religião — Galip viu um homem calvo parado perto do homem que vendia laranjas. Mas não parecia haver ninguém à espera de Celâl. Atravessou a rua e comprou uma laranja. Enquanto a descascava, começou a ter a sensação de estar sendo seguido. No caminho de volta ao seu escritório em Cağaloğlu, tentou em vão descobrir o que lhe despertara essa sensação naquele momento; enquanto descia a rua devagar, olhando as vitrines das livrarias, perguntou-se também por que aquela sensação lhe parecia tão real. Era quase como se houvesse alguma coisa atrás dele, um "olho" fitando sua nuca, eis a única maneira como conseguia descrever a sensação.

Quando percebeu dois outros olhos que o contemplavam da vitrine de uma livraria diante da qual sempre reduzia a marcha, sentiu-se tão feliz como se tivesse encontrado um amigo próximo e entendesse, pela primeira vez naquele instante, o quanto ele era querido. A livraria pertencia à editora responsável pelos livros policiais que Rüya devorava o tempo todo. Empoleirada como sempre acima dos livros da pequena vitrine, exibia-se a coruja de olhos cruéis que já encontrara em tantas capas, seguindo Galip e os outros passantes da manhã de sábado com um olhar paciente. Galip entrou na livraria e comprou três livros antigos que Rüya provavelmente ainda não lera, além de um exemplar do último lançamento da editora: *Mulheres, amor e uísque*. Enquanto esperava a vendedora embrulhar os livros, viu um cartaz preso à prateleira mais alta da loja: "NENHUMA OUTRA SÉRIE JAMAIS CHEGOU NA TURQUIA AO NÚMERO 126. ESTA MARCA, QUE FIGURA EM NOSSOS LIVROS, É A MELHOR GARANTIA DA QUALIDADE DA NOSSA FICÇÃO POLICIAL". Havia também uma série chamada OS GRANDES LIVROS DE AMOR DA LITERATURA, e outra de romances cômicos; Galip resolveu se arriscar e pediu um livro sobre o hurufismo. Havia um senhor de certa idade e de aparência forte sentado numa cadeira ao lado da porta, numa posição em que podia vigiar o jovem pálido que trabalhava atrás do balcão e as pessoas que passavam pela calçada lamacenta; sua resposta foi a que Galip esperava:

"Não temos livros sobre o hurufismo. Tente Ismail, o Avarento, pode ser que ele tenha o que o senhor procura!" E em seguida acrescentou, "Sabia que o príncipe herdeiro Osman Celâlettin Efendi, ele próprio um hurufi, traduziu livros policiais do francês para o turco? Certa vez, tive os rascunhos desses textos nas mãos. O senhor sabe como ele foi assassinado?".

Quando saiu da loja, Galip examinou as duas calçadas cuidadosamente, mas não viu nada de interesse: uma mulher com a cabeça envolta num xale e um menino com um casaco grande demais fitando a vitrine de uma casa de sanduíches, duas colegiais usando meias verdes idênticas, um velho de sobretudo marrom esperando para atravessar a rua. Quando começou a caminhar de volta para o escritório, porém, tornou a sentir a presença daquele olho, fixo nele.

Como nunca antes tinha sido seguido, e como nunca sequer tivera essa sensação, tudo que Galip sabia a respeito vinha dos filmes que assistira e dos livros policiais de Rüya. Embora só tivesse lido uns poucos, Galip tinha, sobre o gênero, algumas idéias próprias que nunca se furtava a explicar: era necessário escrever um romance em que o primeiro capítulo fosse exatamente igual ao último; uma história que não tivesse um desfecho evidente, porque o verdadeiro final estaria escondido em seu interior; um romance em que todos os personagens fossem cegos etc. Enquanto esboçava essas hipóteses fantásticas, que Rüya escutava revirando os olhos, Galip sonhava que um dia poderia transformar-se numa outra pessoa.

Assim que viu, sentado junto à porta do seu escritório, um mendigo sem pernas que agora também percebia ser cego dos dois olhos, Galip concluiu que o pesadelo que atravessava, além do desaparecimento de Rüya, devia-se também à falta de sono. Entrou no seu escritório e, em vez de sentar-se à sua mesa, abriu a janela, na qual se debruçou para olhar por algum tempo para o movimento da rua. Quando finalmente se instalou à sua mesa, estendeu maquinalmente a mão, não para o telefone mas para uma pasta que ficava a seu lado, onde guardava o papel em branco para escrever à máquina. Sem parar para pensar, escreveu:

> Lugares onde posso encontrar Rüya. A casa do seu ex-marido. A casa dos seus pais. A casa de Banu. Uma casa que fugitivos políticos às vezes usem como "aparelho". A casa de amigos que se interessem menos por política. Uma casa onde só se fale de poesia. Uma casa onde se fale de tudo. Algum lugar em Nişantaşı. Uma casa qualquer. Uma casa...

Concluindo que não conseguia pensar e escrever ao mesmo tempo, pousou a caneta. Quando tornou a empunhá-la, riscou tudo que tinha escrito, menos *A casa do seu ex-marido*, e escreveu:

> Lugares onde Rüya e Celâl podem ser encontrados. Rüya com Celâl numa das casas de Celâl. Rüya com Celâl num quarto de hotel. Rüya com Celâl indo ao cinema. Rüya com Celâl? Rüya com Celâl?...

À medida que ia cobrindo a folha branca de palavras, Galip começou a sentir-se como o personagem de um desses livros policiais que tinha sonhado em escrever; era como se estivesse parado no limiar de um mundo novo que tinha tudo a ver com Rüya, um mundo onde ele podia se transformar em qualquer pessoa. Um mundo, sentia ele ali parado na soleira, em que era possível sentir-se perseguido mas ainda assim ficar em paz. Se ele podia achar que estava sendo seguido, ao mesmo tempo precisava julgar-se capaz de sentar-se à mesa e relacionar todos os indícios que poderiam levá-lo a encontrar uma pessoa desaparecida. Galip sabia bem que não lembrava nem de longe um herói de livro policial, mas o simples fato de acreditar que pudesse fingir que sim, ou mesmo só tomar uma atitude do mesmo tipo, já bastava para acalmá-lo e tornar um pouco menos forte a pressão que exerciam sobre ele os objetos do seu escritório em desordem e as histórias da sua vida emaranhada. No momento em que o entregador, cujos cabelos eram divididos por um repartido retilíneo em duas partes espantosamente simétricas, chegou trazendo o almoço que encomendara do restaurante ao lado, a salada de cenoura e mais o carneiro assado com arroz que trazia na bandeja gordurosa pareceram a Galip uma refeição extravagante, que via pela primeira vez na vida, de tanto que, à força de preencher aquela folha em branco com os indícios que reunira até ali, seu universo finalmente se aproximara do mundo dos livros policiais.

O telefone tocou no meio do seu almoço, e ele atendeu na mesma hora, como se esperasse uma ligação. Era engano. Depois de acabar de comer e empurrar a bandeja para um lado, ligou para a sua casa em Nişantaşı, exibindo sempre a mesma eficiência profissional. Enquanto o telefone tocava e tocava, invocou uma imagem de Rüya — ela chegara em casa cansada e fora direto para a cama; fazia o possível para se levantar da cama naquele exato momento —, mas não se surpreendeu quando não houve resposta. E ligou em seguida para a Tia Hâle.

Sabia que ela lhe faria um monte de perguntas — Rüya ainda estava doente? Por que ela não atendia o telefone nem vinha abrir a porta? Será que ela não sabia o quanto estavam todos preocupados? —, de maneira que precisaria contar todas as suas histórias de um fôlego só: o telefone da casa deles estava com defeito, motivo pelo qual não tinham ligado; a febre de Rüya tinha passado; ela estava novamente de pé, com um ar tão saudável que nem dava para dizer que estivera doente; encontrava-se alegremente sentada no banco traseiro de um táxi, um Chevrolet '56, embrulhada no seu sobretudo roxo e esperando por Galip; os dois estavam de partida para Esmirna, onde pretendiam visitar um velho amigo, gravemente enfermo; já era quase hora da partida do barco, e Galip tinha parado numa mercearia do caminho para dar aquele telefonema; precisava mostrar-se grato ao merceeiro por tê-lo deixado usar o telefone quando havia tantas pessoas à espera para falar, então até logo! Mas isso não impediu a Tia Hâle de fazer suas perguntas: tinham certeza de que haviam fechado direito a porta ao sair? Rüya se lembrara de levar o pulôver de lã verde?

No momento em que Saim ligou, Galip se perguntava o quanto uma pessoa conseguiria mudar só contemplando o mapa de uma cidade onde nunca tivesse posto os pés. Saim continuara examinando seus arquivos depois que Galip saíra, e tinha telefonado para dizer que encontrara mais indícios promissores: Mehmet Yılmaz — o militante responsável pela morte da velha senhora — ainda podia estar vivo, só que não usava mais os nomes de Ahmet Kaçer nem Haldun Kara, como achavam antes; seu novo pseudônimo era Muammer Ergener, que nem mesmo soava como um pseudônimo, e ele vagava pela cidade como um fantasma. Saim não se surpreendera ao encontrar aquele nome numa revista famosa por sempre apresentar "o ponto de vista da oposição"; o que o deixara mais chocado tinha sido encontrar outro artigo no mesmo número, publicado sob o nome de Salih Gölbaşı mas escrito no mesmo estilo e contendo os mesmos erros de ortografia, criticando com energia duas das crônicas de Celâl. Depois de perceber que o nome Salih Gölbaşı rimava com o nome do ex-marido de Rüya e era escrito com as mesmas consoantes, Saim ficou ainda mais espantado quando, folheando um número antigo de uma revista educacional chamada *A Hora do Trabalho*, encontrou o nome de Salih Gölbaşı no expediente, mencionado como editor-chefe; e agora estava ligando para dar o endereço a Galip. A sede da revista ficava fora da cidade, no projeto habitacional de Güntepe: rua Refer Bey, 13, Sinanpaşa, Bakırköy.

Depois de desligar o telefone, Galip abriu o mapa da cidade para localizar o projeto habitacional de Güntepe. Ficara perplexo, mas não estupefato a ponto de tornar-se outra pessoa, como desejaria: o bairro cobria totalmente a encosta árida na qual se elevava a favela onde Rüya e o primeiro marido tinham ido morar logo depois do seu casamento, para que o marido pudesse estudar melhor os novos vizinhos, e sua ação política se desse no seio da classe trabalhadora; a favela não tinha sido erradicada para dar lugar àquele novo bairro que cobria todo o morro e, segundo o mapa, a área era agora cortada por novas ruas que tinham, cada uma, o nome de um herói da Guerra de Independência. Num dos cantos do mapa, via-se a pequena mancha verde de um parque retangular, o minarete de uma mesquita e uma praça em que um pequeno retângulo indicava a posição de uma estátua de Atatürk. Se Galip passasse o resto da vida inventando novas localidades, aquela seria a última a lhe passar pela cabeça.

Depois de ligar mais uma vez para o jornal, onde lhe responderam que Celâl Bey ainda não chegara, Galip telefonou para İskender. Enquanto lhe contava que tinha conseguido localizar Celâl, dizendo-lhe que uma equipe inglesa de filmagem queria entrevistá-lo, e que Celâl não tinha exatamente recusado, mas dissera que estava muito ocupado naqueles dias, ouviu um choro de menina ao fundo, mas não muito longe. İskender o tranqüilizou e disse que a equipe de filmagem ainda iria ficar mais seis dias na cidade. Tinham ouvido falar tanto, e tão bem, de Celâl, que certamente aceitariam esperar por uma entrevista; se Galip quisesse, poderia sempre encontrar os ingleses no Pera Palace Hotel.

Galip trancou o escritório, deixando a bandeja do almoço fora da porta, e enquanto descia a rua percebeu que a cor do céu assumira uma palidez que ele nunca tinha visto. Parecia que flocos de neve da cor de cinza iriam cair do céu, e que o fenômeno nem surpreenderia os passantes de sábado. Ou talvez eles também sentissem o mesmo medo, e fosse por isso que avançavam com os olhos presos à lama da calçada. Sentiu que os livros policiais que levava debaixo do braço devolviam-lhe a serenidade. Embora viessem de países distantes e mágicos, embora tivessem sido traduzidos para a "nossa língua-mãe" por donas de casa infelizes no casamento que se arrependiam amargamente de não terem conseguido completar a formação iniciada nos liceus da cidade onde o ensino era todo ministrado em língua estrangeira, ainda assim reconfortavam a todos nós, pensou Galip, e era graças a eles que a cidade conseguia dedicar-se à sua vida de todos os dias — que esses camelôs de terno desbotado parados à porta dos prédios de escritórios vendendo recargas para isqueiros a gás, que esses corcundas esfarrapados e tão descorados como roupas velhas, esses viajantes silenciosos e pacientes que esperavam na fila do *dolmuş*, podiam levar adiante sua existência cotidiana.

Embarcou num ônibus em Eminönü e seguiu nele até Harbiye; quando desceu, percebeu muita gente parada em frente ao cinema Palácio. Era o tipo de fila que se imaginava para a sessão das 2h45 de uma tarde de sábado. Vinte e cinco anos antes, era aquela a matinê que Galip e Rüya costumavam freqüentar com grupos de colegas; entravam naquela mesma fila de jovens de capa de chuva com o rosto coberto de espinhas, desciam aquelas mesmas escadas cobertas de pó de serragem e, enquanto esperavam em meio aos cartazes dos próximos lançamentos, cada qual iluminado pelas suas pequenas lâmpadas, Galip vigiava Rüya em silêncio, com toda a paciência, para ver com quem falava. A primeira sessão ainda não teria terminado, e ele tinha a impressão de que nunca acabaria: as portas nunca se abririam, ele jamais conseguiria sentar-se ao lado de Rüya; naquele tempo, nunca chegava a hora em que as luzes do cinema finalmente se apagavam. Quando descobriu que ainda havia ingressos à venda para a sessão das 2h45, Galip sentiu-se invadido por uma estranha sensação de liberdade. Dentro da sala, aquecida ainda mais pelo hálito dos freqüentadores que tinham acabado de esvaziá-la, era forte o cheiro de lugar sempre fechado. Quando as luzes se apagaram e os comerciais começaram a se suceder na tela, Galip percebeu que iria adormecer.

Quando acordou, endireitou-se em seu assento. Na tela havia uma linda mulher, uma mulher indizivelmente bela, e tão infeliz quanto linda. Em seguida ele viu um rio largo e calmo, depois uma casa de fazenda, uma fazenda americana perdida na pradaria. Depois, a beldade infeliz começa a falar com um homem de meia-idade, um ator que Galip achava nunca ter visto antes em filme algum. Mas adivinhou, pela expressão dos seus rostos e pelos seus gestos lentos e pausados — movimentos tão arrastados e penosos quanto a sua fala — que a existência daqueles personagens era cheia de dores e percalços. E não era simples adivinhação, na verdade ele tinha certeza. A vida é uma sucessão interminável de infortúnios; assim que um acaba, há sempre outro à espera, e assim que nos acostumamos a suportá-los, somos atingidos por sofrimentos ainda mais ferozes, que escavam em nossos rostos a mesma expressão abatida que nos deixa a todos tão parecidos. Mesmo quando esses infortúnios desabam todos ao mesmo tempo sobre nós, já sabíamos havia muito que estavam de tocaia à beira do nosso caminho: já os esperávamos, já estávamos prontos para eles; ainda assim, no momento em que a nova nuvem de problemas nos avassala, como um pesadelo, sentimo-nos estranhamente sós, irremediavelmente sós, desesperadamente sós; e, incrivelmente, continuamos a sonhar com a felicidade que ela poderia nos trazer, se pelo menos conseguíssemos compartilhar a nossa dor com outras pessoas. Por um momento, Galip convenceu-se de que as dores da mulher na tela eram iguais às suas, ou talvez não fosse o sofrimento que tivessem em comum, mas um mundo: um mundo bem ordenado onde não se espera muito da vida mas onde ninguém odeia ninguém, onde existe uma linha clara separando a razão da falta de sentido — um mundo em que a humildade é uma virtude. À medida que os acontecimentos se desdobram na tela, que a mulher tira água de um poço, sai pela estrada ao volante de uma velha caminhonete Ford, acalenta uma criança nos braços ou a põe para dormir no berço enquanto conversa longamente com ela, Galip sentia-se muito próximo dela, quase como se estivesse no mesmo quarto. E o que despertava nele o desejo de tomá-la nos braços não era a beleza da mulher ou sua graça natural, mas uma convicção intensa de que eles dois viviam de fato no mesmo mundo: se ele pudesse tomá-la nos braços, aquela mulher tão linda com seu corpo miúdo e seus cabelos claros, ele poderia certamente convencê-la daquilo. Galip tinha a impressão de ser o único espectador do filme, que ninguém mais via aquela cena que se desenrolava diante dos seus olhos. Mais tarde, porém, quando uma briga irrompe na cidadezinha castigada pelo sol e atravessada por uma larga auto-estrada, e um tipo másculo, forte e apaixonado intervém para assumir o controle da situação, Galip percebeu que sua comunhão com aquela mulher chegava ao fim. As legendas dos diálogos gravavam-se em sua mente palavra por palavra; a essa altura, começou a perceber a agitação dos demais espectadores na sala lotada. Levantou-se para ir embora. Do lado de fora, o céu já tinha escurecido; voltou para casa em meio à neve que caía em grandes flocos.

Só bem mais tarde, quando já estava deitado e coberto pela colcha azul quadriculada, quase totalmente adormecido, percebeu que deixara no cinema os livros policiais que comprara para Rüya.

10. O Olho

Seguiu-se então uma fase muito fértil, durante a qual sua produção diária nunca foi inferior a cinco páginas.

Abdurrahman Şeref

Foi numa noite de inverno que se deu o incidente que vou lhes relatar. Eu atravessava uma das minhas fases mais sombrias: já deixara para trás os primeiros e mais difíceis anos da profissão de jornalista, mas minhas dificuldades e tribulações tinham me imposto suas marcas, custando-me boa parte do entusiasmo com que eu me lançara na carreira. Quando, nas noites frias de inverno, eu me repetia: "ainda estou de pé, e é isso que conta", sabia bem que estava esgotado. No inverno em questão, eu já começara a sofrer de insônia, mal que me persegue até hoje; muitas vezes ficava no jornal até muito tarde, só na companhia do plantonista da noite, esforçando-me para concluir trabalhos que me seria difícil arrematar em meio ao tumulto diurno da redação. Naquela época, reinava a moda das seções de ACREDITE SE QUISER, que convinham perfeitamente aos meus hábitos noturnos. Eu abria à minha frente um dos jornais estrangeiros em que muitas janelas já tinham sido deixadas pelo recorte das notícias e contemplava longamente as ilustrações de uma dessas colunas (sempre achei inútil, e até nocivo para a imaginação, o conhecimento de uma língua estrangeira); finalmente, pegava da caneta para traduzir em palavras o devaneio artístico que aquelas imagens tivessem me inspirado.

Na noite de que lhes falo, passei muito tempo estudando, num número antigo da revista francesa *L'Illustration*, a fotografia de um rosto grotesco; um dos olhos da pessoa ficava no alto da testa, e o outro muito abaixo. Fechei a revista e comecei a esboçar um ensaio sobre os ciclopes, resumindo o histórico dessas criaturas terríveis, a começar pelo ser grotesco chamado Tepegöz que aterrorizava as jovens no épico medieval turco *Dede Korkut* e que, nas epopéias em verso de Homero, tem o nome de *Kyklops*; o monstro que, na *Vida dos profetas* de al-Bukhari, é o próprio Deccal e invade os haréns do vizir em vários contos das *Mil e uma noites*, ou que, vestido de púrpura, faz uma breve aparição antes que, no Paraíso, Dante encontre a sua amada Beatriz — que também amo tanto; o infeliz gigante que desbarata caravanas no *Mathwani* de Rumi e se dissimula sob a forma de uma negra em *Vathek*, o romance de William Beckford de que gosto muito; em seguida, apresento minhas idéias próprias sobre os segredos que podem se esconder por trás desse olho único que se abre no centro da testa, escuro e profundo como um poço, explicando o temor que nos provoca e por que nos inspira a procurar proteção. A essa altura, estava tão animado que minha caneta não se conteve, e acrescentei uma pequena história acautelatória à minha breve monografia. Dizem, escrevi, que Tepegöz, o homem de um olho só, vivia num dos bairros pobres em torno do Chifre de Ouro, e que toda noite atravessava a nado suas águas turvas e cobertas de óleo até o covil esquecido em que talvez morasse um irmão gêmeo seu, a tal ponto elegante que havia quem dissesse que sangue nobre lhe corria nas veias (já outros diziam que os dois ciclopes eram a mesma pessoa); o ciclope distinto — comentava-se até que podia ser um conde — tinha uma preferência pelos bordéis de luxo de Pera, onde fazia as moças desmaiarem de medo quando, depois da meia-noite, tirava seu gorro de peles e exibia-lhes o rosto.

Depois de deixar meu texto para o ilustrador, que adorava esse tipo de história, acompanhado de um bilhete curto ("*nada de bigodes, por favor!*"), saí da redação já passava da meia-noite; ainda assim, não quis voltar de imediato para uma casa fria e solitária, e decidi sair caminhando pelas ruas da velha Istambul. Como sempre, sentia a falta de alguma coisa, embora estivesse satisfeito com meu artigo e minha história. Se eu celebrasse minha modesta sensação de vitória com uma longa caminhada, se conseguisse não pensar em mais nada enquanto andava, talvez conseguisse evitar por algum tempo a melancolia que circula nas minhas veias e me atormenta como uma doença crônica e incurável.

Percorri apenas as ruelas transversais, que descrevem curvas desordenadas e se entrecruzam formando ângulos que parecem desafiar as leis da natureza; cada uma me parecia mais estreita e escura que a anterior. Eu caminhava ao som exclusivo dos meus passos, diante das janelas cegas de casas apagadas cujas fachadas tortas pareciam a ponto de desabar umas sobre as outras. E assim palmilhei ruas esquecidas que nem os guardas-noturnos ou os cães sem dono, nem os fantasmas ou os drogados da cidade ousam freqüentar.

Quando fui tomado pela sensação de que um olho me fitava de algum ponto acima de mim, não fiquei muito abalado: deve ser uma ilusão, pensei — um eco das fantasias que acabei de evocar em minha crônica —, pois não havia ninguém olhando pelas tortas janelas laterais daquelas casas, olho algum a me observar das trevas que cobriam os terrenos baldios. Essa coisa, essa presença vigilante que eu sentia, não passava de ilusão, e recusei-me a dar-lhe alguma importância. Entretanto, à medida que eu avançava por essas ruas onde o silêncio só é rompido pelo apito distante dos guardas-noturnos ou pelos uivos e ganidos das matilhas de cães sem dono que travam suas batalhas em bairros distantes, aquele olho imaginário insistia em me fitar com uma intensidade cada vez maior: e percebi que não conseguiria livrar-me do desconforto opressor de sua presença simplesmente procurando ignorá-lo ou convencer-me de que não existia.

Esse Olho, que tudo sabia e tudo via, vigiava-me agora abertamente, e não tinha relação alguma com as criaturas do meu artigo. Nada nele era monstruoso, feio ou cômico; além disso, o olhar que me lançava não era impessoal. Não me era estranho; chegava a ter — sim! — alguma coisa de familiar. O Olho me conhecia, e eu conhecia o Olho. E mais: conhecíamo-nos de longa data. Entretanto, para que pudéssemos ter percebido a existência um do outro, fora necessário que eu enveredasse por aquela ruela e experimentasse aquela sensação estranha tão tarde da noite, o susto diante da primeira aparição desse Olho fantástico.

Não vou declinar o nome da rua em questão, pois não significará nada para os leitores que não conheçam bem Istambul; basta dizer que fica nas encostas que rodeiam o Chifre de Ouro. Imaginem uma rua em que, dos dois lados, se erguem casas escuras de madeira que ainda outro dia reencontrei quase todas, inalteradas, trinta anos depois da experiência metafísica que lhes descrevo; imaginem as silhuetas das grades das sacadas dessas casas, e as sombras dos galhos tortuosos das árvores lançadas nas pedras do calçamento pela luz baça dos lampiões que a ramagem bloqueia quase por completo — e não precisam de mais nada. As calçadas são estreitas e imundas. O muro que cerca a pequena mesquita do bairro se estende até se perder numa escuridão sem fim. E foi ali, naquele ponto mais escuro para o qual convergiam o muro e a rua, o ponto de fuga de toda aquela perspectiva, que encontrei à minha espera esse Olho absurdo — algum outro adjetivo serviria? A essa altura já tínhamos um entendimento, posso dizer assim: a intenção dele não era malévola. Se ele estava à minha espera, não era para me assustar nem me fazer mal, cravando por exemplo uma faca em meu peito. Ao contrário, só estava ali — como fui compreender mais tarde — para me ajudar a mergulhar naquela experiência metafísica que em tudo lembrava um sonho; estava ali, acima de tudo, para servir-me de guia.

O silêncio era total. Desde o início, percebi que aquela experiência estava ligada a tudo que o ofício de jornalista me fizera perder, ao vazio que vinha sentindo dentro de mim. É quando padecemos da falta de sono que nossos pesadelos nos parecem mais reais. Mas aquilo não era um pesadelo; era uma sensação muito nítida e clara, quase matemática em sua precisão. *Sei que estou oco por dentro* — eis o que me ocorria. E apoiei as costas no muro da mesquita, pensando: *o Olho também sabe desse vazio em meu peito!* Ele conhecia meus pensamentos, sabia de tudo que eu jamais fizera, o que nem era o mais importante, pois o que o Olho me apontava era outra coisa, um fato totalmente óbvio: o Olho era uma criação minha, assim como eu era uma criação do Olho! Quando essa idéia me ocorreu, imaginei que surgira por acaso — como essas palavras vãs que às vezes nos despontam no espírito quando pegamos da caneta e do papel, e logo nos escapam — mas não, esse pensamento persistiu. Assim, pela porta que essa noção me abria, penetrei num mundo novo, como a menina inglesa que mergulha num buraco atrás de um coelho branco.

No começo, o Olho fora apenas uma criação minha. Aparentemente, com a finalidade exclusiva de ver a mim mesmo e poder me vigiar. Nunca

tive qualquer pretensão de escapar à sua mirada. Era debaixo desse olhar que eu me criava — que eu me criava à sua imagem — e o brilho morno da sua presença me reconfortava. Pois eu só existia graças à minha consciência de estar sendo observado o tempo todo. Se o Olho não me enxergasse, eu poderia desaparecer! Aquilo me parecia muito claro: esquecendo que fora eu quem o criara, sentia-me grato àquele Olho por ele possibilitar minha existência. Tudo que eu desejava era agir conforme suas ordens: obedecendo a ele, eu poderia ter acesso a uma existência mais agradável. Sei que essa outra vida era difícil de alcançar, mas essa dificuldade não me causava nenhuma dor (ao contrário de tantas outras coisas): era antes uma coisa que me trazia uma certa calma, um aspecto da vida que cada um de nós acha normal. E é por isso que esse mundo ideal em que ingressei, no momento em que me encostei no muro da mesquita, em nada lembrava um pesadelo; era um reino feliz tecido com o fio da memória, conjurado a partir de imagens conhecidas, tanto quanto os elementos bizarros que eu costumava apontar nas obras dos pintores inventados que comentava na minha coluna ACREDITE SE QUISER.

E lá estava eu, em plena madrugada, no meio daquele país de fábula, apoiado no muro de uma humilde mesquita de bairro, contemplando meus próprios pensamentos.

Em pouco tempo, percebi que a pessoa que eu via no centro dos meus pensamentos — ou, se preferirem, no centro desse universo ilusório que só existia para a minha mente — não era meu sósia, nem um homem apenas parecido comigo; éramos uma única e mesma pessoa, ele e eu. E, ao mesmo tempo, entendi que o olhar cuja presença começara a sentir momentos antes era o meu próprio. O que significava que eu me convertera naquele Olho, e agora me enxergava de fora. Mas não havia nada de bizarro nessa sensação, e nem de inquietante. No mesmo instante em que comecei a me enxergar de fora, eu me lembrei — ou melhor, compreendi — de que me lançar um olhar "externo" já era um hábito meu de muitos anos, que sempre me acalmava. Era só me enxergando de fora que eu podia dizer, *Sim, tudo vai bem, está tudo em ordem*; por outro lado, era só me enxergando de fora que também podia concluir, *Não estou com boa aparência*, ou então, *Ainda não tenho a aparência do homem que eu queria ser*. Ou ainda, *Estou mais ou menos parecido com ele, mas ainda preciso me esforçar um pouco* — eis o que eu já me dizia havia muitos anos, toda vez que saía de mim para uma nova inspeção e me repetia, feliz: *Sim, finalmente adquiri a aparência do homem com quem queria me parecer, fiquei parecido com Ele, consegui tornar-me Ele!*

Mas quem seria Ele? Àquela altura do meu passeio por esse país das maravilhas, descobri por que finalmente me ocorrera esse Ele a quem eu queria me assemelhar. Era porque, em momento algum da longa caminhada que encetara depois da meia-noite, eu tinha tentado ser como Ele — pois não estava imitando nem a Ele nem a ninguém. Por favor, não me entendam mal: não acho que ninguém possa viver sem o desejo ocasional de ser outra pessoa — sem a imitação, que é uma arte formadora. Estou convencido de que, sem ela, a vida seria impossível. O que estou tentando dizer é que naquela noite, talvez devido ao cansaço ou ao vazio esmagador que sentia dentro de mim, meu desejo de assemelhar-me a outra pessoa ficou tão tênue que, pela primeira vez na vida, pude ver-me como um igual a Ele, cujas ordens vinha seguindo havia tantos anos. Essa igualdade entre nós, sei bem, era apenas relativa: bastava ver a facilidade com que eu ingressara no mundo de sonho para o qual Ele me atraíra. É verdade que Ele me mantinha debaixo do seu olhar, mas naquela linda noite de inverno eu estava livre, mesmo que essa sensação de liberdade e igualdade se devesse antes à minha exaustão e à minha derrocada do que a um triunfo da minha vontade; de todo modo, havia ali uma porta aberta não só para a igualdade, mas para a camaradagem entre Ele e eu. (E deve ser fácil perceber essa camaradagem, pela maneira como escrevo.) Assim, pela primeira vez em muitos anos, Ele achava conveniente revelar-me seus segredos, assim como eu conseguia contar meus planos para Ele. Sim, eu sei, era comigo mesmo que eu falava — mas não é o que todos fazemos? Cada um de nós esconde dentro de si uma segunda pessoa, um amigo íntimo com quem pode conversar aos sussurros o quanto quiser; alguns chegam a ter um terceiro interlocutor silencioso.

Meus leitores, sempre tão atentos, já terão descoberto há muito, graças às palavras que venho empregando, mas ainda assim quero repetir com todas as letras: quando digo Ele me refiro, claro, ao Olho. Era o Olho o homem que eu queria ser. O que eu criei primeiro não foi o Olho, e sim o homem que eu queria ser. E era Ele — o homem que eu queria ser — quem lançava sobre mim seu olhar implacável e tremendo. O Olho controlava minha liberdade; nada que eu fizesse escapava ao seu escrutínio impiedoso, que me decifrava e me avaliava onde quer que eu fosse, pairando acima de mim como uma estrela funesta. (Mas, por favor, nem pensem em concluir que eu estava descontente com a situação, pois me sentia encantado com os panoramas luminosos que o Olho descortinava à minha frente.)

Enquanto eu observava a mim mesmo, tendo por fundo a clareza geométrica daquela paisagem (o que era, aliás, seu maior encanto), compreendi de imediato, como já disse, que Ele fora criado por mim — mas ainda não entendia como se dera essa criação. Certos indícios sugeriam que eu me baseara em observações da vida real, nas minhas lembranças. A postura em que Ele se apresentava, talvez por eu desejar tanto imitá-lo, evocava os heróis das revistas em quadrinhos da minha infância e os escritores absortos cujas fotos eu via em certas revistas estrangeiras, posando com ar pretensioso diante de suas estantes ou mesas de trabalho, esses sítios sagrados onde cultivavam suas tão profundas e significativas reflexões. Claro que eu queria parecer-me com eles, mas até que ponto? Nessa geografia metafísica, fui levantando outros indícios que, embora menos notáveis, revelavam a quais elementos do meu passado, a quais personagens, eu poderia ter recorrido para criar a Ele: um vizinho rico e laborioso que minha mãe vivia elogiando; o fantasma de um general que se empenhara na salvação da pátria lutando por sua ocidentalização; o espectro do herói de um livro que reli cinco vezes de ponta a ponta; um professor que recorria apenas ao silêncio toda vez que decidia nos castigar; um colega de turma que chamava os pais de "o senhor" e "a senhora", tão rico que trocava de meias todo dia; os heróis dos filmes estrangeiros exibidos nos cinemas de Şehzadebaşı e Beyoğlu, sempre tão perspicazes, eloqüentes e bem-sucedidos, tanto nos gestos com que seguravam seus copos de uísque como na capacidade de agir certo perto das mulheres (especialmente as bonitas), sempre à vontade e espirituosos, capazes de tomar decisões sem hesitar um segundo; os escritores famosos, os filósofos, os cientistas, os exploradores e inventores cujas biografias eu lia nas enciclopédias ou nos prefácios; certos militares; e até alguns personagens de contos infantis — como aquele menino que, por não ter adormecido, pôde salvar uma cidade inteira da inundação... No país fabuloso dos meus pensamentos, no qual eu ingressara em plena noite escura encostado no muro daquela mesquita, todos esses personagens se sucediam como num desfile, cada um se revelando por sua vez como nomes que vamos reconhecendo num mapa. No início, tive a sensação infantil de deslumbramento da pessoa que localiza num mapa da cidade, pela primeira vez na vida, o bairro e a rua onde vive desde sempre. E em seguida veio a decepção, a frustração do homem que vê o mapa da cidade pela primeira vez e constata que todos os prédios, ruas e parques, todos os lugares que conhece e estão para ele impregnados das memórias de uma vida inteira, aparecem ali reduzidos a minúsculos traços e pontos, rabiscos irrisórios diante da vasta rede de linhas e pontos que constitui o mapa inteiro.

Foi a partir dessas minhas memórias e desses meus personagens, eles próprios também reduzidos a lembranças, que pude criar a Ele. Para o Olho, porém, cujo olhar se tornava o meu, aquela gigantesca colagem de tantas pessoas, de tantos lugares e imagens do meu passado, formava uma criatura monstruosa. Naquele momento, e através daquele olhar, eu via a mim e a minha vida inteira, e reconhecia perfeitamente quem eu era. Não me incomodava de viver sob aquela vigilância e sujeitar-me ao escrutínio do Olho, porque só vivia para copiar a Ele e aproximar-me d'Ele através da imitação. Estava convencido de que um dia acabaria tornando-me Ele ou, no mínimo, aprendendo a viver como Ele. Melhor dizendo: viver com a esperança de um dia virar um outro — e conseguir tornar-me Ele. Aviso aos meus leitores que não devem encarar essa minha experiência metafísica como algum tipo de revelação; este não é um desses contos sobre um homem cujos olhos se abrem de uma hora para outra. O país das maravilhas em que ingressei depois de me encostar no muro daquela mesquita apresentava uma ordem geométrica banhada em luz intensa porque fora lavado de toda culpa e todo pecado, purificado do prazer e do castigo. Uma vez, num do meus sonhos, eu vira, pairando acima de uma rua idêntica, erguendo-se exatamente no mesmo ângulo num céu do mesmo azul carregado, uma lua cheia que se transformava lentamente no mostrador cintilante de um relógio. O panorama que eu via agora à minha frente era tão claro, límpido e simétrico quanto esse sonho, e era ali que eu desejava permanecer, embriagando-me com essa visão, apreciando um por um os seus encantos e os seus detalhes mais notáveis.

Não que eu não tenha me aprofundado. E me repetia: "O eu encostado no muro da mesquita deseja ser Ele", como se estivesse envolvido numa partida do jogo das três pedrinhas ou comentasse os movimentos possíveis de três peças de xadrez num tabuleiro de mármore azul quadriculado de violeta: o homem que eis aqui quer tornar-se Ele, a quem inveja. E Ele finge ignorar que não passa de uma criação do Eu que o imita. E é a isso, na verdade, que se deve toda a segurança que se lê na expressão do Olho. Esse a quem chamamos Ele finge ter esquecido que, quando o homem encostado no muro da mesquita criou o Olho, o que o movia era a esperança de chegar mais perto de tornar-se Ele — mas o homem encostado no muro ainda se lembra desse fato, agora quase apagado na memória. Se o homem conseguir o que almeja e conseguir alcançar a Ele, tornando-se Ele, o Olho se verá num impasse — ou, melhor dizendo, num vácuo, no sentido próprio do termo... et cetera, et cetera.

Tudo isso me ocorria enquanto eu me observava de fora. Em seguida, o Eu que eu vinha contemplando pôs-se novamente em marcha ao longo do muro da mesquita, e depois desceu a rua passando por suas casas idênticas de madeira com grades nas sacadas, pelos terrenos baldios, pelas portas de aço trancadas que cerravam as lojas e pelas fontes, acompanhando em seguida o muro do cemitério de volta para a sua casa e a sua cama.

Assim como, caminhando por uma avenida movimentada, olhando só de relance para os rostos dos passantes e as manchas de cor das suas roupas, temos um momento de sobressalto e reconhecimento ao percebermos nosso reflexo na vitrine de uma loja ou num espelho disposto por trás dos manequins, tive um grande susto ao me ver de fora. No entanto, como num sonho, sabia que não havia nada de espantoso em constatar que aquele homem não era outro senão eu mesmo. O que me surpreendeu foi a ternura implausível, o afeto incrivelmente caloroso que senti por ele. Percebi de imediato o quanto ele era frágil, suscetível e melancólico. Só eu sabia que ele não era o que aparentava; senti um desejo de tomar nos braços aquela infeliz criatura — aquele mero e efêmero mortal, aquela criança sensível — e abrigá-la debaixo das minhas asas, como um pai, talvez como um deus. Ele, porém, depois de caminhar por longo tempo (enquanto eu me perguntava, *O que estará pensando? Por que está tão triste? Por que parece tão cansado e abatido?*), chegou finalmente a uma avenida. Mas continuou andando, só diminuindo o passo a intervalos para lançar olhares distraídos às vitrines das mercearias ou das lojas de doces pelo caminho. Enfiara as mãos bem no fundo dos bolsos. De cabeça baixa, fez a pé todo o percurso entre Şehzadebaşı e Unkapanı, sem virar a cabeça uma vez sequer para olhar os táxis vazios ou os carros esparsos que passavam por ele. Talvez estivesse sem dinheiro.

Enquanto atravessava a ponte de Unkapanı, fez uma pausa momentânea para contemplar as águas do Chifre de Ouro. Um marinheiro que mal se distinguia no escuro, a bordo de um rebocador, puxava uma corda para abaixar a chaminé longa e fina de modo a poder passar debaixo da ponte. Enquanto ele subia uma ladeira íngreme em Şişhane, trocou algumas palavras com um bêbado. Não demonstrou qualquer interesse pelas vitrines muito iluminadas das lojas da avenida İstiklâl, com a única exceção da oficina de um ourives, que contemplou por muito tempo. No que ele poderia estar pensando?, não consegui impedir-me de especular enquanto o observava, dominado por um temor trêmulo e afetuoso.

Na praça de Taksim, ele parou num quiosque para comprar cigarros e uma caixa de fósforos; abriu o maço novo com aqueles gestos muito lentos que vemos sempre nos nossos concidadãos absortos em seus problemas e, quando acendeu um cigarro — ah, como foi frágil e melancólica a espiral de fumaça que deixou escapar entre os seus lábios! Apesar de saber de tudo, de reconhecer tudo e de ter vivido tudo, eu me sentia tão apreensivo como se ele fosse o primeiro homem que eu jamais conhecera. "Tome cuidado, meu filho!", sentia eu o impulso de dizer-lhe a cada rua que ele atravessava, a cada um dos seus passos; agradecia aos céus por não ocorrer mal algum a esse homem que eu seguia, e julgava perceber presságios de desastre iminente em toda parte — nas ruas, nas entradas dos edifícios, nas janelas escuras de cada apartamento.

Graças a Deus, ele conseguiu chegar são e salvo a um edifício de Nişantaşı (chamado Cidade dos Corações). Depois que entrou no apartamento onde morava, no último andar do prédio, imaginei que fosse logo para a cama, esquecer aqueles problemas que eu tanto desejaria conhecer para poder ajudá-lo. Mas não, ele se instalou numa poltrona, para fumar e folhear os jornais. Em seguida, levantou-se e começou a caminhar de um lado para o outro pela sala, em meio aos seus velhos móveis e à mesa de trabalho desequilibrada, diante das cortinas desbotadas, contemplando seus livros e seus papéis. Bruscamente, sentou-se à mesa e, fazendo ranger a cadeira sob o seu peso, pegou a caneta e debruçou-se sobre uma folha de papel em branco.

Postei-me bem a seu lado, inclinado eu também sobre a mesa em desordem; e aproximei-me dele o máximo que pude, a fim de observá-lo. Escrevia com uma concentração infantil e uma expressão serena, com o prazer evidente do espectador que assiste ao seu filme predileto, mas seus olhos estavam voltados para dentro. Ainda assim, fiquei olhando para ele com o orgulho de um pai que lê a primeira carta escrita pelo filho querido. Toda vez que acabava uma frase franzia de leve os lábios, e seus olhos piscavam, seguindo as palavras que se sucediam no papel. Quando completou a primeira página, li o que ele tinha escrito e me senti tomado pela decepção e a tristeza.

O que havia naquela página não eram as palavras que eu tanto gostaria de conhecer, as palavras que pudessem me desvendar a alma desse homem; só vi transcritas no papel essas mesmas frases que se sucedem agora diante de vocês. Não falavam do mundo dele, mas do meu; as palavras não eram as dele, mas as minhas — as mesmas palavras, caro leitor, que seus olhos percorrem neste exato momento (um pouco mais devagar, por favor!). Tentei me opor, dizer-lhe que usasse suas próprias palavras, mas — como num sonho — não conseguia me mover. Não pude fazer nada para interrompê-lo. À medida que as palavras e frases se sucediam, cada uma me atingia causando mais dor que a precedente.

Ele fez uma breve pausa no início de um novo parágrafo. Olhou na minha direção, quase como se me visse, como se pudéssemos trocar um olhar — exatamente como nas passagens de livros antigos ou velhos artigos de revista em que o autor discute longa e afetuosamente com suas musas, ou nas ilustrações cômicas em que o escritor aparece distraído, sorrindo para uma musa do tamanho de uma caneta. Pois foi assim o sorriso cúmplice que trocamos, ele e eu. Tínhamos finalmente reconhecido a presença um do outro; depois disso, concluí otimista, tudo haveria de se esclarecer. Ele compreenderia enfim a realidade e seria capaz de escrever as histórias sobre seu próprio mundo que eu tanto ansiava por conhecer, dando-me finalmente a prova de que se transformara em si mesmo.

Mas não, não foi assim. Depois de lançar-me um último sorriso, com ar satisfeito, como se todas as questões já tivessem sido elucidadas, ele parou de escrever, endireitou-se na cadeira, assumindo a postura do jogador de xadrez que acaba de imaginar um lance brilhante e, em seguida, traçou mais umas poucas palavras, as derradeiras — depois das quais me vi a sós e às cegas, mergulhado num mundo onde tantas coisas permanecem incompreensíveis.

11. Perdemos nossas memórias nos cinemas

Os filmes não estragam apenas os olhos das crianças; arruínam também sua inteligência.

Ulunay

Quando Galip acordou, sabia de algum modo que a neve recomeçara a cair. Talvez tenha concluído que nevava por ter sentido o silêncio da neve abafar o barulho da cidade no seu sonho, um sonho que ainda lembrava no momento em que acordou mas esqueceu no momento em que chegou à janela e olhou para fora. A noite já caíra havia algum tempo. Depois de tomar um banho de chuveiro com a água que o *chauffe-bain* só conseguia amornar um pouco, vestiu-se rapidamente. Sentou-se à mesa com papel e lápis e passou algum tempo fazendo anotações junto aos indícios que reunira por escrito. Em seguida, barbeou-se e vestiu o paletó de espinha de peixe que, segundo Rüya, lhe caía tão bem — Celâl tinha um igualzinho. Vestindo seu sobretudo áspero de lã grossa, saiu finalmente de casa.

A essa altura, havia parado de nevar, mas as calçadas e os carros estacionados estavam cobertos por uma camada branca de quatro dedos de espessura. Os transeuntes que tinham acabado de fazer suas compras da tarde de sábado tomavam as calçadas, de volta para casa carregados de pacotes e caminhando com cautela pela neve recém-acumulada, como se pisassem na superfície estranha de um planeta onde tinham acabado de pousar.

Quando Galip chegou à praça Nişantaşı, ficou feliz de ver que o tráfego ainda fluía pelas ruas principais. Atravessou até a banca de jornais, que se mudava para a entrada de uma mercearia na parte da noite; entre as revistas que exibiam mulheres nuas e escândalos, encontrou um exemplar do *Milliyet* da véspera. Então entrou no restaurante do outro lado da rua, ocupando uma mesa de canto para que ninguém conseguisse vê-lo da rua, e pediu um prato de sopa de tomate e de bolinhos de carne fritos. Enquanto esperava pela comida, abriu o jornal na mesa e lentamente, com todo o cuidado, leu a crônica dominical do seu primo.

E viu que ainda se lembrava quase de cor de certas frases daquele texto, publicado pela primeira vez muitos anos antes, porque tornara a lê-lo naquela manhã na redação do jornal: era a crônica em que Celâl falava da memória. Enquanto tomava o café, fez algumas anotações no texto. Quando deixou o restaurante, chamou um táxi e pediu ao motorista que o levasse à região de Sinanpaşa, em Bakırköy.

Durante todo o trajeto, Galip teve a impressão de que não era Istambul, mas uma cidade totalmente diferente que via passar pela janela. Três ônibus haviam colidido no cruzamento das avenidas Gümüşsuyu e Dolmabahçe, e a essa altura uma verdadeira multidão se reunira no local do acidente. Os pontos de ônibus e de táxis coletivos estavam desertos. A presença opressiva da neve dava à cidade uma aparência mais desoladora do que nunca; as luzes dos lampiões brilhavam mais baças do que nunca, e não revelavam a animação que normalmente marcava a vida noturna de Istambul; com todas as portas fechadas e as calçadas vazias, parecia um cenário abandonado a uma noite medieval. A neve que cobria os armazéns, os barracos das favelas e as cúpulas das mesquitas não era branca, mas azul. Das janelas do táxi, Galip e seu motorista podiam ver prostitutas de lábios roxos e rostos azulados, vagando pelas ruas em torno de Aksaray; ao pé das antigas muralhas da cidade, crianças que brincavam de deslizar na neve com escadas de madeira que improvisavam como trenós; as luzes giratórias azuis dos carros de polícia que acorreram à batida dos ônibus aterrorizavam os passageiros com seus olhos imensos. O velho motorista do táxi contava a Galip uma velha história incrível que teria ocorrido num inverno igualmente fora do comum, muitos anos antes, em que as águas do Chifre de Ouro tinham congelado. À luz interna quase insuficiente do Plymouth '59, Galip cobria de números, letras e sinais a crônica dominical de Celâl, sem conseguir chegar a resposta alguma. Em Sinanpaşa, o motorista lhe declarou que não tinha mais como avançar, de modo que Galip desceu do táxi e percorreu o resto do caminho a pé.

O conjunto habitacional de Güntepe ficava mais perto da avenida do que ele lembrava. As casas por que passou ao longo do caminho (na maioria sobrados de concreto de dois andares, erguidos sobre as fundações dos antigos barracos) tinham as cortinas cerradas, e as luzes das lojas das ruas estavam apagadas; depois de subir uma ladeira curta, encontrou-se na pracinha que tinha visto pela manhã no mapa do catálogo da cidade. No meio dela, erguia-se um busto (e não uma estátua) de Atatürk. Confiante na memória que guardava do mapa, enveredou pela rua seguinte à mesquita, que era bem maior do que ele imaginava e cujos muros estavam cobertos de pichações políticas.

Incomodava Galip imaginar Rüya morando num lugar desses — casas com janelas atravessadas por chaminés, com varandas que aos poucos se inclinavam na direção da rua —, mas dez anos antes, quando viera visitá-la ali — novamente, no meio da noite —, tinha visto o inimaginável e fizera meia-volta na mesma hora: aproximando-se sorrateiramente da janela aberta naquela noite quente de agosto, ele vira Rüya sentada à mesa coberta por uma alta pilha de papéis, usando um vestido de algodão sem mangas e torcendo um cacho de cabelos enquanto trabalhava; seu marido, de costas para Galip, mexia o chá com a colher e, acima dos dois, uma falena, destinada a morrer dali a pouco, descrevia círculos cada vez mais erráticos em torno de uma lâmpada nua. Entre o marido e a mulher havia um prato de figos, e ao lado dele uma lata de inseticida em aerossol. Galip ainda se lembrava do tilintar da colher dentro do copo de chá e do chiado das cigarras do lado de fora, mas agora, quando chegou à esquina e viu um cartaz preso a um poste de eletricidade coberto de neve dizendo RUA REFET BEY, nada lhe despertou qualquer lembrança.

Desceu e subiu a rua duas vezes; numa das extremidades havia um grupo de crianças guerreando com bolas de neve, na outra, a luz de um lampião caía sobre o grande cartaz de um filme, iluminando o rosto sem nenhum atrativo especial de uma mulher cujos olhos tinham sido cegados com tinta preta. Todas as casas eram de dois andares, e nenhuma tinha número na porta. Da primeira vez que Galip passou pela casa que procurava não a reconheceu, mas da segunda vez identificou a contragosto a janela, a fachada cinzenta sem reboco, a maçaneta que não ousara tocar dez anos antes. Tinham acrescentado mais um piso. O jardim agora tinha um muro, e a terra batida do pátio fora coberta de concreto. O andar térreo estava às escuras. Mas havia uma entrada à parte para o segundo andar, e através das cortinas ele pôde ver a luz azulada de um aparelho de televisão; da parede emergia uma chaminé que apontava para a rua como uma boca de canhão, emitindo a sulfurosa fumaça amarelada do carvão de linhita, parecendo prometer a qualquer visitante inesperado que Deus pudesse lhes mandar, batendo à sua porta naquela hora da noite, uma fornalha acesa na sala, uma refeição quente e anfitriões igualmente calorosos, fitando a tela de TV com um olhar estupidificado.

Enquanto Galip subia com todo o cuidado os degraus cobertos de neve, o cachorro no jardim da casa ao lado emitiu uma série de uivos lúgubres. Não vou conversar muito com Rüya, repetia-se Galip, sem saber se falava sozinho ou com o ex-marido das suas lembranças. Primeiro ele pediria a Rüya que lhe explicasse os motivos da sua partida, que ela não julgara necessário esclarecer na carta que lhe deixara, e em seguida lhe pediria que fosse imediatamente até em casa buscar suas coisas — seus livros, seus maços de cigarros, suas meias desemparelhadas, seus frascos de remédio vazios, seus prendedores de cabelos, as caixas dos seus óculos de míope, seus tabletes de chocolate meio comidos, os patos de madeira com que ela brincava na infância. *Tudo que me lembra você me deixa insuportavelmente triste.* Claro, ele não conseguiria dizer nada daquilo na frente daquele sujeito; o melhor seria sugerir que ela fosse com ele até algum lugar onde pudessem conversar de maneira razoável. Depois que chegassem a esse lugar, e tivessem alcançado um tom razoável para discutir o assunto em pauta, seria fácil convencer Rüya de uma série de outras coisas, mas aonde ele poderia levá-la num bairro como aquele, onde os cafés só atendiam uma clientela de homens? A essa altura ele já tocara a campainha.

Primeiro ouviu uma voz de criança (*Mamãe, tem alguém na porta!*) e em seguida uma voz de mulher, dizendo a mesma coisa, que não tinha a menor semelhança com a voz de Rüya, sua namorada havia trinta anos, o amor da sua vida havia vinte e cinco. No mesmo instante, Galip percebeu como tinha sido idiota ao imaginar a presença dela naquela casa. Chegou a pensar em ir embora, mas a porta já se abria. Galip reconheceu na mesma hora o ex-marido, mas ele, por sua vez, não o reconheceu. Tornara-se um homem de meia-idade, de estatura mediana, e tinha exatamente a aparência que Galip imaginara, e que nunca mais tornaria a evocar.

Enquanto Galip ficava ali parado, esperando que o olhar do ex-marido se acomodasse à escuridão de um mundo exterior repleto de perigos e finalmente o reconhecesse, viu sua nova mulher olhando para ele, depois uma criança e uma segunda criança. "Quem é, Papai?" Quando Papai finalmente encontrou a resposta, hesitou, congelado por um instante, e Galip, achando que era sua oportunidade de bater em retirada daquele lugar e evitar entrar na casa, despejou de um só fôlego todo o discurso que tinha preparado.

Pediu desculpas por incomodá-los àquela hora da noite, mas estava aflito; voltaria num outro momento para uma visita mais calma e amigável (até mesmo na companhia de Rüya), mas hoje à noite viera tratar de uma emergência — estava à procura de informações sobre uma certa pessoa, um simples nome que fosse. Tinha aceitado defender um cliente — estudante universitário — injustamente acusado de homicídio. Não, não que ninguém tivesse morrido, havia uma vítima; mas o verdadeiro assassino ainda estava à solta, e vagava pela cidade protegido por um nome falso, como um fantasma, e antigamente...

Assim que chegou ao fim da sua história, Galip foi convidado a entrar e calçar um par de chinelos pequenos demais no lugar dos sapatos que fizera questão de tirar; enfiaram-lhe uma xícara de café nas mãos, dizendo que o chá ainda não estava pronto. Depois que Galip voltou à sua história e repetiu o nome do homem em questão — tinha inventado um nome novo, por via das dúvidas —, o ex-marido de Rüya tomou a palavra. Quanto mais ele falava, mais sua voz ficava monótona; anestesiado pelas histórias que ele contava, Galip começou a se perguntar se jamais encontraria as forças necessárias para ir embora daquela casa. Mais tarde, recordaria que a uma certa altura tentara consolar-se com a idéia de que, pelo menos, estava ouvindo coisas que tinham algo a ver com Rüya, e que poderiam quem sabe servir de indícios — mas era como um paciente em estado grave que tenta se distrair com ilusões alegres enquanto conduzem sua maca para a sala de operações. Foi como testemunhar o desmoronamento de uma barragem — o dilúvio de histórias lhe parecia infindável —, mas três horas mais tarde, quando finalmente ultrapassou a porta que perdera toda a esperança de tornar a ver aberta e saiu cambaleante da casa, eis os fatos ele tinha conseguido reter em meio àquela torrente ininterrupta de palavras:

Achávamos que sabíamos muita coisa, mas na verdade não sabíamos de nada.

Sabíamos, por exemplo, que a maioria das judeus dos Estados Unidos e da Europa Central eram descendentes do império judeu dos khazares, que existira mil anos atrás na área entre o Volga e o Cáucaso. Sabíamos também que os khazares, na verdade, eram um povo de origem turca que se convertera ao judaísmo. Mas o que não sabíamos era que, se esses judeus eram turcos, turcos também eram judeus. E era muito interessante, realmente impressionante, estudar as oscilações sucessivas daqueles dois grandes povos que, como os desafortunados irmãos siameses, ligados entre si para sempre, tinham atravessado o século XX descrevendo curvas tangentes que nunca se encontravam, como se dançassem juntos ao ritmo da mesma música secreta.

Em seguida, quando o ex-marido voltou para a sala trazendo consigo um mapa que parecia pairar no ar como um tapete mágico, Galip emergiu bruscamente do torpor em que mergulhara e pôs-se de pé; caminhou pela sala superaquecida, tentando reanimar discretamente suas pernas dormentes, e ali, na mesa, contemplou com estupor as setas em tinta verde traçadas no mapa de um planeta totalmente imaginário...

Visto que a história se exprime sempre por simetrias, uma verdade incontestável, dizia o ex-marido, devemos nos preparar para atravessar um período de infelicidades; que seria tão longo quanto o período feliz que tínhamos acabado de viver etc. etc.

O primeiro passo que "Eles" dariam seria a criação de um novo Estado às margens do Bósforo e dos Dardanelos. No entanto, em vez de trazer novos colonos para povoar esse novo Estado, como ocorrera mil anos antes, "Eles" tinham decidido transformar seus habitantes originais em "homens novos", talhados para obedecer aos seus desígnios. Não era preciso ter lido Ibn Khaldun para adivinhar que a intenção que "Eles" tinham era roubar nossa memória, transformando-nos em criaturas sem passado e sem história, isoladas fora do tempo sem nada em comum além dos nossos infortúnios. Todo mundo sabia: para destruir nossa memória, nos nebulosos colégios de missionários das ruelas de Beyoğlu e das encostas que davam para o Bósforo, obrigavam as crianças turcas a engolir um certo líquido de cor malva ("preste atenção na escolha da cor", disse a esposa, que bebia cada palavra do marido — posto que *Eflatun*, em turco, tanto designa a cor malva quanto o nome do filósofo Platão). Mais tarde, porém, a ala "humanista" do Ocidente tinha considerado essa prática arriscada demais por algum motivo de ordem química, e decidiram substituí-la por métodos que, embora mais suaves, prometiam resultados mais eficazes e duradouros: o novo plano era erodir nossa memória coletiva a golpes de cinema.

Sem dúvida, com os lindos rostos femininos que pareciam emergir de ícones, com a torrente de imagens irresistíveis e repetitivas, aquela sucessão massacrante de cenas pontilhadas de bebidas, armas, aviões e roupas da moda constituía um método muito mais radical e eficaz que os acordes musicais de assustadora simetria utilizados pelos missionários na África ou na América Latina, com seus órgãos ou seus cânticos de igreja. (Aquelas longas frases tinham sido bem ensaiadas, concluiu Galip. A quem mais teriam sido dirigidas? Aos seus vizinhos? Aos seus colegas de trabalho? Aos outros passageiros anônimos dos táxis coletivos? À sua sogra?) Na época em que os primeiros cinemas de Istambul foram abertos em Şehzadebaşı e Beyoğlu, centenas de espectadores foram tomados em pouco tempo de uma cegueira total. Os gritos de revolta e desespero dos que adivinhavam a triste sorte que os aguardava naqueles locais foram rapidamente abafados pela polícia e pelos alienistas. E os jovens de hoje que exibiam a mesma reação sincera podiam ser calmamente controlados com um simples par de óculos que os hospitais públicos ofereciam para cobrir seus olhos cegados pela proliferação de imagens novas. Mas nem todos se conformavam a ceder em silêncio. Pouco tempo antes, o ex-marido vinha caminhando por uma rua não distante dali, em torno da meia-noite, quando vira um rapaz de uns dezesseis anos crivando futilmente de balas um cartaz de cinema — e entendera imediatamente por quê. Surpreendido na entrada de um cinema com dois latões de gasolina nas mãos, outro jovem insistia em exigir que aqueles que o ameaçavam de uma surra precisavam era devolver-lhe seus olhos, isso sim — os olhos que tinha antes, quando conseguia *ver* as imagens... E houve ainda o caso daquele jovem pastor da região de Malatya, que numa semana se viciara em cinema e em seguida esqueceu o caminho de volta para casa, além de tudo que aprendera na vida — ficara totalmente desmemoriado; estava nos jornais, Galip Bey não tinha lido? Seriam necessários vários dias para que ele contasse a Galip as histórias de todos os infelizes que resultaram incapazes de voltar à vida anterior, de tanto que se deixaram fascinar pelas ruas, as roupas e as mulheres que viam na tela. Quanto às pessoas que se identificavam com os personagens vividos pelos astros e estrelas desses filmes, não eram mais consideradas "doentes" ou "transviadas", muito pelo contrário: nossos novos senhores preferiam convocá-las para se associar ao seu projeto. Todos ficamos cegos, cada um de nós, até o último turco...

O dono da casa, ou melhor, o ex-marido de Rüya, perguntou: por que nenhuma autoridade, nenhum dirigente do nosso país, jamais percebeu que o aumento da freqüência aos cinemas é inversamente proporcional à decadência de Istambul? Seria por mera coincidência que nossos cinemas sempre ficavam nas mesmas ruas que os bordéis? E mais uma pergunta: por que as salas de cinemas estão sempre no escuro; por que todas elas são antros dominados pelas trevas?

Dez anos antes, ele e Rüya Hanım tinham se mudado para aquela mesma casa, tentando dedicar-se, sob a proteção de codinomes e identidades falsas, a uma causa em que acreditavam de todo o coração. (Galip não tirava os olhos das próprias unhas.) Dedicavam suas vidas à propagação das idéias; traduziam para a língua pátria panfletos e manifestos escritos em países distantes, procurando adaptar seu estilo às línguas de origem e àquelas profecias políticas que lhes chegavam de pessoas que nunca tinham visto, dando aos textos uma forma nova e sintética que depois datilografavam e reproduziam com a ajuda de mimeógrafos, para transmiti-los a pessoas que tampouco jamais veriam. Na verdade, o que os movia o tempo todo era a vontade de se transformarem em outras pessoas, diferentes do que eram. Quando algum novo conhecido acreditava nos seus nomes falsos, como ficavam felizes! Esquecendo a exaustão das longas horas de trabalho na fábrica de pilhas, dos artigos por escrever, de todos os panfletos que precisava enfiar em envelopes, um deles — ou ele ou Rüya — passava longas horas sentado, contemplando a nova carteira de identidade que tirara do bolso. "Mudei!", exclamava ele ou ela com uma inocência alegre e juvenil. "Agora sou outra pessoa!" Nunca se cansavam desse comentário, e viviam inventando novos pretextos para repeti-lo na frente dos outros. Graças às suas novas identidades, podiam encontrar um novo sentido no mundo à sua volta, que se transformava numa enciclopédia nova em folha, que podiam ler do início ao fim — e quanto mais a lessem, mais ela se modificava, e mais eles também, seus leitores, se transformavam; assim, quando tivessem acabado de lê-la de ponta a ponta, podiam voltar ao primeiro volume e tornar a ler tudo, perdendo-se nas suas páginas, tomados pela embriaguez que lhes provocava sua profusão de nomes falsos (e enquanto o dono da casa perdia-se, ele também, nessa metáfora da enciclopédia que não devia estar usando pela primeira vez, como aliás devia ser o caso de todo o seu discurso, Galip percebeu, numa das prateleiras do bufê, a coleção *O tesouro do conhecimento*, que uma revista tinha publicado em fascículos semanais). Com o passar do tempo, contudo, ele tinha percebido que, na verdade, aquilo tudo era um ardil que "Eles" tinham criado para desviá-los do seu intento original. Depois de se transformarem numa outra pessoa, noutra e mais noutra, ficava cada vez mais difícil que eles conseguissem retornar à felicidade das suas identidades originais. E finalmente chegara um momento em que ele e Rüya perceberam que se tinham perdido no meio do caminho, cercados de sinais que não conseguiam mais decifrar: as cartas, os panfletos, as fotos, os rostos e as armas. Naquele tempo, não havia outras casas naquela ladeira isolada. Uma noite, Rüya tinha enfiado alguns pertences em sua malinha e voltado para a sua antiga casa, onde se sentia segura rodeada pela família.

O dono da casa, cujo olhar às vezes lembrava a Galip o coelho Pernalonga das revistas em quadrinhos e que, empolgado pela força das suas próprias palavras, de tempos em tempos se erguia de um salto da cadeira para palmilhar a sala de um lado a outro, deixando Galip tonto enquanto se esforçava para acompanhar o que dizia, chegara finalmente a uma conclusão: para derrotar os planos elaborados por "Eles", precisávamos recomeçar tudo desde o início. Como Galip Bey podia ver com seus próprios olhos, a casa em que ele vivia o definia como um pequeno-burguês, um homem que pertencia à classe média; tudo naquele lugar demonstrava o quanto ele era um cidadão "tradicional". Todos os elementos estavam presentes: as poltronas velhas com suas almofadas estampadas de florões, as cortinas de tecido sintético, os pratos esmaltados com as bordas decoradas de borboletas, o feio bufê com o prato de doces que só usavam para oferecer confeitos aos visitantes nos feriados, o serviço de licor, jamais utilizado, e o tapete gasto e desbotado que assumira um tom triste de marrom. Sua mulher não era instruída e sedutora como

Rüya, não tinha nada de especial e ele sabia disso; era uma mulher simples e modesta, como sua própria querida mãe (e aqui ela dirigiu a Galip um sorriso que ele não soube decifrar, e depois sorriu para o marido); na verdade, era sua prima, filha de um tio dele. E as crianças também eram como eles. Levavam a vida que o pai dele também continuaria a levar, caso não tivesse morrido. Escolher deliberadamente aquela vida, vivê-la com plena consciência, tinha sido o seu modo de dizer não a uma conspiração que já durava dois mil anos; significava que ele era fiel à sua identidade própria e recusava-se a se transformar em outra pessoa.

E de todas as coisas que Galip Bey podia ver naquela sala, nada estava ali por acaso, e tudo tinha sido disposto com a mesma finalidade. O relógio de parede? Tinham escolhido de propósito, porque o tiquetaque de um relógio como aquele era indispensável àquele tipo de casa. A televisão estava acesa como um lampião da rua porque, àquela hora, nas casas como aquela, a televisão estava sempre ligada; tinham instalado um paninho de crochê em cima da TV porque, em casas assim, sempre havia paninhos como aquele. Tudo fora planejado: os objetos em desordem em cima da mesa, os jornais velhos que jogavam para um lado depois de recortar os cupons, a mancha de geléia ao lado da caixa de chocolates que alguém trouxera como presente e acabara transformada em caixa de costura; e mesmo as coisas que ele próprio não tinha planejado expressamente, como a asa de uma xícara de café — do tipo que lembra uma orelha — que uma das crianças tinha quebrado e as roupas postas para secar diante do horrendo fogareiro a carvão, tudo era resultado de um plano cuidadosamente estudado, nos mínimos pormenores. Às vezes, quando ele observava tudo que o cercava, os assuntos das suas conversas com a mulher ou os filhos, sua maneira de sentar-se em cadeiras em torno da mesa, constatava com alegria que tudo que diziam ou faziam estava perfeitamente de acordo com o tipo de família que morava naquele tipo de casa. E ele estava feliz, se a felicidade consiste em viver conscientemente a vida que a pessoa deseja. Acima de tudo, porém, sentia-se feliz porque, levando aquela vida de felicidade, conseguia frustrar uma conspiração que já durava dois milênios.

Galip, percebendo uma oportunidade, decidiu tomar essa última frase como a conclusão do seu pronunciamento; declarando que a neve recomeçara a cair, deu um arranco titubeante na direção da porta, sonolento apesar das dez xícaras de chá e café que tomara durante a visita. No entanto, antes que conseguisse tirar o sobretudo do cabide, o dono da casa barrou seu caminho para dizer-lhe mais uma coisa. Ficava desolado por ver Galip Bey voltar para Istambul, o lugar onde toda aquela desintegração tinha começado. Istambul era a pedra de toque de todo o caso; morar lá, ou mesmo só pisar na cidade, era resignar-se com a derrota, era render-se a "Eles". Toda aquela cidade aterrorizante fervilhava hoje com as imagens de degenerescência que, no início, se limitavam à escuridão de algumas salas de cinema: multidões que perderam toda a esperança, automóveis velhos, pontes que afundavam lentamente no mar, pilhas imensas de latões, ruas esburacadas como peneiras, cartazes com letras gigantescas que ninguém parava para ler, avisos rasgados e ilegíveis que não significavam nada, pichações que não faziam sentido porque metade da tinta tinha desbotado, anúncios de bebidas engarrafadas e cigarros, minaretes emudecidos, montes de escombros, a poeira, a lama, et cetera, et cetera. Nada mais se podia esperar daquela decadência. Se jamais fosse haver um ressurgimento — e o dono da casa estava convencido de que não era o único a resistir à decadência todo dia, o dia inteiro, de todas as maneiras possíveis —, só podia vir dali, de um daqueles novos bairros que os ricos e poderosos apelidavam com desprezo de "favelas de concreto", porque era só ali que nossa verdadeira essência fora conservada intacta. Ele se orgulhava de ser o fundador e principal porta-voz daquela comunidade; um precursor, que mostrara o caminho a seguir. Convidava Galip a se instalar ali, a vir viver ali, assim que pudesse. Podia até passar aquela noite lá mesmo; no mínimo, teriam mais tempo para conversar sobre o assunto...

A essa altura, Galip já vestira seu sobretudo; despedira-se da mulher silenciosa e das crianças indiferentes, e estava a caminho da porta: ia partir. O ex-marido de Rüya contemplou longamente a neve, muito atento, e disse, num tom que até Galip achou agradável: "Como é branca!". E contou para Galip a história de um xeque que tinha conhecido e se vestia todo de branco. Logo depois de tê-lo conhecido, tivera um sonho também todo branco, e no meio de toda aquela brancura vira-se sentado num Cadillac todo branco ao lado do Profeta. Na frente, ao lado de um motorista cujo rosto não conseguia ver, estavam os dois netos de Maomé, Hassan e Hussein. À medida que o Cadillac todo branco atravessava o bairro de Beyoğlu, com seus cartazes de propaganda, seus cinemas e bordéis, as crianças se viravam para trás e faziam uma careta de nojo para o avô...

Enquanto Galip se dirigia para os degraus cobertos de neve, o dono da casa não parava de falar. Ele não dava muito importância aos sonhos, nos quais não via muito sentido, mas aprendera a decifrar certos sinais sagrados. E queria ensiná-los a Galip e Rüya, que poderiam achá-los úteis. Outros já achavam. Era gratificante ouvir hoje o primeiro-ministro repetir palavra por palavra algumas das "análises mundiais" que ele próprio tinha escrito sob pseudônimo três anos antes, no período mais ativo da sua vida política. É claro que "aquela gente" dispunha dos serviços de uma vasta rede de informações que lia toda a imprensa do país, até os menores periódicos, e que, quando encontrava alguma coisa de valor, transmitia imediatamente aquelas palavras para os níveis superiores. Outro dia mesmo, um artigo de Celâl Salik tinha atraído sua atenção: ao ler o texto, concluíra que o mesmo material devia ter chegado às mãos do jornalista por meios idênticos, mas Celâl era um caso perdido: naquela crônica, pela qual tinha vendido a alma, buscava em vão uma resposta, forçosamente errada, para uma causa perdida.

Mas tanto num exemplo como no outro, o interessante era que as idéias de um homem que era um verdadeiro crente, mas que todos ignoravam e desconsideravam por julgá-lo ultrapassado (a ponto de nem mais bater em sua porta), tivessem sido utilizadas — por vias que não temos como descobrir — por um primeiro-ministro e pelo cronista célebre. Por algum tempo, o ex-marido de Rüya chegara a cogitar de revelar à imprensa como aquelas duas eminentes personalidades, praticando um plágio vergonhoso, tinham se apoderado de algumas expressões e até de frases inteiras, palavra por palavra, de um artigo que ele publicara primeiro na revista de uma fração de extrema esquerda — que ninguém nunca lia; mas as condições ainda não se prestavam a um ataque frontal desse tipo. Sabia que precisava de paciência, que precisava esperar; e sabia também, com toda a certeza, que um dia viriam bater à sua porta. Se Galip Bey tinha vindo até aquela lonjura no meio de uma noite de neve para pedir-lhe informações sobre um codinome — um pretexto afinal bem pouco convincente —, aquilo só podia ser um sinal. Galip Bey precisava saber que ele era capaz de decifrar todos os sinais, tanto aquele quanto todos os outros. E quando Galip finalmente desceu os degraus e se viu na calçada coberta de neve, ele ainda sussurrava suas últimas perguntas. Será que Galip Bey se disporia a reler toda a nossa história daquele ângulo? Conseguiria encontrar sozinho o caminho da avenida, sem tomar a direção errada? Permitia que ele o acompanhasse? Quando Galip Bey poderia voltar para uma nova visita? Pois bem, nesse caso, será que Galip Bey podia transmitir suas melhores lembranças a Rüya?

12. O beijo

O hábito de ler periódicos pode ser adicionado com toda pertinência ao catálogo que Averroés compilou dos antimnemônicos, ou substâncias e atividades que enfraquecem a memória.

Coleridge, *Biographia Literaria*

Alguém me encarregou de lhe transmitir suas lembranças — uma semana atrás, para ser preciso. Concordei em transmiti-las, mas já tinha esquecido quando entrei no táxi. Não das lembranças, mas do homem. E nem posso dizer que lamente muito. A meu ver, todo marido inteligente deve esquecer as lembranças que outros homens lhe peçam para transmitir à sua mulher. Porque — bem, porque nunca se sabe. Especialmente quando se trata de uma dona de casa. Excluindo os parentes e os comerciantes com quem faz suas compras rotineiras, a pobre criatura conhecida como dona de casa tem bem pouca oportunidade, afinal, de encontrar algum outro homem além do seu cansativo marido. Assim, quando algum homem se dá ao trabalho de mandar-lhe lembranças, essa gentileza lhe dará o que pensar — e para isso, justamente, ela tem tempo de sobra. Não que o homem tenha culpa por sua delicadeza. Pelo amor de Deus, de onde vêm esses bons modos? Nos velhos tempos, o máximo que os homens bem-educados podiam fazer era mandar lembranças a toda uma comunidade feminina nebulosa e anônima. Os bondes de antigamente, com seus compartimentos separados para mulheres, eram bem mais seguros que os de hoje.

Meus leitores sabem perfeitamente que nunca fui casado, que jamais me casarei, e que nunca poderei me casar porque sou jornalista, de modo que a essa altura já devem saber que as minhas primeiras linhas são só isto: uma tentativa de desconcertá-los, as primeiras linhas de um enigma. Quem será essa mulher a quem me dirigi com tanta intimidade? Abracadabra! Este velho cronista quer hoje falar-lhes de sua memória, que a cada dia se enfraquece. Venham comigo, e caminhemos juntos pelo meu jardim secreto, deleitando-nos com a fragrância das rosas que, como eu, entraram em seu declínio. Mas não se aproximem demais; permaneçam por favor a uma distância razoável, para que eu possa continuar executando meus truques simples sem que percebam os movimentos das minhas mãos.

Uns trinta anos atrás, no início da minha vida de jornalista, eu era repórter em Beyoğlu e costumava correr o bairro de porta em porta à procura de notícias. Teria havido algum novo crime de morte num daqueles cabarés baratos, envolvendo talvez bandidos ou traficantes de haxixe? Ou um caso amoroso que tivesse acabado em pacto de morte? Eu andava de hotel em hotel percorrendo os livros de registro (privilégio pelo qual pagava duas libras e meia por mês aos recepcionistas), para não perder a chegada a Istambul de alguma celebridade estrangeira, ou pelo menos de algum ocidental suficientemente interessante para eu poder apresentá-lo aos meus leitores como uma celebridade. Naquele tempo, o mundo não fervilhava de celebridades como hoje — e nenhuma delas costumava vir a Istambul. As pessoas que eu apresentava como personalidades ilustres aos meus leitores, embora totalmente desconhecidas em seus países, ficavam invariavelmente perplexas e constrangidas quando viam suas fotos no meu jornal. De tempos em tempos, alguém para quem eu previra fama e fortuna de fato fazia sucesso em seu país anos depois: eu rabisquei algumas linhas sobre "a famosa criadora de moda que visitou nossa cidade ontem" e descobri vinte anos mais tarde que, para minha grande surpresa, ela tinha se transformado numa costureira famosa e *existencialista* — mas nem por isso jamais me agradeceu. Como se algum ocidental fosse capaz de gratidão.

Mas voltando à época em que eu perseguia celebridades sem brilho e os gângsteres locais (que hoje descrevemos como a "máfia"): um dia conheci um velho farmacêutico que poderia transformar-se numa fonte interessante. Ele sofria de insônia e perda de memória, as duas doenças que me afligem hoje. Quando esses dois males atingem a pessoa ao mesmo tempo, imaginamos que talvez seja possível usar o primeiro deles (o tempo suplementar de vigília graças à insônia) para atenuar as conseqüências do segundo (ou seja, usar esse tempo para recultivar o jardim da memória). Na verdade, as horas suplementares de vigília só servem para deixá-lo ainda mais estéril. E aquele velho tinha descoberto, assim como também descobri, que durante as noites de insônia todas as suas memórias se apagavam; ele se descobria a sós num mundo sem nome, sem aparência, sem odor e sem cor, em que o próprio tempo se congelara; era, contou-me ele, como "a face oculta da lua" de que falavam as revistas estrangeiras.

Em vez de, como eu, dedicar-se ao cultivo do estilo para cuidar do seu mal, esse velho se refugiou em seu laboratório e inventou um remédio. Ao longo de uma entrevista coletiva convocada para revelar ao público sua nova descoberta — à qual só comparecemos eu e mais outro jornalista, fumante inveterado de haxixe (contando com o farmacêutico, éramos um total de três na sala) —, o farmacêutico ingeriu vários copos de uma poção de cor rosada e finalmente caiu no sono que lhe fugira por tantos anos. Mas a opinião pública, tomada de um certo entusiasmo ao saber que um turco finalmente inventara alguma coisa, nunca chegaria a saber se, tendo se curado da insônia, ele também recuperou o jardim celestial da sua memória, pois o velho farmacêutico não acordou nunca mais. Dois dias mais tarde, enquanto eu contemplava o céu escuro durante seu enterro, não pude deixar de me perguntar do que aquele homem desejava tanto se lembrar. E ainda me pergunto o que seria. À medida que envelhecemos e começamos a descartar parte das nossas memórias, como bestas de carga arriadas pelo peso excedente, quais são as lembranças de que nos livramos primeiro? As menos felizes, as mais pesadas ou as que têm maior facilidade de ir caindo pelo caminho?

Pelo meu lado, esqueci o calor dos raios de sol que atravessavam as cortinas de tule para vir tocar nossos corpos, nos pequenos quartos sempre situados nos mais belos recantos de Istambul. Esqueci diante de qual cinema trabalhava o cambista que se apaixonou pela jovem bilheteira grega que se entrincheirava em seu guichê com o rosto pálido, e depois acabou enlouquecendo. Esqueci os nomes dos queridos leitores que tinham sonhos iguais aos meus e me escreviam para contá-los, no tempo em que eu analisava sonhos para este jornal; e esqueci também os segredos que eu lhes revelava nas minhas cartas de resposta.

Depois de muitos anos, numa noite insone, vosso envelhecido cronista pensava nesses dias perdidos do passado, à procura desesperada de algum galho ao qual pudesse agarrar-se, quando se lembrou repentinamente de um dia aterrorizante que viveu nas ruas de Istambul. O dia em que me vi tomado pelo desejo de um beijo — um desejo que inflamou todo o meu corpo, e toda a alma!

Foi num dos cinemas mais velhos da cidade, numa matinê de sábado em que eu assistia um velho filme policial americano, *Almas perversas* (*Scarlet Street*), mais antigo ainda, talvez, que o próprio cinema, que eu vi na tela um beijo bastante breve. Era um beijo comum, em nada diferente das cenas de amor de outros filmes em preto-e-branco, às quais nossos censores da época concediam um máximo de quatro segundos; e não sei como nem por quê, mas de repente brotou em mim um desejo tão intenso de pousar meus lábios na boca daquela atriz, beijando-a com toda a força, que quase sufoquei de tanta frustração. Eu tinha vinte e quatro anos e nunca beijara uma mulher nos lábios. Já tinha dormido com mulheres em bordéis, mas essas mulheres nunca beijam na boca, e aliás eu jamais quereria beijar seus lábios.

Saí do cinema antes do fim do filme: trêmulo de impaciência, eu sentia quase uma certeza de que, em algum ponto da cidade, havia uma mulher à espera de um beijo meu. Andei — corri — o caminho todo até Tünel, e depois voltei correndo até Galatasaray, onde procurei em vão — como quem tateia em meio às trevas — um rosto conhecido, um sorriso, uma silhueta de mulher. Não tinha uma amiga ou uma parente que eu pudesse visitar em busca de um beijo, e nenhuma esperança de conseguir uma amante — sequer conhecia alguém que pudesse um dia tornar-se minha amante! Lá estava eu, com a impressão de que a nossa cidade superpovoada era um deserto.

De algum modo, fui até Taksim e tomei um ônibus. Tinha alguns parentes distantes do lado da minha mãe que se tinham interessado por nós depois que fomos abandonados pelo meu pai; tinham uma filha dois anos mais nova do que eu, e de vez em quando jogávamos uma partida de damas. Uma hora mais tarde, no exato momento em que eu chegara a Fındıkzade e estava a ponto de bater à porta da sua casa, lembrei que aquela moça que eu sonhara beijar casara-se anos antes. De maneira que foram os pais dela, ambos já falecidos, que me receberam naquele dia. Ficaram um pouco surpresos de me ver; não devem ter entendido por que eu decidira visitá-los de novo depois de tantos anos. Conversamos sobre isso e aquilo (e nem ficaram interessados quando lhes contei que era jornalista: para eles, era um ofício desprezível, que consistia em dar circulação a mexericos); tomamos chá, mordiscamos pãezinhos com gergelim e ouvimos o jogo de futebol no rádio. Tiveram a gentileza de me convidar para jantar, mas murmurei alguma desculpa vaga falando de outros compromissos e me retirei às pressas.

Quando me vi de volta ao frio das ruas, o desejo de ser beijado em nada se atenuara. Meu rosto estava gelado, mas meu sangue e minha carne ardiam, e eu me sentia tomado por um desespero profundo e quase intolerável. Em Eminönü, tomei uma barca para Kadıköy. Um ex-colega dos tempos de liceu morava lá; lembrei que ele me contara as aventuras de uma moça "beijável" que morava na sua vizinhança — uma jovem que se deixava beijar sem exigir o casamento em troca, eis o que quero dizer. Enquanto caminhava na direção de Fenerbahçe, onde ficava a casa do meu amigo, pensei que, mesmo que aquela vizinha tivesse mudado de endereço, talvez ele conhecesse outras moças como ela. Quando cheguei à área onde ele morava, passei em revista quase todas as casas de madeira escura ladeadas de ciprestes, mas não consegui localizar a casa dele. Enquanto vagava em meio àquelas mansões de madeira — quase todas hoje demolidas —, avistei aqui e ali uma janela iluminada, e sempre que via uma luz imaginava uma moça disposta a deixar-se beijar sem passar pelo casamento. Parava diante de cada uma delas, e pensava: "Eis onde mora a moça que poderei beijar nos lábios!". Não era grande a distância que nos separava — só um muro de jardim, uma porta, uma escada de madeira —, mas ainda assim permanecia fora do meu alcance, e eu não conseguia beijá-la. Aquele contato extraordinário, secreto, mágico que todos desejamos, tão misterioso e impossível como um sonho, aquele desejo assustador — como naquele instante parecia próximo, e ao mesmo tempo tão distante!

Na barca que me levava de volta para a metade européia de Istambul, perguntei-me o que aconteceria caso de repente eu beijasse — talvez à força, talvez simulando ter confundido com outra pessoa — alguma das mulheres a bordo, mas, embora não me encontrasse em posição de ser muito exigente, não percebi à minha volta qualquer rosto que pudesse me inspirar a vontade de um beijo. Houve outras ocasiões da minha vida em que, perdido num vazio em meio às multidões de Istambul, experimentei o amargor e o desespero de me encontrar numa cidade deserta, mas nunca com a mesma intensidade do dia de que lhes falo.

Passei horas a fio palmilhando o cimento molhado das calçadas da cidade. Pensava comigo que um dia, depois de ter feito fortuna e conquistado a fama, havia de retornar a essas ruas desertas para encontrar aquilo com que sonhava. Naquele momento, só restava a este cronista voltar para o apartamento que dividia com a mãe, e tentar encontrar algum consolo em Balzac — ou, melhor, nas palavras atribuídas ao pobre Rastignac na tradução do romance para o turco. Naquela época, eu não lia por prazer; como a maioria dos turcos, eu considerava que a leitura era uma obrigação, um meio de adquirir conhecimentos que um dia me poderiam ser úteis. Mas como as minhas leituras poderiam me ajudar a conseguir o que desejava naquele momento? E eis por que, pouco depois de me trancar no quarto, minha impaciência me expulsou de lá. Lembro-me de ter me olhado no espelho do banheiro, pensando que, se tudo o mais desse errado, eu sempre poderia beijar a imagem da minha própria boca, invocando a memória do casal do filme. A imagem dos lábios deles (Joan Bennett e Dan Duryea) não me saía da cabeça. A essa altura, porém, eu já tinha percebido que nem era minha própria boca que eu estaria beijando, e sim apenas o espelho.

Saí do banheiro e encontrei minha mãe sentada à mesa; cercada de moldes e pedaços de chiffon de seda, esforçava-se para acabar a tempo um vestido de noite para sabe-se lá qual rica parente de algum membro distante da nossa família usar num casamento. Conversamos sobre vários assuntos, basicamente sobre meus sonhos — as coisas que eu contava fazer no futuro, minhas esperanças, minhas aspirações —, mas percebi que minha mãe não estava escutando. Compreendi que as minhas palavras não contavam muito para ela; a única coisa a que dava importância era que eu ficara em casa numa noite de sábado, fazendo-lhe companhia. E fui tomado pela raiva. Olhando para ela com irritação, percebi que seus cabelos estavam mais penteados do que de costume; tinha até passado um pouco de batom nos lábios — um vermelho de carro de bombeiros de que ainda me lembro bem. Calei-me e fiquei olhando fixamente para a sua boca, que diziam ser tão parecida com a minha.

"Por que está me olhando desse jeito?", perguntou ela, um tanto alarmada.

Fez-se um longo silêncio. Levantei-me e me aproximei da minha mãe, mas não consegui dar mais do que dois passos; minhas pernas tremiam. Sem conseguir me aproximar mais, comecei a berrar, o mais alto que podia. Não me lembro exatamente do que disse a ela, mas logo nos envolvemos numa das brigas terríveis daquela época. Abandonamos todo medo de sermos ouvidos pelos vizinhos, num desses momentos de fúria e liberdade em que nos sentimos capazes de dizer qualquer coisa um ao outro, quebrar xícaras ou mesmo derrubar a fornalha com um pontapé para sublinhar nossos argumentos.

Quando por fim consegui me afastar e sair intempestivamente da casa, minha pobre mãe estava aos prantos sobre seus retalhos de chiffon de seda, seus carretéis de linha e seus alfinetes importados (os primeiros alfinetes de costura produzidos na Turquia, fabricados pela empresa Atli, só apareceriam em 1976). Vaguei pelas ruas até bem depois da meia-noite. Entrei no pátio da mesquita Süleymaniye, atravessei a ponte Atatürk e voltei para Beyoğlu. Estava fora de mim, sentindo a presença próxima e constante de um espectro que só me falava de ódio e sede de vingança; era como se a pessoa que eu devia ser me perseguisse sem trégua.

Entrei numa leiteria de Beyoğlu e instalei-me a uma mesa, só para não ficar totalmente sozinho. Mas não ousava olhar para ninguém, com medo de me deparar com os olhos de outro homem que, como eu, estivesse ali tentando preencher as horas vazias de sua interminável noite de sábado. Pois as pessoas que são assim se reconhecem instantaneamente umas às outras, e — ah! — como nos desprezamos. Um pouco depois, fui abordado por um casal. O homem começou a me dizer alguma coisa. Vasculhei a memória — quem seria aquele fantasma que emergia do meu passado com seus cabelos brancos? Pois era justamente o meu ex-colega e amigo, cuja casa eu tentara localizar em Fenerbahçe! Estava casado, trabalhava para a companhia estatal de estradas de ferro, seus cabelos embranqueceram precocemente. E sim, ele se lembrava perfeitamente daqueles velhos tempos.

Sabem como acontece em certos encontros com velhos amigos, em que eles às vezes nos constrangem com o entusiasmo excessivo que demonstram

— agindo como se você fosse a pessoa mais interessante do mundo, e aludindo com familiaridade a lembranças e segredos que vocês compartilhariam desde os velhos tempos, só para dar a entender ao amigo ou à mulher que tem ao lado que teve ele também um passado fascinante? Pois foi o que fez esse meu ex-colega, mas não me dei por achado. Não estava disposto a aceitar o papel que ele queria me atribuir, de comparsa das suas reminiscências imaginárias, nem a fazer de conta que ainda vivia preso ao lodo da mesma vida infeliz que ele abandonara tanto tempo antes. Enquanto mergulhava a colher em meu manjar, que sempre preferi sem açúcar, contei-lhe que fazia algum tempo que me casara, que ganhava muito bem e você estava em casa à minha espera; tinha estacionado meu Chevrolet na praça de Taksim, e só caminhara até lá porque você adorava guloseimas e sentira um súbito desejo de comer um empadão de peito de frango, que em lugar nenhum era tão bom quanto o de lá; nós morávamos em Nişantaşı; será que eu podia deixá-los em algum lugar, no meu caminho de volta para casa? Meu amigo agradeceu, explicando que ainda morava em Fenerbahçe. Sempre curioso, fez-me algumas perguntas sobre você, no início tímidas, mas em seguida — depois de saber que você era de boa família — para provar à mulher que era próximo das boas famílias. Não deixei escapar a ocasião: afirmei que ele a conhecia com certeza, e que devia lembrar-se de você. Mas é claro, é claro que ele se lembrava; estava encantado! E lhe mandou lembranças calorosas, com todo o respeito. Quando saíamos da leiteria (eu trazendo na mão seu pedaço de empadão de peito de frango embrulhado em papel), eu o beijei, e depois à sua mulher, afetando as maneiras dos ocidentais distintos que aprendemos no cinema. Que estranhos leitores são vocês, e como é estranho o país em que vivemos.

13. Olhe quem está aqui

Devíamos ter nos conhecido muito tempo atrás...
Türkan Şoray, estrela do cinema turco

Depois de deixar a casa do ex-marido de Rüya, Galip conseguiu encontrar o caminho de volta à avenida por onde chegara até lá. Esperou em vão por um táxi, e não conseguiu parar nenhum dos ônibus intermunicipais que passavam de vez em quando por ele e, com uma determinação incontida, nem reduziam a marcha diante dos seus acenos. Decidiu continuar o caminho a pé, até a estação de Bakırköy. Enquanto abria caminho com dificuldade na neve da calçada, deixou seu espírito vagar: imaginou mil vezes um reencontro acidental com Rüya, depois do qual voltariam juntos para a mesma rotina da sua vida de antes, visto que ela teria ido embora por algum motivo simples e perfeitamente compreensível — tanto que já o teria esquecido, ou quase. Ainda assim, na vida comum para a qual voltavam na sua imaginação, Galip jamais conseguia contar a Rüya que fizera uma visita ao seu ex-marido.

A estação de Bakırköy lembrava uma dessas velhas geladeiras surradas que muitos merceeiros acabam usando como vitrine. No trem em que embarcou uma hora mais tarde, um velho lhe contou uma história que ocorrera com ele quarenta anos antes, numa noite de inverno tão glacial quanto aquela. Durante os anos sombrios de restrições, quando todos temiam que o país pudesse acabar arrastado para a guerra, a unidade da qual o velho fazia parte passou um longo inverno inclemente numa aldeia isolada da Trácia. Certa manhã, receberam uma ordem secreta determinando que a unidade inteira deixasse a aldeia na mesma hora; montaram em seus cavalos e, depois de cavalgarem o dia inteiro, viram-se nos arredores de Istambul; mas não entraram na cidade, e ficaram parados nas colinas que se erguem junto ao Chifre de Ouro. Quando a cidade apagou as luzes para dormir, eles enveredaram pelas ruas escuras, guiados apenas pela luz fria dos lampiões tingidos de azul devido ao medo dos bombardeios; puxando no maior silêncio possível seus cavalos pelas rédeas, sobre as pedras geladas das ruas, entregaram suas montarias ao matadouro de Sütlüce. Em seguida, o velho descreveu a carnificina com todos os seus detalhes sangrentos — os magarefes agitados e impiedosos, os cavalos que desabavam um a um e ficavam estendidos num pânico perplexo enquanto suas entranhas se espalhavam pelas pedras ensangüentadas do calçamento como molas que pulassem para fora do assento rasgado de uma poltrona velha, a estranha semelhança entre o olhar desesperado dos animais que esperavam sua vez e a expressão de culpa que se lia no rosto dos cavalarianos que deixavam a cidade como criminosos, em marcha batida —, mas Galip mal conseguia escutar suas palavras devido ao estrépito do trem.

Não havia táxis no ponto junto à porta da estação de Sirkeci. Galip cogitou em caminhar até seu escritório e passar o resto da noite lá mesmo, mas nesse momento viu um táxi fazendo um retorno, e achou que estava voltando para vir buscá-lo. No entanto, o táxi parou diante de outro homem que estava à espera no meio-fio, um homem em preto-e-branco, que parecia ter acabado de sair de um filme em preto-e-branco com uma pasta na mão. Depois que ele entrou no táxi, o motorista tornou a parar, dessa vez diante de Galip, e disse que poderia levar os dois, ele e o "outro cavalheiro", até Galatasaray. Galip abriu a porta e entrou.

Quando desceu do táxi em Galatasaray, Galip se arrependeu na mesma hora de não ter puxado conversa com o homem proveniente dos filmes em preto-e-branco. Contemplando as barcas muito iluminadas das linhas do Bósforo, amarradas vazias ao embarcadouro de Karaköy, Galip imaginou que poderia ter se virado para o homem e dito: "Meu caro senhor, muito tempo atrás, numa noite de inverno com muita neve, como a de hoje...". Se tivesse começado a história com essas palavras, achou ele, poderia tê-la conduzido facilmente até o fim, e o homem, decerto a teria escutado com todo o interesse.

Diante da vitrine de uma sapataria para mulheres bem ao lado do cinema Atlas (Rüya calçava 36), um homem miúdo aproximou-se dele. Carregava uma dessas pastas de couro sintético que Galip associava aos leitores dos relógios da companhia de gás da cidade. "O senhor se interessa pelas estrelas?", perguntou o homenzinho, que usava o paletó abotoado até o pescoço para fazer as vezes de um sobretudo. Num primeiro momento, Galip o tomou por um confrade do homem que, nas noites sem nuvens, sempre se instalava com seu telescópio na praça de Taksim, cobrando cem libras para permitir aos passantes a visão das estrelas, mas o homem já tinha enfiado a mão na pasta, de onde tirou um álbum. Nas páginas que ele mesmo virava debaixo dos olhos de Galip, sucedia-se uma coleção de fotografias de certas estrelas femininas do cinema turco, todas sensacionais, impressas em papel da melhor qualidade.

Claro que não eram fotos das verdadeiras estrelas do cinema, mas de sósias posando com roupas e adornos parecidos com os que elas costumavam usar e — o mais importante — imitando suas poses, o modo de fumar, a maneira de entreabrir os lábios ou de projetá-los como se esperassem receber um beijo. Em cada página, havia uma fotografia colorida da estrela original, recortada de alguma revista, com o respectivo nome em letras de manchete de jornal; ao seu redor, vinham as fotos em que suas sósias se esforçavam por replicar seus encantos, assumindo as poses mais sedutoras.

Assim que percebeu o interesse de Galip pelas suas fotos, o homenzinho atraiu-o para um beco estreito e deserto que levava à entrada do cinema Novo Anjo, entregando-lhe o álbum para que folheasse à vontade. À luz de uma estranha vitrine onde pernas e braços desmembrados pendiam do teto presos a pedaços de cordão, expondo luvas, meias, bolsas e guarda-chuvas, Galip pôde examinar calmamente as várias Türkan Şoray, acendendo cigarros com um ar de abandono ou na pista de dança, vestindo reveladoras saias com fendas altíssimas; várias Müjde Ar, descascando bananas com o olhar provocante fixo na câmera e exibindo um riso descarado; as Hülya Koçyiğit, com seus óculos, tiravam o sutiã para consertar sua posição, debruçavam-se muito na pia para lavar a louça ou exibiam um olhar lânguido e distante, do qual escorriam lágrimas de desconsolo. O tempo todo, o dono do álbum observava Galip com a máxima atenção; e então, sem aviso, se apoderou bruscamente do álbum, com a mesma destreza de um professor que pilha um aluno com um livro proibido, e tornou a enfiá-lo em sua pasta.

"Quer conhecê-las?"

"Mas onde elas estão?"

"O senhor me parece um cavalheiro correto; venha comigo."

Enquanto caminhavam por transversais mal iluminadas, Galip, instado a definir uma escolha, declarou finalmente que tinha um fraco por Türkan Şoray.

"E ela é a própria, sem tirar nem pôr!", disse o homem da pasta em voz baixa, como se lhe contasse um segredo. "E também vai ficar satisfeita; vai gostar muito do senhor."

Ao lado da delegacia de Beyoğlu ficava um velho edifício de pedra com um letreiro em cima da porta onde ainda se lia uma palavra: COMPANHIA...; enveredaram pelo térreo, e em seguida numa sala mergulhada no escuro que cheirava a poeira e a tecido, onde não se via nem tecido nem máquinas de costura, mas logo ocorreram a Galip as palavras que completavam o letreiro: COMPANHIA DA COSTURA. Atravessando uma porta branca e muito alta, chegaram a uma segunda sala, fartamente iluminada, onde ocorreu a Galip que o proxeneta devia estar à espera de sua paga.

"Türkan!", exclamou o homem, enfiando o dinheiro no bolso. "Türkan, olhe quem está aqui! İzzet veio lhe fazer uma visita!"

As duas mulheres que jogavam cartas em volta de uma mesa olharam para Galip com risinhos. A sala lembrava o palco de um velho teatro abandonado: o ar vertiginosamente sufocante como acontece nos aposentos em que a tiragem da fornalha não é boa, impregnado de perfumes estonteantes e agitado pelo clamor exaustivo de uma canção popular turca muito batida. Estendida num divã com a mesma postura que Rüya assumia para ler seus livros policiais (um dos pés apoiado no alto do encosto), uma mulher que em nada lembrava Rüya nem uma estrela de cinema folheava uma revista de humor. Galip só conseguiu reconhecê-la como uma sósia de Müjde Ar porque o nome MÜJDE AR estava bordado no peito de sua blusa. Um velho vestido de garçom cochilava em frente à televisão, onde uma mesa-redonda discutia a importância da conquista de Istambul para a história universal.

Galip conseguiu perceber uma vaga semelhança entre a mulher de cabelos cacheados e calças jeans e uma atriz americana cujo nome lhe escapava, embora não soubesse dizer ao certo se era aquele o efeito desejado. Um homem entrou por outra porta e parou na frente da falsa Müjde Ar; conseguiu decifrar o nome bordado na blusa, engolindo a primeira sílaba com o ar muito sério de incredulidade dos bêbados e de todos que só se convencem da veracidade dos fatos que vivem depois de vê-los mencionados nas manchetes dos jornais.

Pelo ritmo dos seus passos, Galip adivinhou que a mulher que se aproximava no vestido de oncinha só podia ser Türkan Şoray; era quase graciosa, e provavelmente a que mais se aproximava do seu original. Seus longos cabelos louros lhe caíam por cima do ombro direito.

"Você se incomoda se eu fumar?", perguntou ela, com um sorriso encantador, pondo um cigarro sem filtro entre os lábios. "E pode me dar o fogo?"

Galip acendeu o cigarro dela com seu isqueiro, e a cabeça da mulher desapareceu, envolta numa nuvem de fumaça incrivelmente densa. Seguiu-se um estranho silêncio que a música alta não conseguia quebrar, e quando o rosto da mulher tornou a surgir do meio da fumaça, com seus olhos imensos cercados por cílios muito longos, ela parecia uma santa fazendo sua aparição em cima de uma nuvem; pela primeira vez na sua vida, ocorreu a Galip que ele poderia conseguir dormir com uma mulher que não era Rüya. Entregou mais algum dinheiro ao homem vestido para parecer um gerente que o chamara de İzzet. Subiram uma escada e foram para um quarto, mobiliado com um pouco mais de capricho, no andar de cima. A mulher apagou seu cigarro num cinzeiro que trazia um anúncio do Akbank e tirou um novo cigarro do maço.

"Você se incomoda se eu fumar?", repetiu ela, usando exatamente os mesmos gestos e o mesmo tom de voz de antes. Pôs o cigarro no canto dos lábios, exatamente como antes, e lançou-lhe o mesmo olhar altaneiro acompanhado de um sorriso irresistível. "E pode me dar o fogo?"

Inclinou-se para a frente com uma expressão de expectativa, cuidando de explorar ao máximo os encantos do seu decote, e enquanto ela ficava parada, à espera do isqueiro imaginário, Galip percebeu que aqueles gestos e palavras tinham saído de uma cena de um dos filmes de Türkan Şoray, e que cabia a ele o papel que no filme era de İzzet Günay, o famoso galã. Acendeu o cigarro e, pouco a pouco, os imensos olhos negros cercados pelos longuíssimos cílios tornaram a emergir de uma nuvem de fumaça mais uma vez incrivelmente densa. Como ela conseguiria emitir tamanha quantidade de fumaça da boca, uma nuvem como as que só conseguiam ser produzidas com os recursos de um estúdio?

"Por que você está tão calado?", perguntou a mulher com um sorriso.

"Não estou", respondeu Galip.

"Você tem um ar bem tímido", disse a mulher, simulando curiosidade e irritação. "Ou só está se fazendo de inocente?" E em seguida repetiu a mesma frase, usando exatamente os mesmos gestos e o mesmo tom. Seus enormes brincos roçavam seus ombros nus.

A essa altura, Galip já tinha concluído, a partir das fotos presas na moldura do espelho da penteadeira, que o vestido de oncinha muito decotado nas costas era o que Türkan Şoray usara vinte anos antes, no papel de uma "recepcionista" de bar num filme chamado *Licença para amar*, co-estrelado por İzzet Günay. E reconheceu inclusive algumas das suas falas. (Com a cabeça pendendo de lado, como uma menina mimada e um tanto melancólica, juntando as mãos debaixo do queixo e depois abrindo os braços): "Mas não posso ir dormir agora; depois que bebo o primeiro copo, só penso em me divertir!". (Franzindo a testa como uma tia carinhosa, preocupada com o filho do vizinho): "Fique comigo, İzzet, fique na minha casa até a ponte abrir!". (E, num súbito rasgo entusiasmado de alegria): "Estamos destinados a ficar juntos, meu destino era ficar hoje com você!". (Como uma dama elegante e graciosa): "Muito prazer em conhecê-lo... Muito prazer... Encantada...".

Galip sentou-se na poltrona ao lado da porta enquanto a mulher se instalava na banqueta da penteadeira, parenta próxima da que figurava no filme, escovando seus longos cabelos tingidos de louro. Havia uma foto dessa mesma cena presa à moldura do espelho. As costas da mulher eram realmente belíssimas. E ela se dirigiu ao reflexo de Galip no espelho:

"Devíamos ter nos conhecido muito tempo atrás..."

"Mas nos conhecemos muito tempo atrás", disse Galip, olhando para o rosto da mulher no espelho. "Na escola não nos sentávamos no mesmo banco, mas nos primeiros dias mais quentes da primavera, depois das longas discussões em classe, quando abriam a janela da sala de aula, eu olhava para a vidraça que tinha o efeito de um espelho, por causa do quadro-negro que ficava logo atrás, e via seu rosto, como agora."

"Hmmmm. Devíamos ter nos conhecido muito tempo atrás."

"Nós nos conhecemos muito tempo atrás", disse Galip. "A primeira vez que nos encontramos, suas pernas me pareceram tão finas e delicadas que tive medo de que se quebrassem. Quando você era pequena, tinha a pele áspera, mas quando cresceu, depois que entramos para o liceu, você desabrochou como uma rosa e a pele do seu rosto ficou incrivelmente delicada. Nos dias quentes de verão, quando não agüentávamos mais brincar dentro de casa e nos levavam para a praia, quando parávamos em Tarabya no caminho de volta e caminhávamos pela beira do mar tomando nossas casquinhas de sorvete, usávamos as unhas para riscar palavras no sal que cobria os antebraços um do outro. Eu adorava a penugem do seu braço. Adorava a maneira como suas pernas ficavam muito rosadas com o sol. Adorava seus cabelos, que se espalhavam pelo rosto quando você esticava o braço para pegar alguma coisa na prateleira acima da minha cabeça..."

"Devíamos ter nos conhecido muito tempo atrás."

"Eu adorava as marcas deixadas nas suas costas pelas alças do maiô que a sua mãe lhe emprestava, e a maneira como você puxava um cacho de cabelo, quase sem perceber, quando ficava contrariada; a maneira como você usava o polegar e o dedo médio para retirar da língua os pedacinhos de tabaco que ficavam colados nela quando você fumava cigarros sem filtro; a maneira como você abria a boca assistindo aos filmes no cinema, e o seu costume de ter sempre um prato de amêndoas e grão-de-bico assado ao alcance da mão enquanto lia, comendo sem nem perceber; adorava a sua mania de perder sempre as chaves, e a maneira como franzia os olhos para ver alguma coisa distante, recusando-se a admitir que era míope. E eu a amava também, cheio de medo, quando você mantinha os olhos fixos ao longe, quando eu percebia que você estava muito longe de mim, perdida em seus pensamentos. Eu a amava com verdadeiro terror quando julgava adivinhar seus pensamentos, e mais ainda quando não conseguia adivinhá-los. Ah, meu Deus!"

Julgando perceber uma certa apreensão nos olhos de Türkan Şoray, Galip se calou. A mulher se estendeu na cama, ao lado da penteadeira.

"Venha cá, não quer?", disse ela. "Nada vale tanto assim... Nada, entendeu?" Mas Galip hesitava, e não deixava sua poltrona. "Ou você não gosta de Türkan Şoray?", acrescentou a mulher, com uma ponta de ciúme na voz que Galip não saberia dizer se era verdadeira ou parte da encenação.

"Gosto."
"Gosta da maneira como eu bato os cílios, não gosta?"
"Gosto."
"Então chegue aqui mais perto, querido."
"Vamos conversar mais um pouco."
"Sobre o quê?"
Galip fez uma pausa, e ficou pensando.
"Como você se chama? O que você faz na vida?"
"Sou advogado."
"Eu tive um advogado", disse a mulher. "Ele tomou todo o meu dinheiro, mas não conseguiu recuperar o carro que o meu marido tinha levado, apesar de estar registrado no meu nome. O carro era meu, entende? Meu. Mas agora ele deu para essa puta; um Chevrolet '56. Vermelho como um carro de bombeiros. De que me adiantou um advogado, se ele não conseguiu recuperar o meu carro? Você conseguiria recuperar o meu carro?"
"Acho que sim", disse Galip.
"É mesmo?", disse a mulher, esperançosa. "Sim, acredito que conseguisse. Se você conseguir, eu me caso com você! Você podia me tirar dessa vida — quer dizer, da vida de artista de cinema. Estou cansada da vida de artista. No nosso país, as pessoas não sabem direito das coisas, não entendem que representar é uma arte; para eles, uma atriz de cinema é uma puta, e não uma artista. E eu não sou uma simples atriz, eu sou uma artista, entende?"
"Claro."
"E você se casaria comigo?", perguntou a mulher em tom alegre. "Se você se casasse comigo, podíamos viajar com o meu carro. Quer se casar comigo? Hein? Mas só se me amar de verdade."
"Eu me caso com você, claro."
"Não, não, você é que precisa me pedir. Pergunte se eu quero me casar com você."
"Türkan, você quer se casar comigo?"
"Assim não! Faça o pedido com sentimento; precisa vir do fundo do coração, como no cinema! Antes de tudo, você precisa se levantar; ninguém faz um pedido de casamento sentado."
Galip se levantou de um salto, como se fosse a hora de cantar o hino nacional: "Türkan, você aceita — você aceita se casar comigo?".

"Mas eu não sou mais virgem", disse a mulher. "Eu sofri um acidente."

"Como? Andando a cavalo? Ou descendo pelo corrimão da escada?"

"Não, foi passando a ferro. Você está rindo, mas ontem mesmo um passarinho me contou que o sultão tinha mandado cortar a sua cabeça. Você é casado?"

"Sim, sou casado."

"Os homens que me interessam são sempre casados!", disse a mulher, e sua voz saíra diretamente de *Licença para amar*. "Mas isso não tem a menor importância. O que conta é a empresa nacional de estradas de ferro! Que time você acha que vai ganhar o campeonato turco deste ano? Onde você acha que a situação atual vai parar? Quando você acha que o Exército vai dar um jeito nessa anarquia? Sabe, se você cortasse o cabelo ficaria bem mais bonito."

"Não faça comentários pessoais", disse Galip. "Não está certo."

"Mas o que foi que eu disse?", perguntou a mulher, batendo os cílios com surpresa fingida e abrindo muito os olhos, exatamente como Türkan Şoray. "Só perguntei se você conseguiria recuperar o meu carro se eu aceitasse casar com você. Ou melhor, se você aceitaria casar comigo se conseguisse recuperar o meu carro. Vou lhe dar o número da placa: 34 CG 19... 'Em 19 de maio de 1919, Atatürk partiu de Samsun para libertar a Anatólia!', como diz a marcha. É um Chevrolet '56."

"Fale do seu Chevrolet", disse Galip.

"Falo, se você quiser, mas daqui a pouco vão bater na porta. A sua *visite* já está quase no fim."

"Não precisa falar francês."

"Perdão?"

"Eu não me incomodo com o dinheiro", disse Galip.

"Eu também sou assim", disse a mulher. "Mas meu Chevrolet '56 era da mesma cor que as minhas unhas, exatamente dessa mesma cor. Uma das minhas unhas está quebrada, está vendo? Então talvez o meu Chevrolet também esteja amassado. Antes que o canalha do meu marido desse o meu carro para essa puta, eu vinha para cá toda noite no meu Chevrolet. Mas agora eu só o vejo quando passa por mim na rua — estou falando do meu carro, claro. Às vezes ele aparece numa das esquinas da praça de Taksim, e é outra pessoa que está dirigindo, ou então passa diante do embarcadouro de Karaköy quando estou esperando a barca. Mas cada vez quem está dirigindo é uma outra pessoa. Essa puta adora o carro, dá para ver, e cada dia manda pintá-lo de uma cor diferente. Um dia eu olho e está pintado de marrom-escuro, no outro me aparece coberto de cromados e com faróis novos, e depois da cor de café com leite. Um dia mais tarde, transformou-se num carro de casamento, com guirlandas de flores e uma boneca cor-de-rosa presa no capô, e depois, uma semana mais tarde, adivinhe o quê? Dessa vez vem pintado de preto, trazendo seis policiais de bigode; acredite ou não, virou um carro de polícia. Sem a menor dúvida — inclusive com um letreiro na porta dizendo POLÍCIA. Claro, a cada vez eles trocam de placa, achando que conseguem me enganar."

"Claro."

"Claro", repetiu a mulher. "E todos são homens dela — tanto os vários motoristas quanto cada um dos seis policiais. E será que o corno do meu marido não enxerga o que está acontecendo bem debaixo do seu nariz? Pois é, um belo dia ele foi embora e me deixou, sem mais nem menos... Alguém já fez isso com você? Que dia do mês é hoje?"

"Dia 12."

"Como o tempo voa! Olhe como você me faz falar. Ou está querendo algum tratamento especial? Pode me dizer, não tem problema nenhum, um sujeito assim distinto, gostei muito de você, você tem bastante dinheiro. Você é rico? Ou é dono de uma mercearia, como Izzet? Não, claro que não. Você é advogado. Me peça para adivinhar alguma coisa, senhor Advogado... Está bem, então peço eu. Qual é a diferença entre o sultão e a ponte do Bósforo?"

"Não sei."

"Ou entre Atatürk e o Profeta?"

"Não sei."

"Você desiste depressa demais!", disse a mulher. Olhou-se uma última vez no espelho, levantou-se e sussurrou provocante as respostas no ouvido dele. Em seguida, passou os braços em torno do pescoço de Galip: "Vamos nos casar", murmurou ela. "Vamos escalar juntos o monte Kaf. Vamos ser um do outro. Vamos nos transformar num outro homem, numa outra mulher... Me leve daqui, me leve daqui..."

Beijaram-se, sempre no mesmo espírito de encenação. O que havia naquela mulher que lhe lembrava Rüya? Nada, mas ainda assim Galip sentia-se bem com ela. Quando tornaram a cair na cama, a mulher fez uma coisa que lhe lembrou Rüya, embora não exatamente da mesma forma. Cada vez que a língua de Rüya penetrava em sua boca, Galip tinha a impressão de que, naquele momento, ela se transformava numa outra mulher, uma mulher diferente, e a idéia o atormentava. A língua da falsa Türkan Şoray era maior e mais espessa que a de Rüya, e também mais insistente; quando enfiou sua língua na boca de Galip, não como um gesto de triunfo, mas com delicadeza e de um modo um tanto ligeiro, como se brincasse, Galip também sentiu uma transformação, mas não na mulher que tinha nos braços, e sim nele mesmo, e aquilo o excitou. A mulher o rejeitava, como numa brincadeira, e, a exemplo das mais inverossímeis cenas de amor dos filmes turcos, rolaram na cama de um lado para o outro; primeiro ele ficava por cima, depois ela, e em seguida ele voltava a ficar por cima. "Você me deixa tonta!", disse a mulher, imitando algum fantasma que não estava mais presente e sacudindo a cabeça como se de fato sentisse vertigens. Galip percebeu então que podiam se ver no espelho da penteadeira, e compreendeu por que todas aquelas reviravoltas tinham sido consideradas necessárias. Quando a mulher tirou a roupa e o ajudou a também se despir, Galip acompanhou com os olhos, com prazer, suas imagens no espelho. Depois, contemplaram no mesmo espelho os talentos da mulher, como se ele fosse uma terceira pessoa, como se fossem os membros do júri de uma competição de ginástica avaliando uma candidata entregue à execução dos movimentos obrigatórios — com um certo bom humor, pelo menos. Mais tarde ainda, num momento em que os dois quicavam suavemente na cama e Galip se viu incapaz de olhar no espelho, a mulher murmurou, estremecendo, "Eu e você não somos mais os mesmos". E depois perguntou, "Quem sou eu, quem sou eu?". Mas Galip estava longe demais para lhe dar a resposta que ela esperava. Ouviu a mulher murmurando, "Dois vezes dois, quatro", e depois: "Escute, escute, escute!", sussurrando em seu ouvido uma história sobre algum sultão e os dissabores do seu príncipe herdeiro, como se lhe narrasse um conto de fadas, como se lhe descrevesse um sonho.

"Se eu sou você, e se você é eu, nada mais importa", disse a mulher, enquanto se vestiam. "E o que acontece, se eu sou você e você é eu?" Deu-lhe um sorriso malicioso. "E então, gostou da sua Türkan Şoray?"

"Gostei muito."

"Então me salve dessa vida, me ajude a sair, me tire daqui, me leve com você: vamos juntos para algum lugar, vamos fugir, vamos nos casar, para começar uma vida nova."

Que cena seria aquela, afinal, e de qual filme? Galip hesitou. Talvez fosse realmente isso que aquela mulher queria. Declarou a Galip que não acreditava que ele fosse realmente casado: ela conhecia perfeitamente os homens casados, sabia a diferença. Se eles dois se casassem, se Galip conseguisse recuperar seu Chevrolet '56, eles poderiam fazer muitos passeios pelas margens do Bósforo, parar em Emirgân para comprar *helvah* em folhas, e depois ainda parar em Tarabya, para olhar o mar, antes de encontrarem algum bom lugar para comer em Büyükdere.

"Eu não gosto de Büyükdere", disse Galip.

"Nesse caso, é em vão que você espera por Ele", disse a mulher. "Para você, Ele nunca virá."

"Não estou com pressa."

"Eu sim", disse ela, insistente. "Mas tenho medo de não reconhecer a Ele quando Ele chegar. Tenho medo de ser a última que irá enxergar a Ele, a última de todos."

"E quem é Ele?", perguntou Galip.

A mulher abriu um sorriso misterioso. "Você nunca vai ao cinema? Não conhece as regras do jogo? Essa informação não é para qualquer um. No nosso país, sei de muita gente que morre só por falta de cuidado em conversas como essa. E eu, fique sabendo, quero viver."

Em seguida, ela contava a Galip a história de uma amiga sua que desaparecera misteriosamente, e possivelmente fora assassinada e jogada no Bósforo, quando bateram na porta.

A mulher se calou. Mas quando Galip estava a ponto de sair do quarto, ela sussurrou às suas costas:

"Estamos todos esperando por Ele, todos nós, todos nós; estamos todos esperando por Ele."

14. Estamos todos esperando por Ele

"Tenho paixão por coisas misteriosas."
Dostoievski

Estamos todos esperando por Ele. Faz muitos séculos que esperamos por Ele. É a Ele que esperamos encontrar, nós que, aflitos e extenuados em meio aos passantes da ponte Galata, contemplamos sofridos as águas férreas e cinzentas do Chifre de Ouro; é a Ele que esperamos, nós que atiramos mais alguns galhos finos na fornalha incapaz de aquecer o único aposento onde moramos em Surdibi, ao pé das muralhas; nós que subimos as escadas intermináveis de um certo prédio grego em Cihangir; nós que nos sentamos na *meyhane* de uma cidade distante da Anatólia e, esperando a chegada de um amigo, mergulhamos nas palavras cruzadas de um jornal de Istambul. Aonde quer que nossos sonhos nos levem — ao avião que vemos retratado no mesmo jornal, ou a um salão muito iluminado, onde uma linda mulher nos cairá nos braços —, é a Ele que esperamos. É a Ele que esperamos ainda enquanto caminhamos melancólicos pelas calçadas cobertas de lama, carregando as compras embrulhadas em jornais que cem pares de olhos já percorreram, ou enfiadas em sacolas de plástico que conferem um odor sintético às maçãs que contêm, ou em bolsas de barbante trançado que nos deixam fundas marcas arroxeadas nas mãos e nos dedos. Esperamos por Ele quando voltamos dos cinemas onde acabamos de ver, com um prazer inesgotável, as aventuras de homens de cabelos compridos que quebram vitrines toda noite de sábado e de beldades internacionais cada uma mais linda que a outra; é a Ele que esperamos quando voltamos para casa da rua dos bordéis, onde dormimos com prostitutas que só fizeram acentuar nossa solidão; das *meyhanes* onde nossos amigos zombaram impiedosamente de nós por causa das nossas pequenas manias, ou ainda na casa de nossos vizinhos, a quem agradecemos por nos convidar para ouvir o "Grande Teatro" no rádio, muito embora não tenhamos conseguido escutar nada porque seus filhos turbulentos se recusavam a ir para a cama. Alguns de nós afirmam que Ele fará Sua primeira aparição em algum ponto nas ruas secundárias — numa esquina isolada de um bairro pobre, onde a escuridão reina desde que uns moleques espatifaram o lampião com atiradeiras. Outros dizem que irá surgir em frente dessas lojas ímpias onde os infiéis vendem bilhetes de loteria, revistas de mulher nua, brinquedos, cigarros, camisinhas, todo tipo de quinquilharias. Mas onde quer que Ele finalmente decida emergir, seja nas cozinhas dos restaurantes onde crianças pequenas moldam bolinhos de carne moída doze horas por dia ou em algum dos cinemas em que milhares de órbitas se congregam no desejo ardente de se transformar num olho único, ou ainda numa encosta verde onde pastores inocentes como anjos se vêem enfeitiçados pelos ciprestes que oscilam ao lado dos cemitérios, todos pelo menos concordamos que, quando acabar essa espera infindável — tão longa quanto a eternidade e tão breve quanto um piscar de olhos —, o eleito que tiver a sorte de ser o primeiro a ter com Ele irá reconhecê-Lo de imediato e saber, na mesma hora, que o momento da redenção terá chegado.

O Corão só é claro quanto a esse ponto para aqueles que sabem decifrar suas letras (como no versículo 97 da sura Al-Isra e no versículo 23 da sura Al-Zumar, onde se diz que o livro sagrado desceu dos céus "numa escritura em que as várias partes são repetidas", et cetera, et cetera). Segundo o livro *Origens e história*, escrito por Mutahhar Ibn Tabir, de Jerusalém, trezentos e cinqüenta anos depois que o Corão foi revelado, as únicas provas de que dispomos disso são as palavras do Profeta ("Alguém cujo nome, cujo rosto ou cujos atos forem parecidos com os meus mostrará o Caminho") e os testemunhos de uma ou outra *hadith*. Avançando mais trezentos e cinqüenta anos ainda, encontramos Ibn Batuta fazendo uma rápida alusão a respeito em seu *Livro das viagens*, quando nos fala que os xiitas de Samarra se preparam para o momento em que Ele há de surgir com todo um ritual nas passagens subterrâneas situadas além do santuário de Hakim al-Wakt. Trinta anos mais tarde, a julgar pelo que Firuz Shah ditou ao seu escriba, milhares de infelizes reuniram-se nas ruas amarelas e empoeiradas de Delhi, convencidos de que chegara o momento em que Ele se revelaria e que, com isso, lhes daria também a saber o mistério das letras. Mais ou menos na mesma época, em seu *Prefácio*, Ibn Khaldun estuda uma a uma as *hadiths* que dizem respeito ao Advento, descartando o que diziam a respeito as fontes xiitas mais radicais, e dá toda a importância a outro aspecto do problema: no mesmo momento em que Ele fizesse Sua aparição no Dia do Juízo, a temível criatura que alguns chamam de Deccal e outros conhecem como Satã — ou ainda como o Anticristo — haveria de surgir também, mas Ele haveria de matá-la antes que acabassem esses dias de apocalipse e redenção.

Mas eis a maior surpresa: embora todos estejamos à espera da Sua chegada, e embora muitos afirmem tê-la profetizado, ninguém — nem o meu prezado leitor Mehmet Yılmaz, que certa vez descreveu uma visão que teve d'Ele num recanto distante da Anatólia; nem o grande Ibn' Arabi, que setecentos anos antes relata ter sido visitado pela mesma visão em seu *A fênix*; nem o filósofo Al-Kindi, que mais de mil anos atrás sonhou que via a Ele comandando uma multidão de fiéis que salvava, retomando Constantinopla dos cristãos; e nem mesmo a caixeirinha que sempre se depara com Ele quando sonha acordada na mercearia de uma rua transversal de Beyoğlu, séculos depois do sonho de Al-Kindi ter se transformado em realidade — nenhuma dessas pessoas, nem uma única alma, jamais imaginou que rosto tem Ele.

Quanto ao Deccal, a esse conseguimos ver com toda a clareza: em *Vidas dos profetas*, al-Bukhari nos conta que é uma criatura com um olho único e a cabeleira vermelha, enquanto na *Peregrinação* diz que seu nome está inscrito em sua face; segundo Tayalisi, o Deccal tem um pescoço muito forte; enquanto Hoca Nizamettin Efendi descreve, no *Tevhid*, a criatura que lhe aparece em Istambul mil anos mais tarde: tem os olhos vermelhos e o corpo coberto de pêlos. Nos meus primeiros anos de repórter, um jornal chamado *Karagöz*, muito popular no interior da Anatólia, publicava uma tira de quadrinhos sobre as aventuras de um guerreiro turco, e sempre que o Deccal entrava em cena para perpetrar mais alguma das suas artimanhas incrivelmente perversas (algumas das quais era eu que sugeria ao desenhista) contra o herói e seus companheiros (pegando-os sempre desprevenidos, envolvidos por exemplo em intrigas amorosas com as beldades de Constantinopla, embora a cidade ainda não tivesse sido conquistada), tinha as pernas e a boca tortas, com uma testa muito alta, um nariz proeminente e um rosto imberbe. Mas enquanto o Deccal nos inspira excessos de imaginação visual, o único escritor que jamais apresentou o Redentor que todos esperamos, em toda a Sua glória, foi o dr. Ferit Kemal em seu romance *Le grand pacha*; escrito em francês e publicado em Paris em 1870, o livro não figura — para tristeza de muitos — no nosso cânone literário.

Assim como é injusto excluir da nossa literatura a única obra que descreve a Ele com extremo realismo, simplesmente porque foi escrita em francês, são deploráveis, e revelam um profundo complexo de inferioridade, as teses — defendidas em revistas antiocidentais como *A Fonte* e *O Grande Oriente* — segundo as quais Dostoievski teria cometido plágio, inspirando-se nessa mesma obra para criar o Grande Inquisidor do seu romance *Os irmãos Karamázov*. Sempre que enveredo por essa saga interminável falando do que o Ocidente teria roubado do Oriente, e o Oriente do Ocidente, ocorre-me a mesma reflexão: se esse reino de sonhos que chamamos de universo não passa de uma casa pela qual vagamos como sonâmbulos, nossas diversas literaturas são como relógios de parede, presos às paredes dessa morada para fazer-nos sentir em casa. Assim:

1. É uma total estupidez afirmar que este ou aquele desses relógios esteja certo ou errado.
2. É igualmente estúpido dizer que um deles esteja cinco horas adiantado em relação a um outro, pois, usando a mesma lógica, poder-se-ia perfeitamente dizer que, na verdade, está sete horas atrasado.
3. Se um desses relógios marca 9h35, e ao cabo de algum tempo um outro também indica que são 9h35, é totalmente absurdo chegar à conclusão de que o segundo está imitando o primeiro.

Um ano antes de comparecer ao funeral de Averroés (Ibn Rushd) em Córdoba, Ibn' Arabi, que ainda havia de escrever mais de duzentas obras sobre o misticismo sufi, encontrava-se em Fez, no Marrocos; foi durante essa sua temporada que ele escreveu um livro inspirado pela visão relatada na sura Al-Isra do Corão, de que falei acima (nota para a composição: se aqui estivermos no alto de uma coluna, favor trocar *acima* por *abaixo!*), ou, mais especificamente, em que se conta que Maomé, transportado uma noite a Quds (Jerusalém), sobe aos céus utilizando uma escada (*mirach*, em árabe) para de lá contemplar o Paraíso e o Inferno. Visto que Ibn' Arabi nos conta em seu livro de que maneira, conduzido por seu guia, percorre os sete céus, o que lá teria visto e as conversas que teria tido com os profetas, e ainda que escreveu esse livro aos trinta e cinco anos (e portanto em 1198), concluir que Nizam, a moça com quem sonhou, era o original de que Beatriz não passa de uma cópia; ou que a verdade esteja com Ibn' Arabi e Dante falasse falsidades; ou que o *Kitab al-Isra ila Makan al-Asra* seja o original e a *Divina comédia* um plágio, é o melhor exemplo do primeiro tipo de estupidez de que falei ainda há pouco.

No século XI, o filósofo andaluz Ibn Tufayl escreveu a história de um menino que, depois de um naufrágio, se vê a sós numa ilha deserta; durante os vários anos que passa ali, além de encontrar uma gazela que o alimenta com seu leite, ele aprende a respeitar a natureza, as coisas do mar, o firmamento, a certeza da morte e as "realidades divinas"; no entanto, qualquer um que chegue à conclusão de que *Hayy Ibn Yakzan* ("O filósofo autodidata") "antecipou" *Robinson Crusoe* por seiscentos anos — ou, ao contrário, que Ibn Tufayl está seiscentos anos "atrasado" em relação a Daniel Defoe porque este último descreve com muito mais detalhe as ferramentas e objetos que figuram em seu romance — estará perpetrando o segundo tipo de absurdo a que me referi.

Em março de 1761, Hacı Veliyyüddin Efendi, um xeque do Islã durante o reinado de Mustafá III, decidiu escrever um longo poema em dísticos, numa inspiração que lhe ocorreu em resposta a uma observação desrespeitosa e inoportuna feita por um amigo indiscreto que tinha ido visitá-lo numa noite de sexta-feira; ao ver uma arca magnífica no gabinete de trabalho do xeque, esse amigo exclamara, "Mas, meu senhor! Sua arca está tão desarrumada quanto seu espírito!". O poema do mestre, baseado numa longa comparação entre sua razão e sua arca de nogueira, pretendia demonstrar que reinava a mais perfeita ordem tanto numa quanto noutra. Sugeria ainda que nossas mentes, assim como a esplêndida arca de fabricação armênia tinha duas portas, quatro prateleiras e doze gavetas, também contam com doze compartimentos em que guardamos as datas, os locais, os números, os escritos e muitas outras coisas a que hoje damos os nomes de *existência, causalidade* e *necessidade*; e embora ele tenha escrito seu poema vinte anos antes que Kant tenha enumerado as doze categorias da Razão Pura, concluir que o filósofo alemão tenha plagiado o poeta turco é um exemplo perfeito do terceiro tipo de estupidez que descrevi acima.

O dr. Ferit Kemal, que compôs uma descrição muito vívida do Grande Redentor que todos esperamos, não teria ficado surpreso se soubesse que, cem anos mais tarde, seus compatriotas só se interessariam por ele devido a uma estupidez desse gênero, pois sua vida transcorreu numa atmosfera de indiferença e esquecimento, que o deixou entregue a si mesmo num silêncio de sonho. Hoje, posso apenas imaginar que seu rosto — nunca fotografado — tivesse a expressão fantasmagórica de um sonâmbulo. Era grande fumador de haxixe. No estudo incriminatório que lhe dedicou Abdurrahman Şeref, intitulado *Os novos otomanos e a liberdade*, ficamos sabendo que, em Paris, também viciou vários dos seus pacientes no consumo de ópio. Foi em 1866 — exatamente um ano antes da segunda viagem de Dostoievski pela Europa — que ele partira para Paris, impelido por um sentimento vago de revolta e pelo apego à liberdade. Escreveu alguns artigos que saíram em dois jornais de exilados, *Liberdade* e *O Repórter*, publicados nessa época na Europa. Aos poucos, os outros Jovens Turcos foram acertando suas diferenças com o governo imperial e voltando um a um para a Turquia, enquanto ele permanecia em Paris. E nesse ponto sua pista se perde. Alude a *Les paradis artificiels* de Baudelaire no prefácio do seu livro, e talvez também tivesse ouvido falar de De Quincey, outro dos meus autores prediletos: é possível, portanto, que ele próprio viesse fazendo experiências com o ópio. No entanto, nas páginas onde nos fala sobre Ele, não há qualquer alusão a práticas desse tipo. Ao contrário, os sinais que encontramos ali revelam uma lógica poderosa e robusta, que muito ainda poderia nos ser útil nos dias de hoje. E, se escrevo esta crônica, é justamente para falar dessa lógica e apresentar, aos oficiais patriotas que servem nas forças armadas de hoje, o poder das idéias irrefutáveis expostas em *Le grand pacha*. No entanto, se quisermos compreender essa lógica, primeiro precisamos apreciar a atmosfera evocada pelo aspecto físico desse livro: imaginem um volume fino, encadernado de azul, impresso num papel amarelo e grosseiro e publicado pela editora Poulet-Malassis em Paris, no ano de 1861: tem apenas oitenta e seis páginas. Imaginem ainda as ilustrações (de autoria do artista francês De Tennielle) que, mais que a Istambul do seu tempo, evocam antes os edifícios, as calçadas e as ruas pavimentadas de pedra que vemos hoje; e que, em vez dos úmidos calabouços de pedra e dos instrumentos primitivos de tortura ainda usados na metade do século XIX, mostra as ratoeiras de concreto que ficamos conhecendo tão bem nos anos recentes, salas em que se pode imaginar um homem pendendo do teto, um interrogador na penumbra, um aparelho de choque elétrico.

O livro começa com a descrição de uma ruela de Istambul no meio da noite. Com a exceção do vigia noturno que golpeia a calçada com seu bastão e dos uivos das matilhas de cães que travam combates nos bairros mais remotos, tudo está em silêncio. Não há luzes acesas por trás dos muxarabiês que cobrem as janelas das casas de madeira. Uma vaga coluna de fumaça se ergue de uma chaminé, misturando-se à bruma leve que recobre os telhados e cúpulas da cidade. Em meio ao silêncio profundo, ouvem-se passos na calçada deserta. Para todos que se preparam para deitar-se em seus leitos gelados envergando camadas e mais camadas de roupas, e para todos que já sonham debaixo de sete colchas, esse barulho estranho e inesperado é um anúncio certo de boas notícias.

O dia seguinte é alegre e ensolarado — não resta nenhum sinal das trevas e da melancolia da noite anterior. Todo mundo reconheceu quem Ele era; todos O identificaram pelos Seus passos. Todos compreenderam que era chegada a hora, que a era de infelicidades, que em seu desespero lhes parecia nunca mais ter fim, se encerra para sempre. Nessa atmosfera de festa, o regozijo é geral. E Ele se encontra no meio da multidão, andando nos carrosséis de cavalos de madeira; inimigos se abraçam e transformam-se em amigos; homens e mulheres trocam gracejos, as crianças devoram maçãs carameladas e algodão-doce, todos dançam ao som das clarinetas e dos tambores. Ei-Lo ali. Mais que um super-homem libertador que conduz os deserdados e oprimidos de vitória em vitória, Ele é o irmão mais velho, que passeia cercado por parentes queridos. Mas a sombra de uma incerteza, de um mau pressentimento, encobre Seu rosto. E enquanto Ele caminha assim pelas ruas da cidade, imerso em Seus pensamentos, Ele é preso e atirado num calabouço de pedra pelos homens do Grande Paxá. O próprio Grande

Paxá vem ter com Ele no meio da noite, de vela na mão; e os dois conversam até o amanhecer.

Quem é esse *Grand Pacha*? Como o autor, prefiro que meus leitores decidam por si mesmos, com toda a liberdade, e por isso não traduzo seu título para o turco. Como se trata de um paxá, podemos supor que seja um importante estadista, um comandante ilustre ou um militar de alta patente. Levando em consideração a lógica do seu discurso, podemos igualmente imaginar que seja um filósofo, um grande homem que tenha chegado à sabedoria, um desses personagens, tão numerosos na nossa história, que põem os interesses do país antes dos seus. Naquela cela, por toda a noite, o Grande Paxá fala e Ele escuta. E eis aqui as palavras e a lógica do Grande Paxá, diante das quais Ele fica mudo.

1. Como todo mundo, também adivinhei na mesma hora quem Tu eras! (Começava assim, o discurso do Grande Paxá.) No entanto, para sabê-lo, não precisei recorrer às profecias que anunciam a Tua aparição, nem aos sinais contidos no Corão ou no firmamento, nem aos segredos das letras e dos números, como os homens vêm fazendo há centenas, milhares de anos. Compreendi quem Tu eras quando pude ler a alegria e o triunfo no rosto de todos. Agora esperam de Ti que acabes com sua melancolia, fazendo-os esquecer sua dor e toda a memória das perdas que sofreram; acima de tudo, eles esperam seguir-Te de vitória em vitória, mas achas mesmo que possas garanti-las? O Profeta, séculos atrás, pode ter conseguido instilar esperança nos corações dos infelizes, pois graças à sua espada ele realmente soube conduzi-los de vitória em vitória. Mas hoje — por mais forte que seja nossa fé — não há como negar que as armas dos inimigos do Islã são mais poderosas do que as nossas. Simplesmente não existe possibilidade de vitória militar! Embora seja verdade que alguns falsos messias surgiram na Índia e na África, criando sérias dificuldades para os franceses e os ingleses, não é verdade também que mais tarde foram esmagados e aniquilados, provocando assim calamidades ainda maiores? (Ao longo de todas essas páginas, comparações de ordem militar e econômica tendem a demonstrar a superioridade do Ocidente não só sobre o Islã, como também sobre o Oriente em geral, que jamais teria como derrotá-lo. Com a honestidade de um político realista, o Grande Paxá contrasta a riqueza do Ocidente e a miséria do Oriente. E Ele, que não é um charlatão, mas na verdade é Ele por quem temos esperado, só pode admitir

com seu silêncio profundo a realidade do quadro sombrio que o paxá lhe descreve.)

2. Mas essa miséria terrível não significa que nenhuma esperança de vitória possa existir nos corações dos oprimidos (continua o Grande Paxá, muito mais tarde, bem depois da meia-noite). No entanto, não podemos declarar guerra contra o inimigo externo. E quanto aos inimigos internos? Será que a origem dos nossos males não seriam os pecadores, os usurários, os sanguessugas e os déspotas que caminham entre nós, além de todos que simulam a virtude e o temor a Deus? A única maneira que temos de reavivar a esperança de felicidade e vitória nos corações de nossos irmãos sofredores é travar uma guerra contra o inimigo interior — e Tu concordas, não é? Sendo assim, Tu também hás de ver que esse combate não é para ser travado por grandes generais e soldados heróicos, mas por policiais, informantes, carrascos e torturadores. É preciso indicar, aos nossos irmãos desesperados, um culpado pelo seu sofrimento; assim, podem imaginar que, com a eliminação dos responsáveis por sua miséria, o mundo voltará a ser um paraíso. Eis o que nos limitamos a fazer pelos últimos trezentos anos. Para restaurar a esperança de nossos irmãos, estendemos o dedo e lhes indicamos um inimigo interior. E eles acreditam, porque precisam tanto de esperança quanto de pão. Dentre os denunciados, os mais inteligentes e honestos, antes de sofrer o castigo — como entendem a lógica por trás de todo o método —, muitas vezes confessam todos os crimes que tenham podido cometer, chegando mesmo a exagerá-los, pois sabem que assim trazem um pouco mais de esperança para seus irmãos oprimidos. Chegamos até a indultar alguns deles de vez em quanto, para que venham engrossar nossas fileiras, juntando-se a nós na caça aos culpados. Tanto quanto o Corão, a esperança dá sustento não apenas à nossa vida espiritual e moral, mas também à nossa vida terrestre no mundo material. Esperamos que a mão que nos alimenta também nos traga esperança e liberdade.

3. Agora sei que tens a força necessária para aquilo que esperamos de Ti; que o sentimento de justiça que Te anima permitirá que indiques os culpados sem pestanejar, que manterás a firmeza, e cuidarás de propiciar a justiça — mesmo que isso signifique submetê-los à tortura. Porque Tu és Ele. Mas por quanto tempo, depois de reavivares a esperança nos corações dos oprimidos, conseguirás manter viva essa chama vacilante? Com o tempo, todos po-

derão ver que as coisas não melhoraram. E quando virem que seu pão de cada dia continua escasso como antes, as esperanças que Tu lhes tiveres inspirado começarão a se esgotar. Então, os infelizes perderão novamente a fé no Corão, e tanto no mundo de cá quanto no outro; e mais um vez serão tomados por um pessimismo sombrio, pela imoralidade e por um vazio espiritual. Pior, começarão a duvidar de Ti, e a odiar-Te. Os antigos delatores sentirão remorsos pelos homens que entregaram aos Teus torturadores e zelosos carrascos; os carcereiros e policiais ficarão tão cansados do absurdo da tortura que começarão a questionar se ela funciona, a tal ponto que nada mais despertará seu interesse; nem os métodos mais recentes nem a esperança que Tu terás tentado despertar nesses homens. Em pouco tempo, concluirão que todas as suas vítimas infelizes, todos os que fizeram pender dos cadafalsos como cachos de uvas humanos, foram sacrificados por nada. Tu deves compreender que não acreditarão mais em Ti, e nem nas histórias que puderes contar-lhes. O pior, no entanto, ainda não é isso: no dia em que não houver mais história em que possam acreditar, cada um deles começará a inventar uma, cada um deles terá sua história própria e irá querer contá-la. Nas ruas imundas das cidades superpovoadas, nas praças cobertas de lama e sempre maltratadas, milhões de miseráveis irão vagar com passos de sonâmbulo. Cada um levará sua própria história, que carregará em torno da cabeça como uma auréola de infelicidade. A essa altura, aos olhos deles, não serás mais Ele, mas terás Te transformado no Deccal, com quem Te confundirão. É nas histórias dele que irão acreditar, em vez de crer nas Tuas. O Deccal poderei ser eu, que terei conquistado uma vitória, ou qualquer outra pessoa. E ele dirá aos outros que Tu os vem enganando há muitos anos, que só lhes contas mentiras em vez de trazer-lhes esperanças; que, na verdade, és Tu o Deccal. E talvez isso nem seja necessário. A essa altura, pode ser que o próprio Deccal, ou outro pobre coitado convencido de que Tu o enganaste por anos a fio, já Te tenha encurralado em algum beco e esvaziado a arma em Ti, no corpo que por tanto tempo julgavam imortal. Assim, por teres passado tantos anos trazendo-lhes esperanças, por teres passado tantos anos a enganá-los, um dia teu cadáver será achado estendido numa dessas calçadas imundas e pegajosas, numa dessas ruas cobertas de lama, com as quais Te terás acostumado a ponto de criar-lhes amor.

15. Histórias de amor de uma noite de neve

Homens desocupados, amadores de histórias e contos de fadas...
Rumi

Pouco depois de deixar o quarto da falsa Türkan Şoray, Galip tornou a encontrar o homem com quem dividira um táxi — o mesmo que parecia saído de um filme em preto-e-branco. Galip estava de pé em frente à delegacia de Beyoğlu, tentando resolver aonde ia, quando um carro de polícia dobrou a esquina e encostou no meio-fio, as luzes azuis girando no teto. Pela porta traseira, dois policiais retiraram do carro um terceiro homem que ele reconheceu de imediato, embora a essa altura seu rosto tivesse perdido a aparência do preto-e-branco; a expressão do seu rosto, agora animado, conviria melhor aos matizes desprovidos de inocência da noite azul-marinho. No canto da sua boca, podia-se ver uma pequena mancha vermelho-escura, sangue que ele nem tentava limpar e no qual se refletiam as luzes fortíssimas destinadas a proteger a delegacia de qualquer tipo de ataque. A pasta que ele trazia agarrada junto ao peito no táxi estava agora nas mãos de um dos policiais; embora ele caminhasse de cabeça baixa, com a resignação do criminoso confesso, parecia estranhamente satisfeito. Quando se deparou com Galip parado em frente às escadas na entrada da delegacia, lançou-lhe um breve olhar que exprimia um estranho bom humor, até mesmo um tanto inquietante.

"Boa noite!"

"Boa noite", respondeu Galip em tom hesitante.

"Quem é esse sujeito?", perguntou um dos policiais, apontando para Galip. Mas a essa altura outros policiais já tinham puxado o homem para dentro da delegacia, e Galip não escutou o resto da conversa.

Já passava de uma da manhã quando chegou à avenida; ainda havia gente caminhando pelas calçadas cobertas de neve. Numa das ruas paralelas ao jardim do consulado britânico, pensou Galip, existe um café que fica aberto a noite inteira e é freqüentado por intelectuais, e não só pelos novos-ricos vindos do interior da Anatólia para gastar seu dinheiro em Istambul. Rüya vivia descobrindo esse tipo de informação, geralmente em revistas culturais que costumavam falar em tom irônico dos lugares que entravam na moda.

Diante do antigo Hotel Tokatlıyan, Galip encontrou İskender. Pelo seu hálito, dava para adivinhar que tinha bebido uma boa quantidade de *rakı*. Tinha ido buscar a equipe de filmagem da BBC, que estava hospedada no Pera Palace Hotel, para proporcionar-lhes o que chamava de "o tour das mil e uma noites de Istambul" (cães sem dono revirando latões de lixo, vendedores de tapetes e haxixe, barrigudas dançarinas do ventre, os maus elementos da vida noturna etc.), e tinham acabado num cabaré de uma transversal. Em seguida, um sujeito de aparência estranha que carregava uma pasta tinha ficado ofendido com alguma coisa inaudível que alguém — não do seu grupo, mas sentado numa mesa próxima — lhe dissera; finalmente, a polícia tinha chegado e levado o sujeito da pasta pelo colarinho, enquanto outra pessoa fugia pela janela; mas em seguida outras pessoas tinham entrado, ocupado as mesas vazias, e a noite vinha sendo divertida; será que Galip não queria juntar-se a eles? Depois que Galip e İskender tinham percorrido toda a extensão da avenida İstiklâl à procura de cigarros sem filtro, entraram numa transversal; a porta pela qual passaram ostentava um letreiro em que se lia NIGHTCLUB.

Lá dentro, Galip foi recebido por uma mistura de alegria, barulho e indiferença. Um dos membros da equipe inglesa, uma linda mulher, estava contando uma história. O conjunto de música turca clássica guardava os instrumentos para ir embora, e o mágico apresentava um truque, tirando caixas de dentro de caixas e depois mais caixas de dentro das outras. Sua assistente tinha as pernas tortas e, logo abaixo do umbigo, uma cicatriz de cesariana. Era difícil imaginá-la dando à luz um filho diferente do coelho sonolento que tinha nas mãos. Embora o mágico conseguisse manter a atenção do público com o famoso truque do rádio invisível, criado por Zati Sungur, o interesse da platéia caiu novamente quando ele voltou a tirar caixas de dentro de mais caixas.

Na outra extremidade da mesa, a jornalista inglesa contava sua história enquanto İskender a traduzia para o turco. Otimista, Galip, que tinha perdido o início da história, convenceu-se de que o rosto expressivo da mulher o ajudaria a entender tudo. Pelo que pôde perceber, falava de "uma mulher" (e Galip teve a certeza de que se tratava da própria narradora) que procurava convencer o homem que a conhecia e a amava desde os nove anos de idade do poder mágico de uma inscrição que constava na face de uma moeda bizantina que um mergulhador encontrara no fundo do mar; embora a mulher considerasse os sinais mais do que evidentes, o homem estava tão cego de paixão por ela que não conseguia distinguir a fórmula mágica inscrita na moeda, e só era capaz de continuar escrevendo seguidos poemas de amor para ela. "E assim, graças à moeda bizantina recuperada do fundo do mar, os dois primos finalmente se casaram", disse İskender em turco. "Mas enquanto a vida da mulher fora mudada para sempre pelas palavras mágicas gravadas na face da moeda, nas quais acreditou, o homem nem percebeu que elas existiam." A tal ponto que a mulher se vira obrigada a refugiar-se numa torre, onde passara o resto de sua vida sozinha. (Galip imaginou que ela devia ter simplesmente largado o sujeito em questão.) E achou ridículo o silêncio respeitoso com que toda a mesa, ao fim da história, saudou aqueles sentimentos tão "humanos". Talvez fosse errado esperar que os outros, como ele, ficassem satisfeitos em saber que uma linda mulher tinha abandonado um idiota, e talvez sua reação fosse outra se ele tivesse ouvido a história desde o começo, mas aquele "final trágico" (e a resposta afetada a ele) deu-lhe vontade de rir. A única coisa que o comovia em toda a história era a beleza atribuída à tal mulher. A essa altura, porém, Galip já deixara de achar a jornalista linda, e agora ela lhe parecia só simpática.

A maneira como İskender apresentou o homem alto que tomou a palavra em seguida deu a entender que se tratava de um escritor de quem Galip já ouvira falar. Ajustando os óculos, ele explicou aos presentes que, embora sua história tivesse ocorrido com um escritor, ninguém devia imaginar que estivesse falando de si mesmo. Sorria de um modo estranho enquanto falava — com uma tristeza um pouco encabulada, como se tentasse conquistar a compaixão de seus ouvintes — e Galip ficou inseguro quanto à sua sinceridade.

Sua história falava de um escritor que passara muitos anos sozinho em casa, escrevendo romances e novelas que não mostrava a ninguém — e que, aliás, ninguém teria publicado se mostrasse. Tão completamente se entregava ao seu trabalho (que àquela altura nem considerava propriamente um trabalho) que logo tomou gosto por viver a portas fechadas — não porque não gostasse da companhia dos seus semelhantes ou porque reprovasse a maneira como viviam, mas apenas porque se tornara incapaz de afastar-se da sua mesa. Perdera toda a capacidade de viver em sociedade, a tal ponto que, nas raríssimas ocasiões em que saía de casa, ficava tão atordoado com o torvelinho da vida coletiva que era tomado de pânico e acabava refugiado em algum canto, contando os minutos que faltavam até poder voltar à sua tarefa. Depois de passar até catorze horas sentado à sua mesa de trabalho, na hora em que o chamado para as preces matinais se espalhava de minarete em minarete para se esgotar no eco das encostas, ele ia para a cama e sonhava com a mulher que amava havia tantos anos mas que só vira uma vez, e ainda assim por puro acaso. Mas não era por força do que se chama de amor nem de desejo sexual que ele pensava nela. O que sentia era o desejo de um companheirismo de sonho, de um antídoto para a solidão.

Embora admitisse só conhecer do "amor" o que lia nos livros, e que nem achava o sexo uma coisa muito emocionante, muitos anos depois aquele escritor terminara casado com uma mulher extraordinariamente bonita. Mais ou menos ao mesmo tempo, seus livros começaram a ser publicados, mas nem isso nem seu casamento mudou muito sua rotina diária. Ainda passava catorze horas por dia sentado à sua mesa de trabalho, construindo suas frases com a mesma lenta minúcia de antes ou sonhando detalhes para novas histórias com os olhos fixos na folha em branco à sua frente. A única mudança na sua vida foi o paralelismo que começou a sentir entre os devaneios a que costumava se entregar, sempre em torno do amanhecer, e os sonhos que tinha sua mulher linda e silenciosa, tranqüilamente adormecida, a cujo lado ele vinha deitar-se nessa hora. Ao lado do seu corpo adormecido, ele sentia aquela ligação entre os sonhos dos dois, que se fundiam. Respiravam em harmonia, ao ritmo da mesma música silenciosa. O escritor ficou muito satisfeito com sua nova vida; depois de tantos anos sozinho, não achava nada difícil a obrigação de dormir ao lado de outra pessoa; na verdade, adorava entregar-se a devaneios ao som da respiração da mulher, acreditando que os sonhos dela desembocavam nos seus, e os seus nos dela.

Depois que sua mulher o deixou — numa manhã de inverno, sem lhe dar nenhuma explicação —, o escritor passou por um mau bocado. Não conseguia mais sonhar acordado na cama, depois que ouvia o chamado matinal para as preces. Os sonhos, que antes lhe vinham com tanta facilidade e lhe garantiam um sono tão sereno, perderam o brilho e se tornaram inconvincentes. Era como se tentasse escrever um romance mas não conseguisse; sentia nos seus sonhos uma indecisão, uma carência, que insistiam em conduzi-lo para becos sem saída que só confirmavam sua incompetência e aumentavam sua confusão. Nos primeiros dias que se seguiram à partida da mulher, a queda na qualidade dos seus sonhos foi tamanha que o escritor, que antes sempre adormecia ao amanhecer, agora só conseguia dormir bem depois que os primeiros passarinhos começavam a cantar no alto das árvores, os telhados da cidade eram abandonados pelas gaivotas que lá passavam as noites e os caminhões de lixo já tinham passado com grande estrépito, bem como o primeiro ônibus. Pior ainda, essa baixa qualidade dos seus sonhos e seu sono afetava diretamente o que ele escrevia. Ainda que reescrevesse vinte vezes a mesma frase simples, o escritor não conseguia instilar-lhe a menor vida.

Para escapar dessa depressão antes que ela o sufocasse, impôs-se um regime de vida muito estrito, forçando-se a rememorar cada sonho que já tivera, na esperança de que eles o ajudassem a recobrar a paz que antes lhe proporcionavam. Semanas mais tarde, com efeito, depois de um sono calmo e prolongado em que conseguira mergulhar na hora da convocação para as preces matutinas, levantou-se da cama ainda confuso de sono e foi direto para a mesa de trabalho num passo de sonâmbulo. Quando viu a animação e a beleza nas frases que saíam de sua caneta, soube que sua crise finalmente passara, graças a um curioso subterfúgio a que tinha recorrido sem nem perceber.

Como o homem abandonado pela mulher se tornara incapaz de sonhar, curou-se do seu mal evocando primeiro o tempo em que não dividia a cama com ninguém, o tempo em que os sonhos de uma linda mulher jamais vinham entrelaçar-se com os seus. Invocou aquela sua antiga identidade com tanta vontade, e tanta força, que acabou se confundindo com o homem que tinha sido e, recorrendo aos seus sonhos, voltara a ser capaz de acalentar-se e adormecer. Em pouco tempo, acostumou-se a tal ponto com essa vida dupla que ela lhe parecia natural, e não precisava mais de nenhum esforço para sonhar ou escrever. Transformava-se nesse outro homem executando os mesmos gestos, enchendo os mesmos cinzeiros com as mesmas pontas de cigarro, tomando seu café na mesma xícara, indo deitar-se na mesma hora e na mesma cama que ele; conseguia assim adormecer serenamente, transformando-se no fantasma do seu próprio passado.

Quando sua mulher voltou para ele numa outra manhã de inverno, novamente sem lhe dar muita explicação ("estou indo para casa", declarou ela), o escritor tornou a atravessar uma fase ruim. A mesma vaguidão que o perturbava nos primeiros dias depois do seu abandono voltou a atormentá-lo. Despertava com pesadelos do sono em que só conseguia mergulhar a muito custo. Alternava o tempo todo suas duas identidades, a nova e a antiga, trocando uma pela outra como um bêbado que não consegue voltar para casa. Numa dessas manhãs insones, levantou-se da cama, pôs o travesseiro debaixo do braço e foi até seu escritório, que cheirava a poeira e papel e, encolhendo-se no divã do canto, mergulhou prontamente num sono profundo. Depois daquela manhã, o escritor nunca mais dormiu ao lado da mulher, que seguia sonhando em silêncio seus sonhos misteriosos e incompreensíveis; dormia sempre no escritório, perto da sua mesa e dos seus papéis. E assim que abria os olhos, antes que o nevoeiro do sono se dissipasse por completo, sentava-se com toda calma e continuava a escrever suas histórias, que lhe pareciam o prolongamento dos seus sonhos. E foi então que surgiu um novo e aterrorizante problema.

Pouco antes de sua mulher deixá-lo, ele tinha escrito um livro — que seus leitores tomaram por um romance histórico — sobre dois homens incrivelmente parecidos que acabavam por trocar de identidade. Quando, para poder dormir em paz ou escrever com calma, ele se transformava no homem que escrevera aquele romance, só conseguia recuperar sua própria identidade quando retomava com o mesmo entusiasmo essa mesma velha história de dois sósias, pois não lhe era mais possível saber como acabava — não podia conhecer seu próprio futuro! Em pouco tempo, aquele seu mundo — onde tudo copiava outra coisa, onde todas as histórias e pessoas ou eram a imitação de algum outro original ou um original que fora imitado, e onde todas as histórias desembocavam em outras histórias — começou a lhe parecer tão real que o escritor, achando que ninguém iria crer em histórias baseadas em realidades evidentes, decidiu penetrar num mundo irreal, que poderia sentir mais prazer em descrever e no qual seus leitores também poderiam ter prazer em acreditar. A partir de então, enquanto sua linda e misteriosa mulher dormia silenciosa em sua cama, o escritor adquiriu o costume de passar as noites vagando pelos becos escuros dos bairros pobres da cidade, onde todos os lampiões de rua estavam espatifados, explorando antigas passagens subterrâneas dos tempos de Bizâncio e indo aos cafés, às *meyhanes* e aos cabarés freqüentados por marginais e fumadores de haxixe. Quanto mais ele via, mais percebia que tudo na vida dessa cidade era tão real quanto um universo de sonho, o que parecia confirmar que o mundo é um livro. Hipnotizado pelo livro da vida, passava um tempo cada vez maior vagando pelas ruas distantes, encantado em observar os rostos, os sinais e as histórias com que se deparava a cada página virada; seu único medo era não querer voltar nunca mais para junto da linda mulher que dormia em sua cama, e nem para o romance inacabado que jazia esquecido em sua mesa de trabalho.

A história do escritor foi recebida com silêncio, possivelmente porque falava mais da solidão que do amor, e mais da profissão de escritor que da história propriamente dita. E como cada um de nós se lembra de ter sido "abandonado sem motivo" pelo menos uma vez, Galip concluiu que o mais interessante da história seria descobrir os motivos que levaram a mulher daquele escritor a abandoná-lo.

A narradora seguinte foi uma das "recepcionistas" do cabaré, que começou repetindo várias vezes aos ouvintes que sua história era verdadeira. Fazia questão absoluta de que "nossos amigos turistas" acreditassem nisso, porque desejava que sua história servisse de lição e exemplo não só para a Turquia mas para o mundo inteiro. Acontecera num passado recente, e naquele mesmo cabaré onde nos encontrávamos. Depois de muitos anos, dois primos se encontraram por acaso e a chama da paixão infantil que sentiam um pelo outro reavivou-se. Como a moça era "recepcionista" da casa, e o rapaz não passava de "um merda" ("era cafetão", esclareceu a mulher, virando-se para os turistas), não havia a menor questão de honra manchada a vingar nem coisa parecida. Naqueles tempos, reinava uma relativa calma naquele cabaré, assim como no resto do país; quando se encontravam nas ruas, os jovens não matavam uns aos outros, mas trocavam beijinhos, e ninguém remetia bombas para os seus semelhantes — nos feriados, as pessoas se enviavam caixas de bombons. A moça e o rapaz viviam felizes, e apaixonados. Depois que o pai dela teve uma morte súbita, o primo e a prima puderam ir morar sob o mesmo teto, embora continuassem a dormir em camas separadas, esperando impacientemente ("*com quatro olhos*, como dizemos em turco") o casamento.

E o dia tão esperado chegou afinal: cercada por todas as outras "recepcionistas" de Beyoğlu, a noiva foi longamente maquiada e perfumada, enquanto o rapaz, assim que saía do barbeiro onde fora submeter-se a seu escanhoamento nupcial, deparou-se na avenida com uma mulher de beleza extraordinária, por quem ficou fascinado. Precisou de poucos instantes para perder completamente o juízo; foi só depois de levá-lo para o quarto que ocupava no Pera Palace Hotel e entregar-se apaixonadamente a ele que ela lhe revelou finalmente o seu segredo: a infeliz era a filha bastarda da rainha da Inglaterra com o xá do Irã! Sua visita à Turquia fazia parte de uma grande vingança que planejara contra os pais que tinham renegado aquele fruto de uma única noite de amor. O que pedia ao jovem proxeneta era que lhe encontrasse um certo mapa, que fora dividido em dois, contou-lhe ela; uma das metades estava nas mãos da Agência Nacional de Segurança e a outra em poder da MİT, a polícia secreta do Estado.

Ainda inflamado pela paixão, o rapaz deixou o hotel e foi correndo até o clube noturno onde o casamento deveria ter acontecido; àquela altura os convidados já tinham ido embora, mas a moça ainda chorava a um canto. Primeiro ele a consolou, explicando que tinha sido recrutado e precisava dedicar-se a uma "causa nacional". Adiando as núpcias, mandaram avisos a todas as "recepcionistas", dançarinas do ventre, cafetinas, ciganas e empregadas de bordel da área de Sulukule, em Beyoğlu, pedindo-lhes que descobrissem o máximo possível sobre os policiais corruptos que freqüentavam os covis de iniqüidade em que ganhavam o pão de cada dia. No entanto, quando finalmente conseguiram recuperar e reunir as duas metades do mapa, a moça compreendeu que fora enganada — que se deixara iludir, como ocorre com as jovens do seu ofício — pelo seu amado primo que, na verdade, estava apaixonado pela filha da rainha da Inglaterra com o xá do Irã. Enfiando o mapa na taça esquerda do sutiã, juntou como pôde os pedaços do seu coração partido e se isolou num quarto de um bordel de Kuledibi, perto da torre Galata, afamado pela depravação de suas mulheres e freqüentado pelos homens mais viciosos da cidade.

Sob as ordens da princesa má, o primo saiu à sua procura por todos os cantos de Istambul. Mas à medida que percorria rua atrás de rua, foi percebendo que na verdade amava não a caçadora, mas a caça: seu grande amor não era a princesa, mas a prima de quem gostava desde a infância. Quando finalmente ele a encontrou no bordel de Kuledibi, só pode vê-la através de um olho mágico camuflado numa parede; ela estava com um homem rico de gravata-borboleta, que a obrigava a recorrer a todos os truques possíveis para "defender sua virtude". Na mesma hora, ele arrombou a porta com um pontapé e a tirou de lá. Mas uma verruga enorme surgiu em cima do olho que ele colara contra o olho mágico, pelo qual pudera ver — de coração despedaçado — sua bem-amada seminua, a ponto de praticar um boquete; uma verruga que, como o ciúme que lhe ardia no peito, se recusava a desaparecer. E uma verruga idêntica apareceu no seio esquerdo da sua amada! Mais tarde, quando o rapaz foi com a polícia até o Pera Palace a fim de prender a vilã que o tinha desencaminhado, abriu uma gaveta e encontrou as fotografias de milhares de rapazes inocentes que a princesa devoradora de homens havia seduzido e depois fotografado, sem roupa, nas mais comprometedoras posições. Pretendia usar aquela coleção para a chantagem política, e a coisa não ficava só aí; também guardava centenas de livros proibidos, do tipo que eram exibidos junto às fotografias de "terroristas" presos na televisão, além de panfletos com a marca da foice e do martelo, do testamento do último sultão veado do Império e planos para a divisão da Turquia impressos em folhas de papel timbrado com a cruz bizantina. A polícia secreta sabia perfeitamente que aquela mulher tinha vindo à Turquia disposta a contaminá-la secretamente com o vírus da anarquia, e que seus métodos em nada diferiam daqueles que, antes dela, aqui espalharam a sífilis. No entanto, seu álbum de chantagista continha as fotos de vários policiais posando nos trajes em que vieram ao mundo e acenando para a câmera com seus "cassetetes", de modo que o caso foi abafado antes que os jornais pudessem noticiá-lo. Só foram autorizados a divulgar o casamento dos dois primos, com uma foto da cerimônia. A essa altura, a narradora tirou da bolsa um recorte de jornal que fez circular em torno da mesa para que todos vissem a foto na qual ela podia ser reconhecida, muito elegante com seu casaco de gola de raposa e os mesmos brincos de pérolas que usava naquela noite.

Vendo que sua história fora recebida com forte ceticismo, e mesmo um que outro sorriso, a "recepcionista" se aborreceu; reafirmou que tudo era verdade, e virou-se para invocar uma testemunha direta: ocorre que o fotógrafo que tinha tirado todas aquelas fotos perversas das vítimas da princesa estava presente no clube. Quando ele se aproximou da mesa, com seus cabelos grisalhos, a mulher lhe disse que "nossos queridos visitantes estrangeiros" estavam dispostos a deixar-se fotografar, e que ainda lhe deixariam uma bela gorjeta se ele lhes contasse uma bela história de amor. O velho fotógrafo acedeu, e eis a história que contou:

Uns trinta anos antes, pelo menos, uma empregada entrou certo dia em seu pequeno estúdio para convocá-lo a apresentar-se num certo endereço, na avenida de Şişli. Curioso para descobrir por que alguém que morava num endereço como aquele tinha preferido um fotógrafo de boate a um dos seus muitos colegas acostumados a cobrir as festas da sociedade, seguiu até o tal endereço, onde foi recebido por uma linda e jovem viúva que lhe propôs um negócio: estava disposta a pagar-lhe uma soma substancial, contanto que ele concordasse em trazer para ela, ainda na manhã seguinte, cópias de todas as fotos que tirasse nas boates e cabarés de Beyoğlu.

Sentindo que devia haver um caso amoroso por trás daquela proposta, que aceitou sobretudo por curiosidade, o fotógrafo decidiu acompanhar de perto os movimentos e gestos daquela linda morena com as maçãs do rosto um tanto assimétricas. Ao final de dois anos, compreendeu que ela não estava à procura de algum homem que tivesse conhecido, nem de um homem cuja foto já tivesse visto. Dentre as centenas de fotos que ele lhe apresentava a cada manhã, e mesmo dentre aquelas que separava, perguntando se tinha fotografado o mesmo homem por outro ângulo e lhe pedindo que ampliasse esse ou aquele flagrante, tanto os rostos quanto as idades e as feições variavam muito. Foi só muitos anos mais tarde que a mulher — levada talvez por uma certa intimidade criada por aquele segredo compartilhado, ou talvez porque tivesse adquirido confiança nele — confidenciou ao nosso fotógrafo algumas coisas sobre o que buscava.

"Não quero que me traga mais essas fotografias de rostos vazios", disse-lhe ela, "rostos sem expressão, com esses olhares estúpidos. Não vejo nenhum significado neles, não consigo ler nem uma letra!" Quando ela conseguia *ler* (palavra a que dava grande ênfase) alguma coisa num certo rosto, outras fotos do mesmíssimo rosto em poses diferentes já não lhe revelavam mais nada. "Se é só isso que podemos encontrar nas boates, nos cabarés ou nas *meyhanes*, onde as pessoas se juntam para esquecer as suas dores ou a sua melancolia, sabe Deus o quanto deve ser vazio o olhar das pessoas quando estão em seus trabalhos, por trás dos balcões das lojas ou sentadas às mesas dos seus escritórios!"

Houve no entanto duas ou três fotos que despertaram nos dois alguma esperança. Numa delas, que contemplou longamente, a mulher julgou ter lido um certo significado no rosto enrugado de um velho — que mais tarde descobriram ser um joalheiro; mas o significado era muito antigo, já "estagnado". Embora houvesse muito que se pudesse ler nas rugas que percorriam sua testa, além de uma abundância de letras nas bolsas que trazia debaixo dos olhos, tudo aquilo eram apenas ecos de antigos refrões repetidos até se gastar, e seu sentido secreto só lançava alguma luz sobre o passado, não sobre os dias de hoje. Três anos mais tarde, acabaram encontrando um rosto cuja testa inquieta mostrava-se coberta de letras que falavam do mundo atual — um contador, descobriram mais adiante. Passaram algum tempo contemplando aquele rosto atormentado numa ampliação, quando a mulher, numa triste manhã, mostrou-lhe outra fotografia do mesmo rosto, que saíra no jornal daquele dia, debaixo da manchete: HOMEM DÁ DESFALQUE DE 20 MILHÕES. Enquanto ele olhava calmamente para a câmera, enquadrado entre dois policiais de bigode, parecia relaxado; agora que a excitação da idéia de tornar-se um criminoso, de transgredir a lei, tinha passado, seu rosto se mostrava tão vazio quanto o de um carneiro que se conduz ao sacrifício com a pelagem tingida de hena.

A essa altura, claro, todo os presentes, depois de muitos sussurros e sinais de sobrancelhas, tinham concluído que a verdadeira história de amor devia ter acontecido entre o fotógrafo e a mulher. No fim da história do fotógrafo, porém, surgia um novo personagem. Numa manhã fresca de verão, enquanto ele lhe mostrava a fotografia da mesa repleta de um cabaré, ela reparou num rosto com um certo brilho em meio a tantos olhares inexpressivos, e concluiu na mesma hora que não passara aqueles onze anos procurando em vão. Naquela mesma noite, o fotógrafo retornou ao mesmo cabaré e pôde, sem muito problema, tirar muitos outros instantâneos do mesmo rosto jovem e notável em que a mulher tinha lido um significado simples e evidente: era o amor. As três letras que compõem a palavra "amor" em turco, ASK, com o alfabeto latino que acabara de ser introduzido naquela época, liam-se com toda a clareza no rosto daquele homem (que, mais tarde descobriram, tinha trinta e três anos e consertava relógios numa pequena joalheria de Karagümrük). Se não lhe dizia nada, declarou ela ao fotógrafo, é que ele devia estar ficando cego. Os dias seguintes, ela passou trêmula como uma pretendente na primeira visita à casamenteira, suspirando tão profundamente quanto qualquer amante que se sabe derrotada desde o início mas que, ao menor vislumbre de esperança, cultiva fantasias detalhadíssimas da felicidade futura. Ao final de uma semana, centenas de fotos ampliadas do relojoeiro de rosto incrível, obtidas pelo fotógrafo graças a todo tipo de artimanha e sob os mais variados pretextos, cobriam as paredes da sala da casa da mulher.

Uma noite o fotógrafo conseguiu fixar no filme, bem de perto e com muito mais detalhe do que antes, aquele rosto tão impressionante. Mas de uma hora para outra o relojoeiro de rosto angelical deixou de freqüentar aquele cabaré, e nunca mais voltou — o que deixou a mulher fora de si. Ordenou que o fotógrafo fosse a Karagümrük à sua procura, mas o rapaz não se encontrava na relojoaria; e quando seguiu para o bairro onde lhe informaram que o jovem morava, ele não estava no endereço fornecido. Quando voltou à joalheria uma semana depois, a loja estava à venda e o rapaz tinha se mudado. Embora o fotógrafo continuasse a fornecer fotos à mulher "por amor, e não por dinheiro", ela não perdia tempo olhando outros rostos; nem o mais interessante deles lhe dizia nada — só queria saber do relojoeiro. O outono chegou cedo naquele ano, e foi numa manhã de setembro em que o vento soprava especialmente forte que o fotógrafo chegou à casa da mulher com um "exemplar" que lhe parecia digno de interesse, mas o porteiro sempre curioso do prédio lhe comunicou, com um prazer manifesto, que a mulher se mudara e não o autorizara a transmitir seu novo endereço. Abatido, o fotógrafo julgou que aquela história tinha chegado ao fim e uma outra começava talvez para ele, construída a partir das memórias que acumulara até ali.

Mas o verdadeiro final da história só viria muitos anos mais tarde, quando lia o jornal e viu a primeira página tomada pela manchete: ATACADO COM ÁCIDO! Nem o nome, nem a idade nem o endereço da mulher que atirara por ciúme um frasco de vitríolo no rosto do seu amante correspondiam aos da mulher de Şişli; e o marido cujo rosto ela tinha desfigurado com o ácido nítrico tampouco era o relojoeiro, mas um promotor público da pequena cidade da Anatólia de onde viera o despacho. Além disso, nenhum dos outros detalhes que o jornal revelava no artigo tinha qualquer coisa a ver com a mulher que não lhe saíra da mente aqueles anos todos; no entanto, assim que viu a palavra *ácido*, o fotógrafo teve certeza de que aquele era o casal formado pelos dois, que permanecera junto por todos aqueles anos. Tinham se utilizado dele para poderem fugir, e possivelmente fugir de algum outro homem, tão infeliz quanto ele próprio. E compreendeu que tinha chegado à conclusão certa quando descobriu, num jornal dedicado ao escândalo, o rosto corroído pelo ácido, mas feliz, do relojoeiro, livre de todas as suas letras e de todo significado.

Aqui o fotógrafo fez uma pausa para estudar os jornalistas estrangeiros; vendo que aprovavam sua história e a achavam interessante, ele a coroou com um último detalhe, usando um tom que parecia indicar a revelação de um alto segredo militar. Quando (novamente, muitos anos depois) o mesmo jornal tornou a publicar a fotografia do mesmo rosto, afirmando que pertencia à vítima mais recente de um conflito que se eternizava no Oriente Próximo, ela vinha acompanhada de uma legenda que afirmava o seguinte: "*Pelo que dizem, tudo é por amor*".

Ao final da história do fotógrafo, todos os ocupantes da mesa posaram sorridentes para a sua objetiva. Galip conhecia alguns dos jornalistas e produtores ali presentes; havia também um sujeito completamente calvo que lhe pareceu um tanto familiar e, reunidos na outra extremidade da mesa, alguns desconhecidos. Todos pareciam apreciar aquela intimidade casual: como viajantes que acabam na mesma pousada para passar a noite, ou pessoas que precisaram enfrentar juntas algum contratempo sem gravidade, sentiam-se unidos por uma atmosfera amistosa, marcada por algum interesse e curiosidade em relação uns aos outros. O cabaré já estava quase vazio, e em silêncio. As luzes do palco já tinham sido apagadas muito antes.

A essa altura, Galip estava convencido de que fora ali que tinham filmado *Licença para amar*, o filme em que Türkan Şoray fazia o papel de "recepcionista". Chamou o velho garçom e perguntou-lhe se era verdade. Todos que estavam à volta da mesa viraram-se para olhar para ele, e — inspirado talvez pelas outras histórias que ouvira naquela noite — o garçom resolveu acrescentar-lhes mais uma narrativa por sua própria conta.

Não, não era sobre o filme que Galip mencionara, era sobre outra produção que fora realmente filmada ali, e na semana em que fora exibido no cinema Rüya (o cinema Sonho), ele o assistira catorze vezes. Tanto o diretor quanto a linda atriz principal pediram que ele participasse de algumas cenas, e ele aceitara com a maior satisfação. Dois meses depois, quando foi ver o produto acabado, reconheceu que o rosto e as mãos naquelas cenas eram realmente os seus; no entanto, quando aparecia filmado de um ângulo diferente numa outra cena, sentiu um estranho prazer misturado a um certo medo: as costas, as espáduas e a nuca não eram as dele. E ainda havia a voz surpreendente que saía de sua boca: também pertencia a um outro homem que, além disso, ele ainda voltaria a ouvir em outros filmes. Nenhum dos seus amigos ou parentes, porém, pareceu interessar-se por aquelas substituições desconcertantes; e nem percebia a troca que acompanhava certas mudanças de ângulo; acima de tudo, não compreenderam como, através de um pequeno artifício, era fácil para alguém assumir a identidade de outro homem e passar por outra pessoa.

Anos a fio, o velho garçom esperara em vão tornar a ver, num dos cinemas de Beyoğlu que exibiam programas duplos no verão, muitos dos quais incluíam fitas antigas, o filme em que fora figurante. Não para rever sua aparência quando jovem, mas porque achava que, assim, talvez pudesse começar uma vida nova; embora seus amigos e parentes não tivessem percebido o "motivo óbvio", ele tinha certeza de que este não haveria de escapar aos "clientes tão distintos" ali reunidos aquela noite.

Depois que o garçom se afastou, a referida clientela passou um longo tempo tentando descobrir qual seria esse "motivo óbvio". A maioria estava convencida de que era o amor: o amor do garçom por si mesmo, pelo mundo em que ali se via ou até pela própria arte do cinema. Mas a "recepcionista" pôs fim à discussão quando anunciou que o garçom, a exemplo de todos os lutadores de que ela jamais ouvira falar, era veado; já tinha sido surpreendido masturbando-se nu diante de um espelho e molestando os lavadores de pratos na cozinha.

O homem calvo de certa idade que Galip reconhecera vagamente protestou contra aquelas "alegações infundadas" sobre "os praticantes do nosso esporte nacional"; acontece que tinha acompanhado de perto a vida familiar impecável de vários lutadores excepcionais no tempo em que vivia na Trácia. Enquanto enumerava uma longuíssima série de exemplos, İskender debruçou-se e contou a Galip que tinha conhecido aquele velho calvo poucos dias antes, no saguão do Pera Palace Hotel — enquanto corria freneticamente de um lado para outro organizando o programa de atividades da equipe inglesa, e mais especialmente tentando localizar Celâl —, sim, talvez tenha tinha sido na própria noite em que telefonara para Galip. O velho lhe dissera que conhecia Celâl, e que por acaso também estava à sua procura, a fim de resolver um assunto pessoal — motivo pelo qual resolveram somar forças. Esbarrara várias vezes com aquele homem nos dias seguintes, e ele se mostrara muito prestativo, não só na procura de Celâl mas na solução de outras pequenas questões, para as quais recorria a uma vasta rede de amigos — era oficial reformado do Exército. Parecia ter visto ali uma oportunidade para praticar o pouco de inglês que falava, e tudo indicava que vinha apreciando muito os desdobramentos dos fatos. Era obviamente um desses aposentados que dispunham de muito tempo livre e gostavam de fazer-se úteis; queria que as pessoas fossem felizes, e conhecia Istambul como a palma da mão. Depois de fazer seu pronunciamento sobre os lutadores da Trácia, resolveu contar sua interessante história — embora fosse antes um enigma.

Surpresos por um eclipse do sol, os carneiros de um velho pastor decidem voltar sozinhos para a aldeia e, depois de acomodá-los em seu ovil, o pastor volta para casa e encontra a mulher, que amava muito, na cama com o amante. Depois de um breve momento de hesitação, pega uma faca e mata os dois, entregando-se em seguida às autoridades. Quando comparece perante o juiz, sua defesa é muito simples: a mulher que encontrara na cama com o amante não era sua mulher, mas uma pessoa que nunca vira antes. A mulher com quem tinha passado tantos anos de uma vida em comum cheia de amor, a mulher que conhecia e em quem tinha toda confiança, jamais faria uma coisa daquelas; decorria daí que não podia ser ela a mulher naquela cama — assim como fora um outro o homem que a matara. Em circunstâncias normais, aquela desconcertante troca de identidades teria sido uma coisa fora do comum, mas aquele não tinha sido um dia normal: acontecera um eclipse do sol. O pastor estava totalmente disposto a ser condenado pelo crime cometido por essa outra pessoa que tomara conta do seu corpo de uma hora para outra, crime cujos detalhes recordava perfeitamente. Mas insistia em dizer que o homem e a mulher que tinha matado deviam ser vistos como dois malfeitores que tinham arrombado a porta da sua casa para invadi-la e aproveitar-se da sua cama com intenções desavergonhadas. Quando ele acabasse de cumprir sua sentença — qualquer que fosse sua duração —, o pastor tinha a firme intenção de sair à procura da esposa, que não via desde o eclipse do sol; e quando a encontrasse, esperava ele, ela haveria de ajudá-lo a encontrar a identidade que ele também perdera. E qual pode ter sido a sentença do juiz?

Enquanto os demais davam suas respostas ao coronel reformado, Galip pensou que já tinha ouvido aquela história, ou talvez a tivesse lido, mas não conseguia se lembrar de onde ou quando. Houve um momento em que quase se lembrou, e em que achou que lembrava onde já tinha visto aquele velho calvo; enquanto contemplava uma das fotos que o fotógrafo acabara de revelar e trazer-lhes, teve a breve impressão de que iria se lembrar de tudo. Seria capaz de dizer ao ex-militar, pensou ele, quem ele era na verdade; seu rosto podia ser tão difícil de ler quanto os rostos da história do fotógrafo, mas ele haveria de decifrá-lo. Quando chegou sua vez de responder à pergunta, e Galip declarou que, a seu ver, o juiz devia perdoar o pastor, julgou ter percebido o segredo do coronel da reserva escrito em seu rosto. Não era mais a pessoa que começara a contar aquela sua história. O que teria acontecido com ele ao longo da narrativa? O que, naquela história, poderia tê-lo modificado?

Quando chegou sua vez de tomar a palavra, Galip escolheu uma história de amor que um velho e solitário jornalista uma vez lhe contara, afirmando tê-la escutado anos antes, da parte de um outro jornalista. Este último passara a vida inteira sentado em redações de jornais e revistas de Babıali, traduzindo artigos de revistas estrangeiras e escrevendo críticas dos filmes e peças teatrais que estreavam na cidade. Nunca se casara — pois se interessava menos pelas mulheres do que pelas roupas e jóias que usavam — e morava sozinho num apartamento de sala e quarto numa rua transversal de Beyoğlu, tendo por única companhia um gato que parecia ainda mais velho e solitário do que ele. O único abalo que jamais afetou sua tranqüilidade foi causado pela leitura que empreendeu, nos últimos anos de sua vida, do interminável romance em que Marcel Proust se lançou à procura do tempo perdido. Gostou tanto da obra que, quando chegou ao final, voltou direto ao começo para ler tudo de novo até o fim.

A tal ponto o velho jornalista se apaixonou por esse livro que, no início, não parava de falar a respeito com qualquer um que passasse à sua frente; mas jamais encontrou outra pessoa que, como ele, se dispusesse a saborear cada um dos volumes do original em francês; não havia ninguém com quem pudesse compartilhar seu entusiasmo. De maneira que se isolou e começou a rememorar de si para si, cena a cena, essa história que, àquela altura, já tinha relido sabe Deus quantas vezes. A qualquer momento do dia, toda vez que alguma coisa o perturbava, toda vez que precisava lidar com alguma grosseria ou crueldade vinda de indivíduos rudes, insensíveis, ávidos e incultos, ele se repetia, como consolo: "Que diferença faz? Na verdade eu não estou aqui. Estou em casa, na minha cama, sonhando com a minha Albertine que dorme no quarto ao lado, imaginando o que ela fará quando finalmente abrir seus olhos daqui a pouco; escuto com grande alegria seus passos macios enquanto ela vagueia pela casa!". Toda vez que caminhava melancólico por alguma das ruas da cidade, como ocorre com o narrador de Proust, sonhava que uma jovem e bela mulher chamada Albertine, tão jovem e tão bela que a mera idéia de conhecê-la já lhe pareceria no passado o cúmulo da felicidade, encontrava-se em casa à sua espera; e imaginava o que estaria fazendo. De volta ao seu apartamento, e à sua fornalha que nunca produzia muito calor, o velho jornalista rememorava com tristeza as páginas do volume seguinte, em que Proust fala da partida de Albertine, e sentia nos ossos o frio da casa vazia. Relembrava as conversas que ele e Albertine haviam tido ali, o quarto onde tinham rido juntos, a maneira como ela sempre fazia questão de tocar a campainha quando vinha visitá-lo, os cafés-da-manhã que tomavam juntos, os acessos de ciúme a que ele sucumbia com freqüência, os detalhes da viagem que tinham feito juntos a Veneza: ele era ao mesmo tempo Proust e Albertine, sua amante, e sempre acabava com o rosto sulcado de lágrimas de dor e alegria.

Nas manhãs de domingo, sentado em seu apartamento na companhia do gato tigrado, furioso com a grosseria das notícias do jornal ou o incômodo de vizinhos ruidosos, com a insensibilidade de parentes distantes ou com crianças desrespeitosas de língua solta, fazia de conta que tinha encontrado um anel numa das gavetas da sua cômoda velha, e se convencia de que Françoise, a criada, tinha encontrado aquele anel — que pertencia a Albertine — numa gaveta de uma mesinha de pau-rosa onde a ex-amante o esquecera, e então, virando-se para sua criada imaginária, ele lhe dizia, em voz alta o suficiente para ser ouvido pelo gato: "Não, Françoise, não foi Albertine quem esqueceu esse anel, e não faz sentido enviarmos o anel para ela, pois dentro de muito pouco tempo ela estará de volta".

Se o nosso país se encontra num estado tão deplorável, é porque ninguém sabe quem foi Albertine, porque ninguém leu Proust, repetia-se o velho jornalista; no dia em que a Turquia produzisse pessoas capazes de compreender Proust e Albertine, aí sim, talvez aqueles pobres nativos de bigode que via vagando pelas ruas começassem a ter uma vida melhor; só então, em vez de trocarem punhaladas por ciúme ou à menor suspeita, começariam, como Proust, a invocar o rosto das amadas em sonhos mais coloridos que a vida. Era por não terem lido Proust, por não conhecerem Albertine, por nem mesmo saberem que o velho jornalista lera Proust — que, afinal, ele *era* Proust, e ao mesmo tempo Albertine — que todos os escritores e tradutores empregados nos jornais, passando-se por gente culta, eram na verdade tão maldosos e insensíveis.

O que mais impressionava em toda essa história, porém, não era o fato de que o velho jornalista tivesse se identificado a esse ponto com um romancista e um personagem de romance; como todos os turcos que se apaixonam por escritores ocidentais que ninguém mais lê, ao fim de certo tempo ele acabara por se convencer de que, mais do que apenas ler e amar as palavras desse livro, ele próprio o tinha escrito. Mais tarde, acabara desprezando todos que o cercavam, não só porque adorava um livro que nenhum deles nunca tinha lido, mas porque nenhum deles seria capaz de escrever um livro como o seu! Assim, o mais notável não era que o velho jornalista tenha passado anos fazendo de conta que era tanto Proust quanto Albertine, mas que, depois de tantos anos escondendo esse segredo de todos, ele tenha decidido finalmente confiá-lo a um outro cronista.

Talvez o tenha feito porque aquele jovem cronista ocupava um lugar especial no seu coração, pois tinha um certo encanto que lembrava Proust e a linda Albertine: era um belo rapaz com uma sugestão de bigode no lábio superior, compleição forte e clássica, quadris estreitos, cílios muitos compridos e, como Proust e Albertine, era moreno e não muito alto, com a pele aveludada, fina e luminosa de um paquistanês. Mas a semelhança só ia até aí: o interesse do jovem cronista pela literatura européia só ia até Paul de Kock e Pitigrilli; ao ouvir a história dos amores e segredos do velho colunista, sua primeira reação foi cair na gargalhada e, em seguida, anunciar que um dia ainda usaria aquela história numa de suas crônicas.

Ao ver o erro que cometera, o velho jornalista implorou ao jovem colega que esquecesse de tudo, mas o outro fez de conta que não ouvira nada e continuou a rir. Ao voltar para casa aquela noite, o velho entendeu que sua vida estava arruinada: não podia mais ficar na sua casa vazia pensando nos ciúmes de Proust ou nos bons tempos que compartilhara com Albertine, ou perguntando-se por onde ela andaria. Aquela paixão extraordinária e irresistível que ele — e só ele — conhecia em Istambul, aquele amor tão nobre que era sua única fonte de orgulho, e que ninguém conseguira macular, logo seria revelado e apresentado como piada a centenas de milhares de leitores insensíveis. Era como se Albertine, a mulher que adorava havia anos, estivesse prestes a ser estuprada. Aqueles leitores imbecis, que só percorriam o jornal para saber como tinham sido logrados pelo primeiro-ministro ou descobrir quais erros tinham sido cometidos nos programas de rádio dos últimos dias, iriam encontrar, nos jornais que depois usariam para embrulhar o peixe ou forrar suas latas de lixo, o doce nome de Albertine, que ele tanto amara, que lhe despertara tanto ciúme e angústia, cuja partida o reduzira a um homem amargurado e cuja maneira de andar de bicicleta ele jamais esqueceria, desde o dia em que a vira pela primeira vez em Baalbec. A idéia de ver seu nome citado num vil jornal dava-lhe vontade de morrer.

E foi por isso que, num derradeiro rasgo de coragem, ele telefonara ao jovem cronista de pele aveludada e finos bigodes; contou-lhe que julgara que "ele, e só ele" seria capaz de compreender aquela sua paixão singular e eterna, aquele seu sofrimento tão humano, aqueles seus ciúmes infinitos e sem remédio; suplicou que nunca falasse de Proust ou Albertine numa crônica. E ainda reunira a coragem de acrescentar que o jovem não tinha o direito de falar deles em lugar ou em momento algum, "especialmente tendo em vista que você nunca leu nenhum livro de Proust!". "Quem? Que livro? Por quê?", perguntara o outro, que a essa altura já esquecera completamente a história e os amores do colega mais idoso. Este tornou a lhe contar a história toda desde o início, e novamente o jovem cronista respondeu com gargalhadas impiedosas: "Ah, sim, preciso escrever sobre essa história!". Talvez tenha até imaginado que fosse essa a vontade do velho.

E de fato escreveu uma crônica, que mais parecia um conto e descrevia o cronista idoso mais ou menos como ele aparece na história que vocês acabam de ouvir: um velho e infeliz *İstanbullu* que se apaixona pelo personagem principal de um romance ocidental, acabando por se convencer de que ele próprio era aquele personagem e também o autor do livro. Como o jornalista verdadeiro em quem se baseava, o velho cronista da história também tinha um gato tigrado. E sofria muito quando se via ironizado numa crônica de jornal. O velho jornalista da crônica tirada da história do velho jornalista também sentia vontade de morrer quando via no jornal os nomes de Proust e Albertine. E, na história tirada da história tirada da história, os Prousts, as Albertines e os velhos jornalistas que se repetiam infinitamente uns aos outros — num poço sem fundo de histórias dentro de histórias dentro de histórias — vinham atormentar os pesadelos das últimas noites infelizes da vida do velho jornalista. E, quando despertava desses pesadelos no meio da noite, não lhe restava nem mesmo aquele amor que, com suas ilusões, sempre o deixava feliz por ser secreto. Quando arrombaram sua porta, três dias depois da publicação dessa crônica impiedosa, descobriram que o velho cronista morrera em silêncio no sono, asfixiado pelas emanações da fornalha mal ventilada que jamais aquecera direito sua casa. Embora o gato tigrado não comesse nada havia dois dias, não se atrevera a devorar o dono.

Como todas as histórias que a antecederam, a de Galip, embora triste, deixara seus ouvintes de bom humor, graças aos laços que criara entre eles. À medida que a música de um rádio invisível invadia o recinto, vários deles — inclusive alguns dos jornalistas estrangeiros — levantaram-se para dançar com as "recepcionistas" da casa, e continuaram dançando, rindo e se divertindo muito até a hora do fechamento daquele cabaré.

16. Preciso ser eu mesmo

Se você quiser ser alegre, melancólico, caprichoso, sonhador ou cortês, basta encarnar esses estados de alma com todos os gestos.
Patricia Highsmith, *O talentoso Ripley*

Já relatei nesta mesma coluna a experiência metafísica que me ocorreu no meio de uma noite de inverno, vinte e seis anos atrás. Publiquei essa crônica faz onze ou doze anos, não sei dizer com exatidão (pena que não possa recorrer neste momento ao "arquivo secreto" do qual dependo ultimamente, depois que a memória começou a me falhar). De qualquer maneira, depois dessa crônica, que era razoavelmente longa e profunda, recebi um verdadeiro dilúvio de cartas dos meus leitores. Além de muitos descontentes que me condenaram por eu ter me desviado dos meus assuntos costumeiros, tratando de um tema inesperado (por que eu não tinha escrito, como sempre, sobre algum tema de interesse nacional? Por que não tinha escrito, como sempre, sobre a melancolia das ruas de Istambul nos dias de chuva?), emergia desse verdadeiro oceano de queixas anódinas a carta de um leitor que "pressentia", em suas palavras, estar de acordo comigo quanto a "outro tema muito importante". Desejava vir me fazer uma visita o mais rapidamente possível, a fim de podermos conversar sobre "várias questões muito pessoais e de suma gravidade", acerca das quais havia muitos indícios de que tínhamos idéias muito semelhantes.

Já quase me esquecera da carta desse leitor, que exercia a profissão de barbeiro (o que achei bastante fora do comum), quando uma bela tarde ele apareceu em carne e osso na redação do jornal. Era a hora do fechamento, e todos corríamos para terminar nossos artigos a tempo de enviá-los para a impressão; eu realmente não tinha tempo para conversar. Além disso, imaginei que o barbeiro fosse querer passar horas a fio falando sobre seus problemas, e reclamando por eu não lhe ter dado o espaço que julgava merecer nas minhas crônicas. Tentei livrar-me dele pedindo-lhe que voltasse noutra ocasião. Ele lembrou que tinha escrito me avisando daquela visita e que, de qualquer maneira, não teria a oportunidade de "voltar noutra ocasião". Só queria me fazer duas perguntas que, tinha certeza, eu podia responder imediatamente. Impressionado com seus modos diretos, pedi-lhe que me fizesse logo suas perguntas.

"O senhor tem alguma dificuldade para ser quem é?"

Um grupo de colegas meus se formara em torno da minha mesa, esperando talvez testemunhar uma conversa sobre algum tema original ou um momento divertido do qual poderíamos todos rir mais tarde: um punhado de jovens jornalistas que eu ajudava sempre que podia, e mais um gordo e barulhento cronista esportivo de quem todos gostavam pelo seu senso de humor. E então, quando respondi à pergunta do barbeiro, emiti o tipo de gracejo "inteligente" que sempre esperam de mim nesses momentos. O barbeiro escutou aquelas palavras com a mesma atenção que mereceriam caso fossem a resposta que esperava, e em seguida me fez a segunda pergunta.

"Existe algum modo de um homem ser apenas quem é?"

E seu comportamento sugeriu-me que não fazia aquela pergunta apenas para satisfazer sua própria curiosidade, mas a pedido de outra pessoa, a quem serviria de intermediário. Tudo indicava que trouxera a pergunta decorada. Os risos provocados por minha primeira resposta ainda ressoavam no ar; outros colegas, na esperança de diversão, tinham se juntado à platéia, e assim, em vez de iniciar um discurso ontológico sobre a "necessidade de ser quem é" que todo homem vive, o que poderia ser mais natural do que lhe responder com o segundo gracejo que todos à minha volta esperavam com a respiração suspensa? Além disso, uma segunda piada poderia acentuar o efeito da primeira e, esperava eu, transformar todo aquele episódio numa história divertida que as pessoas poderiam contar na minha ausência. Depois que fiz esse segundo gracejo (do qual tampouco me lembro mais), o barbeiro exclamou, "Era bem o que eu esperava!". E foi embora do jornal.

Neste nosso país, só costumamos prestar atenção nas frases de duplo sentido quando esse segundo significado é ofensivo ou humilhante, de maneira que nem me perguntei se porventura teria insultado o barbeiro. Posso até dizer que ele me provocara um certo desprezo, como um leitor muito animado que me reconhecesse num banheiro público e, antes mesmo que eu tivesse tempo de abotoar as calças, me perguntasse se eu acreditava em Deus, ou qual era o sentido da vida.

Entretanto, com o passar do tempo... Haverá talvez leitores que, em vista dessas palavras iniciais, imaginarão que me arrependi da minha grosseria, tendo em vista a justeza da pergunta do barbeiro; pode haver até quem espere me ouvir dizer que ele invadiu meus sonhos e me fazia despertar no meio da noite, roído de remorsos — mas esses são os leitores que não sabem quem eu sou. Nunca mais pensei no barbeiro — exceto uma única vez. E mesmo nessa ocasião, na verdade estava pensando numa outra coisa, dando seqüência a uma reflexão despertada por uma idéia que me ocorrera muitos anos antes de encontrá-lo. Na verdade, nem se pode dizer que fosse propriamente uma idéia: era antes um refrão que me vinha à mente nas mais variadas ocasiões desde a infância, que de uma hora para outra começava a se repetir em meus ouvidos — ou melhor, em meu espírito — depois de brotar das profundezas da minha alma: *Preciso ser eu mesmo, preciso ser eu mesmo, preciso ser eu mesmo...*

À meia-noite de um dia que eu passara com colegas de trabalho e depois com alguns parentes, antes de ir dormir, sentei-me na minha velha poltrona, apoiei os pés na banqueta, acendi um cigarro e ergui os olhos para o teto enquanto exalava a primeira tragada. Todas as pessoas com quem eu estivera naquele dia ainda ressoavam dentro da minha cabeça; os ruídos que produziam, suas palavras, sua fieira infindável de queixas e pedidos, combinaram-se num único som que ecoava em meus ouvidos com a persistência de uma enxaqueca ou, pior, uma dor de dente. Foi nessa ocasião que ressurgiu em contraponto, diria eu, esse refrão tão conhecido que não me atrevo a chamar de pensamento; parecia indicar-me um meio de me livrar do tumulto ensurdecedor das pessoas que me cercavam, refugiando-me no contato com minha voz interior, minhas alegrias e minha tranqüilidade, até com meu próprio cheiro. E ela me repetia: *Seja você mesmo, seja você mesmo, você precisa ser você mesmo!*

E foi então, no meio daquela noite, que finalmente percebi o quanto era feliz de viver afastado da multidão, do caos medonho e ignóbil que os outros (meus antigos professores, nossos políticos, os imãs nos sermões de sexta-feira, minhas tias, meu pai, meus tios, todo mundo) chamam de vida, essa lama para a qual sempre tentam me arrastar, em que esperam que todos chafurdemos. Era tão bom poder vagar sozinho pelo jardim das minhas memórias, longe de suas histórias insípidas e rasteiras, que consegui olhar com afeto para minhas pernas finas e meus pés maltratados, pousados na banqueta à minha frente; cheguei a encontrar motivos para contemplar com indulgência a mão feia e desajeitada que trazia o cigarro aos meus lábios, permitindo-me soprar a fumaça na direção do teto. Finalmente, estava podendo ser eu mesmo! E, como pelo menos naquele momento estava sendo eu mesmo, finalmente podia *gostar* de mim mesmo! E foi nesse momento feliz que meu refrão mudou de tom. E me vi como o idiota da aldeia que repete a mesma palavra a cada pedra do muro da mesquita, como o velho viajante que conta os postes de telefone da janela do trem: repisado com impaciência, meu refrão invadiu com uma intensidade furiosa minha triste sala e todo o mundo real que me cercava. Sob o efeito dessa fúria, não era mais meu refrão, mas minha própria voz que, numa cólera feliz, repetia as mesmas palavras vezes sem conta: *preciso ser eu mesmo*, sem me preocupar com os outros que povoam minha cabeça. Preciso esquecer suas vozes, seu cheiro, seus queixumes, seu amor e seu ódio. *Preciso ser eu mesmo*, repetia-me, enquanto contemplava meus pés que pareciam repousar satisfeitos na banqueta, ou seguindo com os olhos a fumaça que soprara para o alto; se eu não conseguir ser eu mesmo, eu me transformarei na pessoa que *eles* querem que eu seja, e isso eu me recuso a ser; prefiro não ser nada, prefiro nem existir a virar esse indivíduo insuportável. Quando, na minha juventude, eu ia visitar meus tios e tias, eu me transformava na pessoa de quem eles diziam: "Que pena que ele seja jornalista! Mas trabalha tanto que talvez ainda acabe fazendo algum sucesso, se Deus quiser!". Depois de anos e anos esforçando-me para evitar ser essa pessoa, cada vez que eu voltava àquela casa, onde agora meu pai morava com a segunda mulher, o homem já adulto que eu era se transformava na pessoa que, segundo eles, "depois de muitos anos de trabalho duro finalmente conseguira um certo sucesso". Pior ainda, como nem eu mesmo conseguia me ver de outro modo, aquela identidade colava-se a mim como uma segunda pele indesejada de que eu não conseguia me livrar e, sempre que eu me via na companhia deles, surpreendia-me usando palavras que não eram minhas, mas dessa outra pessoa. E à noite, quando voltava para casa, eu me atormentava recapitulando tudo que essa outra pessoa tinha dito e, para poder ser um pouco eu mesmo, repetia-me para mim mesmo, até quase sufocar de tristeza, frases banais como "toquei nesse assunto num artigo bem longo que publiquei esta semana", ou "tratei dessa questão na minha crônica do domingo passado", ou "vou dizer o seguinte a esse respeito na minha crônica de amanhã", ou "terça-feira que vem, discuto longamente essa questão no meu artigo".

Minha existência fervilha de memórias infelizes dessa ordem. A fim de saborear melhor o prazer de ser enfim eu mesmo, confortavelmente instalado em minha poltrona, com os pés apoiados na banqueta, eu evocava uma atrás da outra todas essas ocasiões em que eu não conseguia sê-lo.

Lembro-me, por exemplo, de ter feito todo o meu serviço militar com a fama de ser "aquele sujeito que, mesmo nas piores situações, nunca deixa de fazer piada" — simplesmente porque, desde os primeiros dias, os outros recrutas decidiram que eu era engraçado. Houve ainda um tempo em que eu ia ao cinema para ver filmes ruins — nem tanto para passar o tempo quanto para poder estar sozinho na escuridão da platéia refrigerada — e, durante o intervalo de cinco minutos, assumia o ar de um jovem distraído, "absorto em reflexões profundas, quase sublimes", pois tinha decidido, a julgar pela maneira como os demais desocupados que fumavam seus cigarros olhavam para mim, que me consideravam "um jovem de valor, destinado a um futuro brilhante". Lembrei ainda que, no tempo em que todos nos envolvemos com o planejamento de golpes militares, sonhando diariamente com a tomada do poder, eu me transformara num grande patriota, a ponto de passar noites em claro com medo de que os militares pudessem demorar a entrar em ação, prolongando assim o sofrimento do nosso povo. Pensei nos dias em que, nas casas de *rendez-vous* que eu freqüentava em segredo, eu agia como um homem que perdera a esperança depois de uma tragédia romântica recente, só porque sabia que as putas tratam melhor os infelizes no amor. Ou ainda da época em que, sempre que passava diante de uma delegacia de polícia, fazia o possível para assumir a aparência de um cidadão temente a Deus e respeitador das leis — quando não conseguia atravessar antes para a calçada oposta. Toda vez que eu ia passar o Ano-novo com meus avós, por não ter coragem de enfrentar sozinho essa noite horrenda, eu fingia que gostava de jogar víspora, só para não destoar dos outros presentes. Sempre que me via na presença de mulheres que achava atraentes, eu tentava — em vez de ser eu mesmo — encarnar o personagem que me parecesse agradá-las mais. Conforme o caso, podia passar pelo tipo de homem que só pensa em casamento e na disposição para ganhar a vida, por um sujeito desprendido que só pensa na libertação do nosso país ou ainda por um homem sensível, cansado da indiferença, da incompreensão e da estupidez que reinam em nosso país; houve até ocasiões em que encarnei o clichê horrível do "poeta secreto". E, finalmente, lembrei-me que nunca era eu mesmo quando me sentava na cadeira do barbeiro, para cortar o cabelo a cada dois meses: no salão, eu sempre fazia de conta que era a soma de todas as outras pessoas que fingia ser.

E no entanto, eu sempre ia ao barbeiro para relaxar (e claro que não se trata do barbeiro do começo desta história!). Mas quando me olhava no espelho junto com o barbeiro, para decidir de que maneira cortar meu cabelo, estudando a cabeça debaixo dos cabelos, os ombros, o tronco abaixo deles, compreendia imediatamente que o homem sentado na cadeira e que eu contemplava no espelho era um outro. A cabeça em que o barbeiro tocava quando perguntava o quanto devia cortar na frente, assim como o pescoço que a sustentava, e mais aqueles ombros e aquele tronco não eram meus, mas do jornalista Celâl Bey.

E eu nada tinha a ver com esse homem. E me parecia evidente que o barbeiro também saberia disso, de tão claro que era. Mas ele não via nada. E além disso, como se insistisse em me convencer que eu era de fato "o cronista", ainda me fazia as perguntas que costumam ser feitas aos jornalistas: "Se uma guerra começasse hoje, poderíamos derrotar os gregos?". "É verdade que o primeiro-ministro se casou com uma prostituta?" "O custo de vida está aumentando por causa dos vendedores de frutas e legumes?" Não sei descrever a força misteriosa que me impedia de apresentar minhas próprias respostas a essas questões; era sempre o jornalista, que eu contemplava no espelho com algum horror, quem murmurava suas bobagens costumeiras e supostamente espirituosas: "A paz é uma boa coisa... Não é enforcando algumas pessoas que se pode reduzir os preços...". E assim por diante.

Ah, como eu odiava esse cronista que achava que sabia tudo, até o limite do que conhecia, e que tinha aprendido, com toques de pretensão, a apresentar com um certo humor seus defeitos e imperfeições! Como eu detestava aquele barbeiro que, com suas perguntas, me transformava mais ainda no "cronista Celâl Bey"! E foi passando em revista essas lembranças desagradáveis que lembrei do barbeiro que viera me procurar no jornal para me fazer suas estranhas perguntas.

E então, àquela hora tardia da noite, instalado na velha poltrona que me permite ser o homem que realmente sou, com meus pés apoiados na banqueta, escutei aquele antigo refrão que ressoava na minha cabeça com uma cólera renovada, trazendo-me tantas más recordações, e disse a mim mesmo: "Sim, meu caro barbeiro! É verdade que não permitem que sejamos nós mesmos; não permitem e nunca hão de permitir!". Mas essas palavras, que eu pronunciava com a mesma cadência insistente do meu refrão e a raiva que ele me fazia sentir, mergulhavam-me ainda mais fundo na serenidade que eu tanto desejava e não queria compartilhar com ninguém. E foi nesse momento que enxerguei o sentido que havia nessa história, na visita que o barbeiro me fizera no jornal e me fora lembrada através de um outro barbeiro; naquelas imagens gêmeas que se espelhavam havia um sentido, um certo desígnio, ou até, diria eu, a "simetria misteriosa" de que já falei em outras crônicas e que só meus leitores mais fiéis deverão ter notado. Era um sinal que dizia respeito ao meu futuro; a realização do homem que, ao final de um longo dia e de uma noite movimentada, pode sentar-se sozinho em sua poltrona e voltar a ser ele mesmo, como o viajante que, ao fim de uma jornada repleta de aventuras, volta finalmente para casa.

17. Você se lembra de mim?

Hoje, quando percorro a memória desses dias em busca de consolo, só consigo adivinhar uma verdadeira multidão que avança na penumbra.

Ahmet Rasim

Quando todas as pessoas que contaram suas histórias deixaram o clube noturno, não se dispersaram de imediato; imóveis sob as rajadas de neve, continuaram na rua, olhando uns para os outros como se esperassem alguma nova distração, muito embora não lhes ocorresse nenhuma idéia; era como se tivessem acabado de testemunhar um incêndio ou um crime, decidindo ficar mais algum tempo no local para o caso de ocorrer uma nova calamidade. O velho calvo, agora de chapéu de feltro, dizia, "Mas não podemos ir todos até lá, İskender Bey. Não é um lugar aberto a qualquer um, não têm como receber tantas pessoas ao mesmo tempo. Preferia levar só nossos amigos ingleses. Pode ser interessante para eles, um outro aspecto do nosso país; no mínimo, será uma aula". Virou-se para Galip. "E o senhor, claro, também pode vir, se quiser." Mas enquanto se punham a caminho, na direção de Tepebaşı, juntaram-se a eles duas outras pessoas que se recusaram a ser dispensadas com a mesma facilidade do resto do grupo: uma antiquária e um arquiteto de uma certa idade, com um bigode em forma de escova.

Estavam passando pelo consulado americano quando o homem calvo de chapéu perguntou a Galip, "O senhor já esteve nas casas de Celâl Bey em Nişantaşı e em Şişli?". "Por que quer saber?", perguntou Galip por sua vez, olhando fixo para o rosto do homem, mas incapaz de decifrar o que ele queria dizer. "İskender Bey me disse que você era primo do jornalista Celâl Sadik. Não está procurando por ele? Seria bom se ele pudesse explicar os problemas da Turquia para nossos visitantes ingleses. Finalmente, o mundo se interessa por nós." "Sim, é claro", respondeu Galip. "Você tem os endereços dele?", perguntou o homem de chapéu. "Não", respondeu Galip, "ele não dá esses endereços para ninguém." "É verdade que ele se tranca nesses lugares com mulheres?" "Não", respondeu Galip. "Por favor, não se ofenda", disse o homem. "Foi só um comentário indiscreto que ouvi. As coisas que as pessoas dizem! Quem pode impedir esses mexericos? Especialmente quando o personagem é uma verdadeira lenda, como Celâl Bey! Eu o conheço bem." "É mesmo?" "É, de fato. Uma vez ele me convidou a ir a uma das suas casas em Nişantaşı." "Onde, exatamente?", quis saber Galip. "A casa depois foi demolida, anos atrás. Uma casa de pedra, de dois andares. Ele passou a noite inteira se queixando da solidão. E me disse que eu podia ir visitá-lo sempre que quisesse." "Mas é ele que prefere morar sozinho", disse Galip. "O senhor talvez não conheça Celâl tão bem quanto pensa", disse o homem. "Um pressentimento, alguma coisa me diz que ele precisa da minha ajuda. O senhor tem certeza absoluta de que não conhece nenhum endereço dele?" "Absoluta", respondeu Galip, "mas não é sem motivo que todos pensamos em Celâl; é porque todos encontramos nele uma parte de nós mesmos." "É um homem excepcional!", concluiu o homem de chapéu de feltro. E foi assim que ele e Galip começaram a conversar sobre as crônicas mais recentes que ele publicara.

Caminhavam por uma rua transversal na direção de Tünel; escutando o que lhes pareceu o apito de guarda-noturno soando com uma violência mais comum nos subúrbios, viraram-se para trás no beco estreito, varrendo com os olhos o calçamento coberto de neve e iluminado apenas por uma luz de neon arroxeada; quando enveredaram por uma das ruas que davam na torre Galata, Galip teve a impressão de que os andares mais altos dos edifícios dos dois lados da rua aproximavam-se à sua frente uns dos outros, como as cortinas de um teatro que se fecham lentamente. No alto da torre Galata, as luzes vermelhas indicavam que mais neve era esperada para o dia seguinte. Eram duas da manhã; de algum ponto não muito distante, chegou-lhes o som da cortina de aço de alguma loja sendo fechada.

Depois de contornarem a torre, entraram por uma transversal que Galip nunca tinha visto. Avançavam em silêncio pela calçada em que a neve se transformara em gelo. O homem com o chapéu de feltro bateu na porta vetusta de uma casa pequena de dois andares. Após algum tempo, uma luz se acendeu no piso de cima e uma cabeça azulada apareceu na janela. "Venha abrir a porta, sou eu", disse o homem de chapéu. "Estamos com uns amigos estrangeiros. São ingleses." Virou-se para dar um sorriso encabulado e cheio de culpa para os ingleses.

Na porta havia um letreiro que dizia FÁBRICA DE MANEQUINS MARTE; um homem de uns trinta anos, com o rosto pálido e a barba por fazer, veio abri-la. Tinha os olhos enevoados de sono. Usava calças de malha pretas com uma camisa de pijama de listras azuis. Depois de apertar a mão de cada um dos visitantes, fitando-os nos olhos como se todos fossem membros de uma confraria secreta, conduziu-os até um aposento muito iluminado, cheirando a tinta, em que se viam pilhas altas de caixotes, moldes, latas e várias partes do corpo humano. Enquanto entregava aos visitantes os folhetos que foi pegar num canto da sala, explicou em voz monótona: "Nossa empresa é a fábrica de manequins mais antiga de todos os Bálcãs e do Oriente Próximo. Ao final de cem anos de existência, os resultados que obtemos hoje comprovam o nível atingido pela Turquia nos campos da modernização e da produção industrial. Hoje, além de respondermos por cem por cento da produção de braços, pernas e quadris consumidos em toda a Turquia — ".

"Cebbar Bey", interrompeu-o o homem calvo com uma expressão constrangida, "essas pessoas não vieram ver os manequins em exibição aqui; com sua licença, queriam ver o que o senhor guarda no porão, debaixo da terra: as infelizes criaturas que se acumulam ali, tudo o que faz de nós quem somos, a nossa história..."

Com uma careta, o guia apertou um botão e, enquanto a sala e suas centenas de braços, pernas, cabeças e troncos desapareciam nas trevas, uma lâmpada nua se acendia no pequeno patamar que dava para uma escada. Desceram seus degraus de ferro, todos juntos; foram atingidos por um forte cheiro de mofo, e Galip se imobilizou, aspirando com força o ar úmido. Cebbar Bey aproximou-se dele, com um desembaraço surpreendente.

"Você vai encontrar o que está procurando aqui, não se preocupe!", disse ele com ar conhecedor. "Foi Ele quem me mandou aqui, Ele não quer que ninguém enverede pelos caminhos da perdição!" Galip se perguntou se aquele homem dirigia palavras igualmente enigmáticas a todo mundo.

Chegando à primeira sala, o guia indicou com um gesto os manequins à sua volta e declarou, "Estas são as primeiras criações do meu pai". Na segunda sala, onde outra lâmpada nua iluminava uma variedade de marinheiros, corsários e escribas otomanos observando um grupo de camponeses agachados em torno de uma refeição servida em cima de uma toalha, o guia continuou a sussurrar em tom misterioso. Foi só quando chegaram a uma terceira sala, habitada dessa vez por uma lavadeira, um ateu decapitado e um carrasco munido das ferramentas do seu ofício, que Galip pôde entender o que o guia estava dizendo.

"Cem anos atrás, quando criou as obras que viram na primeira sala, meu avô tinha uma ambição simples, que todos deviam apoiar: os manequins expostos nas vitrines das nossas lojas tinham que ser fabricados levando em conta a aparência do nosso povo — eis tudo o que ele queria. Mas foi barrado por uma conjura poderosa, composta por sua vez de vítimas de uma conspiração internacional histórica que já data de mais de dois séculos."

Desceram mais um lance de escadas, atravessando portas que levaram a mais alguns degraus que, por sua vez, conduziram a um salão onde o teto reluzia com as gotas de umidade infiltrada e uma fieira de lâmpadas nuas pendia do que lembrava um varal de roupa; no salão, havia centenas de manequins.

Entre eles podia-se ver o marechal-de-campo Fevzi Çakmak, que nos trinta anos que servira como chefe do Estado-Maior, obcecado pelo medo de que o populacho pudesse entrar em conluio com o inimigo, cogitou de explodir não só todas as pontes do país como ainda (para que os espiões russos não pudessem usá-los como marcos de referência) demolir todos os minaretes da Turquia; pensou ainda em evacuar Istambul e transformá-la numa cidade fantasma, um labirinto onde seus inimigos se perdessem. Mais adiante, viram camponeses da região de Konya, tão involuídos devido aos casamentos consangüíneos que todos eles — mães, pais, filhas, avós, tios — acabaram exatamente com a mesma aparência; e os mercadores de ferro-velho que andam de porta em porta e no final, sem que nos déssemos conta, desapareceram com todos os antigos objetos que faziam de nós quem éramos. Viram célebres atores de cinema, totalmente desprovidos de personalidade nos filmes em que trabalham, tão incapazes de ser eles mesmos quanto de ser qualquer outro, ou limitados a simplesmente fazer o papel de si mesmos; viram as pobres criaturas deploráveis que dedicavam a vida à tradução e à adaptação, de maneira a poder trazer ao público turco o melhor da arte e da ciência ocidentais; os sonhadores utópicos que, na esperança de transformar as ruas tortas de Istambul numa nova e magnífica rede de bulevares ladeados de tílias, como em Berlim, ou de avenidas que formam estrelas e se ligam por pontes, como em Paris ou São Petersburgo, passaram a vida debruçados sobre os mapas com uma lente e mais tarde — depois de terem imaginado calçadas modernas pelas quais nossos generais reformados, como suas contrapartidas européias, pudessem sair a passeio à noite com seus cães, amarrados em coleiras, para vê-los cagar — morrem sem ter realizado nenhum de seus projetos, a tal ponto que as próprias lápides dos seus túmulos há muito desapareceram; antigos agentes secretos, originalmente da MİT, precocemente aposentados porque, devido a seu apego aos métodos locais e tradicionais de tortura, recusavam-se a modificá-los para se adaptar aos padrões internacionais vigentes; e os vendedores ambulantes que, numa vara atravessada sobre os ombros, carregam as vasilhas onde transportam o iogurte, a *boza* e o atum que vendem. Entre as "Cenas de Café" — que o guia lhes apresentou como "uma linha iniciada pelo meu avô, que meu pai retomou e de que hoje me encarrego eu" — puderam contemplar homens desempregados com as cabeças enterradas nos ombros, e os mais afortunados que, sempre que jogavam gamão ou damas, conseguiam esquecer a época em que viviam e até mesmo quem eles eram; e nossos compatriotas que, sentados com um copo de chá numa das mãos e um cigarro barato na outra, fixam um ponto do infinito, perdidos em reflexões como se tentassem lembrar-se da razão da sua existência, e outros ainda que, entregues a uma grande dor, conseguiam fugir dela através da dedicação doentia aos jogos de cartas ou de dados, ou mesmo aos seus amigos.

"Quando meu avô estava no leito de morte, tinha uma consciência perfeitamente clara do poder das forças internacionais que precisara enfrentar", disse o guia. "Esses poderes estrangeiros pretendiam impedir nosso povo de conservar sua identidade, e para tanto queriam nos privar dos gestos, das atividades e dos movimentos cotidianos que constituem nosso maior tesouro. Expulsaram meu avô das lojas das avenidas de Beyoğlu, das vitrines de İstiklâl. Quando meu pai descobriu que a única herança que meu avô lhe deixava eram os subterrâneos da nossa cidade — sim, os subterrâneos —, ignorava ainda que, desde o começo da sua história, se vinha construindo uma outra cidade no subsolo de Istambul: uma cidade que ele só foi descobrindo com o tempo, à medida que escavava a terra molhada para abrir mais espaço para os seus manequins e encontrava mais e mais galerias subterrâneas."

Enquanto desciam as escadas que levavam a essas galerias, de patamar em patamar, atravessando cavernas enlameadas que mal podiam ser definidas como salas, puderam ver centenas de manequins sem destino. De pé sob a luz das lâmpadas nuas, cobertos com a lama e a poeira dos séculos, às vezes lembravam a Galip seus concidadãos pacientes esperando longamente, em algum ponto que já não é respeitado, um ônibus que nunca chegava, e também a ilusão que ocorria a Galip quando percorria a pé as ruas da cidade — de que todos os infelizes do mundo são irmãos. Viu os vendedores de bilhetes de loteria. Viu estudantes de expressão sarcástica e nervosa. Viu os aprendizes que trabalhavam nas lojas de pistaches, os amadores de pássaros, os caçadores de tesouros. Viu manequins que liam Dante para provar que toda a ciência e toda a arte ocidentais tinham sido roubadas do Oriente, manequins que desenhavam mapas para provar que os minaretes são sinais dirigidos a outros universos, e um grupo de manequins vestidos como estudantes de uma escola corânica e que, tendo sido atingidos por um cabo de alta-tensão e ficado azuis com o choque elétrico, tinham começado a se lembrar de pormenores secundários ocorridos dois séculos antes. Galip percebeu que os manequins estavam agrupados por categorias: pecadores, falsários, vigaristas e pessoas que se tinham transformado em outras pessoas. Viu os esposos infelizes, os mortos que jamais encontraram a paz, os soldados mortos pela pátria levantando-se do túmulo. Viu homens misteriosos com letras inscritas na testa ou por todo o rosto, os sábios que revelaram os segredos desses sinais e os ilustres estudiosos que trouxeram essa tradição até os nossos dias.

Num canto, entre os escritores e artistas mais famosos da Turquia contemporânea, havia até mesmo um manequim de Celâl com a capa de chuva que era sua marca registrada vinte anos antes. O guia explicou-lhes de passagem que seu pai tinha grande confiança em Celâl, a quem revelara "o mistério das letras", mas que em seguida o escritor tinha malbaratado esse mistério em troca de pequenas vantagens pessoais. Uma cópia emoldurada da crônica que Celâl escrevera sobre o pai e o avô do guia vinte anos antes pendia em torno do pescoço do manequim, que parecia assim ostentar sua própria sentença de morte. Como muitos lojistas, aquela família escavara seus subterrâneos sem pedir as licenças necessárias, e enquanto Galip acompanhava o guia, tentando não sufocar com o mofo e a umidade que emanava das paredes, o guia contou aos visitantes como, depois de sofrer incontáveis traições, seu pai depositara toda a esperança no segredo das letras, que tinha descoberto durante suas viagens pela Anatólia, e que tinha traçado essas letras no rosto de seus manequins que mantinha à vista de todos. Nos mesmos dias em que o fazia, continuara cavando, uma a uma, aquelas passagens subterrâneas que caracterizam Istambul. Galip ficou muito tempo parado diante do manequim de Celâl, com seu tronco volumoso, seu olhar suave e as mãos pequenas. "É por sua culpa que não posso ser eu mesmo!", teve vontade de dizer. "É por sua causa que acreditei em todas essas histórias que me transformaram numa outra pessoa." Contemplou longamente o manequim de Celâl, como um filho que estudasse uma boa fotografia antiga do pai. Lembrava-se bem: Celâl comprara o tecido para aquelas calças numa loja de propriedade de um parente distante em Sirkeci; Celâl adorava aquela capa de chuva porque julgava deixá-lo parecido com o detetive de um livro policial inglês, e a costura dos bolsos se desfizera nos cantos devido à força com que Celâl enfiava neles suas mãos. Lembrou-se ainda que fazia anos que não via os cortes deixados pela lâmina de barbear debaixo do lábio ou no pomo-de-adão do primo, e que a caneta enfiada em seu bolso era a mesma que Celâl ainda usava até aquele dia. Galip adorava e temia aquele homem: adoraria estar no seu lugar, e ao mesmo tempo fugia dele; queria encontrá-lo e queria esquecê-lo. Pegou o paletó de Celâl pelas lapelas, como para lhe exigir, de uma vez por todas, a chave do segredo que jamais conseguira decifrar, o segredo que Celâl conhecia mas sempre ocultava, o mistério do outro universo que se esconde em nosso futuro, o meio de escapar desse jogo inicialmente feliz que depois se transforma num pesadelo. Ao longe, escutava a voz do guia, ainda recitando seu roteiro decorado, embora sua voz traísse seu nervosismo.

"Com o tempo, meu pai começou a usar seu conhecimento das letras para gravar nos rostos de seus manequins significados que não eram mais vistos em nossa sociedade, nas ruas ou em nossas casas, e os fabricava com tamanha rapidez que ficamos sem espaço nas salas que tínhamos escavado no subsolo. Assim, não se pode dizer que tenha sido propriamente um acidente termos encontrado, mais ou menos na mesma época, estas galerias que nos ligam aos subterrâneos da história. Meu pai logo entendeu que nossa história só poderia sobreviver debaixo da terra, que a própria vida subterrânea era um sinal do colapso iminente na superfície, que essas galerias que desembocavam umas nas outras abaixo da nossa casa, essas estradas subterrâneas pontilhadas de esqueletos, representavam para nós uma ocasião histórica, uma oportunidade de criar cidadãos que carregassem a sua história, o sentido de suas vidas, gravado em seus rostos."

Quando Galip largou as lapelas de Celâl, o manequim oscilou pesadamente da esquerda para a direita como um soldadinho de chumbo. Galip pensou que nunca iria se esquecer daquela estranha visão, assustadora mas ao mesmo tempo cômica. Deu dois passos para trás e acendeu um cigarro. Com alguma relutância, seguiu o grupo que descia até a entrada da cidade subterrânea, onde, como dizia seu guia, "um dia os manequins seriam tão numerosos quanto os esqueletos".

Lá, o guia indicou uma passagem subterrânea, uma das muitas que os bizantinos, temendo um ataque de Átila, cavaram por baixo do Chifre de Ouro mil quinhentos e trinta e seis anos antes; se você enveredasse por ela com um lampião, disse-lhes o guia em tom de revolta, podia ver esqueletos sentados em cadeiras e mesas cobertas de teias de aranha, montando guarda aos tesouros que tinham escondido dos invasores venezianos setecentos e setenta e cinco anos antes, e enquanto entrava naquelas galerias Galip lembrou que, algum tempo antes, Celâl escrevera uma crônica sobre o enigma que aquelas mesmas imagens, aquelas mesmas histórias, podiam evocar. Enquanto o guia explicava como seu pai, lendo os sinais portentosos do colapso que se aproximava, tinha decidido transferir-se para o submundo, mencionou que, a cada uma das encarnações — Bizâncio, Vizant, Nova Roma, Anthursa, Tsargrad, Miklagrad, Constantinopla, Cospoli, Istin-Poli — da cidade, a civilização anterior refugiara-se em túneis abertos por baixo dela. O que levara à criação de uma espécie de cidade subterrânea, explicou o guia em tom animado, que a cada mudança vingava-se assim do mundo exterior que a obrigara a refugiar-se no subsolo; ouvindo aquilo, Galip lembrou-se de uma crônica em que Celâl comparava os muitos andares dos feios edifícios de hoje a essas várias camadas de civilizações subterrâneas. Num tom cada vez mais enraivecido, o guia continuou, contando como seu pai, convencido de que o mundo chegava ao fim, sonhara povoar com seus manequins cada uma daquelas passagens infestadas de ratos e aranhas, salpicadas de esqueletos e obstruídas por tesouros, para fazer suas criações participarem da gigantesca destruição, do apocalipse inevitável anunciado por aquelas vias subterrâneas; sim, era esse sonho de destruição que tinha dado um novo sentido à vida do seu pai, e agora era ele próprio que seguia seus passos, cobrindo o rosto de cada manequim com as letras que lhe davam um sentido secreto.

Galip imaginou que aquele homem acordava cedo para ser o primeiro a comprar um exemplar do *Milliyet* e ler a coluna de Celâl com uma impaciência zelosa e a mesma voz irada. E quando o guia anunciou que os visitantes dispostos podiam continuar por aquele túnel inimaginável onde, através do véu de colares e pulseiras de ouro que pendiam do teto, se viam, muito juntos uns dos outros, os esqueletos dos bizantinos que, tomados pelo pânico, tinham procurado debaixo da terra um refúgio quando a cidade foi sitiada pelos abássidas, e dos judeus que ali se esconderam dos cruzados, Galip concluiu que seu guia lera de fato atentamente as colunas mais recentes de Celâl. O guia explicou ainda que iriam deparar-se com esqueletos dos mercadores de Gênova, Pisa e Amalfi que tinham conseguido fugir setecentos anos antes quando os bizantinos massacraram os italianos da cidade, que na época eram seis mil, ao lado dos esqueletos, velhos de seiscentos anos, dos fugitivos da Peste Negra trazida para a cidade por um navio vindo do mar de Azov — sentados lado a lado em torno de mesas trazidas para debaixo da terra durante o sítio de Bizâncio pelos ávaros: todos esperando pacientes o Juízo Final. E continuou falando, enquanto Galip pensava que tinha uma paciência comparável à de Celâl. O guia lhes mostrava agora as galerias onde os bizantinos tinham se escondido para fugir da pilhagem da cidade pelos invasores otomanos — túneis que se estendiam da Hagia Sofia a Hagia Eirene e iam até o Pantocrator. Mais tarde, quando deixaram de ser suficientes, foram prolongados até essa margem do Chifre de Ouro. Quatrocentos anos mais tarde, quando um decreto de Murat IV baniu o consumo de café, tabaco e ópio, houvera um novo influxo de fugitivos: recobertos de uma fina camada de poeira, como uma neve muito tênue, podiam ser vistos ali aferrados aos seus moedores de café, aos seus bules, às suas xícaras, aos seus cachimbos, ao seu ópio e às suas bolsas de tabaco, à espera dos manequins que lhes anunciassem a libertação. E Galip pensou que uma camada da mesma poeira sedosa haveria de depositar-se um dia sobre o manequim de Celâl. O guia lhes disse que ainda poderiam ver o esqueleto de um dos filhos de Ahmet III, forçado a esconder-se, depois de uma intriga palaciana frustrada, nas galerias escavadas pelos judeus expulsos de Bizâncio setecentos anos antes, e o esqueleto da jovem escrava da Geórgia que fugira do harém com seu amante — mas que também poderiam encontrar ali os falsários dos dias de hoje, examinando contra a luz a cor de notas ainda úmidas ou, na falta deles, pelo menos alguma Lady Macbeth muçulmana que desceu do seu teatrinho para a caverna no subsolo que era obrigada a usar como camarim, mergulhando as mãos num barrilete de sangue de búfalo comprado num matadouro clandestino, tingindo-as de um belo e autêntico tom de vermelho que nunca se viu em outro palco do mundo; ou, na falta dela, pelo menos jovens químicos locais que, tomados pela febre da exportação, destilavam em alambiques de globos de vidro uma heroína da melhor qualidade que esperavam despachar para os Estados Unidos a bordo de velhos e enferrujados cargueiros búlgaros. E, ao ouvir essas palavras, Galip pensou que todos aqueles detalhes poderiam ser lidos no rosto de Celâl, tanto quanto em suas crônicas.

Mais tarde, depois que encerrou aquela visita a todos os subterrâneos e todos os manequins, o guia lhes revelou qual tinha sido o maior sonho do seu pai, que agora era o seu também: que num dia quente de verão, quando toda a cidade de Istambul na superfície, invadida pelas nuvens de moscas e poeira e as pilhas de lixo, cochilasse causticada pelo sol do meio-dia, lá embaixo, naqueles subterrâneos frios, escuros e mofados, todos juntos, os esqueletos pacientes e os manequins que vibram com nossa vida local, começassem a se mexer e a adquirir vida, organizando uma gigantesca cerimônia para celebrar a vida e a morte, além do tempo, da história, dos tabus e das leis. Os visitantes imaginaram com certo temor a exaltação e o horror dessa festa — os manequins e os esqueletos entregues alegremente a uma dança macabra, o barulho das taças e cálices quebrados, a música reduzindo-se ao silêncio, e o silêncio dando lugar ao estalejar das ossadas entregues à cópula — e no caminho de volta, depois de ver a dor inscrita nos rostos das centenas de manequins de "concidadãos anônimos", Galip ainda sentia pesarem sobre seus ombros todas as histórias que tinha ouvido e todos os rostos que contemplara. A fraqueza que afetava suas pernas não se devia às escadas íngremes, às passagens estreitas ou ao cansaço daquele longo dia. Sentia em seu próprio corpo a exaustão que lia nos rostos dos manequins, seus irmãos por que passava enquanto se esforçava para subir os degraus escorregadios, atravessar infindáveis cavernas úmidas iluminadas por meras lâmpadas nuas. Era como se aquelas cabeças baixas, aquelas espinhas dobradas, aqueles quadris deformados e aquelas pernas tortas fossem extensões do seu próprio corpo, assim como as histórias e os infortúnios dos homens do seu país. Tinha a impressão de que aqueles rostos eram seu rosto, que aquele desespero era o seu; Galip não queria mais olhar para eles, não ousava fitar os olhos daqueles manequins fervilhantes de vida que se aproximavam dele, mas era incapaz de resistir-lhes, sentindo-se tão ligado a eles quanto a um gêmeo idêntico. A um certo momento, exatamente como fazia no passado — quando, ainda jovem, lia as crônicas de Celâl —, tentou convencer-se de que havia, para além do mundo visível, um mistério muito simples; se conseguisse solucionar aquele quebra-cabeça, encontraria a fórmula secreta que proporcionava a libertação de quem encontrava essa chave. No entanto (exatamente como se sentia toda vez que lia as crônicas de Celâl), sentia-se tão profundamente imerso naquele universo que acabava perdendo as referências e, a cada esforço para solucionar o enigma, via-se impotente como uma criança ou alguém que tivesse perdido a memória. Não sabia o que aqueles manequins significavam, e não tinha a menor idéia do que estava fazendo ali na companhia daqueles desconhecidos; ignorava o significado das letras e números inscritos naqueles rostos, assim como desconhecia o mistério da sua própria existência. Além disso, à medida que subiam mais e mais, e mais se aproximavam da superfície, afastando-se dos segredos das profundezas, mais Galip se esquecia do submundo secreto que acabara de conhecer.

Quando passaram por uma das salas mais altas, habitada por uma série de manequins representando cidadãos comuns demais para serem descritos pelo guia, Galip olhou para os seus rostos e sentiu na mesma hora que compartilhava seus pensamentos, seu mesmo destino. Num passado distante, todos juntos, tinham vivido uma vida que fazia sentido — mas depois, por algum motivo desconhecido, tinham perdido aquele norte, da mesma forma como perderam a memória. Toda vez que tentavam recuperar aquele sentido, perdiam-se nos labirintos da memória, infestados de teias de aranha, e vagavam pelas vielas escuras de suas mentes procurando em vão o caminho de volta, sem jamais encontrar a chave de uma vida nova, perdida no poço sem fundo de suas lembranças; sentiam os tormentos que padecem aqueles que perdem sua casa, seu país, seu passado, sua história. A dor que sentiam por se encontrarem ali perdidos e longe de casa era tão intensa, e tão difícil de suportar, que preferiam desistir de lembrar-se do mistério, do sentido perdido que tinham vindo procurar, e resignavam-se a esperar a passagem da eternidade num silêncio paciente. À medida que se aproximava da superfície, porém, Galip percebeu que jamais seria capaz de entregar-se à mesma espera sufocante; só conseguiria recuperar a paz caso encontrasse o que procurava. Afinal, não seria melhor viver como uma cópia ruim de outra pessoa do que ser alguém sem passado, sem memória e sem sonhos?

Quando chegou ao alto da escada de ferro, tentou pôr-se no lugar de Celâl e encarar com ironia tanto aqueles manequins quanto o conceito que levara à sua criação: tudo aquilo era um absurdo, a sistematização maníaca de uma idéia disparatada, uma caricatura deplorável, uma piada péssima, uma tolice sem o menor sentido! E, como para provar que ele tinha razão, o guia, ele próprio tão parecido com as caricaturas que produzia, explicava que seu pai nunca tinha concordado com a proibição da arte figurativa pelo Islã; pois aquilo que chamávamos de pensamento, afinal, era uma forma de cópia, ou de imagem; e o que tinham acabado de ver ali era uma série de cópias. Viram-se finalmente de volta à primeira sala, e o guia se encarregou de explicar que, para manter vivo aquele "conceito grandioso", precisava atuar no mercado industrial de manequins, pedindo aos visitantes que deixassem a contribuição que pudessem na caixa verde de donativos.

Galip jogou uma nota de mil liras na caixa; viu-se frente a frente com a antiquária.

"Lembra-se de mim?", perguntou ela, que parecia ter acabado de despertar de um sonho; tinha uma expressão infantil e prazenteira. "Parece que todas as histórias que a minha avó me contava eram mesmo verdade." Na sala mal iluminada, seus olhos faiscavam como os de um gato.

"Perdão?", perguntou Galip, com uma voz constrangida.

"Você não se lembra de mim", disse-lhe a mulher. "Fomos colegas de turma na escola secundária. Eu me chamo Belkıs."

"Belkıs!", repetiu Galip; e no mesmo instante percebeu que só conseguia se lembrar de um rosto daquela turma: o de Rüya.

"Estou de carro", disse ela. "E também moro em Nişantaşı. Posso deixar você em casa."

De volta ao ar fresco da rua, o grupo ainda demorou algum tempo para se dispersar. Os jornalistas ingleses tomaram o caminho de volta para o Pera Palace Hotel; o homem do chapéu de feltro deu seu cartão a Galip, mandou lembranças para Celâl e desapareceu numa das ruelas que levavam a Cihangir; İskender entrou num táxi. O arquiteto com o bigode de escova saiu caminhando com Galip e Belkıs. Um pouco além do cinema Atlas, compraram um prato de *pilaf* de um vendedor de rua. Perto da praça de Taksim, pararam na frente de uma relojoaria para contemplar os relógios que cintilavam como brinquedos mágicos por trás da vitrine embaçada pelo frio. No brumoso azul-escuro da noite, Galip examinou detalhadamente um cartaz rasgado de filme que tinha o mesmo tom carregado de azul e depois, na vitrine da loja de fotografia ao lado, o retrato de um ex-primeiro-ministro que fora enforcado muitos anos antes. O arquiteto propôs então conduzi-los até a mesquita Süleymaniye: podia mostrar-lhes um fenômeno muito curioso, bem mais interessante do que aquilo que definiu como "esse inferno dos manequins"; a mesquita, construída quatrocentos anos antes, vinha se deslocando lentamente sobre suas fundações... Embarcaram no carro de Belkıs, que ela estacionara numa rua transversal de Talimhane, por trás da praça de Taksim, e partiram em silêncio. Contemplando as tristes casas de dois andares por que passavam na escuridão, Galip teve vontade de exclamar: "Feias e tristes além das palavras!". Uma neve ligeira caía do céu, e a cidade inteira dormia.

Depois de um longo percurso, chegaram finalmente à entrada da mesquita, onde o arquiteto se explicou: tinha encontrado as passagens subterrâneas debaixo da mesquita enquanto fazia uma obra de restauração, e conhecia bem um imã que havia de concordar em lhes abrir todas as portas por alguns trocados. Quando Belkıs desligou o motor, Galip disse que esperaria pelos dois no carro.

"Mas você vai congelar", disse-lhe Belkıs.

Primeiro Galip percebeu que a mulher estava assumindo um tom muito familiar com ele e depois que — por causa do sobretudo pesado e do xale que usava na cabeça — ela lhe lembrava uma parenta distante, uma de suas tias-avós. A família costumava visitá-la nos feriados, e ela lhes servia um marzipã tão doce que Galip precisava beber um copo inteiro d'água antes de aceitar o pedaço seguinte, que ela sempre lhe oferecia com insistência. Por que Rüya nunca participava dessas visitas familiares dos feriados?

"Eu não quero ir", disse Galip com firmeza.

"Mas por quê?", perguntou a mulher. "Depois podemos subir até o alto de um minarete." Ela se virou para o arquiteto. "Podemos subir num minarete?"

Houve um rápido silêncio. Um cão latiu em algum lugar, não longe dali. Galip ouvia o ronco da cidade coberta de neve. "Meu coração não agüenta subir todas essas escadas", disse o arquiteto. "Vocês dois podem ir sozinhos."

A idéia de subir num minarete agradou a Galip, que saiu do carro. Atravessaram um primeiro pátio, onde algumas lâmpadas nuas iluminavam os galhos cobertos de neve das árvores, e entraram no pátio do claustro interno. Vista assim de perto, a massa de pedra lhes pareceu bem menor do que era, transformando-se numa construção familiar que não tinha mais como lhes esconder seus segredos. A camada de neve gelada que cobria os mármores estava escura e crivada de buracos, como a superfície da lua nos anúncios de uma marca de relógios estrangeiros.

Num canto da galeria, havia uma porta de metal; o arquiteto começou a remexer sem muito jeito no cadeado. Ao mesmo tempo, explicava aos dois que — devido ao seu peso e também ao declive da encosta em que fora construída — a mesquita se deslocava na direção do Chifre de Ouro a uma razão de cinco a dez centímetros por ano; na verdade, sua descida na direção do mar teria sido muito mais rápida se não fossem as muralhas de pedra que giravam em relação às fundações e "cujo segredo ainda precisa ser decifrado"; se não fosse aquele "sistema de drenagem cuja eficácia nunca fora igualada pela tecnologia moderna"; se não fossem as calhas e a inclinação dos telhados, "de equilíbrio tão sutil e concepção tão brilhante", além do complexo de passagens subterrâneas, canais e reservatórios calculado com precisão tão minuciosa quatrocentos anos antes. Quando conseguiu finalmente abrir o cadeado, a porta se abriu para uma passagem escura e Galip viu uma imensa curiosidade se acender nos olhos da mulher. Belkıs podia nem ser muito bonita, mas olhá-la dava vontade de saber o que iria fazer ou dizer em seguida. "Os ocidentais jamais conseguiram decifrar esse mistério!", disse o arquiteto com o entusiasmo exagerado de um bêbado, e enveredou pela passagem. Galip ficou do lado de fora.

Quando o imã emergiu das sombras das colunas cobertas de gelo, Galip ouviu vozes e ruídos que provinham da passagem. O imã não parecia nem um pouco contrariado por ter sido acordado no meio da madrugada. Ele também prestou atenção às vozes que emergiam da passagem subterrânea, e perguntou, "Essa senhora é uma turista estrangeira?". "Não", respondeu Galip, percebendo que a barba fazia o imã parecer muito mais velho do que era na verdade. "E você também é professor?", perguntou-lhe o imã. "Sim, sou." "Professor, então, como Fikret Bey?" "Sim." "E é mesmo verdade que a mesquita está em movimento?" "É verdade, e é justamente por isso que estamos aqui." "Que Deus abençoe o seu interesse", disse o imã, que parecia um pouco desconfiado: "A mulher trouxe uma criança?". "Não", respondeu Galip. "É que existe uma criança escondida lá, bem no fundo da mesquita." "Parece que a mesquita vem se deslocando há muitos séculos...", disse Galip em tom incerto. "Sei disso", respondeu o imã. "E é proibido entrar nesse subterrâneo, mas essa turista estrangeira entrou de qualquer maneira, com uma criança, eu vi. E estava sozinha quando saiu. A criança ficou lá dentro." "O senhor devia ter contado à polícia", disse Galip. "Não foi necessário", disse o imã. "Porque logo em seguida as fotografias dos dois saíram nos jornais — da mulher e da criança. Parece que o menino era neto do rei da Abissínia. Já estava na hora de alguém entrar aí e encontrar esse menino." "E o que havia no rosto do menino?", perguntou Galip. "Está vendo?", disse o imã, sempre desconfiado, "você já sabe de tudo isso, você também entende. Nem dava para olhar nos olhos desse menino." "O que havia escrito no seu rosto?", insistiu Galip. "Muitas coisas", respondeu o imã, começando a gaguejar. "E você, sabe ler rostos?", perguntou Galip. O imã se calou. "Para encontrar um rosto perdido, basta o homem sair à procura do seu significado?", perguntou Galip. "Você deve saber mais do que eu a respeito", retrucou o imã, inquieto. "A mesquita está aberta?" "Acabei de abrir a porta", respondeu o imã. "Logo vão começar a chegar os fiéis para as primeiras preces da manhã. Podem entrar."

A mesquita estava vazia. Luzes de neon iluminavam mais as paredes nuas que os tapetes de cor púrpura que se estendiam até muito longe, como um oceano. Galip sentiu que seus pés congelavam dentro das meias. Examinou a abóbada, as colunas, as imensas estruturas de pedra acima da sua cabeça, desejando em vão ficar impressionado. Mas nenhum sentimento surgiu nele, além do desejo de ficar emocionado; só uma sensação de espera, uma vaguíssima premonição... mas aquela construção imensa era tão impenetrável quanto a própria pedra. Não era acolhedora nem remetia os que nela penetravam a algum lugar melhor. Mas assim como nada significava nada, qualquer coisa podia ser sinal de qualquer coisa. Por um instante, Galip julgou ter percebido um breve lampejo azul, depois ouviu um farfalhar muito acelerado, produzido talvez pelas asas de um pombo. Mas logo o lugar mergulhou de volta em seu velho silêncio estagnado, à espera de uma nova significação que não vinha nunca. Ocorreu então a Galip que todas as coisas à sua volta, as pedras das paredes, estavam mais despojadas do que o necessário. Os objetos pareciam apelar para ele, suplicando-lhe que lhes desse algum significado. Mais tarde, porém, dois velhos atravessaram o espaço com passos lentos e trocando sussurros, detendo-se para curvar-se diante da *mihrab*. Na mesma hora, Galip parou de ouvir os apelos das coisas à sua volta.

Talvez tenha sido por isso que, quando começou a subir até o alto do minarete, Galip não sentia qualquer expectativa. Quando o arquiteto lhe informou que Belkıs já começara a subir sem esperar por ele, Galip começou a correr degraus acima, mas logo precisou reduzir a velocidade, ao sentir seu coração disparado, latejando nas têmporas. Quando começou a sentir dores nas pernas e nos quadris, precisou sentar-se e, cada vez que passava por uma das lâmpadas nuas que iluminavam os degraus, tornava a parar e sentar-se antes de retomar a ascensão. Quando ouviu os passos da mulher em algum ponto acima da sua cabeça, tornou a acelerar a subida, mas ainda precisou de algum tempo para alcançá-la no balcão do minarete. Passaram muito tempo ali lado a lado, contemplando em silêncio Istambul mergulhada na escuridão, as raras luzes baças que piscavam aqui e ali, tremeluzindo em meio à neve que caía.

Embora o céu começasse a clarear pouco a pouco, a cidade ainda pareceu ficar muito tempo mergulhada nas sombras da noite, como a face oculta da lua, pensou Galip. Em seguida, tremendo de frio ali no alto, pensou que a luz que tocava as paredes da mesquita, a fumaça das chaminés, os blocos de concreto, não vinha de fora, mas parecia emanar da própria cidade. Como a superfície de um planeta que ainda não tivesse chegado à sua forma final, parecia que as cúpulas e aqueles outros fragmentos inclinados de concreto, pedra, cerâmica, madeira e plexiglas que compunham a cidade entreabriam-se lentamente, e que as rachaduras davam passagem ao brilho avermelhado de um subsolo onde muitos mistérios se fundiam — mas a impressão não durou muito tempo. Logo a cidade apresentava seus detalhes; em meio às paredes, às chaminés e aos telhados, surgiam agora as letras gigantescas dos anúncios de bancos e cigarros, e enquanto elas emergiam da bruma a voz metálica do imã brotou explosiva dos alto-falantes bem ao lado deles.

Enquanto desciam as escadas, Belkıs perguntou por Rüya. Galip respondeu que sua mulher estava à sua espera em casa; Rüya adorava passar a noite acordada lendo livros policiais, e hoje ele tinha comprado três policiais novos para ela.

Quando Belkıs tornou a falar de Rüya, já estavam de volta ao seu anódino automóvel, um Murat; tinham acabado de deixar o arquiteto na avenida de Cihangir — larga e deserta como sempre — e rumavam para a praça de Taksim. Galip explicou que Rüya não estava trabalhando; passava os dias lendo livros policiais, e muito ocasionalmente também os traduzia sem pressa. Enquanto contornavam a praça de Taksim, Belkıs perguntou como Rüya fazia suas traduções, e Galip respondeu que o processo era muito lento: todo dia de manhã, Galip ia para o escritório, Rüya tirava a mesa do café e começava a trabalhar, mas, a bem da verdade, ele nunca a vira trabalhando naquela mesa, e tampouco conseguia imaginá-la. Em resposta a outra pergunta, Galip, sempre com a expressão ausente de um sonâmbulo, explicou que certas manhãs saía de casa deixando Rüya ainda na cama. Contou ainda que iam jantar na casa das tias uma vez por semana, e que às vezes iam ao cinema Palácio.

"Eu sei", disse Belkıs. "Já vi você por lá. Olhando os cartazes no saguão, subindo as escadas para o balcão no meio do público, sempre com a mão gentil pousada no braço de sua mulher — dá para ver que você se sente feliz —, mas quando sua mulher olha para o resto do público, quando olha para os cartazes, parece à procura de um rosto que lhe possa abrir uma porta para outro mundo. Mesmo de longe, dá para ver que ela está tentando decifrar os significados ocultos nos rostos."

Galip ficou em silêncio.

"Durante o intervalo de cinco minutos, você sempre faz sinais para a vendedora que bate com uma moeda no tabuleiro de madeira, à luz fraca do corredor, para comprar um tablete de chocolate com recheio de coco, ou um sorvete, na intenção de agradar sua mulher, como qualquer marido feliz e ajuizado: e enquanto você enfia a mão no bolso à procura de trocado, sua mulher olha infeliz para a tela, e mesmo entre os anúncios de aspiradores e espremedores de laranja que ainda assiste, continua à procura de pistas e de vestígios de mensagens misteriosas que possam conduzi-la a uma outra dimensão."

Galip continuou calado.

"Pouco antes da meia-noite, quando todos os outros casais deixam o cinema de braços dados e aninhados nos sobretudos uns dos outros, eu via vocês dois caminhando para casa, de braços dados e com os olhos fixos em frente."

"Pelo que está me dizendo", respondeu secamente Galip, "deve ter nos visto uma única vez no cinema."

"Vi vocês dois no cinema não uma, mas pelo menos doze vezes diferentes, mais de sessenta vezes na rua, três vezes em restaurantes e seis vezes em lojas. E, toda vez que eu chegava em casa, imaginava a mesma coisa que me ocorria quando era pequena: que a moça ao seu lado não era Rüya, mas eu."

Outro silêncio.

"Quando ainda estávamos na escola secundária", continuou a mulher, enquanto seu carro percorria a frente do cinema Palácio, "Rüya passava o tempo todo do recreio rindo com aqueles rapazes que penduravam o chaveiro na fivela do cinto e achavam que o melhor da vida era molhar os cabelos e arrumar o topete com aqueles pentes que carregavam no bolso de trás; enquanto ela ria das histórias deles, e você fingia ler um livro sentado à sua mesa, eu fazia de conta que não era Rüya, mas a mim, que você seguia com os olhos. Nas manhãs de inverno, eu me dizia que era eu, e não Rüya, aquela moça sorridente ao seu lado que podia atravessar a rua sem nem olhar para os carros, porque você estava sempre ao lado dela para servir de guia. Às vezes, nas tardes de sábado, eu via você caminhando para o ponto dos táxis coletivos da praça de Taksim, na companhia de algum tio que o fazia rir, e eu imaginava que você me levaria até Beyoğlu com você."

"E quanto tempo durou essa brincadeira?", perguntou Galip, ligando o rádio do carro.

"Não era uma brincadeira", disse a mulher, sem reduzir a velocidade enquanto passava pela rua dele. "Não vou entrar na sua rua", acrescentou.

"Essa música eu conheço", disse Galip, virando-se para olhar a rua onde morava como se contemplasse um cartão-postal mostrando uma cidade distante. "Quem cantava era Trini Lopez."

Na rua ou nas janelas do apartamento, não havia nenhum sinal indicando que Rüya tivesse regressado. Ansioso para encontrar alguma coisa que fazer com as mãos, Galip mudou a estação do rádio. Uma voz masculina suave e bem-educada explicava aos agricultores várias medidas a tomar para proteger suas propriedades dos ratos.

"E você, nunca se casou?", perguntou Galip enquanto o carro entrava numa das transversais por trás da praça de Nişantaşı.

"Sou viúva", respondeu Belkıs. "Perdi meu marido."

"Não me lembro de nada de você no colégio", disse Galip, com uma brutalidade que não conseguiu entender. "Mas você tem alguma coisa que me lembra o rosto de outra colega de turma. Uma menina judia muito gentil e muito tímida: Meri Tavaşi. O pai dela era o dono da fábrica de meias Vogue, e no começo de cada ano sempre havia alguns meninos, e até professores, que lhe pediam o novo calendário da Vogue, que tinha fotos de mulheres enquanto calçavam as meias. E ela sempre atendia, muito embora horrivelmente encabulada."

"Logo que Nihat e eu nos casamos, fomos muito felizes", disse a mulher, depois de um silêncio. "Ele era muito refinado, muito calado, e fumava muito. Passava os domingos lendo o jornal e ouvindo o jogo de futebol no rádio; alguém lhe dera uma flauta e ele também estudava um pouco. Bebia muito pouco, mas tinha o rosto mais triste que o mais deprimente dos bêbados que você já viu. Mais tarde, começou a se queixar timidamente de dor de cabeça, quase envergonhado. Mas logo descobrimos que, àquela altura, já vinha cultivando havia vários anos um tumor bem grande no fundo do cérebro. Sabe essas crianças teimosas que se recusam a mostrar o que escondem na palma da mão, por mais que você insista? Era assim que ele escondia esse tumor no cérebro; e sabe como às vezes as crianças sorriem, quando finalmente abrem a mão para mostrar a bolinha que vinham escondendo na palma bem fechada? Pois foi assim o sorriso alegre que ele me deu enquanto seguia de maca para a sala de operações, onde morreu discretamente."

Estacionando o carro numa rua por onde Galip nunca passava mas que conhecia tão bem quanto a sua própria, próxima da rua onde ficava a casa da Tia Hâle, entraram num edifício de apartamentos que — visto de fora, pelo menos — tinha uma semelhança impressionante com o edifício Cidade dos Corações.

"Eu sabia que a morte dele era uma espécie de vingança", disse a mulher, enquanto entravam no velho elevador. "Assim como eu era uma cópia de Rüya, ele só podia ser uma cópia sua. E ele sabia disso — porque houve algumas noites em que fui derrotada pelo conhaque, e não consegui me impedir de falar longamente sobre você e Rüya."

Houve outro silêncio enquanto entravam no apartamento dela, que era decorado com móveis também muito parecidos com os seus; quando Galip se sentou, virou-se para ela como quem pede desculpas e, num tom ansioso, perguntou, "Nihat também era da nossa turma, não é?".

"E você acha que devia ser parecido com você?"

Galip vasculhou a memória à procura de imagens, e umas poucas cenas finalmente afloraram: ele e Nihat lado a lado, cada um trazendo um bilhete dos pais que lhes dava permissão para faltar à aula de educação física, enquanto o professor os chamava de preguiçosos; num dia quente de primavera, ele e Nihat, bebendo água com a boca colada nas torneiras do banheiro masculino, cujas latrinas fediam horrivelmente; Nihat era gordo, desajeitado, sério, lento e não especialmente brilhante. Malgrado toda a sua boa vontade, Galip não conseguiu lembrar de muita coisa sobre aquele rapaz que seria parecido com ele mas com quem não sentia nenhuma afinidade.

"Sim", disse Galip. "Acho que Nihat era um pouco parecido comigo."

"Ele não era nada parecido com você", disse Belkıs. Seus olhos faiscaram com um brilho perigoso, como da primeira vez que Galip reparara nela. "E eu sabia que jamais viria a ser. Mas éramos da mesma turma. E eu conseguia fazê-lo olhar para mim da mesma forma que você olhava para Rüya. Na hora do almoço, quando Rüya e eu ficávamos fumando com os rapazes na confeitaria de Sütiş, eu o via passar na calçada, olhando ansioso para o grupo satisfeito reunido ali, do qual ele sabia que eu fazia parte. Naqueles tristes fins de tarde de outono, em que o sol se põe mais cedo e os galhos das árvores ficam tão nus à luz fraca que sai dos apartamentos, eu sabia que ele também ficava olhando para as árvores, exatamente como você, mas pensando em mim, e não em Rüya."

Quando se instalaram diante da mesa para o café-da-manhã, o sol já entrava em ondas na sala, mal contido pelas cortinas.

"Eu sei como é difícil para uma pessoa ser ela mesma", disse Belkıs, abordando bruscamente o assunto, como só ocorre quando se sabe que o outro é obcecado pela mesma questão há muito tempo. "Mas só fui saber disso depois dos meus trinta anos. Até então, eu pensava que fosse apenas uma imitação, ou uma simples questão de inveja. À noite, quando eu ficava deitada de costas na cama, olhando as sombras do teto, sentia um tamanho desejo de ser outra pessoa que chegava a pensar que poderia sair da minha pele tão facilmente quanto a mão sai de dentro de uma luva, e que pela força desse meu desejo poderia entrar na pele dessa outra pessoa e começar uma vida nova. Às vezes o meu desejo de me transformar nessa pessoa, de viver a sua vida, ficava tão intenso, e a dor que eu sentia tão insuportável, que lágrimas corriam dos meus olhos quando eu estava sentada no cinema ou contemplava de pé, numa loja cheia, as pessoas mergulhadas em seus próprios mundos."

A mulher pegou uma fina fatia de torrada e raspou sua superfície áspera com a faca limpa, como se a cobrisse de manteiga.

"Mesmo depois de todos esses anos, ainda não consigo entender por que alguém pode querer viver a vida de outra pessoa em vez da sua própria", continuou ela. "E também não sei explicar por que era a vida de Rüya que eu queria, e não a de alguma outra pessoa. Só sei dizer que, por muitos anos, eu via essa vontade como uma doença, uma doença que eu precisava manter em segredo. E eu me envergonhava da alma que contraíra aquela doença, assim como do corpo condenado a carregá-la. Minha vida não era a vida real, mas uma imitação, e como todas as imitações eu me via como uma criatura infeliz e digna de compaixão, condenada ao esquecimento. Nessa época, eu achava que a única maneira de escapar ao meu desespero era imitar mais fielmente o meu modelo, meu 'verdadeiro eu'. A uma certa altura, pensei em me transferir de escola, em me mudar para outro bairro, em fazer novos amigos, mas sabia que me distanciar de vocês só me faria pensar em vocês mais ainda. Nas tardes tempestuosas de outono, eu me sentava desalentada na minha poltrona, olhando por horas a fio as gotas de chuva que corriam na vidraça; pensava em vocês: Rüya e Galip. Passava em revista todos os indícios de que dispunha, e imaginava o que Rüya e Galip estariam fazendo àquela hora; e se, depois de uma hora ou duas eu tivesse conseguido me convencer de que era Rüya, e não mais eu, quem estava sentada naquela poltrona daquela sala escura, essa idéia aterrorizante me provocava um prazer fora do comum."

Como ela continuava indo e voltando da cozinha com chá e torradas enquanto falava, sorrindo com o mesmo desembaraço com que contaria uma história engraçada sobre um primo distante, Galip conseguia escutá-la sem ficar perturbado além da conta.

"E essa doença durou até a morte do meu marido. Ainda sofro dela, embora não veja mais como uma doença; depois que meu marido morreu, quando fiquei sozinha com a minha culpa, finalmente aceitei que não existe pessoa no mundo que consiga ser ela mesma. Sentia remorsos esmagadores — que não passavam de mais uma variedade da mesma doença. Ansiava por reviver a vida que eu tivera em comum com Nihat, e exatamente da mesma maneira, mas dessa vez sendo simplesmente eu mesma. No escuro da meia-noite, enquanto eu me repetia que os remorsos poderiam arruinar o tempo que ainda me restava, ocorreu-me uma idéia sinistra: assim como eu não conseguira ser eu mesma na primeira metade da minha vida, porque queria ser uma outra, agora eu ia passar a segunda metade da minha vida sem ser eu mesma porque me arrependia de todos os anos que desperdiçara não conseguindo sê-lo. A idéia me pareceu tão cômica que não consegui evitar o riso, e o desespero terrível que me parecia a sorte decidida do meu passado e do meu futuro se transformou num destino normal que eu compartilhava com todas as pessoas, e com o qual eu não precisava mais perder tempo. Porque a essa altura eu já sabia, além de qualquer dúvida, que nenhum de nós jamais pode ser ele mesmo. Sabia que o velho perturbado de pé na longa fila, à espera do ônibus, também traz fantasmas vivos dentro de si, fantasmas das pessoas 'verdadeiras' que ele alguma vez desejara ser. A mãe de faces rosadas que leva o filho ao parque numa manhã de inverno para tomar um pouco de sol — era ela também uma vítima, sacrificava-se em prol da imagem de alguma outra mãe que, ela também, levava seu filho ao parque. As tristes multidões que saem dos cinemas arrastando os pés com ar sonhador, os infelizes que eu via vagando pelas avenidas movimentadas ou matando o tempo em cafés barulhentos — eles também são assombrados dia e noite pelos fantasmas dos 'verdadeiros eus' em que desejavam se transformar."

Ainda estavam sentados à mesa do café-da-manhã, e acenderam cigarros. A sala estava quente, e enquanto a mulher continuava a falar Galip sentia ondas de sono que se abatiam sobre ele com promessas de inocência: pode relaxar, diziam elas, isso é apenas um sonho. Quando ele perguntou se podia se estender no divã ao lado do radiador para um cochilo rápido, Belkıs começou a contar-lhe a história do príncipe herdeiro que, disse ela, tinha muito a ver com "tudo que conversamos".

Sim, era uma vez um príncipe que descobriu que só existia uma questão realmente importante na vida: ser ou não ser ele mesmo — mas antes que Galip pudesse imaginar a história, sentiu que se transformava numa outra pessoa, e depois num homem que adormecia.

18. O escuro poço de ventilação

O aspecto daquela mansão venerável sempre me afetou como uma fisionomia humana.

Nathaniel Hawthorne, *A casa das sete torres*

Muitos anos depois, voltei para olhar o edifício ao cair da noite. Não que nesse meio-tempo eu não tenha passado por essa rua sempre animada, essas calçadas onde, ao meio-dia, é preciso enfrentar a torrente contrária dos estudantes do liceu, carregando suas pastas volumosas com os paletós amarrotados e as gravatas frouxas; e, no fim da tarde, ladeamos com os maridos que voltam do trabalho e as mulheres que regressam do cinema ou de um salão de chá. Mas eu nunca voltara até lá especialmente para rever o edifício que, no passado, fora tão importante para mim.

Era inverno, e a tarde findava. O dia escurecera muito cedo, e a fuligem que brotava das chaminés pairava tão pesada sobre a avenida estreita que parecia uma noite de neblina. A luz só estava acesa em dois andares: a claridade baça e sem alma emitida por escritórios onde se trabalhava até mais tarde. O resto da fachada do edifício estava totalmente às escuras. Cortinas escuras encerravam aqueles apartamentos escuros, com as luzes apagadas, e todas as janelas me pareciam tão vazias e assustadoras quanto os olhos de um cego.

Como aquele edifício parecia glacial, abandonado e insípido! Era quase impossível imaginar que um dia tinha fervilhado com as idas e vindas de uma família grande e infeliz, no tumulto de uma afetuosa promiscuidade.

O aspecto arruinado e decadente do prédio me agradou; era quase como se pagasse pelos pecados de sua juventude. E eu só me sentia assim, sabia bem, porque nunca pude desfrutar a parte que me cabia do prazer produzido por esses pecados. Sei que ver a decrepitude desse edifício tinha um sabor de vingança — mas naquele momento outra coisa me ocorria: o que teria acontecido com os mistérios contidos no poço, depois convertido em poço de ventilação, com tudo que ele continha?

Pensava no poço que havia ao lado do edifício, um poço sem fundo que me dava calafrios à noite — e não só a mim, mas a todos os encantadores meninos, lindas meninas e até adultos que ocupavam o edifício naqueles dias. Como os poços dos contos de fadas, fervilhava certamente de morcegos, ratos, escorpiões e cobras venenosas. Eu tinha certeza de que era o mesmo poço que o xeque Galip descrevia em seu *Amor e beleza*, e Rumi no *Mathnawi*. Às vezes a corda do balde aparecia cortada; diziam também que, no mais fundo de suas profundezas, vivia um demônio, um demônio negro do tamanho do edifício! E nos diziam: não se aproximem do poço, crianças! Uma vez amarraram uma corda na cintura do porteiro e o baixaram dentro do poço; quando ele retornou da expedição ao infinito daquelas trevas sem tempo, tinha lágrimas nos olhos e os pulmões cobertos de alcatrão de cigarro. Eu sabia que a guardiã do poço, a terrível bruxa dos desertos evocada pelo xeque Galip, às vezes assumia a forma da mulher do porteiro, com sua cara de lua, e que o mistério do poço estava estreitamente ligado a um segredo sepultado na memória dos moradores do edifício, um segredo que causava medo a todos nós, lançando uma sombra sobre nossas vidas, como uma culpa que não pode ficar escondida para sempre. Como certos animais que cobrem de terra seus excrementos, de que sentem vergonha, os moradores do prédio decidiram que tinha chegado a hora de suprimir aquele poço e as criaturas que nele se escondiam. Um belo dia, assim que acordei de um pesadelo dominado pelas cores da noite, assombrado por rostos humanos sem expressão, vi que o poço estava sendo tapado. Mas minha sensação de pesadelo ainda não acabara; o terror mal tinha começado, porque entendi que a partir de então um poço invertido agora se projetava para o céu. Como descrever essa abertura terrível, que trazia o mistério e a morte para junto das nossas janelas? Alguns o chamavam de duto, outros de buraco negro, outros ainda de poço de ventilação...

Claro, havia os que insistiam em afirmar que aquele espaço trazia a luz, e não as trevas, embora a maioria de nós o odiasse: daí os nomes depreciativos que usávamos. Quando o edifício fora construído, era ladeado por dois terrenos baldios; ainda não se viam esses horrorosos artefatos de concreto que, em seguida, começariam a se erguer ao longo da avenida como uma muralha asquerosa. Nos primeiros tempos, de qualquer das janelas da cozinha se viam a mesquita, os trilhos do bonde, o liceu das moças e a loja de Alâaddin; o panorama era o mesmo das janelas dos longos corredores estreitos que se estendiam ao longo de cada apartamento e do aposento sobressalente que, conforme o apartamento, era usado para guardar móveis, empregadas, bebês, tábuas de passar, tias-avós ou parentes pobres. Mas então o terreno ao lado foi vendido a um empresário, e logo um imenso edifício de apartamentos se erguia entre nós e o mundo, deixando-nos sem nada a contemplar além das janelas do prédio novo, a menos de três metros de distância. E foi assim que se constituiu um volume entre as paredes de concreto manchadas de sujeira e as janelas dos dois edifícios que refletiam umas às outras até o infinito, acrescentando às suas imagens a dos andares inferiores, um volume tomado por uma atmosfera pesada, inerte e escura, lembrando a profundidade infinita do antigo poço.

Não demorou muito até os pombos se apossarem desse espaço; e aquela penumbra logo assumiu o mau cheiro peculiar dessas aves. Acumulavam seus dejetos inesgotáveis em torno das janelas, em cantos que a mão humana não podia e nem ousava alcançar, nos parapeitos que subitamente rachavam, em cada protuberância do concreto das fachadas, nos cotovelos formados por calhas inacessíveis, criando recantos convenientes para seus odores, à sua segurança e à sua progênie cada vez mais numerosa. De vez em quando se juntavam a eles bandos de gaivotas impertinentes, animais que segundo se diz prenunciam calamidades meteorológicas e também males de outro tipo, assim como corvos negros que se perdiam no escuro da noite e acabavam por se chocar com as janelas cegas desse escuro poço sem fundo. Volta e meia, carcaças dessas criaturas aladas meio devoradas pelos ratos apareciam na área estreita à qual se podia chegar passando dobrado ao meio pela porta baixa de ferro — parecida com a porta de uma cela de prisão (o rangido impressionante das suas dobradiças evocava os ecos de um calabouço) — que dava para o apartamento destinado ao porteiro, sem ventilação e de teto baixo. Muitas outras coisas repugnantes podiam ser encontradas no piso dessa área, toda uma variedade de despojos tão asquerosos que nem se podia chamá-los propriamente de lixo: cascas de ovos de pombo que os ratos roubavam dos ninhos aos quais chegavam equilibrando-se nas calhas altas e estreitas, garfos e facas que ficavam presos por azar nas dobras das toalhas de mesa estampadas e iam parar naquele abismo da cor do petróleo quando elas eram sacudidas, assim como meias desemparelhadas que caíam do meio dos lençóis, além de trapos usados em faxinas, pontas de cigarro, cacos de janelas quebradas, lâmpadas espatifadas ou espelhos partidos, molas enferrujadas de colchão, troncos sem braços de bonecas rosadas que insistem em abrir e fechar com uma obstinação baldada os olhos de longos cílios de náilon, os restos minuciosamente picados de certas revistas suspeitas, ou de jornais que podem ser definidos como "subversivos", bolas vazias, roupas de baixo de criança manchadas, e fragmentos de fotografias assustadoras demais para contemplar.

De tempos em tempos, o porteiro recuperava um desses objetos e saía vagando de andar em andar, segurando aquela coisa imunda bem longe do corpo, como um policial que tivesse acabado de prender um criminoso, mas nenhum dos moradores do prédio jamais reivindicava a propriedade dessas coisas duvidosas que ele resgatava daquele submundo lodoso: "Não, não é nosso", afirmavam eles. "Foi *lá embaixo* que você encontrou isto?"

As palavras *lá embaixo* representavam um medo do qual tentavam fugir e esquecer para sempre, ao mesmo tempo em que se resignavam com sua presença permanente. Falavam daquele lugar com a vergonha de quem tem uma doença contagiosa; o poço de ventilação era uma cloaca, onde eles próprios também poderiam cair caso não tomassem o devido cuidado, entre todos os tristes objetos que o poço tinha engolido; era um ninho de incômodos, introduzido por malícia no meio deles. Tudo indicava que era ali que se incubavam os micróbios que apareciam nos jornais e atingiam os moradores com doenças misteriosas; era "lá embaixo" que seus filhos adquiriam o medo dos fantasmas e sentiam as primeiras intimações da morte. E era também o território onde fermentavam os estranhos odores que às vezes penetravam nos apartamentos junto com o medo; nossa desesperança e o azar que nos atingia emanavam, sem dúvida, da mesma fonte. Muitos infortúnios tinham nos atingido depois que aquele poço emergira das profundezas, e muitas sombras — as dívidas, a falência, os divórcios, as traições, o ciúme, o incesto e a morte — que se abateram sobre as nossas vidas. Tudo isso se misturava para nós com a história do poço, e embora confundíssemos as páginas dos livros das nossas famílias, destinando algumas delas aos recessos mais inacessíveis da nossa memória, a fumaça azul-preta que emanava do poço estava sempre diante das nossas janelas para nos lembrar.

Graças a Deus, porém, sempre existe alguém que se dispõe à caça do tesouro percorrendo as páginas proibidas do passado. As crianças (ah, as crianças!), febris de medo e curiosidade na penumbra do longo corredor (mantido às escuras para economizar eletricidade), enfiavam-se entre as cortinas cuidadosamente cerradas e pressionavam a testa contra o vidro das janelas que davam para o poço de ventilação. Nos dias em que a família inteira se reunia para jantar na casa do Avô, a empregada usava o poço de ventilação para anunciar aos moradores do andar de baixo (e do apartamento ao lado), com todo o volume de que era capaz, que a comida estava na mesa. Nas ocasiões em que não pensavam em convidar a mãe que tinha sido relegada ao sótão com seu filho, ela abria a janela da cozinha para descobrir o que a família estaria comendo e que intrigas eram tramadas em volta da mesa. Certas noites, um surdo-mudo passava horas de pé junto à janela, olhando para esse buraco negro, saindo apenas quando sua mãe idosa o via parado ali e o mandava para cama. Nos dias de chuva, a criadinha lacrimosa chegava à janela e ficava sonhando acordada enquanto olhava a água caindo das calhas. O que também fazia um certo jovem, que mais tarde voltaria vitorioso a um desses andares abandonados pela família, que declinava e viu-se incapaz de evitar a dissolução.

Examinemos, nós também, e ao sabor do acaso, alguns dos tesouros que se viam daquelas janelas: através dos vidros embaçados da cozinha, as silhuetas desbotadas de moças e mulheres cuja voz não se ouvia; os movimentos de um espectro que fazia suas preces na penumbra de um quarto; uma revista aberta em cima da colcha numa cama e, ao lado dela, a perna de uma velha (com um pouco de paciência, era possível ver a mão que se estendia para virar as páginas da revista ou coçar a perna com um gesto preguiçoso); com a testa apoiada na vidraça gelada, um jovem decidido a voltar um dia vitorioso para junto daquele poço sem fundo, disposto a desenterrar os mistérios que todos os membros daquela família escondiam com tanto cuidado (e o mesmo jovem, contemplando o vidro da janela em frente, percebia às vezes numa outra janela o reflexo da segunda mulher do seu pai, de beleza tão fascinante, perdida ela também em devaneios.)

E mais alguns detalhes: essas silhuetas estão emolduradas pelas cabeças e os peitos dos pombos refugiados na escuridão; a atmosfera é de um azul-marinho muito escuro; as cortinas se agitam; nos quartos, as lâmpadas se acendem para serem apagadas logo depois, deixando atrás de si um rastro alaranjado que brilha nas reminiscências melancólicas, misturadas a um sentimento de culpa que esse rastro acabará despertando na memória, quando ela retornar a essas mesmas janelas e essas mesmas imagens... Nossas vidas são muito curtas, nunca vemos muita coisa, e sabemos de menos ainda. Pelo menos, então, devemos sonhar. Muito bom domingo, caros leitores.

19. Os sinais pela cidade

Será que eu era a mesma, quando acordei hoje de manhã? Creio lembrar que me senti um pouco diferente. Mas, se não sou a mesma, a pergunta obrigatória é a seguinte: quem afinal sou eu?

Lewis Carroll, *Alice no País das Maravilhas*

Ao acordar, Galip encontrou uma figura desconhecida debruçada sobre ele. Belkıs tinha mudado de roupa e agora usava uma saia cor de alcatrão que lembrava a Galip que ele estava numa casa estranha com uma mulher desconhecida. O rosto e os cabelos de Belkıs também tinham mudado por completo. Ela puxara os cabelos para trás num estilo que lembrava Ava Gardner em *55 dias em Pequim*, e pintara os lábios com um batom da mesma nuance de Vermelho Supertechnirama. Enquanto contemplava o novo rosto da mulher, Galip se disse que todo mundo o enganava, e já havia algum tempo.

Poucos minutos depois, Galip foi pegar o jornal no bolso do seu sobretudo, que a mulher arrumara com todo o cuidado num cabide pendurado no armário da entrada; abriu-o na mesa do café-da-manhã, de onde os restos da refeição tinham sido tirados com o mesmo cuidado extremo, e releu a crônica de Celâl. As palavras e sílabas que ele tinha sublinhado no texto não faziam nenhum sentido, assim como as anotações que fizera às margens da crônica. Pareceu-lhe evidente que as palavras que ele tinha assinalado não revelavam o mistério oculto na crônica, a tal ponto que ele se perguntou se existiria mesmo algum segredo. As frases que ele relia pareciam indicar não só o que as palavras diziam, mas, ao mesmo tempo, outras coisas. Na crônica dominical — em que Celâl contava a história do personagem que, tendo perdido a memória, era incapaz de anunciar ao mundo a descoberta espantosa que acabara de fazer —, as frases pareciam pertencer à história de uma outra tragédia humana conhecida e compreendida por todos. Isso ficava tão claro e evidente que nem era necessário destacar certas letras, sílabas e palavras da crônica para dispô-las numa outra ordem. Para extrair o significado oculto e "secreto" da crônica, bastava reler o texto a partir da convicção da existência dessa segunda história. Com os olhos saltando de palavra em palavra, Galip pensou que, além de conterem a localização do esconderijo de Celâl e Rüya (e também a explicação do sentido daquilo), aquelas linhas ainda lhe revelariam todos os segredos da cidade e até da própria vida; mas cada vez que reerguia os olhos da página para contemplar o novo rosto de Belkıs, seu otimismo desaparecia. Para não perdê-lo de vez, tentou manter os olhos fixos na página, lendo a crônica várias vezes, mas nem assim conseguiu extrair claramente dela o significado secreto que lhe parecia tão fácil de encontrar. Sentia-se à beira de uma grande revelação — o segredo da vida, o sentido do mundo, refulgindo logo ali quase ao seu alcance —, mas toda vez que tentava traduzir esse segredo em palavras, sílaba por sílaba, só conseguia ver o rosto da mulher que o observava de longe, sentada no canto da sala. Ao final de algum tempo, concluiu que não iria descobrir o segredo recorrendo apenas à fé e à intuição; sua única esperança era usar a razão, e para tanto começou a sublinhar novas sílabas e palavras, e a tomar novas notas às margens da crônica. Estava totalmente absorvido por essa tarefa quando Belkıs se aproximou da mesa.

"É a crônica de Celâl Salik?", perguntou ela. "Ele é seu tio, não é mesmo? E você viu como fiquei assustada ontem à noite, quando encontramos aquele manequim dele nas passagens subterrâneas?"

"Vi", respondeu Galip. "Mas ele não é meu tio, é filho do meu tio."

"O manequim era tão parecido com ele!", prosseguiu Belkıs. "Quando eu caminhava por Nişantaşı, na esperança de esbarrar com você e Rüya, era sempre com ele que eu encontrava. E sempre com aquelas mesmas roupas."

"É mesmo, era a capa de chuva que ele usava antigamente", disse Galip. "Estava sempre com ela."

"E ele ainda vagueia de capa por Nişantaşı, como um fantasma", disse Belkıs. "Que anotações são essas que você está fazendo nas margens?"

"Não têm nada a ver com a crônica", respondeu Galip, dobrando o jornal. "É a história de um explorador polar que desaparece. Um outro vai procurá-lo e desaparece também. O mistério em torno do desaparecimento do segundo explorador aprofunda o mistério que cerca o primeiro, que a essa altura vive numa cidade remota com um nome falso, mas um dia ele é assassinado. E o homem assassinado que estava vivendo numa cidade esquecida com um nome falso..."

Galip terminou sua história, mas percebeu que precisava retornar ao início e contá-la toda de novo. E foi tomado por uma profunda irritação contra todos que o obrigavam a se repetir. "Se pelo menos as pessoas fossem elas mesmas", sentiu vontade de dizer, "não seria mais necessário contar histórias!" E enquanto contava sua história pela segunda vez, levantou-se da mesa e tornou a guardar o jornal dobrado no bolso do seu velho sobretudo.

"Está indo embora?", perguntou-lhe timidamente Belkıs.

"Ainda não terminei minha história", respondeu de pronto Galip.

Quando acabou de contar sua história, tornou a olhar para Belkıs e teve a impressão de que ela usava uma máscara. Se ele conseguisse arrancar aquela máscara com os lábios vermelhos Supertechnirama, não teria a menor dificuldade para ler o rosto que surgiria — mas como seria ele? Havia uma brincadeira de que ele gostava muito quando era criança, quando se entediava a um ponto insuportável: Por Que Estamos Aqui? Era uma brincadeira que não precisava interromper para fazer o que estivesse fazendo, e continuou contando sua história enquanto seu espírito vagava. Houve um tempo em que ele se perguntava se era isso que tornava Celâl tão atraente para as mulheres, o dom de contar uma história enquanto pensava em outra coisa. Mas Belkıs não olhava para ele como uma mulher que ouvisse Celâl contar suas histórias, mas como alguém incapaz de esconder o significado do seu rosto.

"Rüya não estará se perguntando onde você anda?", perguntou Belkıs.

"De maneira nenhuma", disse Galip. "Ela está acostumada a me ver chegar em casa nos horários mais diversos. Nem lembro mais de quantas noites passei correndo atrás dos meus clientes. Cuido de todo tipo de casos: militantes desaparecidos, vigaristas que fizeram empréstimos com nome falso, inquilinos que desaparecem misteriosamente sem pagar o aluguel, infelizes que usam uma identidade falsa para cometer bigamia... Às vezes só chego em casa de manhã."

"Mas já passa do meio-dia", disse Belkıs. "Se eu estivesse no lugar dela, esperando por você em casa, ia querer que você me ligasse."

"Não estou com vontade de ligar para ela."

"Se fosse eu esperando por você, a essa altura eu já estaria doente de preocupação", prosseguiu Belkıs. "Estaria olhando pela janela, esperando o toque da campainha do telefone. E estaria ainda mais infeliz de pensar que você não me ligava mesmo sabendo o quanto eu devia estar preocupada e infeliz. Vá, ligue logo para ela e diga que está aqui. Na minha casa."

A mulher trouxe o aparelho de telefone, segurando-o no colo como se fosse um brinquedo, e Galip ligou para casa. Ninguém atendeu.

"Ninguém em casa."

"Onde ela está, então?", perguntou a mulher, num tom mais de provocação que de curiosidade.

"Não sei", respondeu Galip.

Foi buscar novamente o jornal no bolso do sobretudo, voltou com ele até a mesa e leu mais uma vez a crônica de Celâl. Leu e releu o texto tantas vezes que as palavras acabaram perdendo o sentido e se transformaram em meros desenhos compostos de letras. Um pouco mais tarde, ocorreu a Galip que ele próprio poderia ter escrito aquela crônica — que era capaz de escrever como Celâl. Pouco depois que esse pensamento lhe ocorreu, foi buscar seu sobretudo no armário e recortou a página da crônica, que dobrou cuidadosamente e guardou no bolso.

"Já está indo embora?", disse Belkıs. "Fique mais um pouco..."

Da janela de um táxi que precisou de algum tempo para conseguir, Galip lançou um último olhar para aquela rua bem conhecida: tinha medo de nunca mais esquecer o rosto de Belkıs no momento em que ela insistira com ele para ficar. O que ele queria era gravar na memória o rosto dela com outra expressão, e associada a uma outra história! Gostaria de poder falar com o motorista do táxi no tom do herói de um dos livros policiais de Rüya — "Avenida Tal, e depressa!" — mas em vez disso se contentou em pedir que o levasse até a ponte Galata.

Enquanto atravessava a ponte a pé, contemplando despreocupado os passantes de domingo, teve a sensação repentina de que estava à beira de descobrir a chave de um enigma que vinha procurando havia muitos anos mas só agora tivesse percebido. Como num sonho, percebia vagamente que essa espera era uma ilusão, mas os dois pensamentos contraditórios conviviam em seu espírito sem incomodá-lo. Passou por soldados de licença, pescadores que atiravam suas linhas no mar, famílias que corriam para não perder a barca. Embora nenhum deles soubesse, todos viviam cercados pelo mistério que Galip se esforçava por solucionar. Quando ele conseguisse decifrar aquele mistério, aquele pai de saída para uma visita dominical, com o bebê nos braços e o filho mais velho trotando ao seu lado com seus tênis novos, aquela mãe que viu no ônibus ao lado da filha, as duas com as cabeças cobertas por um xale, poderiam perceber a realidade que, desde muitos anos, vinha determinando profundamente o rumo de suas vidas.

Na calçada do lado do mar de Marmara, começou a caminhar observando de perto os transeuntes: seus rostos pareciam iluminar-se por uma fração de segundo, perdendo a velha expressão gasta e esgotada. Lançavam um rápido olhar ao homem que se aproximava deles com um ar tão resoluto — por que estaria quase correndo? — e seus olhos se acendiam. Quando Galip os fitava nos olhos, olhando-os com insistência, dava a impressão de ler todos os seus segredos.

Quase todos usavam casacos e sobretudos velhos, puídos e desbotados. Para eles, o universo era tão normal quanto a calçada em que pisavam, e nada lhes causava surpresa; ainda assim, não se sentiam à vontade neste mundo. Todos divagavam, perdidos em seus pensamentos, mas à menor provocação seus olhos cintilavam, as máscaras caíam e por um instante você quase conseguia ver uma curiosidade refugiada nas profundezas da sua memória, lembrando-lhes um segredo oculto em seu passado: a alma, a chave. "Se pelo menos eu conseguisse deixá-los abalados", pensou Galip. "Se pelo menos eu conseguisse lhes contar a história do príncipe herdeiro!" A história em que acabara de pensar era nova para ele, mas tinha a impressão de tê-la vivido em pessoa, e guardar dela nítidas memórias pessoais.

Quase todos os passantes carregavam sacolas de plástico, transbordando de embrulhos de papel, jornais, caixas, objetos de plásticos ou metal. Galip examinava as sacolas com toda a atenção, como se as visse pela primeira vez, tomando o cuidado de decifrar os logotipos estampados em cada uma. Na mesma hora, teve a sensação de que aquelas letras e palavras eram indícios designando a "outra verdade", a "realidade fundamental", e seu coração deu um salto esperançoso. Mas como ocorria com os rostos dos passantes, o brilho dessa promessa também foi breve e logo se apagou. Ainda assim, Galip continuou a ler: LANCHES... ATAKÖY... TÜRKSAN... FRUTOS SECOS... TEMPO PARA... PALÁCIOS.

Quando seus olhos recaíram num velho que pescava com seu caniço, viu que sua sacola de plástico não trazia letras, só o desenho de uma cegonha. E pensou que poderia decifrar as imagens com a mesma facilidade com que interpretava as palavras. Numa sacola, viu a imagem de uma família feliz — uma família perfeita, com a mãe, o pai, uma filha e um filho — sorrindo esperançosa para o mundo; noutra, viu dois peixes. Viu ainda desenhos de sapatos, mapas da Turquia, silhuetas de edifícios, maços de cigarro, pedaços de *baklava*, gatos pretos, galos, ferraduras, minaretes e árvores. Tudo indicava tratar-se de sinais que podiam ajudar a decifrar o mistério — mas qual seria o mistério? Na sacola ao lado da velha que vendia comida para os pombos em frente à mesquita Nova, ele viu a imagem de uma coruja. Galip deduziu de imediato que era a mesma coruja da capa dos livros policiais de Rüya, ou uma de suas irmãs, que se escondia ali maliciosamente, e sentiu claramente a presença de uma mão invisível que puxava todos os cordões e respondia pela ordem do mundo. O que ele precisava descobrir, o que precisava decifrar, eram esses pequenos truques, aqueles jogos, o sentido secreto da vida: além dele, porém, ninguém parecia interessado. Muito embora estivessem todos mergulhados naquele mistério até o pescoço, envolvidos por um segredo que tinham perdido muito antes!

Para examinar a coruja mais de perto, Galip comprou um pratinho de sementes da velha senhora, que lhe lembrava uma feiticeira. Jogou os grãos no chão, e logo uma massa negra de pombos se abateu sobre a comida, com o barulho de um guarda-chuva que se fecha. Era isso! Ele tinha razão! A coruja da sacola era a mesma da capa dos livros de Rüya! Olhou para um casal de pais que observava feliz sua filhinha alimentar os pombos; aquilo o irritava demais. Como podiam ignorar aquela coruja, aquela verdade mais que evidente, todos aqueles sinais? Como podiam ficar ali parados sem ver absolutamente nada? Nem mesmo uma sombra de intuição nos espíritos daquele homem e daquela mulher. Tinham esquecido de tudo. Galip imaginou que era ele o herói do romance policial nas mãos de Rüya, e que ela estivesse à sua espera em casa. O nó complicado que ele precisava cortar encontrava-se entre ele e aquela mão, a mão invisível e todo-poderosa que organizava o mundo e agora lhe indicava onde ficava o cerne do mistério.

Bastou-lhe ver nas proximidades da mesquita Süleymaniye um aprendiz carregando um retrato da mesquita, numa moldura adornada de contas de vidro, para perceber que, assim como as palavras, as letras e as figuras das sacolas de plástico, as coisas que elas designavam ou indicavam também eram sinais: as cores berrantes do quadro eram mais reais que as da própria mesquita. A mão invisível não se limitava às palavras, aos rostos e às figuras: tudo que existia era manipulado por ela. Assim que essa idéia lhe ocorreu, Galip percebeu que o próprio nome do bairro por onde caminhava, o emaranhado de ruas conhecido como Zindan Kapı, a Porta do Calabouço, também tinha um significado oculto que só ele conseguia ver. Como um jogador que vem juntando com toda a paciência as peças de um quebra-cabeça, sentia-se prestes a encaixar as últimas peças e ver o quadro finalmente completo.

Passou em revista as lojinhas ordinárias que se distribuíam pelas calçadas tortas e irregulares daquela área: as tesouras de jardim que via à sua frente, aquelas chaves de fenda reluzentes, os cartazes dizendo NÃO ESTACIONE, as latas imensas de extrato de tomate, as folhinhas que se vêem na parede dos restaurantes baratos, a arcada bizantina onde eram exibidas letras de plexiglas, os grandes cadeados presos às portas de aço das lojas — todos eram sinais levando ao sentido oculto e pedindo para ser lidos. Se ele quisesse, seria capaz de decifrar aqueles sinais como se fossem os rostos dos passantes. Assim, o par de alicates significava *atenção*, enquanto as azeitonas contidas naquele pequeno frasco significavam *paciência*; o motorista de expressão satisfeita no anúncio de uma marca de pneus queria dizer *estamos quase lá*. Juntando tudo, ele entendeu que estava perto da resposta, graças à sua atenção e paciência. Mas sinais bem mais difíceis pululavam à sua volta, recusando-se a revelar seus segredos: fios telefônicos, placas de trânsito, caixas de detergente, pás sem cabos, um anúncio oferecendo os serviços de um especialista em circuncisão, palavras de ordem políticas ilegíveis, cubos de gelo, placas de usuários de energia elétrica, cartazes de sinalização com setas, folhas de papel em branco... Se ele esperasse mais, talvez os indícios ficassem mais claros, mas tudo ainda se mostrava tão confuso, barulhento e incômodo. Enquanto os heróis dos livros policiais de Rüya viviam, por sua vez, num universo mais moderado, onde os autores nunca sobrecarregavam os heróis com indícios além da conta.

Ainda assim, Galip encontrou algum consolo na mesquita de Ahi Çelebi, pois o templo era, para ele, o sinal de uma história inteligível: muitos anos antes, numa de suas crônicas, Celâl escrevera sobre um sonho em que se via naquela pequena mesquita na companhia de Maomé e vários santos. Mais tarde, fora a Kasımpaşa visitar uma intérprete de sonhos que lhe dissera o que aquele significava: ele continuaria a escrever até o fim da vida; imaginaria e descreveria tantas coisas em suas histórias que sua vida acabaria lhe parecendo uma longa viagem, mesmo que nunca pusesse o pé fora de casa. Foi só muito mais tarde que Galip descobriu que essa crônica fora inspirada a Celâl por um trecho conhecido do *Livro das viagens* de Evliya Çelebi, o escritor viajante do século XVII.

E é por isso, pensou Galip ao passar diante de um mercado, que aquela história teve um certo sentido da primeira vez que li e adquiriu um outro totalmente diverso quando li pela segunda vez. Uma terceira leitura daquela crônica de Celâl, e mais uma quarta, deveriam revelar-lhe sem dúvida novos significados; mesmo que as histórias contadas por Celâl lhe fornecessem novos indícios a cada leitura, davam a Galip a impressão de que estava no caminho certo e se aproximava cada vez mais do cerne do mistério: abria portas que davam para outras portas, como nos labirintos impressos de que gostava tanto nos tempos de criança. Totalmente absorto nessa idéia, Galip começou a cansar-se do emaranhado de ruas em torno do mercado; desejava chegar logo a algum lugar onde pudesse sentar-se e ler todas as crônicas que Celâl já tinha escrito.

Na saída do mercado, com a cabeça ainda girando devido ao barulho e à mistura de cheiros fortes, Galip deparou-se com um vendedor de quinquilharias: a seus pés, espalhada num grande pano num trecho vazio de calçada, via-se uma seleção de objetos que achou fascinante: dois tubos de chaminé em forma de cotovelo, vários discos antigos, um par de sapatos pretos, um alicate desarticulado, uma base de abajur, um telefone preto, duas molas de colchão, uma piteira de madrepérola, um relógio de parede quebrado, uma pilha de dinheiro russo em notas, uma torneira de metal amarelo, um bibelô representando uma caçadora russa com um arco e flechas — a deusa Diana? —, uma moldura vazia, um velho rádio, um par de maçanetas, um açucareiro.

Galip enumerou todos os objetos, enunciando cada nome com cuidado, e estudou-os com toda a atenção. O que tornava aqueles objetos tão fascinantes não era tanto sua natureza quanto a ordem em que haviam sido dispostos. Nenhum daqueles objetos era fora do comum, e os vendedores de quinquilharias de toda a cidade vendiam as mesmas coisas por toda parte; mas o velho tinha arrumado suas mercadorias quatro a quatro em quatro fileiras, num padrão que evocava um tabuleiro de xadrez. Havia entre os objetos uma distância bem calculada, formando quatro colunas perfeitas e quatro fileiras perfeitas: aquela simplicidade e aquele rigor não podiam ser produtos do acaso, mas de uma decisão determinada. A tal ponto que lembrou a Galip os testes de vocabulário dos manuais que usava quando estudava inglês e francês: as ilustrações traziam dezesseis objetos dispostos lado a lado, e o aluno lhes atribuía seus nomes à medida que os aprendia na língua nova. Galip chegou a pensar em dar as respostas em voz alta: tubo de metal, disco, telefone, sapato, alicate...

Mas aquelas coisas indicavam claramente outros significados; e foi isso que Galip achou chocante. Olhou para a torneira de latão e pensou que era uma torneira de latão, nada mais e nada menos, como nos livros de idiomas; quando tornou a olhar, porém, ficou impressionado ao constatar que a torneira significava igualmente uma outra coisa. Olhou para o telefone preto, uma réplica exata de todos os telefones que já tinha visto nos livros de ensino de línguas estrangeiras; admirou sua função declarada — conectar uma pessoa a outras vozes —, mas em seguida pressentiu um segundo significado, maior, oculto, que o fez estremecer.

Como poderia penetrar no universo secreto desses duplos sentidos, como decifrar seu código? Tinha chegado ao umbral desse universo, sentia: feliz e cheio de expectativa. Mas não tinha idéia de como fazer para atravessá-lo e seguir em frente. Nos livros policiais de Rüya, no momento em que a intriga era descoberta e o mundo até então dissimulado sob véus superpostos se revelava, ele era iluminado por alguns instantes, mas em seguida tornava a mergulhar nas sombras da indiferença. Quando, no meio da noite, a boca cheia de grãos-de-bico assados que comprara na loja de Alâaddin, Rüya virava-se para ele e dizia, "O assassino, afinal, era o coronel da reserva; e o motivo foi vingança: parece que tinha sido insultado pela vítima em algum momento!", ele sabia que sua mulher já tinha esquecido de todos os detalhes que coalhavam aquele livro: os mordomos, os isqueiros luxuosos, as grandes mesas de jantar, as xícaras de porcelana e as armas; sua memória só retinha o universo cujo sentido novo e secreto fora indicado por aquelas pessoas e aqueles objetos. Os objetos que permitiam a Rüya e ao seu detetive desembocar num mundo novo ao final desses romances, tão mal traduzidos, só permitiam agora a Galip cultivar a esperança de um dia conseguir chegar a ele por sua vez. Na busca desesperada de novos indícios, Galip fitou atentamente o velho ambulante que dispusera sua mercadoria de maneira tão misteriosa sobre aquele pano, como se quisesse atribuir um sentido oculto ao seu rosto.

"Quanto quer pelo telefone?"

"É comprador?", perguntou o vendedor, com a prudência de quem se prepara para uma longa barganha.

Galip ficou surpreso com a pergunta; ele não esperava que o homem lhe perguntasse sobre sua identidade. "Então é isso", pensou ele. "Agora eles também acham que eu sou um indício que significa uma outra coisa!" Mas não era esse o mundo em que ele queria penetrar, e sim o mundo que Celâl levara tantos anos criando com as palavras. Ele imaginava que seu primo, atribuindo nomes às coisas desse mundo e contando histórias sobre ele em suas crônicas, fabricara um universo onde podia se refugiar e cuja chave não entregava a ninguém. Os olhos do vendedor de quinquilharias, que tinham cintilado por um momento na esperança de uma negociação, tornaram a ficar opacos, recuando para suas sombras originais.

"Para que serve isso?", perguntou Galip, apontando para a pequena base simples de abajur.

"É um pé de mesa", respondeu o velho. "Mas algumas pessoas também usam como trilho de cortina. E ainda pode servir de maçaneta..."

Quando chegou à ponte Atatürk, Galip tinha decidido olhar apenas para os rostos. Vendo cada rosto se iluminar sob seus olhos, ele quase via os pontos de interrogação emergindo de suas cabeças — exatamente como apareciam nas histórias em quadrinhos ou nas versões turcas das fotonovelas espanholas e italianas —, mas os rostos se afastavam ainda com a expressão interrogativa, enquanto aqueles pontos se dissipavam no ar deixando vestígios muito tênues. Contemplando a silhueta dos edifícios do outro lado da ponte, Galip julgou ter visto um rosto reluzindo por baixo do véu cinza opaco de cada fachada, mas era uma ilusão. Talvez fosse possível encontrar no rosto dos seus concidadãos a longa história da cidade decrépita — suas adversidades, sua grandeza perdida, sua melancolia e sua dor —, mas esses não eram indícios de algum segredo preciso, e sim meros rastros deixados pela história, pelas derrotas, por uma culpa e uma vergonha coletivas. Enquanto avançavam a custo pelas frias águas cinza-azuladas do Chifre de Ouro, os rebocadores deixavam um rastro de feias bolhas marrons à sua passagem.

Quando Galip chegou a um pequeno café numa das ruas por trás de Tünel, já estudara setenta e três rostos. Satisfeito com seu progresso, instalou-se numa das mesas. Depois de pedir um chá ao garçom, tirou a crônica de Celâl do bolso do sobretudo e começou a ler mais uma vez seu texto inteiro desde o início. As letras, as palavras e as frases não tinham mudado em nada, mas enquanto seus olhos as percorriam, descobriam idéias que nunca lhe tinham ocorrido até então; não eram idéias vindas do artigo de Celâl, mas dele próprio, embora de algum modo bizarro lhe fossem suscitadas por aquela crônica. Ao ver o paralelo entre suas idéias e as idéias de Celâl, foi tomado por uma onda de serenidade e prazer, como acontecia quando era criança e se julgava capaz de uma imitação perfeita do homem que desejava se tornar.

Na mesa havia um papel que fora dobrado em forma de cone; em torno dele, viam-se cascas espalhadas de semente de girassol. Disso ele deduziu que o ocupante anterior da mesa trouxera um pacote de sementes de girassol que tinha provavelmente comprado de um vendedor de rua. Olhando para as bordas do cone, Galip viu em seguida que fora feito com uma folha de caderno escolar. Estudou a caligrafia infantil do outro lado:

> 6 de novembro de 1972. Turma 12. Tema: a nossa casa. O nosso jardim. No jardim atrás da nossa casa temos quatro árvores. Duas delas são choupos e as outras duas são salgueiros, um grande e um pequeno. Em torno do nosso jardim temos um muro. Foi meu pai quem construiu o muro, com pedras e grade de arame. A casa é um abrigo que nos protege do frio do inverno e do calor do verão. A nossa casa é um lugar que nos protege do mal. A nossa casa tem uma porta, seis janelas e duas chaminés.

Ao pé da página havia um desenho a lápis de cor de uma casa com jardim cercada por um muro. As telhas tinham sido desenhadas com todo o cuidado uma a uma, embora o telhado como um todo tivesse sido depois preenchido às pressas com um vermelho borrado. Vendo que o número de portas, janelas e chaminés do desenho correspondiam exatamente ao número de portas, janelas e chaminés do texto, Galip sentiu-se ainda mais tranqüilizado.

Ainda sentindo a mesma serenidade, virou a folha de papel e começou a escrever depressa no verso. Sabia, sem sombra de dúvida, que as palavras que escrevia entre as linhas, como as usadas por aquela criança em seu dever de casa, indicavam coisas reais. Era como se, depois de muitos anos de mudez, ele tivesse recuperado a voz e o vocabulário que julgava perdidos para sempre. Fez uma lista de todos os indícios que recolhera em letra miúda, e quando chegou ao final da página, pensou, "Como foi fácil, no fim das contas! Agora, para ter certeza de que Celâl e eu realmente pensamos da mesma forma, só preciso estudar mais rostos!".

Esvaziou seu copo de chá estudando os rostos dos fregueses à sua volta, e em seguida voltou para a rua. Numa ruela, por trás do liceu de Galatasaray, viu uma velha falando sozinha, com a cabeça coberta por um xale. No rosto de uma jovem que saía da mercearia, inclinando-se para passar por baixo da porta de aço semicerrada, leu que todas as vidas eram parecidas. No rosto de uma garotinha de vestido desbotado com os olhos presos aos seus sapatos de sola de borracha que escorregava no gelo, leu que ela sabia perfeitamente o que significava sofrer de ansiedade.

Entrou num noutro café, tirou do bolso o dever de casa da criança e o leu depressa, como tinha o hábito de fazer com a crônica de Celâl. Se, à força de reler várias vezes as crônicas de Celâl, ele conseguia se apropriar da memória do primo, talvez assim descobrisse onde o primo cronista se escondia. No entanto, para adquirir acesso a essa memória, antes ele precisava localizar o arquivo onde Celâl guardava tudo que já escrevera. E depois de reler aquele dever de casa, Galip tinha percebido que esse arquivo só podia estar numa casa, *um lugar que nos protege do mal.* Quanto mais relia o dever de casa, mais Galip se apropriava da inocência da criança que não tem medo de dar os verdadeiros nomes a tudo que a cerca, e chegou a sentir-se perto de descobrir o endereço do lugar onde Rüya e Celâl se escondiam e estariam à sua espera naquele exato momento. Toda vez que essa idéia lhe provocava uma onda de entusiasmo, ele anotava mais alguns indícios no verso do dever de casa, mas elas não lhe revelaram nada de novo.

Quando chegou de volta à rua, Galip tinha eliminado alguns indícios e sublinhado outros: Rüya e Celâl não podiam estar fora da cidade, porque Celâl era incapaz de viver e escrever em qualquer outro lugar. Não podiam estar na margem asiática da cidade, porque ele sempre desprezara aquela área, que não tinha uma carga suficiente de "história". Não podiam estar escondidos na casa de algum amigo, porque ele não tinha nenhum amigo tão próximo. Não podiam estar escondidos na casa de algum amigo de Rüya, porque Celâl nunca iria para a casa de uma dessas pessoas. Não podiam estar escondidos num quarto anônimo de hotel, tampouco; ainda que fossem irmão e irmã, uma mulher e um homem dividindo um quarto sempre despertavam suspeitas.

Quando entrou no café seguinte, finalmente se convencera de uma coisa: estava no caminho certo. Saiu andando pelas transversais de Beyoğlu, na direção da praça de Taksim e de lá para Şişli e Nişantaşı, rumo ao coração do seu próprio passado. Lembrava-se da longa crônica que Celâl certa vez escrevera sobre os nomes das ruas de Istambul. Olhando para dentro de uma loja, viu na parede um retrato de um lutador já falecido, um medalhista olímpico, sobre o qual Celâl escrevera bastante em certa época. Aquele mesmo retrato emoldurado podia ser visto em barbearias, alfaiatarias e mercearias por toda a cidade: um retrato em preto-e-branco recortado das páginas da revista *Hayat*. O lutador aparecia de pé com as mãos na cintura, sorrindo modestamente para a câmera, e enquanto Galip estudava seu rosto lembrou que ele tinha morrido num acidente de carro. Não pela primeira vez, sentiu que a modéstia que se lia no rosto daquele homem confundia-se em seu espírito com o acidente que o matara dezessete anos antes; aquele acidente, percebia agora, tinha sido igualmente um sinal.

As coincidências desse tipo, que misturam fatos e imagens para transformá-los em novas histórias, são portanto indispensáveis. "Por exemplo", pensou Galip enquanto saía do café e tomava o rumo de Taksim, "quando olho para o velho pangaré que puxa aquela carroça à beira da calçada estreita da rua Hasnun Galip, sinto-me remetido à memória do cavalo cuja imagem eu via na cartilha que minha avó usava para me ensinar a ler e escrever. Aquele cavalo imenso, debaixo do qual vinha escrita a palavra *cavalo*, me lembra por sua vez o pequeno apartamento do sótão da avenida Teşvikiye em que Celâl morava sozinho na mesma época, cercado de objetos que refletiam sua personalidade e remetiam ao seu passado. E isso me faz pensar que esse apartamento talvez seja o símbolo do lugar que Celâl sempre ocupou na minha vida."

Mas fazia muitos anos que Celâl deixara aquele apartamento. Galip achou que podia ter interpretado os sinais da maneira errada, e hesitou. Se começasse a duvidar de suas intuições, logo acabaria perdido na cidade, disso ele não tinha dúvida. O que o impedia de desabar eram as histórias, histórias que ele precisaria descobrir por intuição, apalpando no escuro como um cego, procurando identificar objetos conhecidos pelo tato. Mantinha-se em movimento porque, depois de três dias vagando a esmo pelas ruas da cidade, fora capaz de construir uma história a partir dos rostos que encontrara pelo caminho. E estava convencido de que o mesmo acontecia com o mundo à sua volta e com todas as pessoas cujos rostos tinha visto: eram as histórias que os sustentavam.

Com a autoconfiança restaurada, Galip entrou em mais um café para avaliar o progresso que tinha feito até aquele ponto. As palavras que tinha usado em sua lista de indícios, escritas no verso do dever escolar, pareceram-lhe tão claras e simples quanto os termos do dever de casa. No outro extremo do café ficava uma televisão em preto-e-branco mostrando um jogo de futebol num campo coberto de neve. As linhas tinham sido demarcadas com pó de carvão, e a bola estava toda preta. Além de um ou dois grupinhos de homens jogando cartas em mesas nuas, todos os fregueses do café tinham os olhos fixos naquela bola preta.

Saiu do café e se disse que o segredo que tentava decifrar devia ser tão nítido e despojado quanto aquele jogo de futebol em preto-e-branco. Só precisava continuar prestando atenção às imagens e aos rostos por que cruzava, e seus pés o levariam aonde deviam. Istambul estava cheia de cafés; um homem podia atravessar a cidade de ponta a ponta ou de lado a lado entrando num café a cada duzentos metros.

Nas proximidades da praça de Taksim, viu-se subitamente cercado pelos espectadores que saíam de um cinema. Olhavam direto para a frente, como que em transe, descendo as escadas de braços dados ou com as mãos enfiadas nos bolsos, e Galip ficou tão impressionado com o peso do significado que leu em seus rostos que o pesadelo que ele próprio vivia assumiu um segundo plano. O que se lia em todos aqueles rostos era a serenidade de quem consegue esquecer sua própria tristeza mergulhando totalmente numa história. Todas aquelas pessoas encontravam-se ali, naquela rua infeliz, mas ao mesmo tempo continuavam imersas no miolo da história em que se tinham instalado com tanta vontade. O espírito delas, havia muito esgotado pelas derrotas e inquietações, agora tornara a se preencher com uma história complexa, que as fazia esquecer todas as lembranças e toda melancolia. "Puderam acreditar que são outras pessoas!", pensou Galip com inveja. Por um instante, precisou resistir à tentação de entrar e ver o filme que tinham acabado de assistir, para se perder ele também em alguma história e poder se transformar numa outra pessoa. Enquanto os espectadores se dispersavam pela rua, só parando de tempos em tempos para contemplar as vitrines desprovidas de qualquer interesse, Galip os via já de volta ao mundo opaco e triste das coisas mil tempo repetidas que conheciam tão bem. "Não são muito persistentes!", pensou Galip.

Por outro lado, para se transformar num outro, a pessoa precisa de todas as suas forças. Quando chegou à praça de Taksim, Galip sabia que tinha — finalmente — a força e a determinação para transformar seu sonho em realidade. "Agora sou outra pessoa!", pensou ele. Que sensação agradável! Sentia que o mundo todo mudara — não só a calçada gelada sob seus pés, não só os cartazes anunciando Coca-Cola e as conservas Tamek a toda sua volta, mas seu próprio corpo, dos pés à cabeça. Caso se esforce com a vontade necessária, caso repita várias vezes aquelas palavras, qualquer pessoa podia mudar todo o universo, mas não era necessário chegar a tais extremos. "Sou outra pessoa", tornou a dizer-se Galip. E sentiu elevar-se nele uma nova vida, como um cântico carregado com as memórias e a melancolia desse outro cujo nome não queria proferir. E no meio dessa música cada vez mais alta, a praça de Taksim — um dos centros da geografia da sua existência — começou lentamente a mudar de forma; com seus ônibus que avançavam penosamente em meio ao tráfego como perus gigantescos, os trólebus elétricos que se deslocavam muito devagar, lembrando lagostas aturdidas, seus cantos e recantos que nunca deixavam a penumbra. A praça começou a metamorfosear-se, transformando-se numa praça "moderna", maquiada e agitada, no meio de um país arruinado e esquecido que perdera toda esperança, uma praça que Galip nunca vira antes em sua vida. Os marcos ainda eram os mesmos, mas agora, quando Galip olhava para o Monumento à República coberto de neve, para a larga escadaria de templo grego que não levava a lugar nenhum, para o teatro "da ópera" que ele vira arder totalmente, com uma certa satisfação, num incêndio dez anos antes, transformaram-se nos fragmentos reais do país imaginário que anunciavam. Enquanto ele atravessava a multidão compacta à espera no ponto do ônibus, enquanto olhava para os passageiros que empurravam e forcejavam para entrar nos ônibus e nos *dolmuş*, não viu nenhum rosto misterioso; nenhuma sacola de plástico lhe transmitia intimações de um outro universo oculto sob véus sucessivos.

E assim ele continuou andando até Nişantaşı, passando por Harbiye e sem sentir mais qualquer necessidade de parar nos cafés para decifrar os rostos dos presentes. Muito mais tarde, quando tivesse certeza de ter encontrado o lugar que tanto tinha procurado, esforçando-se para lembrar quem tinha sido durante aquele último trecho, ficaria cheio de dúvidas: "Mesmo então, ainda não estava totalmente convencido de que eu era Celâl!", pensou ele, depois de sentar-se diante dos recortes de jornal, dos cadernos e das crônicas antigas que esclareceriam a totalidade do passado do seu primo. "É que naquele momento", acrescentaria, "ainda não tinha deixado de ser quem eu era, ainda não me relegava totalmente ao segundo plano!" Caminhava pelas ruas como um turista cujo avião teve a partida adiada e que se vê com meio dia a mais para passar numa cidade que nunca pensara em conhecer. O monumento a Atatürk lhe dizia que algum militar tinha desempenhado um papel importante na história desse país; a multidão parada diante das luzes brilhantes e borradas do cinema lhe dizia que, nas tardes de domingo, as pessoas dali gostavam de espantar o tédio assistindo a sonhos importados de outros países; os vendedores de sanduíches e salgados que acenavam com suas facas, os olhos fixos nas vitrines e nas calçadas, diziam-lhe que as ilusões e as memórias dolorosas acabam sepultadas sob as cinzas; as árvores nuas e escuras que se repetiam numa aléia no meio da avenida, ainda mais escuras com a noite que se aproximava, simbolizavam a melancolia que se abatera sobre toda a nação. "Meu Deus, o que se pode fazer nesta cidade numa hora dessas, numa rua triste assim?", perguntou-se Galip num murmúrio, mas ao mesmo tempo sabia que antes lera aquela mesma frase numa das antigas crônicas de Celâl que tinha recortado e guardado.

A noite já tinha caído quando finalmente chegou a Nişantaşı. A atmosfera do fim das tardes de inverno, na hora em que os engarrafamentos se formam na cidade e a fumaça do escapamento dos carros se mistura à fuligem que se eleva das chaminés dos prédios de apartamentos, impregnava as calçadas estreitas e cobertas de neve. Galip aspirou satisfeito esse aroma que lhe queimava a garganta e que, a seu ver, era tão estranhamente peculiar daquele bairro. No canto da praça, quando chegou ao cruzamento que era o coração de Nişantaşı, o desejo de ser outra pessoa o invadiu com tamanha força que teve a impressão de ver pela primeira vez, totalmente renovados, os letreiros de neon, as fachadas dos prédios, as vitrines das lojas e os letreiros dos bancos que já vira milhares e milhares de vezes. Sentia o coração leve, pronto para a aventura, e aquela sua disposição transfigurava de repente as ruas do bairro onde vivera a vida inteira. No entanto, ele sabia que, mais que uma simples mudança de humor, aquele estado de espírito tomara conta dele e nunca mais iria abandoná-lo.

Em vez de atravessar a rua e tomar o caminho de casa, virou à esquerda na avenida Teşvikiye. Aquela sensação, que já o invadira totalmente, o deixava tão feliz, e as possibilidades da personalidade que acabara de assumir eram tão sedutoras, que devorava com os olhos cada imagem que se convertera em novidade, com a avidez do paciente que tivesse acabado de se curar de uma longa doença que o mantivera confinado por muito tempo e visse o mundo exterior pela primeira vez. "Quer dizer que a vitrine da leiteria pela qual eu venho passando todo dia desde sabe-se lá quando realmente lembra uma vitrine iluminada de joalheria, e eu nunca tinha percebido!", teve vontade de dizer. "Com que então esta avenida sempre foi assim tão estreita, e as calçadas tortas e esburacadas!"

Quando era criança, ele muitas vezes se dedicava a abandonar seu corpo e seu espírito para observar de fora a nova pessoa em que assim se transformava; e da mesma forma como na época acompanhava na imaginação o caminho da pessoa cuja personalidade tinha adotado, pensou: "Agora ele está passando à frente do Banco Otomano. Agora está passando diante do edifício Cidade dos Corações — onde morou tantos anos com a mãe, o pai e o avô — e sequer vira a cabeça para lançar-lhe um olhar de passagem. Agora parou diante da farmácia e está olhando a vitrine; o homem na caixa registradora é filho da enfermeira que costumava aplicar-lhe as injeções em domicílio. Agora está passando, sem o menor medo, pela porta da delegacia de polícia; agora está sorrindo afetuosamente para os manequins que se distribuem em meio às máquinas Singer, como se fossem velhos amigos seus. Agora está tomando fôlego pela última vez antes de se dirigir com passo decidido para um segredo, para a entrada que lhe dará acesso a uma conspiração secreta que vem sendo minuciosamente tramada há muitos anos...".

Atravessou a rua e percorreu a avenida no sentido contrário, antes de tornar a atravessar a rua para caminhar até a mesquita, à sombra das poucas tílias plantadas à beira da avenida e dos cartazes de propaganda que pareciam pender de cada sacada. Em seguida, refez o mesmo caminho. A cada vez, ia um pouco mais longe para cima e para baixo pela avenida, ampliando assim o terreno investigado; enquanto caminhava, memorizava os detalhes que sua infeliz personalidade anterior o impedira até então de perceber: na vitrine da loja de Alâaddin, aninhado em meio a jornais velhos, revólveres de brinquedo e caixas de meias de náilon, havia um canivete de mola; a placa dizendo que era obrigatório virar à direita, canalizando o tráfego para a avenida Teşvikiye, na verdade apontava para o edifício Cidade dos Corações; apesar do frio, as migalhas de pão que as pessoas tinham deixado para os pássaros em cima do muro baixo que cercava a mesquita tinham mofado; algumas das palavras dos slogans políticos pichados nos muros do liceu feminino tinham duplo sentido; e era também para o edifício Cidade dos Corações que olhava diretamente Atatürk, através do vidro sujo de poeira da sua foto emoldurada presa à parede de uma das salas de aula, onde as luzes ainda estavam acesas; na vitrine da floricultura, uma mão misteriosa tinha achado conveniente prender minúsculos alfinetes de fralda aos botões de rosas; até os vistosos manequins de porte majestoso da vitrine de uma loja nova de roupas de couro tinham o rosto virado para o alto, na direção do apartamento do último andar onde Celâl tinha morado antigamente, e onde Rüya em seguida se instalara com seus pais.

Galip passou um bom tempo olhando para cima, como eles. Quando lembrou que os manequins eram uma cópia de personagens imaginados noutro país, assim como os heróis infalíveis dos livros policiais traduzidos que ele nunca lia, mas de que Rüya sempre lhe falava, lembrou-se que Rüya — a exemplo daqueles livros e manequins — tinha sido concebida no estrangeiro; pareceu-lhe perfeitamente lógico, então, acompanhando o olhar dos manequins, concluir que Celâl e Rüya estavam escondidos no apartamento do sótão.

Na mesma hora, deu as costas para o edifício e correu de volta para a mesquita, mas para isso precisou de todas as suas forças. Era como se suas pernas não quisessem mais obedecer, e só pensassem em entrar no edifício Cidade dos Corações; queriam subir correndo aquelas escadas que conheciam tão bem, até o último andar; queriam levá-lo para dentro do apartamento, um lugar escuro e assustador, onde ele havia de descobrir uma coisa que não sabia qual era. Galip resistiu a imaginar a cena. No entanto, quanto mais se esforçava para afastar-se do edifício, mais sentia que suas pernas insistiam em conduzi-lo para todas as respostas, carregadas de sentido, que lhe eram indicadas havia tantos anos por aquelas calçadas, aquelas lojas, as letras dos cartazes de publicidade e dos sinais de tráfego. E quando compreendeu que as respostas estavam ali — no momento em que teve a intuição de que os dois podiam estar ali —, foi tomado pela angústia e por intimações de um desastre iminente. Quando chegou à esquina e à loja de Alâaddin, não sabia dizer se seu medo se acentuara por estar tão perto da delegacia de polícia ou por ter percebido que a placa que indicava ser obrigatório virar à direita não apontava, no fim das contas, para o edifício Cidade dos Corações. A essa altura, seu cansaço e sua confusão eram tamanhos que precisava encontrar algum lugar onde pudesse sentar-se e refletir um pouco.

Entrou na velha lanchonete ao lado do ponto de *dolmuş* Teşvikiye—Eminönü, onde pediu um prato de salgados e um copo de chá. Não seria a coisa mais natural do mundo para Celâl — obcecado como era pelo seu passado e sua memória em declínio — alugar ou comprar o apartamento onde tinha passado boa parte da infância e da juventude? Agora que os parentes que o haviam enxotado não tinham mais dinheiro e se acotovelavam num prédio empoeirado de uma rua secundária, ele decidira voltar, triunfante, e retomar o apartamento de onde fora expulso. E era totalmente de acordo com o caráter de Celâl, pensou Galip, esconder aquela sua vingança de todos da família, com a exceção de Rüya, e apagar caprichosamente todas as pistas, muito embora tivesse voltado a morar na artéria principal da área.

Nos minutos que se seguiram, Galip concentrou toda a atenção numa família que acabara de entrar na lanchonete: o pai, a mãe, os filhos — um menino e uma menina — tinham vindo fazer um lanche depois de saírem da sessão de cinema da tarde de domingo. Os pais eram da mesma idade que Galip. De tempos em tempos, o pai tornava a mergulhar na leitura do jornal que tirara do bolso; a mãe tentava controlar as crianças ruidosas franzindo as sobrancelhas, e enquanto atendia às muitas e variadas necessidades da família, suas mãos voavam entre a mesa e sua bolsa com a rapidez e a habilidade de um mágico que tirasse os objetos mais diversos da cartola: primeiro foi um lenço para o filho, cujo nariz estava escorrendo; depois foi um comprimido vermelho que depositou na mão estendida do pai, um prendedor para o cabelo da filha, um isqueiro para o cigarro do pai (que estava lendo a crônica de Celâl), o mesmo lenço de novo para o garoto, e assim por diante.

Galip engolia o último pedaço dos seus salgados e terminava seu chá quando percebeu que aquele pai também tinha sido seu colega na escola e no liceu. Já estava de saída quando foi tomado pelo desejo de falar com ele e parou bruscamente no caminho da porta, reparando na assustadora cicatriz de queimadura que corria pela face direita do homem até o pescoço. Em seguida lembrou-se também da mulher, uma garota tagarela e engraçada da mesma turma em que ele e Rüya estudavam na Escola Secundária Progressiva de Şişli. Enquanto os adultos tinham essa conversa e trocavam as palavras costumeiras, relembrando os velhos tempos, trocando informações sobre o presente e, naturalmente, falando de Rüya com muito carinho, as duas crianças aproveitaram a distração dos pais para acertar suas contas. Galip explicou que ele e Rüya não tinham filhos, que Rüya estava em casa lendo um livro policial, esperando a volta dele, que estavam planejando ir ver alguma coisa no Palácio na sessão da noite, que tinha saído para comprar as entradas e que também tinha acabado de encontrar-se com outra antiga colega de turma, Belkıs — não lembravam dela? Cabelos escuros, altura mediana...

"Não havia nenhuma garota chamada Belkıs na nossa turma!", protestaram o homem e a mulher, tão gastos e desbotados um quanto a outra, com um tom tão insuportável e insípido quanto suas existências. De vez em quando folheavam o álbum de formatura encadernado de couro, para trocar lembranças sobre os colegas, com as lembranças e as histórias associadas a cada um, e era por isso que tinham tanta certeza do que diziam.

Voltando para o frio da rua, Galip saiu andando depressa para a praça de Nişantaşı. Tinha concluído que Rüya e Celâl iam assistir à sessão de 7h15 da noite de domingo no Palácio. Correu para o cinema, mas os dois não estavam na calçada nem na multidão reunida no saguão de entrada. Esperou por eles algum tempo, e viu a fotografia da atriz que tinha visto no filme da véspera; novamente, sentiu-se tomado pelo desejo de estar no lugar dela.

Já era tarde quando se viu de novo de pé junto à porta do edifício Cidade dos Corações, depois de passar um bom tempo andando de um lado para o outro pela rua, olhando as vitrines e lendo os rostos das pessoas que passavam apressadas. A luz azulada da televisão, que refulge toda noite às oito nas janelas da cidade, emanava de todos os prédios de apartamentos da avenida, menos no Cidade dos Corações. Galip examinou com cuidado suas janelas escuras, e distinguiu um pedaço de pano azul-marinho pendurado na sacada do último andar. Trinta anos antes, quando a família toda morava ali, um pedaço de pano azul-marinho era um sinal destinado ao carregador de água potável: quando ele e seu cavalo chegavam à avenida, puxando a carroça cheia de latões esmaltados, o carregador sabia assim quais andares precisavam de água.

Concluindo que aquele pano só podia ser um sinal, Galip passou em revista as interpretações possíveis. Podia muito bem ser a maneira encontrada por Celâl para dizer a ele que Rüya estava em sua casa. Ou ainda uma forma nostálgica encontrada por Celâl para mais uma incursão ao passado a que se apegava tanto. Galip ficou pensando na calçada até as oito e meia, e em seguida foi para casa.

A luz que encontrou acesa na sala com móveis antigos — onde ele e Rüya costumavam passar suas noites, um cigarro nas mãos, em meio a seus livros e jornais — despertou-lhe uma série de lembranças insuportáveis, e de uma tristeza igualmente insuportável, como a nostalgia provocada pelas fotos de paraísos perdidos banalizados pelos suplementos de viagem dos jornais. Nada indicava que Rüya tivesse voltado em casa; nenhum sinal de sua passagem. Os mesmos cheiros, as mesmas sombras, receberam melancolicamente o homem exausto que voltava ao lar conjugal. Galip deixou a mobília silenciosa iluminada pela triste luz da sala e enveredou pelo corredor sem luz até o quarto mergulhado na escuridão. Tirou o sobretudo e se atirou na cama, que encontrou às apalpadelas. A luz fraca que vinha da sala, além da luz do lampião da rua, que penetrava pelo corredor, desenhava sombras no teto do quarto, dando-lhes a forma de silhuetas demoníacas com rostos de traços finos.

Quando se levantou da cama bem mais tarde, Galip sabia exatamente o que fazer. Pegou o jornal e leu a programação da TV, e em seguida olhou quais filmes estavam passando naquela área, tendo o cuidado de notar se os horários das sessões eram os mesmos de sempre. Releu uma última vez a crônica de Celâl. Abrindo a geladeira, encontrou um pote com azeitonas, pegou algumas que ainda não tinham estragado, cortou a parte do queijo branco que ainda lhe parecia comestível, encontrou um pouco de pão seco e sentou-se para comer. Enfiou alguns jornais num envelope grande e escreveu nele o nome de Celâl. Saiu de casa às dez e quinze e caminhou até o edifício Cidade dos Corações, parando do outro lado da rua, dessa vez um pouco mais longe da entrada.

Passou pouco tempo até a luz do saguão se acender, e lá junto à porta estava o velho porteiro do edifício desde o início dos tempos, İsmail Efendi; com o cigarro costumeiro pendendo dos lábios, esvaziava na lixeira maior da calçada, instalada ao pé da grande castanheira, as latas de lixo que trazia de dentro do prédio. Galip atravessou a rua.

"Olá, İsmail Efendi, como vai? Vim deixar um envelope para Celâl."

"Aaah, Galip!", disse o velho, com a alegria e a ligeira hesitação do diretor de uma escola que encontra um ex-aluno depois de muitos anos. "Mas Celâl não está aqui."

"Escute, eu sei que ele está aqui, mas pode deixar, também não vou contar para ninguém", disse Galip, enquanto entrava no edifício com um passo decidido. "Principalmente, não fale disso com mais ninguém. Ele me deu instruções expressas: 'Deixe o envelope embaixo com İsmail Efendi'. Foi só o que ele me disse!"

Galip desceu os degraus da escada que levava ao apartamento do porteiro, onde reinava como sempre o mesmo cheiro de gás de cozinha e óleo de fritura queimado. E lá estava a mulher de İsmail, Kamer, sentada na mesma poltrona, assistindo a televisão que agora ocupava a estante onde antes ficava o rádio do casal.

"Kamer, olhe quem está aqui", disse Galip.

"Aaah!", exclamou a mulher. E se levantou para abraçá-lo. "Você esqueceu de nós!"

"Mas como eu poderia me esquecer de vocês?"

"Vocês todos vivem passando pelo edifício, mas nunca aparecem para uma visitinha."

"Eu trouxe isto aqui para Celâl!", disse Galip, mostrando-lhe o envelope.

"Foi İsmail quem lhe contou?"

"Não, foi o próprio Celâl", respondeu Galip. "Eu sei que ele está morando aqui, mas, por favor, em caso nenhum você pode contar para mais ninguém."

"Não podemos fazer nada, não é?", disse a mulher. "Afinal, ele nos deu ordens bem claras. Não devemos falar com ninguém."

"Eu sei", disse Galip. "E eles estão lá em cima agora?"

"Nós nunca sabemos ao certo. Ele sempre chega no meio da noite, quando já estamos dormindo, e torna a sair antes de acordarmos. Nós nunca vemos Celâl em pessoa, só ouvimos sua voz. Subimos para tirar o lixo e deixar o jornal. Às vezes a pilha de jornais vai crescendo vários dias e acaba enorme."

"Não vou subir", disse Galip. Fingindo que procurava um lugar para deixar o envelope, examinou o apartamento: a mesma mesa de jantar, coberta com a mesma toalha de linóleo quadriculada de azul; as mesmas cortinas desbotadas tapando a visão das pernas dos pedestres que passavam pela calçada e dos pneus dos carros cobertos de lama; a cesta de costura, o ferro de passar, o açucareiro, o fogareiro a gás, o radiador coberto de ferrugem... E, pendurada como antes num prego, perto da prateleira acima do radiador, Galip viu uma chave. A mulher tornara a se instalar em sua poltrona.

"Vou lhe fazer um chá", disse ela. "Sente ali na beira da cama e fique à vontade." Ainda estava com um olho na televisão. "E como vai Rüya Hanım? Por que vocês ainda não têm filhos?"

Uma jovem que, de longe, parecia um pouco com Rüya apareceu na tela da TV a que, a essa altura, a mulher dedicava toda a atenção. A jovem tinha a pele muito branca e os cabelos de uma cor indefinível desarrumados como que pelo sono; seu olhar falsamente infantil era inexpressivo, e ela passava batom nos lábios com um ar muito satisfeito.

"Ela é linda", murmurou Galip.

"Pois Rüya Hanım é mais bonita ainda", replicou Kamer Hanım, também em voz baixa.

Mas os dois continuavam a contemplar a jovem da tela com um respeito e uma admiração quase temerosa. Com um gesto rápido, Galip apoderou-se da chave e guardou-a no bolso, ao lado do dever de casa da criança onde anotara sua lista de indícios e sinais. Olhou para Kamer Hanım; ela não tinha visto nada.

"Onde eu posso pôr o envelope?"

"Dê aqui", disse ela.

Pela janelinha que dava para a rua, Galip viu İsmail Efendi trazendo as latas de lixo vazias de volta para dentro. Ouviram-no entrar no elevador; quando começou a subir, as luzes perderam parte da força e a imagem da televisão ficou por um instante borrada na tela. Galip aproveitou a oportunidade para se despedir.

Lentamente, em silêncio, subiu os degraus que levavam para a porta de entrada do edifício, que abriu e depois fechou com estrondo, só que ficando do lado de dentro. Voltou até as escadas e subiu dois andares na ponta dos pés, enquanto o coração lhe batia com tanta força que sentia sua pulsação na ponta dos dedos. Sentou-se no patamar entre o segundo e o terceiro andares, esperou que İsmail Efendi acabasse de distribuir as latas de lixo vazias pelos andares superiores e voltasse para casa. De repente as luzes da escada se apagaram. "Minuteria automática!", murmurou Galip, lembrando o quanto aquele adjetivo lhe soava estranho e fascinante, evocando paragens distantes e misteriosas de sua infância. As luzes se acenderam de novo. O porteiro tornou a entrar no elevador e, quando começou a descer, Galip retomou sua lenta e silenciosa ascensão das escadas. Na porta do apartamento onde ele morara com seus pais, havia uma placa de latão com o nome de um advogado. Na porta do antigo apartamento de seus avós, uma placa com o nome de um ginecologista e uma lata de lixo vazia no umbral.

Por outro lado, não havia placa nem nome algum junto à porta de Celâl. Galip apertou o botão da campainha com a confiança de um cobrador da companhia de gás. Ao segundo toque, as lâmpadas se apagaram na escada. Nenhuma luz aparecia por baixo da porta. Tocou a campainha pela terceira vez, depois pela quarta, ao mesmo tempo em que enfiava a mão livre no poço sem fundo do seu bolso e procurava pela chave; mesmo depois de encontrá-la, continuou apertando o botão. "Estão escondidos num dos quartos, ou na sala", pensou ele. "Estão sentados naquelas poltronas da sala, um em frente ao outro, sem dizer nada ou fazer nenhum barulho, só esperando!" Num primeiro momento, não conseguiu enfiar a chave na fechadura. Já estava quase concluindo que era a chave errada quando por fim — como a mente que confunde todas as suas lembranças mas consegue, num momento de brilho, compreender a si mesma e enxergar alguma ordem no caos do universo — a chave entrou na fechadura; com uma sensação acachapante de felicidade, ele viu a estranha simetria da vida claramente confirmada; a porta se abriu para um apartamento às escuras e, em seguida, o telefone começou a tocar em algum ponto.

SEGUNDA PARTE

20. A casa fantasma

Sentia-se triste como uma casa vazia...
Flaubert, *Madame Bovary*

O telefone começou a tocar três ou quatro segundos depois que a porta fora aberta, mas Galip entrou em pânico com a idéia de que pudesse haver alguma ligação mecânica entre a porta e a campainha, como no caso dos mugidos implacáveis dos alarmes disparados nos filmes policiais. Quando a campainha do telefone tocou pela terceira vez, Galip imaginou que iria esbarrar em Celâl que, agitado, corria pela casa escura para atender o telefone. Ao quarto toque, concluiu que não havia ninguém em casa mas, ao quinto, imaginou que deveria haver alguém no apartamento, pois ninguém insistiria tanto ao telefone se não tivesse certeza de que a casa não estava vazia. Ao sexto toque, Galip se esforçou para reconstituir mentalmente a planta daquele apartamento fantasmagórico, onde entrara pela última vez quinze anos antes; procurava o interruptor da luz às apalpadelas, e se espantou ao encontrar um móvel no caminho: correu na direção da campainha, na escuridão mais completa, colidindo com móveis e derrubando alguns. Quando finalmente conseguiu encontrar o aparelho, depois de muita procura, seu corpo encontrou instintivamente uma poltrona e sentou-se.

"Alô?"

"Ah, então finalmente o senhor voltou!", disse-lhe uma voz desconhecida.

"Sim..."

"Celâl Bey, faz muitos dias que venho tentando encontrar o senhor. Desculpe por incomodar assim tão tarde, mas tenho a mais urgente necessidade de me encontrar com o senhor, o mais rápido possível."

"Não estou reconhecendo a sua voz..."

"Nós nos conhecemos anos atrás, num baile, no Dia da República. Eu me apresentei ao senhor, Celâl Bey, mas o senhor não deve se lembrar de mim. Mais tarde, eu lhe enviei duas cartas assinadas com pseudônimos que eu mesmo esqueci. A primeira sugeria uma explicação plausível para o mistério que cerca a morte do sultão Abdülhamit; na outra eu falava da malfadada conspiração dos estudantes universitários que resultou no chamado 'crime da arca'. Fui eu que lhe sugeri que havia um agente secreto envolvido no caso; em seguida, o senhor aplicou sua inteligência privilegiada ao mistério e falou longamente da história em alguma das suas crônicas."

"Sim."

"Agora estou com um outro dossiê na minha frente."

"Deixe para mim no jornal."

"Eu sei que faz vários dias que o senhor não vai ao jornal. Além disso, não tenho certeza de poder confiar nas pessoas de lá num caso tão urgente."

"Está bem. Então entregue ao meu porteiro."

"Mas não tenho seu endereço. O auxílio à lista só dá o número de telefone, nunca o endereço. O senhor deve ter registrado esse telefone no nome de outra pessoa. Não existe ninguém no catálogo com o nome de Celâl Salik. Existe o registro de um Celâlettin Rumi, que só pode ser um pseudônimo seu."

"Mas quem lhe deu meu telefone também não deu meu endereço?"

"Não."

"Quem lhe deu meu telefone?"

"Um amigo comum. Posso lhe explicar isso também, quando nos encontrarmos. Faz dias que estou à sua procura. Procurei por todo lado. Liguei para a sua família. Conversei com a sua tia, que parece gostar muito do senhor. Fui a todos os lugares de que o senhor fala com carinho em suas colunas — as ruas transversais de Kurtuluş e Cihangir, o cinema Palácio —, sempre na esperança de encontrá-lo por acaso. Em algum ponto do caminho ouvi falar que uma equipe de filmagem inglesa, hospedada no Pera Palace, estava tentando entrevistá-lo — também estão à sua procura. O senhor sabia disso?"

"Fale do seu dossiê."

"Não quero falar sobre isso pelo telefone. Se o senhor me der seu endereço, posso ir vê-lo em seguida; ainda não é tão tarde assim. O senhor mora em Nişantaşı, não é?"

"Sim", respondeu Galip, tentando demonstrar sangue-frio, "mas não estou mais interessado nesses assuntos."

"O que o senhor quer dizer?"

"Se o senhor lesse com cuidado as minhas crônicas, já teria entendido que esses assuntos não me interessam mais."

"De maneira alguma, esse é exatamente o tipo de coisa que lhe interessa, uma coisa sobre a qual o senhor vai querer escrever com toda a certeza. E também pode falar a respeito dela com a equipe da TV inglesa. Dê o seu endereço."

"Espero que me desculpe, meu velho", disse Galip com uma bonomia que até ele próprio achou chocante, "mas não tenho mais tempo a perder com essas bobagens literárias."

Tranqüilo e muito satisfeito consigo mesmo, desligou o telefone. Estendeu o braço no escuro com confiança e sua mão localizou o interruptor na base do abajur de mesa. O espanto e um certo temor tomaram conta dele quando a luz mortiça e alaranjada do abajur iluminou a sala. A imagem com que se deparou era tão inesperada que mais tarde ele a definiria como "uma miragem".

A sala estava exatamente igual ao que era vinte e cinco anos antes, quando era ocupada por Celâl, o jovem jornalista solteiro. Tudo — os móveis, as cortinas, a posição dos abajures, as cores, as sombras, os cheiros — replicava a sala de um quarto de século antes. E as poucas coisas que havia e pareciam novas eram reproduções de móveis e objetos antigos. Galip perguntou-se se aquilo não era alguma brincadeira, uma peça que Celâl decidira lhe pregar, talvez para convencê-lo de que os últimos vinte e cinco anos nunca tinham acontecido. Mas então, quando examinou os móveis mais de perto, concluiu que não faziam parte de logro algum, e que de fato tudo o que ele vivera desde a infância dissolvia-se de uma hora para outra, como que por encanto, e desaparecia para sempre. Os móveis que tinham surgido da escuridão inquietante não tinham nada de novo: se irradiavam uma certa impressão de novidade, era porque tinham ressurgido inesperadamente diante dele, ao final de tantos anos, com o mesmo aspecto que tinham quando ele os vira pela última vez, e que ele tinha esquecido depois: imaginava que tivessem envelhecido, quebrado, ou até desaparecido, como suas memórias. Mas não. Era como se as velhas mesas, as cortinas desbotadas, os cinzeiros sujos e as poltronas gastas tivessem se recusado a se submeter ao destino que lhes fora imposto pela vida e as lembranças de Galip; como se tivessem decidido (no dia em que o Tio Melih voltara de Esmirna e viera morar ali com sua nova família) revoltar-se contra o destino que fora imaginado para eles, encontrando os meios de refugiar-se num mundo à parte criado por eles próprios. Mais uma vez, Galip compreendeu assustado que todos os móveis, todos os objetos da casa tinham sido dispostos exatamente da maneira como tinham sido arrumados quarenta anos antes, quando Celâl tinha ido morar ali com sua mãe.

A mesma mesa de nogueira com as pernas em forma de patas de grifo, disposta à mesma distância e no mesmo ângulo em relação à janela coberta com as mesmas cortinas de um verde-petróleo; a mesma mancha lembrando uma silhueta humana, produzida por óleo de cabelos e brilhantina, exibia-se ainda no encosto da poltrona forrada com o mesmo tecido da fábrica Sümerbank (e, vinte e cinco anos mais tarde, os mesmos galgos famintos e ferozes ainda perseguiam com o mesmo ardor as pobres gazelas perdidas numa floresta de folhagens roxas); no interior da mesma vitrine empoeirada, em cima de uma travessa de cobre, o setter inglês que parecia saído de um filme britânico ainda contemplava o mesmo universo com a mesma paciência; os mesmos relógios parados, as mesmas xícaras e as mesmas tesouras de unha dispostas em cima do radiador — à fraca luz alaranjada do abajur, tinham a mesma aparência do dia em que Galip os vira pela última vez àquela mesma luz, para nunca mais pensar neles. "Há coisas de que nos esquecemos", escrevera Celâl numa de suas crônicas mais recentes. "De outras, nem mesmo lembramos que nos esquecemos — e são essas as coisas que precisamos nos esforçar para encontrar." Galip lembrava bem: quando Rüya e os pais dela tinham vindo morar naquele apartamento e Celâl tivera de sair, aqueles móveis foram pouco a pouco mudando de lugar, envelheceram, foram reparados e depois finalmente desapareceram em algum submundo sem deixar vestígios. Quando o telefone tornou a tocar e Galip, ainda instalado na velha poltrona e ainda de sobretudo, estendeu a mão para pegar aquele telefone seu velho conhecido, sabia — sem nem pensar no que fazia — que não teria a menor dificuldade para imitar a voz de Celâl.

Era novamente a mesma voz de antes. A pedido de Galip, dessa vez ele se identificou não pelas possíveis memórias comuns, mas pelo nome: Mahir İkinci. No entanto, aquele nome não evocava nenhum rosto para Galip.

"Estão planejando um golpe de Estado. Uma pequena organização dentro do Exército. Um grupo integrista, uma espécie de confraria. Acreditam na chegada do Mehdi, o Messias. Acham que a hora está chegando — e decidiram partir para a ação em boa parte por causa dos seus artigos."

"Nunca me interessei por esse tipo de idiotice."

"Ah, mas o senhor falou disso, Celâl Bey, falou sim. Se não se lembra mais, é porque perdeu ou destruiu a memória, como admitiu em seus artigos, ou talvez não queira lembrar. Reveja suas antigas crônicas, aproveite para ler algumas delas — e talvez sua memória volte."

"Não, garanto que não."

"Volta, sim. Pelo que sei de você, não é homem de ficar afundado na poltrona depois de saber que vai haver um golpe militar."

"Tem razão, não sou mesmo esse tipo de homem. Na verdade, ultimamente não estou me reconhecendo."

"Já vou me encontrar com você. Vou lembrar seu passado, devolver todas as memórias que você perdeu. Logo vai ver como tenho razão, e vai se dedicar totalmente a esse caso."

"Bem que eu gostaria, mas não posso me encontrar com você."

"Nem precisa, eu vou até aí."

"Se você conseguir descobrir meu endereço. Não vou mais sair de casa."

"Escute: existem trezentos e dez mil números de telefone no catálogo de Istambul. Como eu tenho uma idéia do primeiro algarismo, sou capaz de examinar uns cinco mil números por hora. O que significa que, no máximo daqui a cinco dias, posso descobrir seu endereço e o nome falso que você anda usando, que eu gostaria tanto de saber."

"Não vá perder o seu tempo!", disse Galip, tentando soar confiante. "Meu telefone não está no catálogo."

"Você é louco por pseudônimos. Faz anos que eu leio tudo que você escreve, por isso eu sei o quanto gosta de nomes falsos e de bancar o impostor, de todos os truques e subterfúgios que permitem a alguém passar por outra pessoa. Em vez de preencher um formulário para pedir que deixassem seu nome verdadeiro fora do catálogo, aposto que deve ter inventado um novo nome falso. Já experimentei inclusive vários pseudônimos que você podia ter usado."

"Quais são?"

O homem recitou a lista. Galip desligou o telefone e tirou o fio da parede, pensando que iria esquecer todos aqueles nomes. Com medo de que desaparecessem sem deixar vestígio, pegou o pedaço de papel em seu bolso e anotou nas costas do dever de casa. O fato de haver mais gente no encalço de Celâl — alguém que lia suas crônicas com mais cuidado ainda do que ele, e se lembrava melhor dos detalhes — lhe soou tão estranho, tão surpreendente, que seu corpo lhe pareceu começar a perder a realidade. Embora achasse repelente a diligência daquele leitor, sentia de certa forma que ele era como um irmão. Se ele pudesse se encontrar com aquele homem para conversar sobre as crônicas antigas de Celâl, teve certeza de que a poltrona em que estava sentado, naquela sala tão irreal, poderia vir a adquirir um sentido profundo.

Quando a família de Rüya ainda não se mudara de volta para a cidade, e ele tinha uns seis anos, costumava subir para o apartamento de Celâl escondido do pai e da mãe — que não gostavam daquelas visitas — nas tardes de domingo, e era naquela mesma poltrona que ele se instalava para ouvir os jogos de futebol no rádio. (Vasıf vinha junto e ficava ali sentado balançando a cabeça, fingindo que ouvia o jogo tão bem quanto eles.) Observava com admiração a velocidade com que Celâl trabalhava na continuação do folhetim sobre os campeões de luta que seu delicado antecessor fora obrigado a abandonar no meio do caminho, datilografando com um cigarro aceso pendendo do canto dos lábios. Antes que Celâl fosse obrigado a deixar o apartamento onde ainda morava com o Tio Melih e a família, Galip tinha a permissão dos seus pais para subir até lá nas frias e longas noites de inverno, a pretexto de ouvir as histórias do Tio Melih sobre a África, mas na verdade para admirar a Tia Suzan e Rüya — que era, como ele acabara de descobrir, tão incrivelmente linda e fascinante quanto a mãe. Era naquela mesma poltrona que Galip se instalava, bem em frente de Celâl, que, por mímica, zombava das lorotas do Tio Melih com estranhos movimentos dos olhos e das sobrancelhas. Poucos meses mais tarde, depois que Celâl desapareceu de uma hora para outra e as discussões entre o Tio Melih e o pai de Galip sempre faziam a Avó chorar quando os adultos se reuniam em seu apartamento para discutir quem era o dono do quê e qual deles tinha o direito de morar em qual andar do edifício, alguém sempre dizia, "Vocês deviam mandar as crianças para cima", e quando eles dois chegavam àquela sala vazia e silenciosa, Rüya sempre se sentava na beira daquela poltrona e ficava com os pés balançando acima do soalho, e Galip a contemplava com veneração. Isso tinha ocorrido vinte e cinco anos antes.

Por muito tempo Galip ficou sentado, em silêncio, naquela poltrona. Depois, na esperança de descobrir algum indício que pudesse lhe apontar onde Celâl e Rüya podiam estar escondidos, submeteu os outros aposentos do apartamento a uma busca sistemática e exaustiva — e descobriu que todos tinham sido mobiliados por Celâl de acordo com as memórias da sua infância e juventude. Duas horas depois, porém (e a essa altura já se sentia menos um marido forçado a bancar o detetive do que o amador recém-entrado no primeiro museu que jamais organizara uma exposição correspondente à sua maior paixão na vida, e anda de sala em sala maravilhado e boquiaberto de fascínio), ele chegara às seguintes conclusões:

A julgar pelas duas xícaras na mesa em que esbarrara a caminho do telefone, Galip concluiu que Celâl recebia outras pessoas naquele apartamento. Mas as xícaras frágeis tinham se partido, de maneira que foi incapaz de extrair conclusões definitivas, mesmo depois de provar a fina camada de café que ficara em vários fragmentos (Rüya tomava café com muito açúcar). A julgar pela data do primeiro dos jornais da pilha em frente à porta, Celâl tinha estado no apartamento no mesmo dia em que Rüya desaparecera. Havia uma cópia de sua crônica daquele dia — "O dia em que o Bósforo secou" — ao lado da Remington, os erros corrigidos com uma esferográfica verde nos costumeiros garranchos furiosos de Celâl. Nada nos guarda-roupas dos quartos ou no armário do corredor junto à porta de entrada indicava que Celâl tinha saído de viagem ou que pretendesse passar um período longo fora do apartamento. Tudo que ele possuía parecia estar ali — dos seus pijamas listrados de azul do tipo usado no Exército à lama fresca nos sapatos, do sobretudo azul-escuro que ele usava todo inverno aos seus coletes de frio, às meias na cesta de roupa suja e seus vastos suprimentos de roupas de baixo (numa de suas antigas crônicas, Celâl confessava que, como tantos homens de meia-idade que se vêem com dinheiro depois de uma infância pobre, era viciado na compra de roupas de baixo, e possuía muito mais do que qualquer pessoa jamais conseguiria usar); tudo ali sugeria que aquela era a casa de um homem que podia voltar a qualquer momento para retomar sua vida cotidiana.

Embora fosse difícil dizer, pelas toalhas e os lençóis, com quanta minúcia Celâl se dedicara a replicar a decoração do lar da sua infância, ficava claro que tinha aplicado, como na sala, o mesmo princípio da "casa fantasma" a todo o apartamento. Assim, as paredes do quarto que Rüya ocupava na infância estavam pintadas do mesmo azul infantil, e no mesmo quarto ficava a carcaça (ou uma réplica?) da cama onde a mãe de Celâl tinha o costume de guardar seus materiais de costura, os moldes de vestidos, os tecidos importados, as revistas de moda e as fotos recortadas que as ricas moradoras de Şişli e Nişantaşı traziam para servir de modelo. Quando os cheiros — e isso é fácil de entender — se acumulam em certos locais, com sua carga de evocação dos tempos perdidos, para que se possa repetir o passado é necessário o apoio de algum detalhe visual que os complemente. Galip compreendera que os cheiros só existem graças aos objetos que os cercam; era o caso daquela mistura do perfume dos sabonetes Puro (na época o único sabonete do mercado) que lhe subia ao nariz sempre que se aproximava do lindo divã onde Rüya dormia, com o aroma da antiga colônia do Tio Melih (Yorgi Tomatis, que não se encontrava mais em lugar nenhum). Mas não se encontrava naquele quarto a cômoda onde se guardavam os livros ilustrados, as bonecas, os grampos de cabelo, os bombons e os lápis de cor que tinham comprado para Rüya em Beyoğlu ou na loja de Alâaddin, e remetido para Esmirna, de onde ela os trouxera, e nem se viam os sabonetes que sempre espalhavam o mesmo perfume em torno da cama de Rüya, os chicletes de hortelã ou os frascos de colônia Pe-Re-Ja falsificada.

O motivo da casa fantasma tornava difícil para Galip determinar com qual freqüência Celâl vinha ali, ou quanto tempo passava a cada vez que vinha. As pontas de cigarro Yeni Harman e Gelincik nos velhos cinzeiros que Celâl espalhara aparentemente ao acaso pelo apartamento, a limpeza dos pratos no armário da cozinha, o frescor do creme dental İpana contido no tubo aberto que Celâl começara a espremer de cima para baixo com a mesma fúria que manifestara num artigo em que atacava a marca İpana muitos anos antes, constituíam como que os elementos essenciais e sob expresso controle da exposição permanente de um museu, administrado com uma dedicação e um cuidado que beiravam a loucura. Era quase possível imaginar que até a poeira acumulada nos globos de luz tinha sido distribuída da maneira certa para replicar as sombras que lançavam sobre as mesmas paredes de cores desbotadas e que mesmo as imagens dos desertos da Ásia Central ou das selvas africanas que as formas dessas sombras despertavam vinte e cinco anos em duas crianças de Istambul, assim como as aterrorizantes silhuetas dos furões, dos lobos, das bruxas e dos demônios das histórias que lhes contavam suas tias e sua avó, constituíam fragmentos da incomparável reconstituição que fora realizada naquele museu (e essa idéia repassava na mente de Galip, emocionado a ponto de ter dificuldade para engolir em seco). Eis por que era impossível determinar por quanto tempo aquela casa tinha sido habitada a partir dos pequenos rastros deixados pela água junto aos cantos da porta que dava para a sacada, que não fora bem fechada, dos rolos de poeira cinzenta e sedosa que serpenteavam ao longo das paredes, ou do rangido do piso em que alguns tacos tinham se dilatado devido ao calor desprendido pelos velhos radiadores. O majestoso relógio preso à parede diante da porta da cozinha e que, como a Tia Hâle tanto gostava de repetir, era uma réplica exata do que ainda tiquetaqueava e tocava a cada hora na casa do milionário Cevdet Bey, parecia ter sido parado de propósito às 9h35, lembrando a Galip todos os museus em honra de Atatürk nos vários cantos do país, onde se prestava a mesma atenção doentia ao detalhe e todos os relógios apareciam parados em 9h05, a hora da morte do grande homem. Será que aquele relógio também indicava a hora de outra morte? Seriam 9h35 da manhã ou da noite? E Galip nem pensou em se perguntar qual morte aquele horário celebrava.

A essa altura, o peso fantasmagórico do passado, o sentimento de tristeza e rancor emanado pelos móveis velhos, vendidos porque não há mais espaço para eles na casa e transportados para sabe-se lá qual terra distante, rumando para o esquecimento a bordo da carroça do comprador de objetos usados, abateram-se sobre ele com tanta intensidade que sua cabeça começou a girar. Só muito mais tarde, Galip foi até o corredor para vasculhar o único móvel da casa que lhe parecera possivelmente novo, as estantes com portas de vidro que corriam ao longo de toda a parede, entre o banheiro e a cozinha. Uma rápida revista das prateleiras — todas arrumadas com a mesma atenção maníaca aos detalhes cronológicos — revelou-lhe o seguinte:

Recortes de certas matérias e reportagens variadas que Celâl tinha escrito nos seus primeiros anos de repórter; recortes de todos os artigos que falavam de Celâl, fosse mal ou bem; todas as crônicas e todos os artigos que Celâl já tinha publicado sob pseudônimos; todas as crônicas que Celâl tinha publicado com o próprio nome; recortes de todas as colunas de ACREDITE SE QUISER que Celâl já tinha escrito, e uma coleção completa de todos os artigos que escrevera para seções chamadas "A chave dos seus sonhos", "O dia de hoje na História", "Momentos incríveis", "Análise da sua assinatura", "Seu rosto, sua personalidade", enigmas, palavras cruzadas e outras peças do gênero que antigamente ele produzia; recortes de todas as entrevistas que Celâl jamais concedera; rascunhos de todas as crônicas que, por uma razão ou outra, nunca tinham sido publicadas; anotações pessoais; dezenas de milhares de artigos e fotografias recortados dos jornais num período de muitos anos; cadernos em que ele anotara seus sonhos, seus devaneios e certos detalhes que não queria esquecer; milhares de cartas de leitores, separadas dentro de caixas de sapato, caixas de nozes, caixas de frutas secas e caixas de marrom-glacê; recortes de vários folhetins que o próprio Celâl tinha escrito sozinho ou em colaboração, e publicado sob pseudônimo; cópias de centenas de cartas escritas pelo próprio Celâl aos seus leitores; centenas de revistas, panfletos, livros e folhetos bizarros, além de anuários escolares e almanaques do Exército; caixas e mais caixas de fotografias recortadas de jornais ou revistas ilustradas; fotos pornográficas, fotos de insetos e animais estranhos; duas enormes caixas de papelão cheias de artigos sobre o hurufismo e a ciência das letras; canhotos de velhas passagens de ônibus, antigas entradas de jogos de futebol e de cinema, com sinais, letras e símbolos sublinhados e rabiscados; fotografias coladas em álbuns; fotografias avulsas; os prêmios que ele tinha recebido das associações de jornalistas; velhas notas de dinheiro da Rússia czarista, moedas turcas há muito retiradas de circulação; três cadernos de telefones e endereços.

Assim que encontrou os três cadernos de telefones, Galip voltou para a sua poltrona na sala e leu cada um deles do começo ao fim, página por página. Depois de pesquisas que lhe custaram quarenta e cinco minutos, concluiu que todas as pessoas neles relacionadas tinham desempenhado algum papel na vida de Celâl durante as décadas de 50 e 60; que a maioria das suas casas tinham sido muito provavelmente demolidas ou que deviam ter mudado de endereço, e que portanto seria muito pouco provável encontrar Celâl e Rüya a partir dos números de telefone ali relacionados. Depois de examinar rapidamente os objetos variados distribuídos pelas prateleiras da estante de portas de vidro, começou a ler as crônicas de Celâl datadas do começo da década de 70 e as cartas que recebera dos leitores no mesmo período, na esperança de localizar entre elas a carta que aquele Mahir İkinci afirmava ter lhe enviado sobre o "crime da arca" e as crônicas que o próprio Celâl escrevera a respeito.

Galip tinha se interessado pelo assassinato político que os jornais haviam batizado de "crime da arca" porque conhecia alguns dos envolvidos, dos seus tempos de liceu. Mas Celâl sentira-se atraído pelo crime porque, como tudo em seu país era a cópia de alguma outra coisa, a fração política acusada do crime tinha, sem nem perceber, plagiado até nos menores detalhes a trama de um romance de Dostoievski (*Os possessos*). Folheando as cartas dos leitores referentes àquele período, Galip lembrou que Celâl aludira a isso em uma ou duas das conversas que tiveram. Era o período escuro, triste e sem sol que atualmente anda esquecido — e que, de fato, era melhor esquecer: na época, Rüya estava casada com aquele "corajoso rapaz" cujo nome sempre escapava ao espírito de Galip, que não conseguia decidir se o respeitava ou desprezava. Quando, deixando-se levar por seus ciúmes e sua curiosidade, prestava atenção nos rumores que chegavam aos seus ouvidos ou tentava se informar sobre o casal, só conseguia obter notícias de ordem política, e não detalhes que lhe permitissem descobrir se os recém-casados eram felizes ou infelizes... Numa noite de inverno, enquanto Vasıf alimentava seus peixes em silêncio (*wakins* vermelhos e *watonais* cujas barbatanas franjadas tinham diminuído devido às uniões consangüíneas) e a Tia Hâle resolvia as palavras cruzadas do *Milliyet*, erguendo de tempos em tempos os olhos para a televisão, a Avó morreu, os olhos fixos no frio teto do seu quarto gélido. Rüya veio sozinha ao enterro ("tanto melhor", comentou o Tio Melih, que não escondia de ninguém o quanto detestava o genro provinciano e cujas palavras exprimiam assim abertamente os pensamentos secretos de Galip), usando um sobretudo desbotado com a cabeça coberta por um xale ainda mais desbotado, e depois do funeral desapareceu de novo sem demora. Nos dias que se seguiram ao enterro, numa noite em que a família se reuniu num dos apartamentos do edifício, Celâl perguntara a Galip o que ele sabia sobre aquele crime da arca, mas não conseguiu resposta para a questão que o interessava mais de perto: dentre todos aqueles jovens revolucionários apaixonados pela política, que Galip tinha conhecido, havia algum que tivesse lido "o romance daquele escritor russo"?

"Porque todos os crimes", disse Celâl naquela noite, "são imitações de outros crimes, assim como todos os livros são imitações de outros livros. É por isso que nunca hei de publicar um livro assinado com meu nome verdadeiro." Na noite seguinte, no apartamento da falecida, onde toda a família voltara a se reunir, já bem tarde, depois que eles dois ficaram a sós, ele voltou ao assunto: "Mas até os crimes mais sórdidos sempre apresentam alguma particularidade que não se encontra em livro nenhum, mesmo nos piores". E, num silogismo que continuaria a desenvolver ao longo dos anos seguintes, fazendo Galip sentir um certo sabor de aventura cada vez que pensava nele, Celâl levou seu pensamento adiante: "Noutras palavras, então, são os livros, e não os crimes, que são imitações perfeitas. Os crimes que imitam livros, por se tornarem imitação de outra imitação, coisa que apreciamos tanto, assim como os livros que contam crimes, têm um apelo universal. O homem só é capaz de rachar a cabeça de uma vítima com o porrete quando consegue pôr-se no lugar de outra pessoa (pois na verdade ninguém suporta se ver como um assassino). Na maioria dos casos, a criatividade só aparece graças à raiva, o tipo de raiva que nos faz esquecer de tudo; mas essa raiva só pode nos fazer passar à ação se recorrermos aos métodos que aprendemos com os outros: as facas, as pistolas, os venenos, as técnicas literárias, os gêneros do romance, os esquemas métricos etc. Os assassinos 'populares', que sempre declaram que estavam 'fora de si' nos seus depoimentos, exprimem essa mesmíssima verdade. O crime é uma coisa que aprendemos com os outros, em todos os seus detalhes, com todos os seus rituais e tradições. É uma coisa que aprendemos com as lendas, os contos populares, as memórias e os jornais; em suma, com a literatura. Mesmo o mais elementar dos crimes — digamos, um homicídio involuntário cometido sob o efeito do ciúme — é sempre uma imitação inconsciente, uma cópia da literatura, muito embora seu autor não precise saber disso. E se eu escrevesse um artigo a esse respeito?". Mas nunca chegou a escrever.

Muito depois da meia-noite, enquanto Galip continuava a ler as crônicas antigas que encontrara na estante do corredor, a luz dos abajures da sala foi ficando cada vez mais fraca, como se fossem luzes da ribalta, e em seguida o motor da geladeira emitiu um gemido melancólico, como um caminhão velho e pesado que reduzisse a marcha a meio caminho da subida de uma ladeira íngreme e lamacenta, e o apartamento mergulhou nas trevas. Acostumado, como todos os *İstanbullus*, às vicissitudes dos cortes ocasionais de energia, Galip continuou sentado em sua poltrona, com as pastas cheias de recortes equilibradas no colo, para o caso de uma volta rápida da luz. Escutava os ruídos internos do apartamento: o ronronar dos radiadores, o silêncio das paredes, os estalidos dos tacos do assoalho, os gemidos das torneiras e do encanamento, o tiquetaque abafado de um relógio cuja posição ele esquecera e um rosnado inquietante que brotava do poço de ventilação. Já era muito tarde quando ele seguiu às apalpadelas até o quarto. Enquanto tirava a roupa e enfiava o pijama de Celâl, pensou na história do romancista infeliz que tinha ouvido na noite anterior no cabaré, naquele personagem do romance histórico que ele tinha descrito, que também se estendia na cama escura, silenciosa e vazia de outra pessoa. Deitou-se, mas não adormeceu de imediato.

21. Não está conseguindo dormir?

O sonho é uma segunda vida.
Gérard de Nerval, *Aurélia*

Você se deitou na cama. Está num ambiente conhecido, entre lençóis e cobertas impregnados do seu cheiro e das suas memórias; sua cabeça acaba de encontrar o ponto mais macio e confortável do seu travesseiro; seu corpo está de lado; quando você encolhe as pernas para mais perto da barriga, inclina um pouco a cabeça para a frente, e uma área até então intacta da fronha do travesseiro refresca seu rosto; daqui a pouco, daqui a muito pouco, você irá adormecer e, deixando-se envolver pela escuridão, vai se esquecer de tudo — tudo.

Vai se esquecer de tudo: o poder cruel dos seus superiores, as coisas impensadas que nunca deveria ter dito, a estupidez, os trabalhos inacabados, a incompreensão, a deslealdade, a injustiça, a indiferença, aqueles que lhe dirigem acusações e aqueles que logo irão fazer o mesmo, seus problemas financeiros, a aceleração da passagem do tempo, as esperas intermináveis. Todas as coisas e pessoas que você nunca mais há de ver, sua solidão, sua vergonha, suas derrotas, seus malogros, seu estado deplorável — dentro de instantes você terá esquecido isso tudo. Você deseja o consolo desse esquecimento. E se põe à espera.

E junto com você, na escuridão ou na penumbra, esperam também os armários de sempre, além das cômodas, das mesinhas, das estantes, das cadeiras, das cortinas cerradas, das roupas que você acaba de tirar, do seu maço de cigarros, da carteira, da caixa de fósforos no bolso do paletó e do seu relógio de pulso — todos igualmente à espera.

E, ao longo dessa espera, você escuta os sons costumeiros da noite: um carro que passa nas proximidades, os pneus ressoando contra os paralelepípedos que você conhece tão bem e perturbando as poças d'água junto ao meio-fio; uma porta que bate ali perto; o zumbido do motor da geladeira velha; cães que latem ao longe; uma sirene de nevoeiro que se faz ouvir no meio do mar; o estrépito das portas de aço da leiteria, bruscamente arriadas. E esses sons carregados de lembranças evocam memórias do sono e dos sonhos, desembocam no mundo novo do bem-aventurado esquecimento, lembrando que não falta muito, que logo você irá esquecer-se deles e de tudo, até da sua cama de que gosta tanto, imergindo mansamente num outro universo. Está tudo pronto.

Está tudo pronto. A impressão é de que você se distancia aos poucos do seu próprio corpo, numa deriva que conduz para longe de suas pernas, com que está satisfeito, e mesmo dos seus braços e das suas mãos, tão mais próximas de você. Está tudo pronto, e você se sente tão feliz com isso que passa a prescindir desses prolongamentos do seu corpo, e começa a deixá-los para trás enquanto fecha os olhos; em pouco tempo, você sabe, irá esquecer-se deles também.

Sob as pálpebras fechadas, você sabe que lhe bastou um leve movimento muscular para interromper a chegada da luz às suas pupilas. Convencidos de que está tudo bem, graças a tudo que lhes dizem os odores e os ruídos familiares, seus olhos parecem lhe comunicar não mais a luz turva e quase imperceptível que reina no quarto, mas as mil cores de uma luz intensa que explode na noite e começa a tomar conta do seu espírito mais e mais descontraído, que a cada momento mais se aprofunda na serenidade; você vê manchas de um azul intenso e relâmpagos de um azul mais claro, uma névoa arroxeada que cerca cúpulas roxas, ondas frementes de um azul muito escuro, sombras de cascatas cor de lavanda e rios de lava magenta despejados pela boca de um vulcão, o azul-da-prússia das estrelas cintilantes e silenciosas. À medida que as formas e cores se repetem e se sucedem em silêncio, desfazendo-se na escuridão para logo tornar a explodir e assumir lentamente novas formas, vão fazendo surgir cenas esquecidas e outras que jamais aconteceram, memórias reais ou imaginárias que se manifestam em seu espírito com mil cores que o deixam maravilhado.

Ainda assim, porém, você não consegue adormecer.

Mas não será cedo demais para admitir esse fato? Melhor rememorar o que você pensa nas noites em que adormece com facilidade e, sobretudo, não pensar no que fez hoje ou no que tem para fazer amanhã. Procure evocar apenas as lembranças felizes que podem conduzi-lo ao mergulho no mar do esquecimento: veja, estavam à sua espera e, agora que você voltou, ficaram tão felizes! Ou então, melhor, não é para elas que você volta, está sentado num trem que avança entre postes cobertos de neve tendo a seu lado, numa sacola, todas as coisas de que gosta mais. Ou melhor ainda, você pronuncia em voz alta as lindas palavras que lhe ocorrem infalivelmente; dá respostas inteligentes e espirituosas; todos compreendem o quanto estavam errados, calam-se e deixam clara a admiração que sentem por você, mesmo que não digam nada; você aperta nos braços o lindo corpo da pessoa amada, que em resposta se cola ao seu; você volta ao jardim que nunca esqueceu por completo, e lá colhe cerejas maduras; é verão, é inverno, é primavera; e logo chegará a manhã, um dia muito azul, um dia ensolarado, um dia feliz em que tudo irá bem... Mas ainda assim você não consegue dormir.

Então, faça como eu: vire-se lentamente para o outro lado na cama, mas deslocando muito lentamente os braços e as pernas, até a cabeça atingir a outra extremidade do travesseiro, e seu rosto, um canto fresco da fronha. Em seguida, pense na princesa Maria Paleologina, enviada de Bizâncio setecentos anos atrás para casar-se com Hulagu, o *khan* do povo mogol. Obrigada a abandonar o lar da sua infância — Constantinopla, a cidade onde hoje vivem vocês —, partiu para o Irã, onde Hulagu vivia e reinava. No entanto, ele morreu antes da sua chegada, de modo que a jovem princesa acabou se casando com o filho dele, Abaka, que sucedera o pai. Quando já fazia quinze anos que ela vivia no palácio do grão-mogol, seu marido foi assassinado e ela finalmente pôde regressar às mesmas colinas onde hoje você se esforça para encontrar um sono tranqüilo. Ponha-se no lugar de Maria, imagine sua tristeza ao partir, e depois nos anos que ela viveu na igreja que mandou construir às margens do Chifre de Ouro depois da sua volta, e na qual se encerrou. Ou pense nos anões da sultana Handan. Para levar alguma alegria a esses seus amigos queridos, a mãe do sultão Ahmet I mandou construir para eles uma casa em Üsküdar que obedecia em tudo às suas proporções; depois de viverem lá por muitos anos e sempre com a ajuda da sultana, eles construíram um galeão que devia transportá-los para uma terra desconhecida, um paraíso cuja localização não constava de nenhum mapa; depois partiram, e nunca mais retornaram a Istambul. Imaginem a tristeza da sultana Handan no dia da partida dos seus amigos, e a tristeza dos anões que acenavam com os lenços das amuradas do galeão; imagine esses sentimentos, como se estivesse partindo você também numa viagem e tendo que deixar para trás Istambul e todos que você ama.

E quando nada disso consegue me adormecer, caros leitores, imagino um homem atormentado que caminha de um lado para o outro na plataforma de uma estação deserta no meio da noite, à espera de um trem que nunca chega. E só consigo descobrir aonde vai esse homem quando finalmente me transformo nele. Penso nos homens que se esforçaram em cavar uma passagem por baixo das muralhas da cidade em Silivrikapı, setecentos anos atrás, a fim de ajudarem os gregos que sitiavam Istambul a penetrar na cidade. Imagino a estupefação do homem que descobriu que todas as coisas no mundo têm um outro sentido. Imagino o universo paralelo que se esconde dentro do que habitamos. Imagino-me a vagar embriagado pelas ruas reluzentes desse universo, enquanto os objetos à minha volta se abrem como flores, revelando seu outro significado. Imagino a feliz perplexidade do homem que perdeu a memória. Imagino que fui abandonado numa cidade fantasma em que nunca estive antes, onde outrora viveram milhões de homens mas hoje está totalmente vazia — os bairros, as ruas, as pontes, as mesquitas e os navios. Enquanto vagueio por esses locais desertos e mal-assombrados, rememoro meu passado e minha cidade, e enquanto as lágrimas me descem pelo rosto caminho a passos lentos e penosos até meu bairro, minha casa e a cama onde me esforço para adormecer. Imagino que sou François Champollion que, à noite, se levantava da cama para decifrar a Pedra da Roseta, mas um Champollion que erra como um sonâmbulo pelos meandros obscuros do meu espírito, mergulhado nesse sonho de sonâmbulo em que envereda pelos becos sem saída para encontrar as memórias que perdeu. Imagino que sou Murat IV, disfarçando-se à noite de plebeu para verificar com os próprios olhos se a proibição do consumo de álcool teve o efeito desejado; seguro de que ninguém poderá me atacar, devido à escolta dos meus guardas pessoais também disfarçados, perambulo pela minha cidade, constatando como vivem meus súditos nas mesquitas, nas raras lojas ainda abertas e, entre eles, aqueles que devaneiam nos antros de ópio dissimulados em becos ocultos e passagens secretas...

Em seguida, eu me transformo no aprendiz de um fabricante de colchas e cobertas que anda de porta em porta, murmurando no ouvido dos lojistas da cidade a primeira e a última sílabas de uma senha secreta, preparando-os para uma das últimas revoltas de janízaros do século XIX. Ou então me converto num mensageiro, enviado pela *medrese* para liberar os dervixes devotos de uma ordem banida de anos de sono e de silêncio.

E se ainda não adormeci a essa altura, queridos leitores, eu me transformo no infeliz apaixonado que segue as pistas de sua memória à procura da amada perdida; abro todas as portas da cidade; e em todas as casas de ópio, em todos os lugares onde as pessoas se reúnem para contar histórias, em todas as casas onde se canta, procuro rastros do meu passado e da minha bem-amada. E se minha memória, minha imaginação e meus sonhos desordenados não se esgotam no decorrer dessas peregrinações, num desses instantes de felicidade no limiar cinzento entre o sono e a vigília, entro no primeiro lugar conhecido que encontro — a casa de um amigo distante, a residência abandonada de um parente próximo — e em seguida abro porta atrás de porta, como se percorresse os recantos mais esquecidos da minha memória, até entrar no último aposento, soprar a vela, estender-me na cama e, cercado por objetos bizarros e desconhecidos, finalmente adormecer.

22. Quem matou Shams de Tabriz?

Por quanto mais tempo te procuro, casa a casa, porta a porta?
Por quanto mais tempo, de esquina em esquina, rua a rua?

Rumi

Quando Galip acordou calmamente de manhã, despertando de um sono longo e tranqüilo, a lâmpada do teto, com seus cinqüenta anos de idade, ainda brilhava com sua cor amarelo-pergaminho. Ainda vestindo o pijama de Celâl, Galip saiu andando pelo apartamento, desligando todas as outras luzes que tinha deixado acesas; em seguida, pegou o *Milliyet* na porta, sentou-se à mesa de trabalho de Celâl e começou a ler. A crônica de hoje era a mesma que ele tinha lido na manhã de sábado em sua visita ao jornal, e quando viu no texto impresso o mesmo erro de ortografia que observara no original ("sejamos nós mesmos" em vez de "sejam vocês mesmos"), sua mão se estendeu automaticamente para a gaveta, onde pegou uma esferográfica verde e marcou a correção. Quando chegou ao fim da crônica, imaginou Celâl sentado àquela mesma mesa, com o mesmo pijama riscado, para fazer suas correções com a mesma esferográfica verde, fumando também um cigarro.

Tinha uma sensação visceral de que estava no bom caminho. Preparou uma xícara de café com a segurança otimista de um homem que, depois de uma boa noite de sono, está até ansioso para enfrentar um dia difícil. Cheio de confiança em si mesmo, parecia-lhe que nem precisava ser um outro.

Depois de tomar o café, escolheu na estante do corredor várias caixas cheias de cartas, crônicas e recortes de jornal, e as distribuiu em cima da mesa de trabalho. Estava convencido de que acabaria encontrando o que procurava se lesse com o maior cuidado toda aquela papelada.

Enquanto percorria crônicas que tratavam dos assuntos mais variados, da vida cruel das crianças abandonadas que viviam nos pontilhões da ponte Galata aos diretores dos orfanatos da cidade, sempre gagos e perversos; sobre as competições de vôo entre os pretensos inovadores da ciência que, com suas asas improvisadas, lançavam-se do alto da torre Galata como quem se atira na água; sobre a pederastia na história e a história dos que dela vivem nos tempos modernos, Galip deu prova da paciência e da concentração necessárias. Assim, leu com idêntica boa vontade as reminiscências de um mecânico do bairro de Beşiktaş, a primeira pessoa a dirigir um Ford T em Istambul; um artigo sobre a necessidade de erguer uma torre com um relógio de carrilhão em cada bairro da cidade; o significado histórico da proibição no Egito de todos os trechos das *Mil e uma noites* que relatam encontros clandestinos entre as mulheres do harém e seus escravos negros; uma crônica sobre as vantagens dos antigos bondes a cavalo, nos quais era possível embarcar com o veículo em movimento; a história dos periquitos que tinham abandonado Istambul, onde foram substituídos pelos corvos, e de como e por que eram esses mesmos corvos os responsáveis pelas nevascas que desde então cobriam a cidade a cada inverno.

À medida que lia cada artigo, lembrava da ocasião em que lera aqueles textos pela primeira vez; de vez em quando, parava para tomar algumas notas em pedaços de papel, copiar uma frase ou um parágrafo, ou se detinha para reler algumas palavras; assim que terminava uma crônica, ele a devolvia à sua caixa e tirava carinhosamente uma outra.

O sol ardia nos parapeitos, mas nenhum raio penetrava naquela sala. As cortinas estavam abertas. A água gotejava dos pingentes de gelo presos à borda do telhado do edifício em frente, e de suas calhas entupidas de lixo e neve. Entre o triângulo de um telhado de telhas vermelhas e cor de neve suja e o retângulo de uma chaminé comprida que emitia entre os dentes enegrecidos um filete de fumaça escura de linhita, via-se um trecho de céu de um azul luminoso. Cada vez que Galip levantava a cabeça para descansar os olhos cansados pela leitura e se deparava com aquele pequeno espaço entre o triângulo e o retângulo, via o azul ser riscado pelos arcos negros do vôo dos corvos. Em seguida, voltava para os papéis acumulados à sua frente e se dizia que Celâl também devia dar descanso aos olhos contemplando o vôo dos mesmos corvos toda vez que se cansava de escrever ou rever o texto das suas crônicas.

Muito mais tarde, quando o sol já atingia as janelas de cortinas ainda cerradas do edifício em frente, Galip começou a sentir que seu otimismo baixava. Embora continuasse convencido de que cada objeto, cada palavra e cada significado estava provavelmente agora em seu devido lugar, a verdade mais profunda que os mantinha coesos ainda permanecia — admitiu amargamente — fora do seu alcance. A essa altura, lia a série de crônicas que Celâl dedicara aos vários messias, aos falsos profetas e aos impostores que tinham subido ao trono; esses artigos o levaram a um relato sobre as relações entre Rumi e um certo Shams de Tabriz; escreveu também a história de um joalheiro chamado Selâhaddin, de quem "o grande poeta sufi" se tornara íntimo depois da morte de Sham, e de Çelebi Hüsmettin, que sucedeu a Selâhaddin depois que ele também veio a falecer. Para compensar o mal-estar que essas crônicas lhe produziam, e na esperança de restaurar seu humor otimista, Galip passou a ler uma pilha de colunas ACREDITE SE QUISER selecionadas por Celâl, mas só conseguiu livrar-se da sua angústia quando leu as histórias do poeta Figani, que depois de escrever um dístico ofensivo insultando o grão-vizir do sultão Ibrahim foi condenado a ser amarrado em cima de um jumento e passar assim por todas as ruas da cidade, e do xeque Eflâki que, tendo casado todas as irmãs, uma a uma, provocara involuntariamente suas mortes. Em seguida Galip passou para as cartas dos leitores, que encontrou numa outra caixa, e ficou espantado, como ficava quando era pequeno, com a grande variedade de pessoas que se interessavam por Celâl; mas as cartas dos leitores que lhe pediam dinheiro, ou dos que o acusavam de todos os crimes, ou que afirmavam que as mulheres de certos outros cronistas com quem ele travava uma polêmica eram umas putas, ou que denunciavam conspirações em seitas religiosas secretas, ou o suborno aceito pelo diretor de compras de alguma estatal, as cartas, enfim, de todos que clamavam seus amores e seus ódios, só serviram para alimentar o desânimo que Galip só sentia aumentar.

Sabia que tudo estava ligado à transformação da imagem que tinha de Celâl, a partir do momento em que se sentara àquela mesa. De manhã, quando os móveis e os objetos familiares ainda eram a extensão de um mundo inteligível, Celâl ainda era o personagem cujos artigos ele vinha lendo havia muitos anos, e cuja "face oculta" de algum modo conhecia, embora de longe — admitindo que houvesse naquilo um lado oculto. No decorrer da tarde, ao longo das horas em que o elevador não parava um minuto de transportar sua carga de mulheres grávidas ou doentes ao consultório do ginecologista do andar de baixo, Galip percebeu que a imagem que tinha de Celâl estava perdendo seu lustro heróico para se transformar estranhamente numa imagem que lhe parecia incompleta. Sentiu que aquela sala, e os móveis que continha, também haviam mudado. Já não eram mais hospitaleiros e acolhedores: tinham se convertido em inquietantes sinais de perigo, indícios de um universo onde os mistérios eram profundos e não podiam ser desvelados com facilidade.

Sentindo que aquela transformação inesperada e alarmante estava intimamente ligada ao que Celâl escrevera sobre Rumi, Galip decidiu estudar o assunto mais de perto. Reuniu rapidamente todos os artigos que Celâl já tinha escrito sobre o poeta e começou a lê-los o mais depressa que conseguia.

O que mais aproximava Celâl do poeta místico mais influente de todos os tempos não eram nem os poemas que ele escrevera em persa no século XIII, enquanto morava em Konya, nem seus versos mais freqüentemente citados, e usados por professores secundários como exemplos e ilustração do conceito de virtude. Os rituais mevlevis em que os dervixes rodopiam descalços e com saias imensas, que tanto encantam os turistas e os fabricantes de cartões-postais, não tinham mais interesse para Celâl do que as frases sonoras, as "pérolas de sabedoria", que várias gerações de escritores medíocres haviam extraído da obra de Rumi para adornar suas primeiras páginas na forma de epígrafe. Embora Rumi e a ordem religiosa que se desenvolveu depois da sua morte, sete séculos atrás, tenham sido o tema de dezenas de milhares de tratados e volumes de comentários ao longo desses setecentos anos, só interessam a Celâl porque constituem um tema especialmente curioso, de que qualquer cronista pode e deve tirar proveito. O que Celâl acha mais interessante em Rumi eram as relações místicas e sexuais que o poeta tivera em certos momentos de sua vida com alguns homens, o mistério que persistia nessas histórias e as conclusões que delas talvez pudessem ser tiradas.

Com a idade de quarenta e cinco anos, quando Rumi herdou de seu pai o posto de xeque em Konya, quando era amado e admirado não só pelos seus discípulos mas por todos os habitantes da cidade, ele caiu sob a influência de um dervixe errante chamado Shams de Tabriz, que vagava de aldeia em aldeia. Mas o estilo de vida desse homem nada tinha a ver com o seu, nem seu saber nem suas qualidades. Aquele fascínio era inexplicável, do ponto de vista de Celâl. E as muitas tentativas que tantos comentaristas fizeram ao longo dos anos para torná-lo "compreensível" são a prova incontestável disso. Depois do desaparecimento (ou assassinato) de Shams, e apesar dos protestos de seus discípulos, Rumi apontou um joalheiro ignorante e desprovido de qualidades como seu herdeiro. Na opinião de Celâl, essa escolha revelava o estado psíquico e sexual de Rumi, e não a "poderosa atração sufista" que ele teria exercido sobre Shams de Tabriz e que tantos se esforçaram para provar. Aliás, depois da morte do seu novo "sucessor", Rumi escolheu como seu "outro eu" um homem ainda mais inexpressivo e banal que seu antecessor.

Para Celâl, imaginar — como tantos imaginam há séculos — tantas desculpas diferentes para tornar inteligíveis essas três relações que parecem incompreensíveis, atribuir aos três "sucessores" virtudes extraordinárias que não coadunam com eles, e sobretudo, como fazem alguns exegetas, inventar árvores genealógicas destinadas a provar que os três fossem descendentes de Maomé ou de Ali era perder de vista um elemento da maior importância na vida de Rumi. Essa particularidade que, segundo ele, reflete-se igualmente na obra do poeta, foi abordada por Celâl numa de suas crônicas dominicais, por ocasião da celebração anual de Rumi realizada em Konya. Quando Galip releu vinte anos depois essa mesma crônica, que achara aborrecida na sua infância (como tudo que tinha a ver com a religião), de que só se lembrava graças à série de selos sobre Rumi (naquele ano, os selos de quinze piastras foram cor-de-rosa, os de trinta piastras eram azuis e os de sessenta — raríssimos — eram verdes), tornou a sentir que tudo mudara à sua volta.

Aos olhos de Celâl, era verdade que Rumi exerceu uma forte influência sobre o dervixe errante Shams de Tabriz, desde o primeiro encontro entre os dois, em Konya, e que fora ele próprio também influenciado por ele, como repetiram milhares de vezes os comentadores que situam esse encontro no centro de suas obras. Mas se essa influência se estabeleceu com tanta rapidez, isso não se deve — como tantos afirmam — a Rumi ter concluído de imediato que aquele homem devia ser um sábio, depois do célebre diálogo que os dois homens travaram a partir de uma pergunta de Shams de Tabriz. O que debateram naquele dia foi uma "parábola sobre a modéstia" do mesmo tipo das centenas de exemplos que se podem encontrar em qualquer dos livros mais medíocres sobre o misticismo sufi que se acham à venda na porta de qualquer mesquita. Se Rumi era tão sábio e judicioso quanto dizem, jamais ficaria muito impressionado por uma parábola tão rasteira; só podia, no máximo, simular sua admiração.

E foi o que ele deve ter feito; comportou-se como se enxergasse em Shams um homem verdadeiramente profundo e de elevada espiritualidade. Na opinião de Celâl, porém, isso só provava que Rumi, aos quarenta e cinco anos de idade, naquele dia de chuva, precisava realmente encontrar um "espírito" como aquele, um homem em cujo rosto podia ver uma réplica do seu. Assim, no momento em que pôs os olhos em Shams, Rumi se convenceu de que era o homem que vinha procurando, e é claro que não precisou de muito esforço para convencer o próprio Shams de que ele era aquela pessoa de tanto valor. Logo depois desse primeiro encontro entre eles, em 23 de outubro de 1244, os dois se encerraram numa cela nos fundos da *medrese*, da qual só emergiriam seis meses mais tarde. O que fizeram na cela durante aqueles seis meses, sobre que assuntos conversaram, é uma questão que, devido a seu caráter "excessivamente secular", a ordem dos Mevlevis nunca mostrou muito interesse em discutir, e que Celâl, não querendo chocar os sentimentos dos seus leitores mais devotos, abordou em suas crônicas escolhendo as palavras com muito cuidado, antes de abordar a questão que vê como o cerne do problema.

Rumi tinha passado a vida inteira à procura desse "outro", que lhe permitiria agir, que lhe insuflaria o ânimo necessário, um espelho capaz de refletir seu próprio rosto e sua própria alma. Assim, tudo que fizeram nessa cela, tudo que nela disseram — exatamente como nas obras de Rumi — deve ser considerado como os atos e as palavras de uma só pessoa oculta sob uma dupla aparência, ou de mais de uma pessoa sob a aparência de uma única. Para poder suportar a atmosfera sufocante de uma aldeia da Anatólia no século XIII e a devoção de discípulos idiotas (dos quais, porém, era incapaz de desistir), o poeta precisava dispor não só de alguns disfarces como de amigos próximos por trás de cujas personalidades pudesse se abrigar para respirar um pouco. Para melhor explicar esse desejo profundo, Celâl recorria a uma comparação que usava muito em suas crônicas: "Assim como os trajes de camponês que um soberano, cansado de reinar sobre um país povoado de imbecis, pode guardar numa arca para envergar à noite e percorrer no anonimato as ruas da sua capital, em meio aos cortesãos, os maus e os miseráveis".

Como Galip imaginara, aquela crônica valera a Celâl ameaças de morte da parte de uma série de leitores mais religiosos, além de muitas cartas de elogio dos leitores que se viam como republicanos laicos. E embora o editor do jornal lhe tenha pedido para nunca mais tocar no assunto, Celâl voltaria a ele um mês depois.

Na segunda crônica, recapitulava certos fatos fundamentais, em torno dos quais todos os mevlevis concordavam: os demais discípulos de Rumi, enciumados diante das relações íntimas entre Rumi e aquele dervixe de origem duvidosa, transformaram a vida de Shams num inferno e chegaram a ameaçá-lo de morte. Ao que Shams reagiu desaparecendo de Konya num dia de inverno em que nevava muito — o dia 15 de fevereiro de 1246, para ser exato. (Galip adorava essa paixão de Celâl pela precisão cronológica: ela lhe lembrava seus livros escolares do tempo do liceu, repletos de erros tipográficos.) Incapaz de suportar a ausência do seu "bem-amado" (expressão que Celâl sempre usava entre aspas para evitar ofender seus leitores além da conta) e também a perda daquele "outro" por trás do qual podia se ocultar, Rumi, que a essa altura tinha recebido uma carta informando que Shams estava em Damasco, mandou que o trouxessem de volta para Konya, obrigando-o em seguida a casar-se com uma de suas filhas adotivas. Entrementes, o cerco do ciúme e do ódio só fazia aumentar à sua volta, e quinze dias depois, na quinta quinta-feira de dezembro de 1247, Shams foi atraído para uma cilada e morto a facadas por um bando do qual fazia parte o próprio filho de Rumi, Alâaddin. Sob uma chuva suja e fria que caía do céu noturno, seu corpo foi atirado num poço ao lado da casa de Rumi.

Na continuação da crônica, que descreve o poço em que o corpo de Sham foi atirado, Galip encontrou pormenores que lhe pareceram familiares. Tudo que Celâl falava sobre aquele poço, sobre a solidão e a tristeza do morto, lhe soava estranho e assustador, mas ele tinha também a impressão de ver à sua frente o poço em que o corpo fora atirado setecentos anos antes, de que conhecia cada uma daquelas pedras e os adornos de gesso à moda de Horasan. Depois de ler e reler o artigo várias vezes, levado por um pressentimento, Galip percorreu várias outras crônicas da mesma época e descobriu que Celâl tinha retirado diversas frases, palavra por palavra, de uma outra crônica em que falava do poço de ventilação entre dois prédios de apartamentos; e percebeu igualmente que Celâl conseguira fazê-lo conservando habilidosamente o mesmo estilo nas duas crônicas.

Impressionado por esse jogo, que não o teria espantado caso o tivesse percebido depois de ler as crônicas de Celâl sobre o hurufismo, Galip releu com novos olhos a pilha de crônicas que acumulara na mesa de trabalho. E foi então que descobriu por que as coisas não paravam de se transformar à sua volta enquanto lia os artigos de Celâl, por que tinham desaparecido o sentido profundo e o otimismo que antes ligavam entre si aquelas mesas, as cortinas, os abajures, os cinzeiros, as cadeiras, e até aquela tesoura pousada em cima do radiador.

Celâl falava de Rumi como se falasse de si mesmo; lançando mão de interpolações quase esotéricas que não se percebiam à primeira vista, conseguia refugiar-se nas sombras e pôr-se no lugar do poeta. Quando Galip voltou a outras crônicas anteriores e tornou a constatar que Celâl usava as mesmas frases nas crônicas que escrevia sobre sua vida e nos artigos "históricos" sobre Rumi, e que além do mais usava o mesmo estilo marcado pela tristeza, não duvidou mais dessas interpolações e intercalações. E não era só isso: o que tornava aquele jogo ainda mais inquietante era que se estendia ao diário íntimo de Celâl, aos rascunhos de artigos que não chegara a publicar, às suas notas de ordem histórica, aos ensaios que tinha escrito sobre outro poeta mevlevi (o xeque Galip, o autor de *A beleza e o amor*), às suas interpretações de sonhos e a muitas outras crônicas.

Em seus artigos da série ACREDITE SE QUISER, escrevera centenas de vezes sobre reis que se tomavam por outra pessoa, imperadores chineses que queimavam seus próprios palácios para mudar de identidade, sultões tão viciados no disfarce para sair do palácio à noite e misturar-se ao povo que chegavam a passar dias inteiros ignorando assuntos de Estado da maior urgência. Num caderno onde Celâl reunira várias novelas curtas inacabadas, Galip leu que, no decorrer de um único dia de verão, ele se tomara sucessivamente por Leibniz, pelo famoso empresário Cevdet Bey, pelo próprio profeta Maomé, pelo proprietário de um jornal, por Anatole France, por um chefe de cozinha de sucesso, por um imã muito admirado pelos seus sermões, por Robinson Crusoe, por Balzac e por seis outros personagens cujos nomes riscara de vergonha. Passando os olhos pelas caricaturas que seu primo desenhara a partir dos selos e cartazes com a efígie de Rumi, descobriu igualmente a figura mal desenhada de um túmulo em que se liam os nomes *Rumi Celâl*. Em seguida, encontrou uma crônica inédita que começava com as seguintes palavras: "A maior obra de Rumi, o *Mathnawi*, não passa de plágio do começo ao fim!".

Forçando um pouco o traço, enumerava as semelhanças assinaladas pelos exegetas mais acadêmicos, que hesitam entre o medo de cometer um desrespeito e a preocupação em encontrar a verdade. Uma certa história tinha sido retirada de "Calila e Dimna"; outra fora plagiada do "Mantik-ut Tayr" de Attar; determinada anedota tinha sido copiada, palavra por palavra, de "Leyla e Mecnun", enquanto outra fora roubada do "Menakabi" de Evliya. Enquanto percorria a longa lista das fontes pilhadas, Galip encontrou ainda o "Kisas-I Enbiya", as *Mil e uma noites* e Ibn Zerhani. E Celâl ainda arrematava a lista com as palavras do próprio Rumi sobre o plágio literário. Cada vez mais pessimista à medida que caía a noite, Galip leu esse artigo com o sentimento de que não se tratava apenas das idéias de Rumi, mas das idéias de Celâl identificado com Rumi.

Segundo o que dizia Celâl, a exemplo de todos aqueles que não suportam a solidão e só encontram algum alívio quando se dissolvem na personalidade de outra pessoa, Rumi também só conseguia começar a contar uma história se já a tivesse ouvido de outro. Além disso, para todos esses infelizes que ardem de desejo de ser outra pessoa, contar histórias não passa de uma artimanha que descobriram para escapar dos corpos e almas que os entediam tanto. Rumi só contava histórias para chegar a outras histórias. Como as *Mil e uma noites*, o *Mathnawi* era uma composição estranha e complexa, em que uma segunda história começa antes do fim da primeira, onde a terceira principia antes do fim da segunda, e as histórias inacabadas são abandonadas uma a uma, como abandonamos uma personalidade que assumimos para adotar uma outra. Enquanto folheava os volumes do *Mathnawi* de Celâl, Galip viu passagens sublinhadas em verde em certos contos eróticos e páginas inteiras cobertas de furiosos pontos de interrogação e de exclamação, correções e rabiscos, sempre em tinta verde. Depois de percorrer rapidamente as histórias contadas naquelas páginas cheias de marcas de tinta, Galip percebeu que os temas de muitas das crônicas de Celâl, que tinha lido na juventude imaginando que fossem totalmente originais, na verdade tinham sido plagiadas do *Mathnawi* e adaptadas para a Istambul dos nossos dias.

Lembrou-se das noites em que Celâl passava horas falando da refinada arte do *nazire*, um poema cuja intenção é ir elaborando novos jogos verbais e novas imagens a partir de um poema já existente; aquela, dizia ele, era a arte verdadeira por excelência. Enquanto Rüya mordiscava os bolos comprados no caminho de volta, Celâl confessava que tinha escrito muitas de suas crônicas — e talvez a totalidade delas — com a ajuda de outros escritores; o importante, acrescentava ele, não era "criar", mas poder dizer alguma coisa nova a partir das maravilhosas obras-primas criadas ao longo dos séculos por milhares de mentes grandiosas que viveram antes de nós, apenas modificando-as ligeiramente aqui e ali; era por isso, insistia ele, que sempre tomava de empréstimo a outras fontes os temas de suas crônicas. O que deixara Galip nervoso, levando-o a duvidar da realidade dos móveis à sua volta, dos papéis em cima da mesa, não foi descobrir que várias histórias que, por muitos e muitos anos, ele atribuíra a Celâl tinham sido na verdade criadas por outros: o que o inquietava eram as conseqüências que decorriam dessa revelação.

Pensou que poderia haver em outro ponto da cidade um apartamento e uma sala mobiliados exatamente como aquela sala e aquele apartamento que, por sua vez, reconstituíam em todos os detalhes um passado de vinte e cinco anos antes. E mesmo que, naquela sala, não estivessem nem Celâl contando uma das suas histórias nem Rüya, satisfeita e atenta a cada palavra, podia haver um pobre coitado parecido com Galip sentado a outra mesa de trabalho igual àquela, relendo velhas coleções de jornais à procura de pistas de sua mulher desaparecida. Assim como as coisas, os desenhos e os símbolos impressos nos objetos ou nas sacolas de plástico podiam indicar algo além do que eram, e assim como cada crônica de Celâl adquiria um novo significado a cada leitura, Galip concluiu que, cada vez que pensava em sua própria vida, ela lhe revelava um novo sentido. E pensou ainda que poderia perder-se para sempre em meio a todos aqueles significados que se sucediam infindavelmente por toda a eternidade, como os vagões de um interminável trem de carga. Escurecia do lado de fora, e uma luz enevoada e opaca, quase palpável, lembrando o cheiro de mofo e morte de obscuros porões cobertos de teias de aranhas, acumulava-se na sala. Galip compreendeu que o único meio de escapar do pesadelo desse reino de fantasmagoria em que mergulhara sem querer era forçar seus olhos cansados a continuar lendo; com essa idéia, acendeu o abajur de cima da mesa.

E voltou assim ao poço infestado de teias de aranha onde os assassinos de Shams atiraram seu cadáver. Na continuação da narrativa, o poeta, transido de dor ao descobrir a perda do amigo, do seu "bem-amado", recusava-se a admitir sua morte, e não queria acreditar que tivessem atirado seu corpo num poço. Enfurecido quando quiseram mostrar-lhe o poço, lançou-se a buscar de pretextos para sair à procura do seu "bem-amado": será que Shams não teria voltado para Damasco, para onde tinha ido da primeira vez que desaparecera?

Rumi partiu para Damasco e pôs-se a vagar pelas ruas daquela cidade à procura de algum sinal de Shams. Percorria todas as ruas, entrava em cada taverna, em cada aposento de casa por casa, vasculhando cada canto e levantando cada pedra; visitou todos os lugares da cidade que Shams gostava de freqüentar, cada mesquita e mosteiro; foi visitar todos os velhos amigos do seu "bem-amado", além de todos os conhecidos que tinham em comum, até o momento em que a própria busca tornou-se mais importante que o objeto da procura. Nesse ponto da crônica de Celâl, o leitor acabava por se ver cercado pela fumaça de ópio, a água-de-rosas e os morcegos de um universo místico e panteísta onde aquele que procura acaba trocando de lugar com o procurado, onde o caminho é mais importante que a meta e onde o amor é mais importante que seu objeto, que não passa de um pretexto. Em seguida, o texto demonstrava em poucas palavras que as aventuras vividas pelo poeta enquanto vagava pelas ruas da grande cidade replicavam as várias etapas que todo aquele que trilha o caminho dos sufis precisa percorrer em sua busca da verdade e da perfeição: a cena em que o poeta reage com estupor à notícia do desaparecimento do seu "bem-amado" corresponde à negação, assim como as cenas em que o poeta se encontra com os amigos e inimigos do "bem-amado" correspondem à etapa da provação, e as cenas em que o poeta vasculha as ruas antes palmilhadas pelo desaparecido, examinando ainda seus pertences que lhe despertam memórias dolorosas, podem ser vistas como a réplica dos vários degraus da iniciação. A cena do bordel significa a dissolução no amor, e a aniquilação no inferno e no paraíso das páginas adornadas de parábolas, jogos de palavras e artimanhas literárias, lembrando as cartas cifradas descobertas na casa de al-Hallaj Mansur depois do seu suplício, significa o itinerário pelos "vales do mistério" referidos por Attar. A cena em que narradores se alternam para contar histórias de amor, à noite, numa taverna, tinha sido tirada da *Conferência dos pássaros* de Attar, bem como a cena em que o poeta aparece bêbado de cansaço de tanto perambular pelas ruas da cidade, examinar suas lojas e suas vitrines repletas de mistérios. Quando Rumi finalmente compreende que aquilo que fora procurar no monte Kaf era na verdade ele mesmo, isso é um exemplo da etapa em que o viajante sufi atinge uma "união absoluta com Deus" (ou uma dissolução no absoluto), referida naquele mesmo livro.

A longa crônica de Celâl tinha sido adornada com a citação de versos rimados e pomposos à maneira clássica, colhidos na obra dos muitos poetas místicos que abordaram a tradição sufi da fusão entre aquele que procura e o objeto da sua busca. O célebre poema de Rumi, cansado dos seus vários meses de procura pelas ruas de Damasco, aparecia também, numa paráfrase do próprio Celâl, que detestava poesia traduzida: "Se eu sou ele", declarou o poeta um dia enquanto vagava perdido entre os mistérios da cidade, "por que continuar a procurá-lo?". E era nesse ponto que a crônica chegava ao seu ponto culminante, que Celâl ainda arrematava com o conhecido fato literário que todos os mevlevis tendem a relatar com tanto orgulho: depois de ultrapassar essa etapa, Rumi reuniu todos os poemas que tinha escrito no caminho, mas, em vez de assiná-los com seu próprio nome, usou o de Shams de Tabriz.

O que Galip achou mais interessante nessa crônica — e também despertara seu interesse ao lê-la quando era criança — era a maneira como a narrativa daquela procura lembrava a trama de um livro policial. E Celâl chegava a uma conclusão que devia ter irritado muito seus leitores mais reverentes para com a religião, e divertido bastante seus leitores laicos e republicanos: "Ao que tudo indica, o homem que mandou assassinar Shams de Tabriz e atirar seu corpo no poço não foi outro senão o próprio Rumi". Em seguida, Celâl argumentava em favor da sua teoria recorrendo a um método muito usado pela justiça e a polícia turca, que ele conhecia tão bem dos seus tempos de repórter de polícia, encarregado de cobrir o tribunal distrital de Beyoğlu no final dos anos 50. Imitando o estilo pomposo de um procurador de província sempre pronto a acusar qualquer um de qualquer crime e de qualquer maneira, lembrava a seus leitores que a pessoa que mais se beneficiava com a morte de Shams era o próprio Rumi, pois graças àquele crime ele se transformara no maior poeta sufi de todos os tempos, em vez de continuar um obscuro professor de teologia entre tantos outros. Assim, se alguém tinha motivo para aquele crime, era Rumi. Embora houvesse, claro, uma diferença jurídica entre desejar a morte de alguém e dar a ordem para que fosse assassinado, aquela filigrana só interessava à literatura cristã, de maneira que Celâl optou por não perder muito tempo com ela, preferindo destacar o comportamento bizarro de Rumi depois do assassinato: lá estavam os sinais de culpa, além de todos os truques a que os assassinos novatos tendem a recorrer, como recusar-se a acreditar na morte da vítima ou a procurar seu corpo no poço ou proferir sandices, como um louco. E depois de todos esses argumentos em defesa da sua teoria, Celâl ainda abordava outro tema que mergulhou Galip no mais profundo desespero: se Rumi era o assassino, o que significavam então os longos meses que passara vasculhando as ruas de Damasco, essa procura que o fizera percorrer várias vezes toda a cidade de ponta a ponta?

Celâl dedicara bem mais tempo a essa questão do que sua crônica parecia sugerir, o que Galip compreendeu graças a certas anotações que lera em vários cadernos, e ao mapa da cidade de Damasco que encontrara numa caixa em que Celâl guardava os canhotos das entradas de alguns jogos célebres de futebol (Turquia 3 × Hungria 1) e de certos filmes (*Um retrato de mulher*, *Amargo regresso*). No mapa, os itinerários de Rumi tinham sido assinalados com uma esferográfica verde. Visto que Rumi não podia estar à procura de Shams, pois sabia que tinha sido assassinado, só podia estar na cidade por algum outro motivo. Mas qual seria? Todos os cantos da cidade que o poeta visitara tinham sido assinalados no mapa; no verso, Celâl anotara uma lista com os nomes de todos os bairros, tavernas, caravançarás e hospedarias que tinha percorrido. Em seguida, certamente tentara encontrar algum significado oculto ou simetria secreta, recombinando as letras e sílabas dos nomes reunidos na lista.

Muito depois do anoitecer, numa caixa cheia de artigos variados datada da época em que Celâl tinha escrito uma série de crônicas examinando as histórias das *Mil e uma noites* que mais lembravam enigmas policiais ("Ali, o vigilante", "O ladrão ladino" etc.), Galip encontrou um mapa turístico do Cairo e um guia de Istambul publicado pela municipalidade em 1934. Como era de se esperar, setas traçadas em tinta verde assinalavam no mapa do Cairo os pontos onde se desenrolavam as histórias das *Mil e uma noites*. Em certos pontos do guia de Istambul, mais setas — desenhadas sempre com a mesma tinta verde, se não com a mesma caneta. E quando Galip seguiu o trajeto das setas verdes pelo quadriculado das ruas da cidade, julgou ter visto o mesmo itinerário que percorrera ao longo das suas aventuras dos últimos dias. Para se convencer de que isso era um engano, dizia-se que aquelas setas apontavam para edifícios comerciais em que nunca tinha posto os pés, mesquitas que nunca visitara e becos pelos quais nunca tinha passado, mas em seguida via-se obrigado a admitir que entrara no edifício ao lado, visitara outra mesquita na mesma rua, entrara por um beco que levava ao alto da mesma colina. Pouco importava o que constava no guia: a cidade de Istambul fervilhava de viajantes que tinham embarcado na mesma jornada!

Em seguida, pôs lado a lado os mapas de Damasco, Cairo e Istambul, como aconselhava Celâl numa crônica, escrita muitos anos antes, inspirando-se em Edgar Allan Poe. Para tanto, recortou os mapas do guia de Istambul com uma lâmina de barbear que tinha encontrado no banheiro — lâmina usada no passado para raspar os contornos da barba de Celâl, como atestavam os pêlos retorcidos ainda presos a seu gume. Quando Galip arrumou os mapas lado a lado, não soube ao certo o que fazer com aquelas setas e linhas de tamanho diferente. Em seguida, como ele e Rüya costumavam fazer na infância para copiar alguma figura de revista, apoiou os mapas um em cima do outro contra o vidro da porta da sala, e examinou-os em transparência, à luz que vinha do outro lado da porta. Em seguida, como fazia a mãe de Celâl quando estudava seus moldes de vestidos e os abria naquela mesa, dispôs de novo lado a lado os mapas das três cidades, que tentou ver como as peças de um quebra-cabeça. A única imagem que conseguira distinguir vagamente ao abrir os mapas superpostos contra o vidro da porta tinha sido o rosto enrugado de um ancião — e isso lhe parecera antes de tudo um produto do acaso.

Contemplou esse rosto tão longamente que acabou convencido de que o conhecia havia muito. Esse sentimento de familiaridade e o silêncio da noite permitiram que recuperasse a calma; era uma serenidade reconfortante, pois parecia ter sido vivida, planejada e prevista por outra pessoa. Agora, Galip tinha certeza de que Celâl lhe indicava uma certa direção. Embora ele tivesse escrito uma grande quantidade de crônicas sobre os significados ocultos nos rostos, o que agora ocorria à lembrança de Galip eram algumas linhas que o primo escrevera sobre a "paz interior" que sentia toda vez que contemplava os rostos das estrelas de cinema estrangeiras. Foi assim que Galip decidiu pegar a caixa em que Celâl guardava as críticas cinematográficas do começo da sua carreira.

Nelas, Celâl falava da tristeza e da nostalgia que lhe evocavam os rostos de certas estrelas do cinema americano, usando palavras que as comparavam a estátuas translúcidas de mármore, à superfície sedosa da face oculta de outros planetas nunca tocadas pela luz do sol, aos sussurros que transmitiam contos de terras distantes, leves como sonhos. Quando releu essas linhas, Galip compreendeu que o que ele e Celâl tinham em comum era o gosto por aquela harmonia nostálgica, semelhante a uma doce melodia quase inaudível — bem mais que o amor que tinham por Rüya ou o interesse que cultivavam pela arte da narrativa. Ele adorava — e temia — tudo que eles dois tinham descoberto naqueles mapas, naquelas cartas, nos rostos e nas palavras. Gostaria de mergulhar ainda mais fundo naquelas críticas de cinema, para encontrar nelas a harmonia celestial daquela música, mas hesitou, tomado pelo medo. Celâl nunca empregava o mesmo tom para descrever os atores de cinema turcos, mesmo os mais famosos. Os rostos deles, dizia Celâl, lembravam-lhe despachos militares de cinqüenta anos antes cujos códigos e significados tivessem sido há muito perdidos e esquecidos.

A essa altura, Galip já sabia perfeitamente por que o otimismo da manhã o tinha abandonado: durante as oito horas que passara instalado àquela mesa e entregue à leitura, a imagem que tinha de Celâl se transformara por completo, a tal ponto que ele próprio tivera a impressão de ter se tornado outra pessoa. Quando se sentara àquela mesa de manhã, sua fé no universo que o cercava ainda estava intacta, e ele acreditava, em sua inocência, que o trabalho paciente lhe permitiria perceber o segredo essencial que aquele mundo lhe escondia, de modo que não sentia o menor desejo de ser um outro. Mas agora, à medida que os mistérios do universo se perdiam na distância, que os objetos que o cercavam perdiam sua aura de familiaridade e se transformavam em sinais incompreensíveis vindos de um mundo desconhecido, ou em mapas de rostos que não era capaz de identificar, tudo que Galip queria era livrar-se do homem no qual se convertera, o homem que lançava sobre todo o universo aquele olhar aflito e desprovido de esperança; queria transformar-se num outro. Quando, na esperança de encontrar algum último indício que lhe permitisse descobrir a verdadeira ligação entre Celâl, Rumi e a doutrina da sua congregação, pôs-se a ler as crônicas em que seu primo evocava certas lembranças, a hora do jantar já tinha chegado e o fulgor azulado dos televisores já se despejava sobre a avenida Teşvikiye.

Se Celâl se debruçava tantas vezes sobre a história da confraria dos Mevlevis, não era só devido ao interesse constante mas inexplicado que seus leitores demonstravam pelo assunto, mas também porque o segundo marido da sua mãe fora membro daquela irmandade. Esse homem (que a mãe de Celâl desposara porque não conseguia mais viver e sustentar o filho com seus trabalhos de costura, depois de ser obrigada a se divorciar do Tio Melih que não se decidia a voltar da Europa e depois da África) freqüentava um convento secreto de mevlevis localizado ao lado de uma cisterna bizantina nas ruas transversais do bairro de Yavuz Sultan; nas crônicas de Celâl, aparecia retratado — com uma ironia voltairiana e uma hostilidade bem laica — como um advogado "corcunda e fanhoso" que seguia rituais secretos. Com a leitura desses artigos, Galip também ficou sabendo que, enquanto morava debaixo do teto do padrasto, Celâl, para ganhar a vida, fora obrigado a trabalhar como lanterninha de cinemas de bairro, onde muitas vezes tinha batido em clientes — ou apanhado deles — depois das discussões freqüentes naquelas salas obscuras e sempre meio vazias. Na leitura da crônica em que Celâl contava que vendia refrigerantes durante os intervalos e que, com a intenção de aumentar o consumo, tinha se acertado com o fabricante de *çörek* para que este pusesse mais sal e pimenta em seus pãezinhos trançados, Galip, como todo bom leitor, identificara-se sucessivamente com todos os personagens: os lanterninhas, a platéia sedenta, o fabricante de *çörek* e, finalmente, com o próprio Celâl.

Numa outra crônica em que rememorava a juventude, Celâl descrevia o trabalho que fizera depois de deixar o emprego de lanterninha de cinema de Şehzadebaşı — com um encadernador cuja oficina cheirava a cola e papel. Uma frase atraiu o olhar de Galip, pois lhe deu a impressão de ser um presságio da situação em que ele se encontrava naquele momento. Era uma frase banal, usada por todos os escritores quando querem se inventar um passado doloroso, mas do qual podem tirar algum orgulho. "Eu lia tudo que me caía nas mãos", escrevera Celâl, e Galip, empenhado em ler tudo que pudesse lhe dizer algo a mais sobre Celâl, teve a sensação de que, naquela crônica, Celâl não estava mais falando dos seus dias na oficina de encadernação, mas dele próprio, Galip...

Até o momento em que deixou aquele apartamento, depois da meia-noite, aquela frase de Celâl continuava a reverberar nos pensamentos de Galip e, toda vez que ela lhe vinha à mente, ele a via como a prova de que Celâl estava a par de tudo que ele fazia, minuto a minuto. Seus cinco dias de provação não eram mais parte de sua procura por Celâl e Rüya, mas se transformaram num jogo criado por Celâl (e talvez também por Rüya). Como essa idéia concordava com o gosto de Celâl por manipular os outros quando queria, graças aos pequenos ardis e às vagas alusões que utilizava em suas crônicas, Galip concluiu que as investigações que tinha realizado naquele verdadeiro museu eram uma manifestação da liberdade de escolha de Celâl, e não da sua.

Queria sair daquele apartamento o mais depressa que pudesse, não só porque não suportava mais a sensação de asfixia que o dominava e devido à dor que sentia por trás dos olhos depois de tantas horas de leitura, mas também porque não encontrara nada para comer na cozinha. No armário de casacos perto da porta, pegou a capa azul-escura de Celâl, para que o porteiro e sua mulher — caso ainda não tivessem ido dormir e olhassem por acaso sonolentos pela janela — imaginassem que era Celâl quem viam passar. Desceu as escadas sem acender a minuteria e, quando passou diante da janela baixa que dava para o apartamento do porteiro, não viu nenhuma luz acesa. Como não tinha a chave da porta de entrada do edifício, deixou-a entreaberta. Assim que deu os primeiros passos pela calçada, teve um calafrio, ao lembrar-se do homem ao telefone. Esquecera-se completamente dele, mas agora achava que talvez fosse emergir das sombras. Pensou que aquele homem — não podia ser um desconhecido, disso tinha certeza — podia ter nas mãos um segredo muito mais mortífero, muito mais perigoso e aterrorizante, do que um mero dossiê provando que um grupo secreto planejava um novo golpe militar. A rua estava deserta. Enquanto caminhava, Galip perguntou-se então se aquela voz ao telefone não poderia ter decidido persegui-lo. Mas não, não tentou se imaginar na pele de outro. "Estou vendo a vida exatamente como ela é", pensou ele enquanto passava diante da delegacia de polícia. Os policiais de sentinela, com suas submetralhadoras à mão, lançaram-lhe um olhar cheio de desconfiança e pesado de sono. Galip caminhava com os olhos fixos em frente, para evitar ler os dizeres dos cartazes e das pichações políticas das paredes, além dos letreiros reluzentes de neon. Todos os restaurantes e bares de Nişantaşı estavam fechados.

Muito mais tarde, depois de ter caminhado horas a fio pelas calçadas vazias ouvindo o murmúrio melancólico da neve derretida descendo pelas goteiras, ao pé das castanheiras, dos ciprestes e dos plátanos, prestando atenção ao som dos seus próprios passos e ao burburinho dos pequenos cafés de bairro, entrou numa leiteria simples de Karaköy e se entupiu de sopa, frango e pudim de pão, e em seguida tomou o rumo de volta para o edifício Cidade dos Corações, depois de comprar algumas frutas numa barraca, além de pão e queijo numa lanchonete.

23. A história das pessoas que não sabem contar histórias

> *"Ah!" (diz o leitor encantado) "Faz todo sentido! É genial! Isto eu entendo e admiro! Já pensei a mesma coisa mais de cem vezes!" Noutras palavras, esse homem me lembra a minha própria inteligência, e por isso eu o admiro.*
>
> Coleridge

O artigo mais importante que já escrevi na vida — a crônica em que decifrei de uma vez por todas o mistério que nos cerca a vida inteira sem percebermos — não foi o que escrevi dezesseis anos e quatro meses atrás, descrevendo as extraordinárias semelhanças entre os mapas de Damasco, Cairo e Istambul. (Os que quiserem, contudo, podem voltar a essa crônica para ver que o Darb el-Mustakim, o mercado Halili e o nosso próprio Grande Bazar têm todos a forma da mesma letra do alfabeto árabe, o *Mim*, e poderão igualmente descobrir neles um rosto evocado por essas letras.)

A história mais "carregada de sentido" que já contei não é tampouco a que relatei sobre um episódio de duzentos e vinte anos atrás, envolvendo o infeliz xeque Mahmut que, em troca da imortalidade, vendeu os segredos de sua ordem religiosa a um espião francês e depois se arrependeu amargamente. (No entanto, os leitores interessados podem encontrar todos os detalhes dessa história na minha crônica, em que conto como esse mesmo xeque, para tentar fugir à maldição da imortalidade que adquirira, saía vagando pelos campos de batalha tentando convencer algum soldado agonizante a assumir sua identidade enquanto morria.)

Quando penso em todas as histórias que escrevi sobre os gângsteres de Beyoğlu, poetas que perderam a memória, ilusionistas, cantoras com duas identidades e amantes desesperados cujos corações nunca cicatrizam, constato que jamais consegui chegar ao mais importante de todos os temas, ou que me contentei de dar voltas em torno dele com uma estranha reserva. Mas não sou de modo algum o único a ter agido assim! Faz trinta anos que escrevo, e consagrei praticamente o mesmo tempo à leitura. Mas jamais encontrei nenhum outro escritor, tanto no Oriente quanto no Ocidente, que tenha esclarecido para seus leitores a verdade de que pretendo lhes falar em seguida.

Agora, à medida que você for lendo o que vou escrever, tente por favor imaginar os rostos que lhe descrevo. (Pois o que é ler além de atribuir uma imagem, na tela muda do nosso espírito, a tudo que o escritor nos conta com suas palavras?) Projete então nessa tela branca uma mercearia bem simples em alguma aldeia da Anatólia oriental. Estamos numa tarde fria de inverno, a noite cai depressa e o barbeiro do outro lado da rua — que deixou a barbearia por conta do seu aprendiz, visto que não há fregueses — está aqui, sentado em volta da fornalha com seu irmão mais novo, um velho aposentado e um visitante que chegou à cidade, mais pela conversa do que para comprar alguma coisa. Para passar o tempo, eles conversam um tanto a esmo, trocando histórias sobre seus dias de serviço militar, folheando os jornais e contando mexericos, e de vez em quando riem. Mas um deles está tomado por um certo desconforto, é quem fala menos e tem mais dificuldade para atrair a atenção dos demais quando diz alguma coisa: é o irmão do barbeiro. Ele tem histórias a transmitir, piadas engraçadas que gostaria de contar, e embora sinta muita vontade de falar, não sabe contar ou comentar uma história, e falta-lhe a verve. Ao longo de toda a tarde, sempre que tentou começar uma história, os outros lhe cortaram a palavra sem nem se darem conta. E agora tentem imaginar, eu lhes peço, a expressão do rosto do irmão do barbeiro cada vez que os outros o interrompiam, cada vez que era obrigado a parar de contar sua história.

E agora, por favor, imaginem uma festa de noivado na casa da família de um médico de Istambul, que jamais ganhou muito dinheiro. A família é ocidentalizada. A uma certa altura, alguns dos convidados que se deslocam sem cerimônia pela casa reúnem-se por acaso no quarto da jovem noiva, em torno da cama onde se empilharam os sobretudos dos convidados. Entre eles se encontram uma jovem encantadora e dois rapazes que se interessam por ela e fazem o possível para impressioná-la. Um não é especialmente bonito nem muito inteligente, mas não é tímido e tem a palavra fácil. E é por isso que a moça, assim como os convidados mais velhos reunidos no quarto, presta toda atenção às suas histórias. Agora procurem imaginar o outro jovem, muito mais inteligente e sensível que seu companheiro falante, mas que não consegue fazer ninguém prestar atenção em nada do que diz.

E agora, imaginem finalmente três irmãs, todas casadas com dois anos de intervalo. Dois meses depois do casamento da irmã mais nova, encontram-se as três na casa da mãe. O imenso relógio que tiquetaqueia na parede e o chilreio impaciente de um canário confinado em sua gaiola nos dizem que estamos na casa de um pequeno comerciante. Enquanto as quatro mulheres tomam seu chá à luz grisalha de uma tarde de inverno, a irmã mais nova, que sempre foi a mais animada e tagarela, relata com tanta graça os primeiros dois meses da sua vida de casada, descrevendo tão bem certas situações e incidentes cômicos, que a irmã mais velha, que também é a mais bela das três, embora conheça melhor a vida de casada, pergunta-se tristemente se não haverá alguma coisa faltando na sua vida — e talvez também na vida do marido. Imaginem então, por favor, esse belo rosto tomado pela melancolia.

Imaginaram todos esses rostos? E repararam como, de um modo estranho, todos se parecem? Não vêem uma semelhança entre eles, como se houvesse um fio invisível a unir as almas dessas pessoas tão diferentes entre si? Os silenciosos, os mudos, os discretos que não sabem contar suas histórias, que sempre parecem desinteressantes; todos que não conseguem se fazer ouvir, a quem a resposta perfeita só ocorre muito depois da hora, quando já chegaram em casa — não é no rosto deles que encontramos mais expressividade? Não são muito menos vazios que os outros? Vemos cada letra das histórias que não conseguiram contar agitando-se nesses rostos, além de todos os estigmas do silêncio, da humilhação e mesmo da derrota. E em meio a esses rostos, aposto que talvez tenham reconhecido os seus próprios, não é? Somos muitos, ai de nós, e na maioria entregues ao desespero!

Mas na verdade não pretendo enganá-los; não sou um de vocês. O homem capaz de pegar um lápis e um papel e escrevinhar alguma coisa — e de algum modo convencer os outros a ler o que escreveu — foi poupado por essa moléstia, pelo menos a um certo grau. E eis por que nunca encontrei um escritor que saiba falar com autoridade sobre esse tema tão importante para a condição humana. Mas agora, toda vez que tomo da pena, percebo finalmente que não me resta outro assunto a abordar: a partir de hoje, farei o possível para decifrar e capturar a poesia oculta dos nossos rostos, o mistério assustador que reside no fundo da expressão facial de cada um de nós. Preparem-se.

24. Os enigmas nos rostos

Geralmente, reconhecemos as pessoas pelo seu rosto.
Lewis Carroll, *Através do espelho*

Quando, na manhã de terça-feira, Galip sentou-se à mesa de trabalho onde se acumulavam pilhas e pilhas de crônicas, sentia-se bem menos otimista que vinte e quatro horas antes. Ao final de um dia inteiro de trabalho, a imagem que tinha de Celâl sofrera uma transformação que lhe parecia bem desagradável, quase por vontade própria. Àquela altura, não sabia mais ao certo o que procurava, mas só tinha certeza de uma coisa: naquele momento, continuar a ler todas as crônicas e notas que tinha encontrado na estante do corredor era o único meio que lhe permitiria esboçar alguma teoria quanto ao local onde Celâl e Rüya podiam estar escondidos. E se reconfortava ao pensar que ficar sentado àquela mesa, lendo, era a única coisa que podia fazer para evitar não sabia bem qual infelicidade. Além disso, reler as crônicas de Celâl naquela sala onde, desde a infância, sentia-se feliz com suas lembranças, era bem mais agradável que passar o dia inteiro enfurnado em seu empoeirado escritório de Sirkeci, estudando contratos de locação em que os inquilinos tentavam proteger-se de proprietários inescrupulosos ou examinando os processos de comerciantes de ferro-velho e tapetes que só queriam roubar-se uns aos outros. Sentia em si o entusiasmo de um funcionário público promovido a um cargo mais interessante e que se vê instalado a uma mesa muito mais confortável que a antiga, mesmo que deva esse privilégio a alguma calamidade.

Sob o efeito desse entusiasmo e da segunda xícara de café, Galip tornou a examinar a lista de indícios que tinha acumulado até aquele momento. Recolhendo o jornal que o porteiro deixara encostado à porta, viu que a crônica do dia era "Desculpas e insultos", um texto que Celâl publicara pela primeira vez muitos anos antes: Celâl, portanto, não tinha entregue uma crônica nova no domingo. E aquela era a sexta crônica repetida que o jornal publicava nos últimos dias. E só restava uma crônica na pasta RESERVA. A menos que Celâl enviasse uma nova crônica nas trinta e seis horas seguintes, a partir de quinta-feira as colunas reservadas para ele sairiam em branco. Depois de trinta e cinco anos começando o dia com a leitura da crônica de Celâl — pois à diferença de outros cronistas Celâl nunca saíra de licença nem adoecera a ponto de deixar de mandar seu texto —, a mera idéia de abrir o jornal num dia pela manhã e encontrar um espaço em branco na segunda página fazia Galip sentir o terror da iminência de alguma calamidade terminal. Uma catástrofe que lhe lembrava a seca do Bósforo.

A fim de permanecer acessível a qualquer indício eventual, Galip religou o telefone que tinha tirado da parede pouco depois de sua chegada, na noite em que viera ao apartamento pela primeira vez. Tentou lembrar-se de todos os detalhes da conversa que tivera com aquela voz que se apresentara como Mahir İkinci. Tudo que aquele desconhecido lhe dissera sobre o "crime da mala" e um golpe militar iminente lembrava certas crônicas antigas de Celâl. Galip foi procurá-las nas suas caixas, releu-as com todo o cuidado e pensou em outros textos, em outros parágrafos até, em que Celâl falava do advento do Messias. Na maioria eram referências e alusões disseminadas em crônicas diversas que tratavam de outros temas, e Galip precisou de tanto tempo e esforço para localizá-las que logo se sentiu tão exausto como se tivesse passado o dia inteiro trabalhando.

No início dos anos 60, na época em que Celâl evocava em tom provocador a iminência de um golpe militar, parecia ter sempre em mente o que também o levara a escrever seus artigos sobre Rumi: o jornalista que quisesse convencer um grande número de leitores de uma idéia precisava ser capaz de trazer de volta à superfície idéias e lembranças que estes traziam afundadas no lodo do fundo das suas memórias, como galeões naufragados que jaziam havia séculos no fundo do mar Negro. E é por isso que Galip, enquanto relia os vários relatos históricos que Celâl colhera em várias fontes, esperava humildemente que algum deles agitasse o limo estagnado nas camadas mais profundas da sua memória. Leu como o décimo segundo imã haveria de percorrer as ruelas do Grande Bazar aterrorizando os joalheiros que usavam balanças viciadas, ou como o filho do xeque (de que fala Silahtar em sua *História dos armamentos*), proclamado Messias pelo pai, desferira ataques contra uma série de fortalezas seguido por um bando de camponeses e ferreiros curdos; ou ainda sobre o aprendiz de lavador de pratos que, depois de sonhar que tinha visto Maomé trafegando pelos paralelepípedos imundos das ruas de Beyoğlu no banco traseiro de um Cadillac branco conversível, proclamara-se Messias, por sua vez, a fim de arrebanhar as putas, os ciganos, os mendigos, os vagabundos, os batedores de carteira, os vendedores de cigarros a varejo e os engraxates da cidade para uma guerra contra os proxenetas e os gângsteres que dominavam suas vidas. Cada uma dessas cenas, Galip imaginou tingida do vermelho-tijolo e do brilho rosa-alaranjado da aurora da sua própria vida e de seus sonhos. Mas uma das histórias fez mais que provocar sua imaginação. Encontrou narrativas que despertavam tanto sua memória como sua imaginação: quando leu a história de Ahmet, o Caçador, que, depois de anos declarando-se em falso príncipe herdeiro da Coroa e depois sultão, acabara por se proclamar igualmente profeta, Galip lembrou-se da noite em que — enquanto Rüya sorria com seu costumeiro olhar de inocência sonolenta — Celâl lhes falara longamente sobre a necessidade de criar um "falso Celâl" capaz de escrever as crônicas diárias em seu lugar ("uma pessoa que pudesse se apropriar da minha memória", dissera ele). No mesmo instante, Galip sentiu-se tomado por uma onda de medo: tinha sido atraído para um jogo perigoso, que poderia desembocar numa armadilha mortal.

Voltou a examinar detidamente os nomes, endereços e telefones que descobrira numa agenda, comparando cada um com o catálogo telefônico. Ligou para alguns números que despertaram suas suspeitas: o primeiro era de uma fábrica de Lâleli, onde produziam bacias, baldes e cestos de roupa suja de plástico; bastava dar-lhes um modelo para servir de molde que a fábrica fornecia, no prazo de uma semana, centenas de cópias de qualquer objeto, na cor da escolha do freguês. Quando ligou para o segundo número, quem atendeu foi um menino; depois de dizer a Galip que morava com a mãe, o pai e a avó, e que seu pai não estava em casa, um irmão mais velho — que ele *não* tinha mencionado — apoderou-se do telefone para dizer que se recusavam a revelar o nome de família para desconhecidos. A essa altura, a mãe desconfiada pegou o telefone: "Quem está falando? Pode me dizer seu nome, por favor?", perguntou a mãe com uma voz prudente e temerosa. "O senhor deve estar enganado."

Já era meio-dia quando Galip começou a decifrar tudo que Celâl tinha anotado em bilhetes de ônibus ou entradas de cinema. Em algumas delas, Celâl anotara com sua caligrafia cuidadosa o que tinha pensado sobre o filme, juntamente com os nomes dos atores. Alguns desses nomes apareciam sublinhados, e Galip fez de tudo para descobrir por quê. Nas passagens de ônibus também havia palavras e nomes anotados: numa delas, havia o desenho de um rosto composto de letras do alfabeto latino. (A julgar pelo preço da passagem — quinze *kuruş* —, o bilhete datava do início dos anos 60.) Depois de examinar com todo o cuidado as letras do rosto desenhado, Galip releu antigas críticas de cinema escritas por Celâl, além de algumas entrevistas que fizera com celebridades nos primeiros anos da sua carreira ("Mary Marlowe, a famosa estrela do cinema americano, visitou nossa cidade no dia de ontem!"), esquemas inacabados de problemas de palavras cruzadas, diversas cartas de leitores, que escolheu ao acaso, e várias notícias tratando de crimes de morte ocorridos no bairro de Beyoğlu, que Celâl recortara do jornal com a idéia de escrever uma crônica a respeito. A maioria desses homicídios parecia seguir o mesmo modelo, não só porque todos foram cometidos com instrumentos de cozinha muito afiados, e sempre depois da meia-noite, como porque tanto a vítima quanto o assassino estavam invariavelmente muito embriagados; todas as histórias eram relatadas numa linguagem que insistia num sentimentalismo de fundo machista, transmitindo sempre a mesma moral grosseira — "Eis o que acontece com gente que se envolve em casos escusos!". Para tratar desses temas, Celâl também utilizava recortes descrevendo os bairros mais pitorescos de Istambul (as áreas de Cihangir, Taksim, Lâleli e Kurtuluş). Na mesma caixa, Galip encontrou uma série de artigos intitulada "A primeira vez na nossa história". Os textos lembraram a Galip que foi Kasim Bey, proprietário da editora Biblioteca da Educação, quem publicara o primeiro livro a empregar o alfabeto latino na Turquia, em 1928. A partir de então e por várias décadas, a mesma editora tinha publicado o *Calendário do ensino público, com os horários das preces*. Nele, havia uma página para cada dia do ano, e embora cada uma delas fosse feita para ser arrancada e jogada fora, Galip ainda se lembrava claramente de muitas delas: traziam sempre "sugestões culinárias para o cardápio do dia" (Rüya adorava essa parte), citações de Atatürk, dos grandes pensadores do Islã ou de estrangeiros ilustres como Benjamin Franklin ou Bottfolio, alguma anedota de bom gosto e mostradores de relógio indicando os horários das orações naquele dia. Quando Galip encontrou várias páginas arrancadas desses calendários em que Celâl tinha retocado os mostradores dos relógios para transformá-los em rostos humanos com longos bigodes pendentes e narizes aduncos, convenceu-se de que tinha encontrado um indício novo e anotou alguma coisa numa folha de papel em branco. Enquanto comia o pão, o queijo e a maçã que trouxera para lhe servir de almoço, examinou com um estranho fascínio a posição dessa sua anotação na folha de papel em branco.

Nas últimas páginas de um caderno em que Celâl resumira os enredos de dois livros policiais estrangeiros (*O escaravelho de ouro* e *A sétima carta*) e as chaves dos códigos secretos que tinha aprendido em livros sobre a linha Maginot ou espiões alemães, encontrou linhas trêmulas traçadas a esferográfica verde. Lembravam um pouco as linhas verdes que encontrara atravessando os mapas do Cairo, de Damasco e Istambul, ou talvez um rosto, quem sabe um buquê de flores ou os meandros de um rio estreito através de uma planície. Depois de matutar sobre as curvas assimétricas e sem sentido das primeiras quatro páginas, Galip encontrou a chave do enigma na quinta: uma formiga fora solta no meio de uma página branca, e o percurso hesitante do inseto nervoso fora assinalado com a caneta verde. Em seguida, o caderno fora fechado e, bem no meio da quinta página, podiam-se ver os restos ressecados do animal, colados no ponto em que a formiga exausta descrevera seus últimos círculos inseguros. Galip tentou adivinhar quantos anos teriam transcorrido desde a morte daquela infeliz formiga, tão severamente castigada por não ter produzido resultados. E perguntou-se ainda se Rumi poderia lançar alguma luz sobre aquela estranha experiência, e se haveria alguma ligação entre ela e as crônicas que seu primo escrevera sobre o poeta. No quarto volume do *Mathnawi*, Rumi descreve de fato a caminhada de uma formiga por cima dos seus manuscritos: primeiro a criatura confundia as letras do alfabeto árabe com lírios e junquilhos; depois compreendia que era a pena quem criava aquele jardim de palavras, em seguida que a pena era conduzida pela mão e que a mão obedecia à inteligência. "E então", como acrescentara Celâl certa vez numa crônica, "a formiga percebeu que havia uma inteligência mais alta guiando aquela inteligência." Mais uma vez, as imagens evocadas pelo grande poeta místico se confundiam com os sonhos de Celâl. Galip talvez estivesse a ponto de encontrar uma ligação significativa entre essas crônicas e as datas em que aquele caderno foi utilizado, mas as últimas páginas tinham sido totalmente dedicadas às datas e aos endereços dos grandes incêndios do passado, aos bairros de Istambul que tinham sido devastados e ao grande número de casas de madeira destruídas em cada um deles.

Em seguida, Galip leu uma crônica em que Celâl contava as artimanhas utilizadas por um aprendiz de vendedor de livros usados que, no início do século, vendia sua mercadoria de porta em porta. Cada dia tomava a barca para um bairro diferente de Istambul, onde batia às portas das mansões mais ricas para vender, depois de muita barganha, os livros baratos que carregava em sua sacola repleta para as mulheres do harém, para os velhos que não saíam mais de casa, para funcionários que trabalhavam demais e para crianças de olhos sonhadores. Mas o essencial da sua clientela era constituído pelos ministros de Estado, que só podiam sair de casa para se dirigir a seus ministérios, de acordo com as ordens do sultão Abdülhamit que não ousavam desobedecer, pois os espiões do sultão estavam em toda parte. Enquanto lia a história de como o aprendiz de vendedor de livros ensinava a esses paxás (ou a seus "leitores", como Celâl preferia dizer) mensagens que acrescentava ele próprio aos livros que lhes vendia, e que ele lhes ensinava a decifrar de acordo com certos segredos do hurufismo, Galip começou a sentir que, aos poucos, transformava-se numa outra pessoa, no homem que queria ser. Pois no momento em que percebeu que esses segredos do hurufismo não eram muito complicados, mas tão simples quanto o mistério das letras e dos sinais revelado na última página da edição condensada de uma aventura americana que se passava em mares distantes, livro que Celâl dera de presente a Rüya numa tarde de sábado, quando ainda eram crianças, Galip estava convencido de que, à força de muita leitura, qualquer um pode se transformar num outro. Foi então que o telefone tocou. Evidentemente, era o mesmo homem que tornava a telefonar.

"Fico satisfeito de ver que você tornou a ligar o seu telefone, Celâl Bey!", disse a voz, que para Galip parecia claramente a de um homem de certa idade. "Eu me recusava a admitir que, num momento como este, em que os acontecimentos mais terríveis nos ameaçam, um homem da sua importância possa resolver estar fora do alcance de toda a cidade, de todo o país!"

"A que página do catálogo você já chegou?"

"Estou trabalhando o mais que posso, mas esse trabalho anda muito mais devagar do que eu esperava. Depois de passar horas e horas lendo números, a mente começa a vagar e você se surpreende pensando em coisas impensáveis. Comecei a olhar para os números e ver fórmulas mágicas, agrupamentos simétricos, repetições, matrizes, formas. O que me faz avançar muito mais lentamente."

"E rostos, você vê também?"

"Vejo, mas eles só começam a aparecer a partir de certas combinações de números. E os números nem sempre falam; às vezes ficam calados. Às vezes tenho o palpite de que os quatros estão tentando me dizer alguma coisa, quando começam a surgir o tempo todo um depois do outro. Primeiro aparecem aos pares, depois passam a mudar de coluna de maneira simétrica, e de repente, sem aviso, eis que se transformam em números dezesseis. Em seguida são os setes que começam a aparecer nas colunas onde antes ficavam os quatros, assobiando baixinho a mesma melodia. Bem que eu gostaria de achar que tudo não passa de uma série de coincidências sem sentido, mas quando eu vejo que o número de um homem chamado Timur Yıldırımoğlu é 140 22 40, penso imediatamente na Batalha de Ankara, que ocorreu em 1402 e na qual Timur, o Bárbaro, conhecido no Ocidente como Tamerlão, terçou espadas com Beyazid, o grande guerreiro que também conhecemos como Yıldırım, "o Relâmpago". E depois da vitória Timur não se apoderou da mulher de Beyazid, levando-a para o seu harém? Toda a nossa história, toda a cidade de Istambul fervilha em nosso catálogo telefônico! E isso me absorve, reduz a minha velocidade; não viro as páginas do catálogo para encontrar esse tipo de coincidência, mas também não consigo encontrar o seu número, mesmo sabendo que você é o único homem capaz de frustrar a maior de todas as conspirações já tramadas entre nós. Foi você que deu início a isso tudo, Celâl Bey, e é você o único que pode impedir esse golpe militar!"

"Mas por quê?"

"Não foi à toa que eu lhe disse, na nossa última conversa, que eles estão à espera do Messias! Eles são apenas um punhado de militares, mas devem ter lido algumas das crônicas que você escreveu, muitos anos atrás. E não se limitaram a ler, mas leram acreditando no que elas diziam — assim como eu próprio acreditava. Se você não se lembra dessas crônicas que escreveu no início de 1961 — o pastiche sobre o Grande Inquisidor, por exemplo —, precisa reler a conclusão do texto em que explicava os motivos de não acreditar na felicidade da família que aparece retratada nos bilhetes da loteria nacional. (A mãe está tricotando enquanto o pai lê o jornal — talvez até mesmo exatamente a sua crônica; o filho faz o dever de casa deitado no chão, o gato e a avó cochilam perto da fornalha. 'Se todo mundo está tão feliz, se todas as famílias se parecem com essa, por que tanta gente compra bilhetes de loteria?', perguntava você.) E precisa reler também algumas das suas críticas de cinema. Por que você zombava tanto dos filmes turcos do começo da década de 60? Eram filmes que levavam a felicidade a milhões de pessoas, que exprimiam nossos verdadeiros sentimentos, mas você só via os cenários, os frascos de água-de-colônia na mesinha-de-cabeceira, as fotografias arrumadas em cima dos pianos que nunca eram abertos e que eram recobertas de teias de aranha, os cartões-postais enfiados nas molduras dos espelhos, os cachorrinhos de louça mergulhados no sono em cima do aparelho de rádio da família — por que fazia isso?"

"Não sei."

"Mas como tem coragem de dizer que não sabe? Claro que sabe! Para transformar todos esses elementos em símbolos da nossa miséria e da nossa decadência! Você fala sobre eles com o mesmo tom que usa para falar do lixo asqueroso atirado nos poços de ventilação entre os edifícios da cidade, ou sobre as famílias que viviam enfurnadas nos mesmos prédios de apartamentos, tão próximas que, em conseqüência dessa promiscuidade, os primos acabavam se casando entre si. E das poltronas sempre cobertas de capas para evitar que seu forro se gaste! Você nos falava de tudo isso como se fossem sinais deploráveis da nossa decadência irreversível, da platitude, da banalidade em que todos mergulhamos. Mas em seguida você nos revela, nos seus artigos que tratam supostamente da história, que a libertação é sempre possível e pode estar à nossa espera na próxima esquina. Nos nossos piores momentos, sempre pode surgir alguém que nos livre de tanto horror. E seria então o retorno, sob outra aparência, de um salvador que já caminhou por esta terra centenas de anos atrás. E surgiria dessa vez em Istambul, sob a aparência de Mevlana Celâlettin ou do xeque Galip, ou até de um cronista de jornal! E quando você falava assim, quando compunha rapsódias sobre o sofrimento das mulheres que fazem fila junto às fontes públicas dos bairros pobres da cidade e as tristes juras de amor entalhadas na madeira dos bancos dos velhos bondes, havia jovens oficiais que acreditavam em cada palavra sua. Acabaram convencidos de que a volta do Messias em que acreditavam haveria de libertá-los para sempre de toda essa tristeza e miséria, e que de uma hora para outra a ordem das coisas seria restaurada. Foi você quem pôs essa idéia nas suas cabeças! Você sabe quem são eles! E era para eles que você escrevia tudo isso!"

"Bom, mas o que você quer que eu faça agora?"

"Só quero me encontrar com você. E basta."

"Para quê? O tal dossiê de que você fala não existe, não é mesmo? Você inventou isso tudo, não foi?"

"Quero me encontrar com você, e então lhe explico tudo."

"E você também me deu um nome falso, não é mesmo?", perguntou Galip.

"Quero me encontrar com você!", repetiu a voz, usando as mesmas inflexões afetadas mas de uma pungência surpreendente, como um ator que dissesse "eu te amo" num filme dublado. "Quero me encontrar com você. Quando estivermos juntos, você irá entender na mesma hora por que eu queria tanto esse encontro. Ninguém pode conhecer você tão bem quanto eu, ninguém! Eu sei que você passa a noite acordado, perdido em devaneios enquanto toma o chá e o café que você mesmo prepara e fuma os Maltepes que deixa secando no radiador. Sei que você escreve seus textos à máquina e depois faz as correções com uma esferográfica verde, que não está feliz nem com sua vida nem consigo mesmo. Sei também que passa as noites andado de um lado para o outro no seu quarto, do crepúsculo até o amanhecer, desejando ser outra pessoa, mas que ainda não conseguiu decidir quem é esse outro em quem tanto deseja se transformar..."

"Tudo isso são coisas que já contei em tantas crônicas!", disse Galip.

"Sei ainda que você nunca amou seu pai e também que, depois que ele voltou da África com a segunda mulher, pôs você para fora do apartamento do sótão onde você tinha encontrado um refúgio. Sei de todas as necessidades materiais que você precisou enfrentar, ao longo dos anos em que foi obrigado a morar com sua mãe. Ah, meu pobre irmão, quando você era um pobre repórter principiante em Beyoğlu, sei que inventava crimes que nunca aconteceram só para despertar o interesse dos leitores! Sei que entrevistou no Pera Palace estrelas de cinema que nunca existiram, obtendo revelações sobre filmes americanos que jamais foram feitos! Para escrever as confissões de um opiômano turco, você chegou a fumar ópio! Depois levou a maior surra da sua vida numa viagem que fez à Anatólia para poder terminar uma série de reportagens sobre as vidas dos campeões de luta, que publicava com pseudônimo! Na coluna ACREDITE SE QUISER, era a sua própria vida que você contava, mas as pessoas não entendiam! Eu sei que você sua muito nas mãos e elas estão sempre úmidas; que sofreu dois acidentes de trânsito; que ainda não conseguiu encontrar sapatos que sejam realmente à prova d'água. E sei que sempre viveu sozinho, apesar do seu medo da solidão, e que passa sozinho a maior parte do tempo. Você adora subir ao alto dos minaretes, adora revistas pornográficas, adora passar o tempo na loja de Alâaddin, adora conversar com sua meia-irmã. E quem mais poderia saber de tudo isso, além de mim?"

"Na verdade, muitíssima gente", respondeu Galip. "Pois tudo isso são detalhes que contei várias vezes nas minhas crônicas. Você vai ou não me dizer o verdadeiro motivo pelo qual quer se encontrar comigo?"

"É por causa do golpe militar!"

"Vou desligar o telefone — "

"Eu juro que é verdade!", disse a voz, nervosa e desesperada. "Se pelo menos eu pudesse me encontrar com você, você iria entender tudo!"

Galip tornou a desligar o telefone da parede. Voltando até a estante do corredor, pegou um álbum que tinha atraído seu olhar na véspera e se instalou na mesma poltrona onde Celâl sempre se sentava ao chegar em casa, exausto, ao fim de cada dia de trabalho. Era um exemplar lindamente encadernado do Álbum dos Formandos da Escola Militar de 1947; depois das páginas iniciais, que traziam inúmeras fotografias (e citações) de Atatürk, do presidente da República, do chefe do Estado-Maior do Exército, do comandante e de todo o corpo docente da Escola Militar, o álbum continha as fotografias cuidadosamente posadas de todos os alunos que se formavam. Virando as páginas, separadas entre si por delicadas folhas de papel casca de cebola, Galip não conseguia entender claramente o que o levara a folhear aquele álbum logo depois daquela conversa ao telefone; pareceu-lhe que havia uma surpreendente semelhança entre os rostos e as expressões de todos os formandos, assim como eram quase idênticos os quepes que usavam e as divisas que portavam nos colarinhos. Por um instante, teve a impressão de examinar um desses antigos catálogos de numismática que às vezes encontrava no meio dos livros vendidos a granel empilhados nas mesas empoeiradas do lado de fora dos sebos, nos quais só um especialista seria capaz de distinguir alguma diferença entre as muitas fotografias de moedas de prata. Ainda assim, porém, seu ânimo melhorou e sentiu crescer dentro de si a música que ouvia quando saía palmilhando as ruas ou se misturava à massa de passageiros de uma barca. Ele adorava olhar rostos.

Enquanto continuava a percorrer as páginas do álbum, reencontrou a sensação que tinha na infância toda vez que abria uma revista em quadrinhos nova cujo lançamento tivesse esperado por várias semanas, e que ainda trazia o cheiro tão bom do papel e da tinta de impressão. Há sempre uma ligação entre todas as coisas — como os livros não se cansam de nos dizer. Contemplando aqueles rostos, começou a perceber neles o mesmo brilho fugidio que encontrava nos rostos das pessoas com quem cruzava nas ruas, e sentiu o maior prazer em examinar com cuidado aqueles rostos e decifrar o significado de cada um.

Deixando de lado os generais que se contentavam em encorajar os conspiradores de uma certa distância, sem exporem ao risco suas próprias carreiras, Galip tinha certeza de que a maioria dos participantes das várias conspirações fracassadas do começo dos anos 60 haviam certamente de estar retratados nas páginas daquele álbum. No entanto, não descobriu qualquer ligação entre as tentativas de golpe militar e as palavras e os desenhos que Celâl rabiscara nas páginas do álbum e até nas folhas intercalares de papel casca de cebola. Barbas e bigodes — como os que uma criança desenharia — tinham sido acrescentados a certos rostos; noutros, sombras tinham sido desenhadas debaixo dos ossos da face ou os bigodes tinham sido acentuados a traços de lápis. Em alguns casos, Celâl transformara as rugas da testa em marcas do destino, e liam-se nelas letras do alfabeto latino e palavras sem sentido. As olheiras que havia em alguns rostos tinham sido sublinhadas com curvas que os transformavam em letras C ou O; outros rostos tinham sido adornados com estrelas, chifres e óculos. Os maxilares, as testas e o arco do nariz tinham sido em alguns casos acentuados por traços negros; em alguns casos, havia segmentos retos traçados da testa ao queixo, do nariz aos lábios e de um lado ao outro do rosto, como que para medir suas proporções. Debaixo de algumas fotografias havia notas remetendo às fotografias de outras páginas. Ao rosto de muitos formandos Celâl acrescentara espinhas, verrugas, manchas, cicatrizes de varicela, marcas de nascença, hematomas ou marcas de queimaduras. Ao lado de um rosto tão aberto e luminoso que era impossível acrescentar-lhe alguma rasura ou alguma letra, Galip leu as palavras: "Retocar uma fotografia é matar a alma!".

E Galip encontrou a mesma frase em outros álbuns que descobriu no mesmo canto do armário: Celâl também adornara com os mesmos desenhos as fotografias dos formandos da Escola de Engenharia, dos professores da Faculdade de Medicina, dos deputados eleitos à Assembléia Nacional em 1950, dos engenheiros e administradores que trabalharam na construção da ferrovia Sivas—Kayseri, dos membros do Comitê de Restauração da cidade de Bursa e dos veteranos do bairro de Alsancak, em Esmirna, que se tinham apresentado como voluntários para combater na Guerra da Coréia. Em sua maioria, os rostos tinham sido divididos ao meio por um traço vertical, com a finalidade evidente de realçar as letras desenhadas de cada lado. Galip folheava as páginas muito depressa, mas também lhe ocorria deter-se e contemplar longamente este ou aquele rosto, como se fizesse força para fixar uma lembrança vaga antes que ela tornasse a rolar e perder-se no abismo do esquecimento, ou como se tentasse encontrar o endereço de uma casa onde só tivesse estado uma vez no meio da noite. Alguns rostos não revelavam nada além de sua aparência imediata; outros, quando menos esperava, começavam a contar uma história que seus traços ordinários e serenos não levavam a imaginar. Nesses momentos, Galip se lembrava de certas cores, do sorriso melancólico de uma garçonete com a mesma expressão que entrevira anos antes num filme estrangeiro, só de passagem porque desaparecia logo depois de surgir na tela; e se lembrava da vez que ouvira no rádio uma linda canção que todo mundo à sua volta conhecia de cor mas ele de algum modo nunca tinha escutado, e jamais conseguia ouvir de novo, embora quisesse tanto.

Quando a noite caiu, Galip já transportara para a mesa de trabalho todas as agendas, todos os álbuns, todos os almanaques e todas as caixas repletas de fotografias recortadas de jornais e revistas que encontrara na estante do corredor; e vasculhava aquilo tudo meio ao acaso, como que embriagado. Descobriu rostos anônimos fotografados em algum lugar desconhecido, em momento ou por motivo ignorados: moças, senhores de ar distinto com chapéus de feltro, senhoras com os cabelos cobertos por xales, rapazes imberbes, miseráveis em farrapos, criaturas desesperadas. Viu rostos infelizes que não escondiam o sofrimento, surpreendidos em momentos de dor. Dois cidadãos comuns acompanhavam com os olhos ansiosos seu prefeito que apresentava uma petição ao primeiro-ministro sob os olhares acolhedores dos demais membros do gabinete e dos policiais da escolta; a mãe que conseguira salvar das chamas seu filho e um cobertor, no decorrer de um incêndio que devastara a avenida Dereboyu, em Beşiktaş; uma fila de mulheres diante da bilheteria do Alhambra, onde passava um filme estrelado pelo célebre ator e cantor egípcio Abdul-Wahab; a famosa dançarina do ventre e atriz de cinema, entrando na delegacia de polícia de Beyoğlu escoltada por dois agentes depois de ter sido presa por posse de haxixe; o rosto desfeito do contador acusado de um desfalque. Galip tinha a impressão de que todas aquelas fotos, que retirava ao acaso das caixas, tentavam explicar-lhe por que tinham sido escolhidas, por que tinham ficado guardadas por tanto tempo. "Pode existir coisa mais reveladora, mais curiosa, mais convincente que uma fotografia, um documento em que está capturada a expressão do rosto de uma pessoa?", perguntou-se Galip.

Por trás dos rostos, mesmo os mais vazios, cuja expressão e cujo sentido tivessem sido retocados ou alterados por outros recursos, ele adivinhava uma melancolia, uma história carregada de lembranças e medos — um segredo bem guardado, uma dor que não tinha como ser posta em palavras e se manifestava nos olhos e na curvatura das sobrancelhas. Acabou com lágrimas nos olhos enquanto examinava o rosto feliz mas perplexo do aprendiz de fabricante de colchas que acabara de ganhar o grande prêmio da loteria nacional; a expressão de um corretor de seguros que acabara de esfaquear a mulher; ou o rosto da Miss Turquia que acabara de "representar muito condignamente nosso país" ao obter o segundo lugar no concurso de Miss Europa.

E como encontrava em vários desses rostos os vestígios de uma melancolia de que Celâl falava tanto em algumas de suas crônicas, concluiu que seu primo devia ter escrito esses textos contemplando aquelas mesmas fotografias: a inspiração para seu texto sobre a roupa lavada estendida para secar nos quintais dos cortiços que davam para os depósitos das fábricas deve ter sido aquele retrato do nosso campeão de boxe amador (categoria peso-pena) que Galip tinha agora nas mãos. A crônica em que dizia que as ruas tortuosas de Galata só pareciam tortuosas aos olhos dos estrangeiros podia perfeitamente ter sido escrita enquanto Celâl contemplava a fotografia do rosto pálido e arroxeado da famosa cantora nacional de 111 anos que, muito orgulhosa, insinuava ter dormido com Atatürk. Os rostos dos peregrinos mortos estendidos à beira da estrada, ainda com os gorros na cabeça, depois que o ônibus que os trazia de Meca sofrera um acidente, lembraram imediatamente a Galip uma crônica em que Celâl falava dos velhos mapas e das velhas gravuras de Istambul. Nela, Celâl afirmava que a posição de certos antigos tesouros desaparecidos vinha indicada em alguns desses mapas da cidade, e que em certas gravuras executadas por artistas europeus sinais tinham sido traçados acusando de inimigos do Estado personagens vestidos à moda européia que tinham vindo a Istambul na intenção insensata de atentar contra a vida do sultão. Galip concluiu que devia haver alguma ligação entre os mapas das cidades sublinhados com tinta verde e aquela crônica, escrita provavelmente por Celâl num dos períodos que passara recluso por mais de uma semana, sozinho em outro apartamento de que ninguém mais sabia em algum canto obscuro de Istambul.

Começou a ler em voz alta, sílaba por sílaba, os nomes dos bairros que figuravam no mapa de Istambul. Alguns desses nomes, por terem sido utilizados milhares de vezes ao longo do dia-a-dia de sua vida, traziam consigo uma tamanha carga de lembranças que não evocavam mais nada definido, a exemplo de palavras de uso muito freqüente como "água" ou "coisa". Em compensação, quando pronunciou em voz bem alta os nomes de bairros que tinham desempenhado um papel menos importante em sua existência, eles lhe evocaram a associação imediata de muitas imagens. Galip lembrou-se então da série de artigos que Celâl escrevera sobre certos bairros esquecidos de Istambul. Essas crônicas, que encontrou na estante do corredor, saíram sob o título geral de RECANTOS AINDA SECRETOS DA NOSSA CIDADE, mas o começo da sua leitura já deixava claro que serviam mais como veículo para a ficção curta de Celâl do que como uma boa descrição das áreas menos conhecidas de Istambul. Aquela decepção poderia tê-lo feito simplesmente sorrir em outras circunstâncias, mas naquele momento ele ficou a tal ponto exasperado que concluiu que, ao longo de toda a sua carreira de jornalista, Celâl não enganara apenas seus leitores; também iludia ciosamente a si próprio. Enquanto lia sucessivamente as histórias de uma briga que começara num bonde da linha Fatih—Harbiye, de um garotinho de Feriköy que os pais tinham mandado fazer uma compra na mercearia da esquina e nunca mais voltara, e a descrição do tiquetaque musical que tomava conta da atmosfera de uma oficina de relojoeiro de Tophane, Galip murmurava para si mesmo que nunca mais se deixaria enganar por aquele homem.

Poucos momentos depois, porém, seu espírito voltara a perguntar-se por conta própria se Celâl não poderia estar escondido em alguma casa de Harbiye, Feriköy ou até Tophane, e não sentia mais raiva de Celâl, por tê-lo conduzido a uma armadilha, e sim de sua própria mente, que insistia em procurar pistas e indícios em todos os textos que seu primo escrevera. E adquiriu um súbito horror àquela sua mentalidade, que não conseguia subsistir sem se alimentar de histórias, assim como chega um ponto em que adquirimos horror de uma criança que exija ser divertida o tempo todo. Decidiu então bruscamente que não havia lugar neste mundo para indícios, vestígios, sinais, pistas, segundos e terceiros sentidos, segredos ou mistérios; tudo aquilo não passava de frutos da sua imaginação, das suas próprias ilusões, do seu espírito faminto que teimava em descobrir e decifrar um signo atrás do outro, aferrando-se a cada palha que pudesse indicar algum significado mais elevado. Ergueu-se nele um desejo de viver num universo onde cada coisa fosse apenas o que calha de ser e nada mais: um mundo onde as letras, os textos impressos, os rostos e os lampiões da rua só representassem a si próprios, onde a mesa de trabalho de Celâl, a velha estante do Tio Melih, as tesouras ou aquela esferográfica que ainda trazia as impressões digitais de Rüya não fossem mais sinais equívocos de algum segredo. Perguntou-se como poderia aceder ao universo onde as esferográficas verdes fossem apenas canetas esferográficas verdes, e onde nunca mais desejasse ser uma outra pessoa. Como uma criança que sonha em viver na terra distante que viu num filme, Galip, para convencer-se de que já vivia naquele universo, examinou os mapas abertos em cima da mesa. Num primeiro momento teve a impressão de ver seu próprio rosto, enrugado como a testa de um velho, depois vários rostos de sultões que se confundiam diante dos seus olhos; em seguida revelou-se um rosto que não lhe era estranho, talvez de um príncipe herdeiro, mas apagou-se pouco depois, sem que Galip tivesse tempo de reconhecê-lo por completo.

Depois de algum tempo, Galip instalou-se na poltrona dizendo-se que podia examinar os rostos que Celâl vinha colecionando havia trinta anos como se fossem imagens do novo universo onde desejava viver. Nas fotografias que tirava das caixas ao acaso, esforçava-se para examinar os rostos sem neles buscar sinais ou segredos. Logo cada um deles se tornou tão anônimo como a mera descrição física de um objeto concreto, comportando apenas arranjos aleatórios de narizes, bocas e pares de olhos, como as fotos que constam dos documentos de identidade. No momento em que percebia alguma emoção, como a que o autuário sente ao se deparar com a foto de um belíssimo rosto de mulher tomado pela dor presa a um contrato de seguro, desviava na mesma hora a atenção para outro rosto que não exibisse nenhum sinal de melancolia, nenhum vestígio de história oculta. A fim de evitar ser tragado pelas histórias que aqueles rostos contavam, evitava ler as legendas debaixo das fotos, além de ignorar as letras e palavras que Celâl tivesse rabiscado nas margens ou em cima desses rostos. Depois de examinar longamente essas fotografias de homens e mulheres, esforçando-se para vê-las como se fossem simples mapas e guias, começou a ouvir o engarrafamento que se formava em torno da praça de Nişantaşı e as lágrimas lhe encheram novamente os olhos. Só conseguira percorrer uma parte mínima da coleção que Celâl acumulara ao longo de trinta anos.

25. O carrasco e o rosto em prantos

Não chore, não chore, oh, por favor, não chore.
Halit Ziya

Por que a visão de um homem chorando nos comove tanto? O pranto de uma mulher é uma parte dolorosa e aflitiva da nossa vida cotidiana, e sempre vemos esse espetáculo com compaixão e ternura. No entanto, não sabemos o que fazer quando quem chora é um homem. Supomos que alguma coisa terrível tenha acontecido — esse homem deve ter chegado ao fim das suas forças, ao limite das suas capacidades, como nos sentimos perante a morte de uma pessoa amada. Ou então é que existe no universo dele alguma coisa que destoa do nosso, alguma coisa extremamente perturbadora e até aterrorizante. Todos já sentimos o espanto e a angústia de encontrar alguma área nova e desconhecida num rosto familiar — uma terra ignota num mapa que imaginávamos conhecer perfeitamente. Ao ler a *História dos carrascos*, de Kadri de Edirna, encontrei um relato que fala exatamente disso, e que também figura no tomo quarto da *História* de Naima e na *História das páginas da realeza*, de Mehmet Halife.

Numa noite de primavera de um passado não muito distante — talvez uns trezentos anos atrás —, o carrasco mais famoso daquele tempo, conhecido como Ömer Negro, chegou cavalgando à fortaleza de Erzurum. Trazia consigo um edito do sultão — que lhe fora entregue vinte dias antes em Istambul pelo comandante da guarda do palácio — determinando a execução de Abdi Paxá, o comandante daquela guarnição. Estava muito satisfeito de ter coberto em apenas doze dias a distância de Istambul a Erzurum, que qualquer viajante comum levaria um mês para percorrer naquela época. Tão agradável era a noite de primavera que esqueceu do seu cansaço, mas ao mesmo tempo sentiu um abatimento fora do comum e uma dúvida repentina quanto ao dever que precisava cumprir: como se pairasse sobre ele a sombra de uma sorte aziaga, um vislumbre de suspeita, uma promessa de incerteza.

Evidentemente, sua tarefa não tinha nada de fácil: precisava entrar sozinho naquela guarnição guardada por homens armados que não conhecia, leais a um comandante em quem jamais pusera os olhos; devia entregar-lhe o edito e assinalar com sua presença e sua segurança ao paxá e seus seguidores que não fazia sentido qualquer desobediência às ordens imperiais; e se não conseguisse transmitir-lhes essa impressão, se o paxá relutasse em admitir que qualquer revolta era baldada, o que era bem pouco provável, teria de matá-lo no ato, antes que seus homens tivessem tempo de tentar qualquer reação. Não que lhe faltasse experiência, e que fosse esse o motivo da sua inquietação: durante seus trinta anos de carreira, já executara quase vinte príncipes, dois grão-vizires, seis vizires e vinte e três paxás. Se formos incluir todos os outros — tanto os corruptos quanto os honestos, tanto os inocentes quanto os culpados, homens e mulheres, jovens e idosos, cristãos e muçulmanos —, já pusera fim a mais de seiscentas vidas; desde o início do seu aprendizado, também infligira torturas a milhares de pessoas.

Antes de entrar na cidade naquela manhã de primavera, o carrasco parou ao lado de um riacho; apeando do seu cavalo, fez suas abluções e ajoelhou-se para recitar suas preces. Só raramente ele pedia a ajuda de Deus para cumprir suas tarefas. Mas, como sempre, o Senhor sempre acatava as preces daquele Seu servidor tão humilde e aplicado. Assim, tudo ocorreu de acordo com o planejado. No momento em que o paxá pôs os olhos em seu visitante, percebeu — pelo chapéu cônico de feltro vermelho que o homem usava na cabeça raspada, e pela corda engraxada que trazia amarrada à sela — a sorte que o esperava, mas não fez nenhum esforço para resistir a ela. Pode ser que, conhecendo bem seus crimes, já viesse se preparando para aquele destino havia muito tempo.

Primeiro, leu e releu o edito do começo ao fim, pelo menos dez vezes com a mesma atenção (uma característica dos cidadãos respeitadores da lei). Depois de acabar a leitura, beijou o edito e, com um meneio rebuscado, levou-o à testa (embora Ömer Negro não tenha ficado impressionado com esse gesto; era uma reação comum nos homens que ainda precisavam impressionar os que estavam à sua volta). Anunciou em seguida que desejava ler o Corão e fazer suas preces (um pedido normal, tanto da parte dos verdadeiros crentes quanto daqueles que esperavam ganhar algum tempo). Depois de terminar suas preces, despojou-se de tudo que era valioso — seus anéis, suas correntes, suas condecorações — e distribuiu as jóias entre os seus homens, murmurando, "Uma lembrança minha", garantindo assim que nada ficaria para o visitante (o que também é uma artimanha comum, especialmente entre as pessoas mais superficiais e ligadas às coisas terrenas, que por isso ficam ressentidas com o responsável pela sua execução). Em seguida, fez o que fazia a maioria dos condenados depois que já tinham esgotado os truques descritos acima: enquanto o carrasco passava o laço pela sua cabeça, tentou livrar-se à força, debatendo-se ao mesmo tempo em que proferia insultos e maldições. Mas um violento murro no queixo bastou para fazê-lo aquietarse. O paxá se resignou. As lágrimas corriam pelo seu rosto.

Era normal que as vítimas chorassem a essa altura, mas alguma coisa que o carrasco viu no rosto em prantos do paxá fez com que hesitasse, pela primeira vez em trinta anos de vida profissional. E, contrariando toda a sua experiência, fez algo que nunca fizera: antes de estrangular sua vítima, cobriu o rosto do paxá com um pano. Sempre criticara amargamente os colegas que recorriam a essa precaução, pois acreditava que qualquer carrasco que quisesse fazer um trabalho limpo e rápido devia ser capaz de olhar diretamente nos olhos da vítima do começo ao fim, sem que isso afetasse sua técnica.

Depois que teve certeza de que o condenado dera mesmo o último suspiro, pegou sua espada mais reta e aguçada (às vezes chamada de *cifra*) e cortou de um golpe a cabeça do paxá; enquanto ela ainda fumegava, jogou-a no saco de couro cheio de mel que trouxera para conservá-la durante a longa viagem de volta à capital, pois precisava entregar a cabeça aos responsáveis encarregados de identificá-la em Istambul. E foi enquanto arrumava cuidadosamente a cabeça no saco que teve sua visão final do olhar lacrimoso do paxá, e dessa expressão tão surpreendente quanto aterrorizante nunca mais esqueceria até a hora — relativamente próxima, aliás — de sua morte.

Montou imediatamente no seu cavalo e deixou a cidade, com a cabeça bem guardada no saco, pois queria que a cabeça estivesse a pelo menos dois dias de distância da cidade quando o corpo decapitado fosse levado ao local do seu repouso final, depois das exéquias que ocorreriam entre lágrimas e desolação, a ponto de deixar todos os presentes de coração partido. Depois de cavalgar um dia e meio sem parar, chegou a outra fortaleza: o castelo de Kemah. Depois de jantar no caravançará, levou seu saco para uma cela e caiu num sono profundo.

Passou metade de um dia mergulhado num sono de chumbo em que saía de um sonho para entrar em outro, e enquanto se esforçava para retornar ao estado de vigília, teve um último sonho que o levou de volta à Edirna da sua infância. Lá, diante dele, estava um jarro imenso de compota de figos que sua mãe tinha cozinhado longamente em sua calda, a tal ponto que a fragrância dos figos se espalhara não somente por toda a casa e pelo jardim como por toda a redondeza. No entanto, quando se aproximou do jarro, percebeu que os pequenos glóbulos verdes que julgara serem figos eram na verdade os olhos de um rosto em prantos. Sentiu o aguilhão da culpa enquanto desatarraxava a tampa do jarro, não porque abri-lo fosse proibido, mas porque era um testemunho do terror que impregnava aquele rosto em prantos; e quando os soluços de um homem adulto elevaram-se de dentro do jarro, ficou paralisado de espanto e mudo de horror.

Na noite seguinte, enquanto dormia profundamente numa outra cama de outro caravançará, seus sonhos o levaram de volta a um certo fim de tarde da sua juventude; faltava pouco para o cair da noite, numa das ruas secundárias de Edirna. Um amigo, que não conseguia reconhecer, acabara de chamá-lo para ver o céu: numa das extremidades se via o sol poente e, na outra, o rosto pálido da lua cheia que se elevava. Mais tarde, à medida que o sol se punha e a noite caía, o céu ficava escuro e a face redonda da lua se tingia de um dourado luminoso, definindo-se com mais nitidez: e ele logo percebeu que aquela face resplandecente era um rosto de homem, que olhava para ele coberto de lágrimas. E o que perturbava a noite de Edirna e transformava suas ruas, conferindo-lhes uma aura fantasmagórica de uma cidade desconhecida em terra estrangeira, não era, como poderia parecer, a tristeza do astro convertido num rosto em pranto, mas seu ar enigmático.

Na manhã seguinte, o carrasco concluiu que a visão que lhe ocorrera durante o sono fora tirada da sua própria memória. Ao longo da sua vida profissional, tinha visto milhares de rostos de homens em prantos; mas nenhum despertara nele qualquer sentimento de temor, crueldade ou culpa. Ao contrário do que se poderia imaginar, suas vítimas sempre lhes inspiravam uma certa tristeza, mas essa compaixão era sempre contrabalançada pela convicção de que a justiça precisava seguir seu curso e de que tinha de cumprir com sua obrigação. Pois sabia que os infelizes que estrangulava, decapitava ou esquartejava conheciam sempre melhor que o próprio carrasco o encadeamento de motivos que os levava à morte. Normalmente, na imagem do homem que chegava à hora do suplício banhado em prantos, debatendo-se, sacudido de soluços e arquejos, implorando enquanto o ranho lhe corria do nariz, não havia nada que pudesse abalar a determinação do carrasco. Ao contrário de certos imbecis, convencidos de que os condenados à beira da execução devem deixar o mundo fazendo alguma declaração grandiloqüente ou assumindo atitudes afetadas que possam entrar para a posteridade e para a lenda, o carrasco não sentia o menor desprezo por esses homens aos prantos; mas ao contrário dos imbecis de outra categoria, que não entendiam nada da crueldade inelutável e aleatória da vida, nunca ficava imobilizado de compaixão ao se deparar com esse seu comportamento.

Mas então, o que ocorria nos seus sonhos para mergulhá-lo naquela estranha paralisia? E num dia em que passava por desfiladeiros profundos e pedregosos, com o saco de couro bem preso ao arção da sela, o carrasco concluiu que a indecisão que tomara conta dele pouco antes de chegar a Erzurum devia estar de algum modo ligada aos vagos presságios funestos que sentira. No rosto — que normalmente esqueceria minutos depois — da sua vítima, tinha visto algum mistério, a tal ponto que precisara cobri-lo com um pano antes do estrangulamento. Pelo resto daquele longo dia, o carrasco conduziu seu cavalo em meio a rochedos abruptos de formas bizarras (um veleiro de casco largo como um caldeirão, um leão com cabeça de figueira), passando por extensos arvoredos em que pinheiros e faias lhe pareciam tão desconhecidos e assustadores como se os visse pela primeira vez, e seguindo o curso de ribeirões de águas geladas cujas margens eram coalhadas de seixos estranhos — os mais estranhos que jamais tinha visto. E em nenhum momento pensou no rosto da cabeça que carregava no saco de couro macio pendente da sua sela. Naquele momento, o que havia de mais espantoso a seus olhos era todo o universo, um mundo novo que ele redescobria, que acabara de perceber pela primeira vez.

Pela primeira vez, constatou que as árvores lembravam as sombras escuras que se agitavam na sua memória nas noites insones. Pela primeira vez, percebeu que os pastores de coração puro que apascentavam suas ovelhas nas encostas verdejantes traziam a cabeça sobre os ombros como uma carga que nem lhes pertencesse. Pela primeira vez, compreendia que as aldeias minúsculas que pontilhavam o sopé das montanhas — com umas dez casinhas enfileiradas cada — lembravam os sapatos alinhados na entrada de uma mesquita. Pela primeira vez, adivinhava que as montanhas arroxeadas que se erguiam a oeste e que iria atravessar doze horas mais tarde, cobertas de nuvens que pareciam ter sido diretamente retiradas de miniaturas, indicavam que o universo é um lugar nu, totalmente despojado. Compreendia agora que todas as plantas e todos os animais, todas as pedras e rochedos à sua volta, todas as coisas, afinal, eram sinais de um universo tão assustador quanto os pesadelos, tão vazio quanto o desespero, tão velho como a memória. À medida que continuava a avançar para o oeste e as sombras ficavam cada vez mais longas e adquiriam novos sentidos, o carrasco descobria novos indícios e sinais misteriosos que não conseguia decifrar e que pareciam chover à sua volta, um atrás do outro, como o sangue que caísse gota a gota de um vaso de cerâmica rachado.

Recolheu-se num caravançará que atingiu ao cair da noite e lá encheu o estômago, mas sabia que não conseguiria dormir encerrado numa cela com seu saco de couro macio. Temia o pesadelo aterrorizante que havia de invadir pouco a pouco seu sono no meio da noite, como o pus que corre de um abscesso que rebenta; não suportava mais aquele rosto desolado e coberto de lágrimas que, agora sabia, havia de retornar a cada noite, e cada noite sob uma forma diferente. Descansou por algum tempo no caravançará, contemplando com espanto a variedade de rostos à sua volta, e retomou seu caminho no meio da noite.

A noite estava fria e silenciosa — não havia sinal da brisa mais ligeira; nem um ramo se agitava — e o cavalo cansado encontrava o caminho por conta própria. O carrasco viajou por algum tempo sem nenhum incidente — feliz por não ver nada de interesse e por não haver nenhuma pergunta sem resposta assolando sua mente; mais tarde, concluiria que esse sossego se devia à escuridão. Pois assim que lua despontou em meio às nuvens, as árvores, os rochedos e as sombras que o cercavam transformaram-se aos poucos em sinais e indícios de um mistério insolúvel. O que mais o assustava não eram as lápides melancólicas dos cemitérios, nem os ciprestes solitários ou o uivo dos lobos na noite desolada. O que deixava o universo tão surpreendente aos seus olhos, a ponto de tornar-se aterrorizante, eram os esforços que aquele universo fazia para lhe contar uma história. Era como se o mundo todo tentasse lhe dizer alguma coisa, indicar-lhe um certo sentido; como nos sonhos, porém, essas explicações se perdiam numa imprecisão brumosa em meio à qual ele mal conseguia enxergar. Perto do amanhecer, o carrasco ouviu soluços muito próximos.

Quando o dia clareou, pensou que não fossem soluços, mas o rumor do vento que começava a soprar através dos galhos; mais tarde, imaginou que fosse uma ilusão provocada pela fadiga e a falta de sono. Em torno do meio-dia, os soluços — que se elevavam do saco de couro macio preso à sua sela — ficaram tão nítidos que ele deteve o cavalo e apeou, como alguém que deixa a cama quente no meio da noite para fechar uma janela e acabar com um rangido irritante, puxando com força os cordões que fechavam a boca do saco. Um pouco mais tarde, porém, debaixo da chuva que começara a cair, não só continuou a ouvir os soluços como também sentia na pele as lágrimas vertidas por aquela cabeça cortada.

Quando o sol tornou a brilhar, ele concluiu que havia uma ligação entre o mistério do universo e o que se lia no rosto em prantos. Pois agora lhe parecia claro que o universo que ele antes conhecia — o universo familiar que ele julgava compreender — só conseguia escapar da aniquilação graças à expressão normal, cotidiana, dos rostos humanos. Da mesma forma que tudo se transforma quando uma taça encantada se quebra, quando um jarro de cristal mágico se espatifa sem possibilidade de conserto, todo o sentido do universo se esvaíra quando aquela estranha expressão surgira no rosto em pranto, condenando o carrasco a uma solidão medonha. Enquanto secava ao sol suas roupas encharcadas pela chuva, percebeu bruscamente que só havia um meio de devolver o universo à antiga ordem: ele precisava mudar a expressão que, como uma máscara, colara-se àquela face. Por outro lado, os princípios que regiam seu trabalho eram muito estritos, e sua consciência profissional o obrigava a retornar a Istambul com a cabeça intacta, exatamente como a mergulhara em seu banho de mel, sem lhe dar sequer o tempo de esfriar.

Passou montado em seu cavalo, sem fechar os olhos, toda uma noite terrível e enlouquecedora, ao som ininterrupto dos soluços cada vez mais exasperantes que se elevavam do saco preso à sua sela. Quando a manhã raiou, o mundo lhe parecia tão mudado que mal conseguia acreditar que continuava a ser quem era. Nunca tinha visto aqueles pinheiros e plátanos, aquelas estradas enlameadas, aquelas fontes nas aldeias — de que as pessoas se afastavam com terror assim que ele surgia; vinham todos de um mundo que ele não reconhecia, de que nunca tivera qualquer notícia. Numa localidade em que parou ao meio-dia e onde nunca estivera antes, teve dificuldade para reconhecer a comida que lhe serviam, que se contentou de engolir por instinto, como um animal. Quando parou na saída da aldeia, para dar um descanso ao seu cavalo e se estender à sombra de uma árvore, percebeu que aquilo que até então chamara de céu transformara-se numa vasta e desconhecida cúpula azul, que nunca tinha visto e jamais conseguiria entender. Quando o sol se pôs, tornou a montar no seu cavalo e continuou a jornada, e sabia que ainda lhe faltavam seis dias de viagem. A essa altura, porém, já tinha compreendido que jamais chegaria de volta a Istambul se, por força de algum sortilégio, não conseguisse fazer cessar os soluços que brotavam do saco, modificar a expressão daquele rosto em prantos e devolver o mundo ao seu estado original.

Ao cair da noite, encontrou um poço nas proximidades de uma aldeia onde ouvia o latido dos cães, apeou de um salto e desamarrou o saco de couro da sua sela. Desatando os cordões que o fechavam e mergulhando a mão no mel, pegou a cabeça pelos cabelos e a puxou cuidadosamente para fora. Em seguida limpou-a com vários baldes de água do poço, banhando-a com a delicadeza que se dispensa a um recém-nascido. Depois de tê-la secado cuidadosamente de alto a baixo com um pedaço de pano, contemplou a cabeça à luz da lua; ainda estava chorando, e seu rosto ainda exibia a mesma insuportável e inesquecível expressão de desespero.

Deixou a cabeça apoiada na margem do poço e voltou até o cavalo para buscar alguns dos seus instrumentos de trabalho: duas facas especiais e barras de aço mais grosseiras que empregava em alguns suplícios. Primeiro tentou, usando uma das facas, transformar o rosto alterando os cantos da boca, forçando a pele e os ossos. Depois de algum tempo de trabalho, tinha feito um razoável estrago nos lábios, mas conseguira desenhar na boca um simulacro de sorriso, embora um tanto torto e ambíguo. Em seguida, dedicou-se à tarefa mais delicada de erguer as pálpebras para abrir os olhos, ainda apertados pela dor. Foi só depois de muito tempo e esforço que um sorriso começou a irradiar-se por toda a face, e o carrasco, embora exausto de tanto trabalho, ainda assim sentiu-se aliviado. E ficou até satisfeito ao ver na pele a marca roxa do murro que dera no queixo de Abdi Paxá antes de estrangulá-lo. Com uma alegria infantil, e certo de que tinha consertado o mundo, voltou correndo até o cavalo para guardar as ferramentas na sacola.

No entanto, quando voltou para junto do poço, a cabeça desaparecera. Num primeiro momento, achou que a cabeça sorridente tivesse decidido pregar-lhe uma peça. Mas quando entendeu que tinha caído no poço, viu na mesma hora o que teria de fazer. Correndo até a casa mais próxima, bateu na porta até acordar todos os moradores. Bastou verem o carrasco para que o velho camponês e seu filho obedecessem imediatamente a todas as suas ordens. Os três labutaram até a manhã seguinte para retirar a cabeça do poço, que não era, garantiram-lhe eles, tão profundo quanto parecia. Passaram a corda engraxada em volta da cintura do filho e o baixaram para dentro do poço; foi pouco antes do amanhecer que o puxaram para fora, gritando de terror e segurando a cabeça pelos cabelos. A cabeça estava amassada e quebrada, mas não chorava mais. O carrasco, que recuperara sua calma, tornou a enxugar bem a cabeça e a devolveu ao saco de couro macio cheio de mel. Agradeceu ao velho e a seu filho, enfiando algumas moedas em suas mãos, e deixou satisfeito a aldeia para continuar sua jornada para oeste.

Quando o sol se ergueu e os passarinhos começaram a chilrear nas árvores floridas da primavera, o carrasco olhou à sua volta com uma alegria de viver e um entusiasmo sem limites, e viu que o universo voltara a ser como antes. Não se ouviam mais soluços brotando do saco de couro preso à sua sela. Pouco antes do meio-dia, chegando a um lago encerrado entre montanhas cobertas de pinheiros, apeou do seu cavalo e deitou-se para entregar-se ao sono profundo e satisfeito que tinha esperado em vão nos últimos dias. Antes de adormecer, porém, ainda se ergueu de um salto do lugar onde se deitara e foi satisfeito até a beira do lago para contemplar o reflexo do seu rosto na água: no mesmo instante, soube que tinha devolvido a ordem ao mundo.

Cinco dias mais tarde, quando chegou a Istambul, as testemunhas que conheciam bem Abdi Paxá insistiram em dizer que a cabeça tirada do saco de couro cheio de mel não podia pertencer ao defunto, pois ninguém jamais o vira sorrir. Entretanto, quando contemplava aquela face, o carrasco via nela o mesmo reflexo feliz que vislumbrara nas águas do lago. Acusaram-no de ter recebido suborno de Abdi Paxá para decapitar outra pessoa, algum pastor inocente, talvez, que teria matado no caminho e cuja cabeça teria desfigurado antes de enfiar no saco de couro para que ninguém percebesse a troca. O carrasco nem tentou justificar-se; sabia que qualquer negativa seria inútil: já percebera a aproximação do carrasco encarregado de cortar sua própria cabeça.

A história do pastor inocente decapitado no lugar de Abdi Paxá espalhou-se muito depressa. A tal ponto que, quando o segundo carrasco despachado para Erzurum entrou na fortaleza, Abdi Paxá estava à sua espera e ordenou na mesma hora sua execução. E assim começou a rebelião liderada por ele, que alguns acusavam de ser um impostor depois de terem decifrado as letras em seu rosto; a revolta duraria vinte anos, e causaria o corte de seis mil e quinhentas cabeças.

26. O mistério das letras e o fim do mistério

Milhares de segredos hão de ser revelados
No dia em que o véu descobrir um rosto inesperado.
Attar, A *conferência dos pássaros*

Em torno da hora do jantar, quando a circulação de veículos já diminuíra na praça de Nişantaşı e não pairava mais no ar o som agudo e insistente do apito do guarda encarregado do trânsito, Galip já vinha contemplando as fotografias havia tanto tempo que o sofrimento, a melancolia ou a piedade que os rostos de seus compatriotas conseguiam despertar já se tinham esgotado muito antes; as lágrimas não corriam mais dos seus olhos. Assim como tinham desaparecido o bom humor, a alegria ou a emoção que as fisionomias podiam inspirar-lhe. A vida não tinha mais nada a lhe oferecer. Diante daquelas fotografias, sentia a indiferença de alguém que tivesse perdido a memória, a esperança e o futuro. Num recanto da sua mente, sentia acumular-se o silêncio que logo, tinha certeza, haveria de se espalhar por todo o seu corpo. Enquanto comia o pão e o queijo que trouxera da cozinha, e tomava o resto do chá da véspera, continuava a examinar as fotografias, agora cobertas de migalhas. A agitação insistente da cidade dera lugar aos sons da noite: o murmúrio do motor da geladeira, o estrépito das portas de aço de uma loja sendo fechadas na outra extremidade da rua, uma gargalhada diante da loja de Alâaddin. De tempos em tempos, apurava os ouvidos ao estalido de saltos altos na calçada; de vez em quando, esquecia o silêncio ao deparar-se repentinamente com um rosto que olhava em sua direção com medo, horror ou uma estupefação fora de lugar que acabava por deixá-lo esgotado.

Foi então que começou a pensar sobre a ligação que podia existir entre a expressão dos rostos e o segredo das letras — mas isso tinha mais a ver com a vontade de imitar os heróis dos livros policiais de Rüya do que com a vontade de decifrar o que Celâl desenhara naquelas fotografias. "Para poder fazer como o herói dos romances policiais", pensou Galip, exausto, "capaz de descobrir novas pistas inesgotáveis em tudo que vê, basta a pessoa se convencer de que tudo que nos cerca esconde algum segredo." Voltou até as estantes do corredor e, depois de localizar as caixas em que Celâl guardava seus livros, seus folhetos e seus recortes de jornais e revistas falando do hurufismo e da ciência das letras, além de milhares de fotografias, levou-as para a mesa da sala e pôs-se imediatamente a trabalhar.

Encontrou rostos constituídos por letras do alfabeto árabe: os olhos eram desenhados por *wâws* e *'ayns*, as sobrancelhas traçadas por *zâys* e *râs*, e os narizes eram *alifs*. Celâl sublinhara cada uma das letras utilizadas com tamanho cuidado que parecia um menino aplicado que tentava aprender o turco antigo. Num velho livro de litografias, Galip viu olhos de onde corriam lágrimas compostas por uma combinação de *wâws* e *jîms*; os pontos acima dos *jîms* eram lágrimas que rolavam página abaixo. Numa velha fotografia intacta em preto-e-branco, constatou que não tinha a menor dificuldade para ler essas mesmas letras nas sobrancelhas, nos olhos, nos narizes e nos lábios; abaixo da foto, Celâl anotara o nome de um xeque da ordem Bektaşi, em letra bem legível. Galip encontrou ainda inscrições em caligrafia desenhada que diziam *Ah, meus antigos amores!* ou lembravam galeões fustigados pela tormenta no mar agitado, relâmpagos que desciam dos céus e tinham a forma de um olho humano ou de um olhar aterrorizante, cartas enigmáticas em que rostos humanos se escondiam na ramagem das árvores, tudo desenhado apenas com letras, até as barbas onde cada pêlo era uma letra diferente. Encontrou ainda rostos pálidos recortados de fotografias cujos olhos tinham sido vazados com a caneta, rostos inocentes cujos lábios Celâl cobrira com os sinais que constituíam uma confissão de culpa e rostos de pecadores cujo destino assustador podia ser lido nas rugas da testa. Viu a expressão apática de primeiros-ministros e bandidos que tinham sido enforcados em seus camisolões brancos de condenados à morte, trazendo em torno do pescoço cartazes enumerando seus crimes e anunciando sua sentença, fitando o chão que seus pés não tinham mais como alcançar. Em desbotadas fotos coloridas enviadas pelos leitores, que adivinhavam nos olhos muito maquiados de uma conhecida estrela de cinema a descrição de sua vida de prostituição, ou mandavam seus retratos por se considerarem sósias de sultões e paxás famosos, de Rodolfo Valentino ou Benito Mussolini, lia as letras que eles mesmos tinham desenhado sobre os seus próprios rostos ou os rostos das pessoas a quem se imaginavam idênticos. Nas cartas dos leitores que tinham decifrado a mensagem secreta incluída por Celâl na crônica em que realçava o sentido muito particular da letra *h*, a última do nome de *Allah*, ou nas cartas dos leitores que tinham percebido as simetrias secretas entre as palavras *manhã*, *rosto* e *sol* que tinha utilizado em suas crônicas durante uma semana, um mês ou um ano, ou ainda nas longas cartas dos leitores que se aplicavam em provar-lhe que aquele estudo das letras não diferia em nada da idolatria, Galip encontrou vestígios dos jogos de letras e palavras que Celâl tinha imaginado. Examinou cópias de miniaturas que retratavam Fazlallah de Astarabad, o fundador do hurufismo, que tinham sido cobertas de letras dos alfabetos árabe e latino; encontrou letras e palavras cobrindo os retratos de jogadores de futebol e artistas de cinema que vinham nos pacotes de biscoitos e goma de mascar colorida, grossa e dura como a sola de borracha de sapatos de lona, que Alâaddin vendia em sua loja; viu ainda fotos de assassinos, de simples pecadores ou de xeques que lideravam seitas religiosas, todas enviadas pelos leitores. Encontrou centenas, milhares, dezenas de milhares de fotos de "gente do nosso país", com os rostos densamente cobertos de letras. Entre elas, milhares de fotografias tiradas em todos os cantos da Anatólia ao longo dos últimos trinta anos: nas pequenas aldeias empoeiradas e nas cidadezinhas mais remotas onde a terra é rachada pelo sol de verão, nas cidades que ficam isoladas por quatro meses depois que começam as neves do inverno, durante o qual nada nem ninguém consegue chegar a elas, só os lobos famintos; nas aldeias de contrabandistas junto à fronteira com a Síria, onde metade da população de homens perdeu pelo menos uma perna para as minas terrestres; nas aldeias das montanhas que ainda esperam a construção de uma estrada quarenta anos depois de ter sido prometida; nos bares e cabarés baratos de todas as cidades maiores da Anatólia, ou nos matadouros clandestinos que funcionam em grutas e cavernas; nos cafés usados como quartéis-generais secretos pelos traficantes de haxixe e os contrabandistas de cigarros; nas solitárias salas de controle de estações ferroviárias distantes e desertas; nos salões dos hotéis freqüentados por negociantes de gado; e nos bordéis de Soğukokuk. Viu milhares de fotos de identificação tiradas pelos fotógrafos ambulantes postados em frente de todas as repartições do governo e de todas as sedes de serviços municipais, ao lado das mesas em que trabalham os homens que datilografam as petições para os analfabetos; todos usavam câmeras Leica, armadas em tripés dos quais sempre pendia um amuleto contra o mau-olhado, e depois que tiravam suas fotos desapareciam atrás de uma cortina negra, como alquimistas ou quiromantes, para manipular suas placas de vidro cobertas de produtos químicos, ou então as bombas e os foles dos seus aparelhos. Não era difícil imaginar o desconforto que aqueles nossos concidadãos sentiam ao ver-se diante da objetiva da câmera descoberta pela tampa negra, tomados de um medo vago da morte, uma consciência da ação corrosiva da passagem do tempo mesclada a uma inédita aspiração à imortalidade. Galip percebeu na mesma hora que esse desejo profundo estava associado aos sentimentos de derrota, de morte e de desespero cujos sinais encontrava em tantos rostos humanos e em tantos mapas de cidades. Tinha a impressão de que uma erupção vulcânica sepultara o passado sob uma camada espessa de cinzas e poeira, depois que a derrota sucedera aos anos de felicidade; agora, para descobrir o sentido secreto e esquecido das memórias perdidas havia tanto, o único recurso que restava a Galip era ler e decifrar o emaranhado de letras e sinais que cobria cada rosto.

Era possível adivinhar, a partir de certas anotações rabiscadas no verso, que muitas das fotografias tinham sido enviadas para Celâl no começo dos anos 50, época em que, além dos enigmas, das críticas de cinema e da seção de ACREDITE SE QUISER do jornal, também era encarregado de uma coluna intitulada SEU ROSTO, SUA PERSONALIDADE. E era possível perceber também que outras fotografias lhe tinham sido enviadas mais tarde, em resposta a um apelo que lançara ("Gostaríamos de receber fotografias dos nossos leitores, com vistas a publicar algumas delas como ilustração de nossas crônicas"), ou ainda as cartas anexas, ou pedaços de papel, ou simples palavras rabiscadas no verso das fotos explicavam que algumas delas tinham sido enviadas para complementar com certos detalhes cartas cujo conteúdo Galip não conseguia entender. Aquelas pessoas fixavam a objetiva como se tivessem acabado de recuperar a memória de algum acontecimento obscuro do passado distante, ou como se tivessem acabado de vislumbrar o clarão verde de um relâmpago numa costa muito distante; como se fossem pessoas que sofressem de amnésia, há muito conformadas com a certeza de que nunca recuperariam a memória, e ficassem vendo seu próprio destino afundar-se lentamente na lama escura de um pântano. À medida que sentia seu espírito cada vez mais invadido pelo silêncio daqueles personagens, Galip finalmente entendeu por que Celâl tinha passado anos e anos cobrindo de letras e sinais aquelas fotos, aqueles recortes, aqueles rostos e aqueles olhares; mas, quando tentou utilizar essa compreensão como uma chave que explicasse a maneira como sua vida se entrelaçava com as de Celâl e Rüya, para imaginar um modo de deixar aquele apartamento, aquela casa fantasma, e como seria o seu futuro, sentiu-se imobilizado por um instante, congelado como os rostos daquelas fotos. E sua razão, que deveria descobrir alguma ligação lógica entre os acontecimentos, não foi capaz de encontrar qualquer significado no meio daquele denso nevoeiro de rostos e letras. E foi assim que ele começou a sentir-se cada vez mais próximo do horror que passaria a descobrir naqueles rostos, e no qual pouco a pouco sua vida se veria mergulhada.

Em velhos livros litografados e em antigos panfletos repletos de erros de ortografia, Galip descobriu os detalhes da vida de Fazlallah, profeta e fundador da irmandade hurufi. Nasceu em 1339 em Horasan, numa cidade chamada Astarabad, perto das margens do mar Cáspio. Dedicara-se ao caminho místico do sufismo desde os dezoito anos, e depois de fazer a peregrinação a Meca tornara-se discípulo de um certo xeque Hasan. À medida que ia lendo sobre o aprendizado feito por Fazlallah enquanto, de cidade em cidade, percorria o Irã e o Azerbaijão, e sobre tudo que discutira com os xeques que encontrara no caminho, em Tabriz, Shirvan ou Baku, Galip começou a sentir um desejo irreprimível de copiar seu exemplo, de recomeçar tudo do início — de "uma vida nova", como diziam aqueles velhos textos. As profecias que Fazlallah fizera sobre sua vida e a morte que o esperava — todas mais tarde confirmadas — pareceram a Galip descrever acontecimentos que poderiam perfeitamente ocorrer a qualquer um que embarcasse numa "vida nova" como aquela a que agora ele tanto aspirava. Num de seus sonhos, Fazlallah viu duas poupas empoleiradas numa árvore, ao pé da qual ele próprio dormia, estendido ao lado do profeta Salomão; enquanto as duas aves contemplavam do alto da árvore os homens que dormiam à sua sombra, o sonho de Fazlallah se misturava ao do profeta Salomão, e as duas poupas pousadas num ramo da árvore fundiam-se numa só. Noutra ocasião, Fazlallah sonhara que recebia a visita de um dervixe na caverna onde se tinha refugiado; mais tarde, quando o mesmo dervixe veio de fato visitá-lo em carne e osso, Fazlallah ficava sabendo que o dervixe também o vira em seus sonhos: sentados lado a lado na caverna, folheavam um livro e distinguiam seus rostos nas letras; quando levantavam os olhos e se viravam um para o outro, viam em seus rostos as letras do livro.

Segundo Fazlallah, a linha de demarcação entre o ser e o não-ser era o som, a voz. Pois, quando passamos do mundo espiritual para o mundo material, a única coisa material é o som que cada coisa produz. Mesmo os objetos mais "silenciosos" produzem um som distinto quando batemos neles. A forma mais avançada do som é naturalmente a fala, e o fenômeno mais elevado é aquilo que chamamos de "verbo", o mistério que chamamos de "palavra", composto pelos tijolos mágicos que são as letras. E é possível ler claramente nos rostos dos homens as letras que revelam o sentido e a essência da santidade da vida, a manifestação de Deus sobre a terra. Todos nascemos com duas sobrancelhas, quatro fileiras de cílios e uma linha que contorna a raiz dos cabelos — ou sete linhas ao todo. Quando, na puberdade, se somam a essas linhas os sete traços do nariz, que se desenvolvem mais tarde, o número de letras inscrito no rosto duplica e aumenta para catorze. Quando somamos o número real de linhas à sua aparência material, que é mais poética, o número torna a dobrar e chega a vinte e oito, mostrando além de qualquer possibilidade de dúvida que não é por acaso que é justamente esse o número de letras da língua empregada por Maomé para enunciar o Corão. No entanto, o persa, a língua materna de Fazlallah, na qual ele escreveu *O livro da vida eterna*, utiliza trinta e duas letras, de maneira que Fazlallah precisava encontrar quatro letras adicionais, e o fez examinando com novo cuidado as linhas abaixo do queixo e na raiz dos cabelos, dividindo-as ao meio e lendo duas letras distintas em cada uma delas. Depois de ler essa explicação, Galip entendeu por que, em algumas das fotografias da caixa, alguns homens apareciam com o rosto e o cabelo repartido ao meio por uma linha mediana que lembrava o penteado gomalinado dos atores do cinema americano nos anos 30. Agora tudo lhe parecia muito simples; diante dessa simplicidade óbvia e quase infantil, compreendeu mais uma vez por que Celâl gostava tanto daqueles jogos de letras e palavras.

Fazlallah proclamara-se o Salvador, o Profeta — o Messias cujo advento era aguardado pelos judeus, o Redentor que os cristãos esperavam ver descer dos céus, o Mehdi cuja vinda é anunciada por Maomé, o mesmo augusto personagem que Celâl se recusava a nomear em suas crônicas e a quem só se referia, usando a inicial maiúscula, como "Ele". Depois de reunir à sua volta sete discípulos fiéis que arrebanhara em Isfahan, Fazlallah saiu pelo mundo espalhando a verdadeira fé. Quando leu o relato de como Fazlallah andava de cidade em cidade pregando que o universo não revelava facilmente seus segredos — que fervilhava de mistérios, e que a única maneira de desvendá-los era conhecer o segredo das letras —, Galip foi tomado por uma grande serenidade, como se aquilo fosse a prova havia tanto esperada de que seu mundo também estava repleto de segredos, como ele sempre acreditara. E a serenidade que o invadia estava ligada à simplicidade da prova. Se era verdade que o mundo é um lugar cheio de mistérios, todas as coisas que ele via na mesa à sua frente — a xícara de café, o cinzeiro, o abridor de cartas e até mesmo sua mão, pousada como um caranguejo adormecido ao lado do abridor de cartas — não eram meros sinais da existência de um outro mundo; o mundo de que elas faziam parte também existia de verdade. E Rüya estava nesse outro mundo. Já Galip se encontrava no umbral desse outro universo, a ponto de entrar nele. E em pouco tempo havia de conseguir, graças ao segredo das letras.

Para tanto, ainda precisava ler mais, com o máximo de atenção. Voltou aos relatos sobre a vida e a morte de Fazlallah. Aprendeu que Fazlallah tinha visto a própria morte em sonhos, e que ingressara nela como num sonho. Fora acusado de heresia e blasfêmia — por adorar pessoas em vez de Deus, além de letras e ídolos; por ter se proclamado Messias; por não acreditar no sentido visível e real do Corão, mas em suas próprias ilusões que, no seu entender, constituíam o significado oculto e invisível do Corão. Preso, foi condenado à morte e enforcado.

Depois da execução de Fazlallah e dos seus discípulos mais próximos, os hurufis — perseguidos no Irã — acabaram refugiando-se na Anatólia seguindo o poeta Nesimi, um dos sucessores do profeta. Carregando consigo os livros e os manuscritos de Fazlallah numa arca verde que se transformaria numa das lendas mais duradouras dos hurufis, Nesimi saiu vagando de cidade em cidade, pregando em *medreses* remotas onde até as aranhas entregavam-se ao sono, em mosteiros onde os dervixes passavam os dias fumando haxixe e onde nem as lagartixas conseguiam convencer-se da necessidade de qualquer movimento. A fim de demonstrar aos seus novos discípulos que não apenas o Corão, mas todo o universo fervilhava de segredos, recorria a jogos de letras e palavras inspirados pelo jogo de xadrez, que amava profundamente. Em dois versos que ficaram célebres, comparava uma das linhas do rosto da sua bem-amada e um sinal em sua face a uma letra e a um ponto final, e essa letra e esse ponto final, a uma esponja e uma pérola no fundo do mar; comparando-se ao pescador de esponjas que mergulhava em busca da pérola e morria tragado pelas águas, comparava esse homem que se atirava de bom grado nos braços da morte com o apaixonado à procura de Deus e, finalmente, comparava sua bem-amada com Deus — fechando assim o círculo. Esse poeta também acabou sendo preso, em Alepo, e esfolado vivo ao final de um longuíssimo julgamento; seu corpo foi exibido pela cidade, preso a um pelourinho, depois cortado em sete pedaços que, para servir de exemplo, foram enterrados em cada uma das sete cidades onde arrebanhara seus discípulos e onde seus poemas ainda eram recitados de cor.

Mas isso pouco abalou a influência de Nesimi, e o hurufismo continuou a se espalhar rapidamente por todo o mundo otomano; quinze anos depois da tomada de Istambul, ainda exerceu grande influência sobre o sultão Mehmet, o Conquistador. No entanto, os ulemás da corte ficaram inquietos ao saber que o sultão andava citando os escritos de Fazlallah, discorrendo sobre os mistérios do mundo, sobre os enigmas propostos pelas letras e ainda sobre os segredos bizantinos do palácio onde acabara de se instalar. Ouviram dizer que apontava para cada lareira, cada cúpula e cada árvore, dizendo a seus cortesãos que qualquer uma delas podia constituir a chave dos mistérios de um segundo universo subterrâneo que existiria debaixo dos seus pés. Imediatamente, os inquietos ulemás organizaram uma conspiração e, depois de ordenarem a captura de todos os hurufis que tinham caído nas boas graças do soberano, mandaram que fossem queimados vivos.

Num livrinho que, a crer numa anotação manuscrita acrescentada à última página, teria sido impresso clandestinamente numa gráfica de Horasan, perto de Erzurun, na época do início da Segunda Guerra Mundial, Galip descobriu uma gravura que mostrava hurufis decapitados sendo queimados na fogueira depois de um complô frustrado contra a vida de Beyazid II, filho do Conquistador. Numa outra página, o artista tinha usado o mesmo estilo infantil para representar expressões de grande horror no rosto dos hurufis enquanto queimavam vivos por se recusarem a submeter-se à ordem de banimento editada pelo sultão Süleyman, o Magnífico. Nas chamas sinuosas que envolvem os corpos dos mártires, é possível distinguir facilmente os *alifs* e *lams* que compõem o nome de Alá. O mais estranho ainda, porém, é que as lágrimas que correm dos olhos dos supliciados foram desenhadas com Os, Us e Cs do alfabeto latino, enquanto eles são consumidos por chamas desenhadas com o alfabeto árabe. Foi a primeira imagem em que Galip encontrou uma adaptação do hurufismo à reforma de 1928, quando o país trocara o alfabeto árabe pelo latino. Nesse momento, porém, ainda estava empenhado demais em decifrar o enigma que queria resolver, e continuou a ler o conteúdo da caixa sem compreender devidamente o alcance do significado do que ali encontrara.

Leu em seguida páginas e mais páginas sobre o *kenz-i mahfi*, o "tesouro secreto" da natureza de Deus; nosso único problema era encontrar o caminho que levaria a esse segredo, compreender de que maneira ele se refletia no universo; só precisávamos perceber que esse mistério era onipresente, e se manifestava em cada objeto e em cada ser humano. O universo era um oceano de indícios, e cada gota desse oceano trazia o sabor do sal que poderia levar ao seu mistério oculto. Enquanto seus olhos cansados e vermelhos devoravam página atrás de página, Galip ficava cada vez mais convencido de que logo poderia mergulhar nos mistérios daquele oceano. Porque se os sinais se encontravam em toda parte, se residiam em todas as coisas, o mistério também estava em toda parte e residia em todas as coisas. Quanto mais Galip lia, mais claramente constatava que os objetos que o cercavam eram indícios do segredo de que se sentia cada vez mais próximo — da mesma forma que as pérolas, as rosas, os cálices de vinho, os rouxinóis, os cabelos dourados, as noites, as chamas e o rosto da bem-amada nos poemas que lia. A cortina iluminada pela luz fraca do abajur, as poltronas que se confundiam com lembranças de Rüya, as sombras na parede e o telefone de aspecto assustador estavam todos tão carregados de lembranças e histórias que despertavam em Galip — como tantas vezes lhe ocorrera na infância — a impressão de que, sem saber, tinha entrado num jogo, em que cada um dos participantes tinha de imitar um outro e onde tudo era a cópia de outra coisa, de originais ausentes. Imaginou que seria capaz de sair daquele jogo perigoso transformando-se em outra pessoa — como fazia desde a infância. E seguiu em frente, apesar da apreensão vaga que sentia. "Se você está com medo, posso acender o abajur", dizia ele sempre a Rüya quando adivinhava nela um temor equivalente. "Não, pode deixar, não acenda!", respondia ela, que era corajosa e adorava tanto aquela brincadeira quando sentir medo.

Galip continuou a ler. No início do século XVII, quando a Anatólia vinha sendo devastada pelas revoltas celâlis, certos hurufis se aproveitaram da confusão para se instalar em aldeias distantes que os camponeses tinham abandonado para escapar à ira dos paxás, dos juízes, dos bandidos e dos imãs. Enquanto Galip se esforçava para decifrar as estrofes de um poema muito longo descrevendo a vida repleta de alegria e sentido que os hurufis levavam nessas aldeias, sua mente voltou às lembranças felizes de sua própria infância.

Naquele tempo distante e feliz, o sentido da vida coincidia plenamente com a maneira de viver. Naqueles tempos paradisíacos, o mobiliário com que ocupávamos nossas casas correspondia ao que nos surgia em sonhos. Naqueles tempos felizes, todos sabiam que nossas ferramentas e nossos objetos — nossas xícaras, nossos punhais, nossas canetas — eram um autêntico prolongamento não só dos nossos corpos, mas também das nossas almas. Naquele tempo, quando um poeta dizia "árvore", todos que o ouviam imaginavam a mesma árvore perfeita, todos sabiam que não era necessário muito talento, nem perder tempo contando os galhos e as folhas, para descrever a árvore do poema ou a árvore do jardim. Naquele tempo, todo mundo sabia que os objetos descritos e as palavras usadas para descrevê-los eram tão próximos uns dos outros — a palavra "árvore" e a árvore que ela designava, além do jardim que a árvore designava e a vida que o jardim designava — que, nas manhãs em que o nevoeiro descia das montanhas sobre a aldeia fantasma no sopé, a poesia se misturava à vida e as palavras se confundiam com os objetos que indicavam. Nessas manhãs, ao despertar, as pessoas eram incapazes de distinguir o sonho da realidade, a vida da poesia, ou as pessoas e seus nomes. Naquele tempo, as vidas e as histórias eram tão reais que ninguém jamais perguntava se uma história era mesmo verdadeira. Os sonhos eram vividos, as vidas eram interpretadas. Naquele tempo, os rostos eram tão carregados de sentido, como tudo mais que havia no mundo, que mesmo os analfabetos — mesmo o homem incapaz de distinguir um *alfa* de um nome de planta, um *a* de um chapéu, ou um *alif* de uma vara — conseguiam decifrar com toda facilidade o sentido que se lia em cada rosto.

Para evocar esses dias felizes e distantes, em que os homens não conheciam nem mesmo o tempo, os poetas descreviam um sol alaranjado parado no céu ao final da tarde, e galeões cujas velas se enfunavam com um vento que não soprava sobre o mar liso e cintilante cor de vidro e cinza, e que nunca mudavam de lugar, mesmo quando avançavam; quando Galip leu os versos que descreviam mesquitas todas brancas que se erguiam à beira-mar, como miragens que jamais desapareciam, com seus altos minaretes ainda mais brancos, percebeu que os sonhos e a maneira de viver dos hurufis, condenados a uma existência secreta desde o século XVII, tinham invadido toda Istambul. Quando descobriu no decorrer da sua leitura as cegonhas e os albatrozes que levantam vôo dos minaretes brancos de três andares, as fênices e os *simurghs* e todas as outras aves fabulosas que pairam há séculos acima das cúpulas de Istambul, como que fixas ao firmamento; quando compreendeu que um passeio pelas ruas de Istambul, que nunca formam um ângulo reto quando se cruzam e que nunca sabemos onde nem como vão se cruzar, pode ser tão vertiginoso e distraído como uma volta de roda-gigante capaz de conduzir qualquer viajante ao infinito, e que quando essas jornadas chegavam ao fim, e o viajante pegava um mapa para traçar seu trajeto com o dedo, via formar-se a imagem do seu rosto que olhava para ele, e via surgir naquele rosto as letras que lhe revelavam o mistério da vida; quando percebeu que nas noites quentes de verão e lua cheia, quando os baldes subiam dos poços tão repletos de mistérios e sinais vindos das estrelas quanto de água gelada, as pessoas ficavam acordadas a noite inteira, recitando até o amanhecer poemas que esclareciam o sentido dos sinais e os sinais dos sentidos, Galip percebeu que o verdadeiro hurufismo vivera sua época de ouro em Istambul; e compreendeu também que os anos de felicidade que eles tinham vivido, ele e Rüya, também estavam acabados e nunca mais haviam de voltar. Pois logo depois dessa época em que todos os mistérios foram revelados, a seita se recolhera em segredo: para tornar seus segredos ainda mais herméticos, como os hurufis instalados nas aldeias fantasmas, alguns deles apostavam tudo na produção de elixires confeccionados com sangue, gema de ovo, pêlos e excrementos, outros cavavam subterrâneos debaixo de suas casas, nos recantos mais secretos de Istambul, para neles esconder seus tesouros. Galip soube ainda que certos membros da irmandade, menos afortunados que os escavadores de subterrâneos, foram presos e enforcados por terem participado de uma revolta de janízaros, e as letras ficaram ilegíveis em seus rostos deformados pelo nó corredio. E os rapsodos que, com seus *saz* nas mãos, entravam no meio da noite nos conventos de dervixes dos bairros pobres para comunicar ali aos sussurros os segredos dos hurufis, logo se depararam com um muro de incompreensão. Todos esses detalhes provavam que uma imensa desolação pusera fim à idade de ouro que vivera aquela doutrina, nas aldeias mais distantes do país ou nos recantos mais secretos, nas ruelas mais misteriosas de Istambul.

Ao final de um velho livro de poesia com as páginas roídas pelos camundongos, em que manchas verdes e turquesa de mofo floresciam brilhantes em meio à fragrância de papel e umidade, Galip descobriu uma anotação: quem desejasse mais informações deveria procurar um certo folheto publicado no distrito de Horasan, perto da cidade de Erzurum. Na última página desse panfleto, entre os versos finais de um poema e os detalhes que identificavam o livro — os endereços do editor e do impressor, as datas de edição e impressão —, o editor tinha inserido uma frase longa e muito mal construída, composta em tipos miúdos, dirigindo os leitores interessados a outro folheto, o sétimo volume da mesma série, intitulado *O mistério das letras e o fim do mistério*, igualmente publicado em Horassan, perto de Erzurum. Seu autor era um certo F. M. Üçüncü que, dizia ele, tinha sido muito elogiado pelo jornalista Selim Kaçmaz, de Istambul.

Tonto devido ao sono e à fadiga, com o espírito confuso diante de tantos jogos de palavras, tantas letras fantasmagóricas e tantas lembranças de Rüya, Galip tentou rememorar os primeiros anos da carreira de Celâl. Nessa época, o interesse que seu primo tinha pelos jogos de palavras não ia além das mensagens ocultas que enviava a amigos, colegas, parentes e amantes através dos textos da coluna ACREDITE SE QUISER ou do horóscopo do dia. Galip vasculhou furiosamente as altas pilhas de revistas, jornais e papéis, em busca do tal folheto. Depois de uma procura exaustiva, voltou um tanto desanimado a uma das primeiras caixas, na qual Celâl guardava seus recortes dos anos 60, e lá estava a obra escondida em meio a alguns artigos que aludiam a uma certa polêmica e que nunca tinham sido publicados, além de algumas fotos bizarras. Aquele era um tempo em que reinava nas ruas o silêncio dos períodos de estado de sítio e de toque de recolher, esse silêncio sinistro que nos dá arrepios e nos mergulha no desespero.

Como tantas outras "obras" semelhantes, cuja publicação próxima era anunciada, *O mistério das letras e o fim do mistério* não fora lançado no momento previsto; só em 1962 é que o livro, com suas duzentas e vinte páginas, foi finalmente impresso — e em outra cidade, não em Horasan mas em Gördes, uma cidade onde Galip jamais esperaria encontrar uma editora. A capa desbotada era adornada por uma ilustração escura impressa a partir de um clichê defeituoso e com tinta de má qualidade: uma estrada ladeada de duas filas de castanheiras, que se perdia no infinito da perspectiva. Atrás de cada árvore, porém, viam-se letras aterrorizantes, de gelar o sangue.

À primeira vista, o livro lembrava os muitos artigos que os oficiais "idealistas" publicavam naqueles anos, como por exemplo "Por que, duzentos anos depois, ainda não alcançamos o Ocidente?" ou "Como promover o desenvolvimento da Turquia?". O livro começava com o tipo de dedicatória que se encontrava na maior parte das obras desse tipo, quase todas publicadas às custas do autor em alguma cidade distante da Anatólia: "Ó cadete da Escola Militar! Só tu podes salvar nosso país!". No entanto, assim que começou a percorrer suas páginas, Galip logo viu que estava diante de um tema completamente diverso. Levantou-se da sua poltrona, instalou-se à mesa de trabalho de Celâl e, apoiando os cotovelos dos dois lados do livro, começou a lê-lo com toda a atenção.

O mistério das letras e o fim do mistério dividia-se em três partes, duas das quais eram mencionadas no título. A primeira, *O mistério das letras*, começava com um relato da vida de Fazlallah, o fundador do hurufismo. F. M. Üçüncü dera uma dimensão laica ao personagem; atenuando a ênfase nos princípios sufis e nos escritos místicos de Fazlallah, preferia descrevê-lo como um intelectual, filósofo racionalista, lingüista e matemático. Não há dúvida de que também fora um profeta, um Messias, um mártir do Islã, um santo, um justo, mas era principalmente um filósofo sutil, um verdadeiro gênio; acima de tudo, era um homem "da nossa terra". Assim, as tentativas de explicar suas idéias — como tinham feito alguns orientalistas ocidentais — evocando a influência do panteísmo ou da Cabala, de Plotino ou de Pitágoras, equivalia a asfixiar Fazlallah ao peso das tradições ocidentais a que ele se opunha com tanta veemência ao longo de toda a vida. Porque Fazlallah era um homem puramente oriental.

Segundo F. M. Üçüncü, o mundo se dividia em duas metades, o Oriente e o Ocidente; os dois se opunham como frente e verso, eram antônimos, como o bem e o mal, o preto e o branco, anjos e demônios. A despeito de todas as ilusões dos utopistas ociosos, não havia qualquer possibilidade de uma convivência pacífica entre esses dois universos. Ao longo de toda a história, os dois tinham se alternado na primazia: enquanto um era o senhor, o outro era reduzido à escravidão. Toda uma série de exemplos especialmente significativos ilustrava a guerra incessante entre esses gêmeos: o livro começava com Alexandre cortando o nó górdio (em turco, *kordugum*, um nó extremamente complicado) — que segundo o autor equivalia ao enigma — com um golpe de espada. Em seguida, falava das Cruzadas e do relógio mágico coberto de letras e números com sentido oculto que Harum al-Rashid tinha enviado a Carlos Magno; da travessia dos Alpes por Aníbal; das vitórias muçulmanas na Andaluzia (e aqui dedicava uma página inteira à contagem das colunas da mesquita de Córdoba); e em seguida da entrada triunfal de Mehmet, o Conquistador, em Constantinopla, sublinhando que esse sultão era ele próprio um hurufi; terminava com a queda do Império Khazar e a derrota dos otomanos em Veneza e Doppio (ou no Castelo Branco, como também era conhecido).

Segundo F. M. Üçüncü, todos esses fatos históricos de relevo ilustravam uma idéia muito importante, a que Fazlallah fizera freqüentes alusões veladas em seus escritos. Os períodos de domínio ou primazia do Ocidente ou do Oriente não se alternavam ao sabor do acaso, mas em função da lógica. "Em qualquer período histórico dado", aquele dos dois universos que conseguisse ver o mundo como um lugar misterioso, impregnado de sentidos ocultos, fervilhante de segredos, conseguia vencer e esmagar o outro. Aqueles que insistiam em ver o mundo como um lugar simples e evidente, desprovido de mistério e ambigüidade, estavam fadados à derrota e à sua conseqüência inevitável — a escravidão.

Na segunda parte do seu livro, F. M. Üçüncü apresentava uma análise minuciosa da desaparição do mistério. A seu ver, tanto nas tradições ocidentais quanto orientais existia sempre a noção de um centro oculto, secreto, do mundo: na "*idea*" da antiga filosofia grega, no Deus dos cristãos neoplatônicos, no nirvana dos hindus, no pássaro *simurgh* de Attar, no bem-amado de Rumi, no tesouro secreto dos hurufis, na *noumenon* de Kant, na descrição do assassino de um romance policial. Na opinião de F. M. Üçüncü, portanto, sempre que uma civilização perdia a idéia de mistério, isso significava que seu pensamento ficava privado de um "centro", e ela só podia perder todo o equilíbrio.

Seguia-se uma passagem obscura e quase incompreensível, em que F. M. Üçüncü procurava explicar os motivos pelos quais Rumi fora obrigado a ordenar o assassinato do seu "bem-amado" Shams de Tabriz, viajando em seguida para Damasco a fim de proteger o mistério que tinha "forjado cuidadosamente" com a morte de Shams. Em seguida, explicava como os vários dias de idas e vindas de Rumi, suas "buscas" naquela cidade, tinham sido incapazes de sustentar a idéia desse "mistério", e falava sobre o sentido atribuído a vários pontos de Damasco percorridos pelo poeta em suas deambulações, na esperança de reencontrar o "centro" do seu pensamento que se perdia pouco a pouco. Cometer um crime "perfeito" e nunca ser descoberto, ou desaparecer sem deixar vestígios, era, na opinião do autor, um modo de restabelecer um mistério que se perdera.

Mais adiante, F. M. Üçüncü tratava do elemento mais importante da doutrina hurufista: a relação entre os rostos e as letras. Seguindo a mesma linha de raciocínio desenvolvida por Fazlallah em seu *Livro da vida eterna*, explicava que Deus, embora invisível, manifestava-se no rosto dos homens; estudava detalhadamente os traços presentes nesse rosto e a relação entre esses traços e as letras do alfabeto árabe. Depois de uma longuíssima digressão um tanto pueril a partir de alguns versos dos maiores poetas do hurufismo — Nesimi, Rafi, Misali, Ruhi de Bagdá ou Gül Baba —, o autor acabava chegando a uma fórmula: em tempos de felicidade e vitória, o rosto de cada um de nós fica pleno de sentido, assim como o mundo em que vivemos. E esse significado nos foi revelado pelos hurufis, que foram os primeiros a decifrar os mistérios do universo e a discernir as letras em nossos rostos. Com o desaparecimento da doutrina hurufista, porém, as letras tinham se apagado dos nossos rostos, da mesma forma como se perdera o segredo do universo. Nossos rostos não diziam mais nada, e não era mais possível ler nada neles: nossos olhos, nossas sobrancelhas, nossos narizes, nosso olhares, nossa expressão, nosso rosto não tinham mais qualquer significado. Ao ler essas palavras, Galip sentiu uma vontade repentina de se levantar e ir olhar-se no espelho, mas continuou a ler, com o máximo de atenção.

Havia uma ligação entre o esvaziamento dos nossos rostos e a arte negra da fotografia — como podia ver qualquer pessoa que contemplasse os rostos dos astros e estrelas de cinema turcos, árabes e indianos, pois sua estranha topografia fazia pensar na face oculta da lua. Se as multidões que vagavam pelas ruas de Istambul, de Damasco e do Cairo se parecem tanto, como fantasmas que enchem a noite com seus lamentos; se todos os homens deixam crescer os mesmos bigodes e exibem sempre os mesmos cenhos franzidos; se todas as mulheres, cobrindo os cabelos com os mesmos xales, mantêm os olhos postos no chão enquanto caminham pelas calçadas cobertas de lama, a razão é sempre a mesma: o vazio dos rostos. Só existe portanto uma coisa a fazer: derrotar aquele vazio, dar uma nova expressão aos nossos rostos, criando um novo sistema que nos permita descobrir as letras do alfabeto latino nas linhas dos nossos rostos. A segunda parte do livro terminava com o anúncio de que o autor examinaria esse sistema na terceira parte, intitulada "A descoberta do segredo".

A essa altura, Galip já gostava muito de F. M. Üçüncü, que sabia utilizar tão bem os jogos de palavras e manipular seu sentido oculto, com uma ingenuidade quase infantil. Havia naquele homem algo que lhe lembrava Celâl.

27. Uma longuíssima partida de xadrez

Harum al-Rashid às vezes se disfarçava para caminhar incógnito pelas ruas de Bagdá, descobrindo assim o que seus súditos pensavam dele e do seu reinado. E então, nessa noite, mais uma vez...

As *mil e uma noites*

Um dos nossos leitores, que deseja manter sua identidade em segredo, está de posse de uma carta que lança alguma luz sobre alguns pontos obscuros de um período sombrio da nossa história recente: o momento que alguns chamam de "transição para a democracia". A carta teria chegado às suas mãos graças a uma estranha série de coincidências, percorrendo caminhos repletos de traições e armadilhas que ele se recusa (muito justificadamente) a revelar. A carta, que teria sido escrita por ninguém menos que o ditador que governava nosso país na época para um dos seus filhos radicado no exterior, publico em seguida sem nenhum retoque e sem nada alterar em seu estilo — típico de um militar de alta patente:

"Exatamente seis semanas atrás, numa noite de agosto, fazia um calor tão sufocante na sala onde o Fundador da República deu seu último suspiro que o tempo quase parecia ter parado, e não só no famoso relógio coberto de adornos dourados cujos ponteiros se imobilizaram indicando para sempre 9h05, o instante da morte de Atatürk — lembra-se do medo que ele inspirava à minha pobre falecida mãe, e como, vendo o medo dela, vocês desatavam a rir? Não, fazia tanto calor naquela noite de agosto que era fácil imaginar que todos os relógios no palácio de Dolmabahçe, todos os relógios de Istambul, tinham parado com um gemido, detendo todo movimento, petrificando até nossos pensamentos. Não havia nem a sugestão de uma brisa soprando do Bósforo; nas janelas que dão para o mar, as cortinas pendiam paradas e flácidas. Na penumbra, as sentinelas alinhadas ao longo da margem estavam imóveis como manequins, como se estivessem ali não porque eu tivesse ordenado, mas porque o próprio tempo tinha parado. Chegara o momento, decidi, de levar a cabo o plano que eu imaginara havia tantos anos e nunca tivera a coragem de realizar. Retirei do armário uma roupa de camponês que guardara bem no fundo. E enquanto saía despercebido do palácio pelo portão do harém, em desuso havia tanto tempo, tentava reunir minha coragem lembrando-me de todos os outros sultões e grandes governantes que tinham usado os portões dos fundos de tantos outros palácios de Istambul — Topkapı, Beylerbey, Yıldız — nos últimos quinhentos anos, para mergulhar nas trevas da vida urbana que tanto queriam tornar a ver em pessoa, retornando depois sãos e salvos ao palácio.

"Como Istambul tinha mudado! Sem dúvida, as janelas do meu Chevrolet blindado não são só à prova de balas; também deixam de fora os ritmos cotidianos da vida real da minha amada cidade. Depois de me afastar das muralhas do palácio e partir na direção de Karaköy, comprei um pouco de *halvah* de um vendedor ambulante; tinha o gosto de açúcar queimado. Passando por cafés ainda abertos cujas mesas se esparramavam pelas calçadas, troquei algumas palavras com os homens que passavam o tempo sentados às suas mesas, ouvindo rádio, jogando cartas ou gamão. Vi prostitutas sentadas em lanchonetes à espera dos clientes, e crianças mendigando junto à porta dos restaurantes, apontando para os espetos de carne que viam nas vitrines. Entrei nos pátios das mesquitas para me misturar à multidão de fiéis que saíam das preces da noite; enveredando pelas ruas secundárias, sentei-me no jardim de casas de chá familiares para mordiscar sementes de girassol enquanto tomava meu chá, como todo mundo. Enquanto caminhava por uma ruela pavimentada de pedras enormes, vi uma jovem família que voltava de uma noite na casa de vizinhos: ah, se você pudesse ver com quanta confiança aquela jovem mãe —

que trazia a cabeça coberta por um xale — se apoiava no braço do marido, e com quanto amor o pai carregava nos ombros o filhinho já quase adormecido. Fiquei com os olhos cheios de lágrimas.

"Mas não, não foram as alegrias ou as dores dos meus concidadãos que me comoveram; o que me tocou — ao mesmo tempo em que saboreava a noite de liberdade por que ansiava havia tanto tempo — foi vê-los vivendo suas vidas verdadeiras, por mais humildes que fossem. E aquilo reavivou o desalento e a dor que tantas vezes senti por me encontrar fora da realidade, a tristeza e o medo de despertar dos meus sonhos. Esforcei-me para me livrar desses medos absorvendo os panoramas da cidade. Mas não pude impedir que as lágrimas tornassem a me assomar nos olhos enquanto contemplava as vitrines das confeitarias e as multidões que deixavam a barca que terminava sua última viagem da noite, enquanto os últimos farrapos de fumaça se erguiam das suas elegantes chaminés.

"Dali a muito pouco tempo chegaria a hora do toque de recolher que impus à cidade. Desejando aproveitar o frescor do mar no meu caminho de volta para casa, abordei um barqueiro em Eminönü; entregando-lhe cinqüenta *kuruş*, pedi-lhe que me levasse até o outro lado do Chifre de Ouro e me deixasse em Karaköy ou Kabataş. 'Mas o que está havendo com você?', perguntou ele. 'Perdeu a cabeça? Comeu os próprios miolos com pão e queijo? Você não sabe que nosso general-presidente sai para passear em sua lancha a esta mesma hora toda noite, e que manda prender todo mundo que encontra no caminho?' Tirei do bolso uma pilha dessas notas de dinheiro rosadas que trazem minha própria imagem (eu sabia perfeitamente dos rumores que meus inimigos, com raiva dessa decisão, faziam circular desde que elas tinham sido lançadas), e as estendi para ele no escuro, dizendo, 'Se nós sairmos em seu barco de qualquer maneira, o senhor poderia me mostrar a lancha do presidente?'. 'Entre debaixo da lona, então', disse ele, apontando com um gesto para a proa do bote com a mão que segurava o dinheiro, 'e não faça nenhum movimento!' Em seguida acrescentou, 'Que Deus nos proteja!' e empunhou os remos.

"O mar estava tão escuro que não sei lhe dizer aonde fomos — pode ter sido o Bósforo, o mar de Marmara ou o Chifre de Ouro. As águas estavam tranqüilas e tão silenciosas como a cidade sombria. Do banco onde me deitei debaixo daquela lona, podia sentir o aroma ligeiro de uma cerração que se erguia das águas. Quando o som de um motor distante chegou até nós, o barqueiro sussurrou, 'Lá vem ele! Como sempre! Bem na hora!'. Depois que nos escondemos entre os pontilhões do porto, incrustados de mexilhões, não consegui tirar os olhos do feixe de luz do holofote que se deslocava para a direita e para a esquerda por sobre as águas, vasculhando impiedosamente cada canto da cidade, cada centímetro das costas e do mar, penetrando nos recessos mais escuros das mesquitas e das construções que se erguiam ao longo da margem. Assisti em seguida à lenta aproximação da grande embarcação branca. Em posição de sentido ao longo da amurada havia uma fileira de guarda-costas, cada um deles vestindo um colete salva-vidas e portando uma arma; mais alto, na ponte de comando, era possível ver um grupo de passageiros, e mais no alto ainda, no convés superior, estava o falso general-presidente! Tive dificuldade para distinguir seu rosto porque ele se mantinha no escuro, mas através da neblina e apesar das sombras pude ver que usava minhas roupas. Pedi ao barqueiro que seguisse o barco, mas em vão: explicou-me que o toque de recolher começaria dali a pouco e ele era muito apegado à vida, de maneira que me desembarcou em Kabataş. Enveredei pelas ruas escuras e desertas da cidade e voltei ao palácio sem que ninguém me reconhecesse.

"Passei o resto da noite pensando nele — em meu sósia, o falso presidente —, mas não porque estivesse curioso de saber quem era ou o que estaria fazendo ali, no mar, em plena noite; pensava nele porque isso me permitia pensar sobre mim. Na manhã seguinte, ordenei aos meus generais que retardassem por uma hora o toque de recolher. O rádio logo transmitiu um comunicado sobre a alteração, acompanhado de um dos meus discursos. Em seguida, para produzir uma impressão de abrandamento da lei marcial, ordenei igualmente a soltura de um certo número de detidos, ordem que em pouco tempo foi obedecida.

"E Istambul, mostrou-se mais satisfeita na noite seguinte? Não! O que prova que o espesso manto de melancolia constante que cobre nossa nação não é, como afirmam meus inimigos mais superficiais, um subproduto da opressão política; sua origem é muito mais profunda, muito mais irremediável. Na noite seguinte, as pessoas ainda fumavam e bebiam, ainda tomavam sorvetes e mordiscavam sementes de girassol, e os clientes ainda passavam horas a fio nos cafés ouvindo com a mesma melancolia e a mesma indiferença o discurso em que eu anunciava a abreviação do toque de recolher. Ao mesmo tempo, porém, como eram reais! Enquanto eu caminhava no meio deles, sentia a desolação do sonâmbulo, incapaz de retornar à realidade porque não pode mais despertar do seu sono. Por algum motivo, o mesmo barqueiro estava à minha espera em Eminönü, e partimos imediatamente.

"Nessa noite o vento soprava e o mar estava encapelado; o falso general-presidente talvez tenha visto algum sinal que o alertasse de um ou outro problema, porque nos fez esperar algum tempo. Enquanto nos escondíamos atrás de uma bóia ao largo de Kabataş para ver a passagem da lancha, pude examinar longamente o próprio general-presidente impostor, e ele me pareceu muito bonito — bonito e verdadeiro, se essas duas palavras podem ser usadas lado a lado. Seria possível? De pé ali sozinho no convés superior — pois, novamente, os demais passageiros se acotovelavam abaixo dele na ponte de comando —, seus olhos pareciam holofotes, vasculhando a cidade, seu povo e até a própria história. O que ele estaria vendo?

"Enfiei várias notas cor-de-rosa nas mãos do barqueiro, que tornou a empunhar seus remos. Depois de percorrer alguma distância sacudidos pelas ondas, emparelhamo-nos com a lancha perto dos estaleiros de Kasımpaşa, mas só conseguimos observar seus passageiros de muito longe. Estavam desembarcando e entrando numa frota de limusines azul-escuras, entre elas meu próprio Chevrolet. Em seguida, desapareceram na escuridão de Galata. O barqueiro resmungava o tempo todo, repetindo que era tarde e que o toque de recolher começaria dali a pouco.

"Depois de passar tanto tempo balançando sobre as ondas, achei que a sensação de irrealidade que me assaltou assim que desembarquei no cais era basicamente uma questão de equilíbrio. No entanto, como logo iria descobrir, não era isso. A essa altura já era bem tarde, como o barqueiro me avisara, e a cidade estava deserta, as ruas e avenidas vazias por força do toque de recolher que eu próprio impusera. Enquanto caminhava de volta para o palácio, fui novamente tomado pela sensação de me encontrar num cenário irreal, uma sensação tão forte que tudo me parecia uma imagem de sonho. O caminho de Fındıklı a Dolmabahçe estava deserto, percorrido apenas por matilhas de cães errantes. Só um vendedor de milho empurrava seu carrinho vinte passos à minha frente, e não conseguia pôr um pé adiante do outro sem virar o rosto para me olhar. Pela sua expressão, era possível dizer que eu lhe metia medo e ele tentava fugir, enquanto eu queria lhe dizer que a coisa que devia temer escondia-se por trás dos castanheiros que ladeavam a rua. Mas eu não conseguia abrir a boca para dizer-lhe essas palavras, como num sonho, e, sempre como num sonho, meu silêncio indesejado me assustava, ou talvez eu estivesse assustado demais para falar. Quanto mais depressa eu andava, e quanto mais tentava me distanciar da coisa assustadora que se deslocava lentamente em meio às sombras das árvores, mais assustado ficava também o vendedor de milho, e mais depressa ele caminhava. Enquanto isso, eu não sabia do que se tratava; pior ainda, só sabia com certeza que essa ameaça não era um sonho.

"Na manhã seguinte, não querendo tornar a sentir um medo como aquele, ordenei um retardamento ainda maior do toque de recolher, e mandei soltar mais um grupo de prisioneiros. Nem me dei ao trabalho de fazer um novo pronunciamento pelo rádio; transmitiram um dos meus discursos antigos.

"Armado como estava com a sabedoria que só a idade nos traz, eu sabia que voltaria a encontrar as mesmas imagens nas ruas da cidade, e não estava enganado. Alguns cinemas ao ar livre aumentaram o número de sessões, mas só isso. As mãos dos vendedores de algodão-doce continuavam como sempre manchadas do mesmo tom de cor-de-rosa; e embora os turistas ocidentais não tivessem a ousadia de se arriscar nas ruas desacompanhados de guias, seus rostos continuavam brancos como sempre.

"Encontrei o barqueiro à minha espera no lugar de sempre. E posso dizer o mesmo do falso presidente. Ainda não tínhamos nos afastado muito da margem quando cruzamos com ele. O mar estava calmo como na primeira noite, mas sem qualquer sinal de nevoeiro. No espelho escuro que era a superfície das águas eu via o reflexo das luzes e dos minaretes da cidade, e também a silhueta do falso general-presidente, de pé como sempre no convés superior, acima da ponte de comando. Ele era real. E mais ainda, como a noite estava clara, ele nos viu. Como qualquer criatura de carne e osso podia nos ver naquela claridade.

"Começamos a remar em seu encalço, e encostamos logo atrás dele diante do embarcadouro de Kasımpaşa. Eu acabara de desembarcar discretamente no cais quando alguns indivíduos — que mais pareciam leões-de-chácara do que militares — surgiram das sombras e me seguraram pelos braços: o que eu estava fazendo ali àquela hora da noite? Com voz trêmula, eu lhes respondi protestando, porque o toque de recolher ainda não tinha começado; eu era um pobre camponês, hospedado num hotel de Sirkeci; só tinha querido dar uma volta de barco pelo Bósforo na última noite da minha visita, antes de voltar para a minha aldeia no interior. Não sabia nada sobre nenhum decreto do presidente. Mas o barqueiro covarde, aterrorizado, confessou tudo, e os guardas explicaram o que sucedera ao general-presidente quando este se aproximou com seus homens. Embora naquela noite estivesse em trajes 'civis', o falso general-presidente estava mais parecido comigo do que nunca, enquanto eu parecia apenas um camponês. Ele pediu que repetíssemos nossas declarações, e em seguida emitiu suas ordens: o barqueiro podia ser solto. Quanto a mim, devia seguir com ele.

"Antes que eu pudesse esboçar alguma reação, o falso general-presidente e eu estávamos sentados a sós no banco traseiro do Chevrolet blindado que se afastava do porto. A presença de uma divisória de vidro à prova de som entre nós e o motorista — um recurso que eu não tinha no meu próprio Chevrolet — nos permitia conversar com absoluta privacidade.

"'Faz muitos anos que esperamos por esse encontro!', disse o general-presidente numa voz que não me soava nada parecida com a minha. 'Eu sabia que esperava por ele, e você não, mas estávamos os dois à espera; só não tínhamos como imaginar que o encontro se daria nessas circunstâncias.'

"Falava com uma voz cansada e hesitante, menos nervoso com a idéia de poder finalmente me contar sua história do que tranqüilizado pela satisfação de ver que ela chegava ao fim. Aparentemente, ele e eu fomos da mesma turma na Escola Militar. Cursamos as mesmas matérias, informou-me ele, com os mesmos professores. Fizemos os mesmos exercícios de treinamento militar nas mesmas noites glaciais de inverno; nos dias mais quentes de verão, tanto um quanto o outro formávamos fila em frente às torneiras em nossos alojamentos de pedra, esperando que a água começasse a correr; quando tínhamos folga, saíamos juntos para as ruas da nossa amada Istambul. Já na época, afirmou, ele previra que os fatos evoluiriam da maneira como realmente evoluíram, embora, claro, não tivesse como imaginar exatamente quais seriam os detalhes.

"Já naquele tempo, disse ele, enquanto travávamos uma disputa secreta para obter as melhores notas da turma em matemática, o máximo de pontos no treinamento de tiro ao alvo e conquistar a estima dos nossos colegas, sendo nomeado assim o comandante-aluno da turma, ele sabia que eu faria mais sucesso na vida: eu é que acabaria vivendo em palácios onde minha pobre mãezinha seria assombrada pelos relógios parados às 9h05. Respondi que a competição entre nós dois, se de fato ocorreu, devia ser mesmo muito secreta, pois eu não me lembrava de nenhuma concorrência desse calibre com outro cadete da Escola Militar — e vocês devem saber o que eu acho dessas coisas, de tanto que eu lhes disse a respeito quando eram crianças — e tampouco me lembrava dele como amigo. Ele não ficou nem um pouco desconcertado. Respondeu que eu era autoconfiante demais para perceber qualquer rivalidade e que ele logo desistira porque minhas conquistas já me tinham deixado muito à frente de todos os colegas, e mesmo dos cadetes em turmas mais avançadas, para não falar dos tenentes e capitães que deviam ser nossos superiores, e ele não quisera se transformar num mero imitador, numa pálida cópia de segunda classe. Não havia futuro para sombras; ele queria ser 'quem era de verdade'. Enquanto ele se explicava nesses termos, eu olhava as ruas desertas de Istambul pelas janelas do Chevrolet que, eu via agora aos poucos, não era na verdade uma réplica exata do meu. De tempos em tempos, eu fitava nossos joelhos e nossas pernas, estendidas exatamente na mesma posição à nossa frente.

"Mais tarde, ele me explicou que não havia lugar para o acaso em seus cálculos. Ninguém precisava ser um vidente para profetizar que nossa pobre nação estava prestes a submeter-se ao segundo ditador no prazo de quarenta anos, e que toda a cidade de Istambul lhe seria entregue, e que esse ditador haveria de ser um militar de carreira da nossa geração. E nem para concluir que seria eu esse ditador militar. Assim, antes ainda que nos formássemos na Escola Militar, ele já mapeara todo o nosso futuro por uma simples operação de dedução lógica. E então, das duas uma: ou bem eu me tornaria o general-presidente, e ele se veria em Istambul incerto do futuro, transformando-se numa sombra quase fantasmagórica oscilando entre a autenticidade e a invisibilidade, entre o desespero do presente e os sonhos de glória do passado e do futuro, ou então ele dedicaria sua vida a encontrar outro meio de se realizar. E depois me contou que, a fim de seguir esse caminho, seu primeiro passo fora cometer um delito grave o suficiente para ser expulso dos quadros do Exército, mas não para ir preso: vestindo o uniforme do comandante da Escola Militar, saíra para passar em revista os sentinelas da noite. E foi só então que, diante do relato do episódio, lembrei-me daquele aluno apagado. Depois de ter sido expulso da escola, lançara-se direto no comércio. 'Todo mundo sabe que, no nosso país, a coisa mais fácil do mundo é enriquecer!', disse ele com uma ponta de orgulho. 'Por outro lado, se somos um país pobre, é porque só ensinamos às pessoas, ao longo das suas vidas, não os meios de enriquecerem, mas de continuarem pobres e conformados com a sorte', explicou-me ele. Depois de um rápido silêncio, acrescentou que tinha sido eu quem lhe ensinara a ser assim autêntico. 'Você!', exclamou ele, enfatizando a palavra ao falar comigo, como se eu fosse seu inferior. 'Depois de todos esses anos, descubro finalmente hoje à noite, com o maior espanto, que você é menos real ainda do que eu! Você, pobre camponês miserável!'

"Seguiu-se um longuíssimo silêncio. Nos trajes 'autênticos' de camponês de Kayseri que meu ajudante-de-ordens preparara para mim, dizendo-me animado que eram 'perfeitos', eu não me sentia propriamente ridículo — não, era pior que isso. Sentia-me excluído da realidade, como se tivesse sido arrastado a contragosto para dentro de um sonho. E compreendi também que esse sonho era uma montagem feita a partir das cenas noturnas de Istambul que se sucediam na janela do carro como um filme mudo: ruas vazias, terrenos baldios, calçadas desertas. Meu toque de recolher tinha começado, e a impressão é de que a cidade tinha sido evacuada e entregue aos seus fantasmas.

"Eu compreendera finalmente que o que meu antigo colega de turma me mostrava com orgulho era o fantasma de cidade que eu próprio tinha criado. O Chevrolet seguia em frente, passando diante de casas de madeira perdidas em meio a ciprestes gigantescos que as faziam parecer mais minúsculas ainda, atravessando bairros de periferia tão pobres que se confundiam com os cemitérios, a ponto de atingirem o limiar da terra dos sonhos. Seguimos por ruas calçadas de pedra que tinham sido abandonadas às maltas de cães ferozes; enveredamos por becos estreitos cujas luzes baças lançavam mais sombra do que luz no calçamento. Passamos por coisas que até então eu só vira em sonhos — muralhas em escombros, chaminés meio demolidas, fontes que secaram; mesquitas mergulhadas no sono que, no meio da noite, pareciam gigantes de lenda adormecidos; à medida que passávamos por nossas grandes praças públicas com seus chafarizes secos, suas estátuas esquecidas e seus relógios quebrados havia muito, que me davam a impressão de que o tempo tinha parado não só no palácio, mas em toda Istambul, eu sentia uma certa apreensão e não prestava a menor atenção nas palavras do meu imitador, que se gabava dos seus sucessos comerciais ou contava-me histórias que teriam a ver com a situação em que nos encontrávamos (entre elas a história do velho pastor que surpreende a mulher com o amante, e a história das *Mil e uma noites* em que Harum al-Rashid se perde nas ruas da cidade). Um pouco antes do amanhecer, a avenida que leva o meu — o seu — sobrenome tinha, como todas as outras avenidas, ruas e praças da cidade, perdido quase toda a realidade, transformando-se em prolongamentos de um sonho.

"Enquanto meu vaidoso imitador me lembrava o sonho que Rumi chama de 'O concurso entre os dois pintores', comecei a redigir a proclamação que mandei transmitir a todo o país mais tarde naquele mesmo dia, pondo fim ao toque de recolher e também suspendendo a lei marcial — o mesmo comunicado sobre o qual nossos amigos do Ocidente devem ter-lhe feito muitas perguntas, procurando saber se fora provocado por alguma razão secreta. Depois dessa longa noite insone, enquanto eu me debatia na cama tentando adormecer, imaginei-me num mundo em que toda noite as praças vazias voltassem a fervilhar de transeuntes, e onde os ponteiros imóveis dos relógios quebrados tornassem a se mover; em que uma vida mais real que a dos fantasmas e dos devaneios iria começar nos cafés onde as pessoas se instalavam mascando sementes torradas de girassol, nas pontes, na porta dos cinemas. Não sei a que ponto esses sonhos se realizaram, se a cidade de Istambul transformou-se finalmente num mapa em que eu possa voltar a ser real. Não sei responder, embora meus ajudantes-de-ordens me digam que a liberdade, como sempre, proporcionou muito mais oportunidades aos meus inimigos do que a esses sonhos. Eles continuam a se reunir nas casas de chá, em quartos de hotel e debaixo de pontes, para fomentar novas conspirações contra mim. Os jovens ambiciosos já rabiscam nos muros do palácio as palavras de ordem em código que, ao que se diz, ninguém jamais poderá decifrar. Mas nada disso é importante. Foram-se os tempos em que um sultão ou um paxá podia disfarçar-se para ir incógnito ao encontro do seu povo; são histórias que hoje só se encontram nos livros.

"E justamente num desses livros, que li faz poucos dias, encontrei uma história dessas. Foi na *História do Império Otomano*, de Hammer. Ele conta que o sultão Selim, o Cruel, visitou Tabriz quando ainda era príncipe herdeiro, e andava pelas ruas da cidade disfarçado de dervixe. Como jogava xadrez muito bem, em pouco tempo adquiriu grande fama, e o xá İsmail, ele próprio também aficionado pelo jogo, convocara o jovem dervixe ao palácio. E Selim derrotou o xá da Pérsia numa partida longuíssima de xadrez. Foi só depois da Batalha de Chaldiran, em que Selim, já sultão do Império Otomano, tomou a cidade de Tabriz, que o xá finalmente percebeu quem o derrotara tantos anos antes naquela partida de xadrez. E não consigo deixar de me perguntar: àquela altura, será que ainda foi capaz de rememorar todos os lances daquela partida? Pois o vaidoso impostor que me imita deve certamente se lembrar de todos os lances da nossa disputa. Aliás, por falar em xadrez, minha assinatura da *King and Pawn* parece ter acabado; faz meses que a revista parou de chegar. Mando-lhe algum dinheiro por intermédio da embaixada. Pode fazer o favor de renovar minha assinatura?"

28. A descoberta do segredo

O capítulo que você está lendo, no qual se decifra claramente o texto do seu rosto.

Niyazi do Egito

Antes de começar a ler a terceira parte de *O mistério das letras e a perda do mistério*, Galip preparou um café bem forte. Foi até o banheiro e lavou o rosto com água fria, para lutar contra o sono, tomando entretanto todo o cuidado para não se olhar no espelho. Quando voltou com seu café para tornar a instalar-se à mesa de trabalho de Celâl, sentia a animação de um aluno de liceu decidido a resolver um problema especialmente difícil de matemática no qual se tenha aplicado por vários dias.

Segundo F. M. Üçüncü, era em solo turco que se esperava a aparição do Messias que se tornaria o salvador de todo o Oriente. Para tanto, a primeira coisa a fazer, se desejássemos recuperar o mistério perdido, era estabelecer, com base nos traços do rosto humano, uma base sólida para as vinte e nove letras do novo alfabeto latino que fora adotado para a escrita da língua turca a partir de 1928. Com exemplos recolhidos em esquecidos textos do hurufismo, nos poemas dos bektaşis, na arte popular da Anatólia, nas ruínas abandonadas das antigas aldeias hurufis, nas figuras gravadas nas paredes dos conventos de dervixes e nas mansões dos paxás, e em milhares de inscrições caligráficas, ele demonstrava os valores atribuídos pelos vários sons ao longo de sua passagem do árabe ou do persa para o turco. Havia encontrado essas letras em várias fotografias, e com uma precisão perturbadora. Enquanto observava esses rostos, nos quais, acrescentava o autor, nem era preciso encontrar as letras do alfabeto latino para perceber imediatamente seus significados, Galip sentiu o mesmo calafrio de medo que lhe descera pelas costas enquanto examinava as fotografias descobertas na estante de Celâl. Examinou páginas ilustradas com fotos impressas a partir de clichês de má qualidade, mostrando rostos identificados como pertencendo a Fazlallah e seus dois sucessores; havia ainda um retrato de Rumi "copiado a partir de uma miniatura" e do "nosso campeão olímpico, o lutador Hamit Kaplan"; e teve um grande susto quando virou uma página e deparou-se com uma foto de Celâl no final dos anos 50. Como os outros, estava coberto de letras, e certas delas tinham sido enfatizadas e indicadas por uma seta. Nessa foto de Celâl com uma idade em torno de trinta e cinco anos, F. M. Üçüncü localizara um U no nariz, Zs nos cantos dos olhos e um H deitado que cobria todo o rosto. Folheando às pressas as páginas seguintes, Galip constatou que a essa série de imagens tinham sido acrescentados os retratos de vários xeques hurufis e imãs famosos que haviam morrido e partido para o outro mundo, voltando depois para este; fotografias de vários astros e estrelas do cinema americano cujos rostos eram "excepcionalmente expressivos" (Greta Garbo, Humphrey Bogart, Edward G. Robinson e Bette Davis); havia também retratos de carrascos famosos e de certos gângsteres de Beyoğlu cujas aventuras Celâl relatara nos primeiros anos de carreira. Em seguida, o autor afirmava que cada uma das letras que havia assinalado naqueles rostos tinha um duplo significado: o sentido claro e evidente que cada letra desempenhava na escrita, e o sentido oculto revelado pelo rosto.

Se admitimos que cada letra tem um sentido oculto, correspondente a um certo conceito, decorre daí que cada palavra formada por essas letras também deve ter um segundo sentido, que é secreto, dizia F. M. Üçüncü. E o mesmo pode ser dito de frases e parágrafos de todos os textos — em suma, de tudo que é escrito. Mas como esse sentido oculto também pode exprimir-se por meio de outras frases ou outras palavras — de outras letras, no final das contas —, resulta daí uma série ilimitada de significados secretos que podem constituir um "comentário", se passarmos do primeiro sentido a um segundo, deduzindo depois um terceiro a partir deste e um quarto a partir do terceiro, *ad infinitum* — na medida em que existe, na verdade, um número infinito de interpretações possíveis para qualquer texto. E essa operação pode ser comparada à teia de aranha que é tecida numa cidade pelas ruas inumeráveis que desembocam umas nas outras; ou aos mapas, que sempre lembram rostos humanos. Assim, o leitor que decida desvendar a seu modo o mistério, utilizando seus conhecimentos e seguindo uma lógica própria, não difere em nada do viajante que vai descobrindo o mistério de uma cidade à medida que percorre as ruas indicadas por seu mapa. Quanto mais avança, porém, encontra novos mistérios, nas ruas que percorre, nos percursos que escolheu, nas ladeiras que sobe, nos becos pelos quais envereda e, finalmente, na sua própria vida. E é assim que o Salvador que esperamos há tanto tempo, o Messias que alguns só se atrevem a chamar de Ele, surgiria exatamente no ponto em que os leitores aflitos, os infelizes ou aqueles que gostam de ouvir histórias acabam se perdendo, depois de penetrar cada vez mais nas profundezas do mistério. É aqui — no cerne da vida, no labirinto que é o texto, no ponto em que os rostos se confundem com os mapas — que o viajante (como todos que antes dele enveredaram pelo caminho místico do sufismo) finalmente receberia o sinal longamente desejado lançado pelo Mehdi e, armado com suas chaves de letras e cifras, começaria a descobrir o caminho. Tudo que ele precisava fazer, concluía F. M. Üçüncü com uma alegria infantil, era seguir as placas e setas afixadas nos postes das ruas e avenidas. Bastava, dizia ele, o viajante ser capaz de discernir, no mundo real em que vive e nos textos que lê, os sinais distribuídos pelo Mehdi.

Para F. M. Üçüncü, para solucionarmos esse derradeiro problema, esse enigma dos enigmas, devemos desde hoje pôr-nos no lugar do Mehdi e tentar prever como Ele agiria; noutras palavras, antecipar os próximos lances, como um jogador de xadrez. E pedia a cada um dos seus leitores — que convidava a entrar no jogo e entregar-se a essas previsões em sua companhia — que imaginassem um homem capaz de se dirigir o tempo todo, e em todos os casos, a um vastíssimo público. "Pensem, por exemplo", acrescentava ele logo em seguida, "num jornalista." Um cronista, um editorialista, lido diariamente por centenas de milhares de pessoas dos quatro cantos do país, nas barcas, nos ônibus, nos táxis coletivos, nos cafés e em todas as barbearias; eis um bom exemplo, diz ele, de indivíduo capaz de propagar os sinais secretos através dos quais o Messias nos mostraria o caminho a seguir. Para aqueles que ignorassem o segredo, suas crônicas teriam um único significado, aquele que se percebe numa leitura superficial. Mas todos aqueles que tivessem ouvido falar dos códigos e das fórmulas secretas, todos que se encontram à espera do Messias, poderiam perceber um segundo sentido, a mensagem oculta do texto, a partir do significado secreto das letras. Assim, por exemplo, se o Messias inserisse num dos seus textos uma frase como "era nisso que eu pensava enquanto me observava de fora", os leitores comuns podiam ficar perplexos com a estranha construção da frase, mas os leitores familiarizados com o mistério das letras saberiam de imediato que era essa a frase que continha o comunicado, a mensagem secreta que tanto esperavam; utilizando a chave do código, poderiam ingressar na grande aventura, o caminho que os conduziria a uma vida nova e iluminada.

Assim, o título da terceira parte do seu livro, "A descoberta do segredo", não aludia apenas à redescoberta do mistério que, ao ser perdido, provocara a submissão do Oriente ao Ocidente; referia-se também às frases que o Messias esconderia em seus textos.

F. M. Üçüncü examinava em seguida, com muitas críticas, os códigos secretos que Edgar Allan Poe propõe em seu ensaio "Algumas palavras sobre a escrita secreta", lembrando que a mudança da ordem alfabética tinha sido o método utilizado pelo místico sufi al-Hallaj nas suas cartas em código, e que era o mais próximo do que o Messias de certo haveria de usar. Em seguida, chegava abruptamente ao final do livro com uma conclusão da maior importância: as letras que cada "viajante do caminho" lia em seu próprio rosto eram o ponto de partida de todos os códigos e de todas as fórmulas. Todo homem que desejasse enveredar pelo Caminho, ou criar um mundo novo, primeiro precisava decifrar o que diziam as letras que apareciam em seu próprio rosto. Aquele modesto livro devia ser um guia para o leitor, um guia que lhe possibilitasse descobrir as letras em cada rosto humano. No entanto, era apenas uma introdução aos códigos e às fórmulas que lhe permitiriam chegar ao mistério. Pois incluir esses códigos e fórmulas nos artigos era coisa que só o Messias poderia fazer, o Mehdi que em breve haveria de elevar-se no firmamento como um sol para nos banhar com Sua luz divina.

Mas agora Galip viu alguma coisa nessa última frase que o fez jogar o livro longe: pois *sol* em persa era *shams*, o nome do "bem-amado" de Rumi.

Correu para o banheiro a fim de olhar seu rosto no espelho, abalado pela idéia assustadora que já vinha despontando no fundo do seu espírito havia algum tempo: "Celâl deve ter lido o significado do meu rosto anos atrás!". Tornou a experimentar a sensação de calamidade que costumava ter na infância e na adolescência toda vez que fazia alguma coisa errada ou quando temia ter se transformado em outra pessoa, ou descobria por acaso o segredo de alguém, de que tinha chegado ao fim, e nada jamais teria jeito. "Agora eu me transformei realmente em outra pessoa!", pensou Galip, como um menino totalmente absorto em sua brincadeira, e também como um homem que tivesse embarcado numa viagem sem volta.

Eram exatamente 3h12 da manhã, e tanto no apartamento quanto na cidade reinava o silêncio mágico que só ocorre nas horas da madrugada; era antes uma impressão de silêncio, porque ainda se ouvia o zumbido fraco de uma fornalha num dos prédios vizinhos ou um gerador a bordo de um navio distante que passava pelo Bósforo. Havia muito que Galip já concluíra que a hora tinha chegado, mas ainda esperava um pouco antes de passar à ação.

A idéia que vinha se esforçando para manter à distância nos últimos três dias retornou-lhe à mente: se Celâl não tivesse mandado um texto novo para a redação do jornal, o espaço reservado para a sua crônica de amanhã sairia em branco. Em todos aqueles anos, ele jamais deixara isso acontecer, e Galip recusava-se a imaginar essa ausência: tinha a impressão de que, se não saísse uma crônica nova no jornal do dia seguinte, Celâl e Rüya não poderiam mais ficar escondidos à sua espera, rindo dele em algum ponto da cidade. Percorrendo uma crônica antiga, que escolhera ao acaso na estante, pensou que poderia ter escrito aquilo. Poderia ter escrito qualquer uma daquelas crônicas! Afinal, tinha a receita — não a receita que o velho cronista lhe ensinara três dias antes, durante sua visita ao jornal, mas uma outra. "Li tudo que você já escreveu, sei de tudo a seu respeito, li tudo, tudo que precisava saber!" Embora estivesse falando sozinho, quase disse as últimas palavras em voz alta. Escolheu outra crônica antiga na estante, também ao acaso, e leu-a do começo ao fim. Mas nem se pode dizer que aquilo fosse uma leitura, porque no mesmo instante em que articulava cada palavra em sua cabeça já procurava pelo sentido oculto que ela podia trazer, e quanto melhor ele entendia esses sentidos secretos, mais próximo se sentia de Celâl. Pois o que significa ler um texto se não se apropriar pouco a pouco da memória do seu autor?

Agora ele estava pronto para postar-se diante do espelho e ler as letras em seu rosto. Voltou até o banheiro e olhou-se no espelho. Depois disso, tudo aconteceu muito depressa.

Muito mais tarde — meses mais tarde —, toda vez que Galip se sentava àquela mesma mesa de trabalho, cercado pelos objetos silenciosos que reconstituíam com uma fidelidade silenciosa e implacável o mundo que conhecera trinta anos antes, lembrava-se do instante em que se olhara no espelho e, a cada vez, a palavra que lhe vinha ao espírito era sempre a mesma: "terrível". Quando correra para o espelho naquele dia, porém, para examinar seu rosto, o que sentira não fora medo nem terror, e sim uma sensação de vazio — como se lhe faltasse uma parte da memória, como se tivesse perdido até a capacidade de reação. Enquanto estudava seu rosto no espelho à luz de uma lâmpada nua, contemplara-o inicialmente com o mesmo pouco interesse que poderia dedicar à fotografia de um primeiro-ministro ou de um astro do cinema, rostos que lhe eram bem familiares de tanto que os via no jornal. Olhara-se não na esperança de descobrir uma solução para o jogo misterioso em que se vira envolvido nos últimos dias, mas como se reencontrasse um velho sobretudo bem conhecido, um triste guarda-chuva velho, como se contemplasse uma banal e desalentadora manhã de inverno. Mais tarde, toda vez que se lembrava desse momento, pensava que àquela altura estava tão acostumado a viver consigo mesmo que mal reparava no próprio rosto. Mas essa indiferença não durou muito. Pois, assim que começou a contemplar seu rosto no espelho da mesma forma como vinha examinando os rostos nas fotografias e ilustrações que tinha encontrado nas estantes de Celâl, logo começara a distinguir sombras de letras nos traços da sua fisionomia.

A primeira coisa que lhe pareceu estranha foi poder olhar-se como se o seu rosto fosse uma folha de papel coberta de palavras, um painel que transmitia sinais secretos a outros rostos, outros olhares; por mais estranha que fosse a sensação, não passou muito tempo atentando para ela, pois agora distinguia claramente as letras que apareciam entre seus olhos e suas sobrancelhas. Em pouco tempo, elas ficaram tão nítidas que ele mal conseguia acreditar que nunca as tinha percebido antes. Ocorreu-lhe, claro, que podiam não ser mais que ilusões de óptica, persistências visuais produzidas pelas muitas horas que ele tinha passado olhando os milhares de retratos que Celâl tinha coberto de letras — ou talvez aquele fosse o estágio seguinte num jogo de ilusões que ele fora convencido, enganosamente, a levar a sério demais. No entanto, mesmo quando afastava os olhos do espelho e voltava a olhar-se pouco depois, as letras continuavam exatamente no mesmo lugar; não surgiam e desapareciam como aqueles desenhos que ele adorava nas revistas infantis, em que ora se distinguem os galhos de uma árvore e ora o rosto do ladrão escondido em meio à folhagem: cada letra tinha um lugar bem estabelecido na topografia do rosto que Galip barbeava mecanicamente toda manhã, faziam parte da superfície chamada de oval do rosto, estavam nos olhos, abaixo das sobrancelhas e no arco do nariz, o ponto onde todos os hurufis sempre viam uma letra *alif*. A essa altura, era mais fácil decifrar as letras do que deixar de percebê-las. Bem que Galip tentou, na esperança de se ver livre daquela incômoda máscara colada a seu rosto; tentou invocar o ceticismo que sempre mantivera intacto num canto da mente, desde que se entregara àquele longo estudo da arte e da literatura dos hurufistas. Tentou insuflar sua antiga condescendência, que considerava infantis, arbitrárias e ridículas todas essas histórias sobre a leitura de letras nos rostos das pessoas. Mas as linhas e curvas do seu rosto formavam com tanta ênfase e tanta clareza certas letras, perfeitamente visíveis a olho nu, que ele não conseguira afastar-se do espelho.

E foi nesse momento preciso que se viu invadido pelo sentimento que em seguida qualificaria de "terrível". Tudo ocorrera tão depressa — em tão pouco tempo tornara-se capaz de ver as letras em seu rosto e ler as palavras que formavam — que mais tarde, ao recapitular tudo aquilo, não sabia dizer se fora tomado pelo terror ao ver seu rosto transformado numa máscara coberta de símbolos ou pelo horror diante do que aquelas letras significavam. As letras indicavam uma realidade que ele conhecia bem mas julgava ter esquecido, que ignorava muito embora a tivesse estudado, um segredo que descreveria para si mesmo com palavras totalmente diferentes, quando viesse a tomar da caneta e tentar registrá-lo por escrito. Mas naquela madrugada, quando leu pela primeira vez as letras em seu rosto, com uma nitidez que não deixava margem à menor dúvida, pensara que tudo era simples e compreensível; que sabia do que se tratava e nem devia ficar surpreso. O que mais tarde ele qualificaria de "terrível" talvez tenha sido não o espanto provocado por um fato simples e evidente, assim como é assustador que o pensamento possa num instante perceber um copo de chá como um objeto incrivelmente surpreendente, ao mesmo tempo em que o olho enxerga o mesmo copo exatamente como ele é, um objeto familiar sem qualquer interesse especial.

Quando Galip concluiu que aquilo que as letras do seu rosto designavam não era uma ilusão, mas a verdade, afastou-se do espelho e voltou para o corredor. A essa altura, já adivinhara que o sentimento que ele qualificaria de "terrível" devia-se menos à visão do seu rosto transformado em máscara, o rosto de outra pessoa ou uma placa de sinalização, do que à inscrição que figurava nessa superfície. Porque finalmente, em virtude das regras do jogo, letras como aquelas podiam ser encontradas no rosto de qualquer pessoa. Estava convencido disso, a ponto de se perguntar se não estaria se enganando. Mas quando examinava as prateleiras da estante do corredor sentiu uma dor tão profunda, uma saudade tão desesperada de Rüya e Celâl, que teve dificuldade em continuar de pé. Parecia que seu corpo e sua alma o tinham abandonado, deixando-o sozinho com pecados que jamais cometera; que sua memória só continha lembranças de derrota e de ruína — uma derrota secreta, um sofrimento que não revelava; que a melancolia e a lembrança de uma história e de um mistério que todos à sua volta tinham decidido esquecer continuavam pesando apenas sobre seus ombros e seu espírito.

Mais adiante, toda vez que tentou reconstituir o que tinha feito depois de se olhar no espelho, pelos quatro ou cinco minutos que transcorreram em seguida — porque tudo aconteceu muito depressa —, ele se lembrava do breve lapso de tempo que passara entre a estante do corredor e as janelas que davam para o poço de ventilação; tomado pelo terror, tinha tanta dificuldade de respirar que só pensava em afastar-se o máximo possível do espelho na escuridão, e gotas geladas de suor tinham se formado em sua testa. Ainda pensou em voltar até o espelho, imaginando que pudesse arrancar da face aquela máscara fina como papel que cobria seu rosto, como quem puxa uma casca de ferida, na esperança de que assim não conseguisse mais ler os sinais e as letras que apareceriam então no rosto novo, assim como não conseguia mais ler as letras e os sinais que encontrava nas sacolas de plástico, nos cartazes e nas placas das ruas emaranhadas da cidade. Para esquecer sua dor, tentou ler outra crônica que pegou ao acaso na estante, mas a essa altura compreendera tudo; conhecia tudo que Celâl jamais tinha escrito, tão bem quanto se o autor de cada texto fosse ele próprio. Como volta e meia tentaria fazer nos meses e nos anos seguintes, tentou imaginar que era cego, com bolas de gude no lugar dos olhos e pontos pretos pintados no lugar das pupilas, ou que sua boca se convertera na porta de um forno e suas narinas não eram mais que buracos produzidos por parafusos enferrujados. Cada vez que pensava em seu rosto, lembrava que Celâl também tinha visto as letras desenhadas nele, que Celâl sabia desde sempre que um dia ele próprio haveria de decifrá-las, e que toda aquela brincadeira fora iniciada pelos dois em conjunto. Mais tarde, porém, nunca saberia ao certo se todas essas idéias tinham lhe ocorrido claramente desde o primeiro momento. Sentia vontade de chorar, mas as lágrimas lhe faltavam; continuava com dificuldade para respirar, e um gemido de dor lhe escapava da garganta; sua mão estendeu-se por conta própria para agarrar o puxador que abria a janela; queria olhar para fora, ver o fundo do poço de ventilação, o buraco negro onde antes havia um poço. Teve a impressão de que era uma criança imitando alguém, sem nem saber ao certo de quem se tratava.

Abriu a janela e debruçou-se para fora na escuridão, apoiando os cotovelos no parapeito e aproximando o rosto do poço sem fundo: um cheiro fétido subiu até ele, o fedor de excrementos de pombo, do lixo acumulado ao longo de meio século, da sujeira do edifício, da fuligem da cidade, do limo, do alcatrão e da desesperança. Era ali que as pessoas jogavam o que queriam esquecer. Galip teve o impulso de jogar-se ele também naquelas trevas sem volta — entre aqueles fragmentos de lembrança que não tinham deixado qualquer vestígio na memória dos moradores daquele edifício; atirar-se naquele cilindro escuro que Celâl vinha construindo com tanta paciência por tantos anos, e celebrando em textos nos quais falava de poços, do mistério e do medo na poesia antiga — mas só conseguiu fitar o abismo, esforçando-se como um bêbado para organizar suas idéias.

O cheiro lhe evocou memórias da infância, dos dias que tinham passado, ele e Rüya, naquele edifício. Aquele cheiro tinha contribuído para formar a criança inocente, o jovem transbordante de boa-fé, o marido feliz que ele tinha sido, um cidadão comum vivendo sem saber à beira do mistério. Sua saudade de Rüya e Celâl ficou tão violenta que sentiu vontade de gritar; era como se estivesse num sonho, como se uma parte do seu corpo tivesse sido arrancada e levada na noite para um lugar muito distante, como se sua única esperança de escapar daquela armadilha fosse debater-se e gritar com todas as forças até que alguém viesse em seu socorro. Mas só conseguia olhar para a escuridão sem fundo do poço, sentindo no rosto a umidade glacial da noite de neve e inverno. Tinha a impressão de que finalmente conseguia dar alguma vazão à dor que vinha acumulando dentro de si nos últimos dias. Contemplando o vácuo escuro do poço, pôde descobrir o motivo do medo, e enxergar claramente o que mais tarde ele chamaria de razões secretas da derrota, do sofrimento e da ruína — tudo planejado desde muito antes, como sua própria vida, que caíra na armadilha que Celâl arquitetara nos mínimos detalhes. Debruçado na janela que dava para o poço de ventilação, contemplou longamente o ponto onde antes ficava o poço. Foi só quando o frio intenso começou a provocar-lhe dores no rosto e no pescoço que ele voltou para dentro e fechou a janela.

O que aconteceu em seguida foi perfeitamente claro, acessível e fácil de entender. Mais tarde, sempre que tentou rememorar o que tinha feito naquela noite até o amanhecer, cada um dos seus movimentos lhe pareceu lógico, necessário e adequado; lembrou, também, que se sentia calmo e plenamente lúcido. Voltou até a sala e desabou numa poltrona para descansar um pouco. Em seguida, arrumou a mesa de trabalho de Celâl, devolvendo os papéis, os recortes e as fotografias às suas caixas, e as caixas aos seus lugares exatos na estante do corredor. E não se contentou em sumir com a desordem que ele próprio tinha produzido durante os dois dias da sua estada, arrumando também toda a bagunça que Celâl deixara para trás — esvaziou os cinzeiros, lavou as xícaras e os copos, entreabriu as janelas para arejar o apartamento. Lavou o rosto, preparou mais uma xícara de café bem forte, e em seguida transferiu a velha Remington pesada de Celâl para a mesa de trabalho que arrumara com capricho, e sentou-se. Descobriu numa das gavetas a mesma resma de papel que Celâl vinha usando havia vários anos; pegando uma folha em branco, ele a enfiou no cilindro da máquina e começou imediatamente a escrever.

Datilografou por quase duas horas, sem se levantar da mesa de trabalho em momento algum. Consciente de que tudo agora estava em seu lugar, escrevia com o entusiasmo que lhe insuflava o cheiro do papel intacto, e as palavras brotavam sem dificuldade. À medida que seus dedos pressionavam as teclas, cujo barulho lhe parecia uma música antiga e bem conhecida, compreendia melhor que sabia o que ia escrever, e que escolhera aquelas palavras na sua cabeça muito tempo antes. De vez em quando, precisava de uma pausa ocasional para refletir um pouco e encontrar a palavra certa, mas escrevia deixando-se levar pelo fluxo das idéias e das frases — nas palavras de Celâl, "sem se forçar".

Começou sua primeira crônica com as palavras "Olhei-me no espelho e li meu rosto". A segunda, começou com as palavras "Vi num sonho que eu me transformava na pessoa que sempre tinha querido ser". E começou a terceira contando velhas histórias do bairro de Beyoğlu. Todas foram produzidas sem o menor esforço, a segunda e a terceira mais facilmente que a primeira; quanto mais escrevia, porém, mais profunda e inconsolável era a melancolia que sentia. Pareceu-lhe que o que escrevera era exatamente o que podiam esperar os leitores de Celâl. Assinou os três artigos com a assinatura de Celâl, que imitara milhares de vezes em seus cadernos de estudante; não ficou surpreso ao ver a facilidade com que conseguia replicá-la.

Pouco depois do amanhecer, na hora em que os lixeiros passaram batendo com os latões nos flancos do caminhão, Galip examinou longamente a fotografia de Celâl publicada no livro de F. M. Üçüncü. Numa outra página, encontrou uma fotografia de um homem pálido e desanimado debaixo da qual não havia nenhuma legenda, e concluiu que devia ser o autor do livro. Leu a biografia do autor com toda a atenção, tentando calcular a idade que Üçüncü teria no momento em que se envolvera no frustrado golpe militar de 1962. Devia ter mais ou menos a mesma idade de Celâl, se tinha visto as primeiras vitórias do lutador Hamit Kaplan no início da sua carreira militar, com o posto de tenente na Anatólia. Galip voltou a examinar detidamente os álbuns com as fotos dos formandos da Escola Militar em 1944, 1945 e 1946, e encontrou vários rostos que podiam ser versões mais jovens da foto anônima que aparecia em "A descoberta do segredo". No entanto, o crânio calvo que era seu traço mais notável estava evidentemente coberto pelo quepe militar.

Às 8h30, Galip vestiu o sobretudo e, com as três crônicas cuidadosamente dobradas no bolso do paletó, saiu desapercebido do edifício Cidade dos Corações. Atravessou a rua às pressas, com o sobretudo voando atrás de si, parecendo só mais um pai de família que corria para o escritório. Ninguém o viu ou, pelo menos, ninguém chamou por ele. Era uma bela manhã clara, o céu de um azul invernal, as calçadas cobertas de neve, gelo e lama. Entrou no beco onde ficava o salão Vênus — a barbearia onde trabalhava o homem que, em sua infância, vinha toda manhã fazer a barba do Avô e onde, por muitos anos, tanto Celâl como ele cortavam o cabelo; entrou na loja que ficava no fundo da galeria, a do serralheiro, a quem encomendou uma cópia da chave do apartamento de Celâl. Em seguida, comprou um exemplar do *Milliyet* no jornaleiro da esquina e entrou na leiteria Sütiş, onde Celâl às vezes tomava o café-da manhã, e pediu chá, ovos fritos, coalhada e mel. Enquanto tomava o café-da-manhã e lia a crônica de Celâl, imaginou que devia ser aquela a sensação dos heróis dos livros policiais de Rüya quando finalmente conseguiam construir uma história lógica e coerente a partir dos poucos indícios de que dispunham. Naquele momento, sentia-se como um detetive que tivesse acabado de descobrir a chave de um mistério, e se preparasse para usar essa mesma chave e abrir portas novas.

A crônica do dia era a última da pasta de reserva que Galip encontrara no jornal no sábado anterior e, como as outras, não era inédita. Galip nem tentou decifrar o sentido oculto das letras. Depois de terminar o café-da-manhã, enquanto esperava na fila do ponto do *dolmuş*, pensou no homem que tinha sido até então, e na vida que esse homem levava. Instalava-se toda manhã no táxi-lotação, onde lia o jornal e pensava na volta para casa à noite; evocava a imagem da mulher, ainda adormecida na cama. Lágrimas lhe vieram aos olhos.

"Com que então basta isso", ruminava Galip, enquanto o *dolmuş* passava em frente aos muros do palácio de Dolmabahçe. "Para convencer-nos de que o mundo mudou radicalmente, basta perceber que nós mesmos nos transformamos em outra pessoa." A cidade que ele via desfilar pelas janelas do táxi não era a Istambul que ele sempre tinha conhecido, mas outra cidade cujo mistério ele acabara de descobrir e sobre a qual mais tarde escreveria muitos outros artigos.

No jornal, o chefe de redação estava em reunião com os vários editores setoriais. Galip bateu de leve na porta da sala de Celâl e esperou alguns segundos antes de entrar. Tanto na sala como na mesa de Celâl, nada saíra do lugar desde que estivera lá da última vez. Sentando-se na cadeira de Celâl, Galip examinou rapidamente as gavetas. Velhos convites para estréias e aberturas de exposições, vários documentos ou comunicados produzidos por frações políticas de extrema esquerda ou extrema direita, os mesmos recortes que encontrara na visita anterior, alguns botões, uma gravata, um relógio de pulso, vários frascos de tinta vazios, caixas de remédios variados e um par de óculos escuros que de algum modo ele deixara de ver da outra vez... Ajustou os óculos escuros no nariz antes de deixar a sala de Celâl. Entrando na espaçosa sala da redação, vislumbrou o velho polemista Neşati debruçado sobre sua mesa. Ao lado dele estava a cadeira onde encontrara o colunista de variedades sentado na última visita, mas hoje a cadeira estava vazia. Galip foi direto até lá e se sentou. Depois de esperar alguns minutos, virou-se para o velho e perguntou, "O senhor se lembra de mim?".

"Claro que sim! Você também é uma flor no jardim da minha memória", disse Neşati, sem levantar os olhos da página que estava lendo. "E quem disse que a memória é um jardim?"

"Celâl Salik."

"Não, foi Bottfolio", disse o velho colunista, erguendo os olhos. "Em sua clássica tradução de Ibn Zerhani. Como sempre, Celâl Salik se apropriou da imagem dele. Assim como você se apropriou dos óculos de Celâl."

"Esses óculos são meus", disse Galip.

"O que significa que os óculos agora também têm um duplo, como as pessoas. Dê esses óculos aqui!"

Galip tirou os óculos e os entregou ao cronista. Depois de examiná-los, o velho os pôs no rosto e na mesma hora ficou idêntico a um dos gângsteres lendários dos anos 50 de Beyoğlu: o dono de um café-cabaré-bordel que um dia desaparecera nas águas do Bósforo a bordo do seu Cadillac, e de que Celâl falara muito em várias crônicas. O velho cronista virou-se para Galip com um sorriso misterioso.

"É por isso que dizem que, de vez em quando, é importante ver o mundo através dos olhos de um outro. É só então que você pode começar a entender o mistério da vida, para não falar dos segredos alheios. Pode me dizer quem disse isso?"

"F. M. Üçüncü", disse Galip.

"De maneira nenhuma! Esse aí não passa do rei dos idiotas, nada mais", disse o velho. "Uma criatura deplorável, um fracassado sem esperança... Quem lhe falou desse homem?"

"Celâl me disse certa vez que era um pseudônimo que ele tinha usado por muitos anos."

"O que quer dizer que, quando um homem mergulha realmente na senilidade, já não basta mais negar seu próprio passado e repudiar o que escreveu; não, ainda se lembra da vida e da obra de outras pessoas como se fossem suas. Mas não consigo imaginar que nosso poderoso Celâl Bey tenha ficado tão senil assim. Ele devia ter alguma conta pendente a acertar, ou nunca teria contado uma mentira tão deslavada. F. M. Üçüncü era uma pessoa de carne e osso que realmente existiu. Um oficial do Exército que bombardeava nosso jornal com cartas, vinte e cinco anos atrás. Depois que publicamos uma ou duas delas — só por cortesia, você entende —, ele adquiriu o hábito de vir aqui diariamente e andar por aqui com ares pretensiosos, como se fizesse parte da redação. Em seguida, um belo dia ele desaparece e ninguém mais torna a vê-lo por uns vinte anos. E depois, uma semana atrás, ele volta a aparecer, careca como um ovo lustroso — e entra diretamente para falar comigo, dizendo que gostava muito dos meus artigos. Mas na verdade não estava muito bem; não conseguia parar de falar em sinais e presságios."

"Que sinais?"

"Ora, não se faça de inocente — ou Celâl nunca lhe falou de nada disso? Você sabe muito bem! 'A hora chegou, os sinais podem ser vistos por qualquer um, chegou o momento de ir para as ruas todos juntos', e assim por diante — as mesmas lorotas de sempre. O Juízo Final. A Revolução. A Libertação do Oriente. Ou vai me dizer que nunca ouviu falar de nada disso?"

"Ouvi. Outro dia mesmo Celâl e eu conversamos sobre o senhor e sua ligação com isso tudo — suas orelhas devem ter ficado ardendo..."

"E onde ele está escondido?"

"Não sei mais."

"Os editores estão reunidos ali com o redator-chefe", disse o velho cronista. "Estão pensando em mandar seu tio Celâl para a rua porque ele parou de mandar crônicas novas para o jornal. Vão me oferecer o espaço dele na página 2 — mas eu vou recusar, pode dizer a ele."

"Anteontem mesmo, quando me falava sobre o golpe militar em que vocês dois se envolveram, no início dos anos 60, Celâl me falou do senhor com muito carinho."

"Mentira! Ele traiu o movimento, e por isso ele odeia a mim e a todos os outros envolvidos no golpe", disse o velho cronista, sem tirar os óculos escuros que não pareciam incomodá-lo; agora, lembrava mais um pensador que um antigo gângster de Beyoğlu. "Ele entregou os amigos. Naturalmente, deve ter dito que foi o contrário, que foi ele o idealizador de tudo; mas, como sempre, seu tio Celâl só se envolveu depois que todo mundo já estava convencido do sucesso do nosso golpe de Estado. Antes disso — na época em que o resto de nós organizava redes de leitores nos quatro cantos da Anatólia, onde imagens de pirâmides, de minaretes, de ciclopes, de bússolas misteriosas, de símbolos maçônicos, de lagartos, de cúpulas seldjúcidas, de cabeças de lobo, de antigas notas de rublos da Rússia czarista com marcas especiais circulavam de mão em mão — Celâl se limitava a pedir que seus leitores lhe mandassem fotografias, que ia juntando; parecia uma criança colecionando figurinhas de astros e estrelas de cinema. Um dia, inventava uma história sobre o museu de manequins; no outro, começava a falar sobre um Olho perseguidor que andava pelas ruas atrás dele no meio da noite. Entendemos tudo isso como um sinal de que ele queria juntar-se a nós, e concordamos com sua adesão. Achávamos que ele fosse usar suas crônicas para ajudar nossa causa; esperávamos que pudesse atrair certos oficiais que ainda se mostravam reticentes. Até parece! Havia um bando de loucos à solta naquele tempo, penetras e aproveitadores do tipo desse seu amigo F. M. Üçüncü; a primeira coisa que Celâl fez foi seduzir essa gente. E depois — graças a toda essa história de códigos, fórmulas e combinações de letras e números — ainda fez contato com um bando ainda pior, de personagens francamente duvidosos. Na opinião dele, porém, essa ligação tinha sido uma grande conquista, e por causa dela veio nos procurar para pedir uma pasta de ministro depois que tomássemos o poder. E, para aumentar seu poder de barganha, ainda se gabava amplamente dos contatos que teria estabelecido com os últimos sobreviventes das velhas ordens de dervixes e de seitas religiosas secretas que viviam à espera do Messias, ou ainda com os supostos emissários de príncipes otomanos no exílio que vegetavam na França e em Portugal; e, como se isso não bastasse, ainda alegava receber cartas de personagens totalmente imaginários, cartas que prometia trazer para vermos com nossos próprios olhos (mas pergunte se alguma vez nos trouxe?), e dizia receber em casa a visita de descendentes de antigos paxás e xeques poderosos, que lhe entregaram em mãos antigos diários e testamentos manuscritos dos seus augustos antepassados — todos abarrotados de segredos! E dizia também que recebia estranhos visitantes aqui mesmo, na redação do jornal, no meio da noite. E todos esses personagens, sem exceção, eram totalmente imaginários.

"E quando esse homem, que mal sabia duas palavras de francês, começou a tentar espalhar o rumor de que seria nomeado ministro das Relações Exteriores depois da revolução, decidi que chegara o momento de denunciar uma das suas fabricações mentirosas. Era a época em que escrevia crônicas intermináveis baseadas, segundo ele, no testamento de um personagem obscuro do passado lendário; ou ainda divagações delirantes falando de profetas, do Messias e do apocalipse, e contendo alusões obscuras a uma certa conjuração que acabaria resultando na revelação de um importante segredo histórico. Decidi então escrever uma crônica em que citava sempre que necessário as obras de Ibn Zerhani e de Bottfolio, restabelecendo a verdade dos fatos. E o covarde recuou! Na mesma hora, afastou-se de nós e aderiu à outra facção. Dizem que seus novos amigos tinham laços ainda mais estreitos com jovens oficiais do Exército e que, no seu afã de provar a eles que os personagens que eu afirmava serem imaginários estavam bem vivos, certas noites Celâl vestia disfarces para encarnar essas patéticas criaturas. E numa delas teria aparecido na entrada de um cinema caracterizado como Mehmet, o Conquistador — ou o Messias, não sei mais ao certo —, proclamando aos atônitos espectadores que faziam fila do lado de fora que, para toda a nação, chegara o momento de voltar à indumentária tradicional, e assim mudar de vida; que os filmes americanos eram tão ruins e desesperançados quanto os turcos, e que não valia a pena nem tentar imitá-los. Achava que, se conseguisse atiçar a raiva do público dos cinemas contra os produtores dos estúdios Yeşilçam, eles iriam aderir à sua causa. Porque naquela época, era a Turquia inteira, e não só a 'pequena burguesia miserável' de que ele falava em suas crônicas — os habitantes das velhas casas arruinadas de madeira das ruas enlameadas dos bairros mais afastados de Istambul —, que vivia à espera de um Salvador que alguns ainda esperam nos dias de hoje. Naquela época, como hoje, essas pessoas acreditavam sinceramente que, se uma intervenção do Exército ocorresse, o preço do pão cairia, e que as portas do Paraíso se abririam de par em par para eles se os pecadores recebessem o castigo merecido. Mas como Celâl era faminto de poder, e disposto a qualquer coisa para conquistar a simpatia de todos, provocou a divisão entre as várias facções envolvidas na conspiração, e o golpe acabou fracassando. Em vez de cercarem a estação de rádio, como planejado, os tanques voltaram direto para os quartéis. O resultado? Como você bem pode ver, ainda continuamos na miséria, ainda nos encolhemos de vergonha à sombra da Europa. Apesar de conseguirmos votar de vez em quando para podermos afirmar aos correspondentes estrangeiros que não somos em nada diferentes deles. Mas isso não equivale a dizer que devemos perder toda a esperança. Existe uma saída. Se aquela equipe de televisão inglesa tivesse pedido para falar comigo, e não com o senhor Celâl Salik, eu poderia explicar a eles de que maneira o Oriente pode viver feliz por milhares de anos ainda, sem para tanto precisar deixar de ser o Oriente.

"Galip Bey — meu filho —, quero lhe dizer uma coisa sobre esse seu primo, Celâl Bey: ele é um homem desequilibrado, uma figura patética. Se quisermos realmente encontrar nossa identidade, não temos a menor necessidade de encher como ele nossos armários de perucas, barbas falsas, trajes históricos e acessórios bizarros. Sim, é verdade que Mahmut I vagava incógnito toda noite pela cidade, mas você sabe o que ele usava? Trocava seu turbante de sultão por um *fez*, usava uma bengala — e só! Nada de passar horas se maquiando, como faz Celâl, de envergar estranhas indumentárias de festa ou os farrapos de um mendigo! Nosso universo é um todo; não é fragmentado. E dentro desse universo existe de fato um outro, mas não um mundo secreto, dissimulado — como o dos ocidentais — por trás de cenários e imagens. Não nos basta levantar os véus para descobrir triunfantes a realidade. Nosso universo modesto está em toda parte, não tem um centro e não figura em nenhum mapa. E é esse, na verdade, nosso segredo, um segredo muito difícil de compreender. É um segredo desconfortável. Demanda um esforço imenso, e muito sofrimento. Quantos homens existem entre nós com a sensatez de admitir que são eles próprios o universo cujo segredo tentam descobrir, e que o universo inteiro está contido no homem que procura descobrir esse segredo? E é só depois de chegar a esse nível de elevação que a pessoa adquire o direito de se disfarçar. Só tenho um sentimento em comum com seu tio Celâl: como ele, sinto uma profunda piedade dos pobres astros e estrelas do nosso cinema, incapazes de serem eles mesmos ou de se transformar em mais ninguém. E sinto uma piedade ainda maior dos nossos compatriotas que se reconhecem nesses atores e atrizes. Nosso país podia ter sido salvo — todo o Oriente podia ter sido salvo — se esse seu tio Celâl, esse seu primo, melhor dizendo, não nos tivesse traído para satisfazer suas ambições. E hoje ele tem medo do que ele próprio fez, e se esconde de todo mundo por trás desses truques e esses disfarces bizarros que esconde em seu armário. E por que ele se esconde?"

"O senhor sabe perfeitamente", respondeu Galip. "Todo dia, em nossas ruas, ocorrem de dez a quinze assassinatos políticos."

"Mas não são crimes políticos, são crimes passionais. E além disso, se os pseudofundamentalistas estão matando os pseudomarxistas, e os pseudomarxistas matando os pseudofascistas, o que isso tem a ver com Celâl? Ninguém mais se interessa por ele. Quando ele decidiu se esconder, só fez chamar atenção para si — e talvez até consiga estimular alguém a matá-lo, só para nos convencer de que tem importância suficiente para ser assassinado. Na época do Partido Democrata, havia um jornalista, hoje morto, bom escritor mas um tanto covarde; para chamar atenção, tinha o costume de escrever todo dia para os controladores da imprensa cartas que assinava com nome falso, denunciando a si mesmo. Assim, esperava ser processado e adquirir uma certa reputação. E além disso, afirmava que éramos nós, seus colegas, que escrevíamos essas cartas. Está vendo aonde quero chegar? O que Celâl Bey perdeu não foi só a memória, mas todo o seu passado — e esse passado era sua última ligação com nosso país. Não é por acaso que ele não consegue escrever novos artigos."

"Mas foi ele que me mandou aqui", disse Galip. Tirou as crônicas do bolso. "Pediu que eu viesse aqui trazer suas novas crônicas."

"Dê aqui, deixe eu ver."

Enquanto o velho cronista (sem tirar os óculos escuros) lia seus artigos, Galip percebeu que o livro aberto em sua mesa era uma antiga tradução turca das *Mémoires d'outre-tombe* de Chateaubriand. Quando um homem alto saiu da sala do chefe de redação, o velho cronista chamou-o com um gesto.

"As novas crônicas de Celâl Bey", disse ele. "Sempre a mesma procura, a mesma..."

"Mande logo para a composição no andar de baixo", disse o homem alto. "Estávamos planejando publicar mais uma crônica antiga."

"A partir de agora, sou eu que vou trazer os artigos de Celâl, pelo menos durante um tempo", disse Galip.

"Por que ele não aparece?", perguntou o homem alto. "Muita gente está à procura dele."

"Aparentemente, esses dois passam as noites andando pela rua disfarçados", disse o velho escritor, indicando Galip com um movimento do nariz. O homem alto afastou-se rindo, e o velho virou-se para Galip. "Vocês andam vagando pelas ruas, não é? À procura de casos obscuros, de mistérios bizarros, de mortos-vivos, de cadáveres com mais de cento e vinte anos de idade, vagam pelos terrenos baldios, entre mesquitas com os minaretes em ruínas e as casas condenadas, nos mosteiros abandonados, pelas oficinas de falsários e laboratórios clandestinos de refino de heroína, vocês dois, com esses disfarces estranhos, as máscaras, esses óculos escuros... não é? Porque Galip Bey — meu rapaz —, você mudou muito desde a última vez que o vi. O rosto pálido e seus olhos afundados; você virou uma outra pessoa. As noites de Istambul não acabam nunca... Um espectro com a consciência culpada não tem como dormir, não é mesmo?"

"Pode fazer o favor de me devolver meus óculos, para eu poder ir embora?"

29. Parece que o herói era eu

Quanto ao estilo e à personalidade: o aprendiz de escritor sempre começa imitando seus antecessores, o que é natural e se deve à necessidade. As crianças não aprendem a falar imitando os outros?

Tahir-ül Mevlevi

Olhei-me no espelho e li meu rosto. O espelho era um mar silencioso, e meu rosto, uma folha branca de papel em que as letras apareciam traçadas em tinta verde-mar. "Ah, coitadinho, está com o rosto branco como papel!", dizia sua mãe, sua linda mãe — ou melhor, a mulher do meu tio —, sempre que eu olhava para ela sem nenhuma expressão. E eu olhava para ela sem nenhuma expressão porque — mesmo sem saber — tinha medo do que estava escrito em meu rosto: porque tinha medo de não encontrar você onde a tinha deixado — em meio àquelas velhas mesas, àquelas poltronas cansadas, àqueles abajures pálidos, àquelas cortinas, àqueles jornais, àqueles cigarros. No inverno, a noite caía depressa. E assim que escurecia, assim que as portas se fechavam e as lâmpadas se acendiam, eu sempre pensava em você, no canto onde estaria sentada, do outro lado da porta, em andares diferentes quando éramos crianças, e apenas por trás da porta quando crescemos.

Leitor, meu caro leitor, você já adivinhou que estou falando da jovem prima que mora debaixo do mesmo teto que eu: enquanto lê estas linhas, tente pôr-se no meu lugar, e preste muita atenção nos sinais que lhe forneço, pois quando falo de mim sei que é de você que falo e, quando conto sua história, são minhas lembranças que eu relato.

Olhei-me no espelho e li meu rosto. Meu rosto era a Pedra de Roseta que eu decifrava em meu sonho. Meu rosto era uma lápide funerária que perdera o turbante que a encimava. Meu rosto era um espelho feito de pele no qual o leitor podia se contemplar. Respirávamos pelos mesmos poros, ele e eu; nós dois, você e eu, quando a fumaça dos nossos cigarros enchia o ar da sala onde os livros policiais que você devorava se acumulavam em altas pilhas, quando o motor da geladeira disparava melancólico na cozinha escura, enquanto o abajur em tons de pergaminho em cima da mesa emitia uma luz da cor da sua pele que caía em meus dedos desprovidos de inocência e nas suas pernas tão compridas.

O herói tão triste e engenhoso do livro que você estava lendo era eu; era eu o viajante que, acompanhado do seu guia, corria sobre os pisos de mármore, entre as colunas imensas e os rochedos negros, na direção das almas infelizes banidas para um universo subterrâneo fervilhante de vida; quem subia as escadas que levavam aos sete céus estrelados era eu. Era eu o soldado que gritava para a sua bem-amada na outra extremidade da ponte sobre o abismo, "Eu sou você!". O detetive experimentado que, protegido pelo autor, sempre encontra vestígios de veneno no cinzeiro, era eu... Você virava as páginas, impaciente e intrigada. Eu cometia crimes por amor, cruzava o Eufrates a cavalo, entrava por baixo das pirâmides, assassinava cardeais. "Qual é a história do seu livro, querida?" Você era uma mulher do lar, uma dona de casa; eu era o marido que volta para casa toda noite. "Ah, na verdade não conta história nenhuma!" Quando o último ônibus, o ônibus mais vazio, passava a toda a velocidade diante do nosso edifício, nossas duas poltronas tremiam ao mesmo tempo, frente a frente. Em suas mãos, um livro policial de capa cartonada; nas minhas, o jornal que eu não conseguia ler. Eu lhe perguntava, "Se fosse eu, o herói do seu livro, você se apaixonaria por mim?". "Pare de falar besteiras!" Os livros que você lia falavam do silêncio implacável da noite. E eu sabia bem o quanto o silêncio pode ser cruel.

E concluí que sua mãe tinha razão: porque meu rosto sempre foi muito pálido. Há cinco letras escritas nele. Debaixo da figura do cavalo da nossa antiga cartilha havia um A. A de *at*, a palavra que significava "cavalo". D era de *dal*, e significava "galho". Dois Ds eram *dede* — "avô". Dois Bs eram *baba* — "pai". Em francês, eram dois Ps — *papa*. Papai, mamãe, titio, titia, família. Não havia montanha mágica, não havia monte Kaf, muito menos rodeado por uma cobra. Eu acelerava nas vírgulas, parava nos pontos, espantava-me de surpresa diante dos pontos de exclamação! Tom Mix, o caubói, morava em Nevada. Pecos Bill, o herói do Texas, vivia em Boston. E Karaoşlan, com sua espada, morava na Ásia Central. O Homem das Mil e Uma Faces, Brandyman, Roddy, Batman. Alâaddin, ó Alâaddin, o número 125 de *Texas* já chegou? "Parem com isso!", dizia a Avó, arrancando as revistas das nossas mãos. "Parem com isso! Se ainda não tiver chegado o último número dessa porcaria de revista, eu lhes conto uma história." E contava, o cigarro pendendo da boca. Nós dois — você e eu — subíamos ao pico do monte Kaf para colher a maçã mágica da árvore, e depois descíamos escorregando pelos ramos do pé de feijão, entrávamos nas casas descendo pelas chaminés, seguíamos todas as pistas. Éramos os melhores detetives do mundo, e só depois vinham Sherlock Holmes, Pena Branca, o inseparável companheiro de Pecos Bill, e no final Ali Manco, o amigo de Mehmet, o Magro. Leitor, ah, meu leitor, será que consegue acompanhar a pista das minhas letras? Porque eu não sabia de nada, não tinha idéia disso, mas meu rosto é um mapa geográfico, e eu nunca tinha percebido. "E depois?", perguntava você em sua cadeira, diante da poltrona da Avó, balançando as pernas. "E depois, vovó?"

E depois, muitos anos mais tarde, quando eu já era o marido cansado que chegava em casa toda noite do trabalho, quando eu tirava da minha pasta a revista que acabara de comprar na loja de Alâaddin, você a arrancava das minhas mãos, sentava-se na mesma cadeira e — santo Deus! — começava a balançar as pernas com a mesma insistência. Eu fixava em você o mesmo olhar sem expressão e, com medo de perguntar em voz alta, pensava, "O que estará passando pela sua cabeça? Que segredos se escondem por trás das portas do jardim misterioso dos seus pensamentos?". Por cima dos seus ombros, escondidos pelos seus longos cabelos, nas fotografias coloridas na revista, eu tentava decifrar o segredo que levava você a balançar as pernas, desvendar os mistérios do jardim da sua mente: arranha-céus em Nova York, fogos de artifício em Paris, jovens revolucionários bonitos, milionários de ar decidido. (*Vire a página, vire a página.*) Aviões com piscina, superastros de gravata cor-de-rosa, gênios globais e os últimos boletins de notícias. (*Vire a página.*) As jovens estrelas de Hollywood, os cantores engajados, os príncipes e princesas que passavam o tempo a correr mundo. (*Vire a página.*) Algumas notícias locais: uma mesa-redonda, reunindo dois poetas e três críticos literários, falando sobre os benefícios da leitura.

Ainda assim a resposta do enigma me escapava, mas você continuava a virar as páginas, hora após hora, e tarde da noite, quando as matilhas de cães sem dono tomavam conta das ruas, você finalmente terminava as palavras cruzadas. Deusa suméria da saúde: Bo; rio da Itália: Pó; símbolo químico do telúrio: Te; nota musical: Ré. Rio que corre da foz para a nascente: Alfabeto? Monte imaginário que se erguia outrora no vale das letras do alfabeto árabe: Kaf. Palavra mágica: Fé; teatro da mente: Sonho (*Rüya* — Rüya, meu sonho); o belo ator de cinema da foto: era sempre você que sabia todas as respostas, e eu nunca encontrava nenhuma delas. No silêncio da noite, quando você erguia a cabeça da sua revista, metade do seu rosto iluminada, a outra metade um espelho escuro, você fazia a pergunta, mas eu nunca sabia ao certo se era a mim que se dirigia ou ao belo e célebre ator cujo rosto figurava no centro do quebra-cabeça: "E se eu cortasse o cabelo bem curto?". E eu, caro leitor, novamente, olhava para ela sem nenhuma expressão no rosto — nenhuma expressão!

Jamais consegui convencê-la das razões pela qual eu acreditava num mundo sem heróis. Jamais consegui explicar a você que os pobres escritores que inventam esses heróis estão muito longe de ser heróicos. Jamais consegui explicar a você que as pessoas cujas fotos aparecem nessas revistas pertencem a uma espécie diferente da nossa. Jamais consegui convencê-la de que estava obrigada a uma vida como todos os outros. E jamais consegui fazê-la aceitar que, nessa vida como as outras, eu também deveria ter um papel.

30. Ó meu irmão

De todos os monarcas sobre os quais já ouvi falar, aquele que me vem à mente, mais perto do verdadeiro espírito de Deus, era o califa Harum al-Rashid de Bagdá que, como sabem todos, tinha um gosto especial pelo disfarce.

Isak Dinesen, "O dilúvio de Norderney", *Sete contos góticos*

Quando deixou a sede do jornal *Milliyet* usando os óculos escuros, Galip não tomou o caminho do seu escritório, mas seguiu diretamente para o Grande Bazar. Enquanto passava à frente das lojas para turistas e atravessava o pátio da mesquita Nuruosmaniye, foi tomado pela falta de sono, a tal ponto que Istambul lhe pareceu uma cidade que via pela primeira vez. As bolsas de couro, os compridos cachimbos de barro e os moedores de café que via no Grande Bazar não eram mais objetos próprios para uma cidade que acabara com a mesma aparência dos homens que nela viviam havia milênios; tinham se transformado em sinais que evocavam uma terra estranha e inquietante para a qual milhões de pessoas tinham sido banidas para cumprir uma sentença de desterro. "E o mais estranho de tudo", pensou Galip enquanto se perdia nos corredores emaranhados do bazar, "é que ainda estou seguro de que posso ser eu mesmo, depois das letras que li em meu rosto."

Quando entrou na área dos fabricantes de chinelos, quase chegara a acreditar que tinha sido ele, e não Istambul, que mudara, mas concluíra que isso era impossível — pois tinha decifrado o mistério que havia no centro da cidade, assim que conseguira decifrar as letras em seu rosto. Parando diante da vitrine de uma loja de tapetes, alguma coisa o levou a achar que já tinha visto antes os tapetes que ela exibia, que tinha pisado neles com chinelos surrados e sapatos sujos de lama, que conhecia bem aquele vendedor de tapetes que bebericava um café sentado na banqueta diante da loja e olhava para ele com um ar desconfiado. Teve a impressão de que conhecia toda a história, cheia de fraudes e pequenos golpes, daquela loja cheirando a poeira, que lhe era tão familiar quanto sua própria existência. E a mesma impressão lhe ocorreu diante das vitrines dos joalheiros, dos antiquários e das sapatarias. Deslocando-se para outra arcada a dois corredores dali, logo estava convencido de que conhecia todas as mercadorias vendidas naquele lugar, das taças de cobre às balanças de mão com seus pesos; todos os vendedores que matavam o tempo olhando o movimento dos passantes; e ainda todos os fregueses que passavam por eles. A cidade de Istambul era agora um livro aberto: não guardava mais segredos para ele.

Sentia-se em paz com o mundo; de posse dessa serenidade, caminhava pelas ruas como que num sonho. Pela primeira vez na vida, a profusão variada das vitrines, os rostos dos passantes, pareciam-lhe tão surpreendentes como os que assombravam seus sonhos, mas que, ainda assim, eram tão conhecidos e reconfortantes quanto os traços familiares dos convivas reunidos em torno da mesa para um jantar festivo entre parentes. Quando passou diante das vitrines cintilantes dos joalheiros, perguntou-se se a tranqüilidade que sentia agora não estaria ligada ao segredo das letras que tinha lido no seu rosto aterrorizado. No entanto, agora que tinha lido as letras, deixara para trás a criatura deplorável, massacrada pelo passado, que ele era antes. O que torna o mundo misterioso é a presença da segunda pessoa que cada um de nós traz dentro de si, o irmão gêmeo com quem compartilhamos a vida. Depois de ter atravessado a área dos fabricantes de botas, na qual, à porta das lojas, os vendedores desocupados bocejavam com a boca muito aberta, encontrou cartões-postais de cores muito vivas do lado de fora de uma diminuta lojinha de esquina. Depois de contemplar aquelas paisagens, Galip concluiu que já fazia muito tempo que tinha deixado aquele seu gêmeo para trás. Os panoramas de Istambul que havia naqueles postais eram tão banais, tão ordinários, tão familiares, pensou ele, que, examinando as barcas que se aproximavam da ponte Galata, as chaminés do palácio de Topkapı, a solitária torre de Leandro ou ainda a ponte sobre o Bósforo, pareceu-lhe que a cidade não tinha mais segredo algum para ele. Mas esse sentimento dissipou-se no momento em que entrou no Bedestan, o coração do velho mercado dos ourives, onde as vitrines verde-garrafa refletiam-se umas às outras com o mesmo efeito assustador de sempre. "Alguém está me seguindo", pensou ele assustado.

Embora não houvesse nenhuma figura suspeita nas proximidades, Galip sentiu uma forte premonição de um desastre iminente. Começou a caminhar depressa. Quando chegou à área onde se concentram os vendedores de gorros de pêlo, virou à direita e saiu do Grande Bazar pelo caminho mais curto. Tinha a intenção de manter o mesmo ritmo enquanto atravessava o mercado dos livros usados, mas quando se viu diante da livraria Alif, parou de chofre; embora tivesse passado por aquela livraria muitos e muitos anos sem dar-lhe atenção, agora ela se transformara claramente num sinal. O *alif* era a primeira letra do alfabeto árabe e do nome de Alá e, segundo os hurufis, a fonte onde se originavam tanto o alfabeto quanto, em decorrência disso, o próprio universo. No entanto, o que lhe pareceu mais significativo naquele momento foi que, no letreiro acima da porta, a palavra *alif* aparecia escrita em letras do alfabeto latino, exatamente como previra F. M. Üçüncü. Bem que Galip tentou se dizer que não havia nada de especial naquilo, que Alif era um nome muito comum e que portanto não podia ser um sinal, mas deu-se conta de repente das vitrines apagadas da loja do xeque Muammer Efendi, que lhe sugeriam exatamente o contrário. Num passado distante, aquela livraria do xeque da ordem dos zamanis era freqüentada por viúvas necessitadas dos bairros pobres dos arredores da cidade, e também por milionários americanos tão deploráveis quanto elas, mas hoje estava de portas fechadas. E Galip recusou-se a acreditar que pudesse estar fechada por algum motivo banal, como talvez a morte do xeque ou sua decisão de ficar em casa porque o dia estava frio demais. Aquilo só podia ser um sinal do mistério que havia no coração de Istambul. "Se eu continuo a ver sinais na cidade", pensou ele enquanto passava pelas pilhas de livros policiais traduzidos e comentários do Corão dispostas do lado de fora pelos donos dos sebos, "isso significa que ainda não entendi o que me mostravam as letras em meu rosto." Mas o verdadeiro motivo era outro; cada vez que se repetia que estava sendo seguido, apurava o passo sem perceber, e cada vez que acelerava a marcha, a cidade deixava de ser um lugar aprazível onde todos os sinais e objetos pareciam familiares, transformando-se num universo onde pululavam mistérios e perigos. Galip concluiu que precisava andar mais depressa, ainda mais depressa, se quisesse deixar para trás a sombra que o seguia e ver-se livre daquela sensação de mistério que o perturbava tanto.

Atravessou a praça Beyazıt para entrar a passo muito rápido pela avenida dos Fabricantes de Tendas, e depois, porque gostava do nome, pela rua dos Samovares. Dali, desceu a rua dos Narguilés, que corria paralela, caminhando até o Chifre de Ouro. Em seguida, dobrou na rua dos Pilões e tornou a subir a encosta. Passou por restaurantes modestos, por funileiros, serralheiros e pequenas fábricas de objetos de plástico. "Estava escrito que eu precisava passar por essas lojas no começo da minha nova vida", pensou ele. Viu lojinhas que vendiam baldes, diversos artigos de primeira necessidade, miçangas e lantejoulas reluzentes, uniformes do Exército e da polícia. Por algum tempo, caminhou na direção da torre de Beyazıt, que fixara como destino, e em seguida voltou pelo mesmo caminho e, passando por caminhões, vendedores de laranjas, carroças puxadas por cavalos, geladeiras velhas, caminhões de mudança, pilhas de lixo e as pichações políticas que cobriam as paredes da universidade, chegou finalmente à mesquita Süleymaniye. Entrando no pátio, caminhou ao longo da aléia de ciprestes, mas a lama que encharcava seus sapatos o obrigou a voltar para a rua, do lado da *medrese*. Caminhava entre casas de madeira com a pintura descascada, umas apoiadas nas outras. Os canos das chaminés das fornalhas, que saíam pelas janelas do segundo andar daquelas casas dilapidadas, lembravam-lhe o cano serrado de uma escopeta, um periscópio enferrujado, a boca faminta de um canhão assustador, mas não queria mais associar nada a coisa alguma, de maneira que evitava elaborar essas comparações.

Para chegar à rua do Jovem Espadachim, virou na rua da Fonte dos Anões, cujo nome o impressionou tanto que o viu inevitavelmente como um novo sinal. Imediatamente, decidiu que essas velhas ruas calçadas de pedra estavam carregadas de sinais que podiam conduzi-lo a uma armadilha, e decidiu andar pelas avenidas asfaltadas; entrou na avenida dos Príncipes. Viu vendedores de *simit*, motoristas de microônibus tomando chá e estudantes universitários olhando para os cartazes do lado de fora de um cinema enquanto mastigavam *lahmacuns*; três filmes estavam sendo exibidos ao mesmo tempo. Dois eram filmes de caratê, ambos com Bruce Lee; cartazes rasgados e letreiros desbotados indicavam que o terceiro filme era estrelado por Cüneyt Arkın que, no papel de um chefe guerreiro seldjúcida, derrotava os gregos bizantinos e dormia com suas mulheres. Galip bateu em retirada, como se temesse ficar cego se continuasse no saguão do cinema olhando aqueles cartazes em que todos os atores tinham o rosto cor de laranja. Enquanto passava pela mesquita do Príncipe, lembrou-se do outro príncipe herdeiro cuja história não o deixava em paz, embora fizesse o possível para não se lembrar dela. Mas agora, para onde quer que olhasse, via sinais secretos: nas placas de trânsito roídas pela ferrugem, nas pichações tortas dos muros, nos letreiros em acrílico de restaurantes sujos ou hotéis modestos, nos cartazes que anunciavam cantores "arabescos" ou marcas de detergente. Embora fizesse o possível para ignorar esses sinais, ainda não conseguia caminhar pelo aqueduto de Valens sem imaginar os sacerdotes ortodoxos bizantinos de longas barbas ruivas que tinha visto num filme histórico quando era criança, e toda vez que passava à frente da loja Vefa Boza não conseguia deixar de lembrar-se do dia de festa em que o Tio Melih, embriagado com os muitos licores que tomara depois do almoço, pegara vários táxis para trazer toda a família até ali, de modo que todos pudessem experimentar aquela famosa bebida de milhete fermentado. Mas em pouco tempo todas essas imagens rememoradas se transformaram em sinais de um mistério que permanecia enfurnado no tempo de outrora.

Atravessando em passo acelerado a avenida Atatürk, concluiu mais uma vez que, se andasse bem depressa, conseguiria ver as letras e imagens da cidade da maneira como eram, e não como fragmentos de um mistério. Entrou rapidamente na rua dos Caixeiros de Loja, e em seguida na rua dos Vendedores de Lenha, depois do que caminhou um bom tempo sem olhar os nomes das ruas. Passou por velhas casas de madeira em mau estado, espremidas entre prédios de apartamentos, cujas grades de ferro enferrujavam nas sacadas; por caminhões dos anos 50 com seu focinho comprido, por pneus que agora serviam de balanço para crianças, por postes de eletricidade inclinados, por calçadas que tinham sido abertas para conserto e depois abandonadas, por gatos que se esgueiravam entre os latões de lixo, por velhas senhoras que fumavam cigarros na janela com a cabeça coberta, por vendedores ambulantes de iogurte, por cavadores de fossas e por oficinas de fabricantes de colchas.

Depois de descer a avenida dos Vendedores de Tapetes, virou à esquerda pouco antes da avenida da Nação, atravessando para o outro lado da rua e depois de volta à calçada anterior; quando parou numa pequena mercearia para tomar um *ayran*, tentou convencer-se de que era só nos livros policiais de Rüya que as pessoas eram seguidas, mas sabia que aquela idéia não lhe sairia mais da cabeça, tal como o segredo impenetrável no coração da cidade. Virou na rua das Duas Pombas, dobrando novamente à esquerda na esquina seguinte, acelerando o passo enquanto caminhava pela rua do Homem Educado, até quase começar a correr. Quando o sinal ficou vermelho, atravessou a avenida Fevzi Paxá, ziguezagueando em meio aos microônibus. Quando levantou os olhos, leu o letreiro seguinte e viu que estava numa rua chamada Covil dos Leões, ficou apavorado; se a misteriosa mão invisível cuja presença ele julgara ter sentido três dias antes na ponte Galata continuava a distribuir seus sinais pela cidade, o segredo de que não duvidava mais devia estar ainda bem longe.

No mercado de peixe, onde havia uma multidão, passou diante das barracas que vendiam cavalinhas, lampreias e rodovalhos, e enveredou pelo pátio da mesquita do Conquistador, para a qual convergiam todos os caminhos do mercado. Não havia ninguém naquele pátio imenso, além de um homem que lembrava um corvo, com uma barba e um capote negros. O pequeno cemitério também estava deserto. A porta para a *tekke* do Conquistador também estava trancada; quando Galip olhou para dentro da mesquita por uma janela aberta, ouviu o rumor surdo da cidade: os pregões dos vendedores do mercado, as buzinas, os gritos e chamados vindos do pátio de recreio de uma escola distante, as pancadas dos martelos, o ronco dos motores, os pios das andorinhas e o crocitar dos corvos nas árvores do pátio, a balbúrdia dos microônibus, o rosnado das motocicletas, portas e janelas que batiam na vizinhança, o matraquear que subia dos prédios em construção, dos escritórios, das casas, das árvores, dos parques e dos navios que passavam pelo mar, de bairros inteiros, de toda a cidade. Mehmet, o Conquistador, o homem cujo sepulcro ele mal conseguia distinguir através da janela empoeirada, o homem que ele desejaria copiar, usara textos dos hurufis para desvendar o segredo da cidade que conquistara, quinhentos anos antes do nascimento de

Galip; pouco a pouco, tinha conseguido penetrar naquele universo onde cada coisa — cada porta, cada chaminé, cada rua, cada ponte e cada plátano — era um sinal que designava uma outra coisa.

"Se pelo menos não tivesse havido aquela conspiração contra os hurufis", pensou Galip. "Se pelo menos seus manuscritos não tivessem sido queimados, assim como eles próprios..." E deixando a rua de Izzat, o Calígrafo para entrar na rua Zeyrek, Galip acrescentou, "... e se o sultão tivesse sido capaz de decifrar o mistério da cidade, o que teria visto ao caminhar pelas ruas daquela Bizâncio recém-conquistada, ao contemplar, como contemplo agora, as muralhas em escombros, os plátanos centenários, as ruas empoeiradas e os terrenos baldios?". Quando se aproximou dos velhos e assustadores galpões dos armazéns de tabaco de Cibali, murmurou a resposta para sua própria pergunta, que conhecia desde que lera as letras em seu rosto: "Reconheceu certamente aquela cidade que via pela primeira vez, como se já a tivesse percorrido mil vezes". Mas Istambul dava sempre a impressão de uma cidade recém-conquistada, e era isso o mais surpreendente. Galip não conseguia se convencer de que já a conhecia, que já tinha visto aquelas ruas enlameadas, aquelas calçadas afundadas, aquelas muralhas arruinadas, aquelas árvores deploráveis de um cinza-chumbo, aqueles carros decrépitos e ônibus mais decrépitos ainda, aquela torrente infindável de rostos idênticos e marcados pela tristeza, aqueles cães sem dono que eram pele e osso.

A essa altura, já percebera que nunca mais se veria livre daquela sombra — real ou imaginária — que o perseguia, mas ainda assim continuou a caminhar, passando pelas arcadas bizantinas em ruínas, pelas oficinas, pelos tonéis industriais vazios que se enfileiravam ao longo da margem do Chifre de Ouro, pelos operários de macacão que comiam almôndegas com pão no almoço ou jogavam futebol em campos de terra batida, e sentiu que seu desejo de ver a cidade como um porto seguro, um lugar tranqüilo povoado de imagens familiares, ficara tão irresistível que precisou fazer de conta que era outra pessoa, como fazia em criança — e imaginou que era o próprio Mehmet, o Conquistador. Depois de se distrair algum tempo com essa fantasia infantil — que não lhe parecia louca nem ridícula —, lembrou-se de uma coluna que Celâl tinha escrito muitos anos antes, para assinalar o aniversário da conquista de Istambul: nela, dizia que, dos cento e vinte e quatro homens que tinham governado Istambul ao longo dos mil seiscentos e cinqüenta anos transcorridos entre Constantino I e o presente, o único que não sentira a necessidade de percorrer a cidade à noite sob um disfarce tinha sido Mehmet, o Conquistador. Enquanto se apertava em meio aos outros passageiros do ônibus Sirkeci—Eyüp que sacolejava sobre os paralelepípedos, Galip lembrou-se do comentário de Celâl no mesmo artigo: "Por motivos bem conhecidos de uma parte dos nossos leitores". De Unkapanı, Galip tomou o ônibus para a praça de Taksim, e achou impressionante a rapidez com que o homem que o seguia conseguira trocar de ônibus junto com ele. Sentia seu olhar na nuca, cada vez mais perto. Depois de tornar a trocar novamente de ônibus na praça de Taksim, concluiu que devia travar uma conversa com o senhor de idade sentado a seu lado, o que lhe permitiria se transformar numa outra pessoa e assim fugir da sombra que não lhe dava trégua.

"O senhor acha que a neve vai continuar?", perguntou Galip, sempre olhando pela janela.

"Quem sabe?", respondeu o velho, e talvez estivesse a ponto de dizer mais alguma coisa quando Galip fez a pergunta seguinte:

"O que será que essa neve significa?", perguntou ele. "O que ela anuncia? O senhor conhece a história do grande Mevlana sobre a chave? Ontem à noite, por sorte, me veio um sonho sobre o mesmo tema. Tudo à minha volta estava branco, branco como essa neve. E então, de repente, acordei sentindo uma dor terrível, fria, gelada, no meu peito. Parecia que eu tinha uma bola de neve apertando o coração — uma bola de gelo, ou uma bola de cristal —, mas não; era a chave de diamante do grande poeta Rumi Mevlana, pousada no meu peito, em cima do coração. Peguei a chave e levantei da cama, tentando usá-la para abrir a porta do meu quarto, e ela abriu; e me vi num outro quarto onde, na cama, dormia um homem igual a mim, mas que não era eu. Pegando a chave pousada sobre o peito do homem adormecido e deixando a minha em seu lugar, abri a porta do seu quarto: e o quarto seguinte era idêntico, com outro homem adormecido igual a mim — embora cada vez mais bonito — e outra chave de diamante pousada em seu peito. O quarto seguinte era idêntico, e o outro também, e naquele em que entrei depois vi ainda que havia sombras nesses quartos: outros fantasmas sonâmbulos como eu, todos com uma chave nas mãos. E em cada quarto uma cama, e em cada cama um homem que sonhava como eu! Percebi então que estava no mercado do Paraíso. Mas ali nada era comprado ou vendido, não havia dinheiro nem selos — só rostos e formas humanas. Se você quisesse, podia transformar-se em outra pessoa. Bastava passar o rosto escolhido sobre a face, como uma máscara, para começar uma vida nova. Mas eu sabia que a pessoa em que eu queria me transformar era a que estava no último dos mil e um quartos, mas, quando enfiei a última chave naquela última fechadura, a porta não abriu. Foi então que compreendi: a única chave capaz de abrir aquela porta era a primeira de todas, a chave que eu tinha encontrado em cima do meu peito quando acordara da primeira vez e era fria como o gelo, mas eu não tinha meio de saber onde aquela chave estaria agora ou com quem, qual era o quarto, qual a cama em que eu a deixara e, tomado de um arrependimento terrível, descobri que estava condenado a vagar, como todos os outros infelizes, de quarto em quarto, de porta em porta, trocando uma chave por outra, examinando cuidadosamente cada rosto que encontro mergulhado no sono, para todo o sempre — "

"Olhe!", disse o velho. "Olhe só!"

Galip, ainda de óculos escuros, olhou para onde o velho apontava. Bem em frente à estação de rádio, havia um morto caído na calçada: em torno dele, uma ou duas pessoas gritavam e pediam socorro, atraindo um grande número de curiosos. O trânsito engarrafou; todos os passageiros do ônibus, tanto os sentados quanto os que se agarravam às barras de metal, debruçaram-se para as janelas a fim de contemplar o corpo ensangüentado tomados de um horror mudo.

Quando o trânsito voltou a fluir, o silêncio persistiu por algum tempo. Galip desceu do ônibus em frente ao cinema Palácio e, de lá, foi até a loja Ankara Pazar, na esquina; depois de comprar atum salgado, salada de ova de peixe, língua fatiada, um cacho de bananas e algumas maçãs, correu de volta para o edifício Cidade dos Corações. A essa altura, sentia-se a tal ponto transformado em outra pessoa que queria pôr um fim naquilo. Chegando ao prédio, foi diretamente até o apartamento do zelador: encontrou Ismail Efendi e Kamer Hanım instalados em torno da mesa coberta com a mesma toalha de linóleo azul com seus netos pequenos, comendo carne moída com batatas fritas — uma cena de felicidade familiar que pareceu a Galip vir de um passado distante.

"Por favor, não quero atrapalhar a refeição de vocês", disse Galip. Depois de um silêncio, acrescentou, "Parece que vocês nunca entregaram aquele envelope a Celâl."

"Batemos muito na porta, mas ele não estava em casa", disse a mulher do zelador.

"Mas está agora", disse Galip. "Onde está o envelope?"

"Celâl está lá em cima?", perguntou Ismail Efendi. "Se você vai subir, pode entregar a conta de luz para ele."

Levantando-se da mesa, procurou na pilha de contas que ficava em cima da televisão, examinando cada uma com os olhos míopes. Galip tirou a chave do bolso e rapidamente tornou a pendurá-la no prego vazio ao lado da prateleira, em cima do radiador. Ninguém percebeu nada. Pegando o envelope e a conta, deixou-os terminando a refeição.

"Diga a Celâl que não se preocupe, eu nunca digo nada a ninguém!", exclamou Kamer Hanım enquanto ele saía. A sonora sinceridade de sua voz era um pouco forçada.

Pela primeira vez em muitos anos, Galip saboreou o prazer de andar novamente no velho elevador do prédio, que ainda cheirava a óleo e polidor de madeira, e ainda gemia ao subir como um velho com dores nas costas. Embora o espelho fosse o mesmo diante do qual ele e Rüya sempre comparavam sua altura no passado, Galip não ousou olhar-se nele, com medo de ver-se tomado pelo terror das letras.

Entrando no apartamento, só teve tempo de pendurar o paletó e o sobretudo antes de o telefone começar a tocar. Mas queria estar preparado para o que pudesse ocorrer, de maneira que, antes de atender, correu até o banheiro e — por três, quatro segundos — examinou seu rosto: com determinação, com coragem, com decisão. O acaso nada tivera a ver com aquilo; as letras ainda estavam todas no mesmo lugar, como o universo e o mistério que residia em seu cerne. "Eu sei", pensou Galip enquanto atendia o telefone. "Eu tenho certeza." Antes mesmo de ouvir a voz, sabia qual o tom que ela estaria usando — tão animada como se lhe trouxesse boas notícias sobre a intervenção militar tão esperada pelos patriotas mais autênticos.

"Alô."

"Qual vai ser seu nome dessa vez?", perguntou Galip. "São tantos os nomes falsos que vêm sendo usados que já estou perdendo a conta."

"Eis um começo de conversa muito bom", respondeu a voz. Que soava ainda mais confiante do que Galip esperava. "Você pode escolher o nome que quiser para mim, Celâl Bey."

"Mehmet, então."

"Mehmet, como o Conquistador?"

"Exatamente."

"Pois muito bem. Sou eu, Mehmet. Infelizmente, não consegui encontrar seu nome e endereço no catálogo. Então me dê logo o seu endereço para eu poder ir encontrá-lo."

"E por que eu lhe daria um endereço que não revelo nem mesmo aos meus conhecidos?"

"Porque eu sou um cidadão comum e bem-intencionado, que só quer entregar a um jornalista famoso as provas documentais da iminência de um golpe militar sangrento em nosso país."

"Você sabe de coisas demais sobre mim para poder ser definido como um cidadão comum", disse Galip.

"Seis anos atrás, encontrei um homem na estação ferroviária de Kars", disse a voz agora batizada de Mehmet. "Um cidadão comum, um simples farmacêutico chamado Attar, exatamente como Farıd od-Dın Attar, o poeta do século XII. Naquele dia, ele estava a caminho de Erzurum para tratar de negócios. Durante a curta viagem que fizemos juntos, conversamos o tempo todo sobre você. Ele sabia por que a primeira crônica que você assinou com seu próprio nome começa com a palavra *escutem* — *bishnov*, em persa —, que também é, nada mais nada menos, que a primeira palavra do *Mathnawi* de Rumi. Da mesma forma, ele sabia que, numa crônica de julho de 1956, você dizia que a vida era um folhetim, e que exatamente um ano mais tarde escreveu uma segunda crônica em que dizia que um folhetim era igual à vida — mas a essa altura ele já sabia da simetria oculta entre essas comparações e compreendera o uso habilidoso desse e de outros recursos em sua obra, porque naquele ano, pelo estilo, já tinha adivinhado que tinha sido você, embora assinando com pseudônimo, quem concluíra aquela série sobre a nobre arte da luta, que o cronista original tinha abandonado no meio depois de uma briga com o editor. Mais ou menos na mesma época, ele sabia que, na crônica que você começava dizendo aos seus leitores que deviam sorrir com afeto para as belas mulheres que passavam por eles na rua, em vez de fechar a cara para elas, como os europeus, a linda mulher que você descrevia com tanto amor, piedade e admiração era simplesmente sua madrasta, a segunda mulher do seu pai. Num texto escrito seis anos mais tarde, você comparava satiricamente a desafortunados peixes japoneses, prisioneiros de um aquário, uma família extensa confinada num mesmo edifício de apartamentos da empoeirada Istambul. Pois o farmacêutico sabia que os peixes em questão pertenciam a um seu tio surdo-mudo, e que a família da crônica era a sua. Esse homem nunca estivera sequer em Erzurum, quanto mais em Istambul, mas sabia quem eram todos esses parentes que você nunca tinha indicado pelo nome; conhecia as casas onde você tinha morado, todas as ruas de Nişantaşı, com a delegacia de polícia numa esquina, a loja de Alâaddin do outro lado da rua, a mesquita de Teşvikiye com a fonte refletindo as luzes no pátio, os últimos jardins que ainda restavam, a leiteria Sütiş, e as castanheiras e tílias que adornavam as calçadas — conhecia esses lugares tão bem quanto conhecia o bairro em que ele próprio morava ao pé das encostas do castelo de Kars, onde vendia, em sua farmácia, os mesmos artigos variados que se encontram na loja de Alâaddin; de perfumes a cordões de sapato, de cigarros a agulhas e carretéis de linha. Estávamos no tempo em que ainda não existia a rede nacional de rádio, os locutores ainda falavam com o sotaque local e nem eram entendidos em todas as partes do país, mas aquele comerciante modesto lembrava que, três semanas apenas depois de escrever uma crônica zombando do 'Programa das onze perguntas' da Rádio Istambul (patrocinado, como você deve se lembrar, pelo creme dental İpana), a pergunta das mil e duzentas liras tinha sido justamente sobre você. Eles esperavam com isso ganhar sua boa vontade, mas, como esse homem tinha previsto, você não se curvou a esse agrado e, na crônica seguinte, já aconselhava seus leitores a não usar mais dentifrícios americanos e a escovar os dentes usando um sabão de menta que podiam preparar com as próprias mãos bem lavadas. Claro, você não tinha meio de saber que nosso gentil farmacêutico iria seguir à risca a receita que você dava na mesma crônica, e que passaria anos e anos usando essa fórmula que você tinha tirado da cabeça para escovar os dentes, que acabou perdendo um a um. Mas eu só queria lhe contar uma coisa. Pelo resto da viagem, o farmacêutico e eu inventamos um jogo a partir do tema 'O famoso cronista Celâl Salik'! E tive muita dificuldade para derrotar esse cidadão comum, cujo maior medo era de perder a parada do trem em Erzurum. Era um homem precocemente envelhecido, e nunca pudera arcar com o preço da troca dos dentes que perdera; além da leitura de suas crônicas, o único prazer que ele tinha na vida era criar passarinhos nas gaiolas que mantinha no jardim e contar histórias sobre eles. Sim, ele não passava de um cidadão comum, exatamente como os outros. Entendeu aonde quero chegar, Celâl Bey? Mesmo os cidadãos mais comuns — e por favor, nem tente subestimar essas pessoas! —, mesmo os cidadãos mais comuns conhecem bem o que você escreve. Mas eu, escute bem, conheço você melhor ainda. E é por isso que precisamos passar uma noite inteira conversando, você e eu!"

"Quatro meses depois dessa crônica sobre a pasta de dentes", disse Galip, "eu escrevi uma outra falando do mesmo assunto. Por quê?"

"Nela, lembrava o suave aroma de hortelã que se desprendia das encantadoras boquinhas dos meninos e das meninas que, antes de irem para a cama, vinham dar um beijo de boa-noite no pai, na mãe, nos tios e nas tias, nos primos e também nos meios-irmãos. Para dizer o mínimo, não era uma crônica muito boa!"

"E quanto aos peixes japoneses, sabe me dizer mais alguma coisa?"

"Lembro que você falou deles seis anos atrás, numa crônica que escreveu sobre o quanto aspirava ao silêncio e à morte. E um mês mais tarde, aludiu novamente aos peixinhos vermelhos numa crônica em que declarava que tudo o que queria era harmonia e paz. Comparava muitas vezes as televisões das nossas casas a aquários. E também falou das conseqüências terríveis que podem acontecer aos peixes *wakin* quando se reproduzem consangüineamente — citando abundantes detalhes copiados palavra por palavra da *Enciclopédia britânica*. Quem fez a tradução para você, sua irmã ou seu sobrinho?"

"A delegacia de polícia?"

"Evoca tantas associações para mim: o azul-marinho, a escuridão, as surras, as carteiras de identidade, o confuso conceito de cidadania, os canos d'água enferrujados, os sapatos pretos, as noites sem estrelas, expressões de desprezo, a sensação de uma inércia metafísica, o infortúnio; ela faz lembrar que você é turco, e que as torneiras vazam; e, claro, também faz lembrar da morte."

"E o farmacêutico também sabia de tudo isso?"

"Disso e de muito mais."

"E quais foram as perguntas que o farmacêutico lhe fez durante o jogo?"

"Ele era um homem, você se lembra, que nunca tinha visto um bonde na vida e, muito provavelmente, jamais chegaria a ver. E sua primeira pergunta foi se os bondes puxados a cavalo tinham um cheiro diferente dos bondes elétricos. E eu respondi que, além do suor e das emanações dos cavalos, a diferença vinha do cheiro dos motores, do óleo lubrificante e da eletricidade. E então ele me perguntou se a eletricidade de Istambul tinha um cheiro especial. Você nunca falou disso, mas ainda assim ele chegara a essa conclusão a partir da sua crônica. Pediu que eu lhe descrevesse o cheiro do jornal impresso logo depois de sair da gráfica. A resposta: a partir do que você contava numa crônica do inverno de 1958, esse cheiro era uma mistura de quinino, enxofre, porão abafado e vinho — em outras palavras, uma combinação poderosa. (Os jornais levam três dias para chegar a Kars, ao que parece, e nesse meio-tempo perdem todo o cheiro.) Mas a pergunta mais difícil do velho farmacêutico estava relacionada ao perfume dos lilases. Eu não tinha memória de qualquer manifestação sua em relação a essa flor. Mas segundo o farmacêutico — e como seus olhos cintilavam quando ele me fez a revelação! Ah, ele se transfigurou, como um ancião que rememorasse as melhores lembranças da juventude —, segundo esse homem, você teria aludido à fragrância dos lilases em três ocasiões distintas num período de vinte e cinco anos. Uma delas foi na crônica que contava a história do estranho príncipe herdeiro que vivia solitário à espera do momento de subir ao trono, e que desconcertava tanto os cortesãos que o cercavam; você teria dito que sua bem-amada cheirava a lilás. Nas duas outras vezes — e aqui vemos um padrão repetido — você escreveu sobre uma menina, quase certamente inspirada por uma pessoa da família, que voltava para a escola primária quando terminavam as férias de verão, no fim de uma dessas manhãs ensolaradas e melancólicas de outono, com o avental branco engomado e uma fita colorida nova no cabelo; da primeira vez, eram os cabelos dela que cheiravam a lilás; da segunda vez, um ano mais tarde, era toda a cabeça. Seria um acontecimento que se repetia na vida real, ou será a falha de um escritor que acaba plagiando a si mesmo?"

Galip passou um bom tempo calado, sem saber o que dizer. "Não me lembro", disse ele finalmente, como se acabasse de acordar de um sonho. "Lembro bem de ter decidido escrever sobre o príncipe herdeiro, mas não me lembro de ter escrito esse texto."

"Pois o farmacêutico lembrava. E em seguida demonstrava um sentido de orientação que só perdia para o próprio olfato. Assim como, a partir da leitura atenta de todas as suas crônicas, ele imaginava Istambul como uma miscelânea de aromas, também conhecia cada canto da cidade de que você falava: os recantos onde passeava, os lugares que preferia, aqueles de que gosta quando todos detestam, os que lhe parecem especialmente impregnados de mistério. No entanto, assim como ele era incapaz de imaginar certos odores, não tinha a menor noção de onde ficavam todos esses lugares em relação uns aos outros. Eu também estive, à sua procura, em certos cantos da cidade, que conheço muito bem — e graças a você. Mas como seu número de telefone me permite adivinhar que você se esconde em algum ponto da área entre Nişantaşı e Şişli, dessa vez não me dei ao trabalho de ir procurá-lo por lá. Sei que você deve estar se perguntando, e por isso lhe conto que aconselhei o farmacêutico a lhe escrever. Acontece porém que o sobrinho que lia suas crônicas para ele sabia ler, mas não escrever. O farmacêutico, claro, é totalmente analfabeto. Uma vez, numa crônica, você escreveu que o conhecimento das letras enfraquece a memória. E quer saber como eu venci nosso jogo de perguntas e respostas — de que maneira derrotei esse homem que só conhecia suas crônicas de ouvi-las sendo lidas, no momento em que nosso trem a vapor chegava lentamente à estação de Erzurum?"

"Prefiro não saber."

"Ele se lembrava de todos os conceitos abstratos que você já tinha mencionado nas suas crônicas, mas não conseguia entender o que significavam. Por exemplo, não tinha a menor idéia do que fosse o plágio ou a apropriação literária. A única coisa que o sobrinho lia para ele eram suas crônicas, e ele nem tinha a curiosidade de ouvir o que ninguém mais escrevia. Até parece que, para ele, tudo que era publicado no mundo fora escrito por um homem só, e tudo ao mesmo ao tempo. Perguntei-lhe por que você falava tanto de Mevlana, do poeta Rumi. Ele não soube o que dizer. Então lhe perguntei sobre uma crônica que você tinha escrito em 1961, intitulada 'O mistério dos textos ocultos' — quanto era criação sua e quanto tinha sido copiado de Edgar Allan Poe? Dessa vez, ele respondeu: e afirmou que era tudo seu. Em seguida, perguntei a ele sobre o dilema que acabou por se revelar tão importante em sua famosa polêmica — ou 'querela', como dizia o farmacêutico — com o cronista Neşati sobre Bottfolio e Ibn Zerhani, o dilema às vezes chamado de 'o original da história *versus* a história do original'. E ele me disse, com toda a convicção, que as letras eram a substância de todas as coisas. O que significa que ele não tinha entendido nada, e que eu ganhei!"

"Mas nessa polêmica que você citou", disse Galip, "o argumento que eu usei em resposta a Neşati se baseava justamente na idéia de que as letras eram a essência da coisa indicada."

"Mas essas palavras são de Fazlallah, e não de Ibn Zerhani. Para sair da situação em que você se meteu com seu pastiche do 'Grande Inquisidor', você precisava pensar em sua segurança, não é? E então usou Ibn Zerhani como cortina de fumaça. Na época em que você escrevia esses textos, só tinha um objetivo, que era diminuir o prestígio de Neşati junto ao patrão e fazê-lo ser demitido do jornal, eu sei bem. E na discussão sobre a obra de Ibn Zerhani ser tradução ou plágio, você atraiu Neşati para uma armadilha. Sabia como era forte a rivalidade que ele sentia, e não precisou de muito para fazê-lo declarar que era tudo plágio. E em seguida, como ele chegou a afirmar que você próprio tinha plagiado Ibn Zerhani, que por sua vez plagiara Bottfolio, você respondeu com grande habilidade, fazendo crer que ele tinha insinuado que o Oriente não era capaz de criar nada original, e que portanto insultava o povo turco. De chofre, você se apresentava como um grande defensor da nossa história gloriosa e da nossa 'cultura nacional', intimando seus leitores a enviarem cartas de protesto ao editor do jornal. E você sabia o que estava fazendo: afinal, os infelizes leitores do nosso país, sempre sensíveis às 'novas cruzadas' contra os que tentam caluniar nossa história gloriosa, sempre prontos a rebater por exemplo os 'degenerados' que afirmam que Sinan, 'o maior arquiteto da Turquia de todos os tempos', era na realidade um armênio de Kayseri, naturalmente não deixaram passar aquela nova oportunidade; soterraram o dono do jornal com cartas em que denunciavam Neşati, esse bastardo; e o infeliz, cuja alegria de ter descoberto seu plágio subiu-lhe à cabeça, por causa dela perdeu a coluna e o emprego. Mais tarde, claro, ele voltaria a trabalhar no mesmo jornal que você, mas em posição inferior. Mas no jornal todo mundo sabe que, apesar de ser um escritor ultrapassado, ele faz o possível para minar o terreno em que você pisa, e que daria para encher um poço com os boatos que ele vive espalhando a seu respeito. Você sabia disso?"

"A propósito, o que eu escrevi sobre os poços?"

"Mas esse é um tema tão vasto! Chega a ser uma grosseria pedir a um leitor tão fiel como eu que tente dar uma resposta — eu poderia até dizer que sua obra é inesgotável, como um poço sem fundo. Então nem vou falar dos poços na poesia do Divan, nem do poço onde foi atirado o corpo do 'bem-amado' de Rumi, o pobre Shams, nem dos poços de onde surgem gênios, feiticeiras e gigantes nas *Mil e uma noites*, que você pilhou sem a menor vergonha; nem dos poços de ventilação que se erguem entre os prédios de apartamentos, nem dos poços escuros e sem fundo em que você afirma que nossas almas serão atiradas; você já falou demais desses poços todos. Mas agora escute o seguinte. No outono de 1957, você escreveu uma coluna muito bem trabalhada, mas cheia de ódio e melancolia, sobre os tristes minaretes de concreto (pois não tinha nenhuma objeção aos minaretes de pedra) que, agressivos como uma floresta de lanças hostis, nos cercavam por todos os lados enquanto se erguiam junto às mesquitas que vinham sendo construídas nos novos subúrbios da nossa cidade e nas localidades em rápida expansão nas proximidades das grandes cidades do país. Nesse artigo, que pouca atenção atraiu dos seus leitores, como todas as crônicas em que você não fala da política partidária ou dos escândalos de todo dia, você dedicava as últimas linhas à descrição de um jardim, invadido por samambaias simétricas e espinheiros assimétricos, por trás de uma pequena mesquita de bairro pobre com um único minarete atarracado, e falava de um poço escuro e silencioso que havia nesse jardim. Compreendi na mesma hora que você tinha decidido descrever esse poço da vida real para sugerir, da maneira mais elegante, que — em vez de levantarmos os olhos para o céu a fim de contemplar os minaretes de concreto — devíamos examinar os poços escuros e sem fundo, infestados de serpentes e de almas, do nosso passado submerso e esquecido. Dez anos mais tarde, você escreveu uma crônica que partia da história dos ciclopes e do seu próprio passado infeliz para falar de uma noite solitária de insônia e desespero em que você enfrentava sozinho os fantasmas dos seus remorsos; saía andando pelas ruas escuras da cidade, sentindo-se perseguido por um Olho que continuaria a assombrá-lo por anos a fio, a lembrar-lhe, em todo lugar aonde ia, da culpa pelas transgressões do seu passado. E não era por acidente, mas de propósito, que você decidia descrever esse Olho como 'um poço escuro, plantado no meio da testa'."

Como seria a aparência daquela voz? Galip imaginava um homem de camisa branca de colarinho, paletó desbotado e rosto de fantasma; estaria falando de improviso ou lendo um roteiro preparado? Galip fez uma pausa para pensar. E, tomando seu silêncio por aprovação, a voz prorrompeu numa risada triunfal. Galip imaginou a longa viagem daquele riso por túneis cavados nas encostas da cidade, atravessando passagens subterrâneas coalhadas de moedas bizantinas e crânios otomanos, viajando por cabos tão esticados quanto varais armados entre plátanos, castanheiras e postes enferrujados, subindo como um broto de hera negra agarrado aos flancos de argamassa dos velhos edifícios de paredes decrépitas; e em seguida a voz começou a sussurrar, assumindo um tom mais cálido, mais fraterno, mais carinhoso, como se aqueles dois interlocutores estivessem ligados não por uma linha telefônica, mas por um cordão umbilical que os unisse à mesma mãe; ele tinha um afeto tão profundo por Celâl, tinha Celâl em tão alta conta, conhecia Celâl tão bem: Celâl não tinha mais dúvidas quanto a isso, não é?

"Não sei dizer", respondeu Galip.

"Então, por que não nos livramos de uma vez desses telefones negros entre nós dois?", perguntou a voz. Aquelas campainhas às vezes tocam por conta própria, e mais nos assustam do que se mostram úteis; os fones, afinal, são negros como o piche e pesam como halteres; toda vez que a pessoa disca um número, o disco do aparelho geme como as velhas roletas da entrada do embarcadouro das barcas Karaköy—Kadıköy; e às vezes, em vez de ligar a pessoa ao número que ela discou, o telefone ainda a conecta a algum outro número de sua livre escolha. "Está vendo aonde quero chegar, Celâl Bey? Dê-me o seu endereço que logo estarei aí."

Por um instante Galip hesitou, como um professor que se vê sem resposta diante da tirada de um aluno genial. Em seguida — espantado com a profusão de flores que se abriam no jardim da sua memória a cada resposta do desconhecido, intrigado com a aparente infinitude do jardim onde seu adversário colhia suas perguntas, mas ainda consciente da armadilha em que aos poucos se deixava capturar — formulou uma nova pergunta: "E as meias de náilon?".

"Numa crônica que você escreveu em 1958, contou que dois anos antes — noutras palavras, quando ainda não assinava o que escrevia com seu próprio nome e usava um ou outro dos seus tristes pseudônimos que jamais conheceram qualquer sucesso — fazia muito calor num belo dia de verão e você, para fugir à canícula da tarde e também esquecer o excesso de trabalho e a solidão, entrou num cinema de Beyoğlu (o Rüya, o cinema Sonho). Enquanto acompanhava o primeiro filme do programa duplo — cujo começo aliás tinha perdido —, em meio às gargalhadas muito excessivas dos gângsteres de Chicago dublados pelos mais deploráveis atores turcos dos estúdios de Beyoğlu, às rajadas das metralhadoras, ao estrépito das garrafas partidas e vitrines despedaçadas, você conseguiu ouvir um ruído bem próximo que lhe deu arrepios: longas unhas de mulher coçando as pernas por cima de meias de náilon. Quando o primeiro filme acabou e as luzes se acenderam, a duas fileiras de onde você estava, você viu uma linda e elegante mãe sentada ao lado do seu filho de uns onze anos, bem-comportado e com ar muito inteligente; conversavam como amigos. Por quanto tempo e com quanta inveja você acompanhou a maneira como conversavam, como falavam e escutavam um ao outro, com atenção e carinho. Numa outra crônica que você escreveria dois anos mais tarde, você volta ao assunto e descreve como, depois que o segundo filme começava, você mal conseguia acompanhar o entrechoque das espadas e as furiosas tempestades marítimas que emergiam dos alto-falantes, de tão absorto naquelas unhas nervosas que arranhavam as pernas entregues em oferenda aos mosquitos das noites de verão em Istambul; e que, perdendo todo o interesse pelas aventuras dos piratas que saltavam de um lado para o outro da tela, só conseguia pensar na amizade que existia entre mãe e filho. E como você explicaria numa terceira crônica, que escreveu doze anos depois, o dono do jornal lhe passara uma descompostura por conta do seu artigo sobre as meias de náilon: você não sabia que era perigoso, muito perigoso, evocar assim a sexualidade de uma mulher casada, mãe de família? Que o leitor turco nunca iria tolerar alusões desse tipo? E que, se você quisesse sobreviver como colunista, precisava tomar o máximo cuidado com tudo que dizia sobre as mulheres casadas e, acima de tudo, prestar atenção no seu estilo?"

"O estilo? Uma resposta breve, por favor."

"Para você, o estilo é a vida. O estilo, para você, é a voz. É sua maneira de pensar. Sua verdadeira personalidade, que se manifesta pelo estilo — e não é apenas uma, mas duas, três até — "

"E quem são elas?"

"A primeira voz é a que você chama de 'meu eu simples', a voz que usa com qualquer pessoa, sentado à mesa ao final de um jantar em família, dando baforadas num cigarro e trocando gracejos entre nuvens de fumaça: é a ele que você deve tantos pormenores sobre a vida cotidiana. A segunda pertence ao homem que você gostaria de ser, a máscara que toma de empréstimo às pessoas que mais admira: as pessoas que jamais encontram a paz neste mundo e vivem num universo à parte, à luz difusa da sua magia. Você escreveu — e eu li, com lágrimas a me correr pelas faces — que, se não fosse o hábito de conversar aos sussurros com esse 'herói', que no início você apenas imitava mas em quem mais tarde desejaria se transformar, que se ele não o estimulasse, não o atiçasse, não o aplacasse com os enigmas, os jogos de palavras, as repreensões que está sempre soprando em seu ouvido, com a obstinação dos velhos senis que repetem sem parar os refrões de que não conseguem se livrar, você seria incapaz de suportar a vida cotidiana, como tantos outros infelizes da terra, recolhendo-se a algum canto obscuro para esperar a morte. Assim, para resumir, posso dizer, como você já declarou, que os dois primeiros são, respectivamente, seu 'estilo objetivo' e seu 'estilo subjetivo'. Mas é a terceira voz, a que você qualifica de 'personalidade sombria', ou de 'estilo sombrio', que nos transporta — tanto a você quanto aos leitores, e a mim também, claro — para um universo que as duas primeiras não têm como atingir. Conheço melhor que você as crônicas que escreveu nas noites em que sua infelicidade era tamanha que máscaras e imitações não bastavam para atenuá-la — mas o que terá feito na vida, meu irmão, só você pode dizer! Como você pode ver, nós vamos nos descobrir, e havemos de nos entender perfeitamente; sairemos juntos pela noite disfarçados, você e eu. Dê-me o seu endereço."

"Endereço?"

"Você disse que as cidades se constituem a partir dos endereços, os endereços a partir das letras, e as letras a partir dos rostos. Na segunda-feira 12 de outubro de 1963 — e de todas as crônicas que você escreveu sobre Istambul ao longo dos anos essa é uma das minhas nove favoritas —, você falou de Kurtuluş, o velho bairro armênio antes conhecido como Tatavla, uma das suas áreas prediletas de Istambul. Li essa sua crônica com grande prazer."

"E a leitura?"

"Uma vez — em fevereiro de 1962, se quer saber a data, e tenho certeza de que não terá dificuldade em se lembrar daqueles dias febris em que você tomava parte na preparação do golpe militar que poderia ter resgatado este país da miséria — numa noite de inverno, numa das ruas mais escuras de Beyoğlu, você passava na porta de um desses cabarés baratos em que dançarinas do ventre e mágicos se alternam no palco quando, de repente, viu um enorme espelho de moldura dourada que, aparentemente, era transportado para outro cabaré do mesmo tipo, embora ninguém saiba dizer por quê; e então, enquanto você ficava ali parado, olhando boquiaberto — e talvez a causa tenha sido o frio —, o espelho se estilhaçou em mil pedaços, fazendo você perceber que não é por acaso que, em turco, a palavra que descreve o processo que transforma um vidro em espelho é a mesma que designa 'segredo'. E então, depois de descrever em sua crônica esse inspirado lampejo de intuição, você dizia: 'Ler é olhar num espelho; os que conhecem o *segredo* por trás do espelho são capazes de transitar para o outro lado; mas aqueles que ignoram o segredo das letras só irão descobrir nesse mundo o desbotamento, a banalidade dos seus próprios rostos'."

"E qual é esse segredo?"

"O segredo, além de você, eu sou o único que conhece. E você sabe muito bem que não é o tipo de coisa que se possa conversar pelo telefone. Dê-me o seu endereço."

"Qual é o segredo?"

"Será que você não entende que o leitor, para descobrir esse segredo, precisa dedicar a vida inteira a você? Pois foi o que eu fiz; eu lhe dediquei toda a minha vida. Para descobrir esse segredo, passei anos sentado em bibliotecas públicas sem aquecimento, tremendo de frio mesmo sem tirar o sobretudo, o gorro e as luvas de lã, lendo tudo que, a meu ver, você pudesse ter escrito antes de começar a assinar os textos com seu nome verdadeiro: os folhetins que assinava com pseudônimo, os enigmas e quebra-cabeças, os perfis, as reportagens políticas, as viagens sentimentais. Por mais de trinta anos, você escreveu regularmente uma média de oito páginas por dia — o que dá um total de umas cem mil páginas, o equivalente a trezentos livros com trezentas e trinta e três páginas cada um. Só por isso, este país devia erguer-lhe um monumento!"

"E um outro à sua memória, por ter lido tudo isso", retrucou Galip. "E monumentos?"

"Durante uma das minhas viagens à Anatólia, numa cidade cujo nome esqueci, eu estava na praça central, esperando chegar a hora da partida do meu ônibus, quando um jovem da cidade sentou-se ao meu lado, querendo conversa. Primeiro falamos sobre a estátua de Atatürk, que apontava com o dedo para a estação rodoviária como a indicar que só havia uma coisa a fazer naquele lugar sinistro: ir embora imediatamente. Em seguida, mencionei de passagem uma crônica sua em que você dizia haver mais de dez mil estátuas de Atatürk distribuídas por todo o país. E dizia ainda que, numa noite de apocalipse, uma noite em que raios e trovões iriam rasgar o céu negro e a terra tremeria debaixo dos nossos pés, todas essas estátuas horríveis voltariam à vida. Qualquer que fosse sua postura, qualquer que fosse a indumentária — exibissem elas roupas européias salpicadas de titica de pombo ou um uniforme de marechal com todas as condecorações, usassem cartola e uma capa nos ombros ou cavalgassem garanhões indóceis que empinavam exibindo seus alentados órgãos masculinos —, essas estátuas, dizia você, começariam a se agitar em seus pedestais. E como era linda sua descrição desses pedestais cercados de inúmeros buquês e coroas de flores ressecadas, em torno dos quais, depois de tantos anos, giravam velhos ônibus empoeirados, charretes puxadas a cavalo e as moscas, e ao pé dos quais se alinhavam para cantar o hino nacional os soldados envergando uniformes que fediam a suor e as alunas do liceu de moças, cujos uniformes cheiravam a naftalina. As estátuas entrariam em movimento e desapareceriam nas trevas da noite. E aquele jovem entusiasmado e sensível sentado junto a mim tinha lido exatamente a mesma crônica, onde você descrevia o terror dos nossos infelizes concidadãos ao ouvir nas ruas o estrondo das botas de bronze e dos cascos de mármore no calçamento naquela noite de fim de mundo, tremendo por trás das janelas espatifadas e encolhendo-se ante o clamor do apocalipse enquanto a terra tremia e o céu se dividia em dois. O jovem ficara tão impressionado com essa crônica que escreveu imediatamente para você, pedindo que lhe dissesse qual era a data exata em que todos esses prodígios iriam ocorrer. A julgar pelo que ele me contou, você teria respondido com uma carta breve em que lhe pedia uma foto de identidade. Depois de receber essa foto, você teria tornado a escrever para revelar-lhe um 'segredo' que, pelo que dizia, podia 'revelar os sinais' da chegada próxima daquele dia. Mas é claro que não contou o 'segredo dos segredos' a esse jovem. E naquela praça com os gramados pelados e seu laguinho seco, aquele jovem, decepcionado por seus muitos anos de espera, decidiu me contar o tal segredo — que aliás devia ter continuado a guardar. Além do sentido oculto de certas letras, você teria lhe contado que ele devia esperar por uma certa frase nas suas crônicas; no dia em que ele a encontrasse, devia entendê-la como o sinal. No momento em que se deparasse com essa frase, nosso jovem teria decifrado o sentido oculto da crônica, e devia passar imediatamente à ação."

"E qual era a frase?"

"'Minha vida inteira está cheia de memórias infelizes dessa ordem.' Era essa, a frase. Não sei dizer se isso era uma invenção dele ou se você lhe mandou mesmo a tal carta. Mas como por acaso, enquanto você hoje vive se queixando do quanto sua memória está falhando ou se perdendo por completo, eu li exatamente essa frase, entre muitas outras, numa das suas crônicas antigas que o jornal republicou nos últimos dias. Se você me der seu endereço, eu posso ir imediatamente até aí e lhe explicar o que tudo isso significa."

"E as outras frases?"

"Dê o seu endereço! Dê o seu endereço! Você não pode me enganar, não se interessa nem um pouco pelas outras frases ou por qualquer outra história que eu possa lhe contar. Você perdeu toda a esperança no país, e hoje não se importa mais com nada. Nessa ratoeira em que está escondido, detestando o mundo inteiro e detestando mais ainda sua solidão, você está a ponto de perder o norte, de tanto viver a sós, sem amigos e sem companheiros. Dê o seu endereço, e eu lhe direi em quais sebos poderá encontrar os alunos dos colégios religiosos trocando fotografias suas com dedicatória — e em quais poderá encontrar lutadores e árbitros de luta com gosto por meninos. Dê o seu endereço, e eu lhe mostrarei gravuras de dezoito sultões otomanos que se divertiam encontrando, em lugares secretos de toda Istambul, mulheres fáceis que na verdade eram esposas do seu próprio harém disfarçadas de putas ocidentais. Você sabia que, nos salões de costura e nos bordéis mais procurados de Paris, essa mania que nos leva a nos cobrir da cabeça aos pés com muitas roupas coloridas e jóias extravagantes é conhecida como '*le fantasme turc*'? Numa dessas gravuras que mostram o sultão Mehmet II copulando incógnito numa rua escura de Istambul, nu mas de botas, sabia que essas botas são as mesmas que Napoleão usou durante sua campanha do Egito? Ou que a favorita entre as suas mulheres, Bezm-I Alem, a futura rainha-mãe — que teve um navio otomano batizado com seu nome e mais tarde seria avó do príncipe herdeiro cuja história você tanto aprecia —, quem também aparece na mesma gravura, com o ar mais impudente do mundo e trazendo no pescoço uma cruz cravejada de rubis e diamantes?"

"E sobre as cruzes?", perguntou Galip, quase com alegria na voz. Pela primeira vez desde que sua mulher o abandonara — ou seja, pela primeira vez em seis dias e quatro horas — ele tornava a encontrar algum prazer na vida.

"Enquanto forma, a cruz é o antônimo, a negação e o inverso do crescente — ou pelo menos foi o que você disse numa crônica do dia 18 de janeiro de 1958, em que argumentava recorrendo à geometria egípcia arcaica, à álgebra árabe e ao neoplatonismo assírio-caldeu. E não foi certamente por acaso, a meu ver, que no mesmo dia — pouco abaixo da sua coluna, na verdade — saía uma notícia sobre o casamento de Edwarg G. Robinson — o sujeito durão dos palcos e das telas, sempre mascando um charuto, de quem eu gostava muito — com a desenhista de modas nova-iorquina Jane Adler; a fotografia do casamento, se você bem se lembra, mostrava os recém-casados à sombra de um crucifixo. Dê-me o seu endereço. Uma semana apenas mais tarde, você escreveu que, devido ao nosso empenho em incutir nas crianças o medo da cruz e a exaltação do crescente, nossos jovens ficavam inibidos e não eram mais capazes de decifrar os rostos encantados dos astros e estrelas de Hollywood, o que lhes incutia uma incerteza sexual que os levava a confundir com as mães ou tias todas as mulheres de rosto redondo e lunar; e então, para demonstrar a pertinência da sua idéia, você afirmava que controles realizados nos dormitórios de todos os internatos do Estado para alunos pobres revelaram que, na noite seguinte às aulas de história em que o tema eram as Cruzadas, centenas dos meninos tinham molhado suas camas. Mas isso são apenas detalhes soltos. Se você me der o seu endereço, eu posso lhe levar muitas histórias sobre cruzes, informações inéditas que recolhi nos jornais do interior durante os longos dias que passei nas bibliotecas locais, à procura de tudo que você tinha escrito. Posso lhe falar do condenado que voltou do reino da morte depois que a corda da sua forca se rompeu e descreveu as cruzes que viu em sua breve descida aos Infernos: foi no *Correio de Erciyas*, em Kayseri, em 1962. E a manchete, se bem me lembro, era CONDENADO ESCAPA AO CADAFALSO QUANDO CORDA DA FORCA SE PARTE. E tenho aqui mais uma, do *Konya Verde*, de 1951: '*No dia de hoje, nosso edi.or-chefe reme.eu uma car.a ao presiden.e da República, argumen.ando que seria mais pa.rió.ico e mais de acordo com a cul.ura nacional .urca banirmos do nosso alfabe.o a le.ra que .em uma eviden.e forma de cruz, subs.i.uindo-a por um pon.o (.)*'. Se você me der o seu endereço, posso lhe trazer muito mais...

Não estou dizendo que essas coisas possam lhe servir como material; sei o quanto você despreza os outros cronistas que tratam a vida como material a utilizar. Mas deixe eu lhe levar esses recortes que guardo aqui nas suas caixas, bem na minha frente; podemos ler tudo juntos, rir juntos, chorar juntos! Vamos, me dê o seu endereço e eu lhe levarei uma série de artigos recortados de um jornal de İskenderun sobre a última cura local para a gagueira; quando os gagos procuram as prostitutas e falam com elas sobre o ódio que sentem pelo pai, eles se curam! Me dê o seu endereço, e eu lhe levo a história do garçom que é analfabeto e nem sabe falar turco direito, que sabe fazer previsões sobre o amor e a morte e, sem ter aprendido uma palavra de persa, recita poemas inéditos de Omar Khayyam, porque os dois têm 'almas gêmeas'. Me dê o seu endereço, que eu levo os sonhos do tipógrafo de Bayburt, jornalista nas horas vagas, que, ao ver sua memória começando a falhar, publicou na última página do jornal — de que era dono — uma série de artigos em que contava tudo de que ainda se lembrava, toda a história da sua vida, o que continuou a fazer até a noite em que morreu. Entre as folhas mortas, as rosas murchas e os frutos secos do vasto jardim que ele descreve em seu último sonho, tenho certeza de que você irá encontrar sua própria história junto a um poço vazio, ó meu irmão. Sei também que, para retardar o ressecamento da memória, você toma um remédio para afinar o sangue e passa várias horas por dia deitado com os pés apoiados na parede para forçar o sangue a voltar para o cérebro, e que, enquanto isso, vai pescando uma a uma suas memórias nesse poço ingrato e abandonado. 'Em 16 de março de 1957', diz você em voz alta — e a essa altura seu rosto estará da cor de uma beterraba, depois de tanto tempo pendendo da beira do assento do sofá, ou da cama, ou de onde quer que você esteja instalado. 'No dia 16 de março de 1957', torna a dizer, forçando-se a recordar, 'fui ao restaurante ao lado da prefeitura com todos os meus colegas do jornal, e enquanto eu comia avidamente meu almoço falei com eles sobre as máscaras que o ciúme acaba colando em nosso rosto!' Em seguida, você força um pouco mais a memória. E diz, 'Claro, claro. Em maio de 1962, quando acordei depois de horas de uma longa e incrível sessão de amor feroz numa casa de uma rua transversal de Kurtuluş, eu disse à mulher nua deitada ao meu lado que as pintas enormes que ela exibia no corpo nu me lembravam minha madrasta!'. Mas então, um minuto depois, você é tomado por uma dúvida que mais tarde irá descrever como 'implacável'. Terá mesmo dito essas palavras àquela mulher? Ou àquela outra, a mulher de pele de marfim na casa de pedra com as janelas que não fechavam direito e, assim, nunca deixavam totalmente de fora o tumulto interminável da feira de Beşiktaş? Ou terá sido para a mulher de olhos enevoados, aquela que o amava a ponto de correr o risco de voltar tarde para casa, onde era esperada pelo marido e os filhos; aquela que saíra da garçonnière cujas janelas davam para as árvores do parque de Cihangir para ir até Beyoğlu e comprar o isqueiro que você insistia em desejar com uma teimosia de criança mimada, por um motivo de que logo se esqueceu, como mais tarde escreveria numa crônica? Dê o seu endereço, e eu lhe levarei o remédio mais recente inventado na Europa — o Mnemonix. Num piscar de olhos, ele abre caminho em meio a toda a nicotina e às memórias amargas que estreitam nossos vasos cerebrais, e leva a pessoa direto de volta aos mais belos dias do seu paraíso perdido. Basta acrescentar vinte gotas desse líquido cor de lavanda ao seu chá matinal — e não dez, como diz a bula — para que, num instante, lembranças que você julgava perdidas para sempre voltem de roldão à sua mente — lembranças que você tinha esquecido que esquecera. É como voltar à infância e encontrar atrás de um armarinho que desencostamos da parede todos os lápis de cor, pentes e bolas de gude que esquecêramos ter perdido. Se você me der o seu endereço, finalmente conseguirá se lembrar do artigo que escreveu dizendo que cada um de nós traz um mapa no rosto, um mapa que fervilha de indicações sobre todos os pontos importantes da cidade onde vivemos, e vai se lembrar ainda do motivo por que resolveu escrevê-lo. Se me der o seu endereço, vai se lembrar por que escreveu a crônica em que se sentiu compelido a repetir o conto de Rumi sobre a competição entre dois pintores famosos. Se me der o seu endereço, vai se lembrar do motivo pelo qual escreveu aquela crônica obscura para explicar por que era impossível ficar irremediavelmente só, porque mesmo em nossos momentos de maior solidão temos a companhia das mulheres com que sonhamos acordados; e não só isso, as mulheres das nossas fantasias conseguem de algum modo ler nossos pensamentos, de maneira que sempre dão um jeito de estar à nossa espera, nos procuram, e às vezes até nos encontram. Se você me der o seu endereço, vou lembrar-lhe todas as coisas de que se esqueceu, pois o Céu e o Inferno que você viveu e sonhou se esvanecem aos poucos do seu espírito, ó meu irmão. Se você me der o seu endereço, eu posso salvá-lo antes que toda a sua memória seja tragada pelo poço sem fundo do esquecimento. Sei de tudo a seu respeito. Li tudo que você já escreveu. Ninguém mais poderá ajudar você a recriar o reino de onde brotam seus textos mágicos que se espalham por todo o país, de dia pairando nos ares como águias sequiosas de sangue, e de noite como fantasmas ardilosos. Depois que eu estiver ao seu lado, você também voltará a produzir crônicas capazes de inflamar os corações dos jovens que desperdiçam a vida em isolados cafés da Anatólia, crônicas que trarão lágrimas aos olhos das professorinhas confinadas a seus rincões mais distantes, e dos seus jovens alunos também, crônicas capazes de devolver alegria mesmo às vidas das mães que passam os dias sentadas nas ruelas das cidades pequenas do interior, folheando revistas de fotonovelas enquanto esperam pela morte. Me dê o seu endereço. Vamos conversar até de manhã, e você há de recuperar não só as lembranças perdidas do seu passado como também seu amor por este nosso país e seus habitantes. Pense nas almas sem esperança que lhe escrevem das aldeias ao pé das montanhas nevadas, onde o correio só passa uma vez a cada quinze dias; pense nas almas perturbadas que lhe escrevem para pedir conselhos antes de romper seus noivados, partir em peregrinação para Meca ou decidir em quem vão votar. Pense nos escolares infelizes que sentam na última fila da aula de geografia para poderem ler seus artigos, e nos escriturários sofredores que lêem furtivamente sua crônica enquanto esperam pela aposentadoria no canto escuro para onde alguém mais importante deslocou suas mesas, e nas hordas dos desafortunados que, sem você, não teriam outro assunto além dos programas que ouviram no rádio nas suas visitas noturnas ao café. Pense em todas as pessoas que lêem suas crônicas nos pontos de ônibus sem abrigo, nas salas de espera de cinemas melancólicos e imundos, ou ainda em isoladas estações de trem por todo o país. Todos — cada um deles! — esperam que você opere um milagre. E você precisa lhes proporcionar os prodígios que esperam; não tem outra escolha. Me dê o seu endereço. Será muito melhor se pudermos trabalhar juntos. Você precisa escrever para eles, dizer que o dia da redenção está próximo, que seus dias de espera na fila da fonte do bairro para encher de água suas garrafas de plástico logo irão se acabar, dizer que as alunas do liceu que fogem de casa podem de fato não acabar nos bordéis de Galata, transformando-se realmente em estrelas de cinema, dizer que — de um dia para o outro, por milagre — todos os bilhetes da loteria nacional serão premiados, e que os maridos que chegam bêbados em casa tarde da noite não espancarão mais as mulheres, que todos os trens de subúrbio puxarão vagões adicionais e que bandas irão tocar nas praças de todas as cidades do país, como fazem na Europa. Diga que um dia todo mundo será um herói famoso; um dia todos poderão dormir com a mulher que quiserem, inclusive suas mães, e depois, como que por mágica, voltar a olhar para essas mulheres como se fossem irmãs virgens. Fale a eles dos documentos secretos que irão pôr a nu o mistério histórico que nos condenou a todos esses séculos de sofrimento; dê-lhes a chave, diga que o mistério está decifrado! Conte que já existe uma rede espalhada por toda a Anatólia, um movimento popular de verdadeiros crentes pronto a entrar em ação de um momento para o outro; diga que sabemos os nomes de todos os veados, padres, banqueiros e putas que organizaram a conspiração internacional que nos lançou na mais negra pobreza — e também os nomes dos seus colaboradores locais. Mostre a eles quem são seus inimigos, para que possam consolar-se com o conhecimento de quem é culpado pela sorte desesperada que lhes coube; faça-os compreender o que precisam fazer para se verem livres desses inimigos, para que, mesmo enquanto tremem de dor e raiva, já possam imaginar o dia em que atingirão a verdadeira grandeza; invoque seus inimigos mais odiosos e descreva seus atos malignos com tamanha nitidez que eles possam finalmente encontrar a paz de espírito que só ocorre a quem atribui a outros seus próprios pecados. Ó meu irmão, sei que você maneja uma pena poderosa, uma pena capaz de tornar reais todos esses sonhos — e fábulas muito mais implausíveis ainda do que eles —, além de milagres que os outros consideram impossíveis. Com suas belas palavras, e com as memórias espantosas que logo estará tirando do poço sem fundo que é sua mente, você poderá dar vida a esses sonhos. Se nosso farmacêutico de Kars conseguiu, por anos a fio, conhecer todos os detalhes das ruas em que você passou sua infância, é porque adivinhava os sonhos escondidos entre suas linhas; devolva os sonhos dele! Houve um tempo em que suas crônicas despertavam calafrios na espinha dos deserdados de toda a Anatólia, trazendo-lhes arrepios e perturbando-lhes a memória ao fazê-los acreditar nos dias felizes que os esperavam, como se esses artigos falassem dos dias de férias da sua infância, com seus balanços e carrosséis. Se você me der seu endereço, poderá voltar a escrever assim. Neste nosso país maldito, que outro caminho resta às pessoas como você, além de escrever? Eu sei que você escreve porque não sabe fazer mais nada, por pura impotência. Ah, se você soubesse quantas vezes imaginei, ao longo dos anos, esses seus acessos de desamparo! Você se comove ao ver as fotos dos generais e as naturezas-mortas presas às paredes das mercearias, assim como é tomado de tristeza quando, nos cafés mais pobres das ruas secundárias, depara-se com seus irmãos de olhos duros e tristes jogando baralho com cartas amolecidas pelo calor e pela umidade. E eu, sempre que vejo ao raiar do dia uma mãe entrando com seu filho na fila das lojas do governo que vendem carne e peixe a preço reduzido, sempre que vejo, nas tarde de domingo, os pais de família sentados com a mulher e os filhos nas praças enlameadas e sem árvores, fumando seus cigarros para esperar o fim dessas horas intermináveis de tédio vespertino, eu me pergunto o que você diria sobre eles. E me digo que, com toda a certeza, caso você tivesse visto essas cenas, se instalaria assim que chegasse em casa, ao cair da noite, no seu quarto e, sentando-se à sua mesa de trabalho que é tão surrada e velha como nosso país esquecido, iria escrever as histórias dessas pessoas em folhas do seu papel branco de má qualidade, que absorve parte da tinta. Eu me dava ao prazer de imaginá-lo, a cabeça debruçada sobre o papel até bem depois da meia-noite, quando você se levanta da sua mesa triste e desesperado para arrastar os pés até a geladeira, abrir a porta e examinar o que contém com um olhar distraído, sem nada pegar, como contou numa de suas crônicas; e depois vejo você vagando pelo apartamento, ou andando em círculos em volta da sua mesa. Ó meu irmão, você estava tão triste, você estava tão só, e sofria tanto! E como eu o amei! Por todos esses anos, só fazia pensar em você enquanto lia suas crônicas. Me dê seu endereço, eu imploro — ou pelo menos me diga alguma coisa. Vou lhe contar o que vi na barca de Yalova: letras que lembravam grandes aranhas mortas coladas ao rosto de cadetes da Escola Militar, e como esses belos e robustos rapazes entraram em verdadeiro pânico quando se viram a sós comigo no banheiro imundo dessa mesma barca. Vou lhe falar do vendedor cego de bilhetes de loteria que carrega por toda parte a resposta que você mandou a uma carta dele e que, toda noite, depois de tomar o primeiro copo de *rakı*, pede que os presentes à taverna leiam a carta em voz alta para ele; e, toda vez, interrompe de tempos em tempos quem está lendo para apontar com orgulho o segredo que você revelou a ele nas entrelinhas; ele obriga o filho a ler o *Milliyet* toda manhã na esperança de encontrar a frase que completaria suas revelações. O carimbo do correio na resposta que você lhe enviou era da agência postal de Teşvikiye... Alô — ainda está escutando? Responda, diga que está aí; é só o que eu lhe peço. Deus do céu! Estou ouvindo sua respiração, estou ouvindo seu alento. Escute. As frases que vou dizer agora, eu preparei de antemão com todo o cuidado, e por isso escute com toda atenção. Quando você explicou numa crônica por que as chaminés das velhas barcaças do Bósforo, que emitem melancólicos jatos de fumaça negra, lhe parecem tão frágeis e elegantes, eu entendi perfeitamente o que queria dizer. E entendi perfeitamente quando você nos contou por que a atmosfera dos casamentos de província, em que as mulheres dançam com mulheres e os homens com homens, lhe parecia irrespirável. No dia em que você revelou a angústia que sente quando caminha pelos bairros populares, pelas ruas de antigas casas de madeira que aos poucos vão desabando, cercadas pelos cemitérios, e quando explicou por que voltava dessas incursões com lágrimas nos olhos, eu entendi perfeitamente. Quando você falou dos velhos cinemas onde os meninos ainda instalam bancas na porta para revender seus números antigos de *Texas* e *Tom Mix*, e onde exibem filmes 'históricos' sobre o Império Romano ou aventuras em que o herói é Hércules ou Sansão, entendi perfeitamente quando disse que, no momento em que a estrelinha de pernas compridas e olhos tristes que faz o papel de escrava atravessa a tela com um andar provocante, todos os homens da platéia eletrizada se calam e sentem uma súbita vontade de morrer. O que você me diz? Está me entendendo? Responda, desgraçado! Pelo menos uma vez na vida, todo escritor devia ter a oportunidade de encontrar o leitor perfeito — e esse leitor 'inexistente' sou eu! Se você me der seu endereço, eu levo as fotografias das suas maiores admiradoras entre as alunas do liceu feminino: são exatamente cento e vinte e sete. Algumas delas trazem endereços no verso, outras vêm com lindas palavras copiadas do que elas escrevem a seu respeito nos diários. Trinta e três delas usam óculos, onze usam aparelho nos dentes, seis têm longos pescoços de cisne, e vinte e quatro usam rabo-de-cavalo, como você gosta tanto, eu sei. Todas são loucas por você; quase desmaiam quando ouvem seu nome. Juro que é verdade. Se você me der seu endereço, eu levo a lista de todas as mulheres que ficaram sinceramente convencidas de que era delas que você falava, e só delas, numa das suas crônicas dos anos 60 em que dizia: 'Vocês ouviram o rádio ontem? Enquanto eu escutava A *hora dos apaixonados*, só pensava numa coisa'. Sabia que você tem tantos admiradores na alta sociedade quanto nos bairros de classe média e nas cidades do interior? Que é desejado tanto pelas mulheres de funcionários públicos ou de militares do interior quanto por mocinhas estudantes impressionáveis e excitadas? Se você me der seu endereço, eu lhe mostro minhas fotografias de mulheres que saem às ruas quase disfarçadas — mas não só à noite, e nem só para ir a bailes 'mundanos'. São mulheres que nunca deixam de usar verdadeiros disfarces, de que precisam inclusive para enfrentar os dias normais. Você escreveu certa vez que na Turquia não existe 'vida privada' e que, embora a expressão apareça nos romances traduzidos e nas 'notícias' que nossos semanários copiam das revistas estrangeiras, não somos propriamente capazes de *conceber* essa idéia de uma vida particular. Mas quando eu lhe mostrar as fotos de certas mulheres com botas de salto muito alto e o rosto coberto por máscaras demoníacas, pode ser que você mude de idéia... E então, ande logo, me dê o seu endereço: posso levar imediatamente minhas fotos de rostos incríveis, que venho colecionando há vinte anos: como os amantes enciumados que atiraram vitríolo no rosto um do outro — a foto foi tirada logo depois do acontecido. E tenho ainda fotos de fundamentalistas e fanáticos, com ou sem barba, todos surpreendidos em flagrante no meio de um ritual secreto, com letras árabes pintadas no rosto; tenho fotos de rebeldes curdos queimados pelo napalm, que obliterou todas as letras dos seus rostos; tenho fotografias de estupradores linchados em cidades do interior, e nem lhe falo do que tive de pagar de suborno para obter acesso a esses arquivos oficiais: no momento em que o pescoço é quebrado pela corda da forca, eles não põem a língua para fora, ao contrário do que vemos nas caricaturas. Em compensação, as letras em seus rostos ficam mais legíveis. E por isso hoje eu sei que desejo secreto levou você a admitir, numa das suas crônicas antigas, que preferia as execuções tradicionais e os carrascos antigos. Tanto quanto sei que adora enigmas, códigos secretos, quebra-cabeças, jogos de palavras e criptogramas, sei também que disfarces utiliza para andar incógnito depois da meia-noite no meio das pessoas simples que nós somos, com a intenção de recriar uma atmosfera de mistério que perdemos há tanto tempo. Sei das peças que você e sua meia-irmã pregam no seu sobrinho advogado, com quem ela é casada, quando passam as noites acordados zombando de tudo e todos à sua volta, e sei que ela se diverte muito com suas histórias. Sei também que falava a verdade quando disse, em resposta às cartas das leitoras irritadas com as crônicas em que debochava dos advogados, que não estava pensando na categoria como um todo, e que os maridos delas certamente não se incluíam entre os atingidos. Me dê logo o seu endereço! Posso lhe dizer o significado exato de todos os cães e cavalos, todas as feiticeiras e cabeças cortadas que assombram seus sonhos. E posso lhe enumerar todas as histórias de amor que lhe foram inspiradas pelas imagens e objetos que os choferes de táxi costumam colar nos painéis ou pendurar nos retrovisores dos seus carros: mulheres nuas, jogadores de futebol, pistolas, bandeiras, caveiras, flores... Conheço também boa parte das 'frases em código' que você manda para os seus pobres admiradores só para livrar-se deles, e sei também que traz sempre ao alcance da mão os cadernos onde anotou essas frases, bem como as indumentárias pseudo-históricas que volta e meia utiliza como disfarce..."

Muito mais tarde, depois de desligar discretamente o telefone da parede e examinar todos os cadernos, armários, anotações e velhas roupas de Celâl, com os gestos de um sonâmbulo que procura suas memórias, Galip deitou-se na cama de Celâl, usando o pijama dele, e deixou-se mergulhar suavemente no abismo de um sono profundo, embalado pelos ruídos noturnos da praça de Nişantaşı, enquanto entendia mais uma vez que o melhor do sono era a possibilidade de esquecer-se da lacuna desesperadora que existe entre a pessoa que você é e a pessoa que deseja ser. No sono, a vida se coagula num único nevoeiro agitado, onde se confunde tudo que você ouviu e não ouviu, tudo que você viu e nunca viu, tudo que você sabe e tudo que ficará para sempre no escuro da sua ignorância.

31. Em que a história atravessa o espelho

Enquanto se abraçavam, a imagem e seu reflexo penetraram no espelho.

Xeque Galip

Vi num sonho que eu me transformava na pessoa que sempre tinha querido ser. Bem no meio do caminho da vida, vagando em meio à lamacenta selva escura de concreto que é nossa cidade, por ruas sombrias que fervilham de rostos ainda mais sombrios: meu sonho, minha Rüya. Esgotado pelo sofrimento, eu adormecia e dava com você. Em meu sonho, na história que meu sonho me trazia, eu sabia que você ainda poderia me amar, mesmo que eu não conseguisse me transformar num outro; compreendia também que eu precisava me aceitar exatamente como eu era, com a mesma resignação que sinto ao contemplar minha foto de identidade; sabia que era uma estupidez me entregar a tamanhas provações para me transformar num outro, num sonho ou numa história. À medida que avançávamos pelas ruas escuras, as casas horríveis debruçavam-se sobre nós com ar de ameaça, mas em seguida davam a impressão de nos abrir caminho; quanto mais caminhávamos, mais as ruas, calçadas e lojas pareciam recuperar um sentido.

Quantos anos faz que nós dois, você e eu, descobrimos pela primeira vez a brincadeira mágica que repetimos tanta vezes na vida? Foi nas vésperas de um feriado religioso, num dia em que nossas mães nos levaram até a seção infantil de uma loja de departamentos (eram os tempos belos e felizes em que as roupas ainda não tinham se separado, para nós, em "femininas" e "masculinas") — e foi lá, num dos cantos esquecidos daquela loja aborrecidíssima (mais tediosa ainda que a mais chata das aulas de religião), que nos vimos subitamente entre dois espelhos altos. Ficamos ali aturdidos, vendo nossos reflexos que se multiplicavam e reduziam de tamanho até desaparecerem no infinito.

Dois anos mais tarde, depois de termos rido muito de algumas crianças conhecidas que tinham mandado suas fotos para a revista *A Semana da Criança* na esperança de aparecerem na página do "Clube dos amigos dos animais", paramos de rir e começamos a ler no maior silêncio a seção dos "Grandes inventores". Depois que acabávamos de lê-la, reparamos subitamente na capa: trazia a figura de uma menina ruiva lendo a mesma revista ilustrada que tínhamos nas mãos. Examinando com mais vagar a revista que ela segurava, observamos que as imagens se multiplicavam e se encaixavam umas nas outras: a menina ruiva que lia *A Semana da Criança* na capa da revista que ela segurava era a mesma que lia a mesma revista na capa da revista que segurávamos nas mãos, e que também era a mesma, numa escala sempre menor, que aparecia na capa da revista que a outra lia, revista que também era sempre a mesma, e assim sucessivamente.

Assim como — ao longo dos anos em que fomos crescendo e nos afastando um do outro — a mesma coisa aparecia no rótulo dos potes de uma pasta de azeitona recém-lançada no mercado, e que, como nunca comíamos aquilo em nossa casa, eu só via na mesa do café-da-manhã de domingo na casa de vocês. "Ooooh! Quer dizer que agora vocês comem caviar?" "Não, é pasta de azeitonas Ender!" Era assim o anúncio do rádio, e o rótulo do pote mostrava uma família feliz e exemplar reunida em volta da mesa: o pai perfeito, a mãe satisfeita e duas crianças radiantes, um menino e uma menina. Quando eu mostrei a você que, naquela mesa do rótulo, havia um pote igual de pasta de azeitona, e que a família feliz e o pote se repetiam de imagem em imagem, a ponto de se tornarem invisíveis a olho nu, já conhecíamos o início da história que lhe conto agora — mas ainda não sabíamos como acabava.

Era uma vez dois primos, um menino e uma menina. Cresceram morando no mesmo edifício, subindo e descendo as mesmas escadas, devorando os mesmos *lokums*, os mesmos bombons em forma de leão e outras guloseimas turcas. Faziam juntos os deveres de casa, pegavam as mesmas doenças, davam sustos um no outro quando brincavam de esconde-esconde. Tinham a mesma idade. Eram da mesma escola, toda manhã iam caminhando juntos para a aula e ao final da tarde escutavam os mesmos programas de rádio. Gostavam dos mesmos discos e liam os mesmos livros, além da revista *A Semana da Criança*; vasculhavam os mesmos baús e armários, e deles retiravam os mesmos chapéus *fez*, as mesmas colchas de seda, as mesmas botas velhas. Tinham um primo mais velho que contava histórias que ambos adoravam, e um dia, quando ele apareceu de visita, roubaram o livro que tinham visto em suas mãos e começaram a lê-lo.

Num primeiro momento, o menino e a menina acharam ridículos o seu vocabulário arcaico, a sua linguagem pretensiosa e suas estranhas figuras de retórica persas; quando o riso deu lugar ao tédio, largaram o livro num canto, mas então — achando que talvez pudesse haver a ilustração de alguma cena de tortura, ou um corpo nu, ou um submarino — tornaram a pegá-lo e começaram a folhear suas páginas; e em pouco tempo estavam lendo com toda a atenção. Embora fosse um livro muito longo, havia uma história de amor logo no início em que o menino queria estar no lugar do jovem herói. Tão lindas eram as descrições do amor naquele livro que o menino teve vontade de também estar apaixonado. E assim, quando descobriu mais adiante em sua própria conduta as manifestações de uma paixão e de outros sintomas em comum com o herói do livro (impaciência nas refeições, a incapacidade de engolir um copo d'água inteiro, mesmo quando estava sedento, a invenção de pretextos diversos para ir ao encontro da menina), concluiu que se apaixonara por ela no instante mágico em que os dois puseram os olhos ao mesmo tempo no livro aberto à sua frente, sustentado por uma das mãos dele numa das bordas e por uma das mãos dela na outra.

Qual era, afinal, a história do livro que estavam lendo? Era uma história muito, muito antiga, sobre uma moça e um rapaz que nasciam na mesma tribo. Viviam nas fímbrias do deserto, e se chamavam Husn ("Beleza") e Ask ("Amor"); nascidos no mesmo dia, tinham sido alunos do mesmo professor, passeado em volta do mesmo lago de águas cristalinas, e acabaram apaixonados um pelo outro. Quando, anos mais tarde, o jovem Amor pede a mão de Beleza em casamento, os anciãos da tribo estabelecem uma condição. Para casar-se com ela, ele precisava fazer uma jornada até a Cidadela dos Corações e de lá retornar trazendo um certo elixir mágico. O rapaz se põe a caminho, que foi longo e árduo: primeiro cai num poço e é escravizado por uma feiticeira de cara pintada; os milhares de rostos e reflexos que encontra rodopiando no fundo de um segundo poço o reduzem a uma estranha embriaguez e o fazem perder a razão; depois se apaixona pela filha do imperador da China, que era muito parecida com sua bem-amada; consegue escapar dos poços, mas é aprisionado em fortalezas; sai em perseguição dos inimigos e depois é perseguido por eles; atravessa inclementes tormentas de inverno, percorre grandes distâncias, segue pistas e sinais; mergulha no mistério das letras, conta histórias e ouve histórias de outras pessoas. Finalmente, Suhan ("Poesia"), que o vinha seguindo disfarçada o tempo todo, aproxima-se dele e pergunta: "Você é sua bem-amada, e sua bem-amada é você; ainda não entendeu?". E é aí que o jovem se lembra de como tinha se apaixonado pela menina Beleza, na época em que estudavam com o mesmo professor e liam um mesmo livro.

E o livro que eles dois, Beleza e Amor, leram juntos contava a história de um soberano chamado Rei Jubilante e de um belo jovem chamado Eterno, e vocês já devem ter adivinhado — bem antes desse pobre sultão — que, também nessa história, os dois personagens se apaixonam totalmente quando lêem juntos uma terceira história de amor. E os personagens da terceira história se apaixonam lendo juntos uma quarta, onde os dois personagens se apaixonam lendo uma quinta história de amor.

Mas foi só muito mais tarde — muitos anos depois dos espelhos da loja de departamentos, da capa da revista *A Semana da Criança* e do rótulo do pote de pasta de azeitonas, quando você já tinha ido embora de casa e eu já mergulhara nas histórias e em minha própria história — que descobri que os jardins das nossas memórias estavam ligados da mesma maneira. Cada uma dessas histórias de amor levava a uma outra história num encadeamento infinito, em que cada porta desembocava em outra porta que desembocava em outra. E todas aquelas histórias de amor — quer se passassem em Damasco ou nos desertos da Arábia, nas estepes asiáticas ou no Horassan, em Verona, ao pé dos Alpes, ou em Bagdá, às margens do Tigre — eram tristes, todas eram melancólicas, todas eram pungentes. E o mais triste e tocante de tudo é que essas histórias eram muito fáceis de guardar, assim como era fácil para qualquer leitor pôr-se no lugar até do mais triste, puro e desprendido dos seus heróis.

Se um dia alguém — eu, talvez — quiser escrever nossa história, essa história cujo final ainda não consigo antever, não tenho certeza de que os leitores poderão se identificar com um de nós dois tão automaticamente quanto me identifico com os protagonistas de cada uma dessas histórias, ou que nossa história será fácil de guardar em seus espíritos. Mas como percebi que nesses contos há sempre certas passagens que distinguem os apaixonados um do outro, e outras que distinguem suas histórias, escrevi o seguinte em preparação.

Quando saíamos juntos para a casa de alguém e, bem depois da meia-noite, numa sala cuja atmosfera azul estava totalmente impregnada de fumaça de cigarro, ouvíamos alguém a três passos de distância contar uma história longa e eu via aparecer aos poucos em seu rosto a expressão que dizia claramente "não estou mais aqui", eu a amava; quando, ao final de uma semana de preguiça e negligência, você se punha sem convicção à procura de um cinto no meio das suas blusas, dos seus suéteres verdes e de todas as camisolas velhas que não conseguia resolver jogar fora, eu amava o sentimento de derrota que se lia em seu rosto diante da incrível desordem do guarda-roupa cujas portas você abria. Quando, ainda menina, você teve vontade de se tornar pintora e se sentou ao lado do Avô para aprender a desenhar uma árvore e, ao vê-lo debochar do que você fazia, você não se incomodou e riu também, eu a amei; quando você bateu com força a porta do *dolmuş*, prendendo as fraldas da sua capa roxa, ou quando viu a moeda de cinco liras que segurava entre os dedos sair voando da sua mão para descrever um arco perfeito antes de cair na grade do bueiro, amei a surpresa divertida em seu rosto. E eu a amei quando, num luminoso dia de abril, você foi até nossa varanda mínima ver se o lenço que tinha pendurado de manhã já tinha secado, e descobriu que fora enganada pelo sol e ele ainda estava úmido; e a amei também quando, pouco depois, vi você ali parada escutando com ar melancólico o vozerio das crianças que brincavam no terreno baldio atrás do nosso edifício; eu a amava quando a ouvia contar para alguém um filme que tínhamos visto juntos, você e eu, e percebia assustado o quanto suas lembranças e suas memórias divergiam das minhas; eu a amava quando via você refugiar-se em algum canto para ler escondida as pérolas do professor que publica numa revista fartamente ilustrada artigos pomposos perorando contra os casamentos consangüíneos; eu não amava de modo algum o que você lia, mas amava vê-la ler, projetando o lábio superior como as heroínas de Tolstói. Amava a maneira como você lançava um olhar ao seu reflexo no espelho do elevador, como se olhasse para outra pessoa, e então, logo em seguida, sempre enfiava a mão na bolsa como se procurasse alguma coisa cuja falta lhe ocorrera bem depois desse olhar, sabe Deus por quê. Eu amava também a maneira como você calçava muito depressa os sapatos de salto alto que deixava esperando lado a lado por horas a fio, um deitado de lado como um veleiro estreito, o outro curvando a espinha como um gato, e mais tarde, quando você voltava para casa, no momento em que decidia deixá-los enlameados e devolvê-los ao seu repouso assimétrico, eu amava acompanhar os movimentos ágeis primeiro dos seus quadris, depois das suas pernas e dos seus pés, balançando como que por vontade própria; eu a amava quando os pensamentos melancólicos conduziam você sabe-se lá para onde, e você mantinha os olhos fixos no cinzeiro transbordante em que se acumulavam as pontas de cigarro e os palitos de fósforo gastos, com as cabeças negras baixas de resignação; eu a amava quando andávamos lado a lado pelas ruas que conhecíamos de toda a vida, mas que de repente nos revelavam algum canto desconhecido ou uma luz diferente, como se naquela manhã o sol tivesse nascido no oeste, mas não eram as ruas que eu amava, e sim você. Nos dias de inverno em que um vento começava a soprar de repente do sul, derretendo a neve e dispersando as nuvens de poluição que pairavam sobre Istambul, era você que eu amava, e não o monte Uludağ que você apontava trêmula e com a cabeça encolhida entre os ombros, do outro lado das águas, em meio aos minaretes, às antenas e às ilhas do Príncipe; e eu amava o olhar triste e piedoso que você dirigia ao velho pangaré cansado que puxava a carroça do aguadeiro, carregada de grandes cântaros esmaltados; amava a maneira como você não dava atenção às pessoas que diziam que não se deve dar esmolas, porque na verdade os mendigos são muito ricos, e amava também o riso alegre com que, na saída do cinema, você sempre encontrava um atalho que nos levava de volta à rua enquanto todos os demais espectadores ainda demoravam muito tempo a emergir das profundezas, subindo lances e mais lances de escadas labirínticas. Amava o gesto solene com que você arrancava do *Calendário das ciências e das horas* a página que nos deixava um dia mais perto das nossas mortes, e o tom grave e melancólico com que você lia — como se fosse o anúncio dessa nossa morte cada vez mais próxima — o cardápio sugerido para aquele dia: carne com grão-de-bico, *pilaf*, legumes em salmoura e compota mista de frutas; e quando, depois de me explicar novamente com toda a paciência como eu devia abrir o tubo de patê de anchovas Águia — primeiro remover o disco de papelão, depois tornar a atarrachar a tampa —, você nunca deixava de acrescentar "com os melhores votos do fabricante, monsieur Trellidis"; e quando, nas manhãs de inverno, eu percebia que seu rosto estava do mesmo branco pálido que o céu encoberto, eu a amava com uma inquietação surda, assim como quando éramos crianças e eu via você atravessar a rua como uma louca em meio aos carros que desciam a avenida; eu amava o pequeno sorriso que se acendia em seu rosto quando você via o corvo se empoleirar num caixão, no pátio da mesquita; eu a amava quando você narrava as brigas entre seus pais fingindo ser uma locutora de rádio; eu a amava quando segurava suavemente sua cabeça nas mãos, olhava em seus olhos e via com terror a direção que nossa vida estava tomando; eu a amava quando encontrava ao lado do vaso de flores a aliança que você largara ali por algum motivo desconhecido, alguns dias antes; eu a amava quando, depois de um longo abraço que lembrava o vôo lento de imensas aves mitológicas, percebia que você tinha participado da alegria solene desses rituais com todo o seu humor e a sua imaginação; eu a amava quando você me mostrava a estrela perfeita que aparecia no cerne da maçã que você cortara de lado a lado, e não de cima para baixo; eu a amava quando, no meio do dia, encontrava em minha mesa um único fio do seu cabelo e não conseguia explicar de maneira alguma como teria ido parar ali; quando, os dois de pé num ônibus lotado, eu constatava com tristeza o quanto eram parecidas nossas mãos agarradas à barra lado a lado, em meio a tantas outras mãos tão diferentes; eu a amava como se reconhecesse em você meu próprio corpo, como se você fosse minha alma perdida, como se eu enfim compreendesse, tomado pela dor e a alegria, que eu era uma outra pessoa; eu amava a expressão misteriosa que surgia em seu rosto quando você olhava a passagem de um trem que rumava para algum lugar desconhecido, ou ao cair da noite, quando o céu era cortado pelos bandos de corvos que crocitavam enlouquecidos, ou ainda depois do longo corte de luz da noite, quando a penumbra do apartamento e a claridade bruxuleante do exterior se misturavam pouco a pouco, e eu encontrava novamente, com a mesma sensação de ciúme e desespero, a mesma sombra melancólica e enigmática na expressão do seu rosto; e eu a amava.

32. Eu não sou louco, só um leitor fiel

Transformei o teu rosto num espelho.
Süleyman Çelebi

Galip dormiu bem na noite de quarta para quinta-feira — afinal, tinha passado duas noites em claro —, mas quando levantou da cama na manhã de quinta não estava totalmente desperto. Mais tarde, quando tentou reconstituir os acontecimentos e o que tinha pensado nas primeiras horas daquele dia, descobriu que passara o tempo entre o momento em que deixara a cama, às quatro da madrugada, e aquele em que voltou para a se deitar, depois da chamada para as preces das sete, vagando em meio ao que Celâl costumava chamar em suas crônicas de "as maravilhas da terra mágica situada entre o sono e a vigília".

Como costuma ocorrer com as pessoas que, depois de um longo período de insônia e exaustão, caem num sono profundo e despertam no meio da noite, ou com as infelizes criaturas que acordam numa cama desconhecida, num primeiro momento Galip teve alguma dificuldade para reconhecer a cama, o quarto e o apartamento em que tinha despertado; mas em vez de procurar as respostas que o situassem, decidiu permanecer perplexo mesmo.

Assim, quando voltou para a mesa na qual tinha trabalhado até se deitar, não ficou nada surpreso ao ver a caixa de disfarces de Celâl aberta ao lado dela, e foi retirando delas, um atrás do outro, objetos e acessórios que lhe eram familiares: um chapéu-coco, vários altos turbantes de sultão, cáftans, bengalas, botas, camisas manchadas de seda, barbas postiças de várias cores e tamanhos, perucas, relógios de bolso, armações de óculos sem lente, gorros, vários tipos de *fez*, faixas de seda para a cintura, punhais, braceletes de metal, medalhas usadas pelos janízaros, cintos e uma variedade de artigos sortidos que se pode encontrar na loja de Erol Bey, o conhecido fornecedor de figurinos e objetos de cena para todos os filmes históricos produzidos no país. Como num esforço para encontrar uma lembrança enfurnada bem no fundo da mente, tentou imaginar Celâl vagando à noite, naqueles trajes, pelas ruas de Beyoğlu. No entanto, assim como os telhados azulados, as ruas tortas e os seres fantasmagóricos do sonho de que acabara de acordar, essas sessões de disfarce lhe pareceram mais um prodígio da "terra mágica situada entre o sono e a vigília"; as imagens que tentava evocar não lhe pareciam menos misteriosas ou menos reais que as do sonho; eram impossíveis de explicar, embora ao mesmo tempo não desafiassem propriamente a explicação. No seu sonho, ele procurava um endereço num bairro de Damasco, mas também em Istambul e ainda ao pé da fortaleza de Kars; não tinha dificuldade em descobrir o que procurava, e encontrara o que procurava com grande facilidade, como se resolvesse as chaves mais simples do problema de palavras cruzadas da última página do suplemento dominical.

Como ainda estava sob o efeito do sonho, no momento em que olhou para a mesa e viu um caderno cheio de endereços, aquilo lhe pareceu a mais feliz das coincidências: e ficou feliz, pensando que devia ser um sinal deixado ali especialmente por mãos invisíveis e engenhosas, ou o rastro produzido pela passagem de alguma divindade folgazã que, como uma criança, se satisfizesse brincando de esconde-esconde. Tão contente ficou Galip de se encontrar nesse tipo de mundo que não conseguia parar de sorrir enquanto passava os olhos pelos endereços relacionados no caderno e as anotações que os acompanhavam. Só Deus sabia quantos seriam os admiradores e leitores fiéis dos quatro cantos de Istambul, ou de toda a Anatólia, que esquadrinhavam diariamente a crônica de Celâl à espera de algumas daquelas frases; talvez algumas delas já tivessem aparecido. Ainda meio perdido nas brumas do sono e dos sonhos, Galip tentou se lembrar: será que já encontrara aquelas frases nas crônicas do seu primo, será que não tinha lido algumas delas anos antes? Não se lembrava de ter lido nenhuma daquelas frases e fórmulas, mas sabia que já tinha ouvido várias dos lábios do próprio Celâl: "O que torna um prodígio prodigioso é sua banalidade, e o que torna uma banalidade banal é geralmente o que ela tem de prodigioso".

Ele se lembrava de conhecer certas citações, muito embora não se lembrasse de tê-las lido nos textos de Celâl ou ouvido de sua boca. Como era o caso da advertência em verso incluída pelo xeque Galip, duzentos anos antes, na história em que falava sobre os anos de estudo de duas crianças chamadas Beleza e Amor: "O Mistério é soberano — precisamos tratá-lo com respeito".

Havia outras frases que ele tinha certeza de nunca ter lido nos artigos de Celâl nem nos textos de qualquer outra pessoa, e nem ouvido da boca de seu primo, mas ainda assim elas lhe pareciam familiares, como se as tivesse lido muitas vezes, nas crônicas de Celâl ou na obra de algum outro escritor. Como esta frase, por exemplo, que deveria servir de sinal para um certo Fahrettin Dalkıran, residente de Sernecebey, em Beşiktaş: "Nesses dias de liberdade e de apocalipse, onde muitos sonham em dar uma surra no professor e fazê-lo urinar sangue ou ainda, para simplificar as coisas, matar alegremente os próprios pais, esse cavalheiro em especial, que era um homem sensato, imaginou que sua irmã gêmea, que sonhava em reencontrar havia tantos anos, só voltaria a aparecer-lhe na morte, e assim preferiu renunciar ao mundo, e vivia recluso num refúgio que ninguém conhecia, e nunca mais punha o nariz do lado de fora". Quem podia ser aquele "cavalheiro"?

Pouco antes do amanhecer, Galip decidiu, num impulso, tornar a ligar o telefone na parede; em seguida lavou-se, serviu-se de tudo que encontrou na geladeira e — um pouco depois da hora das preces matinais — voltou para a cama. Enquanto deslizava pela terra mágica situada entre o sono e a vigília, entre o devaneio e os sonhos noturnos, voltou de repente a ser um menino, sentado ao lado de Rüya num barco a remo que vogava pelo Bósforo. Não havia mais ninguém no barco, nem mães, nem tias, nem o barqueiro. E Galip ficou um pouco inquieto de se ver ali a sós com Rüya.

O telefone estava tocando quando ele acordou. No tempo de correr até o aparelho, convenceu-se de que só podia ser de novo aquela persistente voz de homem, e não Rüya; e ficou atônito ao ouvir uma voz de mulher.

"Celâl? Celâl — é você?"

A voz não era jovem, e Galip nunca a ouvira antes.

"Sim."

"Querido! Ah, meu amor, onde você tem andado? Onde você tem andado? Faz dias e dias que venho procurando por você em toda parte, procurando em todos os lugares, ai, pobre de mim, em todo canto —"

Sua última sílaba se transformou num soluço e depois em prantos.

"Não estou reconhecendo a sua voz, minha senhora", disse Galip.

"*Minha senhora?*", disse a mulher, imitando seu tom. "Mas como ficou cerimonioso de repente! Está querendo me dizer — a *mim*, que ainda chama de 'minha senhora' — que não está reconhecendo a minha voz?"

Houve um silêncio, e depois ela pôs as cartas na mesa, altaneira mas ao mesmo tempo satisfeita com a idéia de compartilhar um segredo. "É Emine."

O que não despertou nenhum eco no espírito de Galip. "Sim."

"Sim? Tudo que você me diz é sim?"

"Depois de tantos anos...", murmurou Galip.

"Sim, querido, depois de tantos, tantos anos. Pode imaginar como eu me senti quando você finalmente me mandou um sinal em sua crônica? Faz vinte anos que eu espero! Pode imaginar como eu me senti quando li a frase que passei os últimos vinte anos esperando? Eu quis gritar, gritar para o mundo todo. Quase perdi a cabeça, mal consegui me controlar, e chorei. Como você sabe, eles obrigaram Mehmet a pedir reforma depois que ele se meteu naquela história de golpe de Estado. Mas ele ainda sai de casa todo dia de manhã, e sempre arranja alguma coisa para fazer. E eu também saí, assim que ele foi para a rua, eu também saí correndo de casa. Corri direto para Kurtuluş, até nossa antiga ruazinha, mas não havia mais nada lá. Tudo tinha mudado. Tudo foi demolido; não restou nada. A nossa casinha sumiu — a nossa casa! Comecei a chorar: lá mesmo, no meio da rua. Alguém apareceu e me ofereceu um copo d'água. Fui direto para casa depois disso, arrumei a mala e saí antes que Mehmet voltasse. Celâl — meu amor —, diga como eu faço para te encontrar. Já faz sete dias que estou na rua, de quarto de hotel em quarto de hotel, ficando na casa de parentes distantes que não escondem que não querem mais me hospedar, e como é que eu poderia esconder a minha vergonha? Não sei quantas vezes liguei para o seu jornal, mas ele só respondem

'Não sabemos onde ele está'. Liguei para os seus parentes também — e eles também não sabem de nada. Liguei para este número, mas ninguém atendia. Saí sem levar quase nada, mas não importa; de que mais eu posso precisar? Mehmet anda me procurando por toda parte. Deixei uma carta breve para ele, em que não explico nada. Ele não tem a menor idéia do motivo que me fez sair de casa. Ninguém sabe — não contei para ninguém; ninguém sabe de você, meu amor; você é meu segredo, meu único orgulho na vida. E o que vai acontecer agora? Estou com medo. Estou sozinha! Não tenho mais responsabilidades. Seu coelhinho gorducho nunca mais vai precisar voltar para casa para estar pronta para o marido antes do jantar; pode respirar à vontade. Meus filhos já estão crescidos — um deles mora na Alemanha, o outro está no Exército. Sou toda sua — todo o meu tempo agora é seu: a minha vida, tudo, é tudo seu. Posso passar sua roupa a ferro. Vou limpar — ah, sim — essa sua mesa, vou trocar as fronhas dos seus travesseiros; o único lugar onde estive com você foi aquela casa vazia onde a gente se encontrava. Nem sei lhe dizer o quanto estou curiosa para conhecer a sua casa de verdade, os seus móveis, os seus livros. Meu querido, onde você está? Como é que eu posso encontrá-lo? Por que você não me mandou o seu endereço em código naquela coluna? Me dê o seu endereço. Você também tem pensado em mim, não é? Pensou em mim esses anos todos, não foi? Vamos ficar sozinhos novamente, na sua casa de pedra de um único aposento; vamos nos sentar na mesa para tomar o chá, e o sol vai derramar sua luz em nós através das folhas das tílias, em nossos rostos, em nossas mãos, nossas mãos que conhecem tão bem o corpo um do outro. Mas Celâl — aquela casa não existe mais; foi demolida, não há mais nada lá, e os armênios também sumiram, todas as lojinhas... Você não sabia disso? Você realmente queria que eu fosse até lá e me acabasse de chorar na rua? Por que você nunca falou disso numa das suas crônicas? Você, capaz de escrever qualquer coisa, bem podia ter escrito sobre isso. Fale comigo. Faz vinte anos que eu espero, fale comigo! As suas mãos ainda transpiram quando você fica com vergonha, você ainda faz aquela expressão infantil quando dorme? Conte para mim... Me chame de 'meu amor'... Como é que vamos nos encontrar?"

"Minha senhora", respondeu Calip com o máximo cuidado. "Minha querida senhora — eu perdi totalmente a memória. Deve ter havido algum engano. Faz muitos dias que eu não mando nenhuma crônica nova para o jornal, e eles têm publicado artigos escritos trinta anos atrás. Entende o que estou dizendo?"

"Não."

"Nunca tive a intenção de enviar nenhum recado em código para a senhora ou qualquer outra pessoa, nem em relembrar coisa nenhuma. Não escrevo mais nada. Tanto que o jornal só vem publicando as minhas crônicas de trinta anos atrás. E eu imagino que a frase de que a senhora está falando só pode ter aparecido num desses textos antigos."

"É mentira!", gritou a mulher. "Você está mentindo! Você me ama. Você me amava de todo o coração. Tudo que você escrevia era sobre mim. Quando escrevia sobre os lugares mais belos de Istambul, descrevia a rua onde tínhamos os nossos encontros de amor, a nossa Kurtuluş, nosso pequeno ninho de amor; aquele lugar não era uma garçonnière qualquer! Você descrevia a vista da janela, e as tílias do jardim eram as nossas. Quando falava do belo resto de Rumi, redondo como a lua, não era literatura; era meu o rosto de lua que estava descrevendo. Eu, a sua bem-amada do rosto de lua! Você falava das cerejas dos meus lábios, do crescente das minhas sobrancelhas; tudo isso, era eu que inspirava. Quando os americanos pousaram na lua e você escreveu sobre as pequenas marcas pretas da face da lua, entendi que estava falando das pintas do meu rosto. Meu amor, nunca se atreva a negar que foi assim! Quando escreveu sobre 'os mistérios sombrios e assustadores dos poços sem fundo', estava falando dos meus olhos negros — e sim, obrigada, eles ficaram repletos de lágrimas, sim! Você escrevia, 'Voltei àquele apartamento!', e claro que estava falando da nossa casinha de dois andares, mas como não queria que ninguém soubesse do nosso amor secreto e proibido, precisou transformá-la num edifício de seis andares com elevador — eu sei. Porque você e eu nos encontrávamos em Kurtuluş, naquela casinha, dezoito anos atrás. E nos encontramos cinco vezes. Por favor — não negue — eu sei que você me amava."

"Minha cara senhora — como a senhora mesma disse, tudo isso aconteceu faz muito tempo", disse Galip. "Pouco a pouco estou perdendo a memória."

"Meu querido Celâl, meu doce Celâl, meu amor, não pode ser você quem está falando. Não acredito que seja. Alguém mais está aí, tomou você como refém e não deixa você falar? Você não está sozinho? Diga a verdade, diga que me amou todos esses anos. É só o que eu quero. Esperei dezoito anos, posso esperar mais dezoito se for o caso. Me diga só uma vez, uma vez só, que você me ama... Está bem, então diga pelo menos que me amava naquele tempo. Diga 'Era você que eu amava naquele tempo', que depois eu desligo o telefone."

"Era você que eu amava."

"E me chame de meu amor."

"Meu amor."

"Assim não! Com emoção!"

"Minha senhora, por favor! Vamos deixar o passado para trás. Eu envelheci, e a senhora talvez não esteja mais tão jovem quanto antes. Não sou de maneira alguma o homem que a senhora imagina. Por favor, vamos deixar para trás o provocado por essa crônica, essa peça amarga que a falta de atenção nos pregou."

"Meu Deus! E o que será de mim?"

"A senhora vai voltar para casa, encontrar seu marido. Ele irá perdoar a senhora, se a amar de verdade. Basta que a senhora invente qualquer história; se ele a ama, não vai hesitar em acreditar em tudo. Volte para casa, para junto do seu marido fiel, que lhe tem tanto amor."

"Mas depois de esperar dezoito anos, é você que eu quero ver — mesmo que uma única vez."

"Mas, minha senhora, não sou mais o homem que eu era dezoito anos atrás."

"Não é verdade, você ainda é o mesmo homem, sim. Eu leio todas as suas crônicas. Sei de tudo a seu respeito. Penso sempre em você; você não tem idéia do quanto eu penso em você. Diga uma coisa: o dia da salvação está chegando? Quem vai ser nosso Salvador? Também estou esperando por Ele. E Ele é você, eu sei. E muito mais gente também sabe. Só você conhece o segredo. Você irá chegar a bordo de um Cadillac branco, e não galopando num cavalo branco. É o que todos nós sonhamos. Meu querido Celâl, como eu o amei! Deixe-me revê-lo mais uma vez, uma vez só; se eu puder apenas vê-lo de longe, já basta — pode ser num parque; no parque Maçka, por exemplo. Às cinco horas. Para mim basta ver você de longe uma vez só, no parque Maçka; venha."

"Minha senhora, por favor me desculpe, mas preciso desligar. Antes, espero que a senhora perdoe o homem de uma certa idade que já renunciou a todas as vaidades deste mundo, e confiando também no sentimento que a senhora me dedicou, e do qual eu nunca fui digno, quero lhe fazer um pedido. Por favor, poderia dizer como conseguiu meu telefone? A senhora tem também algum dos meus endereços? Tudo isso é muito importante para mim."

"Se eu responder, você vai deixar que eu o veja, pelo menos uma vez?"

Galip ficou calado.

"Sim, eu deixo", disse ele finalmente.

Outro silêncio.

"Mas primeiro você precisa me dar o seu endereço", disse a mulher, com uma voz em que o ardil se percebia claramente. "A verdade é que, depois de tantos anos, não confio mais em você."

Galip parou para pensar. Ouvia na outra ponta da linha a respiração nervosa da mulher, irregular como a de uma máquina a vapor no limite da resistência. Teve inclusive a sensação de que podiam ser duas mulheres. Ao fundo, julgava ouvir um rádio — os lamentos chorosos que passavam por música popular turca, falando de amor, da dor e do abandono; para ele, evocavam antes de mais nada os últimos anos e os últimos cigarros do Avô e da Avó. Galip tentou imaginar uma sala que tivesse numa das pontas um rádio imenso e, na outra, uma matrona chorosa e resfolegante sentada numa poltrona muito gasta, agarrada ao telefone. Mas a única sala que conseguia ver era a que ficava dois andares abaixo do apartamento em que se encontrava agora, no qual o Avô e a Avó passavam a vida ouvindo rádio e fumando seus cigarros, enquanto ele e Rüya brincavam de Homem Invisível.

"Os endereços...", começou Galip depois de um silêncio, mas na mesma hora a mulher começou a gritar com todas as forças.

"Não! Não! Não diga nada! Ele está ouvindo! Ele está aqui! Foi ele quem me fez ligar e dizer tudo isso. Celâl, meu amor, não diga a ele onde você mora! É o que ele quer, para ir matá-lo! Ah, oh, ah!"

Depois do último gemido, Galip ouviu um estranho e aterrorizante ruído metálico; apertando o fone contra o ouvido para tentar interpretar os ruídos que se sucediam, ele imaginou uma briga. Em seguida, ouviu um barulho alto: um estampido de arma de fogo, ou talvez os dois estivessem brigando pela posse do fone e ele tivesse caído no chão. Seguiu-se um silêncio, mas não um silêncio completo. Ao fundo, Galip escutava Behiye Aksoy cantando "Você se comportou mal, ah, muito, muito mal" num rádio distante, e — igualmente ao longe — os soluços de uma mulher. Alguém pegou o fone; Galip ouvia a respiração pesada do homem, mas ele não disse nada. Os ruídos de fundo continuaram por algum tempo. Uma nova canção começou no rádio, mas a respiração continuava, regular; assim como os soluços monótonos da mulher.

"Alô?", disse Galip, agora enfurecido. "Alô! Alô?"

"Sou eu, sou eu", disse finalmente uma voz masculina, e era a voz que ele vinha ouvindo havia dias, a mesma voz de sempre. Falava com uma confiança inalterada, como que para acalmar Galip e pôr fim a qualquer desconforto. "Ontem Emine me confessou tudo. Eu a encontrei e a trouxe de volta para casa. Celâl Efendi, você me dá nojo. E eu vou acabar com você." E então, no tom indiferente do árbitro que determina o reinício de um jogo no qual todo mundo perdeu o interesse horas antes, acrescentou, "Vou matá-lo".

Houve um silêncio.

"E se você me deixasse explicar o meu lado da história?", disse Galip, retomando seus hábitos de advogado. "A crônica foi publicada por engano. Era um texto de anos atrás."

"Nem se incomode", disse o homem que afirmava se chamar Mehmet; como era mesmo o sobrenome? "Eu já ouvi a sua história; já ouvi tudo que precisava ouvir. E de qualquer maneira nem é por isso que você vai morrer, apesar de merecer a morte pelo que fez. Quer saber por que eu vou matá-lo?" Mas não estava perguntando para que Celâl — ou Galip — lhe desse uma resposta; já devia ter tudo preparado havia muito. Por hábito de advogado, Galip ficou ouvindo: "Se vai morrer, não é por ter traído o golpe que podia ter salvo este pobre país, ou por ter ridicularizado esses bravos oficiais que se lançaram ao combate por amor à pátria, esses homens destemidos que, em seguida, sofreram amargas conseqüências; e nem por ter ficado imaginando tramas maquiavélicas em sua poltrona predileta enquanto eles se expunham ao perigo e, dispondo-se ao sacrifício, lançavam-se na aventura em que enveredaram estimulados pelos seus textos, depois de lhe abrirem suas portas com uma admiração confiante e lhe revelarem seus planos para um golpe de Estado. Não é por ter urdido suas intrigas em meio a esses homens sem ambição que amavam seu país, infiltrando-se no meio deles e conquistando sua confiança! E se vai morrer, também não será — e não digo mais nada — por ter virado a cabeça da minha mulher, tão desorientada na época em que nos entregávamos ao entusiasmo revolucionário. Não. Vou matá-lo porque você traiu a todos nós, enganou anos a fio toda a nação — e a mim, em primeiro lugar — com suas mentiras descaradas, seus devaneios estúpidos, suas obsessões paranóides, suas fantasias sem eira nem beira, que apresentava como formulações elegantes cheias de graça ou sutilezas sedutoras. Mas agora finalmente meus olhos se abriram. E quero que todo mundo também veja a mesma coisa. O farmacêutico, cuja história você ouviu zombando dele? É esse homem, que você tirou da cabeça com um risinho de mofa, que eu quero vingar. Entendi que sua morte é a única solução, depois de todos esses dias que passei vasculhando cada canto da cidade à sua procura. Este país, e eu em primeiro lugar, precisamos guardar essa lição na memória. Temos o costume de abandonar nossos escritores mortos ao seu sono eterno, no poço sem fundo do esquecimento, desde o primeiro outono que se segue aos seus funerais, como disse você."

"Estou totalmente de acordo com você, do fundo do coração", disse Galip. "Mas já expliquei que minha memória já está quase esgotada? Que pretendo escrever algumas crônicas para me livrar das últimas gotas de memória que ainda me restam e depois abandonar de vez a atividade de escritor? Aliás — o que você achou da minha crônica de hoje?"

"Canalha miserável, será que não tem nenhum senso de responsabilidade? Tem alguma idéia do que significa um compromisso? Ou a lealdade? Ou o altruísmo? Ou acha que essas palavras só servem para zombar dos seus leitores, ou para servir como um desses sinais ridículos que manda para as pobres criaturas que consegue seduzir? Humanidade, fraternidade — será que não sabe mesmo o que nada disso significa?"

Galip quis responder que sabia — menos na intenção de defender Celâl que por ter gostado da pergunta. Mas não teve a oportunidade de dizer nada, porque a voz que dizia chamar-se Mehmet — que Mehmet ou Muhammad podia ser aquele? — começou a destratá-lo com uma torrente de injúrias e maldições furiosas.

Quando seu repertório de insultos chegou ao fim, Mehmet gritou, "Cale a boca! Já chega!". No silêncio que se seguiu a essas palavras, Galip adivinhou que ele estava falando com a mulher que continuava a chorar num canto da sala. Ouviu a voz dela dizendo alguma coisa, e depois o clique do rádio sendo desligado.

"Você sabia que ela era minha prima, não sabia, filha do irmão do meu pai? E foi por isso que escreveu esses artigos pretensiosos sobre os amores consangüíneos", continuou a voz que dizia chamar-se Mehmet. "Embora você saiba muito bem que metade dos jovens da nossa nação se casam com as filhas dos tios paternos, e a outra metade com os filhos das tias maternas. Ainda assim, escreveu essas crônicas escandalosas e desavergonhadas ridicularizando o casamento entre pessoas da mesma família. Mas quero deixar uma coisa bem clara, meu caro Celâl Bey. Não me casei com minha prima por nunca ter tido a oportunidade de conhecer alguma outra garota, nem por medo das mulheres que não fossem da minha família, ou nem porque acreditasse que, além da minha mãe, das minhas tias e das filhas delas, nenhuma mulher pudesse gostar de mim ou ter a paciência de me agüentar. Casei-me com ela porque eu a amava. E será que você tem a mais vaga idéia do que seja amar a mulher com quem brincou desde a infância? Amar uma única mulher a vida inteira? Essa mulher, que agora chora por sua causa, faz cinqüenta anos que eu a amo. Sou apaixonado por ela desde que eu era criança — está entendendo? —, e continuo a ser. Será que você sabe o que significa amar? Contemplar com uma nostalgia permanente a mulher que é sua outra metade? Olhar para ela é como ver a si mesmo num sonho. Você sabe o que é o amor? Ou todas essas palavras só lhe serviram como matéria-prima para esses lamentáveis artigos em que você apela a certos truques para seduzir seus leitores mais fracos, sempre dispostos a acreditar em qualquer baboseira que você lhes conte? Ah, como você me dá pena, quanta compaixão, quanto desprezo você me desperta. Em algum momento da vida, já terá feito alguma coisa além desses malabarismos com frases e jogos de palavras? Responda!"

"Mas meu caro amigo!", respondeu Galip. "É a minha profissão."

"Sua profissão!", gritou a voz na outra ponta da linha. "Você nos enganou, nos humilhou, nos degradou! Você me inspirava tanta confiança que eu lhe dava razão quando lia suas crônicas dizendo que a vida era uma longa procissão de sofrimentos, uma seqüência de erros e ilusões cruéis, um inferno repleto de pesadelos, um constante espetáculo de mediocridade em que todos são vulgares e mesquinhos. E pior ainda. Em vez de me sentir humilhado e mortificado, era orgulho que eu sentia, por ter tido a honra de encontrar e conhecer um escritor de pena tão afiada, de pensamentos tão sublimes, e ter chegado a estar com ele no mesmo barco, o de um golpe militar condenado ao naufrágio desde que saíra do estaleiro. Eu o admirava tanto, canalha, que cheguei a acreditar quando dizia que o único motivo dos meus infortúnios era minha própria covardia, e que os infortúnios do nosso país tinham a mesma origem. Ah, o tempo que perdi tentando compreender meus erros! Procurando identificar o que tinha me transformado num covarde, e por que eu me acostumara com a covardia! E o tempo todo encarando você — que hoje eu sei ser o maior de todos os covardes — como um grande exemplo de coragem! Você era o meu ídolo. Li cem vezes cada crônica que você escreveu, até aquelas em que — de tão pouco interesse que sentia por nós — só falava das suas memórias de infância, afinal tão corriqueiras e tão pouco diferentes das nossas — as escadas sujas, fedendo a cebola frita, do velho edifício onde você passou boa parte da infância, as crônicas em que falava de sonhos povoados de fantasmas e bruxas, ou das suas experiências metafísicas sem pé nem cabeça; mas ainda assim eu continuava convencido de que havia um sentido oculto e nunca me limitava a lê-las uma vez só, mas muitas e muitas vezes. Obrigava minha mulher a ler também, e passávamos várias horas por noite conversando sobre cada uma delas, e eu pensava que a única coisa em que eu podia crer era o segredo a que cada crônica aludia. Cheguei a pensar que eu tinha compreendido esse tal sentido secreto, mas logo descobri que ele não significava absolutamente nada."

"Nunca esperei que meus leitores me admirassem de maneira tão exagerada", interrompeu Galip.

"Mentira! Desde o início da sua carreira, você sempre fez tudo que podia para conquistar as pessoas como eu. Respondia cartas, pedia que lhe mandassem fotos, estudava a caligrafia dos leitores, fazia de conta que lhes revelava grandes segredos, senhas, palavras mágicas, frases em código..."

"Mas só para prestar serviço à revolução, uma revolução militar! Para anunciar o Juízo Final, a vinda do Messias, a hora da libertação —"

"Mas depois? Depois que você desistiu dessas coisas?"

"Bem, pelo menos com esses artigos dei aos meus leitores alguma coisa em que acreditar."

"Pois eles acreditavam em você, e você bem que gostava... Escute. Eu admirava tanto você que, quando lia uma crônica especialmente brilhante, pulava na cadeira de alegria, e lágrimas corriam pelo meu rosto. Não conseguia ficar parado; saía andando pela sala, ou pelas ruas; chegava a sonhar com você. Mas isso foi só o início. Pensava tanto em você, e sonhava tanto com você, que chegou um momento em que a linha divisória entre nós dois acabou por se esfumar nas névoas da minha imaginação e dos meus sonhos. Não perdi a cabeça a ponto de imaginar que fosse eu o autor dos seus artigos — eu não sou louco, só um leitor fiel. Mas me parecia que de algum modo estranho, por algum caminho tortuoso difícil de descrever, eu tivera algum papel na produção daquelas frases magníficas, daquelas idéias apresentadas em estilo gracioso e elegante. Que, se não fosse por mim, você não teria sido capaz de produzir essas pretensas obras-primas. Não me entenda mal. Não estou falando das muitas idéias que você copiou de mim sem se dar ao trabalho de pedir minha permissão. Não estou falando do que me inspirou a ciência das letras, das descobertas que fiz nesse campo e expus finalmente no livro que tive tanta dificuldade para publicar. Essas idéias eram todas suas, de qualquer maneira. O que estou tentando explicar é a sensação de que nós dois pensávamos as mesmas coisas ao mesmo tempo, a sensação de que eu tinha alguma participação no seu sucesso. Você me entende?"

"Entendo", disse Galip. "Na verdade, cheguei a escrever alguma coisa justamente sobre isso..."

"Sim, e justo nessa maldita crônica que acabam de republicar, por uma infeliz coincidência. Mas você ainda não está entendendo. Se tivesse entendido, teria seguido o mesmo rumo que eu. E é por isso que eu vou matá-lo — exatamente por isso! Porque você dava a impressão de ter entendido quando na verdade não entendeu nada! Porque você conseguiu se insinuar nas nossas almas, a ponto de se infiltrar em nossos sonhos, apesar de nunca ter sido um de nós! Ao longo de todos esses anos que passei devorando suas palavras, tentando me convencer de que eu próprio tinha contribuído de algum modo com seus artigos, eu tentava invocar lembranças dos anos felizes em que fomos amigos — recordar se em algum momento tivemos as mesmas idéias ou falamos dos mesmos assuntos. E tantas vezes invoquei essas lembranças, e com tanta intensidade, que sempre que conhecia outro admirador seu, eu tinha impressão de que os elogios que ele lhe fazia se dirigiam também a mim, que era tão famoso quanto você. Para mim, os boatos que circulavam sobre sua nebulosa vida secreta provavam que, tanto quanto eu, você não era um homem igual aos outros; seus poderes se comunicavam um pouco para mim, e eu também me transformava numa lenda viva, como você. Graças a você, eu me sentia inspirado; graças a você, eu me transformava em outra pessoa. Nos primeiros anos, toda vez que eu tomava uma barca e via algum concidadão com o jornal nas mãos ou conversando sobre seus artigos, sempre tinha vontade de dizer: 'Eu conheço Celâl Salik pessoalmente, e até intimamente, pode-se dizer!'. Como ansiava por compartilhar esse segredo com eles, como eles me olhariam com grande espanto e admiração! Mais adiante, essa necessidade foi ficando cada vez mais forte. Sempre que eu via alguém lendo seus textos ou falando sobre você, eu sentia uma vontade furiosa de lhes dizer, 'Senhores, estão mais perto de Celâl Salik do que poderiam imaginar — porque eu sou ele!'. Mas essa idéia me parecia tão inquietante, tão vertiginosa, que toda vez que eu sentia a tentação de me manifestar, toda vez que imaginava a admiração perplexa que minhas palavras iriam provocar, meu coração disparava, gotas de suor se formavam na minha testa e eu quase desmaiava. De maneira que nunca me declarei em público, e, se mantinha meu triunfo e minha alegria bem escondidos, não era porque eu os achasse descabidos ou exagerados. Não, era porque para mim bastava eu me repetir essa idéia, manter o pensamento esvoaçando na minha mente. Está me entendendo?"

"Estou."

"Quando eu lia os seus artigos, eu me sentia tão inteligente, tão vitorioso, como se eu próprio tivesse escrito cada um. Os aplausos não eram só para você, eram para mim também, eu tinha certeza. Porque você e eu estávamos igualmente distantes da massa ignara, num plano diferente. Eu compreendia tão bem o que você dizia! Como você, eu detestava as multidões que enchiam os cinemas, os jogos de futebol, as quermesses e os festivais. Segundo você, essas pessoas nunca dariam em nada, voltariam sempre a cometer as mesmas asneiras, se deixariam sempre enganar pelas mesmas histórias. Até nos momentos em que pareciam mais infelizes e desafortunadas, quando eram vítimas das piores tragédias, você dizia que nunca eram simples vítimas, mas também culpadas, ou no mínimo cúmplices da própria desgraça. Você não suportava mais os falsos messias em que eles acreditavam, estava farto dos presidentes fanfarrões, dos golpes militares, dessa democracia deles, da tortura, e até dos cinemas. E era por isso que eu gostava tanto. Por muitos anos, sempre que eu chegava ao fim de uma das suas crônicas, eu me dizia:

'Exatamente! É por isso que eu gosto tanto de Celâl Salik!'. E minha emoção era tamanha que as lágrimas corriam dos meus olhos... Como ocorreu ontem, quando provei para você, com o bom humor de um rouxinol, que eu tinha lido cada uma das suas crônicas, mesmo as mais antigas. Antes disso, você teria imaginado um leitor como eu?"

"Talvez, até certo ponto — "

"Então preste atenção. Nos piores momentos do meu passado, ou nas horas mais insignificantes e banais que constituem nosso pobre universo, quando por exemplo algum imbecil grosseiro fechava a porta do *dolmuş* no meu dedo, ou ainda quando eu preenchia dezenas de formulários para conseguir um aumento ridículo na minha pensão enquanto o vagabundo do outro lado do guichê trabalhava bem devagar, quer dizer, nos momentos em que eu me via atolado na infelicidade, um pensamento sempre me ocorria, e eu me agarrava a ele como a uma bóia salva-vidas: 'O que Celâl Salik faria no meu lugar? O que diria? Estarei agindo da maneira como ele agiria?'. E, pelos últimos vinte anos, essa pergunta escapou ao controle e se transformou numa verdadeira mania. Ela me ocorria no momento em que eu entrava na roda para dançar a *halay* no casamento de um parente — mas só para não estragar a diversão dos outros — ou quando, no café aonde fora jogar cartas só para passar o tempo, eu gargalhava depois de ter ganho uma rodada, eu de repente pensava: 'Celâl Salik nunca faria uma coisa dessas!'. O que bastava para estragar minha noite, para estragar minha vida inteira! Eu me perguntava o tempo todo: 'O que Celâl Salik faria agora?', 'O que Celâl Salik diria disso?', 'O que Celâl Salik pode estar pensando?'. E se ainda tivesse ficado só nisso! Mas outra pergunta me ocorria então: 'O que Celâl Salik pode estar pensando *de mim*?'. Raramente, mas muito raramente, quando eu conseguia raciocinar com alguma lógica, eu me dizia que você não tinha como se lembrar de mim nem pensar em mim, e que jamais perderia seu tempo pensando a meu respeito. E nesses momentos a pergunta mudava de forma: 'Se Celâl Salik me visse agora, o que ele diria? Se me visse fumando o primeiro cigarro do dia ainda de pijama, depois do café-da-manhã, o que poderia dizer?', 'O que Celâl Salik iria pensar de mim se me visse reclamando do imbecil que incomodou a senhora casada ao meu lado na barca só porque estava de vestido curto?', 'O que Celâl Salik iria achar de mim se soubesse que eu recorto as suas crônicas e guardo todas em pastas de papelão da marca Onka?'."

"Meu caro leitor, meu amigo fiel", disse Galip, "só me diga por que razão, durante esses anos todos, você nunca tentou entrar em contato comigo."

"E acha que eu nunca pensei nisso? Eu tinha medo. Não me entenda errado — não tinha medo de me rebaixar diante de você, de não conseguir me impedir de puxar seu saco e cobri-lo de lisonjas como sempre acontece nesses casos, de receber maravilhado as coisas mais banais que você dissesse, como se fossem verdadeiros prodígios de sabedoria, ou então, ao contrário, com acessos de riso incontrolável, no momento errado, julgando que fosse essa a reação que você esperava de mim. Não, imaginei todas essas situações mais de mil vezes, mas superei todas elas."

"Você é bem mais inteligente do que sugerem suas palavras", disse Galip em tom gentil.

"O que eu temia era que, no decorrer desse encontro — depois que eu tivesse manifestado minha admiração e coberto você de elogios como acabei de dizer —, nenhum de nós dois tivesse mais nada a dizer ao outro."

"Mas como você pode ver, não foi nada assim", disse Galip. "Basta ver como estamos passando a noite numa agradável troca de idéias..."

Um silêncio.

"Vou matar você", disse a voz. "Vou matar você! Por sua causa, nunca tive uma chance de ser eu mesmo."

"Ninguém jamais consegue ser quem é."

"É o que você sempre diz, mas você nunca sentiu o que eu sinto, e nunca poderia entender essa verdade tão bem quanto eu... Aquilo que você chama de 'segredo' ou de 'mistério' era, para mim, você adivinhar e descrever essa verdade que não compreendia. Porque ninguém pode descobrir essa verdade sem ser quem é no momento em que constata que não está sendo quem é. Duas coisas que não podem ser verdadeiras ao mesmo tempo. Está percebendo o paradoxo?"

"Mas eu sou eu mesmo e, ao mesmo tempo, uma outra pessoa", disse Galip.

"Não. Ninguém pode dizer uma coisa dessas do fundo do coração", disse o homem do outro lado da linha. "E é por isso que você vai morrer. Você convence as outras pessoas, como sempre fez nas suas crônicas, sem acreditar você mesmo no que diz; e é convincente porque não acredita. Mas quando as pessoas que você convenceu descobrem que você é capaz de convencer os outros de coisas em que você próprio não acredita, isso lhes dá muito medo!"

"Medo?"

"Você não entende? O que mete medo é essa coisa que você chama de 'mistério', essa vasta área imprecisa e mal definida, esse jogo, essa impostura chamada 'escrever': o que dá medo é a face oculta das palavras. Por muitos anos, cada vez que eu lia as suas crônicas, tinha a impressão de que estava ao mesmo tempo lá, sentado à mesa ou instalado na minha poltrona, e também em algum outro lugar, bem perto do escritor que me contava essas histórias. Você sabe por acaso o que significa ter sido enganado por alguém que não acreditava no que dizia? Saber que foi convertido por quem não crê no que diz? Eu não me queixo de não ter podido ser eu mesmo por sua culpa. Você enriqueceu a minha vida desolada e patética: transformando-me em você, eu podia emergir das sombras da minha mediocridade e do meu ódio por mim mesmo. Mas ao mesmo tempo eu nunca tive muita certeza quanto a essa entidade mágica que eu chamo de 'você'. Não sei muito sobre ela, mas por outro lado sabia sem saber. Poderei dizer nesse caso que sabia? Quando a mulher com quem estou casado há trinta anos desaparece, depois de deixar na mesa da sala uma carta de adeus de poucas linhas em que não me dá explicações, eu creio que sabia aonde ela tinha ido. Mas não sabia que sabia. E, como eu ignorava, enquanto revirava todos os cantos da cidade, não estava atrás de você, mas à procura dela. Ainda assim, enquanto procurava por ela, procurava também por você, sem saber: vagava pela cidade de rua em rua, tentando decifrar os segredos de Istambul, e uma idéia apavorante não me saía da cabeça; desde o primeiro dia, eu me perguntava o tempo todo: 'O que Celâl Salik diria, se soubesse que minha mulher resolveu me deixar, de repente e sem motivo?'. Eu já tinha decidido que aquela minha situação era um caso totalmente 'à feição de Celâl Salik'. Ansiava por lhe contar a história. Finalmente me ocorria um tema excelente para uma conversa com você, coisa por que eu vinha esperando havia tantos anos. E essa idéia me deixou tão animado que, pela primeira vez em tantos anos, finalmente tomei coragem para procurar você. Mas não consegui encontrá-lo em lugar nenhum; você estava desaparecido. Sim, eu sabia de tudo, mas não sabia que sabia. Ao longo dos anos, eu tinha anotado alguns dos seus números de telefone, pensando que um dia talvez viesse a procurar você. Liguei para cada um deles, mas você não estava. Liguei para toda a sua família — para aquela sua tia que gosta tanto de você; para a sua madrasta, que dá a impressão de adorá-lo; para o seu pai, que não consegue esconder o quanto se interessa por você; para os seus tios — todos parecem muito ligados a você, mas você não estava em lugar nenhum. Fui até o jornal, e você não estava. E eu não era o único que andava à sua procura: o seu primo Galip, marido da sua irmã, também estava tentando falar com você porque havia uns jornalistas da televisão inglesa querendo uma entrevista. Instintivamente, resolvi seguir o rapaz. Alguma coisa me disse que esse jovem sonhador com ar de sonâmbulo devia saber onde você se escondia. Ele deve saber, eu me repetia; e mais, deve saber que sabe. Segui o rapaz como uma sombra por toda Istambul. Percorremos muitas ruas da cidade — ele à frente, eu poucos passos atrás — e juntos entramos em prédios de escritórios revestidos de pedra, em velhas lojas, em passagens cobertas de vidro e cinemas imundos, e percorremos o Grande Bazar, palmo a palmo; atravessamos pontes, enveredamos por ruelas e bairros mal iluminados de que ninguém em Istambul jamais ouviu falar, pisando na poeira, na lama, na imundície. Nunca chegávamos a lugar nenhum, mas continuávamos a andar. Caminhávamos como se conhecêssemos de cor cada centímetro da cidade, mas tudo nos era desconhecido. Eu o perdi de vista, depois tornei a encontrar, voltei a perder e, finalmente, foi ele que me encontrou, num cabaré de segunda. E lá, num grupo instalado ao redor de uma grande mesa, todos se revezavam contando histórias. Adoro contar histórias, mas é difícil encontrar quem me escute. Dessa vez, eles me ouviam. E quando eu estava bem no meio da minha história, observando as expressões curiosas e intrigadas dos meus ouvintes que tentavam, como sempre nesses casos, adivinhar como seria o final pela minha expressão, ao mesmo tempo em que eu fazia o possível para não deixar que meu rosto revelasse nada, e enquanto o meu espírito se dividia entre esses pensamentos e a minha história, de repente me ocorreu que minha mulher me trocara por você. E eu pensei: 'Eu sabia que ela fugiu para se encontrar com Celâl'. Eu sabia, mas não sabia que sabia. O que eu procurava talvez fosse aquele estado de espírito. Eu finalmente conseguira abrir a porta que dava para a minha alma, ingressando num novo universo. Pela primeira vez, depois de tantos anos de tentativas e fracassos, eu finalmente conseguia ser eu mesmo e outra pessoa ao mesmo tempo. Pensei em mentir, dizendo que tinha lido aquela história no jornal muito tempos antes, mas ao mesmo tempo me sentia tomado pela paz que vinha buscando em vão por muitos e muitos anos. Enquanto eu percorria as ruas de Istambul, tropeçando nas calçadas irregulares, passando por lojas imundas, lendo a tristeza nos rostos dos concidadãos, enquanto passava em revista suas crônicas antigas para tentar encontrar o seu esconderijo, eu já tivera intimações assustadoras dessa serenidade maldita. No entanto, a essa altura, eu tinha terminado a minha história e adivinhara onde estava a minha mulher. E também chegara à conclusão do que eu tinha percebido um pouco antes, enquanto ouvia o fotógrafo, o garçom e o escritor alto contarem suas histórias. Eu fora traído, eu fora enganado a vida inteira, desde o início! Ah, meu Deus! Será que você entende o que significam essas palavras?"

"Sim."

"Nesse caso, escute. Esse 'mistério', esse 'segredo' que você nos fez perseguir por todos esses anos — eis a conclusão a que eu cheguei sobre essa verdade, sobre a qual você escrevia sem conhecer ou entender direito o que significava: neste nosso país, ninguém pode ser quem é! Num país de oprimidos e derrotados, existir é ser um outro! Sou uma outra pessoa, logo existo! Até aí tudo bem, mas: e se essa outra pessoa que eu desejo ser também for um outro? É disso que eu falo quando afirmo que fui traído, enganado, logrado. Porque o homem em quem eu acreditava, o homem de quem eu lia fielmente cada palavra, nunca seria capaz de roubar a mulher do seu maior admirador. Naquela noite, naquele cabaré, pensei em gritar para os garçons, as prostitutas, para aqueles fotógrafos e maridos traídos que contavam suas histórias, em dizer a eles claramente: 'Ah, pobres derrotados e oprimidos! Vocês, os malditos, os esquecidos, os obscuros! Não tenham medo, porque ninguém nunca é quem é, ninguém! Nem mesmo os ricos, os sultões, as celebridades, as estrelas de cinema e as criaturas de sorte que vocês queriam ser! Livrem-se deles! E só quando eles já tiverem desaparecido é que vocês irão descobrir por conta própria a história que eles contam como se fosse um segredo. Aniquilem todos eles! Inventem seus próprios segredos, descubram sozinhos seus próprios mistérios!'. Está me entendendo? Não tenho a menor vontade de me vingar, como a maioria dos maridos enganados, mas vou matá-lo porque me recuso a entrar nesse universo novo para onde você quer me atrair. E então, toda a cidade de Istambul, todas as letras do alfabeto, todos os sinais e rostos de que você fala nas suas crônicas vão encontrar seu verdadeiro segredo. ASSASSINADO CELÂL SALIK!, irão proclamar os jornais. HOMICÍDIO ENVOLTO EM MISTÉRIO. Um crime que nunca será elucidado. Nesses dias, que lembrarão o advento do Messias e o fim dos tempos que você vem anunciando com tanta insistência, haverá tumultos em Istambul, mas eu e muitos outros iremos recuperar a sabedoria e redescobrir os segredos perdidos. Porque ninguém jamais conseguirá solucionar o mistério que se esconde por trás desse crime. Você sabe de que mistério estou falando, porque é o mistério que analiso no modesto livro que consegui finalmente publicar graças a você, um mistério que você conhece muito bem."

"Não vai ser nada assim", respondeu Galip. "Você pode cometer o crime mais misterioso que o mundo já viu, mas eles — os pobres e os oprimidos, os cretinos e os esquecidos do mundo — logo irão entrar de acordo para inventar uma história provando que não há o menor mistério. E graças a essa história, em que irão acreditar assim que inventarem, o meu assassinato vai ser apresentado como uma simples peripécia de uma conspiração banal. Antes mesmo do meu funeral, todo mundo estará convencido de que fui vítima de um complô contra nossa integridade nacional, ou de um crime passional que pôs fim a uma aventura amorosa de muitos anos. Quanto ao meu assassino, se não estiver a soldo de traficantes de drogas ou de um grupo de oficiais golpistas, terá ligações com uma seita nakşibendi, ou o sindicato dos proxenetas; ou então terá sido instigado pelos netos do último dos sultões otomanos, pelos inimigos jurados da democracia ou da República, que hoje queimam nossas bandeiras, ou por uma agremiação de simpatizantes cristãos com planos de organizar uma nova cruzada contra o Islã. O corpo de um cronista famoso é encontrado em circunstâncias misteriosas em pleno centro de Istambul, estendido na lama de uma calçada, no meio do lixo, cercado de restos de frutas e legumes, das carcaças de cães mortos de fome e de bilhetes descartados da loteria nacional... Como explicar de outra maneira a esses idiotas que o mistério persiste e precisamos descobri-lo oculto em algum lugar, talvez bem longe no passado, no limiar do esquecimento, no fundo lodoso das nossas memórias, disfarçado e perdido em meio a palavras e frases que nunca são o que parecem? Eu lhe falo com a experiência de quem escreve há mais de trinta anos", prosseguiu Galip, "e acho que eles não vão se lembrar de nada. Absolutamente nada. Por outro lado, não está garantido que você vá conseguir me encontrar e cometer realmente esse assassinato. Pode ser que atire em mim e erre, ou que só consiga me ferir. E enquanto você apanha sem dó nem piedade — e nem vou falar de tortura — na delegacia, eu me transformo num herói, exatamente o tipo de herói que você nunca quis que eu fosse; enquanto você mofa na cadeia, terei de escutar as idiotices habituais do nosso primeiro-ministro, que virá me visitar em pessoa para desejar um pronto restabelecimento. Escute o que eu lhe digo, esse risco não vale a pena! Os tempos mudaram; hoje, ninguém quer mais acreditar que exista algum segredo, algum mistério insolúvel oculto por trás do nosso mundo material."

"Então quem pode me provar que toda a minha vida não passou de um grande engano do começo ao fim, de uma simples piada de mau gosto?"

"Eu!", disse Galip. "Escute..."

"*Bishnov?*", disse ele, repetindo o que Galip dissera em persa. "Não, não é isso que eu quero."

"Acredite em mim. Eu acreditava nisso tudo tão sinceramente quanto você."

"E mesmo que eu acreditasse!", gritou Mehmet. "Mesmo que eu acreditasse, para devolver algum sentido à minha vida, o que será desses aprendizes nas fábricas de colchões, que tentam encontrar o sentido perdido de suas vidas nas frases em código que você lhes manda em seus artigos? O que será das virgens românticas de olhar orvalhado que passam a vida esperando os noivos que nunca voltam da Alemanha e nunca mandam buscá-las, enquanto sonham com os móveis, os espremedores de laranja, os abajures em forma de peixe e os lençóis de renda que imaginam graças aos seus artigos e esperam poder usar nos dias felizes e edênicos que você lhes promete? O que será dos bilheteiros de ônibus aposentados que, obedecendo às suas instruções, olharam no espelho e conseguiram ver desenhada no próprio rosto a planta do apartamento em que, com o título de propriedade nas mãos, irão se instalar no paraíso que você anuncia? E o que será dos agrimensores, dos anotadores do consumo de gás, dos vendedores de pãozinho de gergelim, dos compradores de ferro-velho e dos mendigos que, inspirados pelos seus artigos, acham-se capazes de calcular, graças ao método dos valores numéricos das letras do alfabeto árabe, o dia exato em que o Messias, o salvador deste país lamentável, irá aparecer nas nossas ruas ainda calçadas de paralelepípedos à maneira albanesa? (Como você pode ver, não consigo deixar de usar o mesmo vocabulário que você...) O que será do farmacêutico de Kars e de todos os seus leitores, dos seus pobres leitores, quando compreenderem, graças a você, que são eles próprios a ave mítica que eles perseguem?"

"Esqueça deles todos", disse Galip, temendo que a voz ao telefone nunca terminasse aquela enumeração. "Esqueça dessas pessoas; tire todas elas da cabeça. Pense nos últimos sultões otomanos, que andavam disfarçados à noite pelas nossas ruas. Pense no conformismo dos gângsteres de Beyoğlu que, fiéis às suas tradições, continuam a submeter suas vítimas a torturas rituais antes de matá-las, para o caso de terem algumas últimas moedas escondidas em algum lugar ou saberem de algum último segredo. Pense por que os artistas responsáveis pelos retoques nas revistas usam sempre azul-da-prússia para o nosso céu e transformam a terra batida e enlameada dos nossos parques em verdejantes gramados ingleses ao colorir os originais em preto-e-branco das fotos de jogadores de futebol, dançarinas, Misses Turquia, pontes e mesquitas recortadas das páginas de revistas como *A Vida*, *A Voz*, *O Correio de Domingo*, *Sete Dias*, *Diversão*, *A Ninfa*, *Revisão* e *Esta Semana* e exibidas nas paredes das duas mil e quinhentas barbearias da cidade. Pense em todos os dicionários de turco que você precisa consultar para descobrir as centenas de milhares de palavras que se podem usar na descrição das mil e uma combinações de odores que se podem sentir nas escadas escuras, estreitas e assustadoras dos nossos edifícios de apartamentos."

"Ah, escritor canalha!"

"Pense no mistério do nome do primeiro barco a vapor que os turcos jamais compraram dos ingleses; por que terá sido batizado de *Swift*? Pense na paixão pela ordem e pela simetria do calígrafo canhoto que gostava tanto de ler a sorte na borra do café que reproduziu nas trezentas páginas de um manuscrito os traçados encontrados no fundo das milhares de xícaras que tomou ao longo da vida, desenhando ainda as próprias xícaras e indicando em volta dos desenhos, com sua caligrafia magnífica, tudo que aqueles traçados revelavam."

"Dessa vez você não vai me levar na conversa!"

"Quando as centenas de milhares de poços que nossos antepassados cavaram nos jardins da nossa cidade ao longo de dois mil e quinhentos anos foram tapados e preenchidos com pedras e cimento para servir de fundações para tantos edifícios de apartamentos, pense em tudo que neles ficou sepultado: os escorpiões, as rãs, os gafanhotos de todos os tamanhos, toda a variedade de cintilantes moedas de ouro lígures, frígias, romanas, bizantinas e otomanas, além de rubis, diamantes, crucifixos, retratos, ícones banidos, livros, tratados, mapas de tesouros escondidos, os crânios das infelizes vítimas de crimes jamais esclarecidos..."

"O que nos leva de volta a Shams de Tabriz e ao seu cadáver, atirado num poço por desconhecidos, não é?"

"... e pense no peso de todas as coisas que essas fundações sustentam: o concreto, as ferragens, os apartamentos, as portas, os velhos porteiros, os pisos de tacos cujas ranhuras acabam negras como unhas sujas, as mães pressurosas, os pais irascíveis, os armários cujas portas nunca se fecham direito, as irmãs, as cunhadas, as meias-irmãs..."

"E Shams de Tabriz agora é você, não é? Você é Deccal? O Messias?"

"... o primo que se casou com a meia-irmã, o elevador hidráulico, o espelho do elevador..."

"Eu sei, eu sei, você já escreveu sobre isso tudo."

"... os recantos secretos que as crianças sempre descobrem para brincar, os lençóis guardados nas arcas dos enxovais, o corte de seda que o avô do Avô comprara de um mercador chinês quando era governador de Damasco, e que ninguém jamais se atrevera a usar..."

"Você está tentando me seduzir de novo, não é?"

"... pense em todos os mistérios das nossas vidas. Por que será que os antigos carrascos chamavam de 'cifra' a faca de lâmina muito afiada que usavam para separar do corpo dos supliciados, depois de enforcá-los, a cabeça que ficava exposta no piso do patíbulo para que todos pudessem vê-la? Pense no coronel da reserva que trocou o nome de todas as peças do xadrez em função dos membros da vasta família turca, chamando o rei de 'mãe', a rainha de 'pai', a torre de 'tio' e o cavalo de 'tia'; mas preferia chamar os peões de 'chacais', em vez de 'crianças'."

"Sabe, depois da sua traição à nossa causa, eu só vi você uma vez; você estava usando algum estranho traje hurufi, fantasiado de Mehmet, o Conquistador, acho eu... "

"Imagine a paciência infinita do homem que, chegando em casa numa noite igual às outras, passa horas instalado à sua mesa, decifrando os enigmas incluídos na poesia do Divan ou fazendo as palavras cruzadas do jornal. A luz do abajur ilumina os papéis que tem espalhados à sua frente e as palavras escritas nesses papéis, mas tudo mais que o aposento contém — os cinzeiros, as cortinas, os relógios, os remorsos, as memórias, os tempos perdidos, a tristeza, a raiva, as traições, as derrotas — ah, as nossas derrotas! — está mergulhado na sombra. Lembre também que o sentimento de gravidade zero que toma conta de todo aficionado de palavras cruzadas diante do vácuo misterioso das casas vazias na vertical e na horizontal só pode ser comparado aos infinitos deleites proporcionados pelo disfarce."

"Escute aqui, meu amigo", disse a voz na outra ponta da linha, e seu tom de segurança pegou Galip de surpresa. "Estou farto dessas artimanhas, desses jogos, dessas letras e das suas cópias; tudo isso está ultrapassado. Está certo, eu armei uma cilada para você, mas não funcionou. Você já sabe disso, então vou dizer abertamente. Seu nome não está no catálogo, nem nunca esteve; da mesma forma, nunca houve nenhum novo plano de golpe de Estado, nem dossiê nenhum! A verdade é que a minha mulher e eu gostamos de você, pensamos em você dia e noite, somos ambos seus grandes admiradores. Passamos a vida inteira na sua companhia, e queremos continuar assim. Por isso, vamos esquecer de tudo. Queremos ir visitar você hoje à noite, Ermine e eu. Vamos fazer de conta que nada aconteceu; vamos conversar como se nada tivesse acontecido. Você pode falar à vontade, da maneira como vem falando, pelo tempo que quiser. Ah, por favor, diga que sim! Pode acreditar. Eu farei tudo que você disser, levarei qualquer coisa que você quiser!"

Galip passou algum tempo pensando.

"O que eu quero é a lista que você diz ter, com todos os meus telefones e endereços."

"Posso dá-los agora mesmo... Aliás, não teria como esquecê-los."

Enquanto o homem foi buscar seu caderno de telefones, a mulher pegou o telefone.

"Pode acreditar nele", disse ela num sussurro. "Ele está arrependido de verdade, sinceramente. Ele realmente gosta de você. Estava pensando em fazer uma loucura, mas já faz algum tempo que desistiu. Se alguém for pagar alguma coisa por isso, serei eu, e não você — ele é um covarde, eu garanto. Está tudo acertado, graças a Deus! Hoje à noite, quando formos visitar você, vou usar aquela saia azul xadrez que você gosta tanto. Ah, meu amor, eu farei qualquer coisa que você quiser, e ele também — nós dois faremos —, o que você quiser! E mais uma coisa: ele o admira tanto que, para imitá-lo, algumas noites chega a sair disfarçado de Mehmet, o Conquistador em trajes hurufi; também coleciona retratos da família, e lê as letras em seus rostos —" Quando ela ouviu os passos do marido que se aproximava, calou-se.

O marido pegou o telefone e começou a ler os outros telefones e endereços de Celâl. Galip puxou um livro ao acaso da prateleira mais próxima (*Les caractères*, de La Bruyère) e, na última página, anotou cuidadosamente cada número de telefone e cada endereço que o outro lhe ditava, fazendo-o depois repeti-los várias vezes para se assegurar de que tinha anotado direito. Quando acabou, chegou a pensar em dizer-lhe que tinha mudado de idéia, que não queria mais ver os dois, que não tinha tempo a perder com os admiradores obstinados que não tinham a cortesia de deixá-lo em paz. No último instante, porém, não disse nada. Acabara de ter uma idéia. Quando, muito mais tarde, ele se esforçasse para recordar exatamente o que ocorrera naquela noite, admitiria que se deixara levar pela curiosidade: "Eu devia estar curioso para ver esse casal, mesmo que só de longe. Agora que eu tinha os telefones e os endereços que poderiam me levar a Celâl e Rüya, acho que pensei que isso iria melhorar em muito essa história inacreditável que eu tinha para lhes contar, pois assim, além daquelas conversas pelo telefone, eu também poderia descrever para eles a aparência do casal, a maneira como andavam, as roupas que usavam".

"Não vou lhes dar o meu endereço de casa", disse ele. "Mas podemos nos encontrar em algum outro ponto. Hoje, às nove da noite, por exemplo, em Nişantaşı, diante da loja de Alâaddin."

Essa pequena concessão bastou para a felicidade do casal, a tal ponto que Galip ficou constrangido com a gratidão intensa que sentiu do outro lado da linha. Será que Celâl Bey queria que lhe trouxessem um bolo de amêndoas, ou uma caixa dos petits-fours da confeitaria Longa Vida, ou então — como era provável que a visita duraria várias horas — uma garrafa de conhaque, talvez, acompanhada de pistaches e avelãs?

"Vou levar também minha coleção de fotografias, as fotos de policiais e das meninas do liceu!", exclamou Mehmet com uma voz que revelava seu cansaço; e quando soltou uma risada estranha e assustadora, Galip adivinhou a presença de uma outra garrafa de conhaque entre aquele homem e a mulher, aberta já havia um bom tempo. Confirmaram a hora e o local do encontro marcado, ambos apressados e sinceros, e depois desligaram.

33. Os quadros misteriosos

O mistério que tomei de empréstimo do Mathnawi.
Xeque Galip

Foi no começo do verão de 1952 (no primeiro sábado de junho, para ser exato) que o maior covil de iniqüidade de Istambul em todos os tempos — sem rival ainda em toda a Turquia, nos Bálcãs ou em todo o Oriente Próximo — abriu suas portas no coração da zona do meretrício de Beyoğlu, numa rua que desembocava no consulado britânico. Essa feliz ocasião também assinalou o auge de um animado e ambicioso concurso de pintura que era o assunto obrigatório da cidade havia pelo menos seis meses. Pois o proprietário da casa — o gângster mais célebre de Beyoğlu na época, o mesmo que anos mais tarde se transformaria também num dos personagens lendários da cidade ao atirar-se no Bósforo com seu Cadillac — resolvera mandar decorar as paredes do espaçoso saguão do seu novo estabelecimento com panoramas de Istambul.

Não, seu objetivo não era tornar-se mecenas dessa forma de arte proibida pelo Islã e por isso tão atrasada em nossa parte do mundo (e falo aqui da pintura figurativa, não da prostituição); nosso gângster queria simplesmente oferecer todos os prazeres à sua ilustre clientela, que acorria dos quatro cantos de Istambul e, na verdade, de toda Anatólia; e além da música, das drogas, do álcool e das meninas, pensou ainda em encantá-la com os lindos panoramas da cidade. Nossos grandes pintores acadêmicos, empenhados como sempre em plagiar os cubistas do Ocidente e, munidos de compasso e esquadro, transformar em caixotes e losangos nossas jovens beldades provincianas, recusaram todos a proposta do gângster, pois só aceitavam encomendas dos grandes bancos. Diante disso, o dono da nova casa decidiu apelar para os pintores de letreiros, os que decoram com cenas singelas os tetos das casas burguesas do interior ou os tapumes que cercam nossos cinemas ao ar livre, as barracas dos engolidores de cobra nas feiras, e até carroças e caminhões. Quando, ao cabo de vários meses de procura, foram finalmente selecionados dois pintores, cada um dos quais afirmava ser o melhor — na tradição de todo verdadeiro artista —, nosso gângster, inspirando-se nas práticas dos nossos bancos, pôs à disposição dos rivais duas paredes opostas do saguão de entrada do seu palácio do prazer e anunciou ao mundo um belo prêmio em dinheiro para o autor do melhor panorama de Istambul.

A primeira coisa que os dois pintores fizeram foi mandar erguer uma grossa cortina entre as duas paredes, pois desconfiavam profundamente um do outro. E a mesma cortina suja e remendada ainda corria pelo centro do saguão cento e oitenta dias mais tarde, quando o palácio do prazer abriu as portas, em marcado contraste com sua luxuosa decoração: cadeiras de armação dourada e estofamento de veludo vermelho, tapeçarias de Gordion, lustres e candelabros de prata, vasos de cristal, retratos de Atatürk, serviços de fina porcelana e aparadores incrustados de madrepérola. Eram muitos os convidados seletos daquela noite — até o prefeito da cidade compareceu em caráter oficial, pois o clube fora formalmente registrado como Sociedade para a Preservação das Artes Turcas Tradicionais — e, quando o feliz proprietário descerrou a cortina de pano ordinário, todos os presentes puderam ver, numa das paredes, um panorama esplêndido de Istambul e, na parede oposta, um imenso espelho em que a mesma paisagem se refletia, embora ainda mais bela, mais estupenda e mais reluzente que a original à luz dos candelabros de prata.

Claro que o prêmio foi para o pintor que instalara o espelho. Por muitos anos, porém, a maioria dos freqüentadores daquele palácio do pecado eram sempre fascinados pela duplicidade dessas imagens de uma beleza incrível. Apreciavam as duas paredes, a ponto de passarem horas a fio a contemplá-las, indo de uma para a outra na esperança de desvendar o mistério da sedução daquelas vistas idênticas.

O cão errante sujo e maltratado da primeira parede se transformava no reflexo: mantinha a aparência sempre melancólica, mas adquiria um certo ar de esperteza; quando o espectador voltava à pintura, percebia que o cão de lá também exibia um ar de esperteza e não conseguia deixar de sentir um certo incômodo, porque agora o cachorro revelava um movimento perturbador; tornando a atravessar a sala para reexaminar o espelho, via nele uma espécie de sobressalto, certos sinais inquietantes que davam a impressão de movimento; a essa altura, sua cabeça começava a girar, mas ainda assim o espectador tinha dificuldade de se conter para não voltar correndo para a pintura na primeira parede.

Um freguês de idade avançada e temperamento tendente à angústia passou tanto tempo examinando esse cachorro melancólico — e a rua palmilhada pelo cachorro, e a praça na qual a rua desembocava — que chegou a ver a água jorrando da fonte no centro da praça. Virou-se depressa para a pintura na primeira parede, com o sobressalto do velho que acaba de se lembrar que saiu de casa sem fechar a torneira, e constatou que a fonte continuava seca na pintura. Voltou a postar-se diante do espelho e verificou que a água jorrava com a mesma abundância de antes; tão impressionado ficou que não conseguiu deixar de comunicar sua descoberta às moças de vida airada que trabalhavam no bar da casa, mas foi recebido com indiferença pelas "recepcionistas" (já cansadas dos jogos incessantes de diferença entre o original e o espelho). O pobre velho resignou-se então a voltar para a solidão da sua casa e de uma existência imperceptível e sempre incompreendida pelos seus semelhantes.

Na verdade, porém, as mulheres que trabalhavam naquele palácio dos prazeres não eram tão indiferentes assim a essa questão; nas noites brancas e nevadas do inverno que passavam mergulhadas na espera e no tédio, contando umas às outras as mesmas histórias de sempre, usavam o quadro e os jogos mágicos do espelho quase como uma pedra de toque, porque a estranha relação entre as duas paredes sempre lhes permitia interessantes observações sobre a personalidade dos seus fregueses. Havia os apressados, ansiosos e insensíveis, que sequer reparavam nas estranhas discrepâncias entre a pintura e seu reflexo no espelho: eram homens que passavam horas a fio falando dos seus próprios problemas e se contentavam em obter uma coisa só daquelas mulheres: o que todos os homens esperam das moças de bar, que não conseguem distinguir umas das outras. Havia também os clientes que enxergavam as diferenças sutis entre o espelho e o reflexo, mas não lhes davam grande importância; eram homens audaciosos, que tinham passado por tanta coisa no amor que nada mais os afetava, homens que deviam ser tratados com desconfiança. E havia ainda os homens que, tomados por uma incurável mania de simetria, obstinavam-se como crianças em pôr fim na mesma hora àquelas incongruências entre o espelho e a pintura e que, por sua agitação e suas reclamações, passavam o tempo incomodando as moças do bar, os garçons e os proxenetas. Esses homens tendiam a ser maus amantes, avarentos e calculistas: eram incapazes de esquecer o mundo à sua volta quando bebiam, e tampouco quando se entregavam ao amor; sua voragem de organizar tudo os transformava em maus amantes e em amigos que não inspiravam confiança.

Algum tempo mais tarde, quando os freqüentadores do lugar se acostumaram aos caprichos do espelho, o delegado de polícia de Beyoğlu, que costumava honrar regularmente o cabaré com sua presença — graças ao favor que lhe dedicavam certos protetores, mais que à sua fortuna pessoal —, deparou-se um dia no espelho com os olhos de um personagem calvo de aspecto sombrio, que o pintor representara de pé num beco escuro, com uma arma na mão; na mesma hora, concluiu que devia ser o autor do grande mistério sem resposta da época, o "crime da praça Şişli"; convencido de que o artista que instalara aquele espelho seria capaz de lançar alguma luz sobre esse caso enigmático, desencadeou uma investigação para determinar quem era aquele homem.

Houve outra noite — uma noite quente e chuvosa de verão em que a água suja das sarjetas se transformava em vapor antes mesmo de chegar às entradas dos bueiros — em que o filho de um rico proprietário de terras, que tinha estacionado o Mercedes do pai à frente de uma placa de ESTACIONAMENTO PROIBIDO, concluiu que a jovem de aparência virtuosa que via no espelho, tecendo tapetes na casa modesta de um dos bairros pobres de Istambul, era a mulher que amava em segredo a vida inteira, e que tentava em vão encontrar. No entanto, quando se virou para a pintura, viu apenas uma das muitas jovens camponesas descoradas e infelizes que viviam nas aldeias pertencentes ao seu pai.

Quanto ao dono do estabelecimento — que alguns anos mais tarde haveria de desbravar ele próprio os mistérios do além, atirando, como se fosse um garanhão, seu Cadillac nas correntes rápidas do Bósforo —, todos esses gracejos, todas essas coincidências divertidas, todos esses pretensos segredos do universo nada tinham a ver com a pintura ou as artimanhas do seu reflexo; no momento em que seus clientes, embriagados de *rakı* ou de haxixe, punham-se a planar acima das brumas da sua melancolia e das suas dores habituais, redescobriam esse universo eufórico com que sempre sonhavam e, na alegria infantil do reencontro com aquele paraíso perdido, os enigmas dos seus sonhos se confundiam com as imagens do espelho. No entanto, a despeito desse seu admirável realismo, era comum ver-se o famoso gângster sentado nas manhãs de domingo com os filhos das "recepcionistas" que esperavam as mães exaustas para levá-los ao cinema, brincando com as crianças de "Jogo dos Sete Erros" com a pintura e o espelho, como se fosse um quebra-cabeça desenhado no suplemento dominical do seu jornal favorito.

Mas as diferenças entre a pintura do saguão e seu reflexo eram bem mais de sete; as discrepâncias, as transformações espantosas que se operavam bem diante dos olhos de quem as contemplava eram infinitas. Porque a paisagem de Istambul pintada na primeira parede fazia pensar, pela sua técnica, nas cenas que podemos ver nas laterais das carroças ou nas tendas de feiras circenses; mas seu espírito lembrava as gravuras sombrias e sinistras que nos trazem calafrios à espinha, e a concepção, o enquadramento, constituía realmente um vasto afresco. A ave gigantesca, pousada bem no topo da cena pintada, desfraldava lentamente suas asas no espelho, como uma criatura lendária; no espelho, as fachadas desbotadas das antigas casas de madeira se transformavam em rostos assustadores; os cavalos de madeira pintada dos carrosséis do parque de diversões se animavam e adquiriam mil cores; cada velho bonde, cada carroça, cada minarete, cada ponte, cada assassino, cada leiteria, cada parque, cada café à beira-mar, cada barca, cada letreiro transformava-se num sinal que indicava um outro universo, melhor do que este nosso. O livro de capa preta que o autor da pintura, ironicamente, pusera nas mãos de um mendigo cego, cindia-se no espelho, onde se convertia numa narrativa fragmentada e de significado desdobrado em dois; no entanto, quando o espectador voltava à primeira parede, ele tornava a se transformar num livro único que perdera todo o mistério. Como deve ter feito em muitas pinturas para feiras e espetáculos de rua, o pintor incluiu em seu mural uma das mais famosas estrelas do cinema turco, com seus cílios longuíssimos, seus lábios muito vermelhos e seus lânguidos olhos de corça; no espelho, ela se transformava na mãe pobre e orgulhosa de seios fartos que consola toda a nação, mas assim que o olhar enevoado pelo álcool do espectador tornava a fitar a primeira parede, constatava — com estupefação, mas também com um certo prazer — que ali não se encontrava mais o emblema nacional da maternidade, mas a esposa fiel e costumeira com quem dividia a cama havia tantos anos.

Mas o que mais espantava os clientes do palácio do prazer era ver no espelho os novos significados, os sinais bizarros, o universo desconhecido que apareciam no rosto dos personagens que o pintor distribuíra por muitos pontos da paisagem, e cujo número parecia aumentar cada vez mais, como no mar de rostos que cruzava as pontes da cidade. Olhando para a pintura, viam o rosto de um cidadão comum como tantos outros, com sua melancolia e seu olhar contrariado, ou de um outro, envergando um chapéu de feltro e exibindo um ar dinâmico e produtivo, satisfeito consigo mesmo; no espelho, porém, esses mesmos rostos surgiam cobertos de sinais e letras desenhados que os transformavam em mapas, nos fragmentos de uma história há muito perdida; e o freguês de mente embotada, que além disso via sua própria imagem instalar-se no espelho enquanto se deslocava de um lado para o outro entre as cadeiras de veludo, tinha a ilusão de ter sido iniciado num grande mistério, acessível apenas a uns poucos eleitos. Todo mundo sabia que esses fregueses, que as moças do bar tratavam como verdadeiros paxás, nunca descansariam enquanto não decifrassem o segredo da pintura e do espelho, e que estavam dispostos a enfrentar quaisquer viagens, aventuras e perigos para encontrar a explicação daquele mistério.

Anos mais tarde — depois que seu proprietário já mergulhara no desconhecido das águas do Bósforo e que o palácio do prazer saíra completamente de moda —, as "recepcionistas" envelhecidas contemplaram um dia o rosto infeliz do delegado de polícia de Beyoğlu que lhes vinha fazer uma nova visita, e reconheceram na mesma hora que ele era mais um desses seres inquietos.

Ele viera, ao que disse, para examinar mais uma vez o espelho, na esperança de encontrar alguma pista que o ajudasse a elucidar o mistério do famoso "crime da praça Şişli", ainda sem solução. Mas lhe explicaram que era tarde demais. Na semana anterior, uma briga entre maus elementos tinha começado no saguão — provocada mais pelo tédio e pela falta do que fazer do que por alguma disputa de mulheres ou dinheiro. No entanto, assim que os leões-de-chácara da casa entraram no conflito, o imenso espelho desabara em cima dos brigões e se espatifara em mil pedaços, com um estrondo impressionante. A tal ponto que o delegado, próximo já da aposentadoria, não conseguira descobrir nos fragmentos de vidro nem o autor do crime misterioso nem qualquer explicação do segredo oculto por trás daquele espelho.

34. Não quem conta a história, mas a história contada

Meu modo de escrever é antes pensar em voz alta, ao sabor dos meus humores, do que pensar muito em quem estará me ouvindo.
Thomas de Quincey, *Confissões de um comedor de ópio*

Pouco antes que ficasse combinado um encontro diante da loja de Alâaddin, a voz ao telefone dera a Galip sete números de telefone que seriam de Celâl. Galip estava tão convencido de que um deles o levaria a Celâl e Rüya que já imaginava as ruas, as escadas, os apartamentos onde os dois reapareceriam. Sabia também que, no momento em que os visse, no momento em que lhe dissessem as primeiras palavras, ele julgaria plenamente fundamentados e razoáveis todos os motivos que eles lhe dariam para explicar seu desaparecimento. E sabia exatamente, por outro lado, o que Celâl e Rüya iriam lhe dizer: "Galip, também procuramos você por toda parte, mas você não estava em casa nem no escritório. Onde você se meteu?".

Galip levantou-se da poltrona que não deixava havia várias horas, tirou o pijama de Celâl, lavou-se, barbeou-se e se vestiu. Quando examinou seu rosto no espelho, as letras que pôde ler com toda a facilidade não lhe pareciam mais conseqüência de um jogo delirante ou de conspirações sombrias, nem uma ilusão de óptica que pudesse fazê-lo duvidar da sua própria identidade. Aquelas letras faziam parte do mundo real, assim como a velha navalha ao lado do espelho, assim como o sabonete Lux cor-de-rosa que Sylvana Mangano também usava, segundo os anúncios.

Recolhendo o *Milliyet* que o porteiro enfiara debaixo da porta, Galip procurou a crônica de Celâl e leu as palavras que ele próprio escrevera como se fossem de um outro. Pertenciam a Celâl, já que apareciam debaixo do seu retrato. Entretanto, Galip sabia perfeitamente que aquelas palavras eram suas. O que não lhe parecia nada contraditório; pelo contrário, dava-lhe a impressão do prolongamento de um universo acessível. Imaginou Celâl sentado numa das sete casas cujos telefones agora tinha, lendo em sua coluna um artigo escrito por outra pessoa; mas Galip estava convencido de que seu primo não veria aquilo como uma afronta, ou o verdadeiro autor como um falsário. O mais provável é que sequer percebesse que não se tratava de uma das suas velhas crônicas, republicada pelo jornal.

Cortou algumas fatias de pão, pegou a *tarama* e a língua fatiada na geladeira, descascou uma banana e sentou-se para comer. Em seguida, disposto a reforçar seus laços com o mundo real, decidiu cuidar de vários assuntos jurídicos que deixara pendentes e ligou para um colega com quem trabalhara em vários casos de presos políticos, explicando que tivera de lidar com uma emergência e precisara passar alguns dias fora da cidade. Ficou sabendo que um dos processos avançava com a mesma lentidão de sempre, mas que outro caso, também político, fora julgado, e seus clientes tinham sido condenados a seis anos de prisão cada um, como cúmplices, simplesmente por terem hospedado alguns membros de uma organização comunista clandestina. Agora lembrava que tinha visto uma notícia sobre esse mesmo julgamento no jornal que acabara de ler, mas sem reconhecer que era um dos seus casos. Sentiu uma súbita raiva, embora não soubesse de quem nem por quê. Em seguida telefonou para casa — como se fosse a coisa mais natural do mundo. "Se Rüya estiver em casa", pensou, "vou pregar uma peça nela também." Decidiu que ia disfarçar a voz e fingir que era alguém procurando por Celâl. Mas ninguém atendeu o telefone.

Ligou em seguida para İskender e perguntou quanto tempo a equipe da televisão inglesa ainda pretendia ficar em Istambul. "É a última noite deles", respondeu İskender. "Amanhã cedo eles embarcam de volta para Londres." Galip lhe disse que tinha quase encontrado Celâl, e que Celâl estava ansioso para conversar com os jornalistas ingleses, pois tinha revelações palpitantes a lhes fazer; ele também dava grande importância a essa entrevista. "Se é assim", respondeu İskender, "preciso organizar um encontro para hoje à noite. Porque eles também estão ansiosos para falar com ele." "Neste momento, ele deve estar no número que vou lhe dar", disse Galip, e em seguida leu o número anotado no telefone em que falava.

Discou o número da Tia Hâle; disfarçando a voz, anunciou que era um leitor leal e fã ardoroso, e que tinha ligado para parabenizar Celâl pela crônica de hoje. Enquanto falava, as perguntas brotavam em seu espírito: depois de ficarem sem qualquer notícia de Rüya ou dele por tantos dias, teriam procurado a polícia? Ou ainda estariam esperando que os dois voltassem de Esmirna? E se Rüya tivesse ido procurá-los para contar-lhes tudo? Teria havido alguma notícia de Celâl naquele período? A resposta contida da Tia Hâle — Celâl Bey não estava lá, era melhor procurá-lo no jornal — não lhe revelou nenhuma novidade. Exatamente às 2h20 da tarde, Galip abriu *Les caractères* na última página e começou a telefonar para cada um dos sete números que anotara.

O primeiro telefone tocou na casa de uma família de que nunca tinha ouvido falar; o segundo foi atendido por uma criança falastrona, do tipo que se encontra em toda parte; o terceiro, por um velho de voz áspera e aguda. O quarto tocou num restaurante especializado em carnes grelhadas, o quinto pertencia a um corretor de imóveis muito pedante que declarou não ter o menor interesse pelas pessoas a quem aquele número pertencera antes dele, e o sexto era de uma costureira de fala mansa que disse possuir aquele número de telefone havia quarenta anos; quando finalmente descobriu que o sétimo telefone pertencia a dois recém-casados que só chegariam em casa bem mais tarde, já eram sete da noite. Em algum momento, em meio a esses telefonemas, ele vasculhou a prateleira inferior da estante de olmo, onde — no fundo de uma caixa de cartões-postais por que até então não se interessara — encontrou dez fotografias.

Um passeio em família ao Bósforo — ao café debaixo do famoso plátano de Emirgân. O Tio Melih de paletó e gravata com uma jovem e linda Tia Suzan, muitíssimo parecida com Rüya, e mais um estranho que podia ser o imã da mesquita de Ermigân ou um dos estranhos amigos com quem Celâl sempre estava; e ali, olhando com ar curioso para a câmera, que Galip agora percebe estar nas mãos de Celâl, está a própria Rüya... Em seguida, Rüya com o vestido de alcinhas que usou no verão entre a segunda e a terceira séries, de pé à frente do aquário com Vasıf, segurando o gatinho de dois meses que é Carvão, o gato da Tia Hâle, para que veja os peixes, e ao lado deles Esma Hanım os observa rindo, os olhos semicerrados pela fumaça do cigarro que lhe pende da boca, ajustando o xale que lhe cobre a cabeça embora não saiba com certeza se sairá ou não na foto... Rüya dormindo profundamente na cama da Avó depois de uma refeição em família no meio do inverno, durante o Ramadã, os joelhos encolhidos junto ao peito, os punhos fechados e o rosto enterrado num travesseiro, igual a como ele a vira pela última vez, sete dias e onze horas antes — mas aquela foto datava do primeiro casamento dela, quando era revolucionária, descuidava da aparência e raramente visitava a mãe, os tios e as tias; tinha aparecido naquela manhã de inverno, sozinha e sem aviso... Toda a família de pé diante do edifício Cidade dos Corações, com İsmail, o porteiro, e sua mulher Kamer Hanım; Celâl está abraçado a Rüya; ela tem fitas no cabelo e olha para a calçada, contemplando um vira-lata que devia ter morrido anos antes... Tia Suzan, Esma Hanım e Rüya, de pé no meio da multidão que ocupava as duas calçadas da avenida Teşvikiye, do liceu das moças até a loja de Alâaddin, acenando para Charles de Gaulle, que não se vê na foto, onde só aparece o nariz do seu carro... Rüya, sentada à penteadeira da sua mãe, cercada de potes de pó-de-arroz, tubos de creme Pertev, frascos de água-de-rosas e água-de-colônia, atomizadores de perfume, lixas de unha e prendedores de cabelo, enfiando a cabeça de cabelos curtos entre as abas do espelho para poder ver três, cinco, nove, dezessete, trinta e três Rüyas... O sol atravessa uma janela e cai em Rüya que, aos quinze anos, usa um vestido sem mangas de algodão e está debruçada sobre o jornal, puxando uma mecha do cabelo e mastigando o lápis enquanto resolve as palavras cruzadas; não sabe que está sendo fotografada, e nem olha para a tigela de grão-de-bico que tem a seu lado; tem no rosto a expressão que sempre deixa Galip com um certo medo, pois o faz sentir-se excluído... Rüya sentada na mesma poltrona onde Galip está instalado, rindo ao lado do telefone no qual ele acaba de falar, na sala que ele vem palmilhando há tantas horas; usa o colar do sol hitita que ele lhe deu de presente no seu último aniversário, o que significa que a foto foi tirada em algum momento dos últimos cinco meses... Rüya com os pais num restaurante do interior que Galip não consegue reconhecer, com um ar muito contrariado por causa das discussões terríveis que sua mãe e seu pai sempre começavam assim que saíam juntos de casa durante o dia... Rüya, tentando exibir um ar contente, mas, embora sorridente, emanando uma melancolia que seu marido já desistiu de compreender; está na praia de Kilyos, onde passou as férias no ano em que se formou no liceu; atrás dela, as ondas vindas do mar Negro e as águas brancas de espuma; a seu lado, uma bicicleta que não é sua mas na qual apóia o lindo braço como se lhe pertencesse; usa um biquíni tão sumário que se vê perfeitamente sua cicatriz de apendicite, e entre a cicatriz e o umbigo aparecem duas pintas em forma de lentilha, e quase se enxerga o contorno das suas costelas debaixo da pele sedosa; tem uma revista nas mãos, mas Galip não consegue ver qual é, não porque a imagem esteja fora de foco, mas porque seus olhos ficam cheios de lágrimas.

Nesse momento, Galip e suas lágrimas se encontravam no cerne do mistério. Tinha a impressão de encontrar-se num lugar que conhecia mas não sabia conhecer; ou percorrendo um livro que já lera mas relia com a mesma emoção, porque não tinha memória de tê-lo lido. Sabia que já experimentara antes aquela mesma sensação de frustração, de fim iminente, de devastação completa; ao mesmo tempo, sabia que ninguém era capaz de suportar dor tão fulgurante mais de uma vez na vida. Tinha consciência de que a dor por ter sido enganado, abandonado e maltratado era totalmente sua e intransferível, e que ninguém mais podia ser culpado por ela; ainda assim, tinha a impressão vaga de que aquele desespero era conseqüência de uma cilada em que caíra, uma armadilha preparada para ele com todo o cuidado, planejada com o mesmo vagar que o lance de um jogador de xadrez.

Com dificuldade de respirar pelo nariz, sempre imóvel em sua poltrona, não enxugava as lágrimas que caíam nas fotografias de Rüya. Da praça de Nişantaşı, chegavam-lhe os sons da noite de sexta-feira: cada janela, cada objeto da sala estremecia ao sabor do ronco dos motores exaustos dos ônibus lotados, das buzinas ensurdecedoras que se manifestavam ao primeiro sinal de engarrafamento, do apito nervoso do policial do cruzamento, dos alto-falantes das lojas de fitas e discos na entrada de cada galeria, da agitação ruidosa da multidão que se acotovelava nas calçadas. Quando percebeu esse tremor de todos os objetos da sala, Galip pensou que os móveis e esses outros objetos à sua volta pertenciam a um universo próprio e tinham um tempo que lhes era próprio — um tempo e um espaço diferentes do tempo e do espaço que todos compartilhavam. "Ser enganado é ser enganado", pensou ele. E repetiu essas palavras muitíssimas vezes, até que elas perdessem totalmente o significado, convertendo-se em letras e sílabas sem sentido.

Entregou-se a um devaneio: Rüya estava com ele, mas não naquela sala, estavam em casa; era noite, e arrumavam-se para sair; primeiro iriam jantar e depois ver um filme no Palácio. Na volta, comprariam a primeira edição dos jornais da manhã seguinte, e quando chegassem em casa iriam se acomodar em suas poltronas de sempre para lê-los. Imaginou em seguida uma outra versão: nela, uma figura com um rosto de espectro lhe dizia, "Faz anos que eu sei quem você é, mas você nem me conhece". E quando lembrou a identidade do homem que dizia aquelas palavras, entendeu que aquele espectro o vigiava havia muitos anos, e logo, muito depressa, que não era ele que o homem vigiava, mas Rüya. Uma ou duas vezes, tinha-lhe ocorrido de observar Rüya e Celâl sem que eles percebessem e, sempre, sentira um medo surpreendente. "Era como se eu tivesse morrido e assistisse de longe, dolorosamente, de que maneira a minha vida continuava sem mim." Foi sentar-se à mesa de trabalho de Celâl, redigiu de fora a fora uma crônica que começava com essa frase e a assinou com o nome de Celâl. Agora tinha certeza de estar sendo observado — se não por uma pessoa de verdade, pelo menos por um olho.

O burburinho das televisões que lhe chegava dos prédios vizinhos abafava pouco a pouco o tumulto da praça de Nişantaşı. Quando ouviu o prefixo musical do noticiário das oito da noite, imaginou que toda a população da cidade de Istambul reunia-se em torno das mesas da sala de jantar para assistir ao jornal, e que seis milhões de homens e mulheres tinham os olhos fixos na tela da tevê. Cogitou de masturbar-se, mas sentiu-se constrangido pela presença incessante daquele olho que imaginava acima dele. O desejo que sentia de ser ele mesmo e mais ninguém ficou tão violento que teve vontade de quebrar tudo naquela sala, e também de matar todas as pessoas a quem devia ter parado ali. Estava pensando se não era o caso de arrancar o telefone da parede e atirá-lo pela janela quando o aparelho tocou.

Era İskender. Tinha entrado em contato com os jornalistas da televisão inglesa, que ficaram muito entusiasmados com a perspectiva do encontro; esperavam Celâl para a gravação da entrevista aquela noite, num quarto do Pera Palace Hotel. Galip conseguira falar com Celâl?

"Falei, sim, claro!", exclamou Galip, surpreso com a fúria de que se viu tomado. "Celâl está de acordo. E diz que vai fazer uma série de revelações da maior importância. Chegaremos ao Pera Palace às dez."

Depois de desligar, Galip foi tomado por uma emoção que oscilava entre o terror e o êxtase, a afobação e a serenidade, o desejo de vingança e o amor ao próximo. Vasculhou as pilhas de cadernos, papéis, antigas crônicas e recortes de jornal como se procurasse alguma coisa em especial, embora na verdade não tivesse idéia do que buscava. Seria algum indício que pudesse provar a presença das letras em seu rosto? Mas essas letras e o seu significado eram tão evidentes que dispensavam qualquer comprovação. Estaria à procura de alguma lógica que pudesse ajudá-lo a escolher as coisas que diria? Além da sua raiva e do seu nervosismo, porém, não estava em condição de acreditar em coisa nenhuma. Estaria procurando algum exemplo, alguma coisa que pudesse ilustrar a beleza do mistério? Mas ele sabia que lhe bastaria falar acreditando nas histórias que contava. Voltou a vasculhar a estante e os armários, correu os olhos pelos cadernos de endereços, leu sílaba por sílaba as "frases-chave" publicadas em várias crônicas, examinou os mapas das cidades, passou os olhos por várias fotografias. Tinha começado a mexer na caixa de disfarces quando olhou para o relógio e viu que eram 8h57; com a consciência culpada de que se atrasara de propósito para o seu compromisso, saiu correndo do apartamento.

Exatamente às 9h02, postou-se na sombra na entrada de um prédio bem em frente à loja de Alâaddin. Na calçada oposta, não havia ninguém que pudesse ser o narrador calvo ou sua mulher. Ainda estava furioso com os dois por lhe terem fornecido números de telefones que não deram em nada: quem estava tentando enganar quem? Quem era o fantoche, e quem o manipulador?

A vitrine da bem iluminada loja de Alâaddin estava atulhada de objetos, mas Galip só via uns poucos. Entre os revólveres de brinquedo, as bolas de borracha enchendo sacolas de rede, as máscaras de orangotango e de Frankenstein que pendiam do teto na ponta de pedaços de barbante, viam-se ainda as caixas de jogos de tabuleiro, as garrafas de *rakı* e licor, as revistas muito coloridas de variedades ou de esporte, presas à vitrine por pregadores de roupa, as bonecas dentro das suas caixas e, caminhando de um lado para o outro em meio àquilo tudo, a silhueta de Alâaddin debruçando-se ou sacudindo a cabeça: devia estar contando o encalhe a devolver dos jornais. Não havia mais ninguém na loja. Estava atrás daquele balcão desde a manhã; sua mulher haveria de estar em casa, cozinhando, à espera de sua volta. Um freguês entrou na loja e Alâaddin voltou a seu posto atrás do balcão. Em seguida, foi a vez de um casal de certa idade entrar na loja, e Galip sentiu o coração subir-lhe à garganta. O primeiro homem saiu da loja — usava roupas estranhas — e quando o casal saiu atrás dele, de braços dados e carregando uma garrafa, ele percebeu na mesma hora que não podia ser o casal que estava esperando; aqueles dois estavam absortos demais em seu mundo próprio. Um cavalheiro distinto, vestindo um sobretudo de gola de pele, entrou na loja; quando ele e Alâaddin começaram a conversar, Galip tentou adivinhar do que estariam falando.

Assestou os olhos na praça de Nişantaşı, na calçada diante da mesquita e na rua que subia vindo de İhlamur, mas não viu ninguém fora do comum: só alguns transeuntes perdidos em seus pensamentos, caixeiros de loja sem sobretudo caminhando o mais depressa que podiam e homens solitários ainda mais perdidos no azul-acinzentado da noite. Um momento mais tarde, as ruas e calçadas ficaram totalmente desertas e Galip quase conseguiu ouvir o chiado do letreiro de neon acima da vitrine da loja de máquinas de costura do outro lado da rua. Além do sentinela que acalentava sua submetralhadora do lado de fora da delegacia de polícia, não havia mais vivalma na rua. Galip fixou o olhar no tronco da imensa castanheira — onde Alâaddin costumava expor suas revistas, prendendo-as com elástico; quando ergueu os olhos para os ramos nus da árvore, começou a sentir medo. Teve a sensação de que estava sendo vigiado, de que fora localizado, de que estava em perigo. Ouviu-se um barulho alto. Um Dodge '54 que vinha subindo de İhlamur quase colidiu com um velho ônibus Skoda que se dirigia para Nişantaşı. No interior do ônibus que freara bruscamente, Galip via os passageiros que se recuperavam do susto; levantavam-se e olhavam todos para o outro lado da rua. À luz fraca dos faróis do ônibus, a menos de um metro dele, Galip percebeu um rosto cansado que não parecia nada interessado no que ocorria à sua volta; era um homem de uns sessenta e poucos anos, e parecia totalmente exausto; seus olhos exibiam uma opacidade estranha, e transbordavam de dor e sofrimento. Será que já se tinham encontrado antes? Seria um advogado aposentado, um professor à espera da morte? Estariam os dois pensando a mesma coisa enquanto aproveitavam aquele encontro casual para trocar um olhar inquisitivo? Em seguida, o ônibus engrenou subitamente a primeira marcha e os dois se perderam de vista, para talvez nunca mais se encontrarem. Olhando para a calçada oposta através da fumaça azulada do cano de descarga, Galip tornou a ver movimento. Dois jovens estavam postados diante da loja de Alâaddin, acendendo seus cigarros — esperando talvez um terceiro amigo com quem tinham combinado ir ao cinema. E havia várias pessoas dentro da loja: três fregueses que folheavam as revistas e um vigia noturno. De repente, apareceu um vendedor de laranjas com um bigode imenso, empurrando um carrinho, e se instalou na esquina. Será que já estaria ali havia muito tempo, sem que Galip percebesse? Um casal carregado de pacotes passou diante da mesquita; o pai levava uma criança no colo. No mesmo instante, a velha senhora grega dona da loja de doces ao lado desligou as luzes da sua loja e saiu à rua embrulhada num velho sobretudo. Dirigiu um sorriso bem-educado a Galip enquanto trancava a loja; em seguida, produziu um guincho desagradável enquanto baixava a porta de aço. Agora, de repente, a loja de Alâaddin e a calçada em frente estavam novamente desertas. O maluco da parte alta do bairro, o que achava ser um famoso jogador de futebol, apareceu caminhando pela calçada vindo da direção do liceu das moças; usava um agasalho esportivo azul e amarelo, e passou à frente de Galip empurrando lentamente um carrinho de bebê em que guardava os jornais que vendia na porta do cinema Pérola, em Pangaltı; quando as rodas do carrinho giravam, produziam uma musiquinha que agradava Galip. Soprava uma brisa leve. Galip sentiu frio. Eram 9h20. "Vou esperar a passagem de mais três pessoas", pensou ele. Agora não conseguia mais ver Alâaddin em sua loja, nem o guarda na frente da delegacia de polícia. A porta que dava para uma sacada minúscula no edifício do outro lado da rua se abriu, e Galip percebeu o fulgor avermelhado da ponta de um cigarro que o homem atirou longe antes de voltar para dentro. As calçadas pouco molhadas exibiam o reflexo metálico das luzes dos anúncios e dos letreiros de neon; por toda parte, pedaços de papel, pontas de cigarro, sacos de plástico, restos de comida... Conhecia aquela rua, aquele bairro, a vida inteira, sabia de cor todos os seus detalhes, testemunhara todas as mudanças que sofreram, mas de repente as chaminés dos edifícios altos que via destacadas contra o céu opaco da noite pareceram-lhe tão estranhas e distantes quanto os dinossauros dos livros da sua infância. E teve a impressão de se transformar no herói que tanto queria ser quando menino, o homem com visão de raio X: conseguia ver o significado secreto do universo, indicado por letras dos luminosos acesos acima do restaurante e da loja de tapetes, pelos bolos e croissants da confeitaria, pelas máquinas de costura e os jornais das vitrines. Mas os pobres sonâmbulos que transitavam pelas calçadas tinham perdido toda a memória daquele outro universo, e em suas vidas estreitas se contentavam com as certezas rasas do único significado que captavam do universo original cujos mistérios outrora tinham conhecido; assim como as pessoas que tinham esquecido o que eram o amor, a fraternidade e o heroísmo, e se contentavam com a versão deles que os filmes lhes mostravam. Galip caminhou até a praça de Teşvikiye e tomou um táxi.

Quando o carro passou diante da loja de Alâaddin, Galip imaginou que o homem calvo devia estar escondido na entrada escura de um edifício, exatamente como ele, esperando que Celâl aparecesse. Talvez tenha sido uma ilusão, mas quando passaram pela frente da loja de máquinas de costura, Galip teve a impressão de perceber à luz do neon, em meio aos manequins um tanto sinistros que fingiam costurar debruçados sobre suas máquinas, uma sombra estranhamente trajada, um tanto sinistra ela também. Quando chegaram à praça de Nişantaşı, Galip mandou o táxi parar para comprar a edição antecipada do jornal do dia seguinte. Leu sua própria crônica com um sentimento de alegria e surpresa misturado à curiosidade, como se tivesse sido escrita por Celâl, tentando imaginar em vão a reação do próprio Celâl ao pegar o mesmo jornal e ler as palavras de outro publicadas debaixo do seu retrato e assinadas com seu nome. E sentiu uma onda de raiva crescer dentro dele, contra Celâl mas também contra Rüya. Sentia vontade de gritar, "Vocês vão ver, vão ter a sorte que merecem!", mas não sabia ao certo o que os dois mereciam — um gesto de vingança ou um prêmio pelo plano bem arquitetado? No fundo, ainda nutria a esperança insensata de esbarrar com os dois no Pera Palace. Enquanto o táxi avançava aos solavancos pelas ruas tortuosas de Tarlabaşi, passando por hotéis de luzes apagadas e tristes cafés de paredes nuas tomados por uma clientela exclusivamente masculina, Galip teve a impressão de que toda Istambul estava à espera de alguma coisa. E em seguida se surpreendeu, como se a percebesse pela primeira vez, ao constatar a decrepitude dos carros, dos ônibus e dos caminhões que percorriam a cidade.

A entrada do Pera Palace estava muito aquecida e transbordava de luz. No saguão espaçoso à direita, sentado entre turistas num dos sofás antigos, viu İskender acompanhando o trabalho da equipe de filmagem local que aproveitava a rica decoração oitocentista do hotel como cenário para um filme histórico. No ambiente bem iluminado, reinava uma atmosfera alegre e amistosa.

"Celâl não pôde vir, sinto muito", explicou Galip a İskender. "Aconteceu alguma coisa inesperada e grave, e ele foi obrigado a se esconder. Por motivos que eu não posso revelar, e têm a ver com esses fatos, ele me pediu para substituí-lo na entrevista. Sei de cor, com todos os detalhes, as histórias que ele pretendia contar. E posso falar no lugar dele."

"Não sei se essas pessoas vão concordar com isso."

"Basta você dizer a eles que eu sou Celâl Salik", respondeu Galip exasperado, e a irritação em sua própria voz deixou-o surpreso.

"E por que eu faria uma coisa dessas?"

"Porque o importante não é quem conta a história, mas a história contada. E agora nós temos coisas a contar para eles."

"Mas essas pessoas já conhecem você", disse İskender. "Você até contou uma história para eles, na noite do cabaré."

"E você acha que eles me conhecem?", disse Galip, sentando-se no sofá. "Não é a palavra certa. Eles me viram, só isso. De qualquer maneira, hoje eu sou outra pessoa. Eles não sabem quem é o homem que viram naquela noite e nem o homem que vão encontrar agora. Vai ver, eles acham que os turcos são todos iguais."

"Escute", disse İskender. "Mesmo que nós dois cheguemos lá dizendo que não era você o homem que viram naquela noite, é certo que eles estarão esperando uma pessoa bem mais velha que você."

"O quanto eles sabem sobre Celâl Salik?", perguntou Galip. "Meu palpite é que alguém lhes falou desse colunista famoso com quem precisavam conversar, alguém que ficaria muito bom num programa sobre a Turquia. E então anotaram o nome dele num pedaço de papel. Mas duvido muito que tenham se dado ao trabalho de perguntar que idade ele tinha, ou como é a cara dele."

Nesse momento, ouviram gargalhadas vindas do canto do salão onde o filme de época estava sendo rodado. Viraram-se para olhar.

"Por que estão rindo?", perguntou Galip.

"Não tenho certeza", respondeu İskender, que no entanto sorria como se soubesse.

"Nenhum de nós nunca é a pessoa que é", murmurou Galip, como se lhe revelasse um segredo. "Nenhum de nós nunca pode ser quem é. Os outros sempre podem ver outra pessoa em você, não sabia disso? Você tem certeza de ser mesmo quem é? E mesmo que seja, tem certeza de que conhece a pessoa que você tem tanta segurança de ser? O que esses jornalistas esperam de nós? O homem que eles querem conhecer é um estrangeiro que o público inglês que assiste televisão depois do jantar possa achar interessante, um homem cujos problemas e cuja tristeza eles possam entender, e cujas histórias possam tocar seus corações. E eu tenho a história certa para dar conta desse recado. Além disso, nem precisam mostrar meu rosto. Podem me filmar em contraluz, com o rosto na sombra. Um jornalista turco, bem conhecido em seu país — e muçulmano, não esqueça o quanto isso acrescenta de atrativo —, com medo da brutalidade de um governo repressor, dos assassinatos políticos ou de um golpe militar iminente, só concorda em conceder uma entrevista à BBC se sua identidade for mantida em segredo. O que poderia ser melhor que isso?"

"Está bem, então", disse İskender. "Vou ligar para o quarto. Devem estar esperando por nós."

Galip ficou acompanhando as filmagens na outra extremidade do imenso saguão. Um barbudo paxá otomano num uniforme resplandecente coberto de comendas e medalhas conversava com sua filha, que escutava docilmente e com toda a atenção seu pai adorado. Mas o ator não olhava para a atriz que fazia a filha; discursava postado de frente para a câmera, observado pelos garçons e empregados do hotel que se perfilavam dos dois lados da cena num silêncio respeitoso.

"Ninguém mais virá em nossa ajuda, não temos como nos defender e nem mais nenhuma esperança; perdemos todas as forças, e o mundo inteiro se voltou contra os turcos", dizia o paxá. "Só Deus sabe, mas não seria surpresa para mim se o governo fosse obrigado a abandonar também essa fortaleza..."

"Mas não, meu querido pai, veja; veja o que ainda temos", protestava a filha, mostrando ao espectador, mais do que ao pai, o livro que tinha nas mãos. Mas Galip não conseguiu ver que livro era. Quando pararam para uma nova tomada da mesma cena, Galip tentou novamente entender de que livro se tratava, mas não conseguiu ler o título; ficara mais intrigado ainda ao ver que não era um exemplar do Corão.

Mais tarde, quando İskender o conduziu até o quarto 212 depois de subirem no velho elevador, Galip ainda estava sob o efeito da frustração que sentia quando não conseguia descobrir o título de um livro ou o nome de uma pessoa conhecida que teimava em lhe escapar.

No quarto estavam os três jornalistas ingleses que ele conhecera no cabaré. Os dois homens ajustavam os refletores e a câmera, munidos de copos de *rakı*. A mulher ergueu os olhos da revista que estava lendo.

"Eis o nosso famoso jornalista, o nosso célebre cronista Celâl Salik, em pessoa!", disse İskender num inglês que Galip, como um bom aluno, traduzia automaticamente de volta para o turco e lhe pareceu bastante correto.

"Encantada!", disse a mulher, e os dois homens disseram "Muito prazer" em coro, como uma dupla de gêmeos de história em quadrinhos. E em seguida ela acrescentou, "Mas já não nos encontramos?".

"Ela está perguntando se vocês já não se encontraram", traduziu İskender para Galip.

"Onde?", perguntou Galip virando-se para İskender.

İskender dirigiu-se à mulher e repetiu a pergunta de Galip.

"Num cabaré", disse a mulher.

"Faz anos que não entro num cabaré, e não planejo voltar a entrar no futuro próximo", disse Galip num tom convicto. "Na verdade, acho que nunca pus os pés num cabaré. Esse tipo de atividade social, em lugares freqüentados por gente demais, prejudica a solidão, o equilíbrio mental de que eu preciso para escrever. Além disso, a violência com que o Estado chega a reprimir nossa vida profissional, uma violência que vem atingindo proporções assustadoras, a intensidade do meu trabalho literário, as pressões, os assassinatos políticos que vêm acontecendo quase todo dia, fazem com que sair e ir a lugares onde há muita gente tenha se convertido num grande risco. Por outro lado, sei também que existem, não só nos quatro cantos de Istambul como em toda a Turquia, cidadãos tementes a Deus que acham que são Celâl Salik ou que se fazem passar por ele, levados por motivos que considero perfeitamente legítimos. Já cruzei com vários deles nas noites em que percorro a cidade disfarçado — sim, as noites em que palmilho o baixo mundo da nossa cidade, seus bairros mais pobres, penetrando cada vez mais nas trevas, no coração do mistério em que estamos todos envolvidos —, e cheguei até a travar amizade com algumas dessas infelizes criaturas, que conseguem se transformar em 'mim' com uma perfeição que me deixa aterrorizado. Istambul é uma terra muito vasta, um reino incompreensível."

Enquanto İskender traduzia sua declaração, Galip virou-se para a janela aberta de onde se divisavam o Chifre de Ouro e as luzes desbotadas da velha Istambul: a municipalidade tinha criado uma iluminação especial, "turística", para a mesquita do Sultão Selim, o Terrível; mas metade das lâmpadas tinha sido roubada, como era de se esperar, e a mesquita se transformara numa estranha pilha de pedras e sombras, lembrando agora a boca aberta de um velho desdentado. Quando İskender acabou de traduzir, a mulher pediu as mais corteses desculpas por ter confundido Celâl Bey com o romancista alto de óculos que contara uma história naquela noite, e embora tenha permanecido impassível, não pareceu muito convencida do que dizia. Mas tinha decidido aceitar a situação tal como se apresentava: ali estava mais uma encantadora excentricidade turca, um enigma específico daquela cultura que ela era capaz de encarar com uma atitude plenamente tolerante, mesmo sem compreendê-la por completo. E Galip sentiu uma simpatia instantânea por essa mulher inteligente e compreensiva, capaz de deixar correr a fantasia e levar o jogo adiante mesmo percebendo que as cartas eram marcadas. Ela não lembrava um pouco Rüya?

Assim que foi instalado numa poltrona, com as luzes por trás e cercada por cabos, microfones, refletores e câmeras, Galip sentiu-se como se o tivessem amarrado a uma cadeira elétrica. Percebendo seu desconforto, um dos homens ofereceu-lhe um copo de *rakı*, sorrindo educadamente enquanto o completava com água segundo suas instruções. Sempre na mesma atmosfera muito simpática, em que todos sorriam constantemente, a repórter enfiou um cassete no aparelho e apertou um botão, com o ar provocador de quem se preparasse para exibir-lhes um filme pornô. Na pequena tela, surgiram as imagens filmadas pela equipe em seus oito dias na Turquia. Os três assistiam as imagens em silêncio, com uma vaga ponta de humor, mas sem recair numa total indiferença, sempre como se assistissem de fato um filme pornô: um mendigo acrobata que exibia alegremente seus braços e pernas deformados; um comício político inflamado e as declarações igualmente inflamadas de um dos líderes presentes; dois velhos jogando gamão; cenas feitas em *meyhanes* e cabarés; um vendedor de tapetes postado orgulhoso diante da sua vitrine; nômades que subiam uma trilha de montanha seguindo seus camelos; uma locomotiva a vapor que avançava resfolegante, soltando grandes nuvens de fumaça; numa favela, crianças de rua, acenando para a câmera; mulheres de véu examinando uma pilha de laranjas numa barraca de frutas e legumes; os restos, cobertos de uma mortalha de jornal, da vítima de um atentado político; um velho carregador transportando um piano de cauda em sua carroça, puxada por um cavalo — "

"Eu conheço esse carregador!", disse Galip inesperadamente. "Foi o homem que fez a nossa mudança vinte e três anos atrás, quando saímos do edifício Cidade dos Corações para o apartamento de uma rua transversal!"

Assentindo vigorosamente mas sempre como participassem de uma brincadeira, todos olharam para o velho carregador que sorria para a câmera com a mesma expressão de prazer, enquanto entrava com a carroça no pátio dianteiro de um velho prédio de apartamentos.

"O piano do príncipe herdeiro finalmente volta para casa", disse Galip. Ele não sabia muito bem que voz estava imitando, nem exatamente quem era, mas estava convencido de que tudo estava certo. "Exatamente onde hoje fica esse edifício, erguia-se antigamente um pavilhão de caça onde morava um príncipe herdeiro, e vou lhes contar a história dele!"

Prepararam tudo bem depressa. İskender lembrou-lhes que o famoso jornalista turco tinha vindo até ali para fazer uma declaração de grande importância histórica. Assentindo com ar de concordância, a mulher iniciou uma apresentação animada e prolixa que incluía referências aos últimos sultões otomanos, ao Partido Comunista Turco na clandestinidade, ao legado secreto e inacessível de Atatürk, à ascensão política recente dos movimentos islâmicos na Turquia, à onda de atentados políticos e à eventualidade de um golpe militar no país.

"Era uma vez", começou Galip, "na cidade onde nos encontramos, um príncipe herdeiro que descobriu que, para todo homem, a questão mais importante da vida era poder, ou não poder, ser ele mesmo." Enquanto contava a história, sentiu-se tomado pela raiva do príncipe, a tal ponto que começou a ver-se como um outro. Mas quem seria essa outra pessoa? Enquanto descrevia a infância do príncipe, viu que esse outro era o garotinho chamado Galip. Quando descreveu de que maneira o príncipe atacava os livros, sentiu-se como se fosse os autores desses livros. Quando falou da solidão dos dias do príncipe no pavilhão de caça, via-se na pele de cada um dos personagens da história. Quando descreveu a maneira como o príncipe ditava seus pensamentos para o escriba, sentiu-se ele próprio como o homem que se revelava por meio desses pensamentos. Enquanto contava a história do príncipe no mesmo tom que Celâl usava para contar suas histórias, sentiu-se transformar no herói de uma das histórias de Celâl. Enquanto descrevia os últimos meses da vida do príncipe, pensou que era exatamente assim que Celâl contaria aquela história, e detestou os demais presentes no quarto porque não tinham como se dar conta disso. E sua fúria era eloqüente, pois os ingleses da equipe o escutavam com interesse, dando até a impressão de que entendiam turco. Depois de descrever os últimos dias do príncipe, ele voltou à sua introdução: "Era uma vez, na cidade onde nos encontramos, um príncipe herdeiro que descobriu que, para todo homem, a questão mais importante da vida era poder, ou não poder, ser ele mesmo." E sua voz não perdera nada da sua convicção.

Foi só quatro horas mais tarde, quando voltou ao edifício Cidade dos Corações, que percebeu que havia uma diferença entre as duas vezes que dissera aquela frase. Segundo calculou, da primeira vez que contou a história do príncipe, Celâl ainda estava vivo; da segunda, seu cadáver coberto de jornais estava estendido na calçada, em frente à delegacia de polícia de Teşvikiye, logo adiante da loja de Alâaddin. Quando contava a história pela segunda vez, enfatizou os pontos que deixara de perceber da primeira vez. E acabara compreendendo que podia ser um outro homem cada vez que repetia sua história. E quase chegara a declarar: "Se lhes conto a história desse príncipe, é para me transformar em mim mesmo, como ele".

Terminou a história pela última vez, cheio de ressentimento contra todos que não lhe permitiam ser ele mesmo, e convencido de que o único modo que tinha de resolver os mistérios da cidade e da própria vida, nos quais se encontrava enredado, era contar histórias; tomado pelo sentimento da morte e pela brancura de neve do fim da história, ele encerrou sua narrativa. Houve um silêncio no quarto. Logo em seguida, İskender e os jornalistas ingleses começaram bruscamente a aplaudir — e seus aplausos foram tão autênticos e espontâneos como se um dos melhores atores do mundo tivesse acabado de lhes apresentar uma interpretação magistral.

35. A história do príncipe herdeiro

Os bondes daquele tempo eram tão melhores!
Ahmet Rasim

Era uma vez, na cidade onde nos encontramos, um príncipe herdeiro que descobriu que, para todo homem, a questão mais importante da vida era poder, ou não poder, ser ele mesmo. Levou a vida inteira para fazer essa descoberta, que resume sua vida inteira. Essa breve definição da sua vida, igualmente breve, foi o próprio príncipe quem fez; ditou-a para um escriba que contratara nos últimos tempos da sua vida, com a única finalidade de registrar por escrito o relato da sua descoberta. Por seis anos, o príncipe falava e o escriba anotava.

Naquele tempo — exatamente cem anos atrás — nossa cidade ainda não fervilhava com os milhões de desempregados que hoje vagueiam pelas suas ruas como baratas tontas; o lixo ainda não se acumulava em nossos becos, o esgoto ainda não se despejava das nossas pontes; as chaminés das nossas barcas ainda não vomitavam nuvens densas de fumaça negra como alcatrão, e as pessoas não se acotovelavam implacavelmente nas paradas do ônibus. Naquele tempo, os bondes puxados a cavalo andavam a uma velocidade tão moderada que era possível subir e descer deles em movimento; as barcas do

Bósforo eram tão lentas que alguns passageiros desciam numa das paradas e tinham tempo de seguir até a outra, andando pela margem em meio às tílias, rindo e conversando no caminho, e ainda passando alguns momentos de descanso num café ao lado da outra parada antes de tornar a embarcar na mesma barca de que tinham descido e continuar em seu percurso. Onde hoje vemos postes de concreto cobertos de cartazes anunciando circuncisadores e alfaiates, naqueles tempos o que se viam eram castanheiras e nogueiras. No ponto onde a cidade terminava, não víamos as montanhas nuas de lixo e dejetos em que se erguem as torres de luz e telefone, mas grotas, campinas e florestas que nossos sultões melancólicos e impiedosos usavam como terreno de caça. E era numa dessas colinas verdejantes, que mais tarde desapareceria debaixo de canos de esgoto, edifícios de apartamentos e ruas calçadas de pedra, que o príncipe herdeiro tinha um pavilhão de caça, e foi ali que viveu por vinte e dois anos e três meses.

O príncipe decidiu ditar seus pensamentos como um modo de afirmar que ele era de fato ele mesmo. Estava convencido de que só conseguia chegar a tanto ditando a seu escriba, que precisava estar sentado à sua mesa de mogno. Era só quando ditava para o escriba que se via livre das vozes dos outros, das histórias que os outros contavam e que volteavam pelo seu espírito enquanto percorria os aposentos do pavilhão de caça, e principalmente das idéias dos outros, das quais não se via a salvo nem mesmo entre os muros altos do seu jardim. "Para poder ser quem é, a pessoa precisa ouvir em si somente sua própria voz, suas próprias histórias, seus próprios pensamentos!", dizia o príncipe, e o escriba anotava cada uma das suas palavras.

Mas isso não quer dizer que o príncipe só ouvisse sua própria voz enquanto ditava. Não, no mesmo instante em que começava uma história, pensava na história de outra pessoa; no momento em que começava a desenvolver um raciocínio, um pensamento exposto por outra pessoa ocorria ao seu espírito, e, no momento em que sucumbia à ira, sentia também a ira de outra pessoa. Sabia também que o homem só pode ouvir sua própria voz gritando até cobrir todas as outras; contando histórias para se contrapor às dos outros, "opondo-se aos seus urros", nas palavras dele próprio. Assim, estava convencido de que o ditado das suas memórias era o campo de batalha no qual esse combate poderia se travar e acabar com uma vitória sua — ou pelo menos era o que ele achava.

Enquanto lidava assim, nesse campo de batalha, com palavras, histórias e idéias, o príncipe ia e vinha pelos aposentos do seu pavilhão de caça. A frase começada enquanto subia por um lado da sua escadaria dupla era mudada enquanto descia pelo outro lado; em seguida, enquanto voltava a subir os mesmos degraus da primeira vez ou se estendia para descansar no divã em frente à mesa do escriba, ele pedia que o escriba lhe relesse o que acabara de escrever, "Agora me releia o que eu disse", e o escriba lia as últimas frases que o príncipe lhe ditara com uma voz solene e monótona.

"O príncipe Osman Celâlettin Efendi julga que existe nesta terra maldita, esta terra coberta de esgotos, uma questão primordial para todos os homens: como fazer para ser quem somos? E é só encontrando uma solução para esse problema que poderemos ter esperança de salvar nosso povo da decadência, da derrota e da escravidão. Na opinião de Osman Celâlettin Efendi, todos os povos que não conseguirem encontrar algum modo de ser quem são estarão condenados à escravidão, as raças estarão condenadas à degeneração, e as nações estarão condenadas a desaparecer; a desaparecer."

"Falta uma. Você devia ter escrito três vezes 'a desaparecer'!", dizia o príncipe herdeiro do alto dos degraus da escada, ou caminhando de um lado para o outro junto à mesa do escriba. Falava com tanta força e confiança que na mesma hora percebia que estava imitando um certo monsieur François que lhe ensinara francês na infância; constatando de repente que imitava cada maneirismo do seu velho professor, seus passos nervosos de um lado para o outro durante os exercícios de ditado e o mesmo tom didático que ele usava, o príncipe era presa de uma crise nervosa que "paralisava toda a sua atividade intelectual e empalidecia todas as cores da sua imaginação". O escriba, acostumado àquelas crises pelos seus longos anos de experiência, pousava a pena, eliminava toda expressão do rosto e ficava ouvindo impassível enquanto se esgotava a cólera do príncipe depois de ter constatado que não conseguia ser ele mesmo, esperando pacientemente que todos aqueles exageros chegassem ao fim.

As lembranças dos anos da infância e da juventude do príncipe Osman Celâlettin Efendi eram muito variadas, e às vezes contraditórias entre si. O escriba lembrava-se de ter transcrito muitas vezes, naqueles anos, cenas de felicidade de uma infância e uma adolescência passadas em vários palácios, residências e pavilhões de caça ou de verão da dinastia imperial otomana, e se lembrava de que o príncipe se descrevia como um jovem animado, divertido e amante dos prazeres. Mas esse gênero de evocação ficara restrito aos primeiros cadernos. "Como minha mãe, Nurucihan Kadın Efendi, era a que ele mais amava entre todas as suas esposas, era a mim que meu pai, o sultão Abdülmecit Han, amava mais entre todos os seus trinta filhos", revelara-lhe o príncipe muitos anos antes. Mas noutra ocasião, algum tempo depois, ele comentou de passagem ao falar de suas lembranças felizes da infância: "Como era a mim que meu pai, o sultão Abdülmecit Han, amava mais entre todos os seus trinta filhos, minha mãe, Nurucihan Kadın Efendi, sua segunda esposa, era a que ele preferia entre todas as mulheres do seu harém."

O escriba tinha anotado tudo que o príncipe lhe ditava: nos alojamentos do harém, no palácio de Dolmabaşı, o príncipe corria atravessando as portas que batia atrás de si, perseguido por seu irmão mais velho Reşat, quando fechou uma porta no nariz de um eunuco negro que guardava o harém, provocando seu desmaio. Escreveu sobre a noite em que a irmã de catorze anos do príncipe, a princesa Münire, se casara com um paxá idiota e arrogante de 45 anos: pondo o irmão mais novo no colo, ela lhe dissera que o único motivo que a deixava triste era não poder mais ficar com ele; derramava tantas lágrimas que o colarinho branco do menino ficou ensopado. O escriba escreveu sobre a festa dada em homenagem aos franceses e ingleses que a Guerra da Criméia trouxera até Istambul; com a permissão da mãe, o príncipe dançara com uma menina inglesa de onze anos, e passara muitas horas com ela folheando um livro com lindas ilustrações de locomotivas, pingüins e corsários. O escriba escreveu sobre o dia em que um navio fora batizado com o nome da avó do príncipe, a sultana Bezmiâlem: durante a cerimônia, seu irmão o desafiara a comer exatamente quatro libras do *lokum* de rosa de pistache; depois de fazê-lo, ele tivera o prazer de esbofetear a nuca do irmão idiota. O escriba escreveu sobre a ocasião em que os príncipes e princesas foram castigados por terem ido na carruagem real até uma loja de departamentos em Beyoğlu e, em vez de escolherem o que comprar entre seu vasto estoque de lenços, frascos de água-de-colônia, leques, luvas, sombrinhas e chapéus, fizeram o jovem caixeiro que os atendeu tirar o avental e vendê-lo para eles, porque estavam sempre criando peças teatrais no palácio e precisavam de um avental para a sua arca de figurinos. O escriba escreveu sobre a maneira como o príncipe, em sua infância e adolescência, era dado a imitar tudo e todos que lhe despertassem interesse — médicos, embaixadores britânicos, navios que vogavam pela janela, os grão-vizires, as portas rangentes do palácio e as vozes agudas dos eunucos dos haréns, seu pai, carroças puxadas a cavalo, o som da chuva batendo nas vidraças, personagens de livros, as carpideiras que se lamentaram no enterro do seu pai, as ondas e seu professor de piano, Guateli Paxá; mais tarde, o príncipe tornaria a rememorar os mesmos detalhes das mesmas lembranças, mas numa voz agitada e implacável; diria em seguida que era impossível pensar naquelas coisas e pessoas sem pensar também nos bolos, nos espelhos, nas caixas de música e nos incontáveis livros e brinquedos, além dos beijos, todos os beijos, que recebera de moças e mulheres dos sete aos setenta anos de idade.

A partir do dia em que passou a contar com um escriba para registrar seus pensamentos e suas memórias do passado, o príncipe herdeiro gostava de repetir: "Os anos felizes da minha infância duraram muito tempo. Minha felicidade estúpida da infância durou tanto que vivi estúpido e feliz como uma criança até a idade de vinte e nove anos. Um império que permite a um herdeiro do trono viver como uma criança estúpida e feliz até os vinte e nove anos de idade está condenado ao desmembramento, à decadência, à aniquilação". Até o seu trigésimo ano de vida, o príncipe, que era o quinto na linha de sucessão ao trono, vivia como os demais príncipes do seu tempo: divertiu-se, amou muitas mulheres, lia livros, adquiriu posses e propriedades e interessou-se de passagem pela carreira das armas; casou-se e teve três filhos, dois deles meninos; como todo mundo, fez alguns amigos e inimigos pelo caminho. Mais tarde, ele ditaria para o escriba: "Talvez eu precisasse mesmo chegar ao meu trigésimo ano para poder me livrar de todos esses fardos — as posses, as mulheres, os amigos e essas idéias tolas".

Quando estava em seu trigésimo ano, uma série de acidentes históricos resultou na sua promoção, de quinto para terceiro entre os herdeiros do trono. Segundo o príncipe, porém, só um idiota veria aqueles acontecimentos como acidentes. Depois da doença e da morte do seu tio, o sultão Abdülaziz, cujo espírito era tão confuso quanto as idéias eram vagas e fraca a vontade, e a ascensão ao trono do seu irmão mais velho, o único resultado lógico só podia ser a deposição do soberano, quando este mergulhou na loucura pouco depois de subir ao trono. Assim que ditou essas palavras ao escriba, do alto da escadaria dupla do pavilhão de caça, o príncipe acrescentou que seu irmão

Abdülhamit, o sucessor do sultão deposto, era tão louco quanto o irmão mais velho; e enquanto descia o outro lance de degraus da escadaria dupla, acrescentou que o príncipe herdeiro que agora vinha antes dele na linha de sucessão, e que, assim como ele, também esperava o desdobrar dos acontecimentos instalado num outro pavilhão de caça, era ainda mais lunático que os dois irmãos mais velhos. E depois que o escriba anotou essas palavras perigosas, talvez pela milésima vez, ainda anotou pacientemente todas as especulações do príncipe quanto aos motivos pelos quais todos os seus irmãos mais velhos tinham ficado loucos, e por que a única escolha para todos os príncipes herdeiros otomanos era enlouquecer.

Qualquer um que passe toda a vida esperando para se tornar o governante de um império está condenado à loucura, dizia o príncipe; porque qualquer homem que veja seus irmãos mais velhos enlouquecerem de tanto esperar a realização do mesmo sonho e se veja diante do mesmo dilema — perder ou não a razão — acaba automaticamente mergulhado na demência. Pois as pessoas enlouquecem não porque queiram, mas de tanto medo de ficar loucas e viver nessa apreensão; porque qualquer príncipe herdeiro que, ao longo desses anos de espera, se lembre ao menos uma vez de que seus ancestrais, no momento da ascensão ao trono, tradicionalmente mandavam estrangular todos os irmãos mais novos, não tinha como evitar a loucura; pois todo príncipe herdeiro que descubra num livro de história de que maneira um dos seus antepassados, Mehmet III, mandara executar dezenove irmãos mais novos, alguns dos quais ainda bebês, assim que fora coroado — pois é dever de todo príncipe herdeiro conhecer a história do império que um dia pode vir a governar, sendo portanto obrigado a ler a história de todos os sultões que mandaram matar todos os seus irmãos mais novos —, encontra-se conseqüentemente condenado à loucura; pois, a um certo momento dessa espera insuportável da morte, pelo veneno, pelo garrote ou ainda sob a aparência de suicídio, a loucura acabava se convertendo na saída mais fácil, já que significava "eu me retiro da corrida!"; porque esperar pelo trono era o mesmo que esperar pela morte, e a loucura, a saída mais fácil, também era na verdade seu desejo mais profundo e mais secreto; para os príncipes, a demência era o melhor meio de escapar dos espiões que os mantinham sob vigilância constante, das armadilhas e intrigas montadas pelos políticos que viviam tentando obter o favor do sultão, infiltrando-se na mesma rede de informantes. E — finalmente —

de escapar dos seus próprios pesadelos envolvendo a ascensão ao trono. Pois qualquer príncipe que lançasse um único olhar ao mapa do império que sonhava governar um dia não tinha como deixar de ver como eram imensos, gigantescos, os muitos países que dali a pouco cairiam sob sua responsabilidade, e sobre os quais deveria reinar recorrendo apenas ao seu alvitre; só isso já bastava para empurrá-lo ao limiar da loucura, e qualquer príncipe capaz de contemplar um mapa desses sem se sentir esmagado pela sua extensão só podia já ter enlouquecido. Depois de elaborar essa longa lista dos motivos que levavam os príncipes à loucura, o príncipe Osman Celâlettin Efendi ainda disse: "Mas se hoje sou mais sensato que todos os idiotas, lunáticos e imbecis que já governaram o Império Otomano, é precisamente graças a esse sentimento de assustadora imensidão! A idéia da responsabilidade sem limites que um dia pode vir a me caber não me fez perder a razão, como ocorreu com esses infelizes de vontade fraca; não, ao contrário: o fato de ter pensado profundamente sobre esse sentimento ajudou-me a guardar o juízo; foi por ter conseguido submetê-lo ao controle da minha atenção, da minha vontade, da minha decisão, que descobri a questão mais importante da vida: podermos ser, ou não, quem nós somos".

Depois de passar de quinto a terceiro na linha de sucessão ao trono, o príncipe dedicou sua vida aos livros. Todo príncipe que tem uma chance real de se tornar sultão tenta equipar-se para a titânica tarefa, e ele, com toda inocência, julgava que poderia consegui-lo através do estudo. Lia com impaciência, virando vorazmente as páginas à procura de idéias que pudessem ser-lhe úteis; em pouco tempo, convencera-se de que poderia usar essas idéias no seu futuro reinado e assim restaurar a glória do Império Otomano, e era esse sonho que conservava sua sanidade; na intenção de livrar-se de tudo que lembrasse a estupidez e a infantilidade da sua vida anterior, abandonou sua mansão às margens do Bósforo — e com ela sua mulher, seus filhos, seus bens e seus hábitos — e mudou-se para o pequeno pavilhão de caça onde passaria os vinte e dois anos e três meses seguintes. O pavilhão de caça situava-se numa encosta onde, cem anos mais tarde, iríamos encontrar uma rua calçada de pedra cortada por trilhos de bonde; prédios de apartamentos sombrios e vetustos construídos em imitação de variados estilos ocidentais, liceus de rapazes e moças, uma delegacia de polícia, uma mesquita, uma loja de roupas, um florista, um vendedor de tapetes e uma tinturaria que lavava a seco. Protegendo o príncipe do mundo insensato que o cercava, erguiam-se os altos muros que o sultão mandara construir para melhor conter seus perigosos irmãos; erguendo-se ainda mais altos que eles viam-se a alta castanheira e o grande plátano cujos ramos e troncos, dali a cem anos, ficariam adornados de fios negros de telefone e revistas de mulheres nuas. O único som que se ouvia no pavilhão de caça eram os gritos dos corvos que ainda se escutariam naquela mesma encosta um século mais tarde; nos dias em que o vento soprava da terra para o mar, mal era possível ouvir os soldados que se exercitavam e a música que tocava em seus alojamentos nos morros vizinhos. Como o príncipe haveria de ditar muitas vezes ao seu escriba, os primeiros seis anos que passou no pavilhão de caça foram os mais felizes que vivera até então.

"Porque eu só fazia ler", dizia ele. "Porque meus únicos sonhos vinham dos livros que eu lia. Porque passei esses seis anos sozinho com as vozes e as idéias dos seus autores." Mas acrescentava, "Ao longo desses seis anos, porém, não consegui me transformar em mim mesmo". Sempre que o príncipe lembrava com saudade e melancolia a felicidade desse período de seis anos, ditava a mesma frase ao escriba com uma dor pungente: "Eu não era eu mesmo, e talvez por isso fosse feliz, mas o dever de um sultão não é ser feliz — é ser quem ele é!". E em seguida nunca deixava de acrescentar a outra reflexão que o escriba já anotara em seu caderno talvez mil vezes antes: "E esse não é o dever só do sultão, mas de qualquer indivíduo — de qualquer indivíduo!".

Como ditaria para o seu escriba, essa verdade, que ele descrevia como "a finalidade essencial, a descoberta mais importante da minha existência", lhe ocorrera numa certa noite durante seu sexto ano no pavilhão. "Como fazia tantas vezes durante esse período, o mais feliz da minha vida, eu me imaginava sentado no trono imperial, repreendendo algum idiota igualmente imaginário que não tratara com a devida competência de alguma importante questão de Estado. E, sempre na minha imaginação, eu procurava encerrar meu discurso de admoestação dando-lhe um tom elevado, com as palavras 'Como bem dizia Voltaire'. E então gelei ao perceber o que tinha acabado de fazer. O homem que na minha imaginação se instalara no trono como o trigésimo quinto sultão da dinastia otomana na realidade não era eu, mas Voltaire — ou melhor, um imitador de Voltaire! Ah, quanto horror eu senti ao perceber que esse sultão com autoridade total sobre as vidas de milhões de pessoas, esse homem que governava extensões tão vastas, um império que nos mapas aparecia sem limites, não era ele mesmo, mas outra pessoa! Foi nesse instante preciso que me ocorreu pela primeira vez a extrema gravidade da situação."

Mais tarde, nos seus acessos de fúria, o príncipe herdeiro contaria uma série de outros detalhes que lançariam alguma luz sobre as circunstâncias desse momento de revelação; mas o escriba sabia perfeitamente bem que, em todos os relatos, o momento da descoberta se resumia na mesma intuição e na mesma pergunta: um soberano com autoridade sobre as vidas de milhões de pessoas podia permitir que lhe ecoassem na cabeça frases pronunciadas por outras pessoas? Um príncipe herdeiro destinado a governar um dos maiores impérios do mundo não devia obrigatoriamente agir só segundo sua própria vontade? O homem cujo cérebro é freqüentado pelas idéias alheias, que se desdobram em sua mente como pesadelos intermináveis, pode ser considerado um verdadeiro soberano, ou uma sombra de outros?

"Quando compreendi que desejava ser um autêntico soberano, e não uma sombra, que precisava ser eu mesmo e mais ninguém, decidi que precisava me livrar do domínio dos livros que eu tinha lido — não só nos últimos seis anos, mas ao longo da vida inteira", dizia o príncipe herdeiro quando descrevia os dez anos seguintes da sua existência. "Para ser eu mesmo, e só eu mesmo, eu era obrigado a me livrar de todos esses livros, de todos esses escritores, de todas essas histórias, de todas essas vozes. E isso me tomou dez anos."

O príncipe pediu que o escriba registrasse como conseguira eliminar, um depois do outro, todos os livros que haviam tido alguma influência sobre ele. Ditou ao escriba como reunira todos os volumes das obras completas de Voltaire que havia no pavilhão e queimara um a um, porque de tanto ler aquele autor, de tanto se lembrar das suas idéias, transformava-se num francês, num ateu, num homem dotado de uma extraordinária presença de espírito e de um finíssimo senso de humor. Em suma, deixava de ser ele próprio. Em seguida, removeu do pavilhão todos os livros de Schopenhauer, porque, sob sua influência, o príncipe se identificava tanto com um pensador que passava horas e dias refletindo sobre sua "vontade livre" que o indivíduo pessimista em que se transformava deixava de ser o príncipe que um dia subiria ao trono do Império Otomano e se convertia no próprio filósofo alemão. Todos os tomos da preciosa edição da obra de Rousseau, que o príncipe pagara uma pequena fortuna para trazer do estrangeiro, foram rasgados em pedacinhos antes de mandá-los para longe do pavilhão, porque eles o transformavam num selvagem que passava o tempo todo tentando surpreender-se em flagrante delito de algum pecado. "E também mandei queimar todos os livros dos filósofos franceses como Deltour, De Passet ou Morelli, segundo os quais o universo é compreensível pela razão, ou Brichot, que afirmava exatamente o contrário", ditava o príncipe imperial, "porque de tanto ler seus livros eu deixava de ser quem devia, um futuro sultão, e me transformava num polemista, um professor dado à ironia cujo maior desejo era refutar as afirmações estúpidas de todos os pensadores que o antecederam." Mandou queimar as *Mil e uma noites*, pois, embora se identificasse com os sultões que vagavam por suas capitais usando disfarces, eles não tinham mais nada em comum com o tipo de soberano que ele pretendia se tornar. Mandou queimar *Macbeth*, porque cada vez que lia a peça sentia dentro de si a vileza desse personagem, um covarde disposto a manchar as mãos de sangue para subir ao trono, e pior: longe de envergonhar-se da sua torpeza, sentia até um certo orgulho poético. Mandara remover o *Mathnawi* de Rumi do pavilhão de caça, pois cada vez que se perdia na confusão e na desordem das suas histórias identificava-se com um místico otimista, um dervixe convencido de que a própria essência da vida eram afinal histórias desordenadas. "Mandei queimar as obras do xeque Galip porque ele me transformava num amante melancólico", declarou o príncipe. "Mandei queimar Bottfolio porque, quanto mais eu lia seus livros, mais me sentia um homem do Ocidente ansioso para me transformar num oriental; e mandei queimar Ibn Zerhani porque, quando o lia, eu me transformava num oriental ansioso por se transformar num homem do Ocidente. Porque eu me recusava a converter-me sucessivamente num oriental, num ocidental, num obsessivo, num louco, num aventureiro ou num personagem qualquer de todos esses livros." E logo depois que o príncipe pronunciava essas palavras, repetia o refrão que o escriba vinha registrando nos últimos seis anos em incontáveis cadernos: "Eu só queria ser eu mesmo, ser eu mesmo e nada mais que eu mesmo!".

Mas ele não sabia o quanto isso era difícil. Depois de livrar-se de toda uma série de livros, as histórias desses livros continuaram a ressoar em seu espírito; quando finalmente parou de ouvir os últimos ecos dessas vozes residuais, o silêncio que tomou conta da sua mente foi tão insuportável que o príncipe, a contragosto, despachou um dos seus homens até a cidade para comprar-lhe mais livros. Começava zombando dos autores desses livros que lia com avidez assim que chegavam e ele os desempacotava rasgando os embrulhos; em seguida, queimava os livros com uma fúria ritual. Mas como continuava a ouvir suas vozes, e como continuava imitando seus autores contra a vontade, decidiu que a única maneira de apagá-los da sua mente era ler outros livros, embora plenamente consciente dos perigos de combater fogo com fogo. E mandava de novo seu criado procurar os vendedores de livros estrangeiros de Babıali ou Beyoğlu, os quais, é claro, esperavam sempre essas visitas com grande impaciência. "A partir do dia em que decidiu transformar-se em si mesmo, o príncipe Osman Celâlettin Efendi passou os dez anos seguintes da sua vida travando uma verdadeira guerra contra os livros", escreveu um dia o escriba, e o príncipe o corrigiu: "Não escreva 'travando uma verdadeira guerra' contra os livros! Escreva 'travando uma luta mortal'!". E depois desses dez longos anos de combate contra os livros e as vozes que eles continham, o príncipe Osman Celâlettin Efendi finalmente compreendeu que só conseguiria transformar-se em si mesmo quando contasse suas próprias histórias, elevando sua voz a ponto de abafar as vozes contidas nos livros. E foi então que, com essa finalidade, ele contratara o escriba.

"Ao longo desses dez anos, o príncipe Osman Celâlettin Efendi não se limitou a travar uma luta mortal com todos aqueles livros e histórias, também travou uma luta mortal com tudo aquilo que, a seu ver, o impedia de ser ele mesmo", acrescentava o príncipe, gritando suas palavras do alto das escadas, e o escriba transcrevia pela milésima primeira vez, com a mesma diligência, aquela frase que, depois de mil vezes, ainda era enunciada com a mesma convicção, a mesma emoção e a mesma determinação de sempre. E o escriba descrevia o combate que, ao longo daqueles dez anos, o príncipe travara não só contra os livros, mas também contra todos os objetos à sua volta que pudessem influenciá-lo como os livros: porque aqueles móveis, aquelas mesas, aquelas poltronas e aqueles aparadores podiam desviá-lo do seu objetivo, pelo conforto ou mesmo pelo desconforto que pudessem lhe proporcionar; porque todos aqueles candelabros e cinzeiros atraíam seu olhar, impedindo o príncipe imperial de se concentrar nos pensamentos que lhe permitiriam transformar-se em si mesmo; porque os quadros das paredes, os vasos nos aparadores e as almofadas nos divãs conduziam o príncipe a estados de espírito que ele pretendia evitar; porque todos aqueles relógios de parede, aquelas travessas, aquelas canetas e poltronas antigas estavam carregados de memórias, de associações que impediam o príncipe de converter-se em si mesmo.

Durante esses dez anos, então, contava o escriba, o príncipe não se limitara a combater os móveis e os bibelôs que afastava dos olhos, quebrando alguns, queimando outros ou jogando-os fora; também travou uma luta mortal com todas as memórias que, quando eram evocadas, transformavam-no num outro homem. "Eu me perdia nas minhas reflexões e nos meus sonhos", contava o príncipe, "quando algum pormenor ínfimo e desimportante de uma memória antiga brotava repentinamente de lugar nenhum e me distraía, tomando conta dos meus pensamentos — aferrando-se a mim como um perseguidor implacável, como um louco furioso tomado por um desejo ancestral de vingança." Para um homem que, depois de subir ao trono, deveria preocupar-se com a sorte de milhões de pessoas, os muitos, muitos milhões de infelizes que governaria, era uma experiência aterrorizante, absolutamente aterrorizante, ter seus pensamentos interrompidos pela memória de uma taça de morangos que comera na infância ou de algum gracejo estúpido de um simples eunuco do harém. Um soberano empenhado em ser ele mesmo, preocupado unicamente com seus próprios pensamentos, cônscio das conseqüências da sua vontade e das suas decisões, é obrigado a combater a melodia caprichosa e sempre fortuita produzida na mente por memórias errantes (e não apenas o soberano, mas qualquer pessoa!). "Para travar um combate mortal com as lembranças que pudessem perturbar suas memórias e sua decisão, o príncipe Osman Celâlettin Efendi mandou suprimir todos os perfumes do seu pavilhão de caça, e esvaziá-lo de todos os objetos e roupas que lhe eram familiares; deixou de interessar-se também pela arte anestesiante conhecida como música; não abria mais seu piano branco, e mandou inclusive pintar de branco todas as paredes do pavilhão de caça", escreveu o escriba.

"Mas o pior de tudo — mais perniciosas que as memórias, os objetos ou os livros — são os homens!", acrescentava o príncipe, reclinando-se no único divã que tinha conservado para ouvir o escriba ler-lhe de volta suas palavras. Os visitantes de todos os tipos que aparecem no pavilhão nas horas mais absurdas, nos momentos mais inoportunos, para trazer rumores sem valor e os mexericos mais vulgares. Se pretendem lhe prestar algum serviço, na realidade só conseguem perturbar sua paz. Em vez de trazer conforto, suas manifestações de afeto são sufocantes. Só falam com a finalidade de lhe provar que têm alguma opinião. A fim de fazer você crer que são interessantes, contam-lhe histórias infindáveis. A fim de lhe mostrar o quanto o amam, acabam roubando sua paz de espírito. Nada disso talvez seja muito grave, mas ao final de cada visita desses homens desprovidos do menor interesse, desses delatores sem envergadura, o príncipe, tão empenhado em se ver a sós com seus próprios pensamentos, tinha grande dificuldade em se livrar da sensação de não ser ele mesmo. "Para o príncipe herdeiro Osman Celâlettin Efendi, o maior obstáculo para o homem que deseja ser ele mesmo são os outros", anotou certa vez o escriba. E, noutra ocasião, escreveu: "O maior prazer dos seres humanos é forçar os outros a se parecerem com eles". O que o príncipe herdeiro mais temia eram as relações que seria obrigado a estabelecer com os outros, no dia em que subisse ao trono. "Deixamo-nos influenciar pela compaixão que sentimos pelos infelizes, pelos destituídos", dizia o príncipe. "Deixamo-nos influenciar pelas pessoas mais comuns, pelos homens sem nenhum traço especial, porque, no contato com eles, acabamos nos tornando igualmente comuns e indistintos. Mas os homens dotados de personalidade forte, que inspiram nosso respeito, também nos influenciam, porque nos despertam o impulso inconsciente de imitá-los. São esses últimos, na verdade, os mais perigosos de todos. Então escreva que afastei todos eles de mim, todos eles, até o último!", exclamava o príncipe. "E escreva ainda que iniciei esse longo combate não só por mim mesmo, para poder ser quem eu sou, mas pensando na salvação de milhões de homens!"

E de fato, no décimo sexto ano dessa sua batalha sem trégua contra as influências externas, que era para ele "uma questão de vida ou morte" — numa noite como tantas outras que passou empenhado em livrar-se dos objetos que lhe eram familiares, dos seus perfumes preferidos e dos livros que tinham ficado gravados em seu espírito —, o príncipe olhou para fora por entre as lâminas das venezianas "à moda ocidental" das suas janelas e viu a luz do luar brincando em seu vasto jardim coberto de neve. E compreendeu que aquele combate não era só seu, mas também dos muitos milhões de infelizes cujos destinos estavam ligados ao declinante Império Otomano. E como o escriba escreveria mais de dez mil vezes durante os últimos seis anos da vida do príncipe, "todas as nações que não conseguem ser elas mesmas, todas as civilizações que copiam outras, todos os povos cuja felicidade reside na história dos outros estão condenados à queda, à desaparição e ao esquecimento". E foi assim que, dezesseis anos depois de ter se recolhido ao pavilhão de caça para ali esperar sua ascensão ao trono, no momento em que finalmente compreendeu que o único meio de derrotar as histórias que ocupavam sua cabeça era contar em alto e bom som suas próprias histórias, e que para tanto devia contratar os serviços de um escriba, o príncipe percebeu afinal que a longa batalha espiritual que ele travara por dezesseis anos como uma experiência pessoal fora na realidade "uma luta histórica de vida e morte", "o estágio final de uma batalha que só ocorre uma vez a cada mil anos, e na qual um povo inteiro se vê levado a decidir a favor ou contra uma verdadeira mutação", a etapa mais importante de uma evolução, a bonança que antecede a tempestade, "a transformação que os historiadores dos séculos futuros hão de ver, com razão, como um momento decisivo da nossa história".

Pouco depois dessa noite enluarada que, acima do jardim coberto de neve, lembrava o infinito e o temor que ele inspira, na época em que o príncipe instalou, atrás de uma mesa de mogno, o homem paciente, leal e idoso a quem passou a ditar sua história e sua descoberta, o príncipe se lembraria que, na verdade, tinha descoberto muitos anos antes "aquela dimensão histórica, extremamente importante" da sua história. Antes de se encerrar naquele pavilhão de caça, ele não vira com seus próprios olhos as mudanças que ocorriam dia a dia nas ruas de Istambul para melhor imitar uma cidade imaginária de um país estrangeiro que sequer existia? Não tinha visto que os infelizes que transitavam por essas ruas tinham mudado seu modo de vestir, copiando as indumentárias dos viajantes ocidentais que vagavam pelas suas ruas ou as roupas que viam em fotografias vindas de fora? Não tinha visto que, em vez de continuarem a contar uns aos outros as histórias que lhes tinham sido transmitidas por seus pais, os homens melancólicos que se reuniam à noite em torno das fornalhas dos cafés dos bairros pobres da cidade agora liam em voz alta os folhetins ordinários escritos pelos jornalistas desclassificados que enchiam os jornais, ou os plágios por atacado dos *Três mosqueteiros* ou do *Conde de Monte Cristo*, em que apenas os nomes dos heróis eram trocados para parecerem muçulmanos? Pior ainda: ele próprio não tinha no passado o hábito de freqüentar as livrarias dos armênios que editaram coleções daqueles relatos horrendos na forma de livro? Antes de ter encontrado a fortaleza de espírito e a determinação para se encerrar naquele pavilhão, quando ainda se deixava arrastar para a banalidade na companhia dessas criaturas deploráveis, tão infelizes e desafortunadas, o príncipe também não sentia, a cada vez que se olhava de manhã no espelho, que o significado antigo e misterioso do rosto que contemplava se esvaía aos poucos, como ocorrera com aquelas pessoas agora desprovidas de qualquer expressão? "Sim", escrevia o escriba depois dessas perguntas, pois sabia que era esse o desejo do príncipe. "Sim, o príncipe herdeiro percebia as mudanças que se operavam em seu rosto."

Quase dois anos tinham se passado desde o início dos seus "trabalhos", segundo a expressão do príncipe, que fizera seu escriba anotar tudo: desde os apitos de navio que adorava imitar na infância a seu gosto pelas guloseimas turcas que devorava na infância; dos pesadelos que o tinham assolado ao longo dos quarenta e sete anos da sua vida aos títulos de todos os livros que tinha lido ou à descrição de todas as roupas que tinha usado, tanto as bonitas como as feias; todas as doenças que sofrera, ou todas as espécies de animais que conhecia. E, como o príncipe gostava de dizer, tinha ditado tudo "atribuindo a cada frase, a cada palavra, seu justo valor, à luz da verdade" que tinha descoberto. E toda manhã, quando o escriba assumia seu posto junto à mesa de mogno e o príncipe, por sua vez, reclinava-se no divã em frente, ou andava de um lado para o outro, ou subia por um dos lances de degraus da escadaria dupla para depois descer pelo outro, os dois talvez soubessem que o príncipe não teria nenhuma história nova para contar naquele dia. Mas o que eles dois buscavam era exatamente esse silêncio. "Quando o homem não tem mais nada para contar, isso significa que está muito perto de ser ele mesmo", dizia o príncipe. "É só quando ele esgota tudo que tinha a dizer, quando mergulha nesse silêncio profundo que indica que se calaram todas as lembranças do passado, todos os livros, todas as histórias, e até sua própria memória, que ele pode ouvir — erguendo-se das profundezas da sua alma, dos labirintos tenebrosos e ilimitados do seu ser — sua verdadeira voz, aquela que lhe permitirá ser ele mesmo."

Numa dessas manhãs, enquanto os dois esperavam que aquela voz emergisse lentamente das profundezas, como se viesse de muito longe, talvez do poço perdido dos contos populares, o príncipe começou a falar de dois tópicos que até então apenas mencionara de passagem, pois as mulheres e o amor eram, a seu ver, "os mais arriscados de todos os temas". Passou quase seis meses falando dos seus antigos amores, de ligações em que o amor não tivera qualquer participação e das relações que desfrutara com várias mulheres do harém — as quais, com uma ou duas exceções apenas, sempre evocava com melancolia e remorso.

Na opinião do príncipe, o lado mais assustador de todos esses tipos de relação era que, mesmo que a mulher em questão fosse totalmente comum, sem nada que a tornasse especialmente notável, ela podia invadir, sem que você se apercebesse, uma grande parte dos seus pensamentos, a ponto de tornar muito difícil pensar em qualquer outra coisa. O príncipe não se preocupara muito com isso em sua juventude, durante os anos do seu casamento e nem quando deixou a mulher e os filhos na sua *yalı* da margem do Bósforo para vir instalar-se no pavilhão de caça, ou seja, até os trinta e cinco anos de idade. Afinal, ainda não tinha descoberto o objetivo que só passaria a perseguir mais tarde: "tornar-se apenas ele mesmo", "ignorar todas as influências externas". Além disso, o príncipe, como as multidões que fervilhavam nas ruas, também encarava estar apaixonado como motivo de um certo orgulho, pois "nossa cultura de imitação servil e sem critério" lhe ensinara, como a todos os demais, que a possibilidade de esquecer de tudo graças ao amor por uma mulher, por um efebo ou até por Deus — "a dissolução efetiva da individualidade no amor" — era uma virtude de que todos podiam se orgulhar e vangloriar.

Depois de recolher-se ao seu pavilhão de caça e dedicar seis longos anos à leitura, quando descobriu que o problema essencial da vida era conseguir ou não ser ele mesmo, o príncipe logo concluíra que precisava guardar-se das mulheres com muita cautela. Admitia, é verdade, que a ausência de qualquer mulher despertava nele a sensação de que lhe faltava uma parte de si mesmo. Mas também não tinha a menor dúvida de que qualquer mulher de quem se aproximasse iria perturbar seus pensamentos e instalar-se pouco a pouco em seus sonhos, impedindo que uns e outros se dedicassem apenas a si mesmo, como agora desejava. Por algum tempo, pensou que o único antídoto contra o veneno chamado amor era manter relações com o maior número possível de mulheres, mas, como o fazia por motivos puramente utilitários, procurando apenas fartar-se da embriaguez do amor, excedendo-se a ponto do enjôo, nenhuma dessas mulheres o interessara. A partir de então, via geralmente Leyla Hanım, a "mais sem graça, mais inofensiva, mais inocente e comum" de todas as mulheres (como ditou ao escriba), pois tinha certeza de que, por isso, não corria o risco de apaixonar-se por ela. "O príncipe Osman Celâlettin Efendi, convencido de que jamais poderia apaixonar-se por Leyla Hanım, julgava poder abrir-lhe seu coração sem medo", anotara certa noite o escriba as palavras do príncipe; pois a essa altura tinham começado a trabalhar também às noites. "Mas como era a única mulher com quem eu podia falar de coração aberto, logo me apaixonei por ela", disse o príncipe, acrescentando: "Foi um dos períodos mais medonhos da minha vida".

Em seguida, o príncipe fez o relato das querelas entre ele e Leyla Hanım, toda vez que se encontravam no pavilhão de caça, e o escriba anotou. Leyla Hanım costumava deixar a casa do paxá seu pai em sua caleça, escoltada por seus lacaios, e chegava ao pavilhão de caça ao cabo de meio dia de viagem. Ela e o príncipe se instalavam então diante da mesa posta para eles, que em tudo lembrava as descritas nos romances franceses, e — a exemplo dos suaves e refinados personagens desses romances — conversavam sobre poesia ou música enquanto comiam; assim que a refeição acabava, começavam alguma discussão que sempre despertava a inquietação dos cozinheiros, dos criados e dos cocheiros que escutavam junto às portas entreabertas, pois já estavam perto da hora da partida. "O motivo dessas discussões nunca ficava muito claro", explicou certa vez o príncipe. "Eu ficava com raiva simplesmente porque ela me impedia de ser eu mesmo e turvava a clareza dos meus pensamentos, e porque, sempre por causa dela, eu me tornava incapaz de ouvir a voz que brotava das profundezas de mim mesmo. E isso continuou até o dia da sua morte, ocorrida devido a um erro pelo qual não sei — e nem nunca saberei — se fui ou não o responsável."

Um dia, o príncipe mandou o escriba registrar que a morte de Leyla Hanım lhe causara um profundo sofrimento, mas também o libertara. O escriba, sempre discreto, sempre dócil, sempre respeitoso, reagiu então como nunca fizera ao longo daqueles seis anos de trabalho, e tentou fazer o príncipe falar mais sobre aquele amor e aquela morte; por mais que se esforçasse, porém, e em várias ocasiões, para voltar àquele tema, o príncipe só tornaria a tocar nesses assuntos no dia em que bem entendeu, e na forma que lhe pareceu melhor.

Assim, dezesseis meses antes da sua morte, o príncipe explicou certa noite ao escriba que, se não conseguisse se transformar em si mesmo, se fracassasse no combate que vinha travando naquele pavilhão de caça pelos últimos quinze anos, as ruas de Istambul se transformariam nas ruas de uma cidade desafortunada que nunca poderia ser ela própria, e os infelizes que iam e vinham por suas ruas, praças, parques e calçadas — que imitavam as ruas, as praças, os parques e as calçadas de outras cidades — também nunca poderiam ser pessoas autênticas; embora houvesse muitos anos que não se arriscava além dos muros do jardim do seu pavilhão, dizia ele, conhecia de cor aquela cidade que amava tanto, onde cada rua, cada calçada, cada lâmpada e cada luz ainda permaneciam intactas na sua imaginação, tão nítidas quanto se passasse por elas todo dia; uma noite, então, com uma voz velada e melancólica que não revelava nada da sua habitual irritação, ele admitiu para o escriba, num sussurro rouco, que na época em que Leyla Hanım vinha encontrá-lo diariamente no seu pavilhão ele passava uma boa parte do seu tempo imaginando a passagem da sua caleça pelas ruas da cidade. "Naqueles dias em que o príncipe herdeiro Osman Celâlettin Efendi tanto se esforçava para ser ele mesmo, passava a metade do dia imaginando por quais ruas estaria passando a carruagem atrelada a dois cavalos — um castanho e um alazão — para vir desde Kuruçeşme até o pavilhão, por quais ladeiras estaria subindo, e depois da refeição e da discussão de sempre, passava o resto da noite imaginando o caminho de volta da carruagem que, percorrendo quase sempre o mesmo trajeto, devolvia à casa do seu pai Leyla Hanım, com os olhos desfeitos em pranto." Assim escreveu o escriba, com sua bela caligrafia tão cuidadosa.

Numa outra ocasião, na esperança talvez de silenciar as vozes e as histórias dos outros que recomeçavam a se acumular em sua mente durante os últimos cem dias da sua vida, o príncipe elaborou enfurecido uma lista de todas as outras identidades que, consciente ou inconscientemente, carregara como uma segunda alma dentro de si mesmo ao longo de toda a sua vida, como se tivesse sido um daqueles sultões que saíam cada noite pelas ruas da cidade com um disfarce diferente. Ditou então para o escriba com voz rouca que, de todos os disfarces que tinha usado, seu preferido era o do homem apaixonado por uma mulher cujos cabelos recendiam a lilás. O escriba, que tinha o costume de ler e reler com todo o cuidado cada linha e frase que o príncipe lhe ditava, e que, ao longo de todos aqueles anos de serviço, se impregnara, nos mínimos detalhes, da memória do príncipe e de todo o seu passado, soube na mesma hora que a mulher que cheirava a lilás era Leyla Hanım, pois numa outra ocasião o príncipe lhe ditara a história de um amante que nunca fora capaz de tornar-se ele mesmo por culpa da fragrância de lilases dos cabelos de uma certa mulher, morta por causa de um acidente ou de um erro pelo qual ele fora talvez responsável — ele nunca pudera saber ao certo — e que, mesmo depois dessa morte, nunca conseguira transformar-se nele mesmo porque não conseguia esquecer aquele perfume de lilás.

Os últimos meses que o príncipe e o escriba viveram juntos no pavilhão foram um período de "trabalho intenso, esperança intensa e fé intensa", como declarou o príncipe com o entusiasmo que precedeu sua doença. Foram os dias em que o príncipe conseguia ouvir com mais clareza a voz interna que garantia sua autenticidade e lhe revelava as histórias que ditava; e quanto mais ele ditava suas histórias, mais forte ela ficava. Trabalhavam até tarde da noite e, quando acabavam, por mais tarde que fosse, o escriba sempre subia na carruagem que ficava à sua espera e ia para casa, voltando cedo na manhã seguinte para assumir seu posto junto à mesa de mogno.

O príncipe herdeiro lhe ditava a história dos reinos que tinham desmoronado por não terem conseguido ser eles próprios; de raças inteiras que tinham desaparecido de tanto imitar outras raças; dos povos de terras ignotas e distantes que tinham esquecido quem eram e, por isso, nunca tinham tido uma vida própria e acabaram esquecidos também por todos os outros. Os habitantes da Ilíria desapareceram da cena do mundo quando, mesmo depois de dois séculos de esforços, não tinham encontrado um rei com personalidade suficiente para ensinar-lhes a simplesmente ser quem eram. A queda de Babel, disse ele, não se devia na verdade ao desafio que o rei Nimrod lançara a Deus, mas porque, em seu empenho de construir a torre, ele deixara que se esgotassem todas as fontes que poderiam ter-lhe permitido ser ele mesmo. Na mesma época, os lápitas, um povo nômade, estavam a ponto de criar raízes, tornarem-se sedentários e criarem um verdadeiro Estado quando cederam ao encanto do povo satipal, com quem comerciavam; começaram a copiar tão completamente os satipais que logo deixaram de existir. Como Tabari deixa muito claro em sua *História*, a queda dos sassânidas foi provocada pelo extremo fascínio que seus três últimos governantes (Hormizd, Khosru e Yazgard) sentiam pela civilização dos bizantinos, dos árabes e dos judeus, a tal ponto que não conseguiam ser eles mesmos em momento algum. O poderoso reino da Lídia desfez-se apenas cinqüenta anos depois da construção em Sardes, sua capital, do primeiro templo elevado sob a influência de Susa, e retirou-se para todo o sempre do palco da história. Os serbérios, que se encontravam perto de construir um grande império na Ásia, eram um povo de que os próprios historiadores não lembravam mais, como se toda a população tivesse sido dizimada por alguma epidemia, não só porque perderam a memória assim que começaram a imitar a indumentária e os adornos dos sármatas, cujos poemas ainda gostavam de recitar, mas porque esqueceram também qual era o segredo que lhes permitiria serem eles mesmos. "Os medos, os paflagônios, os celtas...", ditava o príncipe, "... entraram em declínio e acabaram desaparecendo porque não eram mais eles mesmos", completava o escriba sem que seu senhor precisasse pronunciar a frase. "Os cintíadas, os calmuques, os micenianos...", enumerava o príncipe, "... entraram em declínio e acabaram desaparecendo porque não eram mais eles mesmos", completava o escriba. Tarde da noite, tomados pela exaustão, interrompiam o trabalho e ouviam o chiado insistente de uma cigarra no silêncio da noite de verão.

Quando o príncipe resfriou-se e precisou ficar de cama, num dia ventoso de outono em que as folhas avermelhadas das castanheiras caíam no lago onde os nenúfares ainda floresciam e as rãs coaxavam em coro, nem ele nem o escriba ficaram especialmente preocupados. Era a época em que o príncipe vinha descrevendo os infortúnios que esperavam as massas aturdidas, nas ruas cada vez mais desnaturadas de Istambul, caso ele não conseguisse transformar-se em si mesmo e ocupar o trono do Império Otomano com a força que lhe adviria dessa sua personalidade; essas pessoas estariam "condenadas a ver suas vidas com os olhos dos outros", antevia o príncipe, e iriam "acompanhar as histórias de outros povos, em vez de dar ouvidos às do seu próprio". Além disso, "fascinados com o espetáculo dos rostos dos outros", acabariam esquecendo "o mistério dos seus próprios rostos". Prepararam um chá com as flores das tílias do jardim e seguiram trabalhando até tarde da noite.

No dia seguinte, o escriba subiu ao segundo piso em busca de mais um cobertor para o seu príncipe, que ficara estendido no divã do térreo ardendo em febre, e constatou, com um estranho estupor, que todos os quartos do pavilhão estavam vazios: ao longo dos anos, todas as portas tinham sido arrancadas dos gonzos, e todos os móveis, todos os adornos, tinham desaparecido. Naqueles aposentos desertos, naquelas paredes nuas, na escadaria dupla, reinava uma brancura que parecia de sonho. Num dos aposentos vazios ainda permanecia um piano Steinway branco, o único em toda Istambul, um dos últimos resquícios da infância do príncipe; não era tocado havia muitos e muitos anos e só não fora retirado da casa porque certamente se esqueceram dele. Essa brancura absoluta dava a impressão de que todas as lembranças tinham se apagado, que a memória se esvaziara até se reduzir a nada, e que, com o desaparecimento dos sons, dos aromas e dos objetos, o próprio tempo tinha parado. Enquanto descia os degraus da escada levando nos braços um cobertor branco e desprovido de qualquer aroma, o escriba olhou para o divã em que o príncipe estava deitado, para a mesa de mogno onde trabalhara por tantos anos, para as folhas do papel branco e para as janelas por onde a luz entrava, e tudo lhe pareceu tão frágil e irreal quanto a mobília de uma casa de bonecas. Enquanto estendia o cobertor sobre o príncipe, que não se barbeara nos últimos dias, o escriba percebeu que seu rosto estava coberto de curtos pêlos brancos. Na mesa de cabeceira a seu lado, havia meio copo de água e vários comprimidos brancos.

"Ontem à noite vi minha mãe num sonho; ela me esperava na entrada de uma selva escura e impenetrável, numa terra estranha e distante", ditou o príncipe, ainda estendido em seu divã. "Um imenso jarro vermelho vertia água, mas ela corria lenta, grossa como melado. E compreendi então que eu só tinha sobrevivido até ali por ter passado a vida insistindo em ser eu mesmo", ditou o príncipe. "O príncipe Osman Celâlettin Efendi passou sua vida inteira à espera de um silêncio dentro de si que lhe permitisse ouvir sua própria voz e suas próprias histórias", registrou o escriba. "Para ouvir o silêncio", repetiu o príncipe, "não é preciso parar os relógios de Istambul. No meu sonho, quando vi os relógios...", disse o príncipe, e o escriba completou: "acreditou que só contavam as histórias dos outros". Houve um silêncio. "Invejo as pedras dos desertos, os penedos das montanhas onde homem nenhum jamais pôs os pés, as árvores nos vales nunca vistos por ninguém, porque assim puderam permanecer apenas eles próprios", ditou o príncipe com uma voz firme e entusiasmada. "No meu sonho, enquanto eu perambulava pelo jardim das minhas memórias...", começou o príncipe, mas depois se calou. "Não, não, não, nada", acrescentou ele depois de uma pausa. "Nada", anotou o escriba com sua caligrafia cuidadosa. Seguiu-se um longuíssimo silêncio. Em seguida, o escriba levantou-se da sua mesa, aproximou-se do divã em que o príncipe estava deitado, examinou cuidadosamente o rosto do seu amo e voltou em silêncio para a sua mesa: "O príncipe herdeiro Osman Celâlettin

Efendi, logo depois de me ditar essas palavras, faleceu nesta quinta-feira, 7 de Shaban de 1321, às 3h15 da manhã, em seu pavilhão de caça das encostas de Teşvikiye", escreveu ele. E, vinte anos mais tarde, acrescentou com a mesma caligrafia cuidadosa: "Sete anos depois da morte do príncipe herdeiro Osman Celâlettin Efendi, cuja vida foi breve demais para permitir-lhe chegar ao poder, seu irmão mais velho, Mehmet Reşat Efendi — em quem ele aplicara um pescoção quando mais jovem — subiu ao trono. E foi em seu reinado que o Império Otomano se envolveu na Primeira Guerra Mundial e acabou caindo."

Esses cadernos foram confiados a Celâl Salik por um parente do escriba. E esta crônica foi encontrada entre os papéis do jornalista depois da sua morte.

36. Mas eu que escrevo

Vós que me ledes ainda estais entre os vivos; mas eu que escrevo estas linhas há muito terei partido para o reino da sombras.

Edgar Allan Poe, "A sombra — uma parábola"

"Sim, sim, eu sou eu mesmo!", pensou Galip depois de terminar a história do príncipe herdeiro. "Eu sou eu mesmo!" Como conseguira acabar de contar sua história, estava tão convencido de ter se convertido em si mesmo, e tão satisfeito de ter conseguido, que só queria voltar correndo para o edifício Cidade dos Corações, instalar-se à mesa de trabalho e produzir mais crônicas novas em nome de Celâl.

Deixou o hotel e pegou um táxi; assim que se puseram a caminho, o motorista começou a contar-lhe uma história. Como agora compreendera que um homem só podia ser ele mesmo quando contava histórias, Galip o escutava com boa vontade.

Um século antes, numa noite quente de verão, os engenheiros alemães e turcos encarregados do projeto da estação ferroviária de Haydarpaşa estavam sentados às suas mesas, ocupados com seus cálculos, quando um rapaz que mergulhava ali perto aproximou-se deles trazendo uma moeda que encontrara no fundo do mar. Estampada na moeda vinha a imagem de uma mulher. Tinha um rosto estranho, essa mulher, um rosto fascinante que falava de um mistério bem além do seu alcance. Na esperança de elucidar esse mistério com base nas letras gravadas na moeda, o rapaz se dirigiu a um dos engenheiros turcos que trabalhava à sombra de um grande guarda-sol preto. No entanto, mais que pelas letras gravadas na moeda, o jovem engenheiro foi profundamente afetado pelo rosto fascinante daquela imperatriz bizantina; tão grandes foram seu espanto e sua admiração que até o mergulhador ficou impressionado: no rosto da imperatriz, cercado pela divisa que ele logo transcrevera em letras latinas e árabes, o jovem engenheiro descobriu uma grande semelhança com uma prima que ele amava e com quem havia muito planejava se casar. No entanto, por arranjo da família, ela estava prestes a casar-se com um outro...

"Sim", disse o motorista em resposta à pergunta de Galip. "A rua em frente à delegacia de polícia de Teşvikiye foi interditada. Parece que mais alguém foi assassinado a tiros."

Galip pagou o motorista, desceu do táxi e saiu andando pela rua curta e estreita que liga a avenida Emlâk à avenida de Teşvikiye. As luzes giratórias azuis dos carros de polícia que fechavam o cruzamento refletiam-se no asfalto molhado com o brilho triste e pálido de neon. As luzes da loja de Alâaddin ainda estavam acesas, e na pracinha bem em frente reinava um silêncio que Galip nunca encontrara em sua vida; um silêncio que só não lhe pareceria estranho em sonhos.

O tráfego tinha sido bloqueado. As árvores estavam imóveis. Não havia vento. Na pracinha reinavam a atmosfera e o colorido artificiais de um cenário de teatro. Dispostos entre as máquinas de costura Singer da vitrine da loja, os manequins tinham os olhos fixos no aglomerado de policiais e curiosos que se tinha reunido junto à porta da delegacia, e pareciam a ponto de juntar-se a ele. Quando o flash azul-prateado de um fotógrafo espocou entre os policiais e os desocupados, exatamente como se conseguisse lembrar-se do detalhe de um sonho, ou se encontrasse uma chave perdida havia muito, como se reconhecesse um rosto que não queria mais ver, Galip percebeu uma mancha branca que jazia na calçada, a dois passos da vitrine da loja de máquinas de costura Singer. Um só corpo: Celâl. Tinham coberto o cadáver de jornais. Mas onde estaria Rüya? Galip se aproximou do morto.

Uma cabeça emergia da mortalha de jornais que cobria inteiramente o corpo, e repousava na calçada enlameada como num travesseiro. Seus olhos estavam bem abertos, mas toldados; uma expressão de cansaço se lia no rosto, que parecia imerso em seus pensamentos ou perdido num sonho; ao mesmo tempo, havia alguma coisa de muito serena em sua expressão, como se ele contemplasse as estrelas: estou só descansando e recapitulando minhas memórias, parecia dizer. Onde estaria Rüya? A brincadeira não acabou, pensou Galip, mas ao mesmo tempo sentiu-se tomado por uma onda de remorso. Não havia vestígio de sangue. Como ele teria adivinhado, antes mesmo de vê-lo, que aquele corpo era de Celâl? "Sabe, eu não sabia que sabia de tudo!", Galip tinha vontade de dizer. Eu me lembrava, nós todos nos lembrávamos: um poço, um botão roxo, algumas moedas caídas atrás do armário, tampinhas de garrafa de refrigerante, botões. Estamos contemplando as estrelas, as estrelas aninhadas entre os ramos das árvores, as estrelas. Cubra-me bem com uma colcha, parecia dizer o morto. Não quero me resfriar. Melhor cobri-lo bem, ele não deve se resfriar. Galip sentiu muito frio. "Eu sou eu mesmo!" Reparou que as folhas de jornal usadas para cobrir o corpo tinham sido tiradas de dois diários: o *Milliyet* e o *Tercüman*. As manchas irisadas de óleo diesel. As páginas que eles nunca deixavam de folhear à procura das crônicas de Celâl. Sobretudo não se resfrie. Está fazendo frio.

Pela porta aberta de um carro de polícia, Galip ouviu uma voz metálica chamando o delegado. Mas onde está Rüya, meus amigos, onde ela foi parar? O sinal de trânsito na esquina continuava a acender e apagar sem necessidade: verde, depois vermelho. E novamente verde. E de novo vermelho. Refletia-se nas vitrines da loja de doces da senhora grega. Agora verde. Agora vermelho. Eu me lembro, eu me lembro, eu me lembro, repetia Celâl. A porta de aço da loja de Alâaddin tinha sido baixada, mas as luzes dentro da loja ainda estavam acesas. Seria uma pista? Delegado, Galip pensou em dizer, estou escrevendo o primeiro romance policial da história da Turquia, e olhe só, aqui está a primeira das nossas pistas: as luzes dentro da loja ainda estão acesas. No chão, do lado de fora, havia pontas de cigarro, pedaços de papel, restos de comida. Galip escolheu o mais jovem entre os policiais e aproximou-se para perguntar-lhe o que tinha acontecido.

O crime ocorrera entre as 9h30 e as 10h da noite. Não, ninguém sabia quem tinha sido o atacante. O pobre homem devia ter caído assim que levara o tiro. Sim, era um jornalista muito famoso. Não, estava sozinho, não havia mais ninguém com ele. Não, ele também não sabia por que a vítima ainda estava no local do crime. Não, obrigado, ele não fumava. Sim, a vida de policial era muito dura. Não, não, não havia mais ninguém, a vítima estava só, ele tinha certeza. E por que o cavalheiro estava fazendo tantas perguntas? Qual era sua profissão? E o que estava fazendo ali, a essa hora da noite? Será que o cavalheiro se incomodava de lhe mostrar seus documentos?

Enquanto o policial examinava sua carteira de identidade, Galip virou-se para a mortalha de folhas de jornal que cobria o cadáver de Celâl. Daquela distância, via-se ainda melhor nos jornais o fulgor rosa-claro da luz de neon da vitrine dos manequins. E ele pensou, Talvez eu deva explicar, meu caro policial, que o falecido costumava dar uma extrema atenção a esse tipo de detalhe. Sim, sou eu mesmo a pessoa no retrato, e esse rosto é o meu rosto. Tome aqui sua carteira. Obrigado. De nada. Preciso ir, minha mulher está em casa me esperando. Parece que consegui escapar, nem foi muito difícil.

Passando sem parar pela porta do edifício Cidade dos Corações, ele atravessou a praça de Nişantaşı o mais rápido que suas pernas podiam, e em seguida entrou na rua onde ele próprio morava. Pela primeira vez em muitos anos, um cão sem dono — um vira-lata cor de lama — começou a rosnar e latir para ele como se estivesse a ponto de atacá-lo. O que aquilo quereria dizer? Atravessou para a calçada oposta. As luzes da sala ainda estariam acesas? Como deixei de reparar nisso?, perguntou-se enquanto o elevador subia.

Não havia ninguém em casa. Nada indicava que Rüya tivesse passado por lá. Tudo em que ele encostava a mão — as maçanetas, as tesouras e as colheres, os cinzeiros que Rüya abarrotava de pontas de cigarro, a mesa de jantar onde faziam as refeições, suas poltronas tristes e vazias —, cada móvel daquele apartamento lhe trazia uma dor indizível, emanava uma melancolia insuportável. Foi embora tão depressa quanto chegara.

Caminhou longamente. Nenhum sinal de vida nas ruas que ligavam Nişantaşı a Şişli, nas mesmas calçadas que ele e Rüya percorriam tão alegres enquanto corriam para o cinema City da sua infância. Com a única exceção dos cães sem dono que reviravam as latas de lixo. Quantas vezes você falou desses cachorros em suas crônicas? E eu, quantas vezes hei de falar? Depois de ter caminhado por muito tempo, evitou voltar pela praça de Teşvikiye, fazendo um desvio pela rua atrás da mesquita. Como esperava, seus pés o conduziram de volta até a esquina onde jazia o cadáver de Celâl quarenta e cinco minutos antes. Mas agora lá também não havia vivalma. Os carros de polícia, os repórteres, os curiosos, o corpo — todos tinham desaparecido. À luz do neon da vitrine dos manequins e das máquinas de costura, Galip não conseguiu encontrar qualquer vestígio na calçada onde vira o cadáver de Celâl estendido ao comprido. A mortalha de jornais fora dobrada e recolhida. Como sempre, um policial solitário estava de sentinela à porta da delegacia.

Assim que entrou no edifício Cidade dos Corações, sentiu-se mais cansado do que nunca. Ao entrar no apartamento de Celâl, onde tudo falava da compulsão de reconstituir o passado com tamanha fidelidade, Galip sentiu-se tão surpreso e reconfortado quanto um soldado que volta para casa depois de anos de combates e aventuras. Como aquele passado lhe parecia distante! Embora nem seis horas tivessem passado desde que deixara aquele apartamento. O passado lhe parecia atraente, tão convidativo quanto o sono!

Com a sensação de uma criança culpada — ou de uma criança injustamente acusada —, Galip estendeu-se na cama de Celâl, dizendo-se que ia sonhar com as crônicas de Celâl, com fotografias examinadas à luz de um abajur, com os mistérios e segredos de Rüya, e que não iria cometer nenhum erro em seu sono, ou que talvez cometeria, e adormeceu instantaneamente.

"É sábado de manhã!", pensou ele quando acordou. Era sábado, sim, mas já passava de meio-dia; pelo menos não precisava ir ao escritório nem ao tribunal. Sem parar para procurar os chinelos, foi até a porta recolher o *Milliyet* enfiado por baixo da sua porta. ASSASSINADO CELÂL SALIK! A manchete vinha em letras imensas por cima do cabeçalho do jornal. Acompanhada de uma foto do corpo, antes de ter sido recoberto de jornais. A notícia ocupava toda a primeira página, acompanhada de declarações do primeiro-ministro e de outras autoridades do governo, além de várias celebridades. Cercada por uma moldura negra, vinha a crônica em que Galip lançara seu apelo em código; apresentada como a obra derradeira de Celâl, trazia o título de VOLTE PARA CASA! A foto de Celâl que a acompanhava era recente e favorável. Todas as celebridades concordavam que as balas que feriram o jornalista atingiram a democracia, a liberdade de opinião, a paz e todas as outras coisas adoráveis que sempre se evocam nessas ocasiões. Havia uma verdadeira caçada em curso para capturar o assassino.

Galip sentou-se diante da mesa onde se acumulavam pilhas de papéis e recortes de jornais e acendeu um cigarro. Ficou muito tempo ali sentado, ainda de pijama, acendendo um cigarro atrás do outro. Quando a campainha tocou, teve a impressão de era o mesmo cigarro que fumara ali por mais de uma hora. Era Kamer Hanım, com as chaves na mão; quando a porta se abriu de chofre e ela se deparou com Galip, olhou para ele como se um fantasma lhe tivesse aparecido. Em seguida ela entrou no apartamento, mas mal se aproximara da poltrona próxima ao telefone quando desabou, desfazendo-se em lágrimas. Achava que todos tinham morrido, inclusive Galip. Todo mundo vinha procurando por eles havia vários dias. Assim que ela tinha lido a notícia no jornal, saíra correndo para a casa da Tia Hâle; mas tinha visto uma verdadeira multidão que se formara na porta da loja de Alâaddin. E só então ela descobrira que o corpo de Rüya tinha sido encontrado dentro da loja. Alâaddin a descobrira estendida em meio às bonecas, como que adormecida, logo que abriu sua loja bem cedo pela manhã...

Leitor, ó meu leitor, tendo chegado a este ponto do meu livro, este livro onde tentei desde o início — talvez nem sempre com sucesso — manter o narrador separado do personagem e as crônicas de jornal separadas das páginas em que a narrativa progride, mesmo que eu não tenha tido muito sucesso depois de tantos esforços transbordantes de boa-fé, que você talvez tenha notado, peço sua permissão para intervir uma única vez antes de enviar estas linhas para a composição. Em certos livros, existem páginas que nos parecem tão bem construídas, desdobrando-se por si mesmas, como por força de uma lógica própria, sem nada dever ao talento do autor; elas nos comovem profundamente, e nunca nos esquecemos delas. Essas páginas permanecem gravadas em nossos espíritos, ou em nossos corações, como você preferir, não como obras-primas ou milagres de criação literária, mas como certas horas paradisíacas, ou infernais, ou as duas coisas ao mesmo tempo, que passamos em nossas próprias vidas, como lembranças emocionantes que passam a integrar nossa memória e que podemos rememorar por anos a fio. Assim, se eu fosse um escritor de talento e não um mero cronista improvisado, poderia dizer com uma certa segurança: eis-nos chegados a uma dessas páginas, capaz de acompanhar por muitos anos os leitores mais sensíveis e inteligentes do meu livro intitulado *Rüya e Galip*. Mas como sou muito realista na avaliação dos meus talentos de escritor, não sinto segurança alguma. E é por isso, caro leitor, que eu preferiria deixá-lo a sós nestas páginas — quer dizer, a sós com suas lembranças. E melhor ainda seria, penso eu, pedir ao impressor que cobrisse todas as páginas que se seguem com uma camada de tinta negra. Para que você mesmo pudesse imaginar aqui, segundo sua própria fantasia, aquilo que minha prosa não tem como lhe dizer. Só para lhe dar uma idéia do negror do pesadelo em que me descobri no ponto em que interrompi minha narrativa, para lembrar-lhe o tempo todo do silêncio que invadiu minha mente enquanto se desenrolavam os acontecimentos que atravessei como um sonâmbulo. Sim, considere que as páginas que se seguem são páginas negras, apenas as lembranças de um sonâmbulo.

Da loja de Alâaddin, parece que Kamer Hanım correu o caminho todo até a casa da Tia Hâle. Encontrou todos aos prantos, e convencidos de que Galip também estava morto. Finalmente, Kamer Hanım lhes revelara o segredo de Celâl: havia anos que ele morava em segredo no apartamento do sótão do edifício Cidade dos Corações; contou-lhes ainda que, desde a semana anterior, Rüya e Galip também se refugiaram lá. E a partir daí todos concluíram que Galip também devia estar morto. Kamer Hanım voltara em seguida ao edifício Cidade dos Corações, e seu marido İsmail Efendi lhe aconselhara, "Suba até lá e vá ver o que está havendo!". E assim ela subira até o último andar, tomada por uma estranha apreensão, logo seguida pela esperança de encontrar Galip com vida. Kamer Hanım usava uma saia de um verde-pistache que Galip nunca a vira usar no passado, e por cima dela um avental manchado.

Mais tarde, quando ele próprio foi até a casa da Tia Hâle, Galip percebeu que ela usava um vestido feito do mesmo tecido, um fundo verde-pistache estampado de flores roxas. Seria uma simples coincidência ou, ao contrário, uma fatalidade inelutável que já durava trinta e cinco anos, lembrando-lhe que o universo era tão mágico quanto os jardins da memória? Galip sentou-se no meio dos seus parentes soluçantes — sua mãe, seu pai, o Tio Melih, a Tia Suzan, a Tia Hâle, Vasıf — e lhes disse que ele e Rüya tinham voltado de Esmirna cinco dias antes: desde então, tinham passado a maior parte desses dias — e às vezes também a noite — com Celâl no edifício Cidade dos Corações. Explicou-lhes que Celâl tinha comprado o apartamento do último andar muitos anos antes, mas não contara a ninguém. Escondia-se lá porque vinha recebendo ameaças de desconhecidos.

Quando, no final da tarde, Galip dava essas mesmas explicações a um agente da MİT e ao promotor que vieram tomar seu depoimento, falou-lhes longamente da voz ao telefone, sem conseguir despertar o interesse daqueles dois homens, que o escutavam como se pensassem: "Já sabemos de tudo". Sentiu então o desamparo do homem que não consegue despertar do seu pesadelo e se descobre incapaz de revelá-lo a quem quer que seja. Sentia que sua mente mergulhava num longo silêncio, num silêncio profundo.

Ao cair da noite, descobriu-se no quarto de Vasıf. Talvez por ser o único aposento da casa onde não havia ninguém chorando, pôde encontrar ali alguns vestígios intactos de uma vida feliz em família que ficara no passado. Os peixinhos japoneses, degenerados por gerações de acasalamentos consangüíneos, nadavam serenos em seu aquário. Carvão, o gato da Tia Hâle, estendido num canto do tapete, acompanhava os movimentos de Vasıf com um olhar distraído. Sentado na beira da cama, Vasif examinava a pilha de papéis que tinha nas mãos. Eram centenas de telegramas de condolências — um do primeiro-ministro, outros de leitores comuns. No rosto de Vasıf, Galip via o mesmo olhar divertido de admiração que exibia quando se sentava no mesmo lugar entre Galip e Rüya, percorrendo sua caixa de recortes. A luz fraca que iluminava o quarto era a mesma dos tempos em que se reuniam ali esperando que a Avó e, mais tarde, a Tia Hâle, os chamasse para jantar. Era uma luz que dava vontade de dormir, uma combinação inevitável da baixa voltagem, da lâmpada nua, dos móveis antigos e do papel de parede desbotado, lembrando a Galip a melancolia ligada à evocação de todos os dias passados com Rüya, dos acessos de tristeza que a assolavam, como uma doença incurável, e acabavam por contagiá-lo; mas agora aquela tristeza e até aquela melancolia tinham se transformado em memórias felizes. Galip pediu a Vasıf que se levantasse; desligou a luz e estendeu-se vestido na cama, como uma criança que queria chorar antes de adormecer, e dormiu doze horas seguidas.

No dia seguinte, depois do funeral, realizado na mesquita de Teşvikiye, Galip anunciou ao editor do jornal de Celâl, assim que se viu a sós com ele, que encontrara várias caixas cheias de artigos inéditos; Celâl só enviara ao jornal poucas crônicas novas nas últimas semanas, mas vinha trabalhando incansavelmente, dando forma final a vários rascunhos que acumulara em suas gavetas e tratando com um tom de brincadeira e bom humor uma série de temas que nunca abordara antes. O editor declarou que estava pronto, claro, a publicar aqueles inéditos no espaço que Celâl sempre ocupara. E foi assim que se inaugurou a carreira literária de Galip, carreira que haveria de durar muitos anos, na coluna antes ocupada por Celâl e sob seu nome. À medida que a mesquita de Teşvikiye se esvaziava e os presentes tomavam o rumo da praça de Nişantaşı, onde o caixão os esperava, Galip viu Alâaddin que seguia o cortejo com um olhar distante, parado na porta da loja. Em sua mão, uma boneca que ele se preparava para embrulhar em jornal.

No mesmo dia em que entregara sua primeira fornada de novos textos de Celâl na redação do *Milliyet*, Galip teve o primeiro de muitos sonhos em que via Rüya com a mesma boneca. Depois que ele entregou os artigos, os amigos e inimigos de Celâl — entre eles o velho cronista Neşati — congregaram-se à sua volta para dar-lhe os pêsames e apresentar suas teorias sobre o crime; mais tarde, ele foi até a sala de Celâl, onde encontrou uma pilha de jornais dos cinco dias anteriores; começou a lê-los. Conforme suas inclinações políticas, os demais colunistas da cidade responsabilizavam os armênios, a máfia turca (não: "os gângsteres de Beyoğlu", quis escrever Galip em tinta verde), os comunistas, as redes de contrabandistas de cigarros americanos, os gregos, os estudiosos do Islã, os nacionalistas radicais, os direitistas, os russos e os membros da ordem Nakşibendi pela morte de Celâl; enquanto folheava seus necrológios lacrimosos e excessivos, e os relatos de todos os outros assassinatos da história turca a que o homicídio de Celâl se assemelhava, encontrou um artigo muito interessante escrito por um jovem jornalista sobre a investigação do próprio crime. A matéria fora publicada no *Cumhurriyet* no mesmo dia do funeral; embora fosse curto e conciso, o estilo não era nada eloqüente; os personagens não eram mencionados por seus nomes, só pela profissão ou pela qualidade.

Na sexta-feira, às 7h da noite, o Célebre Cronista deixara seu domicílio em Nişantaşı na companhia de sua Irmã. Tinham ido ao cinema Palácio. O filme, *Amargo regresso*, terminara às 9h25. O Célebre Cronista e sua Irmã (casada com um jovem Advogado) — e pela primeira vez na vida, ainda que entre parênteses, Galip via sua profissão mencionada num jornal — saíram em seguida para a rua, misturados aos demais espectadores. A neve que, àquela altura, já vinha castigando Istambul por dez dias tinha parado de cair, mas ainda fazia muito frio. Atravessando a avenida Valikonak, o Célebre Cronista e sua Irmã tomaram a avenida Emlâk na direção de Teşvikiye. E a morte os golpeara exatamente às 9h35, na altura da delegacia de polícia do bairro. O assassino, que usara uma antiga pistola Kırıkkale do tipo que possui todo militar da reserva, visava provavelmente apenas o Cronista, mas atingira também sua Irmã. Pode ser que o gatilho da arma tenha travado: três das cinco balas feriram o Cronista, uma quarta atingira sua Irmã; a quinta cravara-se no muro da mesquita de Teşvikiye. O Cronista, atingido por uma das balas em pleno coração, caíra na mesma hora, morrendo no local. Outra bala despedaçara a esferográfica que trazia no bolso esquerdo do paletó, motivo pelo qual (e todos os jornais logo enfatizaram esse símbolo casual de que falavam com grande sensação) a camisa branca do Cronista ficara mais manchada de tinta verde que de sangue. Quanto à Irmã do Cronista, alvejada no pulmão e gravemente ferida, conseguira dar alguns passos cambaleantes até a lojinha que vendia cigarros e jornais na esquina, separada da cena do crime mais ou menos pela mesma distância que a delegacia de polícia. Com a minúcia de um detetive que tivesse pedido que lhe repetissem inúmeras vezes a cena decisiva de um filme, o jornalista reconstituíra os fatos seguintes em seus mais detalhados pormenores: a jovem deve ter se aproximado a passos vacilantes do estabelecimento, conhecido nas imediações como "a loja de Alâaddin", entrando nela sem ser vista pelo proprietário que, por sua vez, se refugiara atrás de um tronco da árvore. Aquela descrição longa e paciente lembrava a Galip uma cena de balé, dançada sob uma intensa luz azul. A Irmã do Jornalista entrava a passos lentos na loja e caía desacordada num canto, entre as bonecas. Em seguida o filme se acelerava de chofre e abandonava toda a lógica: apavorado com os tiros, o dono da loja, que vinha recolhendo as revistas que prendia ao tronco da castanheira na calçada, não vira a Irmã entrar na loja e baixara a toda a pressa suas portas de aço, correndo para casa o mais depressa que conseguiu.

Embora "o estabelecimento conhecido nas imediações como a loja de Alâaddin" tivesse passado a noite inteira com as luzes acesas, ninguém percebera a presença da jovem agonizante em seu interior: nem mesmo os policiais que investigaram o incidente. Da mesma forma, as autoridades competentes também consideraram perturbador e surpreendente que o policial de sentinela na calçada oposta, longe de intervir, sequer se dera conta da presença de uma segunda vítima.

O assassino conseguira escapar numa direção desconhecida. Pela manhã, um honesto cidadão se apresentara voluntariamente à polícia para relatar que na véspera, momentos antes do crime duplo e pouco depois de ter comprado um bilhete de loteria na loja de Alâaddin, vira uma silhueta envolta em sombras bem próxima da cena do crime, um homem cujos trajes estranhos pareciam ter saído diretamente de algum filme histórico. ("Num primeiro momento, achei que fosse o sultão Mehmet, o Conquistador!", declarou a testemunha.) Ficara tão impressionado com essa figura sinistra que a descrevera em detalhes para a mulher e a cunhada assim que chegara em casa — noutras palavras, muito antes de saber do crime pelo jornal. O jovem jornalista concluía seu artigo dizendo que esperava que essa pista não fosse ignorada pela falta de interesse ou a incompetência generalizada da polícia, como ocorrera com a jovem mulher cujo corpo só fora encontrado na manhã seguinte cercado de bonecas.

Naquela noite, Galip tornou a sonhar com Rüya entre as bonecas da loja de Alâaddin. Ainda não tinha morrido. Como as bonecas à sua volta, piscava os olhos e respirava de leve, mas a muito custo; esperava por Galip no escuro, mas era tarde demais, ele não tinha como chegar até lá, só podia contemplar de longe, da sua janela do edifício Cidade dos Corações e com lágrimas nos olhos, a loja de Alâaddin, cujas luzes vazavam da vitrine e se refletiam na calçada coberta de neve.

No início de fevereiro, numa bela manhã ensolarada, o pai de Galip lhe disse que o Tio Melih obtivera uma resposta para o requerimento que preenchera no Registro de Imóveis de Şişli: tinham descoberto que Celâl possuía um segundo apartamento numa transversal de Nişantaşı.

O apartamento, no qual Galip e seu tio entraram graças aos serviços de um serralheiro corcunda, ficava no alto de um dos prédios de três ou quatro andares, com a fachada enegrecida pela fuligem e a pintura descascada lembrando alguma doença de pele, que se alinham nas ruas estreitas por trás da avenida de Nişantaşı, com o calçamento de paralelepípedos e as calçadas muito esburacadas, e em relação à qual Galip se perguntava, toda vez que passava por ali, por que numa certa época os ricos tinham se instalado numa área tão miserável, ou então, melhor dizendo, como podia ser classificado de rico alguém que morava numa área tão miserável. O serralheiro não teve a menor dificuldade em destrancar a fechadura antiquada da porta, na qual não havia nenhum nome indicado.

Nos fundos do apartamento ficavam dois quartos muito estreitos, cada um mobiliado com uma cama de solteiro. Na frente, ficava uma sala pequena e iluminada por uma janela que dava para a rua; no centro ficava uma mesa, ladeada por duas poltronas e coberta por pilhas de recortes de jornal sobre assassinatos recentes, fotografias, revistas sobre cinema e esportes, reedições de *Tom Mix*, *Texas* e outras revistas em quadrinhos datadas da infância de Galip, livros policiais, jornais e outros papéis. Um grande cinzeiro de cobre transbordava de cascas de pistache; para Galip, foi a prova indubitável de que Rüya estivera sentada àquela mesa.

Num quarto que lhe pareceu sem dúvida ter sido de Celâl, encontrou frascos de aspirina e vasodilatadores, caixas de fósforos e tubos de Mnemonix, droga com fama de fazer bem à memória. No quarto quase vazio de Rüya, a julgar pelo que encontrou, constatou que sua mulher tinha saído mesmo de casa sem levar quase nada consigo: numa cadeira Thonet, estavam alguns produtos de beleza, o chaveiro sem chaves que ela julgava trazer-lhe boa sorte, sua escova de cabelos com o espelho nas costas e mais um par de chinelos. Galip, imóvel, contemplou com tanta intensidade esses objetos que num dado momento sentiu-se como que libertado de um feitiço, finalmente capaz de afastar o véu das suas ilusões para ver o sentido secreto que aquelas coisas lhe indicavam e, além delas, o mistério há muito esquecido do cerne do universo. "Deviam encontrar-se ali para trocar histórias", pensou consigo, e voltou para junto do Tio Melih, ainda esbaforido depois de subir tantas escadas. Podia ver, pela maneira como os papéis estavam dispostos na mesa, que Celâl vinha ditando histórias para Rüya anotar, e que durante toda a semana Celâl se instalara na cadeira da esquerda, ocupada agora pelo Tio Melih; na outra, agora vazia, sentava-se Rüya. Galip guardou no bolso todas as histórias de que viria a se servir mais tarde para as suas crônicas do *Milliyet*. Em seguida, começou a formular as explicações que o Tio Melih parecia esperar com razoável impaciência.

Celâl vinha sofrendo havia algum tempo de uma terrível perda de memória, moléstia irreversível e infelizmente incurável diagnosticada algum tempo antes por um ilustre médico inglês, o dr. Cole Ridge. Era para esconder do mundo essa doença que Celâl se refugiava naqueles dois apartamentos, com o apoio constante de Galip e Rüya, que se revezavam para passar as noites com ele. Tentando ajudá-lo a relembrar e restaurar o passado, postavam-se ali para ouvir, e às vezes anotar, as histórias que Celâl lhes contava. Sim, enquanto a neve caía do lado de fora, Celâl falava horas a fio, contando-lhes histórias intermináveis.

O Tio Melih passou um longo tempo em silêncio, como se compreendesse aquilo tudo perfeitamente. Depois prorrompeu em lágrimas. Acendeu um cigarro. Teve um rápido acesso de tosse. Declarou que Celâl sempre estivera enganado. Aquela estranha obsessão dele, de se vingar da família porque achava que tinha sido posto para fora do edifício Cidade dos Corações, e que o pai, depois do segundo casamento, tinha tratado muito mal a ele e à sua mãe! Quando na verdade o pai dele, ele, o Tio Melih, sempre amara Celâl pelo menos tanto quanto Rüya, ou até mais. E agora tinha perdido todos os filhos. Ou melhor, não. A partir de agora, o único filho que lhe restara era Galip.

Lágrimas. Silêncio. Os ruídos de uma casa desconhecida. Galip teve vontade de aconselhar ao Tio Melih que fosse comprar uma garrafa de *rakı* na loja da esquina e voltasse logo para casa. Em vez disso, fez-se a pergunta que nunca mais voltaria a se fazer, e que os leitores que prefiram formular as perguntas por conta própria são aconselhados a ignorar (pulando o parágrafo que vem em seguida).

Quais seriam essas lembranças, esses contos, essas histórias, quais seriam as flores que, brotando no jardim das suas memórias, teriam feito Celâl e Rüya decidir que, a partir de então, para melhor saborear seu perfume, seu gosto, seus prazeres, precisavam deixar Galip de fora? Seria porque Galip não sabia contar histórias? Porque não era tão alegre e brilhante quanto eles? Ou porque às vezes não entendia certas histórias? Será que achavam exagerada sua admiração por Celâl, que no fim das contas lhes parecia cansativa? Será que queriam livrar-se do peso da melancolia incurável que ele irradiava à sua volta, como uma doença contagiosa?

Ele viu que Rüya pusera um pote plástico vazio de iogurte debaixo do radiador coberto de poeira, a fim de captar a água que vazasse da válvula — exatamente como fizera em casa.

No fim do verão, como todas as lembranças associadas a Rüya se tornaram insuportáveis para ele, como todos os tormentos da sua dor, todos os objetos à sua volta, pareciam totalmente impregnados com seu sofrimento, Galip deixou o apartamento onde vivera com Rüya e mudou-se para o apartamento de Celâl no edifício Cidade dos Corações. Da mesma forma como se recusara a ver o corpo de Rüya, Galip não quis mais rever seus móveis, que o Tio Melih se encarregou de vender ou oferecer aos vizinhos. Tornara-se incapaz de imaginar, como fazia otimista em seus sonhos, que Rüya um dia ainda surgiria de algum lugar, como ressurgira um dia ao final do seu primeiro casamento, e que poderiam retomar sua vida a dois, como se retomassem a leitura conjunta de um livro abandonado no meio do caminho. Naquele verão, os dias foram quentes e intermináveis.

Ao final do verão, houve um golpe militar. O novo governo, constituído de patriotas suficientemente cautelosos para nunca antes terem chafurdado na cloaca da política, declarou que tinha a intenção de encontrar e prender todos os responsáveis pelos assassinatos políticos cometidos no passado; todos, sem exceção. E assim, por ocasião do primeiro aniversário do assassinato de Celâl, os jornais — que a censura proibia de abordar qualquer assunto político — julgaram conveniente comentar, em tom naturalmente contido e muito respeitoso, que "o mistério do assassinato de Celâl Salik ainda não fora elucidado". Um grande jornal diário — e Deus sabe por que não foi o *Milliyet* — prometeu uma recompensa substancial a qualquer pessoa cujas informações pudessem levar à captura do assassino. Era dinheiro suficiente para comprar um caminhão, um pequeno moinho de trigo, montar um armazém ou obter uma renda mensal confortável pelo resto da vida. Assim, os habitantes do país inteiro foram tomados de uma verdadeira febre para decifrar os mistérios por trás do "caso da morte de Celâl Salik". Temendo talvez deixar passar uma última oportunidade de acederem à imortalidade, muitos comandantes militares responsáveis pela segurança nas cidades do interior arregaçaram as mangas e puseram-se em movimento.

Você terá sem dúvida notado, pelo meu estilo, que sou eu que retomei a narrativa da história. Assim como as castanheiras recuperam aos poucos sua folhagem, também eu comecei a mudar lentamente: o homem mergulhado no luto e na dor transformava-se aos poucos num homem enfurecido. E esse novo homem enfurecido não dava nenhuma atenção às informações que os correspondentes das províncias transmitiam a Istambul sobre as várias investigações conduzidas "a portas fechadas". Numa semana, um jornal publicou que o assassino fora capturado numa cidadezinha perdida na montanha cujo nome só era conhecido graças ao ônibus que caíra num precipício próximo aos seus limites, matando todos os passageiros, entre eles dezenas de jogadores e torcedores de futebol. Na semana seguinte, o assassino foi preso numa cidade à beira-mar, enquanto contemplava com olhos ansiosos e a sensação do dever cumprido o litoral distante do país vizinho que lhe entregara um saco de dinheiro em paga pelo crime. Como essas primeiras notícias insuflaram coragem em muitos cidadãos que normalmente não praticariam a delação, estimulando o florescimento de uma ardorosa competição entre vários comandantes militares envolvidos com a segurança, desencadeou-se, nas primeiras semanas do verão, um verdadeiro surto de anúncios histéricos da prisão do assassino em todo o país. Foi nesse momento que certas autoridades de segurança adquiriram o hábito de me arrastar no meio da noite para a sede da direção do órgão em Istambul, pedindo que eu "identificasse suspeitos" ou lhes fornecesse os meios de "verificar informações".

Como nas pequenas aldeias distantes entregues à religião e zelosas dos seus cemitérios, onde por falta de meios a municipalidade manda desligar os geradores a partir de meia-noite e reinam as trevas do silêncio enquanto os açougueiros clandestinos degolam velhos pangarés a uma velocidade furiosa, numa atmosfera de execução sumária, o toque de recolher cortava ao meio a vida do país, em que o mundo se apresentava em preto ou branco e os inimigos eram tratados sem dó nem piedade. Pouco depois da meia-noite, eu levantava da mesa onde redigia a crônica mais recente de Celâl, com uma criatividade e uma inspiração em tudo dignas do seu nome. Emergia aos poucos do nevoeiro produzido pelos meus cigarros e da bruma dos meus pensamentos, e descia lentamente a pé as escadas escuras do edifício Cidade dos Corações para postar-me na calçada deserta à espera da viatura que me conduziria à sede do MİT, que se erguia como uma fortaleza sinistra na encosta que domina Beşiktaş. As ruas que percorríamos estavam sempre vazias, inertes e às escuras, mas a fortaleza feericamente iluminada fervilhava de atividade.

Mostravam-me fotos de frente e perfil, incontáveis retratos de jovens descabelados cujas olheiras roxas sob os olhos vazios indicavam a privação de sono. Alguns deles me lembravam o filho do aguadeiro, o menino que tantos anos antes tinha o costume de acompanhar o pai até o apartamento para observar, com seus olhos negros penetrantes como holofotes, tudo que havia à sua volta, registrando indelevelmente cada peça da mobília do Tio Melih enquanto seu pai enchia o garrafão de água. Outros me lembravam o rapaz coberto de acne e com ar de proxeneta que abordara Rüya durante o intervalo de cinco minutos de alguma matinê, enquanto ela mordiscava seu sorvete, e se apresentara com a maior desfaçatez como amigo do irmão mais velho de um amigo dela, sem dar a menor atenção para o primo sentado ao lado dela; outros ainda me faziam pensar no vendedor — que não podia ser mais velho do que nós — sempre encostado na porta semi-aberta de uma antiga loja de tecidos, um dos marcos históricos do trajeto entre nossa casa e a escola, para contemplar com olhos pesados de sono o bando de alunos que saía da escola; outros ainda — e eram esses os mais aterrorizantes — não me lembravam ninguém, não me traziam associação nenhuma ao espírito. Enquanto eu fitava aqueles rostos sem expressão, mais assustadores ainda por não dizerem nada, de rapazes que tinham sido brutalizados contra as paredes, sem pintura e sujas com manchas de sabe Deus qual natureza, de várias salas da sede da polícia; quando eu me debatia para encontrar neles — ou não encontrar — alguma sombra vaga que pudesse evocar uma lembrança perdida no nevoeiro da minha memória — noutras palavras, quando eu me demorava mais diante de alguma das fotografias —, os agentes mais violentos que me cercavam de pé tentavam me estimular, revelando-me alguns detalhes instigantes sobre a personalidade do rosto espectral da fotografia: Este moço foi preso num café freqüentado pela extrema direita em Sivas, graças a uma denúncia, e quatro assassinatos lhe eram atribuídos; este outro rapaz, que mal tinha idade suficiente para criar um bigode, publicara uma longa série de artigos numa revista política simpática a Enver Hoxha, apontando Celâl como um inimigo do povo que precisava ser abatido. Aquele cujo paletó não tinha mais nenhum botão era um professor primário que fora transferido de Malatya para Istambul: tinha dito, aos seus alunos de nove anos, que tinham a obrigação de executar Celâl pelas blasfêmias que ele escrevera quinze anos antes contra o grande Rumi, faltando com o devido respeito àquele bastião da fé. Outro ainda, homem de uma certa idade, um bêbado com ar assustado e uma aparência de pai de família, entrara numa das tavernas de Beyoğlu e fizera um longuíssimo discurso sobre a necessidade de livrar nosso país de todos os micróbios; um bom cidadão, sentado à mesa vizinha e pensando na recompensa oferecida pelo jornal, fora denunciá-lo na delegacia de polícia mais próxima, afirmando que o nome de Celâl fora incluído em sua lista de micróbios a eliminar. Galip Bey reconhecia aquele beberrão embriagado, esses desocupados incorrigíveis, esses infelizes perdidos nos seus sonhos? No decorrer dos últimos meses, ou mesmo dos últimos anos, Galip Bey não teria visto, na companhia de Celâl, algum — qualquer um — daqueles rostos de olhos iluminados ou criminosos?

No meio do verão, na época em que vi pela primeira vez a nova nota de cinco mil liras com a efígie de Rumi, encontrei certa manhã no jornal o anúncio da morte de um coronel da reserva chamado Fatih Mehmet Üçüncü. Ao longo do mês de julho, no auge do calor, minhas visitas noturnas forçadas à sede da MİT foram ficando mais amiudadas, enquanto aumentava muito o número de fotos que me apresentavam de cada vez. Eu tinha grande dificuldade em descobrir alguma humanidade naqueles rostos, pois eram ainda mais melancólicos, desesperados, aterrorizantes e incríveis do que aqueles que eu encontrara na modesta coleção de Celâl; pertenciam a mecânicos de bicicleta, estudantes de arqueologia, operadores de máquina de costura, frentistas de postos de gasolina, entregadores de mercearia, figurantes dos filmes de Yeşilçam, gerentes de cafés, autores de panfletos religiosos, trocadores de ônibus, guardadores de estacionamento, leões-de-chácara de cabaré, jovens contadores, vendedores de enciclopédia a domicílio... Todos tinham sido torturados, todos tinham sido espancados ou maltratados mais ou menos seriamente; fitavam a objetiva com o ar de quem diz: "Na verdade não estou aqui", ou ainda: "Nem faz diferença, porque na verdade eu sou outra pessoa"; e em todos, colada no rosto de cada um, uma expressão que mascarava a tristeza e o pavor, como se todos tivessem decidido esquecer, sepultar para sempre no fundo de um poço perdido, o mistério, o conhecimento oculto que se dissimulava nas profundezas da sua memória e cuja lembrança se perdera; e que nem cogitavam de recuperar porque o tinham esquecido.

Como não quero voltar a examinar a posição das peças num jogo antigo que me parece (como também, desconfio, aos meus leitores) decidido há muito tempo, e nem tornar a falar dos movimentos que passei longo tempo calculando sem perceber que já estavam previstos desde muito antes, estava decidido a não falar mais das letras que vi nesses rostos. Mas por ocasião de uma dessas noites intermináveis que passei no castelo (ou a palavra "fortaleza" seria mais adequada?), depois de ter negado mais uma vez conhecer algum dos rostos que me mostravam, um agente do serviço secreto (que, mais tarde descobri, era coronel do Estado-Maior) abordou-me diretamente e me perguntou sem rodeios, "E as letras? Não consegue ver as letras?". E em seguida, profissional eficiente que era, acrescentou: "Nós aqui sabemos, *nós também*, o quanto é difícil para um homem deste país conseguir ser ele mesmo. Por que o senhor não nos ajuda um pouco?".

Numa outra noite, um major gordo discorreu longamente para mim sobre a persistência da fé no advento do Mehdi entre as últimas confrarias místicas que ainda restavam na Anatólia; e não falava como se tivesse colhido a informação em algum relatório da chamada "inteligência", mas aparentemente inspirado por memórias da sua própria infância, uma infância sombria e desagradável: Celâl, disse ele, tentara estabelecer contato com aqueles "remanescentes reacionários" durante viagens que fizera à Anatólia no mais absoluto sigilo e, no final, acabara conseguindo reunir-se com alguns desses iluminados numa oficina de conserto de carros nas proximidades de Konya, e na casa de um fabricante de colchões de Sivas. Falara da sua intenção de transmitir em seus artigos os sinais da chegada do Juízo Final, e lhes pedira só um pouco mais de paciência. Esses sinais podiam ser encontrados, com a maior abundância, nas crônicas que ele tinha escrito sobre os ciclopes, sobre paxás e sultões que andavam pelas cidades disfarçados ou sobre o dia em que o Bósforo secava.

Quando um desses agentes especialmente zelosos, convencidos de que acabariam decifrando os sinais, anunciou-me em tom muito sério que se encontrava a ponto de decodificar certas mensagens secretas que Celâl transmitira em suas crônicas, informando-me com orgulho que encontrara a chave do enigma num acróstico formado pelas primeiras letras de cada parágrafo da crônica intitulada "O beijo", tive vontade de dizer: "Pois eu conheço a solução". Quando me observaram que o livro em que o aiatolá Khomeini relata sua vida e suas lutas se chama *A descoberta dos segredos*, mostrando-me as fotos em que o aiatolá aparecia nas ruas sombrias de Bursa, durante os anos de exílio que passara naquela cidade, compreendi perfeitamente o que eles queriam me dizer, e tive vontade de dizer: "Eu sei". Assim como eles, eu sabia perfeitamente quem eram a pessoa e o segredo camuflados nas crônicas que Celâl escrevera sobre Rumi. Quando me contaram, rindo, que o próprio Celâl vinha procurando um matador porque tinha perdido a memória ("acho que ele perdeu foi o juízo", disse-me um deles), esforçando-se para criar com todas as peças um desses mistérios profundos que sempre deve existir no cerne da vida; ou então quando encontrei, em meio às fotografias que me apresentavam, um rosto com uma estranha semelhança com um dos homens de rosto tão triste, melancólico e destituído de qualquer expressão cujas fotos eu encontrara no fundo da estante de Celâl, tive vontade de lhes dizer: "Eu já sabia". Quis contar-lhes também que sabia quem era a bem-amada a quem ele se dirigia no final da sua crônica sobre o dia em que o Bósforo secava, e a esposa imaginária com quem falava no primeiro parágrafo da sua crônica sobre um beijo ilusório, e todos os personagens que ele encontrava nos sonhos que antecediam seu sono. Quando me contaram com ironia que o jovem cambista que Celâl, numa crônica, dissera estar loucamente apaixonado pela jovem bilheteira grega era, na verdade, um policial à paisana pago por eles, quis dizer-lhes que eu também sabia disso; e quando, numa outra noite, bem tarde, depois de horas forçado a examinar o rosto de um suspeito de cujo rosto a porrada, a tortura e a privação de sono tinham eliminado todo sentido, qualquer identidade e qualquer segredo, e mais perturbado ainda pelo espelho de uma só face que se interpunha entre nós dois, porque podíamos vê-lo mas éramos invisíveis para ele, eu finalmente declarei que não o conhecia; e quando me disseram que tudo que Celâl dizia sobre os rostos e os mapas das cidades não queria dizer nada e era só "um truque barato" e que, com esse método reles, mandava sinais secretos aos seus leitores para iludi-los e agradá-los ao lhes enviar um sinal de solidariedade, de afinidade, convencê-los de que tinham uma causa comum, a descoberta de um segredo, tive ainda vontade de lhes dizer: "Eu sabia", muito embora não acreditasse numa palavra de tudo aquilo.

Talvez eles já soubessem, tanto quanto eu, o que eu sabia ou ignorava (ou sabia sem saber); talvez soubessem que precisavam achar depressa um criminoso e impedir que a dúvida germinasse não apenas em meu espírito mas no espírito de todos os leitores de Celâl, de todos os habitantes do país;

talvez soubessem que precisavam aniquilar o mistério perdido de Celâl, oculto debaixo do alcatrão e do lodo pardacento das nossas existências, sem nos deixar tempo suficiente para descobri-lo nós mesmos por conta própria.

Às vezes um dos detetives mais implacáveis perdia a paciência, concluindo que esse caso já tinha ido longe demais, ou um general especialmente decidido que eu nunca vira entrava na sala, ou um promotor magricela que eu conhecera meses antes voltava a me visitar e me descrevia em detalhes uma teoria totalmente implausível, citando pistas em série como um detetive particular no capítulo final de um dos livros de Rüya. E enquanto ele apresentava sua exposição, as outras autoridades presentes na sala permaneciam sentadas de lado, escutando com a paciência e o orgulho de um júri de professores num julgamento simulado de estudantes, anotando com ar de orgulho as pérolas daquele aluno brilhante num papel timbrado com as palavras GABINETE DE SUPRIMENTOS DO ESTADO: o assassino era um mero fantoche, comandado por potências estrangeiras interessadas em "desestabilizar" nosso país; fumegantes de vergonha ao verem seus segredos revelados e transformados em objeto de mofa, os membros das confrarias dos bektaşis e nakşibendis, assim como os poetas que escreviam versos clássicos contendo acrósticos e utilizando a prosódia tradicional, e mais alguns poetas modernos, todos "cripto-hurufis", tinham se transformado inadvertidamente em agentes dessas potências estrangeiras cuja finalidade era provocar distúrbios em nosso país e até mergulhá-lo num caos apocalíptico. Não, na verdade aquele crime nada tinha de político, o que ficava claro para qualquer um que lesse as asneiras antiquadas, prolixas, bizarras e idiossincráticas que o jornalista assassinado vinha publicando diariamente, ano após ano, todas estranhas à política: ele dizia o que lhe dava na cabeça, estendendo-se por páginas e páginas num estilo que o tornava ilegível. O assassino devia ser algum gângster de Beyoğlu que, tomando por zombaria as lendas grandiloqüentes que Celâl criava a seu respeito, decidira matá-lo em pessoa ou mandar algum capanga seu cometer o crime. Houve uma noite de movimento incomum, em que muitos estudantes da universidade decidiram, pela glória, confessar o crime — e os policiais se viram obrigados a usar a tortura para fazê-los desistir das suas confissões; na mesma noite, vários homens inocentes foram recolhidos numa mesquita e forçados, assim que chegaram à fortaleza, a confessar; no meio da comoção, chega de repente um professor de literatura otomana clássica, que crescera nas mesmas transversais e sob as grades de ferro das mesmas sacadas que um dos principais diretores da MIT; depois de fazer estalar suas mais que evidentes dentaduras duplas, ignorando o ar de desprezo da platéia, e de apresentar uma introdução curta porém muito aborrecida ao hurufismo e à arte dos jogos de letras e palavras na literatura antiga, ouviu minha história — que fui obrigado a contar-lhe contra a vontade — e em seguida, com a afetação de um vidente de meia-tigela, informou-me que "todos esses fatos representam claramente um decalque da trama de *Beleza e amor*, do xeque Galip". Nessa época, as cartas de denúncia dirigidas aos jornais ou à polícia pelos caçadores de recompensas, cujo número crescia sem parar, formavam verdadeiras montanhas que, na fortaleza, eram examinadas por um grupo de trabalho: esse parecer do professor, remetendo a questões poéticas de dois séculos atrás, não atraiu a atenção dos membros da equipe.

Foi então que se decidiu que o assassino era um barbeiro, mencionado numa dessas cartas. Depois que me mostraram a fotografia daquele homem frágil de uns sessenta anos, e se convenceram de que eu não tinha como identificá-lo, parei de ser convocado a comparecer à fortaleza para os rituais insanos de vida e morte, de mistérios e poder, que se desenrolavam dia e noite naquele castelo. Uma semana depois, os jornais publicaram com todos os detalhes a história do barbeiro, que primeiro negara todas as acusações, depois confessara e em seguida negara tudo de novo só para finalmente tornar a confessar o crime. Celâl Salik falara pela primeira vez daquele homem muitos anos antes, numa crônica intitulada "Preciso ser eu mesmo". Nessa crônica, e em muitas que se seguiram, contara como o barbeiro tinha vindo à redação do jornal para fazer-lhe perguntas que, afirmava ele, falavam de um segredo de importância extrema para o Oriente, para o nosso país e para a própria vida; mas o cronista, como ele mesmo contava, respondera zombando do pobre homem. O barbeiro constatara, furioso, que essas zombarias, proferidas diante de testemunhas e que ele considerava altamente ofensivas, foram retomadas numa crônica e em seguida rememoradas em várias ocasiões. Quando o primeiro desses textos foi republicado com o mesmo título, vinte e três anos mais tarde, e encontrando-se além disso sujeito à influência das provocações de certos intrigantes a que se via ligado, o barbeiro decidira vingar-se do jornalista. Os nomes dos seus cúmplices, os agentes provocadores, porém, nunca foram descobertos, pois o barbeiro passou a negar sua existência e, tomando de empréstimo o jargão usado pela polícia e a imprensa, alegava que seu crime tinha sido um ato de "terrorismo individual". A foto que os jornais publicaram mostrava o barbeiro com o rosto abatido e arruinado, vazio de expressão, de onde todas as letras tinham sido apagadas. Pouco depois, em seguida à sentença de morte pronunciada ao final de um julgamento rápido e eficiente — para servir de exemplo — e logo ratificada — também para servir de exemplo —, o barbeiro foi enforcado um dia de manhã bem cedo, na hora em que só se viam pelas ruas de Istambul as hordas errantes de lamentáveis cães sem dono para quem o toque de recolher nada significava.

Enquanto isso, eu me interessava por todas as lendas ligadas ao mito do monte Kaf, por todos os contos populares de que eu me lembrava e qualquer outra história ligada ao tema. O resto do meu tempo, passava ouvindo qualquer pessoa que procurasse meu escritório de advogado com alguma teoria sobre o crime, muito embora tivesse dificuldades em manter os olhos abertos e não lhes oferecesse qualquer ajuda. Fui visitado, por exemplo, por um jovem aluno obsessivo de uma escola religiosa que deduzira, a partir das próprias colunas de Celâl, que Celâl era o Deccal — Satã, o Falso Messias — e que seu assassino, conforme me explicou longamente, devia ter chegado à mesma conclusão antes de decidir matar Celâl e, assim, pôr-se no papel do Mehdi ou, de forma mais sucinta, no lugar d'Ele. Para provar sua teoria, trouxe um maço de recortes de jornal contendo apenas histórias de carrascos nas quais assinalara certas letras; mas sua explicação do sentido oculto dessas letras fazia tão pouco sentido para mim quanto a história que ouvi de um outro visitante, o alfaiate de Nişantaşı que afirmava ter costurado os trajes históricos usados por Celâl. Seu rosto me era vagamente familiar, mas tão difícil de situar como um filme antigo de que quase nos esquecemos por completo, de maneira que tive alguma dificuldade para descobrir que ele era o mesmo alfaiate que eu vira trabalhando em sua oficina, na noite de neve em que Rüya desaparecera. E tive uma reação igualmente sonolenta e pouco receptiva no dia em que recebi a visita do meu velho amigo Saim, o qual esperava que eu pudesse lhe dizer alguma coisa acerca da riqueza dos arquivos da MİT, e também para me dar uma boa notícia. O verdadeiro Mehmet Yılmaz fora finalmente encontrado, e o estudante injustamente acusado tinha sido posto em liberdade. Enquanto Saim chamava minha atenção para o título da crônica que teria levado o barbeiro ao crime, discorrendo longamente sobre as palavras "Preciso ser eu mesmo", eu me sentia bem longe de ser eu mesmo, a ponto de me achar muito distante do livro negro que você tem nas mãos e do próprio Galip.

Por algum tempo, dediquei-me inteiramente à prática do Direito e aos casos dos meus clientes. Em seguida, veio um período em que me tornei negligente no trabalho, saí à procura de velhos amigos e comecei a freqüentar tavernas e restaurantes com novos conhecidos. Às vezes eu percebia que as nuvens que pairavam sobre Istambul exibiam um tom incomum de amarelo, ou que tinham assumido um matiz de cinza que eu nunca tinha visto; ao mesmo tempo, porém, eu erguia os olhos para o céu e tentava me convencer de que o céu que cobria nossa cidade era o mesmo céu de sempre, o céu que conhecemos tão bem. Certas noites, eu escrevia duas ou três crônicas de uma sentada — exatamente como Celâl fazia nos seus períodos mais produtivos — e em seguida me levantava da mesa, sentava-me na poltrona ao lado do telefone, apoiava as pernas na mesinha e ficava esperando a lenta metamorfose dos objetos que me cercavam, que se transformavam em sinais de um outro universo. E então, nos mais fundos recessos da minha mente, eu sentia o frêmito de uma lembrança, e uma sombra indistinta atravessava de um jardim da memória para outro; cruzava o portão de um segundo jardim, depois de um terceiro e de um quarto; e ao longo de todo esse processo bem conhecido, as portas das eclusas da minha personalidade pareciam abrir-se elas também, e tornar a fechar-se; eu próprio também transitava de jardim em jardim, de portão em portão, até me transformar pouco a pouco numa outra pessoa, capaz de se confundir com aquela sombra e até experimentar a felicidade com ela, a tal ponto que me surpreendia de falar com voz de um outro.

Com medo de me deparar inesperadamente, sem aviso, com alguma coisa que me evocasse a lembrança de Rüya, eu mantinha minha vida sob um certo controle, ainda que não muito severo; evitava com todo o cuidado um luto que pudesse tomar conta de mim sem pretexto nem aviso. Duas ou três vezes por semana eu jantava na casa da Tia Hâle, e depois do jantar ajudava Vasıf a alimentar seus peixinhos dourados. Mas nunca me sentava a seu lado na beira da cama para ver seus recortes. (Embora deva ter olhado na direção deles, porque uma noite vislumbrei por acaso uma das colunas de Celâl e vi que sua foto tinha sido substituída por uma de Edward G. Robinson — e julguei descobrir entre eles uma certa semelhança de família.) Quando meu pai ou a Tia Suzan me diziam que eu precisava voltar logo para casa antes que ficasse mais tarde ainda — num tom que dava a impressão de que Rüya estaria em casa, doente, esperando pela minha volta —, eu respondia: "Está certo, é melhor eu voltar logo, antes do toque de recolher".

Mas eu nunca mais passava diante da loja de Alâaddin, como eu e Rüya tínhamos o costume de fazer; preferia tomar algum outro caminho que enveredava pelas transversais, sempre dando um jeito de passar pela casa onde morávamos antes de chegar ao edifício Cidade dos Corações; para evitar o caminho que Celâl e Rüya teriam percorrido naquela noite depois da saída do cinema, eu entrava por outras ruas escuras, vendo-me assim de volta ao labirinto escuro das ruelas de Istambul, com seus lampiões e muros estranhos, suas letras que eu desconhecia, seus prédios cujas fachadas me pareciam caretas aterrorizantes, suas janelas com as cortinas tão cerradas que lembravam os olhos de um cego, os pátios desertos das suas mesquitas. Enquanto eu caminhava longamente em meio a esses sinais sombrios e inanimados, eu me sentia um outro homem; a tal ponto que, quando chegava diante do edifício Cidade dos Corações, com poucos momentos de sobra antes do início do toque de recolher, e via o pano azul ainda amarrado à grade da sacada do último andar, quase acreditava que era um sinal de que Rüya estava em casa à minha espera.

Quando, depois de ter palmilhado essas ruas escuras e desertas, eu via na sacada o sinal que Rüya deixara para mim, eu me lembrava de uma longa conversa que tivéramos, ela e eu, numa noite de inverno em que nevava muito, no terceiro ano do nosso casamento. Conversamos sem nenhuma alfinetada, como dois velhos amigos compreensivos e cúmplices, sem tampouco deixar que a conversa mergulhasse no poço sem fundo da indiferença de Rüya, sem deixar lugar para o silêncio profundo que volta e meia ainda se erguia bruscamente entre nós dois, como um fantasma. Naquela noite, começamos brincando de imaginar como seria um dos nossos dias quando tivéssemos chegados aos setenta e três anos de idade. Eu é que tivera a idéia, mas foi a imaginação de Rüya que deu todo o sabor à brincadeira.

Quando tivéssemos setenta e três anos, íamos sair juntos num dia de inverno, caminhando até Beyoğlu. Com nossas poucas economias, compraríamos presentes um para o outro: um pulôver ou um par de luvas. Nós dois estaríamos usando nossos sobretudos prediletos — velhos, pesados e impregnados do nosso cheiro. Caminharíamos sem pressa pelas ruas, conversando fiado e contemplando de vez em quando alguma vitrine, mas sem muito interesse, sem procurar por nada em especial. Com exclamações de horror, reclamávamos do quanto as coisas tinham mudado, lembrávamos um ao outro que as roupas dos velhos tempos, as vitrines dos velhos tempos, as lojas dos velhos tempos, as pessoas dos velhos tempos, eram tão melhores, tão mais bonitas. Sabíamos que só dizíamos essas coisas porque, na nossa idade, não tínhamos mais nada a esperar do futuro; mas nem assim parávamos de falar. Comprávamos um quilo de marrom-glacê, sem tirar os olhos do confeiteiro que pesava e embrulhava a iguaria. Em seguida, enquanto vagávamos por uma das transversais do bairro, topávamos com uma antiga livraria que nunca tínhamos visto; encantados, celebrávamos a descoberta com verdadeiro júbilo. A loja estava repleta de policiais que Rüya nunca lera, ou que lera mas não se lembrava de ter lido. Enquanto fuçávamos nas prateleiras, um gato velho que cochilava no meio das pilhas de livros nos mostrava os dentes, sibilando, e a velha livreira nos dirigia um sorriso de cumplicidade. Saíamos da livraria com nossos pacotes nas mãos, felizes de termos feito um bom negócio, com uma provisão de livros policiais que bastaria para entreter Rüya por pelo menos dois meses. Pedíamos nosso chá numa confeitaria, pouco mais tarde, e uma discussão sem importância se travava entre nós. Brigávamos simplesmente por termos setenta e três anos, e porque sabíamos, como todas as pessoas quando chegam à nossa idade, que tínhamos desperdiçado a maior parte das nossas vidas. Assim que voltávamos para casa, abríamos nossos pacotes e em seguida tirávamos as roupas sem o menor pudor dos nossos velhos corpos muito brancos com os músculos flácidos, caíamos na cama e nos amávamos longamente, só parando de tempos em tempos para nos fartarmos de marrom-glacê e calda de açúcar. A pele muito clara dos nossos corpos velhos e cansados tinha o mesmo branco cremoso, quase diáfano, de quando nos conhecemos na infância, sessenta e sete anos antes. Rüya, cuja imaginação sempre foi mais rica do que a minha, acrescentou um detalhe: bem no meio da nossa louca sessão de amor, parávamos para fumar um cigarro e verter algumas lágrimas. Mas era eu que tinha imaginado essa história, pois sabia que, aos setenta e três anos de idade, Rüya não poderia mais sonhar com outras vidas e, finalmente, teria começado a me amar. E, como meus leitores devem ter certamente reparado, Istambul não mudava nada nesse sonho, e continuava sua mesma existência miserável de cidade velha.

Ainda me ocorre encontrar, numa das velhas caixas de Celâl ou nas gavetas dos móveis do meu escritório, ou então na casa da Tia Hâle, algum objeto que tenha pertencido a Rüya e que até aqui eu não tenha jogado fora porque me escapou por um motivo ou outro: um botão roxo do vestido estampado de flores que ela usava quando nos conhecemos; um par de óculos "gatinho", que as beldades européias usavam em todas as melhores revistas dos anos 60 e que Rüya só usou por seis meses antes de jogá-los fora; os grampos pretos com que ela gostava de prender o cabelo (com um grampo preso entre os lábios, introduzia um outro com as duas mãos na massa dos seus cabelos); a cauda que servia de tampa a um pato oco de madeira onde ela guardava agulha e linha, tampa que ela perdera anos antes mas nunca tinha esquecido; uma redação perdida entre os papéis do Tio Melih; o tema era o *simurgh*, a ave mítica que diziam morar no monte Kaf, e os vários aventureiros que se tinham lançado à sua busca — tudo copiado diretamente de uma enciclopédia; alguns fios do cabelo de Rüya numa escova da Tia Suzan; uma lista das coisas que ela me pedira para comprar na volta do trabalho (atum marinado, a revista *Tela de Cinema*, fluido de isqueiro, um tablete de chocolate Bonibon com avelãs); um pinheiro, desenhado por ela com a ajuda do Avô; a ilustração do cavalo da cartilha; uma das meias verdes que ela usava dezenove anos atrás, quando montou pela primeira vez numa bicicleta alugada.

Antes de jogar fora cada um desses objetos, eu os carregava nos meus bolsos por vários dias, às vezes por semanas — às vezes por meses a fio, reconheço. Mais cedo ou mais tarde, porém, eu o tirava do bolso e o depositava delicadamente, com todo o respeito, em cima de uma das latas de lixo dispostas diante dos edifícios nas ruas de Nişantaşı; mesmo depois do meu último adeus, eu ainda sonhava que um dia aqueles símbolos da minha tristeza acabariam encontrando um meio de voltar para mim com as lembranças que evocam, como ocorria com tudo que jogávamos no poço de ventilação do velho edifício.

Hoje, tudo que me resta de Rüya são somente palavras, estas páginas negras, sombrias e desoladas. Às vezes, quando me ocorre pensar numa das histórias que elas contam — a história do carrasco, por exemplo, ou da noite branca de neve em que ouvimos, da própria boca de Celâl, o conto intitulado "Rüya e Galip" —, eu me lembro de uma outra história em que o personagem descobre que o único meio de transformar-se em si mesmo é primeiro ser um outro, ou então perder-se nas histórias contadas por um outro; e essas histórias, que tentei reunir lado a lado num livro negro, me comovem quando me lembram uma outra história, e depois mais outra, exatamente como o que acontece em nossa memória ou nas histórias de amor dos contos da minha terra, que se encaixam umas nas outras; a do amante que se perde nas ruas de Istambul e se transforma num outro homem; ou a história do homem que se lança à procura do segredo e do sentido perdido do seu rosto; e a cada história mergulho com mais prazer ainda no meu novo trabalho, que não consiste em inventar novas histórias, mas em reescrever histórias muito antigas que nos contamos há muitos séculos, e reuni-las no livro tão negro cuja última cena me preparo para escrever. Nela, Galip escreve a última crônica de Celâl que, a bem da verdade, já não interessa a quase mais ninguém. Perto do amanhecer, ele pensa em Rüya e, sofrendo, levanta-se da sua mesa, contempla Istambul que desperta ainda no escuro. Eu penso em Rüya, levanto-me da minha mesa e contemplo Istambul mergulhada no escuro. Pensamos em Rüya, contemplamos a cidade ainda mergulhada no escuro; e somos invadidos pela comoção, pela tristeza, que toma conta de mim quando, à deriva entre o sono e a vigília, imagino ter reencontrado em plena noite algum vestígio de Rüya na colcha quadriculada de azul e branco. Mergulhamos na dor e o susto nos devolve à vida. Porque nada pode ser tão espantoso quanto a vida. Exceto a literatura. Sim, claro, exceto a literatura, que é o único consolo.

1985-1989